外国文学研究丛书

英美文学戏仿研究(续一)

王程辉　著

本书为以下科研院所研究成果:

山东大学外国语学院外国语言文学博士后科研流动站
湖南科技大学外国语学院
扬州大学美国文学研究所

苏州大学出版社

图书在版编目(CIP)数据

英美文学戏仿研究:续一／王程辉著．—苏州:苏州大学出版社，2016.2
(外国文学研究丛书)
山东大学外国语学院博士后流动站研究成果
ISBN 978-7-5672-1621-1

Ⅰ.①英… Ⅱ.①王… Ⅲ.①英国文学-文学研究②文学研究-美国 Ⅳ.①I561.06②I712.06

中国版本图书馆 CIP 数据核字(2015)第 309819 号

书　　名:英美文学戏仿研究(续一)
作　　者:王程辉
责任编辑:金莉莉
策划编辑:汤定军
装帧设计:刘　俊
出版发行:苏州大学出版社(Soochow University Press)
社　　址:苏州市十梓街 1 号　邮编:215006
印　　装:丹阳市兴华印刷厂
网　　址:www.sudapress.com
E - mail:tangdingjun@suda.edu.cn
邮购热线:0512-67480030
销售热线:0512-65225020
开　　本:700mm×1000mm　1/16　印张:27.75　字数:499 千
版　　次:2016 年 2 月第 1 版
印　　次:2016 年 2 月第 1 次印刷
书　　号:ISBN 978-7-5672-1621-1
定　　价:58.00 元

凡购本社图书发现印装错误,请与本社联系调换。服务热线:0512-65225020

目　录

Contents

Contents

美国篇

Contents

Contents

第一章　戏仿诸相

1938 年夏季的一天，美国作家纳森尼尔·本奇利与朋友在法国东北部城市南锡喝咖啡。这个地方距德国边境不远。突然，街道上出现愤怒的人群，情绪激动，其中最显眼的是“阿道夫·希特勒”。他拿着文件夹，一群吵吵嚷嚷的公众紧追其后。他们赶上了他。他站住，向离他最近的人抡起自己的提包。他们把他打倒在地，开始踢他。三个警察拼命营救，终于控制住了局面。他们扶他站起来，拍去他身上的灰尘，推他离开，而他还在那里语无伦次地大叫。咖啡店的侍者对此好像司空见惯，一副无所谓的样子。本奇利问侍者，南锡是不是经常这样。侍者耸耸肩说，也不是，只有当他喝太多酒才会出这事。侍者接着解释，这个人是当地的一个会计，脸长得极像希特勒，因此他很想模仿希特勒。他有时站在街头或咖啡店发表长篇大论，甚至前额发型也梳理得像德国元首。一般说来，他最后会说上一句“法兰西万岁！”大家都一笑置之。有时候，出了意外，就像这一天晚上一样。1938 年正是希特勒气焰熏天的时候，可能有些人认为国家领导人不能用这样的方式嘲弄。总之这个人处境岌岌可危。①

上面所讲的逸事就是其乐无穷而又充满争议的戏仿的一个很好的暗喻。正如刚才例证所示，正宗和模仿很相似。改动最小，意思变化最大，效果最理想，其例不胜枚举。有一个谜语是：你能猜出伍迪·艾伦最新电影的名字吗？谜底是：《亲爱的，我娶了孩子》。美国电影导演伍迪·艾伦的爱情生活常常被人议论。他的前三任妻子都是演员。他和第三任妻子米亚·法罗领养了韩裔孤女宋仪，后来艾伦和宋仪有了爱情。米亚发现后，和艾伦离了婚。艾伦于是和宋仪结婚。这个谜面模仿了好莱坞著名电影《亲爱的，我把孩子缩小了》(*Honey, I Shrank the Kids*)。美国作家拉尔夫·埃里森的《看不见的人》(*The Invisible Man*)成为《看不见的女人》(*The Invisible Woman*)。埃里森的书讲到了

---

① Lowrey, Burling. *Twentieth Century Parody: American and British*. New York: Harcourt, Brace and Company, 1960, pp. xiii-xiv.

一个不仅被白人且被黑人歧视的“我”。走投无路之下,他掉进了一个被废弃的煤窑,从此安居其中,思索自身经历,终于认识到自己是人们看不见的隐形人。克莱尔·托马林的《看不见的女人》(1990)模仿了埃里森的书。其内容是描写英国文豪查理·狄更斯公众视野以外的情人奈利·特尔南。约瑟夫·海勒的《第二十二条军规》(*Catch-22*)成为《小猫22》(*Cat 22*)。蒲柏的名句“错误人皆难免,宽恕即为超凡”(To err is human, to forgive, divine)成为“凡人都要吃饭,消化即为超凡”(To eat is human, to digest, divine)。恺撒具有万丈豪情的“我来,我见,我征服”(I came, I saw, I conquered)成为没有主见的和事佬惯用的“我来,我见,我同意”(I came, I saw, I concurred)。达尔文的“适者生存”(the survival of the fittest)被好事者改为“庸者生存”(the survival of the vulgarest)。第二次世界大战前夕,意大利独裁者墨索里尼称霸地中海,英国束手无策。时评家套用成语说:“不列颠女神统驭四海,墨索里尼无法无天”(Britannia rules the waves, Mussolini waives the rules)。rule可以作为动词,意为“统驭”,又可以作为名词,意为“法纪”,一词两用;waves(海浪)和waives(蔑视)则音同字不同。将词语首尾倒置,形成尖锐的讽刺。另一个改写的例子是“不列颠望洋兴叹”(Britannia rues the waves),仅仅将rules中的字母l去掉,描绘英国海上霸权的丧失,真是入木三分。奥斯卡·王尔德在《认真的重要性》中提到,“失去父母中的一个是不幸,父母都失去就是粗心”①(To lose one parent may be regarded as a misfortune; to lose both looks like carelessness)。007系列电影《打破太空城》中某国运载的两架航天飞机离奇失踪。其中一个人物讽刺道:“王尔德会怎么说?失去一架航天飞机是灾难,失去两架飞机是粗心。”这个句子戏仿的痕迹很明显;美国革命先烈托马斯·潘恩有不朽名句:“此乃我辈心灵饱受考验的时代。”②(These are times that try men's souls.)韩战以后,李承晚总统被推翻,大韩民国的政治曾一度陷入紊乱。当时派驻汉城(现首尔)某美国记者冷言冷语道:“这是考验汉城(现首尔)的人士的时代。”(These are times that try Seoul's men.)Seoul与soul读音完全相同,把最后两字位置对调,妙不可言。“生命、自由和追求幸福的权利”(life, liberty and pursuit of happiness)是美国《独立宣言》掷地有声的警句。一个读者改为:“给我《生活》、《自由》,还有《星期六晚邮周报》”(Give me *Life*, *Liberty* and *Saturday*

① 转引自:刘海平等主编,《英美戏剧:作品与评论》,上海:上海外语教育出版社,2012年,第72页。

② 转引自:王佐良著,《英国散文的流变》,北京:商务印书馆,2014年,第100页。

Evening Post)，三者都是美国销路很广的媒体；衔接起来，形成修辞学上的突降。华伦的《国王的全部人马》(*All the King's Men*)被改为揭露理查德·尼克松水门丑闻的《总统的全部人马》(*All the President's Men*)。麦克阿瑟的"老兵不会死亡，他们只会淡出"(Old soldiers never die, they just fade away)成为"数学老师不会死亡，他们只会失去理智"(Old maths teachers never die, they just become irrational)。迪伦·托马斯将乔伊斯的书名《青年艺术家画像》(*A Portrait of the Artist as a Young Man*)改为《艺术家作为小狗的画像》(*A Portrait of the Artist as a Young Dog*)。《从这里到永远》(*From Here to Eternity*)被改为《从这里到荒谬》(*From Here to Absurdity*)。加西亚·马尔克斯的《百年孤独》(*One Hundred Years of Solitude*)被约翰·巴思改为《百年感激》(*One Hundred Years of Gratitude*)。约瑟夫·康拉德的《黑暗的心》(*Heart of Darkness*)被改为《黑暗的艺术》(*Art of Darkness*)。《黑暗的艺术》描写哥特小说，是运用贴切恰当戏仿的书名的典范。惠特曼的"我听见美国在歌唱"(I hear America singing)被改为"我听见美国在说话"(I hear America talking)。狄更斯的《双城记》(*A Tale of Two Cities*)被改为《两张CD的故事》(*A Tale of Two CDs*)。CDs与cities发音相近，同时又是狄更斯英语名字的首字母缩写。麦尔维尔的《白鲸》(*Moby Dick*)被改为《莫比硬盘》(*Moby Disk*)。CD和硬盘是新时代的产物，因为戏仿，经典小说也与时俱进。

同样的戏仿，不同的形态，形成所谓的戏仿诸相。戏仿诸相又名戏仿的多样性，指戏仿发生的媒介的多样性。例如，电影可以表现戏仿。美国电影《上帝保佑美国》(*God Bless America*)刻画了媒体行业发达的美国令人不满的方方面面，一位中年男子和一个少女结伴，枪杀他们看不惯的人，这些人是他们眼中的白痴。镜头中，他们突然幻想自己变成了1963年11月22日在达拉斯遇刺的肯尼迪和杰奎琳夫妇。这是一处戏仿的场面。除了电影，小说、诗歌、戏剧可以被戏仿外，歌曲、报纸、画作也可以被戏仿，甚至"翻译"这种高级精神活动也可以被戏仿。

第一节　歌　曲

歌曲歌词可以被戏仿。科尔·波特的歌曲《你乃至上》("You are the Top")流传甚广：

你乃至上,因为我不擅长漂亮的辞藻,
所以我觉得与其让它们离开我的胸膛,
不如将它们雪藏。我不愿演奏小夜曲,
唯恐少了一小节音乐,
但如果这首歌谣不是很动听,
至少它能告诉你,你乃至上。
你乃至上!你是大体育场,
你真棒!你是卢浮博物馆,
你是施特劳斯交响乐的乐章,
你是本德尔女帽,
你是一首莎士比亚十四行诗,
你是米老鼠。
你是尼罗河,你是比萨斜塔,
你是蒙娜·丽莎的微笑,
我是不值钱的支票,一堆废物,
我彻底失败了,但是,亲爱的,
如果我最糟糕,你就一级棒!
你乃至上!你是圣雄甘地,
你真棒!你是拿破仑白兰地,
你是西班牙夏季的紫光,你是国家美术馆,
你是影星嘉宝的薪水,你是赛璐玢。
你乃至上!你是火鸡盛宴,
你是德比赛马赢家的狂欢时光,
我是一个玩具气球,注定马上破碎,
但是,亲爱的,如果我最糟糕,你就一级棒!
你乃至上!你是箭牌衣领,你乃至上!
你是柯立芝总统任期内印刷的美元,
你是弗雷德·阿斯泰尔轻盈的脚步,
你是奥尼尔的戏剧,你是惠斯勒画的
《艺术家的母亲》,你是卡门贝干酪。
你是静谧,你是《神曲:地狱》中的但丁,
你是杜兰特脸上的鼻子,我正在
(就像法国人说的)变得多余。
但是,亲爱的,如果我最糟糕,你就一级棒!
你乃至上!你是沃尔多夫色拉,
你乃至上!你是柏林情歌,

你是高雅绅士和女士的小型卧式钢琴，
你是教授公元 1100 年以前古荷兰语的大师，你是阿斯特夫人。
你是传奇，你是俄罗斯大草原，
你是罗克西影院联号引座员的裤子，
我是一个懒汉，就要走向终结，
但是，亲爱的，如果我最糟糕，
你就一级棒！①

诗歌中的阿斯特夫人是英国下议院第一位女议员。叙述人不遗余力地吹捧意中人，极力贬低自己，听了这些，再冷若冰霜的女子也会动容。不过因为年代久远，里面的东西对现代人来说，已经失去了吸引力，其效果让人觉得很滑稽。戏仿将原来诗歌中的荒谬进一步发挥：

你乃至上！你是平克海姆女士的补药，
你是结肠灌洗，你是正在使用的
新婚套房的热量，
你是维纳斯的乳房，你是金刚的阴茎，
你是手淫，你是罗马收藏品的拱门，
你是新郎勃起时的精力，
我是刚刚做了手术的太监，
但是，但是，亲爱的，
如果我最糟糕，你就一级棒！②

第二节 报 纸

也有戏仿报纸的例子。美国《午后报》(*PM*)1940 年 6 月 18 日创刊，注册资本 1.5 万美元，创办人为拉尔夫·英格索尔。英格索尔做《纽约客》编辑多年，随后经营《午后报》。报纸第一年经营不错，但已经露出隐忧，它 10 万到 20 万的发行量不令人乐观。1941 年，英格索尔应征入伍，回来后，发现报纸很不理想。编辑队伍中，思想相互矛盾，最

---

① Brooks, Cleanth. *Understanding Poetry*. Beijing: Foreign Language Teaching and Research Press, 2004, pp. 225 - 227.

② Gross, John(ed.). *The Oxford Book of Parodies*. New York: Oxford University Press, 2010, p. 138.

后该报于1948年停止发行。这家报纸不同于其他报纸的地方在于它不登广告;社论不是天天有,发表社论时,不是以报纸的名义,而是把作者名字附在后面;它创造了一种新的报道文体:记者的文章无任何悬念,不抖任何包袱。这种文体没有吸引力,也许是因为记者袖子里没有秘密武器,或脑子里没有东西。《午后报》现在已经被人愉快地遗忘,但威廉·阿特伍德写的一篇滑稽戏仿让熟悉这份报纸的老年读者莞尔一笑,因为它准确地再现了《午后报》的口吻。英格索尔的一个格言与这种文体有关:《午后报》不愿意推搡别人(*PM* won't push people around)。戏仿内容大意为:《晨报》编辑阿尔夫·斯特林格索尔在布鲁克林采访了三天三夜,刚刚回到家。他开始为《晨报》写一系列的报道,讲述他72小时的见闻和感想:

> 我刚从布鲁克林归来。最近三天,我到了这个行政区的东西南北,谈话、倾听、吃饭、睡觉、大笑,我乘坐过地铁、出租车和公交车,也步行过。我与地铁保安、出租车司机、公交车司机和交警都谈过话。我现在飞快地写,竭力记录在72小时内的所看、所听和所想。第一部分,我想我要把材料汇总到一起,整理出头绪;接下来,我要将它们拆开;最后,我要像马赛克一样将它们放在一起。我写得很快。我有个秘书。我一旦把材料写出来,她马上将它们整理好。我从布鲁克林带来的最大的新闻是:布鲁克林没有停顿。它还没有找到答案,但它马上可以解决问题。街道上的人没有止步不前。他们向各个方向走动。我离开之前采访过的拉尔夫·英格索尔不是一个一根接一根吸烟的人。
>
> 我从曼哈顿桥上得到了布鲁克林的第一印象。时间已经接近傍晚,我和漂亮的女秘书坐在一辆"日照"出租车里。我点了一支烟。接着,我说:"为什么前面有那么多红灯?"红灯连成一片,在一条路的一边。这条路似乎是交通干道。红灯看起来像一串红色的珠子。她说:"这些是交通灯。仔细看,它们会变绿的。"我聚精会神地看,看了一分钟,也许更长时间,*突然,灯变绿了!*[①]我让司机停下车。他停下车,我们出来。首先我出来。接着,我的漂亮女秘书也出来。我们到了布鲁克林。
>
> 我付了出租车车费。付钱的时候,我不由自主地打量了他的脸。他的眼睛明亮,透露出睿智。他的牙齿又直又白。我心里想:"这是一个有尊严的人。"我想知道,他的脸为什么不断抽搐呢?我

① 原文斜体,表示强调。下文斜体部分原因相同。

把找回的零钱放进口袋。我注意到这些硬币和家中的钱一模一样。我们步行前往区政厅。但首先，我想和街道上的行人交谈。我不屑于与大人物、老总和政治家交谈。我想知道小人物在做什么、想什么、喝什么、说什么、写什么，我想把这些告诉《晨报》。《晨报》对小人物感兴趣。最终，我们找到了报刊亭摊主。他卖的报纸语种是英语。我观察他。我猜他高约 4 英尺 11 英寸，矮个子。我的漂亮的女秘书也做了个猜测，但我的猜测更接近。他高约 4 英尺 10 英寸。接着，我让我的秘书问他，他对世界是什么看法。她告诉我，他说，等到明年再说。她说，他的意思是道奇棒球队。我告诉他，在我的家乡有两支球队，有些人支持这一队，有些人支持另一队。他说他不懂我的意思，因为如果你不支持家乡的球队，你就是反对它，就应该被踢出去。他说，布鲁克林只有一只球队，那就是道奇队。我不想遗忘什么内容，就把这些匆忙记下。因此，当秘书告诉我他说的内容时，我没有听到。我让秘书问他，如果她重复一下他的话，他是否介意。她说，他说她不应该重复。我以为她说不能重复，就问他以前做什么工作。他说，夏天时，他在科尼岛的海滨宽阔人行道推坐在轮椅上的人。我对秘书说："我们走"，因为《晨报》反对推搡别人。

我们到了宾馆的房间，我想把观感整理一下，使我对布鲁克林的第一印象更清晰。我知道自己现在有一个精彩的故事，当然不想让这个故事在睡觉前消失。但我也知道，如果不采访布鲁克林最新潮报纸的编辑拉尔夫 · 英格索尔，这个故事就称不上完整。如果能够和他接触，我就有故事可讲了。

后来，我知道，我要在布鲁克林三天，然后休假。在大军团广场车站等列车回家时，我简直绝望了。这时，有人拍了一下我的肩膀。我扭头一看，是一个年轻人，眼睛明亮，像是美国人。我猜他有 22 岁，我的秘书不想费事猜测。他说："英格索尔先生要见您。"他引我上台阶，到了街道上，我们左转，走了大约一个街区，我的心在狂跳。我想点一支烟，但燃烧的火柴灼伤了我的手指，我赶紧将火柴扔掉。突然，我们在一个咖啡厅门口停下。年轻人说："你可以进去了。"里边是一个长长的柜台，沿着柜台放着一排凳子，英格索尔坐在最远的凳子上。他好像正在和柜台后的服务员交谈，但我不敢肯定。我走近时，他示意我在挨着的凳子上坐下。我觉得他感觉到了我的兴奋，极力想让我平静。至少 5 分钟，我都不知道说什么好。我一遍遍地重复："你现在要得到一个好故事了，你现在可以给大家讲一下英格索尔的故事了。"

最终,他笑了,叫我平静下来,不要再胡言乱语。我马上平静下来,我们开始交谈。*英格索尔笑得时候,他的嘴角向脸颊方向伸展,眼睛起了皱纹;不笑得时候,他的嘴和眼睛恢复正常形状。*我说,布鲁克林这个时候天气很热。我问,布鲁克林是不是很热。英格索尔犹豫了一下。我能看出他在权衡单词。然后,他说,尽管天气比以往热,但一年这个时候这种天气绝非罕见。英格索尔说话时,我理解没有困难。他真挚坦诚地看着你,用舌头和嘴说话。

我告诉他,我准备坐地铁回去,问他坐火车怎么样。我说,我不想像上一次一样,最终发现自己到了新罗茨大道。英格索尔微笑了,点了一支名牌香烟(《晨报》不给任何产品做广告)。然后,他往咖啡里丢了几块糖。我想,他放了两块,但我不确定。我到的时候,碗里有十四块糖;我离开的时候,碗里只剩下十一块。但服务员可能拿了一块,我以后再确认一下。

他最后说:"我想你不会有麻烦的,祝你一路顺风!"我猜他可能想结束采访,就感谢他的好意,和他握手说再见。他说:"再见,和你交谈很愉快!"我又感谢了他,然后就走了出去。回地铁站的路上,关于英格索尔,我想起了一件事,这件事家乡人都想知道。我来布鲁克林之前,许多人告诉我,注意英格索尔吸烟。他们说,他一支接一支地抽烟。

情况并非如此。我和他共坐了10分钟。在此期间,他吸了两支烟。他没有用一支烟去点另一支烟。我注意到,他小心地掐灭一支烟,然后从烟盒中再取一支。换言之,他的两支香烟间有30秒的间隔。我见过一支接一支抽烟的人,他们不是这样抽烟的。

明天的采访任务:到格瓦纳斯运河。①

戏仿徒具形式,废话连篇,没有实质性内容。戏仿作者闭口不谈读者感兴趣的内容,在无关宏旨的细节上东拉西扯,令人吃惊。作者不断挑起读者的欲望,例如,"你现在可以给大家讲一下英格索尔的故事了",但最终让读者归于失望,致使最后的反高潮成为高潮。读了这篇言之无物的荒唐文章,读者可以想象历史上《午后报》的风格。新闻工作者应该努力避免这一倾向。

---

① Macdonald, Dwight(ed.). *Parodies: An Anthology from Chaucer to Beerbohm—and After*. New York: Random House, 1960, pp. 357-361.

第三节 翻 译

电影《美丽人生》提供了翻译被戏仿的例证。犹太人基多是格兰多大酒店的一个侍者。他聪明机智，工作期间与许多人结下了友谊。美丽的姑娘多拉给他留下深刻而美好的印象。他称她为公主。多拉已有未婚夫，但多拉经过考虑，最终选择了与基多共度人生。这桩门不当、户不对的婚姻触怒了她的母亲。结婚之后，母女不再来往。多拉和基多生下了机灵鬼约书亚。他们一家人经营一家书店，倒也其乐陶陶，日子过得和和美美。树欲静而风不停，纳粹的魔爪日益迫近，终于有一天，基多和约书亚被带上开往集中营的列车。此时，多拉和母亲已经和解，但当她们高高兴兴地回家，却看到了一个一片狼藉、空空如也的家。多拉马上明白发生的不幸。她不是犹太裔，本来不必去集中营，但她深爱自己的丈夫和儿子，于是乘上了同一趟死亡列车，但不是同一节车厢。法西斯专政摧残人性。为了保护约书亚幼小的心灵不受伤害，缓冲残酷的现实对约书亚心灵的冲击，基多总是将一切美化，掩盖事实真相。他将乘车前往集中营称为外出旅行。到了集中营，男子、女子被强行分开，基多和多拉没有机会团聚，只能和儿子在一起。两人和众人一起被驱赶到肮脏、嘈杂、拥挤的集体宿舍。连铺的大床分为四层，每一层都非常矮，人在床上甚至不能直起自己的腰。基多告诉儿子，大家到这里，都是为了参与游戏，和他共同争夺头等奖。他还说，集中营的生活是一场游戏。所有穿条纹囚服的犹太人都是游戏参加者，而纳粹官兵则是游戏制定者兼裁判。谁服从游戏规则，就可以得分，积够 1000 分，可以获得奖品（一辆坦克）。不谙世事的约书亚相信了。

初来乍到，犹太人不懂规矩。一个纳粹军官带着两个扈从气势汹汹闯入，用德语发问。基多上铺的难友巴图告诉基多，军官问谁懂德语，他需要翻译将自己发布的命令翻译为英语。如果懂德语的巴图把军官的德语如实翻译为英语，势必让自己精心编织的谎言露馅，使在场的约书亚遭受沉重打击。为了防止这种情况的发生，基多灵机一动，走到军官面前，毛遂自荐，充当翻译。军官没有考察基多的德语水平，而是兀自开始训话，随后停下，留出时间让基多翻译，也即是翻译中的接续传译模式。基多翻译大意如下：

游戏现在开始。得到 1000 分胜出，得到坦克。确实是幸运儿。每天有广播播放谁是优胜者。分数最少者在背后挂上“笨蛋”的牌子。我们士兵扮演坏蛋，又喊又吼。谁怕谁丢分。三种情况下,选手失去所有分数:第一,哭泣;第二,要找妈妈;第三,吵着要吃点心。这些想都不要想。肚子饿很容易失分。昨天我丢了40分,因为我要吃果酱三明治。不要向我们要棒棒糖,只有我们当兵的才能吃棒棒糖。昨天我吃了20个。吃得我肚子痛,但味道不错。这还用说吗?我现在要走了,我还要玩捉迷藏游戏。迟了,会被抓住。

翻译中,约书亚和其他人一道认真听。他时而惊奇,时而兴奋,表现了基多希望他做出的反应。讲完后,德国军官和随从扬长而去。基多长出了一口气,走向自己的铺位。有难友问他到底是怎么回事。基多说了实话:"我什么也不知道,问巴图好了。"同时,他提醒巴图,不要忘了将军官的话翻译给他听。

显然,基多对于自己的胡乱翻译心知肚明。从技术层面上讲,他是一个不称职的翻译,因为他根本不懂德语,还要把德语翻译为英语。他没有忠实传达源信息给受众;从道德层面上讲,他也有可指摘之处:军官宣布纪律,违犯纪律可能被处死。难友需要知道纪律,保护自身安全。基多的乱译将许多人的生命置于危险之中。作为父亲的基多首要的考虑对象是约书亚。只要儿子相信他的话,其他的因素都可以抛开,其他人的利益可以不顾。但我们不必苛求基多,《美丽人生》不过是部虚构的电影。基多也有自己的苦衷。他一直不想让儿子了解残酷的真相和狰狞的事实。为了让儿子有美丽人生,他用无害的谎言,编织了一个城堡,让儿子无忧无虑地住在这个虚幻的城堡里。乱译是他"欺骗"儿子的重要一环。如果这个环节出了问题,整个城堡都会轰然坍塌。因此,观众认可基多的翻译,赞扬他的随机应变,并为这个最终死去的伟大的父亲洒下一掬泪水。基多的翻译有其名而无其实,构成对翻译的戏仿。影片最后,基多被纳粹士兵击毙,但在他的精心呵护下,约书亚幸存了下来,坐上解放集中营的士兵乘坐的坦克,与母亲会合。影片控诉了法西斯惨绝人寰的大屠杀,歌颂了普通人相濡以沫的真情,构思巧妙,台词经典,演员表演到位,是一部不可多得的经典影片。

不同种类的戏仿竞相争艳,极大地丰富了戏仿的内涵,陶冶了读者的身心。

第二章　本体与仿体

如果把被戏仿的文本称为本体，戏仿文本称为仿体，那么它们呈现不同的比例。有时候，本体单一，而仿体也保持单一。本书的大部分例证都是这个类型。但不同人看问题的立场会有不同，下面一个故事说明了这一点：

> 路上，一个记者拦住了四个人，这四个人分别是美国人、伊拉克人、俄国人和犹太人。他对他们说："对不起，耽误你们一会儿时间。我想就肉品短缺问题，做一个民意调查。"美国人问："什么是短缺？"伊拉克人问："什么是民意？"俄国人问："什么是肉？"犹太人问："什么是对不起？"①

美国人生活富裕，不知道什么是物品短缺；伊朗人一向听从宗教领袖，从不知道何为民意；朝鲜人生活贫苦，不知肉为何物，最有趣的是犹太人，他们自以为是，从来没有说过"对不起"。一句话尚且有这么多的反应，更何况针对一个长篇文本的戏仿！因此，戏仿中还有本体的单一性和仿体的多元性。

第一节　单一本体和多元仿体

本体的单一性指本体只有一个，仿体的多样性指同一个本体可能衍生众多戏仿作品。随着时间的流逝，不同的作家或戏仿者都争相模仿同一文本，因为视角的不同，形成了这一特征。下面举《旧橡木桶》一诗为例说明。诗人、剧作家和编辑塞缪尔·伍德沃思出生在马萨诸塞。他的诗《旧橡木桶》(1818)被收入教科书，大家争相传唱，从而到了妇孺皆知的地步。随着工业化和城市的发展，恬静的乡村正在渐渐消失。诗中很好地表达了对乡村生活的怀念：

---

① Cohl, H. Aaron (ed.). *The Friars Club Encyclopedia of Jokes.* New York: Black Dog & Leventhal Publishers, Inc., p. 160.

当甜蜜的回忆在眼前展现儿时的景象,
我心中感到那种亲情荡漾!
那果园、草地、参差交错的野生林,
还有我儿时喜爱的每一个地方,
那宽阔的池塘和池边的磨坊,
在瀑布落下的地方,那桥、那石、
我父亲的小屋、附近的挤奶房,
甚至那粗制木桶垂在井旁。
那旧橡木桶,那铁箍的木桶,
那垂在井边青苔覆盖的木桶。
那布满青苔的木桶,我那么珍惜,
中午我从田里归来,
它常常给我带来快乐无比,
带来大自然生成的最纯最甜的东西。
我用火辣辣的手热烈地抓住它,
迅速将它放到白鹅卵石铺的井底,
木桶很快就溢满了水——真实的象征,
它一边从井里升起,
一边还流下清凉的水滴。
那旧橡木桶,那铁箍的木桶,
那垂在井边青苔覆盖的木桶。
我从绿色布满青苔的井沿将它接住,
把它立在井边倾向我双唇,啊,真甜!
就是装满红酒的高脚杯
也无法诱我离开,
哪怕是朱庇特的琼浆将杯子装满。
现在我远离可爱的故乡,
当幻想又回到我父亲的庄园,
为那吊在井里的木桶叹息时,
我的眼里禁不住涌出惋惜的泪水。
那旧橡木桶,那铁箍的木桶,
那垂在井边青苔覆盖的木桶。①

---

① Gardner, Martin (ed.). *Martin Gardner's Favorite Poetic Parodies*. New York: Prometheus Books, 2001, pp. 211 – 212.

这首诗至少有下面五则不同方面的戏仿：政治、耽于性欲、颠覆父权权威、斑驳的童年趣事和生态环境恶化。

1．庸俗的陈词滥调

我心中的政治家多可爱，
他们总是希望要大家的选票。
他们喜爱空谈，庸俗的重复，
他们用引语包装古已有之的废话。
尽管同样冗谈的对手恶毒谩骂他们，
这也阻止不了政客
滔滔不绝空谈的力量。
对于他们陈腐空洞的废话，
我们再清楚不过了。
陈腐空洞的废话，
用铁包装、针扎不进的废话，
那长着青苔的废话，
我们都再清楚不过了。
他们宣称努力和工人阶级交朋友，
说人民的信任对他们来说很神圣。
他们发誓无限服从大众的意志，
他们敷衍塞责，他们闪烁其词，
他们的呓语到了炉火纯青的地步，
他们能消除任何疑虑，
他们像天女散花一样许下诺言，
我们很清楚，
他们最后给我们的是废话。
他们口若悬河的话语是止痛剂，
可以医治人类易患的病症。
他们像是哈姆雷特，椎心泣血，
他们说话总是滴水不漏，
在他们的咒语下，
我们看到了乌托邦的美景。
尽管这只是幻影，
我们还是听信了
我们再清楚不过的废话。
陈腐空洞的废话，

用铁包装、针扎不进的废话,
那长着青苔的废话,
我们都再清楚不过了。①

2. 年老色衰的神女

我心中年老色衰的神女,
甜美的回忆让我看到了她!
老鸨、青楼、整车的啤酒,
甚至老式的云雨的快乐。
你可以奢谈法国最新流行的方式,
我也时有耳闻,
但我想要名叫贝尔的年老色衰的神女
自然的肉体感官享受。
她伸开腿躺在奢华的床上。
我,一个急躁、春情荡漾的青年
对着她的处女林直捣黄龙。
她身上散发出麝香的味道,
她的笑容,她的蹩脚的语法,
她的魅力完全让我神魂颠倒。
我常喜欢抚摸她,
名叫贝尔的年老色衰的神女。
通行的价格是一次五美元。
这些穿着红衣服的女子,
希望有时候和她们共眠。
你可以随意歌唱青苔环绕的井边
挂着或摇晃着的老式的木桶,
我要的是能寻欢作乐
名叫贝尔的年老色衰的神女。②

原诗中怀念的是一个木桶,戏仿中萦绕在心头的是一个妓女。玩物丧志,戏仿叙事人对这种难登大雅之堂的经历津津乐道,充分显示了他品位低下,志趣低俗。如果原诗叙事人是一个正面形象,那么戏仿中

① Gardner, Martin (ed.). *Martin Gardner's Favorite Poetic Parodies*. New York: Prometheus Books, 2001, p. 213.

② Gardner, Martin (ed.). *Martin Gardner's Favorite Poetic Parodies*. New York: Prometheus Books, 2001, pp. 215-216.

的叙事人则是需要大加鞑伐的形象。

3．当父亲踢木桶

我多么喜欢童年时家中的砖瓦房，
记忆中呈现出家人的影像：
一个父亲、三个母亲、
五个哥哥、十二个妹妹、一两个婴儿、
宽阔的沼泽地、附近的小河，
这些距离我要讲述的
承载着悲哀故事的水井不远。
我的父亲的命运，他的遭遇，
起因是井上挂着的粗糙的木桶，
那旧橡木桶，那铁箍的木桶，
那垂在井边青苔覆盖的木桶，
他觉得是宝贝，一天中午，
他从田里回来，
觉得井水能减轻自己的压力，
天旋地转时，他在井边站稳脚跟。
他迅速用手抓住桶，
身子倾斜到井水上面。
哎呀，这绝非真理四溢，
臭味几乎把他的鼻子削掉。
他诅咒那个木桶，
那个污泥覆盖的木桶，
那个水井边挂着的粗糙的木桶。
他耐着性子去喝水，现在桶放在井边，
歪向他的嘴。父亲头上有个瘤子，
他希望摘掉瘤子就好了。
水还没有他常喝的威士忌的一半好喝。
闻着臭气，他怒火中烧，骂了一句，
一声怪叫，向后退去。
随后，他向前一大步，一脚将桶踢飞。
被粗鲁踢了一脚的木桶，铁箍的木桶，
可怜的木桶哗地掉进井里。
父亲身子失去平衡，
头朝下，扎进了井里。

哪一个下落得更快,
他在哪里超过了木桶,
他何时不再咒骂,不得而知。
我们把他们两个打捞上来,
排干了他们的水分。
如今,远离可爱的家乡,
我回想起他怎么诅咒木桶,
因为父亲一脚将木桶踢下水井。
父亲踢掉挂在井边的木桶后,
他们又买了一个木桶,
又挖了一口水井。①

《史记》以苍蝇附骥尾而致千里比喻颜回因孔子而扬名。即使一粒卑微的灰尘粘在千里马的尾巴上,也会自命不凡。戏仿也是搭上原作的快车,进入快车道。上面的戏仿作品是一首无意义的胡诌,类似打油诗,并没有深刻意义。中间玩弄了文字游戏。“踢木桶”(kick the bucket)是双关语,俚语中表示“蹬腿,上西天,见阎王”。如果没有原诗,这首诗大概不会存在。这说明了戏仿的寄生性。有了原诗作宿主,才会有戏仿这个寄生虫。但是,戏仿也不是一无是处。戏仿的一个积极方面在于它的助忆性。戏仿中许多单词和句子与原作是一样的,有助于学习者熟悉、背诵原作。另外,文中描写了一个暴躁的父亲,将父亲写得很不堪,显示了一种反权威的思想。

4. 旧剪贴簿 无名氏

我最心爱的是我的剪贴簿,
想起了本子,就激起甜美的回忆。
我在上面花的时间绝对没有浪费,
制作本子给了我很多喜悦,
一应烦恼抛之脑后。
我的黏黏的旧剪贴簿,
我的浆糊覆盖的剪贴簿,
我非常喜欢的牛皮封面的剪贴簿。
只要浏览图片,心中就升起

---

① Gardner, Martin (ed.). *Martin Gardner's Favorite Poetic Parodies.* New York: Prometheus Books, 2001, pp. 219 – 220.

拿着剪刀和浆糊的可爱小孩的形象。
剪贴簿是我耐心的结晶，
给了我无限乐趣。
它一天天变厚，一天天变美。
八卦新闻、美食、教皇卜尼法斯传记，
面颊不寻常的雇员的故事，
地图上找不到的国家，
温柔、顺从的虱子的故事，
各种奇闻、高深的论文，
鲜活的、死去的、有性的、无性的，
可笑的错误的严肃的论述，
这些和一些令人毛骨悚然的
恐怖故事放在一起。
宴会菜谱、感恩节食品，
馅饼中一只蟑螂被防腐处理。
一伙狡猾的罪犯令人难以置信的行为，
他们从附近的防火通道上滑下溜走。
还有许多话题，都在剪贴簿中谈到。
不过，我已经记不起来。
有许多谜语我已经忘记，
上面附有复杂的答案和表格，
都在我的黏黏的旧剪贴簿，
我的浆糊覆盖的剪贴簿，
我非常喜欢的牛皮封面的剪贴簿。①

5. 旧污水桶

用学到的知识重新审视往事，
想起童年，我不由得痛心疾首。
易患疟疾的农场，原始林木上的真菌，
我的寒战至今还没有消失。
渣滓覆盖的池塘，附近的猪圈，
厕所下水道通向壕沟。
潮湿、阴凉的住房，

---

① Gardner, Martin (ed.). *Martin Gardner's Favorite Poetic Parodies.* New York: Prometheus Books, 2001, pp. 220 – 221.

旁边发出恶臭的谷仓,
最糟糕的是那口可怕的井,
那旧橡木桶,那霉菌成片的木桶,
那挂在井边青苔覆盖的木桶。
想一下吧! 回忆起那时候
打水时用的桶上的青苔。
当时我不知道天才科学家
和教授分析井水得出的结果,
腐烂的木材、铁氧化物、
海藻、特大的青蛙,
水脏得像拜伦的诗歌,
这些是我眼睛噙着泪水想起来的东西。
说出可怕的实话!
想起它,我就不寒而栗。
以前我觉得水很干净,
中午我经常去喝井水,
我觉得井水和啤酒一样味美。
我急切地用肮脏的双手抓住桶,
木桶迅速落到污泥遍地的井底。
散发着硝酸盐和亚硝酸盐的臭味,
盛满黏滑的有机物,木桶升到地面。
啊,我当时应该避开
潜伏在令人掩鼻的水中的风险。
喝之前,我应该检验一下,
找出有机病菌及高锰酸钾,
将其清除消灭。
另外,我也应该将水煮沸,
然后用鹅卵石加上木炭过滤干净,
蒸馏、浓缩,装进可以携带的瓶子,
将污秽排除在外。我当时不知道
我大着胆子喝的水里面,
有伤寒热的风险。
自从我成为科学的虔诚信徒,
我想起自己已经远离

刚才描述的场面就心惊肉跳。
前车之覆，后车之鉴。
回忆起小时候大口喝水，
想起那口可恶的井就想呕吐，
那旧橡木桶，细菌生长的木桶，
那挂在井上的污水桶！①

第二节　戏仿的自成一体性

戏仿有质量高下之分。换一种说法，就是如果没有读过原著，有些戏仿让读者如坠云里雾里，不知所云，这体现了戏仿的寄生性。不知道本体，怎么理解仿体？另外一类戏仿则不同。即使读者没听说过被戏仿的作家，戏仿读起来也有滋有味。纳森尼尔·本奇利认为："这是最上乘的戏仿。"②考尼利亚·奥蒂斯·斯金纳以戏仿为形式，为梅普尔·鲁奇·杜鲁门的《私人回忆录》做了一个小结，这篇戏仿可以作为一例，证明这个观点。

叙事人称自己有能力把20世纪的名人集中到自己的社交聚会。写作之时，她的沙龙已经成为知识分子谈话的中心话题。她的富有活力的性情吸引当代的巨人到了她的陋舍：亨利·詹姆斯、毕加索、斯特拉文斯基、王尔德、泰·科布③，更不用说易卜生了。"我们坐在浴缸边的地巾上，探论心理分析、童工、德雷福斯案和种族问题（除了叶芝，他宁愿躺在火炉边）。"④氛围很和谐，弗洛伊德会说："梅普尔，你真行！你是永远的交际花！"我也没办法，生来就是这样的人。一月初，叙事人自称收到萧伯纳的便条，"我亲爱的鲁奇夫人：下星期不能和你一起进餐，我现在还在英国。你的真诚的G. B. S.。"夏天，叙事人搬到佛罗伦萨，大人物一窝蜂地跟去，同住一栋别墅。人太多，有些睡在台阶上，有

---

① Gardner, Martin (ed.). *Martin Gardner's Favorite Poetic Parodies.* New York: Prometheus Books, 2001, pp. 221－223.

② Lowrey, Burling. *Twentieth Century Parody American and British.* New York: Harcourt, Brace and Company, 1960, p. xv.

③ 泰·科布（1886—1961）：美国职业棒球运动员，在美国棒球联盟24个赛季中创跑垒2244次和击球得分1959两项纪录，在12次击球比赛中居美国棒球联盟之首，连获9次冠军（1907—1915）。

④ Lowrey, Burling. *Twentieth Century Parody American and British.* New York: Harcourt, Brace and Company, 1960, p. 136.

些睡在16世纪的柜子里,只有最杰出的人物才有资格睡在井里,井是切利尼①雕刻的,而且晚上有西门内塔的鬼魂出没。叙事人说,这个地方因为她而魅力四射。不知怎么的,她成了博尔吉亚②的化身。当她给贝伦森③说起这件事时,贝伦森吃饭马上就没有胃口了。她具有性感十足的明星气质、皇家威仪,身上装饰有水仙花、贝壳,穿着猎犬从一个法尔内塞化粪池刨出来的伊特鲁里亚长袍。穿着这件衣服时,萨金特④为她画肖像画。后来,画家毁了画板,因为他捕捉不到她神秘莫测的笑容。叙事人也辅助画家画《下楼梯的裸女》。此时,画家对自己的创作稍微满意了一点。叙事人经常随意在细木护壁板间走动,享受"厌世"和"无所事事乐悠悠"加在一起的感觉。邓南遮⑤开着玫瑰红色的豪华轿车来了。他把叙事人的车道误认为是邻居家的大门。他用意大利语说:"请原谅,夫人。"他的嘴唇肉感红润,好像吃了石榴,或者是聚乐多悬钩子。风在吼叫,让人油然产生情欲。

叙事人说,格特鲁德·斯坦因和爱丽丝·托克拉斯夏天和她在一起。一个来自马略卡岛的小个子男子也来了,他的名字叙事人忘记了。他收集仙人掌。叙事人的丈夫也在,她也忘了他的名字,她不爱他,她从来不爱自己的丈夫们,因此从来不记他们的名字。X也在,因为她充满魅力的大脑,他也陷入了叙事人编织的金色情网。叙事人与他逢场

---

① 本维纽托·切利尼(1500—1571):意大利佛罗伦萨金饰匠、雕塑家,杰作包括青铜塑像帕尔修斯,还写有《自传》,生动地描述了艺术家在罗马、佛罗伦萨的艺术生涯。

② 路克丽西亚-博尔吉亚(1480—1519):亚历山大六世教皇之女,切萨雷·博尔吉亚之妹。路克丽西亚-博尔吉亚曾作为其父的政治筹码,数次与有关贵族结婚。1493年嫁给佩萨罗王公乔瓦尼·斯佛尔扎,后因两个家族的联盟不起作用,1497年亚历山大取消了他们的婚姻。1498年改嫁那不勒斯阿方索二世之侄阿方索。当他们的婚姻关系影响到与法国的联盟时,切萨雷即派心腹将阿方索杀害。1503年,博尔吉亚家族的愿望破产后,改嫁埃斯特公爵阿方索,从此作为艺术赞助人在费拉拉宫过着平静的生活。

③ 伯纳德·贝伦森(1865—1959):美国艺术批评家,生于立陶宛。意大利艺术研究专家,常为艺术品收藏家提供建议并为艺术品商人鉴定艺术品的真伪。著有《文艺复兴时期的威尼斯画家》(1894)、《佛罗伦萨画家的绘画》(1903)以及《文艺复兴时期的意大利画家》(1930)。

④ 约翰·辛格·萨金特(1856—1925):美国画家,生于佛罗伦萨。1876年到美国并加入美国籍。曾长期逗留英、法、德、意等国,从事创作。多为上层人士肖像画,技法娴熟。也曾做水彩风景画、大型壁画和装饰画。著名作品有《温汉姐妹图》等。

⑤ 邓南遮(1863—1938):意大利诗人、小说家和剧作家。生于意大利中部乡村,自幼爱好文学,16岁出版抒情诗集,1882年发表诗集《新歌》而崭露头角。主要作品有"玫瑰小说"三部曲《欢乐》、《无辜者》和《死的胜利》,以及剧本《琪俄康陶》(1898)等。其作品词藻艳丽,曾在意大利风靡一时,影响很大。他宣扬享乐至上的人生观,鼓吹军国主义。1937年,他被任命为意大利科学院院长。

作戏，如同假荆芥[①]吸引一只猫。他的妻子恨叙事人。她来自缅因州，缺乏细腻的感情。每天晚上，仆人鲁鲁在大理石台阶上撒上玫瑰花瓣让叙事人踩在残酷的小拖鞋下。鲁鲁的悲剧在于他想爱叙事人，但不知如何去爱。他爱一只泰国猫，叙事人认为，这是因为猫看起来像她的缘故。叙事人告诉了鲁鲁，但他不能理解。一天晚上，他的床上起了火。众人跑着来找叙事人，问她怎么办。叙事人正在读米开朗基罗的十四行诗。她头也不抬，只说了一句："把火扑灭！"叙事人卧室的大床能睡四个人。

叙事人言称，拉威尔[②]把他创作的《波列罗》舞曲献给了她。她收到一张纸条，上面写着："亲爱的鲁奇夫人：很高兴寄给您我的亲笔稿，拉威尔。"叙事人还说，一天晚上，劳伦斯和弗里达夫妇两人来吃饭（已经邀请了阿拉伯的劳伦斯[③]，但他怕见她）。吃饭时，没发生什么大事，只发生了一件小事：布莱特拿起煎鸡蛋朝桑格夫人[④]扔去。叙事人什么也没说，只是穿着发出幽幽闪光的缎子衣服，坐在壁炉台上。她戴着用三齿蒿编成的花冠，上面还有小蟋蟀。突然，门开了，品托走了进来，脸上充满了英豪特有的怒火。他全身一丝不挂。

叙事人觉得自己有必要用爱玛·戈德曼[⑤]的一封信结束这一卷回忆录（同时声称还要再出 24 卷）："亲爱的梅普尔，今晚不能参加你的大麻派对。我要去监狱服刑，对不起。"[⑥]

---

① 据说假荆芥的气味吸引猫。

② 莫里斯·拉威尔（1875—1937）：法国作曲家，艺术家庭出身。1889 年至 1905 年就学于巴黎音乐学院，师从福莱。其作品力求形式与风格之完美，以特有的和声手段独具一格。主要作品有钢琴曲《水之游戏》（1901）、《在库伯兰墓前》（1917）、管弦乐作品《西班牙狂想曲》（1907）、《波列罗》（1928）、芭蕾舞剧《达菲尼与克罗埃》（1912）等。

③ 阿拉伯的劳伦斯（1888—1935）：英国军人，大学时专攻中世纪筑城学。1911 年至 1914 年受命去中东北非地区，绘制加沙地区和西奈半岛等地的地图。1914 年 12 月在开罗加入英军，负责情报工作并在阿拉伯部落军队中任联络官，在土耳其后方从事游击战，屡立战功，被誉为"沙漠枭雄"。1918 年 1 月从少尉越级擢升中校，并被授予勋章。著有《七根智慧之柱》、《造币厂》等。

④ 桑格夫人（1883—1966）：美国社会活动家、美国节制生育运动的创始人。1921 年创立美国节制生育联盟并任主席至 1928 年。1927 年组织召开日内瓦第一次世界人口会议。著有《我为节制生育而战斗的经历》（1931）等。国际计划生育协会第一任主席（1953）。

⑤ 爱玛·戈德曼（1869—1940）：美国无政府主义者，生于俄罗斯。1886 年移居美国，与无政府主义者亚历山大·伯克曼一起出版刊物《大地母亲》。1893 年至 1917 年间，曾被指控煽动闹事、公开宣传控制生育、阻挠征兵等而多次被捕。1919 年与伯克曼一起被驱逐至苏联。1921 年离开苏联，移居英国、加拿大和西班牙等国。

⑥ Lowrey, Burling. *Twentieth Century Parody: American and British*. New York: Harcourt, Brace and Company, 1960, p. 138.

戏仿中,读者可以提炼出关于原作的一些信息。原作爱炫耀名人。一些人自以为认识一些名人便沾沾自喜,谈话中不时装作不经意,抛出名人来提高自己的身价。文中附庸风雅,用了多种语言,例如,法语“临时居所”(pied-a-terre)、拉丁语“随意”(ad libidum)、意大利语“对不起,夫人”(scusi, signora)。文中充满了对自己的溢美之词,名人如同众星捧月般围绕在她周围,没有一个不爱她,不但缺乏可信度,而且让人觉得肉麻。不过,她的爱是畸形的。没有正常人的感情,而且相当残酷(失火不紧急救助伤员,客人发生争执,向对方身上抛投食物无动于衷),没有家庭稳固的纽带,生活糜烂(四人大床),吸食大麻。戏仿用夸张的方式,勾勒出戏仿作者阅读梅普尔·鲁奇·杜鲁门传记的感受,并完美地将这种读后感传达给读者,让读者获得清晰的印象。笔者曾试图在网上找到梅普尔·鲁奇·杜鲁门的资料,没有成功。但这篇戏仿无疑是上乘之作。

第三节　戏仿的奇趣怪

虽然戏仿可以自成一体,但文章所包含的信息可以给读者提示原作者的写作风格,方便有兴趣的读者找到原作,进行印证。有些戏仿写得特别有趣,读者了解原作的愿望油然而生。克雷格·布朗的戏仿就有这样的特色。他假称自己摘录了英国作家大卫·黑尔的日记,对黑尔进行戏仿。黑尔著有关于英国机构的三部曲《飞快的恶魔》(*Racing Demon*)、《喃喃自语的法官》(*Murmuring Judges*)和《没有战争》(*Absence of War*)。这些尤其成为布朗戏仿的参照物。戏仿分为四部分,现在摘录第一、第二部分:

> 英国现状(第一部):三天前,我参加了一个聚会。我不经常到聚会,我不是那样的人。我是一个剧作家,天天需要考虑的严肃的事情很多。但我去了这一个聚会。当然,我乘坐公交车去的。我不是乘坐出租车的人。我在国王街上叫停了一辆双层公共汽车,让司机带我到爱思林顿。我让他在外面等我一两个小时,然后送我回家。我说得很清楚,但现在是撒切尔的英格兰,因此当我离开聚会,到门外一看(顺便说一句,这次聚会我不是特别喜欢。一点也不严肃,全是些搞笑的人),公共汽车不见了。这件事颇具典型性。我有点不情愿,但也只好叫了一辆出租车。因为同情司机,我就和他一起坐到了前排,观察,观察,观察,我的思想又飞快地回到

聚会那具有决定性的时刻。当时，我站在房间的角落，手中拿着我特意带来的肮脏的纸杯。这时，一个人走了过来，个子高高的，很俗艳，笑得很随意，系着时尚的领带。他说："你看起来有点孤独，我介绍一下自己，可以吧？"然后他就介绍了自己。我没有回答。就像大多数严肃剧作家一样，我宁愿观察。接着，他又带着他那虚伪的笑容，说："那么，您是哪位？"

我愤怒了，完全愤怒，惊呆了，震惊。震惊，愤怒，惊呆了。当然不是为我，而是为我的职业，整个英国戏剧，从最不起眼的预备演员到最出色及最危险的剧作家（这个人是不是我，不是问题之所在）。为什么这个人，这个系着时髦领带，带着暧昧笑容，过度热情地握手，到底为什么他假装不知道我是谁？这是我们全国不可挽救的衰落的象征，在重要及痛苦性方面不亚于煤矿工人罢工和福克兰群岛争端。

英国现状（第二部）：羞辱和恐惧在我体内涌动。我不得不开口。我说："我叫大卫·黑尔。"他重复道："大卫·黑尔！天呀，我真的喜欢你所有的戏剧！我个人认为，您是最伟大的健在的剧作家之一。"

请注意他的居高临下、充满偏见、故意贬低、散发出统治阶级恩赐态度的措辞：我个人认为，您是最伟大的健在的剧作家之一。只有在英格兰，在疲倦、病态、错位、奄奄一息的20世纪90年代的英国，才可能认为以这种方式贬低一个严肃的剧作家是时尚。回到家，我马上给聚会召集人写了一封平和的信，质疑他的道德品质：为什么让我去一个有公开仇视我的人参加的聚会？因为他没有事先提醒我他的卑劣，我狠狠谴责了他的虚伪。最后，他回了一封有道歉性质的信件。这正好说明，在当今撒切尔的英国，我们的国家特色就是道歉、道歉、道歉。什么时候我们大家，作为一个民族，才有勇气直面自己呢？①

上面的戏仿妙趣横生。克雷格·布朗还模仿英国作家安东尼·鲍威尔，同样以他的日记的形式：

1995年1月22日：今天我接到普林斯顿大学威尔顿斯坦教授的电话。他要给我一大笔钱。美国人最擅长这样的事情。他说，

① Gross, John (ed.). *The Oxford Book of Parodies*. New York: Oxford University Press, 2010, pp. 199 – 200.

他要授予我什么文学奖,还是其他什么,大概是五万美元。我愿不愿意帮他一个忙,接受这个奖金。这确实很烦人,但我想一个人必须照顾一下他的情绪。我犹犹豫豫地接受了,心里想着,他为什么不能直接邮寄给我,也就不会有接受不接受这种事了。不用说,他很高兴。过去,我注意到许多美国人说 dance 这个单词的 a 时,用一个简短的 a,而不是长长的 a,不知道别人注意到了没有?还是因为我是小说家,因此耳朵特别敏感?我让他直接寄给我支票,但是,拜托,不要再附上一封信件,因为这种贺信让人很难读完。今天重读了一下叶芝的诗歌,有爱尔兰的味道。①

大卫·黑尔和安东尼·鲍威尔何许人也,作品人物竟然这样思考、说话、办事?如果读者读后没有萌生了解这两位作家原作的兴趣,倒成了怪事:上乘的戏仿居然具有这么大的魅力!

---

① Gross, John(ed.). *The Oxford Book of Parodies*. New York: Oxford University Press, 2010, p. 150.

第三章　内容和形式

一篇优美的文章，要求内容和文体符合。王侯将相谈论国事可以用正式用语，市井人物市场交易可以用俚语，所谓大马拉大车，小马拉小车。如果大马拉小车，则有高射炮打蚊子之嫌；如果小马拉大车，则不能胜任。戏仿作者有时故意使题材与文体不般配，滑稽感油然而生。

第一节　大题材与小形式

神话故事人物出现的场面波澜壮阔，人物一般适合用宏大的语言。如果是悲剧，更需要书面正式语来渲染气氛，例如，伊阿宋和金羊毛的故事。故事梗概如下：伊俄尔科斯王子伊阿宋为了向篡夺王位的叔叔珀利阿斯讨回王位，带着希腊众英雄坐着大船阿尔戈号前往科尔喀斯去取金羊毛。金羊毛放在圣林中的一棵橡树上，由能喷火的毒龙看守。在雅典娜的帮助下，阿尔戈英雄们历尽千辛万苦到达目的地，却没有办法从火龙身边拿到金羊毛。痴心公主美狄亚为了爱情，背叛了父亲埃厄忒斯，帮助伊阿宋拿到了金羊毛。美狄亚跟随伊阿宋登上阿尔戈船，准备逃走。看见父兄追来时，她竟把哥哥阿普绪耳托斯砍成碎块抛到海里。父亲忙着收殓尸体，没有能够追上他们。美狄亚跟着伊阿宋回到伊俄尔科斯。付出惨痛代价拿到的金羊毛并没有给他们带来幸福。珀利阿斯不愿意让位，美狄亚用魔法劝诱珀利阿斯的女儿杀死了珀利阿斯。珀利阿斯的儿子将他们赶出城邦，美狄亚和伊阿宋带着两个儿子流亡到科林斯。

十年后，伊阿宋不再爱自己的妻子美狄亚。他要解除婚约，甚至抛弃自己的爱子，和科林斯美丽的公主格劳刻结婚，国王克瑞翁命令美狄亚离开科林斯。美狄亚曾经为爱情犯下难以饶恕的罪行，却得不到幸福，痛苦万分的她决定报复。她假装回心转意，对伊阿宋说："我要给公主送点礼物去，一件精致的袍子和一顶金冠，叫孩子们带去。我知道这是世界上最美丽的东西。"公主看见那两件礼物，也没多想，就把那件彩色的袍子拿起来穿在身上，把金冠戴在卷发上。突然，金冠冒出熊熊的火焰,袍子也在燃烧,格劳刻被活活烧死。克瑞翁闻讯赶到,抱住自己的女儿。谁知他的身体粘在那精致的袍子上,肌肉便从他的骨骼上分下来。这样,他也失去了生命。同时为了打击伊阿宋,美狄亚狠心杀死了自己两个亲生儿子。她乘着龙车,悲痛地带着心爱的儿子的尸体,向着那遥远的天边飞去。最终可怜的伊阿宋在绝望中生活,后来午睡时被阿尔戈船掉落的重木砸死。

有一篇戏仿没有用书面正式英语,而是用俚语来表现人物性格,内容是格劳刻要求伊阿宋和美狄亚离婚,伊阿宋随后和美狄亚商量这件事。通过语言这个杠杆,神话人物降格,与一般人无异,他们的对话简直成了现代社会小夫妻情景喜剧:

伊阿宋:你最好走吧,她很快会来的。
格劳刻:好,但你保证今天会告诉她吗?
伊阿宋:肯定会。
格劳刻:说得好听。这话你昨天就说过。
伊阿宋:我昨天想告诉她,但被打断……
格劳刻:知道了。我只想说,你必须今天告诉她。说话要讲究策略,我真不想让美狄亚受伤害。
伊阿宋:不会的。
格劳刻:再见。那明天11点,克瑞翁研究所见。
伊阿宋:好的,11点。
格劳刻:不过,我们还可以……不行。
伊阿宋:你说什么?
格劳刻:没什么。我只是想,我们可以在楼下的"金羊毛"餐厅吃饭。
伊阿宋:科林斯全国都会看到我们的。
格劳刻:楼下没人。即使有人看见,也没有关系。
伊阿宋:太引人注目不好,你的父亲……
格劳刻:你说得对,但我觉得……
伊阿宋:美狄亚穿过花园来了。
格劳刻:明天11点见。
伊阿宋:好的,明天见。(格劳刻从左边舞台下,美狄亚进来)
美狄亚:明天晚上的宴会邀请谁呢?需要找个说话风趣的人。
伊阿宋:(疲惫地)奥菲士行吗?
美狄亚:现在邀请的英雄太多了。奥菲士来,就必须让他演奏了?
伊阿宋:波吕丢刻斯和卡斯托尔怎么样?

美狄亚：又是英雄。让双胞胎兄弟同来是个错误。

伊阿宋：大力神海格立斯在科林斯。

美狄亚：他应该是个合适人选。

伊阿宋：我有点怀疑。他和阿德墨托斯合不来。

美狄亚：怎么回事？阿德墨托斯应该感恩戴德。

伊阿宋：因为让他妻子死而复生？

美狄亚：当然。

伊阿宋：当然。（陷入沉思）

美狄亚：我们还需要一位女士。

伊阿宋：阿里阿德涅怎么样？

美狄亚：你考虑过没有？忒修斯要来。

伊阿宋：我以为那件事已经过去了。

美狄亚：需要邀请一位未婚女子。

伊阿宋：该邀请谁呢？

美狄亚：国王克瑞翁的女儿格劳刻怎么样？

伊阿宋：（脸发红）我想，呃，不要这样，你知道，不能邀请她。

美狄亚：为什么？

伊阿宋：她还没有结婚。

美狄亚：她无处不在，不能算没有结婚。

伊阿宋：那要给克瑞翁商量。

美狄亚：不用了，阿尔刻提斯会带她来的。太好了，我派人送信去。

伊阿宋：看在天神的份上，别那样！

美狄亚：但她可以的。

伊阿宋：你不明白，你知道，克瑞翁已经……他……我不知道该怎么说。

美狄亚：你什么意思？

伊阿宋：不好说。事实是，克瑞翁和我谈了政治方面的事情。

美狄亚：那和邀请格劳刻有什么关系？

伊阿宋：当然没有关系。不过，我们首先要邀请他。

美狄亚：我已经给你说过了，没有必要。

伊阿宋：（坚定地）不邀请她父亲，只邀请她是不可能的。不过，我们没有办法邀请他。

美狄亚：为什么？

伊阿宋：因为他从来不到外边就餐。

美狄亚：他会来的。

伊阿宋：不可能。给你说实话吧，这些话我一直想给你说，只是没有机会。国王对你很有意见。

美狄亚:有意见?为什么?

伊阿宋:他有点守旧。他觉得我们的婚姻不算婚姻。

美狄亚:我们在爱神阿佛洛狄特的神庙里结婚,他还不满意?

伊阿宋:他觉得一个女孩的婚姻如果没有父母的同意,就不合法。你的可怜的父亲那么不讲道理。

美狄亚:父亲愚蠢和这个没有关系。如果一个男子和一个女子在神庙里结婚,程序完备,他们就是夫妻。谁都改变不了这个事实。

伊阿宋:是的。还有一些情况。克瑞翁不仅说了这些。他告诉了我一些家事,我承认,这些让我吃惊不小。

美狄亚:什么家事?

伊阿宋:我出发前往科尔喀斯不久,父亲就和克瑞翁秘密协商,与他签署了秘密攻守联盟,目的是解除珀利阿斯的威胁。这个口头联盟一直保密。在一次国宴上,克瑞翁强调了他与伊奥利亚人的友谊。"友情谅解"这个词出现了多次。在起草并发布的条约中,为了掩饰联盟,有几项秘密条款,其中一个是科林斯地峡的沙丁鱼养殖问题,另一个有关我的婚姻。

美狄亚:你的婚姻?

伊阿宋:很奇怪,对吧?好像在我离开期间,他们没有和我商量,就让我正式(当然了,以代理的形式)与克瑞翁的女儿格劳刻结婚。当时格劳刻还是个孩子。同时还规定,她一长大,婚姻就要公开,克瑞翁要把我定为王位继承人。

美狄亚:怪不得你和我结婚,他很生气。

伊阿宋:嗯,你知道,他不是生气,他是说我们的婚姻不合法。

美狄亚:也可能在法律上不合法,但我肯定,如果我们取消在阿佛洛狄特神殿许下的誓言,她不仅会很痛苦,而且会很愤怒。

伊阿宋:不会,我正要说这一点。好像克瑞翁咨询了所有的神谕、女祭司和女巫,她们无一例外地说,我们的婚姻不仅无效,而且有违道德。不管在人看来,还是在神的眼里,我的合法的妻子都是格劳刻。

美狄亚:那孩子呢?

伊阿宋:关于孩子,意见就有分歧了。但他们都认为,如果由我来抚养,孩子就名正言顺了。

美狄亚:名正言顺?希望如此。你对克瑞翁怎么说?我想,你对他说,"对不起,但我也是没办法。"(笑)可怜的格劳刻,让一个女孩子显得这样滑稽,真遗憾。

伊阿宋:我想,你还没有意识到,克瑞翁对这事严重关切。

美狄亚:我才不管他怎么想。我想知道的是,你怎么给他说你自己的想法。

伊阿宋:当然,我说我受宠若惊。

美狄亚:当时你已经结婚了。

伊阿宋:说那没有用。我告诉过你两次了,他认为我们的婚姻无效。

美狄亚:那你怎么说?

伊阿宋:我说我要把事情告诉你,依靠你的正确决断。

美狄亚:你的意思是,你没有告诉他,整个事情完全是疯狂、荒唐、颠三倒四吗?

伊阿宋:我怎么敢?毕竟,他是国王;另外,他后面有法律和圣职权威人员的支持。我什么也干不了,手无寸铁,孤立无助。我只能臣服于他的淫威。

美狄亚:明白了,实际上,你接受了。(她想了一下)

伊阿宋:我没有真正意义上接受。但我能怎么做呢?

美狄亚:当然没办法。很简单,你说我们的婚姻不算数,你将会很高兴地迎娶格劳刻。

伊阿宋:我没有使用"很高兴"这样的话。

美狄亚:也许是"很荣幸"?

伊阿宋:诸如此类。

美狄亚:你已经订婚,准备结婚了。祝贺你。

伊阿宋:没有订婚。你知道,国王……

美狄亚:(愉快地)我知道。你的意思是你和格劳刻理论上已经结婚,现在想让这桩婚姻变成事实。

伊阿宋:(因为美狄亚没有大吵大闹而长舒了一口气)你说得太到位了。

美狄亚:我为你感到高兴。她是个迷人的女孩,肯定会让你幸福的。

伊阿宋:但美狄亚,你怎么办?如果你反对,我愿意放弃一切。

美狄亚:亲爱的伊阿宋,我为什么介意呢?我唯一的希望就是愿你能幸福。

伊阿宋:我想那是不可能的。我根本不爱格劳刻。

美狄亚:肯定不爱的。孩子怎么办?

伊阿宋:啊,困难就在这里。国王说他们要和我在一起。但你什么时候来看他们都可以。

美狄亚:明白了。

伊阿宋:国王强调,孩子一定要让父亲带。他认为,女人带大的男孩会有脂粉气。

美狄亚:是的。我想既然婚礼已经举行过了,你不会再次举行结婚仪式了。

伊阿宋:是没有必要,但国王有这个意思。

美狄亚:那我想很快就要操办了。我马上把东西打包,离开科林斯。

伊阿宋:国王希望这一周举办婚礼,但你千万不要为难自己。

美狄亚:(微笑)不会的,再见,我要出去给格劳刻买一件礼品。(出去)

伊阿宋:(走到花盆处,拿起一朵百合,对着百合说)达令,是你吗?是的,一切都搞定了。她反应良好。没有,是的,当然要挽留她多住一段时间。明天 11 点克瑞翁研究所见。再见,亲爱的。①

伊阿宋凭借心计,把握时机,步步为营,一点点向前推进,终于达到了自己的目的,弃旧迎新,同时也为自己招致灾难。小形式,大题材,给古代神话人物赋予细腻的现代人意识,让他们像市井肉食男女一样讲话,是此类戏仿的特点。

第二节 小题材与大形式

除了大题材,小形式,还有它的对立面:小题材,大形式。蒲柏的《卷发劫》(*The Rape of the Lock*)是一个典型的例子。蒲柏还用笨重的迂回曲折的言辞表达微不足道的日常行为,如下面数例(下面句子中,括号内为简单说法,括号外为冗赘说法):

(Who knocks at the door?) For whom thus rudely pleads my loud-tongu'd Gate, That he may enter?

(谁在敲门?)我的大吼的门粗鲁地为谁而喊叫,以便让他进来?

(Shut the door) The wooden Guardian of our Privacy Quick on its Axle turn—

(关门)我们隐私的木质卫士很快地在门轴上转动;

(Bring my cloaths) Bring me what Nature, Taylor to the Bear, To

---

① Macdonald, Dwight(ed.). *Parodies: An Anthology from Chaucer to Beerbohm—and After*. New York: Random House, 1960, pp. 302 – 307.

man himself deny'd: She gave me Cold, But would not give me cloaths.

（把衣服拿过来）大自然是熊的裁缝，却拒绝把它馈赠给人。她让我寒冷，却不给我衣服；

(Light the fire) Bring forth some Remnant of Promethean theft, Quick to expand th' inclement Air congeal'd By Boreas's rude breath.

（生火）把普罗米修斯偷来的剩余物取过来，赶快扩张因为北风之神粗鲁的气息因而冻结的空气；

(Snuff the candle) Yon luminary Amputation needs, Thus shall you save its half-extinguish'd life.

（熄灭蜡烛）你的发光需要截去，这样可以保存你已经熄灭一半的生命；

(Uncork the Bottle and Chip the Bread) Apply thine Engine to the Spungy Door, Set Bacchus from his glassy Prison free, And strip white Ceres of her nut-brown Coat.

（拔开木塞，切面包）把你的机器对准木塞作的门，将巴克斯从他的玻璃监狱中释放出来。让白色的科瑞斯脱去她的栗棕色外套。①

普罗米修斯曾从天堂为人类盗火，巴斯克为酒神，而科瑞斯为谷物和耕作女神。另外一例小题材、大形式的戏仿与济慈的《夜莺颂》有关。济慈原诗如下：

我的心在痛，困顿和麻木
刺进了感官犹如饮过毒鸩
又像是刚把鸦片吞服
于是向列斯忘川下沉
并不是我忌妒你的好运
而是你的快乐使我太欢欣，
因为在林间嘹亮的天地里
你呵，轻翅的仙灵
你躲进山毛榉的葱绿和荫影
放开了歌喉，歌唱着夏季
唉，要是有一口酒，那冷藏
在地下多年的清醇饮料

① Gross, John (ed.). *The Oxford Book of Parodies*. New York: Oxford University Press, 2010, pp. 30 – 31.

一尝就令人想起绿色之邦
想起花神、恋歌、阳光和舞蹈
要是有一杯南国的温暖
充满了鲜红的灵感之泉
杯缘明灭着珍珠的泡沫
给嘴唇染上紫斑,
我要一饮而尽而悄然离开尘寰
和你同去幽暗的林中隐没
远远地,远远隐没,让我忘掉
你在树叶间从不知道的一切
忘记这疲劳、热病和焦躁
这使人对坐而悲叹的世界
在这里,青春苍白、削瘦、死亡
而瘫痪,有几根白发在摇摆
在这里,稍一思索就充满了
忧伤和灰暗的绝望
而美保持不住明眸的光彩
新生的爱情活不到明天就枯凋
去吧! 去吧! 我要朝你飞去
不用和酒神坐文豹的车驾
我要展开诗歌无形的羽翼
尽管这头脑已经困顿,疲乏
去了,我已经和你同往
夜色温柔,月后正登上宝座
周围是侍卫她的一群星星
但这儿不甚明亮
除了有一线天光,被微风带过
葱绿的幽暗和藓苔的曲径
我看不出是哪种花在脚旁
什么清香的花挂在树枝上
在温馨的幽暗里,我只能猜想
这时令该把哪种芬芳
赋予这果树、林莽和草丛
这白枳花和田野的玫瑰
这绿叶堆中易凋谢的紫罗兰
还有五月中旬的娇宠

这缀满了露酒的麝香蔷薇
它成了夏夜蚊蚋嗡嘤的港湾
我在黑暗中里倾听，多少次
我几乎爱上了静谧的死亡
我在诗思里用尽了我的言辞
求他把我的一息散入空茫
而现在，死更是多么富丽
在午夜里溘然魂离人间
当你正倾泻你的心怀
发出这般的狂喜
你仍将歌唱，但我却不再听
你的葬歌只能唱给泥草一块
永生的鸟，你不会死去
饥饿的世代无法将你蹂躏
今夜，我偶然听到的歌曲
当使古代的帝王和村夫喜悦
或许这同样的歌也曾激荡
路得忧郁的心，使她不禁落泪
站在异邦的谷田里想着家
就是这声音常常
在失掉了的仙域里引动窗扉
一个美女望着大海险恶的浪花
失掉了，这句话好比一声钟
使我猛省到我站脚的地方
别了！幻想，这骗人的妖童
不能老要弄它盛传的伎俩
别了！别了！你怨诉的歌声
流过草坪，越过幽静的溪水
溜上山坡，而此时它正深深
埋在附近的溪谷中
这是个幻觉，还是梦寐
那歌声去了，我是睡？是醒？①

① Gardner, Martin (ed.). *Martin Gardner's Favorite Poetic Parodies*. New York: Prometheus Books, 2001, pp. 59–62.

贝亚德·泰勒的《酸黄瓜泡菜颂》戏仿了《夜莺颂》:

(一)一种甜甜的、微酸的下行的颤栗,
弥漫了我的感觉。我好像看到或听到,
格林尼治山那水草丰美的花园。
秋天里,新鲜脆生的叶子干枯凋谢,
味道让我想起极远方的香料,
从远东或麝香弥漫的神州,
或从耶利哥的藏红花地里传来。
每一样东西都令人感到温馨。
我越闻嗅,越想昏厥过去,
其他凡人味觉希望的,都尽可抛弃。
(二)没有闻到的气味沁人心脾,
但我闻到的更深入骨髓。
诱人的核桃,年轻时我很熟悉你,
那时泡菜会给我暂时的痛。
少不更事的青年,渴望棒棒糖,
宁可要李子蜜饯,也不要橄榄,
如果有甜味沾到柠檬酱罐上,
甚至会伸舌头去舔。
但现在我梦想着龙涎香和没药,
在白杨树荫里品尝着核桃。
(三)看,炎热中集聚起来的清爽,
带着露珠采摘,黄瓜就在此处,
对于树神德律阿德斯不啻是琼浆玉液,
新月状豆荚,让酒神巴克斯感到亲切,
最后,有刺激性的球状辣椒,
那烈火的气精红色的居所,
诱人狂喝紫红色的饮品。
欲望满足之后,我让低垂的长袍拂着
灰色的脚,轻击不合调的里拉琴,
把特尔斐的花冠扭转,适配我的头颅。
(四)不像苦恼的人
在口干舌燥或麻木的日子里,
我的舌端要以另外的方式浸酸。
以五月中旬黑黝黝的叶子作凉亭遮蔽,

忘记众多的责备，罕见的赞扬。
生来甜的东西，不知道什么为甜，
它们自然向外分泌出清澈的糖精。
因为甜蜜而腻味，它们喜欢柠檬染色的
拂晓，在含醋的黎明中发现快乐。
我是醒着，还是睡着了？
但酸黄瓜泡菜坛子已经空空如也。①

夜莺适合入诗，而泡菜不适合入诗。借用济慈的形式，注入低俗的内容，达到戏仿者自己的目的。又想表达吃泡菜的感受，又不想费力写出新文章，没有比借用其他人的作品更好的方法了。

---

① Gardner, Martin (ed.). *Martin Gardner's Favorite Poetic Parodies*. New York: Prometheus Books, 2001, pp. 62 -63.

第四章 戏仿、评论和概括

跨越学科边界(是)一项颇具颠覆性的工作,因为它可能亵渎了广为接受的感知的圣地。防守最严密的边界是自然科学与人文科学的边界。

——瓦勒里·格林伯格《跨越阅读》

将意识形态转化为重要科学的努力有一个基础,这个基础是:对科学和意识形态的前提的批判是科学的唯一绝对原则。

——斯坦利·阿罗诺维茨《作为权力的科学》①

上面是一篇学术论文的前言。乍一看,它掷地有声,振振有词。实际上,这是作者在拉大旗作虎皮,挂羊头卖狗肉,有论文之名,行戏仿之实。这就是学术史上著名的索卡尔论文事件。

第一节 索卡尔论文:作为戏仿的评论

1996年5月,美国文化研究的重要学术期刊《社会文本》(*Social Text*)刊登了一篇文章,题目不同寻常:《跨越边界:通向量子重力的转换生成阐释学》。文章作者是纽约大学的数学物理学家阿兰·索卡尔。论文前言和开始部分大致如下:

许多自然物理学家,尤其是物理学家,仍然不接受一种观点,这种观点就是:社会和文化批评等学科不可能对他们的学科有贡献;即使有,也是很小的贡献。他们更不愿接受下列观点,即考虑到这些批评,他们的世界观的基础必须修改或者重建。另一方面,他们固守一种后启蒙时代对西方知识分子世界观施加的漫长的霸权的教条。这种教条是:有一个外部世界,它的特性独立于任何个

① Gross, John(ed.). *The Oxford Book of Parodies*. New York: Oxford University Press, 2010, p.305.

人,实际上独立于整个人类;这些特征在永久的物理定律中编码;人类可以依据所谓的科学方法规定的“客观”程序和认识学束缚得到可靠然而却不完美的初步知识。

但21世纪科学中的深层概念转换已经损害了笛卡尔-牛顿的形而上学(海森堡,1958;波尔,1963);历史的修正研究和科学哲学对其可靠性提出质疑(库恩,1970;布鲁尔,1991);最近,女性和后结构主义批评阐明了主流西方科学实践的实质内容,显示隐藏在“客观”外观下支配的意识形态(莫琴特,1980;凯勒,1985,1991;哈拉维,1989,1991;贝斯特,1991)。越来越明显的是,自然“现实”在本质上是社会和语言建构方面,丝毫不亚于社会“现实”;科学“知识”远非客观。它反映了占支配地位的意识形态,以及它赖以生产的文化中的权力关系,并为其编码;科学所宣称的真理本质上充满了理论,并自我指代;因此,虽然科学界话语有其不可否认的价值,在来自于持不同见解或边缘化的群体的反霸权叙事方面,却不能宣称拥有优越的认识学地位。虽然重点有所不同,这些内容见诸阿罗诺维茨关于产生了量子力学的文化结构分析(1988b,尤见于第9和第12章);罗斯就后量子科学对立语场的讨论(1991,引言和第1章);伊瑞格利和海尔斯蕴含于流体力学中的性别阐释(伊瑞格利 1985;海尔斯 1992);哈丁基于自然科学整体,尤其是物理学的性别意识形态的综合批判(1986,尤见于第2章和第10章;1991,尤见于第4章)。

本文中,我的目标是:着眼于最近量子重力学学科进展,深入分析综合并且超越海森堡量子力学和爱因斯坦的相对论的物理学新兴分支,并且将这些向前推进一步。我们将看到,在量子重力中,多重的太空时间作为一个客观的自然现实将不复存在。几何学将由相互关系决定,由语境决定。以前科学最基本的概念类别,包括生存本身,都成为问题,而且相对化。笔者认为,这种概念革命对于将来后现代摆脱束缚的科学的内容具有深远影响。①

文章的其余部分长达10000字,还有大约10000字的注释和参考文献。人们后来发现这篇文章是恶作剧的玩笑,或曰一个精彩的戏仿。文章中充满了前言不搭后语、歪曲的事实、错误的类比、似乎已经被接受的意识形态表达以及长篇累牍的胡言乱语。混淆视听的最经典的例

① Gross, John(ed.). *The Oxford Book of Parodies*. New York: Oxford University Press, 2010, pp. 305 - 306.

子是他靠拿来主义给自己增添光环。也就是说,他直接引用了德里达和其他著名解构主义者的论述。相比而言,上面引用的几段话还算得上浅显易懂。如果不努力思考,读者很容易受他的行云流水般的文笔的影响而失去判断力。

索卡尔知道,编辑喜欢刊登此类文章。虽说是戏仿,索卡尔的目的是严肃的:他要揭穿整个人文主义研究对科学模糊及虚伪的研究方法。换言之,即是文化研究极端及解构主义的方法。他尤其想给"自然法则是人为的社会建构"这种主张泼冷水。恶作剧被揭穿不久,索卡尔发表了一篇短文。他表示,自己感到困惑不解,为什么《社会文本》的编辑没有看出这是一篇伪学术文章?他说:

> 在第二段中,我没有举出任何论据或证据,就提出"自然'现实'(注意提示性引号)在本质上是社会和语言建构"。不要忘了,不是自然现实理论,而是现实本身。论断看似滴水不漏,但是谁相信物理定则只是社会建构,就请他或她试着从我的公寓窗户跨越传统成规吧!(我住在第21层)①

索卡尔的文章名为评论,实为戏仿,引起了评论界的一片轰动,引发了学者广泛而深入的思考②,往文章里堆砌一些吓唬人的单词和词组,就是好文章吗?写得让人看不懂,就是水平高吗?文献引用的量和质怎么把握?编辑如何正确行使自己把关的职责?索卡尔的文章是作为戏仿的评论的经典案例。

第二节　福尔摩斯讣告:作为评论的戏仿

文学评论可以是戏仿,而戏仿也可以是评论。对阿瑟·柯南·道尔《福尔摩斯探案集》的戏仿很多,E. V. 诺克斯1948年以戏仿讣告的形式,撰写了对这个侦探作品的评论,可圈可点,令人拍案叫绝。他的文章大致内容如下:卓越的犯罪学家、侦探、南苏塞克斯郡养蜂人协会及全国养蜂人协会秘书夏洛克·福尔摩斯去世了,享年93岁。如果他稍微考虑过养蜂业这个行业的危险性,避开这个爱好,他可以活到100岁。"这些小东西知道我的工作方法。"他常常一边对来访者这样说,

---

① Gross, John(ed.). *The Oxford Book of Parodies*. New York: Oxford University Press, 2010, p.307.

② 例如,在2012年湖南湘潭召开的一次文学研讨会上,中国社会科学院《外国文学评论》资深编辑刘雪岚提到了这一事件。

一边不戴面罩或手套在整齐的蜂箱间穿行。他高估了这些小虫子的温顺。也可能一只意大利蜂后的毒液最后侵袭了他钢铁般的身体，直接造成了他的生命的终结。他的白发和微驼的后背让当地人和路过的司机都肃然起敬。他尤其对人造的露池的形成与历史感兴趣。有时，他带着从白垩纪地层采集的化石回来；有时，他从丘陵地采摘散发着芬芳香味的花朵归来。

他的晚年还算平静，除了他自己讲过的七姊妹山脚下大海蜇的突然出现。这个海蜇将菲茨罗伊·麦克弗森先生置于死地，差一点超过了大侦探的演绎推导能力。除此之外，他的时间在波澜不惊中度过。每天晚上，他会听 BBC（英国广播公司）3 台的节目和其他国内节目，尤其是音乐节目。对于轻松消遣性节目，例如，“迪克·巴顿”（Dick Barton），他深恶痛绝。

夏洛克·斯宾塞·特雷西·福尔摩斯 1855 年出生，萨里郡卡夏尔顿·斯达特利爵士的第二个儿子。整个家族是乡绅世家，斯达特利爵士的母亲是一个法国艺术家的妹妹。夏洛克就读圣彼得学校及剑津大学（Camford）佩姆布里奇学院（Pembridge）①. 福尔摩斯住过的房间如今神学院院长居住。有时，校长会骄傲地指着房间，向游客夸耀。

福尔摩斯很少从事学术活动和体育活动，结交的朋友很少，但这些朋友都铭记着他，并满怀感激。他们中一个是已故的雷金纳德·马斯葛来弗，另一个是维克多·特雷弗。福尔摩斯曾在关键时刻帮助过他们。如果不是他们，查理一世丢失的王冠与“格罗尼亚·斯科特”船上的航海日志的下落将永远是不解之谜。实际上，是特雷弗的父亲建议福尔摩斯从事这个行业。他原话是“福尔摩斯，我不知道你是怎么办到的，但我觉得，各种侦探和你相比都是小儿科。这是你一生的事业。相信我，这个世界上，我见过的事情比你多。”②他几个月之后就去世了，他说了实话，但他没有预见到自己儿子的朋友会成为传奇式人物、两代人的偶像，成为这个所谓文明星球上作恶者的克星。

没有哪一个侦探比福尔摩斯旅行的范围更广，工作性质更神秘，更可怕古怪。他曾被邀请到乌克兰敖德萨解开特莱博夫谋杀案，到斯里兰卡亭可马里解释阿特金森兄弟的悲剧性遭遇，与荷兰苏门答腊公司有关的莫博图伊朗思男爵丑闻案真相大白后，他到了罗马，调查托斯卡·里昂斯伯爵猝死案。从传说他在瑞士死亡到他在伦敦重新现身这

① Pembridge 和 Camford 是剑桥大学（Cambridge）和牛津大学（Oxford）拆散后重新随意结合的结果，可以看出戏仿作者追求细节以得到客观如实记录的效果，但故意留下任意杜撰的痕迹。

② Gross, John(ed.). *The Oxford Book of Parodies*. New York: Oxford University Press, 2010, p. 311.

一段时间,他到了波斯,途径麦加,帮助了苏丹首都喀土穆的哈里发,访问了拉萨,同西藏的宗教领袖待了一段时间。遗憾的是,这些行程的细节还没有公诸于世。如果交给大英博物馆的大锡制盒子不被艾德礼或未来的某位首相打开的话,这些秘密将永远湮没无闻。

尽管长期身在国外,在国内居留期间,福尔摩斯还是进行了大量的调查工作,这使他成为都市犯罪集团的死敌、伦敦郊区的游侠骑士、苏格兰场愚蠢行为的不断纠正人。苏格兰场这一对抗犯罪的部门,尤其是19世纪90年代中期,好像只执行两项政策,一个是犯下错误不知悔改,还自鸣得意;另一个是完全束手无策,不知所措。福尔摩斯使它的办案程序发生了革命性的变化,明证之一就是苏格兰场内部走廊上悬挂的领导人画像(阿塞尔尼·琼斯、格里格森和莱斯特雷德)很早以前就把正面翻转朝向墙面:他们无颜面对公众。副警察局长斯坦利·霍普金斯曾获得英帝国勋章。他曾计划写一本《我的导师的声音》。但这位干练的警官还没有来得及完成自己的设想就遇到一个尼加拉瓜侏儒吹矢枪的可耻袭击而死于非命,这实在是非常遗憾的事情。

如果一个人被召唤,去迎接挑战,这个人不是别人,正是事业如日中天的福尔摩斯。19世纪最后十年的英格兰,几乎被前所未有的犯罪浪潮吞没。这些罪犯,身材高大,膀阔腰圆,体力过人,智力超群。他们使整个英国都笼罩在邪恶的犯罪网中。敲诈和伪造罪滋生蔓延;抢劫世界著名宝石的犯罪每个小时都在发生;神秘黑社会成员志在复仇,不停地在码头和索霍区逡巡;遗嘱和潜艇计划不断丢失;和国外盟友缔结的条约放在桌子上,马上会不翼而飞。

对于这些恶毒的犯罪行为,福尔摩斯使用了自己独特的方法应对。这些方法可以分类如下:一、化学分析;二、分析性演绎;三、香烟;四、长时间深入思考;五、旺盛的精力;六、细致入微地检查抓痕;七、全知全觉;八、可卡因。除了上述方法,还有其他方法参照,例如,小提琴的音乐、雇用街头阿拉伯流浪儿作为线人、不断利用日报的私事广告栏。其努力的结果是伦敦街道空气更加洁净,从汉姆普斯泰德到诺伍德的郊区,居民得到解脱,伦敦周边各郡及边远地区受到虐待的女孩从困境中被解救了出来。政府也免于破产。只举1895年布鲁斯·帕丁顿潜艇计划丢失,可能被卖到国外的案件为例。如果此案不破,将造成灾难性后果。福尔摩斯成功地找回了计划,实为国家之幸。

到19世纪末,福尔摩斯的私人侦探所已经举世闻名。许多晚上,惊慌失措的客户在贝克街石板路上走路发出响声,匆忙驾驶的四轮马车停在他的门口。平时,小提琴的音乐声从他房间飘出,到达外边浓雾弥漫的街道上。小提琴有时会被枪声打断,因为福尔摩斯在起居室的沙发上，用左轮手枪向对面的墙上射出VR这两个字母（VR表示维多利亚女王）。

最近在一个弹坑新发现的他的房东的姐姐的信件说明，她们一家人对福尔摩斯崇拜到了五体投地的地步。但如果没有已故的华生医生，我们也不可能对福尔摩斯了解得这么充分。去年，华生医生在贵族院就全国卫生法案的某些条款辩论，突然心脏病发作而去世。虽然他是著名的医生和演讲家，但他将来如果名垂青史，更有可能是因为他是福尔摩斯的忠实伴侣和传记作家。华生如影随形地跟着福尔摩斯。如果没有华生，福尔摩斯可能仍然是神秘人物。首相和警察认识他，欧洲宫廷和贵族认识他，找他帮忙的普通人了解他，但大众不熟悉他。福尔摩斯憎恶知名度。只有和华生在一起时，他才将自己真实的一面显示出来。

华生无比喜欢这种特权。他是个十足的英雄崇拜者，根本不需要向鲍斯韦尔学习。被弄糊涂是他的荣耀，吃惊是他的永远的快乐。他拿着医学词典，坐在福尔摩斯手枪射击范围以外，如痴如狂地听着福尔摩斯从来访者的纽扣、胡须、手表和鞋子上演绎推理。有人埋怨华生记录不够准确，有人认为华生添油加醋，这很难一一查实，但有一两个细节值得关注。有时候，传记者的正面刻画造成的效果却可能适得其反。华生因为暗喻而困惑，他受到追踪的意象的影响。从他的文字中，读者有时得出福尔摩斯是一条狗的结论：

> 观察他的时候，我情不自禁地想起一只纯种而且训练有素的猎狐犬，在有鸟兽的丛林中穿梭，因心情急迫而发出低沉的声音，直到找到迷失的气味才罢休。
>
> 他的鼻孔张开，如同一只动物看到了自己的猎物。他的思想完全集中于他眼前的事情，以至于问他一个问题或评论一句，他根本听不到，最多只能迅速引起他不耐烦的咆哮。
>
> 他到了草坪上，穿过窗户，在房间里打转，进了卧室，像一只猎狐犬，拖着覆盖物。
>
> 像是一只听见"嘿，瞧呀！"突然发现猎物的老猎狗。

我们熟悉的主人公福尔摩斯高挑个儿，面庞如雕塑般清俊，发出智慧之光的灰色前额戴着丝绸或德比帽，举止文雅高贵，衣着朴实无华，穿男礼大衣或乌尔斯特大衣。华生的描写很难和这个形象协调。这只能得出结论：华生的个人崇拜超越了一定界限，变成了讽刺性漫画。

华生有时认为福尔摩斯无所不知，有时否认这一点。有一个例子。

不知是出于嫉妒,还是出于夸张,华生在回忆录中陈述说,福尔摩斯的文学知识等于零。但在另一个场合,他让福尔摩斯两次引用歌德的话,讨论奇迹剧,评论里希特尔、哈菲兹和贺拉斯,还评论阿塞尔尼·琼斯说:"他偶尔也有理智的闪光。"

从这些旁征博引来看,人们甚至猜测福尔摩斯受90年代颓废唯美主义运动的吸引。这种猜测并不正确。仔细翻阅黄皮书,找不到福尔摩斯写的诗歌或小说。他的一生好像与道森、西蒙、比尔兹利和其他唯美主义者在生活或活动范围上没有交集。威廉·罗森斯坦或麦克斯·比尔博姆在关于这个时代的回忆录中也没有提到过他。作为一个文学人物,福尔摩斯很神秘,不与世接触;通过华生的叙述,他这个人物形象却跃然纸上,呼之欲出。

福尔摩斯1902年被授予爵士爵位,但他拒绝了。第一次世界大战爆发前,他进入政府工作,挫败了德国皇帝派到英国专事破坏的特工。因此,他又被授予爵士爵位,他第二次拒绝了。

他化学知识丰富,能灵活运用火钳,是一个高水平的拳击手和击剑运动员,也是个多产的作家。他最受欢迎、被读得最多的作品包括:《拉萨斯的复调经文歌》;他写了两篇关于耳朵的短论文,发表在《人类学》杂志上;他的其他论文有《论不同香烟烟灰的差异》;他写的宣传品有《追踪脚步以及使用石膏保存压痕的一些论述》、《论职业对手的形状的影响》、《养蜂手册以及如何将蜂后分离的要领》。他没有能够遵守最后一个作品中陈述的一些原则,结果使自己为国家利益鞠躬尽瘁的一生仓促谢幕。他和华生的身材和面部轮廓在图索德夫人蜡像馆陈列,已经为大家熟悉。展览馆离他们昔日的家不远。虽然福尔摩斯不是经常到教堂,但他有高尚的道德情操。他是个热切的民主派,相信讲英语的各民族应该团结起来,憎恨白人对黑人的歧视,对权力和虚荣的浮华装饰深恶痛绝。他完全符合吉卜林所说的话:"他与国王同行,但不失普通人本色。"他一生没有结婚。①

第三节 作为戏仿的文学作品概括

除了评论,戏仿还可采用概括的形式。约翰·克雷斯以概括的形式,戏仿了伊恩·麦克尤恩的小说《星期六》(*Saturday*):

---

① Gross, John(ed.). *The Oxford Book of Parodies*. New York: Oxford University Press, 2010, pp. 310 - 315.

亨利·佩鲁尼早晨在极度欢乐中醒来，妻子罗瑟琳正躺着睡觉。他悄悄地起床，以免打扰妻子。像所有的神经外科医生一样，他以临床医生的视角，解剖了自己的心情。他是不是太自满或自鸣得意了？没有，他应该特别富裕和欢乐。

看到一条火焰的弧线划过天空，他自言自语："小鸟，早上好！树木，早上好！"一架飞机引擎喷着火焰在布鲁斯博里他的住宅上空飞过。他等着爆炸，但爆炸没有发生。他很不安，想着这是不是预示着恐怖袭击。他想，一个人的人生改变得多么迅速，人们不能确切地知道自己的人生，好奇怪！

他蹑手蹑脚地下楼，他的儿子提奥正在喝一杯茶。亨利为孩子感到骄傲。他只有18岁，却已经是世界顶级蓝调吉他演奏家之一了。他也为女儿黛茜感到自豪。她是她的一代最时尚的诗人。今晚，她要从巴黎回家，他有六个月没有见过女儿了。他打开新闻频道，发现没有恐怖袭击，飞机已经安全着陆。他想，人的大脑真会捉弄人！

亨利回到楼上，罗瑟琳拥抱了他，两人激情做爱。他爱她很深。20年前，他凭着自己的一双巧手，挽救了她的视力。如今，他的爱没有减去半分。他低声说："我只爱你。"她回答："我也喜欢你。"

他驱车去和施特劳斯打壁球。他们每周打一次壁球。街道因为反战游行而堵塞。亨利认为入侵伊拉克既有好的一面，也有不好的一面。他想，一个人可以这样深刻而富有哲理性地思考，而又能这么幸福，可见生活可以复杂到何种程度！

一辆车从他身边急速经过，将他的后视镜撞掉。三个人出了车，要打他。一个叫巴克斯特的人打了他的胸部。亨利看了他的眼睛，诊断他得了亨廷顿病。这一诊断让巴克斯特糊涂了。他离开了现场。

打壁球输给了施特劳斯。然后，亨利去探望母亲。从母亲住处出来，想起比赛的失败，他骂了一句。母亲得了老年痴呆症，他本应该心情不好，但他现在一心想的是自己感觉很幸福。

晚上也并非没有紧张气氛。黛茜有什么话不愿意给他说。亨利的岳父喝醉了。巴克斯特破门而入，拿着刀威胁他们时，气氛稍微缓和了一下。巴克斯特命令黛茜脱去衣服，亨利注意到女儿怀孕了。提奥体格健壮，将巴克斯特推倒在地。

亨利必须马上给巴克斯特做手术。他分离了两条长的颅骨膜，修复了硬脑脊膜的损伤。他轻拍自己的手套。不管巴克斯特以前做过什么,他现在又有了一次机会。亨利和罗瑟琳拥抱。他说:"一切都会好起来。"这样,一天结束了。[1]

约翰·克雷斯还以概括的形式,戏仿了 J. M. 库切的小说《青春》(*Youth*):

他住在茅布里火车站一个单间公寓里,月租金 11 吉尼。他努力不拖欠房租,因为他用假名租的房子。填写职业时,他称自己为图书馆工作人员,而不是学生。这也不全是谎言,因为他确实从周一到周五每晚都在阅览室值班。每星期天,他煮一些动物髓骨。肉汤足可以让他喝一周。他可以证明,一个人是一座岛屿。

他有一个最要好的朋友保罗。保罗也是一个数学家,与一个年长的妇女艾丽诺保持密切关系。她的妹妹杰奎琳带他到海滨散步。他抵制不住诱惑,就做了那件事。他知道,她也不喜欢他们做爱,但他比较世故,什么也没说。不到一周,她搬过来和他一起居住。他觉得她的存在让自己患上了幽闭恐惧症。她看到了他的日记,就离开了。

他阅读庞德的《诗篇》,梦想当一个诗人。他让一个叫萨拉的女孩怀孕。他们没有再联系。她做了流产手术,他们分手。沙佩维尔[2]事件后,他感觉到空气中有革命在酝酿。他移居伦敦。他在国际商用机器公司(IBM)得到了一个程序员的岗位。每天早晨,他穿上黑衣服,等待周末。到时,他可以欣赏褒曼的电影或到阅览室。他加入了一个戏剧团体,遇见了一个妇女。他们脱下衣服,但两者之间没有温暖。他们互道:"对不起",然后分道扬镳。他想,也许自己是同性恋。他找了一个男子,他们什么也不说。这是同性恋吗?

他希望和别人同租公寓,被拒绝。他无趣得无可救药。他非常痛苦。他的母亲每周给他写信,但他很少回信。如果回信,有点酬答的意味。他遇见了一个叫阿斯特瑞德的女孩。他们上床,但有她在身边,让他觉得不舒服。她离开时,他假装睡觉。

他离开 IBM,希望像亨利·詹姆斯一样创作。他失败了。他加入了国际电脑协会,但感觉自己把灵魂出卖给了美国人。他阅

---

① Gross, John(ed.). *The Oxford Book of Parodies*. New York: Oxford University Press, 2010, pp. 201 - 202.

② 沙佩维尔:南非东北部城镇。1960 年 3 月,南非当局曾在此血腥镇压了示威的黑人,70 多人被杀害。

> 读贝克特。他遇见了一个叫加纳帕西的印度程序员。他请加纳帕西吃饭，但那个印度人没有赴约。他思考自己的人生。作为情人和作家，他都失败了。他一个人单独坐着。①

作为戏仿的故事概括和一般的情节总结有相同点，也有不同点。相同点是都可以增加读者对原作的大致理解。不同点也很明显：戏仿会出现矛盾、令人玩味的话，例如，《星期六》中“巴克斯特破门而入，拿着刀威胁他们时，气氛稍微缓和了一下”；《青春》中，95% 的句子以“他”开始。戏仿作者希望强调原作中的叙事中心，而放弃戏仿性概括的艺术性。一般的情节概括则平铺直叙，变化更多。

---

① Gross, John (ed.). *The Oxford Book of Parodies*. New York: Oxford University Press, 2010, pp. 192 – 193.

英国篇

第五章　文艺复兴时期

第一节　威廉·莎士比亚

在《黑爵士时空穿梭记》中,憨豆先生扮演的黑爵士遇到了莎士比亚。他一拳将大文豪打倒在地。他的怒火在于莎士比亚作品有些地方太难解读,给后人留下了太多的难题和疑问。黑爵士的观点不是特例。莎士比亚作品许多地方让大学者皓首穷经也给不出一个合理解释。学者之间因为莎士比亚各执一端因而互相攻讦的事情也不罕见。师生见到莎士比亚作品因而头痛的情况也不在少数。莎士比亚去世已经近四百年。随着时间的流逝,作品产生的语境正在失落,他的作品解读的难度可能会加大。没有看过莎士比亚作品的英语学习者会招致人们的嘲笑。怎么办?在笑声中学习对莎士比亚的戏仿是个好方法。

一　零星戏仿

对莎士比亚的戏仿不胜枚举,众人皆知的首先是下面一段:

> 活着,还是死去,这是个问题:面对无边的苦难,是忍受强暴肆虐的命运的矢石、箭雨,还是拿起武器通过战斗将它们打败,在人的内心里哪种行为更高贵些?去死,安然入眠,不过如此,如果一场睡眠可以终结我们这些血肉之躯生来就要承受的心头苦痛和无数打击,那可真是一颗虔诚的心所求不来的圆满结局。去死,安然入眠;但睡眠中可能还会有梦,阻碍就在这儿了。当我们一旦摆脱尘世的纷扰,进入到死的睡眠里,会做什么样的梦,就非要考虑不可了。也正是因为这样的顾虑,我们才会虽经受苦难,却要活得长久。否则,当仅用一把短刀就可以自我了断生命的时候,还有谁会甘愿忍受时代的鞭打和轻蔑、压迫者的邪恶、傲慢者的无礼、爱情

受到鄙视所带来的痛苦、法律的无助、官吏的专横以及勤苦的老实人遭受小人的欺侮？人若非担心死后还会有什么不测的可怕事情发生，谁愿意背着负担，在令人厌烦的生活压迫下呻吟、流汗？因为凡是到死亡之乡去的旅客无一生还，正是这种对未经发现的神秘国度的恐惧，迷惑了我们的意志，使我们宁愿忍受眼前的不幸，也不敢飞向我们所不知的痛苦。于是，这自觉的意识就把我们都变成了懦夫，与生俱来的果敢被这苍白的理念蒙上病态的尘垢，生命中的大事业也因这样的思虑半途而废，失去了行动的意义。①

戏仿者将这段的句型应用到了拔牙上面，效果着实非同一般：

拔牙还是不拔，这是个问题。是让下巴忍受病牙的折磨，还是奋起反抗困难，将牙拔出，一了百了？拔，用力拉，一扫而光：用力一拉，结束下巴一直遭受的牙痛，一千种疾患，这是患者虔诚而梦寐以求的理想。拔，用力拉，拉，然后折断，关键就在这里！当我们试图撬动那顽固的敌人时，医生的扳手会让我们痛苦，这让我们踌躇。病牙之所以长寿有它的原因。一个先令就可以换得安宁，谁愿意忍受痛苦的鞭打和叮咬、老太太的秘方、牙医的谩骂、希望被推迟的折磨、甜美的睡眠的延宕、难以忍受的别人的同情的目光及嫌弃？谁愿意背上沉重的包袱，在痛苦的重压下呻吟、沉沦？但对医用钳子的恐惧，让人的意志软弱。任何下巴都无法平静对待它造成的痛苦。病人宁愿忍受现在的牙痛，也不愿匆忙拥抱那无可名状的东西。因此，牙医确实让我们成为懦夫，坚强的决心因为恐惧而褪色。有许多人，他们的勇气驱使他们到了牙医门口，有了上述的顾虑，他们又折了回去，医生的名字吓住了他们。②

同样频繁被戏仿的还有莎士比亚第十八首十四行诗：

我怎能将你与夏日相比？
你比它更温和可爱：
动人的花蕾在五月咆哮的风中颤抖，
夏日的美好时光也绝不长久：

---

① Shakespeare, William. *The Complete Works of William Shakespeare.* Ware, Hertfordshire: Wordsworth Editions Limited, 1996, p. 688.

② Wells, Carolyn (ed.). *A Parody Anthology.* New York: Charles Scribner's Sons, 1927, pp. 19–20.

太阳的金色光芒虽然耀眼,
却常常以灰暗的面貌出现;
再美貌的物什都逃不过凋谢,
命运流转或无意间将其拆解;
可你如夏日般不会褪色,
你的美貌也将永存;死神无法夸耀
你曾在它的阴影中游荡,伴随永恒
诗篇你将留存。只要人类生生不息,
我的诗句能被见证,
你就会在传承中得到永生!①

这首诗可能是大众最为熟悉的一首十四行诗。笔者的学生经常挑选这首诗,在课堂上同班同学面前背诵,这首诗的知名度和魅力可见一斑。霍华德·莫斯借助这首诗对永恒的美的歌颂,讽刺了作品改编者、节略者、文摘作者和缩写者。他的诗写道:

谁说你们像三伏酷热天?
你们更体贴、更惬意。
即使在五月,天气可能转为铅灰色,
夏天的分租也不是永远存在。
有时候太阳暴晒,
有时候不是很热。
谁能够永葆青春?
有些人摔断了脖子,
而有些人干脆倒地而亡。
但你们? 绝对不会。
如果你们死后或离开我们后,
读者能够理解节略的符号系统
的任何一个缩写,
你们就在这首诗中永生。②

戏仿谈到了一个值得讨论的问题:改编、节略、文摘和缩写的评估。

---

① Shakespeare, William. *The Complete Works of William Shakespeare*. Ware, Hertfordshire: Wordsworth Editions Limited, 1996, p. 1227.

② Gross, John (ed.). *The Oxford Book of Parodies*. New York: Oxford University Press, 2010, pp. 10 – 11.

作品改编后,读者可能看不到原汁原味的作品;节略后,可能是断章取义,读者得不到作品的全貌;文摘也有缺点:遗漏的可能是读者最需要的,摘录到的可能是读者没有兴趣的;缩写害处更大,正如诗中所说,节略的符号系统令人费解。改编、节略、文摘和缩写都是必要的罪恶,有它们令人遗憾,因此戏仿作品中发出了哀叹。但是,没有它们更不可想象。人类的知识如同海洋,每一样东西都完整地看过来,无疑是不可能的任务。面对这种局面,读者只能取长补短,善加利用改编、节略、文摘和缩写,在夹缝中艰难前进。

约瑟夫·海勒的《第二十二条军规》(*Catch-22*)有许多戏仿莎士比亚的例句。其中之一在第九章"梅杰·梅杰·梅杰少校":"一些人生来平庸,一些人一番努力后变得平庸,一些人被迫平庸"(Some men are born mediocre, some men achieve mediocrity, and some men have mediocrity thrust upon them)①。这几句台词脱胎于《第十二夜》:"有些人生而高贵,有些人赢得尊贵,更有些人是尊贵强加到他们头上。"莎士比亚作品中,这句话出自非常滑稽的情境,属于《第十二夜》主情节之外的副情节,是玩笑中的玩笑。故事在奥利维亚家里的成员中展开。奥利维亚的叔叔陶贝·白尔赤、他的朋友安德鲁·爱沟齐克、她的女仆玛丽亚和她的小丑菲斯特看不惯傲慢自负的管家马孚利欧,于是想捉弄他一下。他们让他相信奥利维亚爱上了他,因此他必须对她的爱情有所表示。为了这个目的,玛丽亚写了一封信,口吻读起来好像大小姐奥利维亚向马孚利欧求爱,除了上面著名的句子,信中还就他的举止做了细致入微的指示:"你的命运之神张开手了,鼓足勇气接受吧!为此,你对仆人要严峻,要穿黄袜子,交叉着绑袜带。"看到信件,马孚利欧信以为真,不由想入非非,癞蛤蟆想吃天鹅肉。最后,他打扮得极其离谱,甚至被当作疯子监禁了起来,失去了人身自由。奥利维亚把他放了出来,他才明白这是针对他的恶作剧。不过,他没有一笑置之。他威胁说:"我会报复你们所有人的。"

《第二十二条军规》还可以找到其他戏仿莎士比亚的例子:"人们认为艾尔伯特·泰勒·塔普曼牧师是一个怪物,实际上,他是个正常人,他和其他人一样,有眼、手、器官、形体、感觉、感情。假如他们刺他一下,难道他就不会流血吗?如果有人挠他痒痒,难道他就不会笑吗?"②这几句台词脱胎于《威尼斯商人》。

被戏仿的莎剧还有《如愿》。第二幕第七场,以一句"世界是一个

① Heller, Joseph. *Catch-22*. New York: Dell Publishing Co., Inc., p. 85.

② Heller, Joseph. *Catch-22*. New York: Dell Publishing Co., Inc., p. 277.

舞台”统领,一个人物开始了下面对人生的总结:

> 所有的男男女女不过是演员罢了:他们有上场和下场;一个人一生扮演几种角色,他一生的情节共分7个时期。最初是婴儿,在保姆的怀里号啼呕吐;随后是哭喊的学童,带着书包,红光满面,像蜗牛爬似地不乐意上学;随后是情人,像风箱一样叹息,为他的情妇的眉毛做一首缠绵的情诗;随后是军人,满嘴的离奇的咒誓,像豹一样有一脸胡须,对名誉很认真,极好争斗,甚至到炮口上去寻找幻影般的名誉;随后是法官,凸着装满阉鸡的大肚子,眼睛很凶,胡子剪得很齐,满嘴是明哲的格言和陈腐的例证;第六期变成为一个瘦弱的穿拖鞋的老朽,鼻子上架着眼镜,身边挂着钱袋,年轻时省下来的一双长袜子穿在缩细的小腿上却松得厉害。男人洪亮的声音又变成儿童的细嗓,说起话来唧唧地叫;结束这一段离奇多变的故事之最后一幕,便是返老还童,忘怀一切,没有牙齿,没有眼睛,没有口味,没有一切。①

这段话出现的语境是什么呢?《如愿》故事情节如下:弗里德里克夺去了自己的哥哥(公爵)的领地。公爵如今和自己的支持者在阿登森林过着被放逐者的生活。西莉亚是弗里德里克的女儿,罗瑟琳是公爵的女儿,两人在弗里德里克的宫廷里长大。在一次宫廷比武大赛中,罗瑟琳看到一个叫奥兰多的选手打败了强大的对手,不由萌生了爱意。奥兰多的父亲是罗兰德爵士。爵士已经去世,奥兰多的哥哥奥利弗是奥兰多的监护人。此前,因为奥利弗太残酷无情,奥兰多离家出走,才到了比武场。罗兰德爵士是被放逐的公爵的朋友。弗里德里克知道了罗瑟琳的爱情,但听说胜利者奥兰多是罗兰德的儿子,旧恨又起,将罗瑟琳逐出宫廷。西莉亚跟随着罗瑟琳。罗瑟琳女扮男装,起名盖内米德,西莉亚更名阿丽娜,对外说是盖内米德的妹妹。她们住在阿登森林,与奥兰多相遇。在这之前,奥兰多已经和公爵结识。盖内米德希望奥兰多像向罗瑟琳求婚一样向自己求婚。奥利弗来森林里追杀奥兰多,遇到母狮子袭击,幸亏奥兰多及时赶到,将他搭救。现在,奥利弗很后悔自己以前对弟弟太刻薄寡恩。奥利弗和阿丽娜相爱,准备第二天结婚。盖内米德向奥兰多保证,结婚同时,让罗瑟琳出现。两对新人在公爵面前结婚,大家都在场时,罗瑟琳和西莉亚脱去伪装,亮出自己的

---

① Shakespeare, William. *The Complete Works of William Shakespeare*. Ware, Hertfordshire: Wordsworth Editions Limited, 1996, p. 622.

真实身份。同时传来消息，弗里德里克本来要派兵逮捕公爵和支持者，但他已经被一个虔诚的人转化，回心转意。因此，他恢复了公爵的爵位和领地。

《如愿》歌曲比其他任何莎剧歌曲都多。它以对话为主导，而不是以剧情为主导，大部分是公爵的随从雅克和试金石的戏份，发出"一生有 7 个阶段"感叹的就是雅克。他思考人类的虚伪，装作不喜欢音乐和舞蹈，只是赞扬能揭露人类罪恶的讽刺。雅克对于这出戏剧是个反拨。还没有露面之前，公爵听到他哀叹一头鹿的被杀。戏剧结束，公爵准备回到封地，雅克选择留在森林，过静修的生活。《如愿》的中心主题是"爱是人生最宝贵的因素"，雅克的悲观和自我放逐与此格格不入。不过，他没有对这个主题构成实质性挑战。雅克第一次露面，他的"人生有 7 个阶段"的台词没有其他人理会，被扼杀在沉默之中。雅克刚描述完老年，奥兰多的仆人老亚当就作为一个受尊敬的老人被送上舞台。雅克和奥兰多针锋相对。当雅克第一次遇到奥兰多时，雅克说自己宁愿孤身一人。他贬低奥兰多的诗、他的机智和他的爱人的名字。雅克说自己要找一个弄臣（fool，即试金石，又表示"傻子"），结果奥兰多把他领到一条小河边，让他看自己的倒影。受辱的雅克拂袖而去。罗瑟琳对雅克也没有好话。雅克说，自己喜欢忧伤，罗瑟琳说，喜欢忧伤和笑声的人都很可恶，还不如醉鬼；雅克说，自己的思想受旅行的影响。罗瑟琳说了旅行的一大堆缺点。雅克希望回到过去，回到人类未到森林打猎的时候，也许回到人类存在之前。这是一种比较极端的田园牧歌，也让雅克与剧终的欢乐气氛不相吻合。不过，雅克不是坏人。总体而言，他待人接物知书达理。他和其他人一起听歌跳舞，讽刺别人出于善意。他批评大傻瓜，并认为自己也包括在傻瓜行列里面。尽管他有反社会的观点，剧中他交谈的人数最多。最终，他也给予公爵和刚结成的眷属幽默的祝福。雅克最终的台词显示，他也受到了爱的力量的感染。他知道自己不可能成为其中的一部分，但他希望恋人们幸福。他已经被人性化了。他仍然是孤身一人，但他不再衔恨。这与全剧和解的气氛相一致。他的玩世不恭中和了这部情感剧。最后，"他的指责提醒人们，在阿登森林这个魔幻世界之外，有着极其邪恶的运行方式"①。

特维斯的《爱国者的历程》戏仿了雅克的独白。他将所谓爱国者的人生分为 7 个阶段：

> 第一个阶段为宣传鼓动家。他站在政治竞选演说讲坛的前

---

① Boyce, Charles. *Shakespeare A to Z*. New York: Laurel, 1990, p. 317.

面,鼓动唇舌。第二个阶段是骗人的候选人。他帽上带着花结,喝着啤酒,卑躬屈膝,满口谎言,不情愿地给投票人以承诺。第三个阶段是议员。他发出尖锐、急促而轻微的声音,如同火炉发出噼啪声。他的激烈灼热的故事只会导致国家灭亡。第四个阶段是廷臣。他说着圆滑的话,像产婆一样神秘,阿谀奉承统治者,热衷宗教事务,希望给自己带上正统的光环。第五个阶段是国务秘书。他穿着白色的西装背心,带着温和的笑容,滴水不漏地回答问题,天女散花般许诺,随手任意签下军火合同,以此统治国家。第六个阶段是成为年迈退休、过着舒适生活的准男爵,胸前有红色缎带,一侧有星形勋章,早年想改变世界的万丈豪情已经冷却。他的雄辩成为低眉顺眼柔和的声音。最后一个阶段为整个历程的终点。他成为大腹便便、浮夸自满的贵族,应有尽有,有钱,有冠冕,唯一缺乏的就是良心。①

本书的戏仿例证显示,戏仿对人物的讽刺性嘲弄占很大比例。除了讽刺,戏仿还有帮助记忆莎士比亚台词的功效。菲比 · 卡莉曾戏仿莎士比亚《仲夏夜之梦》一个片段。她这样写道:

这一次,我看到,(但你看不到),
走在花园和谷仓之间
鲁本,佩带枪支。他瞄准
站立在柱子边的一只小母鸡,
他机敏地从枪里射出子弹,
就如同他要射杀十万只母鸡。
但是我看到年轻鲁本的炽热的子弹,
嵌入花园篱笆洁白的板条里,
那只家禽昂扬向前,
做出母鸡般的沉思,子弹没有射中。②

《仲夏夜之梦》中对应的片段是奥波龙对精灵帕克的解释:

就在那个时候,你看不见,可是我看见了,在那清凉的月亮和

---

① Jerrold, Walter and R. M. Leonard (eds.). *A Century of Parody and Imitation*. London: Oxford University Press, 1913, p. 166.

② Jerrold, Walter and R. M. Leonard (eds.). *A Century of Parody and Imitation*. London: Oxford University Press, 1913, p. 271.

> 地球之间，丘比特全副武装地飞着：他向着西方宝座上的一位美丽的处女瞄准，用劲射出了他的爱箭，好像要射千万颗心一样；但我看见这丘比特的烈火般的箭在水似的皎洁的月光里面被浇熄了，那位尊严的信女行若无事，仍作处女的沉思，无动于衷。①

莎士比亚的台词浩如烟海，实难记忆。如果没有戏仿，这一段原文可能和其他台词一样，不被人给予更多关注。戏仿比较滑稽，近似打油诗，结构和内容仿真度高，易学易记。有了戏仿，两相比较，原文也变得朗朗上口。这就是戏仿的助忆作用。除了助忆，在理解整篇戏剧方面，戏仿的牵一发而动全身的作用也不可小觑。这一段在整篇文章中具有枢纽作用。引文中的处女指的是终身未婚的伊丽莎白女王。接下来的部分大致内容为：奥波龙知道丘比特的箭落在什么地方。它落在一朵小花上。这朵小花原来呈白色，爱的创伤使它变成红色。女孩子把它叫作三色堇。从这种花上提出的汁液，点在睡着的人的眼皮上，无论是男人还是女人，睁开眼就会疯狂地爱上他或她看见的第一个人。这样一个有趣的引子可以激发读者阅读的兴趣。读者登堂入室，进而了解到这出戏剧的主要情节：荷米亚的父亲义济阿斯要求女儿嫁给地美特利阿斯。因为喜欢赖桑德，荷米亚不从。地美特利阿斯曾表示爱海伦娜，海伦娜也爱地美特利阿斯。根据雅典法律，公爵提西阿斯给荷米亚四天时间考虑。她必须回心转意，听从父亲的安排，否则她就只能被处死或进修道院。荷米亚和赖桑德决定秘密离开雅典，到这条法律不能管辖的地方结婚。他们相约到城外一英里的森林里会合。荷米亚把自己的计划告诉了海伦娜，海伦娜把这个情况告诉了地美特利阿斯。地美特利阿斯追踪荷米亚到了森林，海伦娜追着地美特利阿斯。四个人当夜都到了森林。这片森林是神仙精灵喜欢光顾的地方。

奥波龙和铁达尼亚是精灵中的国王和王后。他们吵了架，原因是铁达尼亚不愿意把自己身边的一个男童给他做仆人。奥波龙让调皮的精灵帕克给他取来一种花，他要把花的汁液挤到熟睡中的铁达尼亚眼皮上，目的是她睁开眼第一个看到谁，就爱上谁。这正是上边引文中讲的事情。奥波龙偷听到地美特利阿斯责备海伦娜不该追着自己，他希望他们和解，于是命令帕克把汁液滴到地美特利阿斯眼上，同时保证做到海伦娜在附近。帕克错认为赖桑德是地美特利阿斯，把汁液滴到了赖桑德眼上。赖桑德醒来后看到的第一个人是海伦娜，于是狂热地追求她。这让海伦娜很恼火，她觉得自己被取笑了。奥波龙发觉了帕克的错误，把汁液滴到了地美特利阿斯眼上。地美特利阿斯醒来后看到

---

① 莎士比亚著，梁实秋译，《仲夏夜之梦》，北京：中国广播电视出版社，2001，第57页。

的第一个人也是海伦娜,于是赖桑德和地美特利阿斯都向海伦娜求婚。两个女子发生争吵,两个男子都要得到海伦娜。

与此同时,奥波龙将汁液滴到了铁达尼亚眼上。铁达尼亚醒来,看到了戴着驴头的织工线团(线团和一群雅典商人到森林里排演节目,准备在公爵婚礼上表演。淘气的帕克给他戴上了驴头)。铁达尼亚马上爱上了线团,与他可爱的脸颊和大耳朵亲热。奥波龙发现他们在一起,就责备铁达尼亚把自己的感情浪费到一头驴身上。他又向她要男童。铁达尼亚头脑不太清醒,答应了他的要求。奥波龙解除了爱药的魔力。他命令帕克在四个情人的空中撒下浓雾,这样他们在一起,却不知道对方是谁,浑然入睡。他给赖桑德的眼皮上涂了汁液,这样他醒来时,爱上了荷米亚。提西阿斯和义济阿斯到达森林,他们原谅了私奔的情人,情侣们结了婚。戏剧结束时,线团剧团表演了小戏剧《皮拉斯莫和西斯比》,为情人们的婚礼提西阿斯与希波利塔的婚礼助兴。简单的戏仿,可以衍生一系列的联想,如同涟漪,产生良好的放大反应,这就是善加利用戏仿的益处。

二　翻案式戏仿

稍有文学常识的人都知道,《李尔王》的同名主人公有两个不好的女儿。剧中,她们言行不一,口头上孝敬李尔王,哄得父亲开心。李尔王把国土(包括考狄利娅的一份)给了她们两个,希望有个幸福的晚年。计谋得逞以后,她们忘恩负义,不愿意孝敬老人,故意让他生气,将他逼疯。"莎士比亚让我们同情考狄利娅,越来越可怜李尔王,但让读者对他的'鹈鹕女儿'(里根和高乃依)感到恐惧和反感。"① 总之,两个大女儿到了千夫所指、四面楚歌的地步,成为狡诈残酷、出尔反尔的代名词。但也有作者根据该剧第一幕第四场的一句台词"我已经给妹妹写信"演绎,从高乃依的角度,为所谓的坏女儿形象翻案:

> 亲爱的里根:
>
> 我让奥斯瓦尔德把信带给你。近来,父亲让我们日子很难过。你我都不喜欢大吵大闹的场面,不幸的是,今天就发生了一次。我现在把事情的原委告诉你,希望你也做好精神准备。父亲来的时候带了100骑士。这样庞大的人数我们接待不了,有些住在村子里。他们不愿意听从指挥,和我们的手下争吵。你从多佛作为生

① Abrams, M. H. *A Glossary of Literary Terms*(7th ed.). Beijing: Foreign Language Teaching and Research Press, 2005, p. 75.

日礼物带给我的蓝花瓶前天成了碎片。我质问是谁干的，奥斯瓦尔德说，是父亲的一个骑士撒酒疯撞到地上的。我向父亲发牢骚，他反而对我大发雷霆，说他的骑士，甚至他所有的随从，都是世界上最安静、最有礼貌的人，全是我的错。他说，我对他和他们缺乏应有的尊重。他甚至说，我不孝顺。我忍住不发脾气，什么也没有说。

昨天，管家和女仆来找我，说要辞职。我问，为什么？他们说，这个房子里发生的一切让他们受不了。我让他们具体解释一下。他们不肯说，但暗示父亲的手下非常无礼，令人出离愤怒。管家说，父亲的骑士从来没有清醒过，他们让全家伤风败俗。同一屋檐下，没法过日子。什么事情也办不了，晚上因为嘈杂声睡不着觉。

我去见父亲，和他心平气和地谈这件事。我刚一说起这个话题，他就失去了自制，开始骂我。我尽量压制住自己的怒火，但我也是普通人，听他不公平、肆意谩骂了我一段时间，我就说，像他这样年纪的人真难伺候。一听这话，他就说我讽刺他年老不中用，我忘恩负义。他开始哭。我无法给你说我多么痛苦。我尽力安慰他，让他平静下来。但事实是，自从他到我这里以后，他就有点失去理智。他患有奇特的幻想症，总觉得我们对待他像对待乞丐。尽管他有100个骑士（注意100个，超过我们的手下很多），这些人天天只知道吃喝，他还说，我们对他不像对待国王。你说这公平不公平！

当初放弃王位时，他说他厌倦了国事，想休息一下。但从交权的那一天起，他从来没有停止干涉过我们。什么事不和他商量，或者不采纳他的意见，他就发火。

更糟的是，自从上次得病，他不仅失去了记忆力，而且失去了语言控制力，结果经常是，当他想说一件事时，他说得恰恰相反。有时，他还不由自主地说脏话。当然，我们都习惯了，也不介意。但必须说，有陌生人在场时，这样会很尴尬。比如前几天，有很多人在场，他不自觉骂了我。在座的人都觉得不自在，强忍住不笑。但有些人忍不住。这些事总在发生。你要明白，父亲需要有人在身边照顾、劝说。但你稍微一提这事，他气就不打一处来。

最气人的事，至少最让我生气的事，就是父亲的小丑。亲爱的，你知道，我讨厌那种幽默。他进来时，大家已经就座，准备就餐。他用一个硬邦邦的气球敲人的脑袋，嘴里哼着愚蠢的歌谣，我真的想哭。前几天，许多人在餐厅就餐，他在我身后把我的凳子猛地抽走，我扑通一声摔到地上。父亲大笑，同时还说：“干得好，小丑!"廷臣都在那里,出于谄媚,他们都笑作一团。我觉得这不仅是对我的侮辱,而且对他国王,也是极不体面的行为。当然,阿尔班尼不愿意干涉。他是个十足的懦夫,男人都是这个德行。

危机昨天到来。我感到头痛,在我房间躺下睡觉。父亲打猎归来,派奥斯瓦尔德来叫我去见他,他有话给我说。我说我卧病在床(这完全是实际情况),但我会下楼吃饭。奥斯瓦尔德把我的话告诉父亲,父亲的人把他推到地上,使他身体受伤。他现在前额有一块瘀青,脚踝扭伤。

情况后来到了临界点。我们的骑士情绪激昂,找到我和阿尔班尼,说如果父亲不控制自己的骑士,他们一刻也不愿意和我们在一起。我不知道该怎么办,但我知道应该把事情说清楚。我找到父亲,告诉他这一切令人难以忍受,他必须遣散部分随从,拣选适合他自己的骑士。我刚一说这话,他就破口大骂,命令给备鞍,他要与我断绝父女关系,一会儿也不在这个地方待下去。阿尔班尼极力想让他平静下来,请求他留下来。他不听,说要到你那里去。

因此,我派奥斯瓦尔德给你送信,你要在父亲到达之前读一下,知道事态的进展。我做的事就是让他打发走50个骑士,剩下50个已经够多的了。奢侈造成了浪费,我最恨奢侈和浪费。我肯定,你和我一样忍受不了100个骑士。我求你了,亲爱的里根,让父亲听进去道理吧。没有人比我更爱他,也很难找到比我更孝顺的女儿,但凡事都要有个度,一个人不能把家变成魔鬼横行的地狱,自己的生活变成不断争吵、埋怨和打斗,这全是因为老年的父亲失去了理智。同时,我承认,虽然我控制住自己,不发脾气,但我忍不住发火的时候,有点让人受不了。我不是圣徒,不是天使,也不是羊羔,但我痛恨不公平和偏见。它们能让我血液沸腾。但我希望你,里根,凭着天使的性格,你的策略和你的温柔,能让父亲听从劝解,让一切重新走上正轨。发生什么事情,你要第一时间告诉我。

爱你的
高乃依

又及:父亲另一件令人气恼的事情就是每次都提到考狄利娅。他总是说:"如果考狄利娅在这里就好了!"或者"和考狄利娅一比,你们相差太远了!"亲爱的,你也记得,如果考狄利娅在这里,父亲看她一眼都受不了。她低声说话,咕哝什么也听不清楚,够他受的。他对她把握得也不准。昨天,法国宫廷来了一封信,说考狄利娅快要把可怜的法国国王逼疯了。①

以前，高乃依和里根臭名远扬，她们是跳进黄河也洗不清。兼听则明，偏听则暗，看了上述的文字，听到了高乃依发出的声音，读者也许有新看法。这种扭转人物形象的戏仿具有为人物翻案性质，可以巩固读者已有的知识，从另一个角度思考问题，是不可多得的珍品。

三　《奥赛罗》

莎士比亚《奥赛罗》曾被戏仿。该剧第一幕设在威尼斯。威尼斯参议员布拉班修的女儿黛丝戴蒙娜秘密与在威尼斯军队服役的摩尔将军奥赛罗结婚。布拉班修在公爵和其他参议员面前指责奥赛罗偷了自己的女儿。奥赛罗为自己的清白辩护，得到了布拉班修的谅解。随后，奥赛罗衔命前往塞浦路斯岛，抗击入侵的土耳其军队。

土耳其的舰队遇到风浪被吹散，危机解除。奥赛罗、黛丝戴蒙娜和卡西欧进入塞浦路斯岛驻防。卡西欧是一个年轻的佛罗伦萨人，曾帮助奥赛罗成功追求到了黛丝戴蒙娜。如今，奥赛罗提拔卡西欧做自己的副官。老兵伊阿古因为自己没有被提拔而愤愤不平，决心复仇。罗德里格是一个容易受骗的绅士，暗恋着黛丝戴蒙娜。伊阿古教唆罗德里格将卡西欧灌醉，然后与他打斗喧哗。因为卡西欧的这个过失，他被解除副官职位。伊阿古主动为复职心切的卡西欧献计。他让卡西欧请黛丝戴蒙娜为自己求情，帮助卡西欧官复原职。涉世不深的黛丝戴蒙娜不假思索答应了。与此同时，伊阿古向奥赛罗暗示，卡西欧过去是黛丝戴蒙娜的情人，现在仍然是她的情人。奥赛罗曾给黛丝戴蒙娜一块定情手帕，伊阿古的妻子伊米莉亚是黛丝戴蒙娜的女仆，伊阿古利用这个便利条件，得到了手帕，又巧加安排，使奥赛罗看到卡西欧拿着这块手帕。奥赛罗被伊阿古精心炮制的假象冲昏了头脑。他恨妻子的背叛，含泪将黛丝戴蒙娜扼死在她的床上。伊阿古煽动罗德里格谋杀卡西欧。看到罗德里格笨手笨脚没有完成任务，伊阿古杀死了罗德里格。如梦初醒的伊米莉亚向奥赛罗说明了黛丝戴蒙娜的纯洁，随后被自己气急败坏的丈夫杀死。伊米莉亚的证词和罗德里格身上的信件证明了伊阿古的罪行。伊阿古被逮捕，内疚的奥赛罗随即自杀。

诞生于 21 世纪的美国电影《千方百计》（*O*）②戏仿了莎士比亚这出

---

① Macdonald，Dwight(ed.). *Parodies: An Anthology from Chaucer to Beerbohm—and After*. New York：Random House，1960，pp. 307 – 311.

② 《千方百计》(*O*)导演：蒂姆·布雷克·尼尔森，主演：梅奇·费法、乔什·哈奈特、安德鲁·凯加，2001 年，制片厂：狮门影业公司。

戏剧。人物名字一一对应。奥丁·詹姆斯对应奥赛罗,黛茜对应黛丝戴蒙娜,黛西父亲对应威尼斯参议员,雨果对应伊阿古,黛茜的舍友、雨果的女友艾米丽对应伊米莉亚,迈克尔对应迈克尔·卡西欧,迈克尔的女友布兰迪对应卡西欧的情人,罗杰对应罗德里格,教练杜克·古尔丁对应公爵。英语中,杜克(Duke)有“公爵”之意。

奥丁是美国一所大学篮球队的黑人球星。他球艺精湛。例如,一次比赛中,他所在的球队以59比60落后。在最后两秒钟,奥丁进了一球,使本队反败为胜。后来,奥丁当选为本年度最有价值球员。在颁奖大会上,教练对他赞不绝口,当众说他把奥丁当自己的儿子看待。接受奖项时,奥丁把迈克尔叫到台上,让他与自己分享荣誉,称他为自己最亲密的队友。杜克的儿子雨果也在同一球队。杜克恨铁不成钢,总是批评儿子在场上的表现,让雨果心生嫉恨。如今父亲和奥丁在公开场合这么讲话,更让雨果失落,觉得心里不是滋味。雨果很快找到了一个发泄自己不满的途径。他知道奥丁和白人女孩黛茜是情人关系。一对有情人已经相爱了好长时间。黛茜的父亲是校长,她明知父亲不同意自己和奥丁的婚事,但她还是与奥丁私订终身。有一个叫罗杰的学生,暗恋着黛茜,黛茜虽然不爱他,但也没有表示反感。一次比赛时,罗杰坐到黛茜前边一排观看比赛,被其他同学辱骂。另外,这些同学用手指弹他的耳朵尖,罗杰被迫离开座位。雨果觉得傻瓜罗杰有利用价值。他找到罗杰,让他给校长打电话。电话中,罗杰说:“你的东西丢了!你的女儿被人偷走了!”这一句和莎士比亚戏剧开头对应。

第二天,奥丁与队友正在听教练讲解,校长闯入,质问女儿被欺负的事情。在办公室,奥丁向校长表白,没有将自己的意志强加给黛茜。校长不相信,黛茜到来,向父亲解释,自己和奥丁在一起是她自己的选择。黛茜的表态顿时让校长的态度缓和了下来。他终于接受了既成事实。关于自己和奥丁的事,黛茜隐瞒了父亲好长时间。如今,回过神的校长告诉奥丁,将来黛茜也会欺骗他的。这句话为以后的发展埋下了伏笔。

一次球赛中,奥丁在上半场不利的情况下,下半场建立奇功。中场他被人撞倒在地,送进医院。众人前去探望。在病房外,众人拥抱致意。碰巧迈克尔与黛茜拥抱时被奥丁看到。他开玩笑地说:“我刚倒下,你就要夺去我的女朋友吗?”经医生检查,奥丁只受了轻伤,无碍大事,顺利出院。在黛茜宿舍,奥丁送给黛茜一块头巾,作为定情的礼物。他说这块头巾有特殊意义。有了它,两人的爱情就能够永葆青春。整个过程,室友艾米丽一直在场。树欲静而风不止。与此同时,雨果也开始了他罪恶的行动。在一场关键大赛前夕,大家都必须遵守纪律的时刻，他煽动罗杰引诱迈克尔喝酒，使迈克尔酩酊大醉。随后，他又让罗杰侮辱迈克尔，激怒迈克尔打架斗殴，造成混乱。因为严重违反球队纪律，迈克尔被教练终止比赛，奥丁因此也失去了重要的助手。迈克尔很惆怅。雨果乘机给迈克尔提建议，说迈克尔可以说服黛茜，让黛茜在奥丁面前给自己说好话。只要奥丁赞成迈克尔复出，教练一定会网开一面。迈克尔很单纯，没有往深处想。他觉得这个方法可行，于是就照办了。迈克尔观看球赛时，有时和黛茜坐在一起。奥丁在赛场上，有意无意地回头，会发现迈克尔和黛茜在一起欢笑。球场进球时，他看到两人甚至会拥抱，这让他大为不快，给他心里蒙上了一层阴影。雨果在背后继续煽风点火。他对奥丁说，白人女子都很狡诈，一定要提防。既然黛茜和奥丁私下交往可以瞒过她的父亲，现在有些见不得人的事情当然也可以瞒过奥丁。雨果暗示："如果她谈论迈克尔，说明她和迈克尔在暗中交往。"雨果让女友艾米丽偷来黛茜掉在地板上的头巾。得到这块头巾后，他暗中塞给了迈克尔。现在，雨果提醒奥丁确认一下黛茜手中头巾的下落。奥丁问黛茜时，头巾不见了。黛茜只是说："我以后会找到的。"黛茜避开头巾这个问题，执意要和奥丁谈论迈克尔归队的问题，这显然只会使奥丁火上浇油。

奥丁的情绪影响了他场上的表现。赛前训练他力不从心，教练对他很不满意，命令他下场休息，让一直坐冷板凳的迈克尔上场顶替。两人擦肩而过时，奥丁突然大打出手，猝不及防的迈克尔摔倒在地。教练命令奥丁道歉，可奥丁只当耳旁风，好像什么也没有听到，把门一摔，扬长而去。他开始公然藐视教练。当晚，在家庭餐桌上，教练与雨果交谈。父亲告诉儿子，奥丁是学校唯一的黑人学生，他把奥丁当成一家人。他希望雨果也帮助奥丁，"如果他出了问题，我们就有问题。"

一次，奥丁与雨果在后者的住处交谈，迈克尔突然来访。雨果让奥丁到阳台上。他告诉奥丁，自己会和迈克尔谈论黛茜，奥丁可以偷听一下两人交谈。但无论听到什么，奥丁都不能吭声。奥丁同意了。和迈克尔在一起时，雨果低声问迈克尔，他和情人布兰迪进展得怎么样了。这句话奥丁是听不到的。雨果的目的是误导奥丁，让他认为雨果和迈克尔谈论的是黛茜。随后，雨果和迈克尔开始大声说话，目的是让奥丁听清楚。迈克尔开始大声谈论布兰迪。在奥丁听来，迈克尔话里面充满了对自己和黛茜的不敬之词。奥丁火冒三丈，咬碎钢牙。更糟糕的是，布兰迪敲门找迈克尔。她随手把一块粉红头巾塞给迈克尔。她充满鄙夷地说，自己不想要他给的这个玩意。这块被人视为敝屣的头巾不是别的东西，正是奥丁送给黛茜的定情礼物。雨果终于达到了自己预期的最佳效果。

奥丁的愤怒当众表现了出来。众目睽睽之下,他大力扣篮,弄断了篮板上的圆环。观众以为这是明星的神力,给予他一片掌声。随后,奥丁用球砸碎了篮板玻璃,同时又粗暴地将赛场服务生推倒在地。观众明白过来了,一片哗然,纷纷表示愤怒、诧异和吃惊。

选拔赛到来了,全国性组织的一些篮球伯乐到场,考虑选拔一些球星深造。为了得到更好的发展机遇,各个球队队员都在紧张地准备比赛。教练极力推荐奥丁。奥丁前途本来一片光明,但是,因为一念之差,他却踏入万劫不复的深渊。奥丁觉得自己该和黛茜摊牌了。雨果对奥丁说:"昨晚,黛茜和迈克尔在一起。"在奥丁下决心杀人方面,这句话起了催化剂的作用。晚上8点多钟,他爬上梯子,通过窗户进入黛茜的房间。黛茜醒了,两人亲密地交谈。奥丁突然死死卡住仰面躺着的黛茜的脖子,使她不能呼吸。黛茜拼命挣扎,但终究没有奥丁力气大,终于因窒息而丧命。黛茜毙命的瞬间,艾米丽和雨果赶到了犯罪现场。几个小时前,黛茜曾给艾米丽说,不要等了,艾米丽可以自己先到体育场。在体育场,艾米丽迟迟不见黛茜的身影,觉得事情异常,于是匆匆赶回宿舍查看,正好目击可怕一幕。同时赶到现场的雨果也已经有一条人命在身。此前,雨果按照设想精确实施了罪恶方案。他尚不到持枪年龄。他有一个精美的手表,让枪支商垂涎三尺。终于,他以违法手段得到了一只手枪。他把枪转交给罗杰,面授机宜。当晚,他和迈克尔乘坐同一辆车到体育馆。路上,雨果开车很慢,迈克尔埋怨他开车像一个老奶奶。当然,雨果是按照自己的时间表行动。看到路边停着一辆车,雨果坚持说车里面的人需要救助。等两人靠近停靠的车辆,车里坐的罗杰突然开枪,击伤了迈克尔。雨果夺过枪,击毙了罗杰。随后,雨果回到奥丁杀死黛茜的宿舍。艾米丽见黛茜已死亡,神志恍惚的奥丁又喃喃说着粉红头巾,不禁恍然大悟。此前,她见头巾不经意落在地上,于是拾起,受雨果之托,交给雨果。她告诉奥丁事情真相。奥丁意识到黛茜对自己爱情的纯真,也明白了雨果是一切不幸的根源。他噬脐莫及,开枪自杀。雨果已经达到目的。面对警方和公众的怒火,他决定保持沉默。

电影导演蒂姆·布雷克·尼尔森也曾经给电影观众《千方百计》戏仿莎士比亚戏剧的暗示。奥丁上课时不太专心,和另一个同学说话,被授课老师注意到。她让他们背诵莎士比亚的一首诗。奥丁背不出来,说:"我还以为莎士比亚是剧作家。"老师说:"你们也要掌握一点有深度的东西。"这个场景指引着观众寻找影片与莎士比亚戏剧的联系。

关于《奥赛罗》与《千方百计》的相关性,有这样一件轶事。在国内某大学美国文学课堂上,美国籍教授詹姆斯·马丁给学生们播放了这部影片。一个同学问:“影片导演有没有看过《奥赛罗》?”教授笑着斩钉截铁地回答:“没有看过是不可能的。”是的,影片母体是《奥赛罗》,导演怎么可能没有接触过剧本?影片的部分价值在于它与莎士比亚剧本的联系。读者不辞辛苦找出文本与影片之间对应关系的过程,既是充满乐趣的过程,也是熟悉莎士比亚戏剧的过程。比较见真知,通过比较的方法学习能够让学习者更深刻地理解两个对象的相同与区别。这是戏仿影片《千方百计》为推广莎士比亚原作做出的部分贡献。从另一方面讲,比较好的戏仿作品总能自成一体。即使不熟悉《奥赛罗》,甚至没听说过这个剧本,也不影响欣赏这部电影,因为莎士比亚剧本和戏仿电影共有的主题是永存的:爱情、嫉妒、阴谋,等等。

第二节　詹姆斯一世(《圣经》)

1611 年,在詹姆斯一世的组织下,新版本的《圣经》出版,对英国影响深远。《圣经》中有十诫,广为流传:一、不可信仰耶和华以外的神;二、不可为自己雕刻偶像;三、不可妄称耶和华之名;四、不可在第六天之外的第七天工作,这一天应用来祭祀上帝;五、不可对父母不孝;六、不可杀人;七、不可奸淫他人之妻,女人不可与他妇之夫通奸;八、不可偷盗;九、不可作假证陷害人;十、不可贪夺邻人的房屋、奴仆、牛等一切财物。英国诗人阿瑟·休·克劳曾模仿十诫,创作出《新十诫》(*The Latest Decalogue*):“你只可以崇拜一个上帝,谁有钱崇拜两个?不可为自己雕刻偶像,除了崇拜金钱;不要诅咒,因为你的诅咒无损你的敌人毫发;周日要到教堂礼拜,这样世界才是你的朋友;你要尊敬父母,靠着他们,你才能够得到提升;你不可杀人,但是不必生不如死地活着;不可通奸,妇女这样做不太安全;不要偷窃,如今欺骗更赚钱;一定不要做假证,如果做假证,一定要小心,不要自相矛盾;你不可觊觎他人的财物,但社会提倡争抢得头破血流。”① 一定程度上,《新十诫》将有些人的虚伪驳得体无完肤。“你不可杀人,但是不必生不如死地活着”更成为安乐死提倡者的口号。

《圣经》中的名篇之一为《传道书》,一般认为其作者是所罗门。《传道书》的主题词是“虚空”,探讨的主题是“在天下一生当行何事为美”。虽然作者相信神,他却尝试在神以外的事物中找到答案。因此,他努力寻求娱乐、饮宴、建筑、财富、智慧,等等,却发现这些都是虚空。

---

① Warren, Robert Penn and Albert Erskine. *Six Centuries of Great Poetry*. New York: Dell Publishing, 1992, pp. 472 - 473.

作者又探讨宿命论和道德等哲学思想,但他始终无法解决罪恶和死亡两件事。人生短暂又充满不公,使他百思不得其解。他思索这一切事物之后,得到了两个结论:一、要敬畏神;二、要在神所赐的日子中,享受劳碌所得来的好处。第二点并不是提倡人们纵欲,乃是希望世人知恩知足,对生活抱着积极喜乐的态度。然而,人若不认识神,必定无法在他的生活中全然知足。因为他一切的努力都是虚空,都是捕风;而且神在人世间的掌权对他反倒成为一种无奈,因为往往不尽如他的心意。但是人若认识神,那么虽然他的一生仍旧短暂,他却可享受在其中,且神的掌权对他也成为美好。因此,《传道书》不仅道出人生的虚幻,也使人看见信神、以神为中心并敬畏他是何等重要的事。D. J. 恩赖特以《传道书》的风格,写了一个文人的随想:

> 嗒嗒响的打字机是一个负担,邮递员送来的一包书也是负担,这个时间到来的时候,他会说:"我从它们中得不到乐趣,长时间学习让肉体劳累。"
>
> 当抽水马桶破裂的时候,充溢的水如同喷泉流出的时候,光线暗淡的时候,窗户需要清洗的时候,房屋的主人看到账单将发抖,害怕价格太高,杏仁碾磨机碾压不动,啤酒将放在一边。
>
> 但欲望不会完全丧失,当歌女倒下的时候,看到鸟儿时,欲望会升起。当他在寻找恰当的单词,当编辑在办公桌旁边崩溃,当出版社的声音消失,因为他们的数量很少,在这些日子里,灰尘会重新回归地面,不管好或坏,精神将寻找它自己的归宿。①

《新约》中,有著名的登山宝训。内容如下:耶稣看见这么多的人,就上了山,既已坐下,门徒到他跟前来。他就开口教训他们,说:"虚心的人有福了,因为天国是他们的。哀恸的人有福了,因为他们必得安慰。温柔的人有福了,因为他们必承受地土。饥渴慕义的人有福了,因为他们必得饱足。怜恤人的人有福了,因为他们必蒙怜恤。清心的人有福了,因为他们必得见神。使人和睦的人有福了,因为他们必被称为神的儿子。为义受逼迫的人有福了,因为天国是他们的。人若因我辱骂你们,逼迫你们,捏造各样坏话毁谤你们,你们就有福了。应当欢喜快乐,因为你们在天上的赏赐是大的。在你们以前的先知,人也是这样逼迫他们。"《黑爵士》中一个人物将这些变形,改为"温柔的人有福了

---

① Gross, John(ed.). *The Oxford Book of Parodies*. New York: Oxford University Press, 2010, pp. 316 - 317.

……因为他们一定会被杀戮"①。意思截然相反，但以耶稣的话为底本则无可置疑；登山宝训也经常被用于广告，例如，"得……病的人有福了，我们研发了一种新产品……"，这显然将《圣经》语言世俗化、商业化了。

1961 年，《新英语圣经》(*New English Bible*)出版，德怀特·麦克唐纳德使用了这本书的风格，总结了耶稣的登山宝训，他只使用了《新英语圣经》中出现过的单词：

> When he realized how things stood, Jesus held a meeting to look into the matter. It was no hole in the corner business. He went up the hill and began: "And now, not to take up too much of your time, I crave indulgence for a brief statement of our case. How blest are those that know that they are poor. You are light for all the world. If a man wants to sue you for your shirt, let him have your coat as well. I also might make bold to say that you cannot serve God and Money. Do not feed your pearls to pigs, and be ready for action, with belts fastened and lamps alight. Thank you for giving me a hearing." He then went to lunch with some distinguished persons.②
>
> 当他意识到事态状况时，耶稣召集了一个会议，研究这件事。这绝非偷偷摸摸地进行。他上了山，开始说话："现在，为了不占用你们太多的时间，我希望你们允许我简单陈述我们的情况。知道自己贫穷的人有福了，你们是世界之光。如果一个人为了你的衬衣起诉你，你要把自己的外衣也给他。我还要冒昧地说，你不能既服侍上帝，又伺候金钱。不要用珍珠喂猪。准备采取行动，束好腰带，点上灯，谢谢你们听我说话。"于是他和一些贵宾一起就餐。

上面的戏仿是大杂烩。描述历史上的耶稣一般不使用俚语，上面他的话语却出现了俚语(no hole in the corner business)；戏仿没有逻辑，东拉西扯；耶稣是平民之友，戏仿却说他和贵宾就餐，也不符合现实。

也有戏仿耶稣生平的笑话。有一个故事讲道，天堂看门人圣·彼得准备开始每年三周的休假，耶稣主动提出到珍珠门为他值班。圣·彼得解释说："这工作很轻松。你坐在注册的桌子旁，有人到来，你就问一下

---

① Curtis, Richard and Rowan Atkinson. *Blackadder: The Whole Damn Dynasty*. London: Penguin Books, 2009, p. 100.

② Gross, John(ed.). *The Oxford Book of Parodies*. New York: Oxford University Press, 2010, p. 316.

他们的生平经历,然后让他们到后勤处领一对翅膀。”

第三天,一个颤颤巍巍的老人到了注册处,耶稣在那里坐着。老人说:“我是一个木匠。以前,我有一个儿子,这个儿子和其他任何儿子都不一样。他出生的方式很特别。一生中,他经历了一次令人难以置信的转变。他的手脚都有孔。他已经离开人间好长时间了,但他的精神永存。现在全世界还在讲他的故事。”

讲到这里,耶稣站了起来,伸开了双手,拥抱老人的时候,他两眼涌出了泪水。他喊道:“父亲!好长(时间没见)了!”老人眯起眼睛,看了一会儿,然后说:“匹诺曹吗?”①

文章好像在讲述耶稣的故事,但又和匹诺曹的故事契合。耶稣的父亲约瑟是木匠,匹诺曹的父亲也是木匠;耶稣是上帝和圣母玛丽亚所生。他明白自己在人间的使命,通过了魔鬼的测试,历经艰辛收徒传教,终于修成正果;匹诺曹从木偶儿经磨难,终于变成了人;耶稣被钉在十字架上,手脚被铁钉穿孔,匹诺曹身体各个部分用木头连接,手脚有孔毋庸置疑;世界在传颂耶稣的故事,也在讲述经典童话木偶匹诺曹的故事;耶稣含泪对父亲说:“父亲!好长(时间没见)了!”这句话也可以理解为匹诺曹在说“(我的鼻子又变得)好长了!”读过《木偶奇遇记》的读者知道,匹诺曹一说谎,鼻子就会变长。这个故事利用错误的身份,对《圣经》故事人物进行了戏仿。

谈起对《圣经》的戏仿,还少不了利用罗尔德·达尔的风格改写《圣经》的片段。达尔的儿童文学作品包括《查理和他的巧克力工厂》(*Charlie and the Chocolate Factory*)、《了不起的狐狸爸爸》(*Fantastic Mr. Fox*)、《查理和大玻璃升降机》(*Charlie and the Great Glass Elevator*)、《詹姆斯与大仙桃》(*James and the Giant Peach*)、《好心眼儿巨人》(*The BFG*)、《小乔治的神奇魔药》(*George's Marvellous Medicine*)、《魔法手指》(*Magic Finger*)、《女巫》(*The Witches*)。达尔比较具有典型性的故事《了不起的狐狸爸爸》内容大体如下:在一个山谷里,有三个饲养场,主人都是有钱人。他们卑鄙而且小气。山谷里还住着狐狸一家,他们过着快乐的生活。狐狸爸爸很聪明,总能轻而易举地获取饲养场的鸡、鸭、鹅、火鸡、苹果酒以及其他食物。农场主发现他们的东西不翼而飞,于是开始联手对付狐狸,双方展开了一场智慧和力量的较量。农场主拿着枪,守在狐狸洞外。射击狐狸爸爸时,狐狸爸爸丢失了一条尾巴。然后,农场主用工具挖洞。这招不行,他们又找来了掘土机。

① Streiker, Lowell D. (ed.). *An Encyclopedia of Humor*. Peabody, MA: Hendrickson Publishers, 2010, p. 80.

在一个又一个回合的较量中,狐狸爸爸凭借着聪明和智慧成功脱险。他带领獾、兔子、鼹鼠建造了一个属于动物们的城市,还挖了一条通往仓库的安全通道,从农场里取得了大量的物资,而农场主还愚蠢地守在洞口。彼得·凯姆普写了《亚当与糟糕的苹果》(*Adam and the Awful Apple*),以达尔的风格,戏仿了亚当和夏娃因为误会而被逐出伊甸园:

> 世界之初是单词,那不是大单词,而是小单词,不过非常霸道。这个单词是"不要!""不要吃苹果!"上帝把亚当和夏娃引到伊甸园后,就是这样吩咐的。他们想吃什么就吃什么,甚至草莓和大水蜜桃都可以吃,但是不能吃苹果。他们也没吃,直到一条蛇蜿蜒爬到他们身边。这条蛇像甘草做成的鞋带,只不过是鲜绿色。蛇以友好的口吻说:"咬一口苹果,这东西很好吃,像一种好吃的大块圆硬糖。"说话时,蛇发出嘶嘶声。夏娃抵挡不住诱惑,吃了一口。她告诉亚当好吃,亚当也吃了一口。突然,上帝出现了。他瞪着圆圆的红苹果,两个白色咬过的痕迹回瞪着他,如同受惊的鬼魂的眼睛。他说:"这个苹果是为你们开学第一天准备的。本来想让你们送给你们的老师,让她有一个好心情。现在,你们把事情弄糟了,就搬出花园吧!"哐当一声,门在他们的面前关闭。夏娃说:"啊,亲爱的,为了一块圆硬糖(gobstopper),惹了这么大麻烦,不值!"这时候,蛇又游到了他们身边,说:"圆硬糖?啊,不是的,太抱歉了,我当时想说的是'阻止上帝的人'(God-stopper),苹果像一个塞子,正好塞到上帝嘴里,(不让他随便说话)!"①

戏仿和原作一样有趣,题材新颖,情节紧凑,构思奇特,打破了幻想世界与现实世界的界限,给人一种幽默、荒诞、机智的美感。

第三节　罗伯特·赫里克

时代向前推进,到了英国资产阶级革命时期和复辟时期。罗伯特·赫里克是这个时段最著名的"骑士派"诗人,有"英国最杰出的抒情诗人"的美称。他生于伦敦,毕业于剑桥大学,生性活泼、快乐,但终身未娶。赫里克曾写过歌颂朱丽亚的诗歌:

---

① Gross, John(ed.). *The Oxford Book of Parodies*. New York: Oxford University Press, 2010, pp. 166 – 167.

当我的朱丽亚身披丝绸，
于是我觉得她飘然欲走，
薄薄的衣衫和水一样轻柔。
当我目光一瞥，我看见
衣服上光芒四射的金丝银线，
呵，那光彩真使我梦绕情牵。①

保罗·丹恩曾对赫里克诗中朱丽亚的形象进行改写：

当朱丽亚硬塞进牛仔裤，
她硕大的臀部和肥胖的腿部，
然后用拉链遮住她的脂肪。
于是，我觉得，奇怪地露出
(如同朱红装饰的玫瑰)
她涂抹过美甲漆的脚趾。②

朱丽亚顿时形象大变，她由天仙成了母夜叉，由天鹅成了癞蛤蟆。赫里克还有一首名诗传世：

有花折时直须折，时光飞驰不可追。
今日花开似微笑，明天凋落不堪折。
太阳如同一盏华丽的天灯，
升得越高，剩下的路程越少，
越接近西山日薄。青春时光最美妙，
血气方刚胆气豪。光阴易逝红颜老，
时光相追不停留。
好吧，莫怕羞，莫错过良辰，
如果可以，及时成婚。一旦误了青春，
你将悔恨终身。③

---

① Gross, John(ed.). *The Oxford Book of Parodies*. New York: Oxford University Press, 2010, p. 13.

② Gross, John(ed.). *The Oxford Book of Parodies*. New York: Oxford University Press, 2010, p. 14.

③ Kirszner, Laurie and Stephen Mandell (eds.). *Literature: Reading, Reacting, Writing (Poetry)*. Beijing: Peking University Press, 2006, pp. 845 - 846.

这首诗第一行与唐诗《金缕衣》中的“有花堪折直须折，莫待无花空折枝”极为相似。它在前两节突出自然景物，以花朵和太阳的由盛而衰、由生到死蕴涵一个道理：人世间万物都是如此，接着，叙事人告诫年轻人，青春美好易逝，务必珍惜，不可虚度。诗歌的最后一句是简短而诚挚的奉劝。奥利弗·赫尔福德简短地戏仿了这首诗：

有猫可抱只需抱，
时间只会给我们带来忧伤。
今天的小猫，
明天就会变成老猫。①

原来的诗歌巧用妙喻，意象优美。借自然规律阐明哲理，说理生动形象。诗句简洁朴实，具有民歌色彩，格律严谨，韵脚整齐，体现了诗歌的音韵之美。这些在戏仿中损失殆尽。尼古拉斯·本特利也曾戏仿过赫里克的诗歌：

有花堪折直须折，时间在飞逝，
尽管有衬垫，有鲸鱼裙子撑条，
有胭脂和染色，月亮，天空那光辉的灯盏，
总是要下落。你还要和着科尔·波特
最新的舞曲，欢快地舞蹈。
年少时最让人欢喜，
容颜和腰肢都称心如意。这一切终将失去，
不管你如何希望以及热切地渴望。②

人们对待青春的态度各不相同。有人深知青春易逝，他们采取了达观的态度；另外有些人尤其希望挽留住青春。为了达到这个目的，或给人留下自己年轻的印象，他们使用各种手段，如衬垫、撑条，诉诸狂欢。戏仿将原诗劝告的对象缩小，针对第二类人提出自己的见解，可谓挠痒挠对了地方。作者认为，各种手段在时光流逝面前，都将归于无效。

第四节 安德鲁·马维尔

共和时代（1649—1660），安德鲁·马维尔的《致羞涩的情人》（“To

---

① Wells, Carolyn (ed.). *A Parody Anthology*. New York: Charles Scribner's Sons, 1927, p. 27.

② Gross, John (ed.). *The Oxford Book of Parodies*. New York: Oxford University Press, 2010, pp. 15 – 16.

His Coy Mistress")可能是最著名的诗歌之一。在新批评理论家古尔灵等撰写的《文学批评手册》中,有下面的文字:

> 几年前,一个故事在学术圈流传,知情的文学教师都付之一笑。故事说,一天,一所著名高等学府的一名教授进了教室。他对同学们说,今天学习马维尔的《致羞涩的情人》。接下来的50分钟,他谈到了马维尔的生平、政治观和宗教观。他描述了马维尔的性格,提到朋友和敌人都很尊敬他,并推测他是否结婚。这时,下课铃响了。教授合上讲义,抬起头,笑了笑说:"同学们,这是一首好诗,确实写得好!"①

故事中的教授上课时丝毫没有讨论文本,下课时却说诗歌写得很好,没有说服力。新批评重视文本细读,认为这样只重视外围批评的教法不可取。不过,这个轶事可以说明这首诗多么出名。诗歌正文如下:

> 只要我们有足够的空间和光阴,
> 姑娘哟,你的羞怯就不是罪行。
> 我们也许会坐下来冷静地思索,
> 该在哪条路上漫步度过爱的时辰。
> 你将在印度的恒河之畔,
> 寻觅光芒四射的红宝石,
> 我将在亨伯河对岸故乡的渡口,
> 让潮汐倾诉我满腹的衷情。
> 只要你乐意,在人类洪荒前十年,
> 我会和你相爱。你也可以拒绝我,
> 直到犹太教徒改变信仰的虔诚。
> 我丰盛的爱将缓慢溢满帝国,
> 我炽热的爱情将与日俱增。
> 我应永远赞美你那含情的双眼,
> 一生一世也要爱恋你心中的柔情。
> 你身上的每一部分,
> 足以使我陶醉销魂。
> 在最后一个世纪里,

① Guerin, Wilfred L. et al. *A Handbook of Critical Approaches to Literature*. Beijing: Foreign Language Teaching and Research Press, 2004, p.16.

总可以见到你的芳心。
姑娘哟，因为你才配这神圣的爱，
我对你的爱情绝不会减退一分。
但我常听见在我的身后，
岁月的飞轮正在朝我逼近。
那边哟，我们的面前是：
荒无人烟的茫茫原野一望无垠。
你的美丽将消逝得渺无踪影，
在你那大理石的墓穹下，
也不再回荡我的歌声；
只有墓边的蛆虫来品尝你久藏的童贞。
你玉洁冰霜的坚贞将变为尘土，
我满腔的情欲也会化为灰烬。
坟墓倒是个幽静沉寂的地方，
但谁也不会在那儿拥抱亲吻。因此，
趁你青春的容颜还像凌晨的露珠，
你炽烈的情焰还燃烧两颊的红晕；
让我们像困卧在笼中的情鸟，
趁早寻欢作乐，别错过这美景良辰！
宁肯在瞬息的欢乐中度过时光，
也胜过在相思的煎熬中虚度青春。
让我们生命的活力化为球体，
我们甜蜜的爱情融为一身！
我们顽强奋斗，冲破生活的铁门，
来赢得我们应有的欢欣。
即使我们不能让旭日静止不动，
我们的爱情也能伴随太阳飞奔！①

诗歌中表达了及时行乐的思想。针对这首诗，查理·罗宾逊写出了《致远非羞涩的情人》：

如果我有足够的时间和力量，
女士啊，你的鲁莽不是罪过。

① Kirszner, Laurie and Stephen Mandell (eds.). *Literature: Reading, Reacting, Writing* (*Poetry*). Beijing: Peking University Press, 2006, pp. 936 - 937.

我们会坐下,思考接下来
怎样在爱河里做爱情游戏。
但是你,甜美、热辣辣、无礼的少女,
还没有从法国人那里吸取残酷的教训,
你需要的情爱的潮水,
即使浩瀚无垠的大西洋也不能供给。
你赶快到同性恋的天堂莱斯博斯岛屿,
那里的人的身体素质以及爱的活力
仙女也钦佩不已。
冷却一下你的欲望吧,
不要让我的日子那么难受。
但是,你的眼睛狂放的欲望,
让我的宝剑从软弱的倦怠中苏醒,
虽然它已经插入冷冷的阴沉剑鞘,
但现在它重新开始婚姻中的辛劳。①

羞涩的情人变成了色情狂,让男方招架不住,连连求饶,但最终还是屈从于女孩的强烈的欲望。女方由被动变主动,可谓天壤之别。

① Gross, John(ed.). *The Oxford Book of Parodies*. New York: Oxford University Press, 2010, p. 17.

第六章　新古典主义时期

第一节　奥利弗·哥尔德斯密斯

进入约翰逊时代(1745—1785),哥尔德斯密斯创作出《她屈身求爱》,原诗如下:

When lovely woman stoops to folly,
And finds too late that men betray,
What charm can soothe her melancholy,
What art can wash her guilt away?
The only art her guilt to cover,
To hide her shame from every eye,
To give repentance to her lover,
And wring his bosom—is to die.
可爱的女子做了蠢事,
发现受骗时已经太晚,
什么妙方能缓解愁思,
什么良策能洗去悔恨?
若要遮盖她的悔恨,
让她的羞耻避开众人,
使她的情人忏悔痛心,
只有一个方法:去自尽。①

美国作家菲比·卡莉对这首诗的戏仿只把最后一个单词改成了

① Brooks, Cleanth. *Understanding Poetry*. Beijing: Foreign Language Teaching and Research Press, 2004, p. 324.

“去哭”(to cry),其他的部分原封未动。[①] 去自尽是一种刚烈的行为,表达了女子的冰清玉洁和毅然决然,宁为玉碎,不为瓦全,在一些人看来是可歌可泣的行为。莎士比亚的诗歌《卢克丽霞》中的女主人公因为受到暴君的侮辱,因此自裁。她的死唤醒大家起来,赶走禽兽般的独裁者,因此在一定程度上具有进步意义。莎士比亚的生花妙笔强化了这种形象,使她永葆青春,名垂后世。相比而言,哭哭啼啼表达了软弱、无奈、向隅而泣、委曲求全,这与人们心目中的高贵女性是格格不入的。因此,戏仿相对于原作,形成了一个降格。艾略特的《荒原》第 253 行到第 256 行也曾戏仿哥尔德斯密斯的《她屈身求爱》。

第二节　威廉·柯珀

约翰逊时代又称为主情时代。同在这一时期,威廉·柯珀写出了《亚历山大·塞尔扣克的孤独》:

极目所望皆是我的领土,
我的权利无人来争夺。
以此为圆心,极目海域,
在动物世界我称王道孤。
孤独啊,哲人曾将你称赞,
可现在你的魅力在哪里存身?
我宁愿在忧伤中辗转,
也胜似在此唯我独尊。
我陷入与世隔绝的境地,
必须只身捱尽人生旅程,
听不到尘世间声律甜蜜,
对自己的声音也感到吃惊。
平川里徜徉着野畜异兽,
对我的身形它们满眼冷漠,
它们对人类如此生疏,
但它们的驯服我十分惶惑。
相互的交往、友谊、爱情,
都是上天赐予人们,
我若肩生鸽子的快翼,

① Wells, Carolyn(ed.). *A Parody Anthology*. New York: Charles Scribner's Sons, 1927, p. 44.

就立刻飞去重温欢欣。
那时沿宗教和真理的正规，
我将会减轻我的不幸，
生活的哲理将予我以启迪，
勃发朝气会使我精神振奋。
我已无缘归去，啊，清风，
请将那里真挚的音讯，
往这荒凉的海滨吹送，
虽然我一直受你摆弄，
故旧是否还把我惦记，
还探寻我存还的消息？
纵然我们已相会无期，
请说一声，还有一个知己。
任凭风暴多么迅急，
无论电闪犹如离弦之箭，
比起快捷的刹那思绪，
电掣风驰也竟然迟缓。
对故园我深情向往，
一回想它就像在眼前。
怎奈摆不开此时境况，
我随即感到惆怅无限。
海鸟都一一归巢，
兽类各自返回穴窟，
此地一样有安息时刻，
我也转向自己的小屋。
无处没有上天的恩惠，
仁惠实在激励人心！
它使人乐天命，度逆境，
接受人类的命运。①

塞尔扣克是苏格兰水手、海盗，因与船长争吵而在胡安·费尔南德斯群岛中的马萨铁拉荒岛逗留了5年，为笛福所著《鲁滨孙漂流记》主人公的原型。贺拉斯·特维斯以入狱后被单独囚禁的某报纸编辑为叙

① （英国）帕尔格雷夫原编，罗义蕴等编注，《英诗金库》，成都：四川人民出版社，1987年，第873至877页。

事人,写出了下面的戏仿:

我是7英尺乘以4英尺囚牢的主人,
我的头衔没有一个律师否认,
从天花板到地板,
我是蜘蛛和苍蝇的首领。
噢,正义!被你可怕的执行者
抓住好不尴尬!我只不过喜欢猜谜,
治安法官就把我送进大狱。
现在无法传播我喜欢的谣言,
无聊的清晨我要一个人度过。
再也听不到某某先生发表演讲,
我自己的演讲没有听众。
公众保持沉默,令我恼火,
他们看着我的厄运无动于衷。
他们一点也不喜欢暴动,
他们的驯服顺从让我吃惊。
人格攻击、毁谤、谎言,
雅各宾派赖以生存的支柱。
只要我有勇气尝试,
我一定再次玩弄这些工具。
我要东山再起激怒他人,
我要污蔑这个时代尊敬的人和物,
我要攻击人性弱点,
来缓解自己的怨恨。
毁谤!这个可爱而小小的单词里面
蕴含着难以计数的宝藏,
金银数量超过财宝堆积如山的银行,
法官没有同情之心,
也没有博大的胸怀。我等明明很机智,
裁决的时候却受到训斥。
你们当时在法庭听审,
显示出怜悯之心吧,
告诉我一个女士、王子或贵族
的添油加醋的八卦新闻,
我的文章还能卖出去吗?

有人看我写的东西吗？
告诉你吧，我的报纸卖得还行，
不过，赚的钱都用来交罚款了。
谎言的滋生多么迅速，
传播的速度多么惊人，
它超过了假日晚上燃放的
不那么淘气的烟花爆竹。
胡话可以促销报纸，如果不是法官，
谁不愿意捏造胡言乱语？
想到法官就让他沮丧忧郁，
科贝特已经出狱，
野兽已经从藏身处出洞，
像他一样，几年结束，
我也会逍遥法外。
法律会给我自由，
虽然目前法律阻碍了我的自由。
即使我也能得到自由，有生之日，
我要不断破坏保护自由的屏障。①

这位仁兄身为报纸编辑，不传播真理，却逆潮流而动，只是散布谎言，混淆视听，乐此不疲，理所当然地被申斥，判处监禁。在囚室里，他怙恶不悛，不思悔改，还准备重操旧业，等待他的前景不会很乐观。不过，他巧妙地借用塞尔扣克的独白，倒显示出他的文学修养，令人解颐。

第三节 亨利·菲尔丁

主情时代这一文学时期也是小说兴起的时间，期间被戏仿的不仅是诗歌，还有小说，例如，菲尔丁对理查逊的戏仿。理查逊书信体小说《帕梅拉》(*Pamela*)有 6 个写信人，各有自己的风格和视角。就数量而言，女主人公帕梅拉写的信和日记最多，B 先生只有两封。文中，15 岁的帕梅拉·安德鲁斯是个聪明漂亮的少女，在 B 太太家当仆人。不巧的是，B 太太去世，她的儿子 B 先生瞄上了身无分文、没有任何保护人的帕梅拉。帕梅拉不断抗拒男主人对自己的不轨行为，下决心保住自

① Jerrold, Walter and R. M. Leonard (eds.). *A Century of Parody and Imitation*. London: Oxford University Press, 1913, pp. 171 - 172.

己的贞操,使自己良心安宁。从来往信件可以看出 B 先生的优势地位和骄横,也显示出帕梅拉的谨慎以及对 B 先生持有的善意。帕梅拉有两个朋友:女领班杰弗斯和男管家朗曼。欲望得不到满足的 B 先生愤怒之下,将帕梅拉与她的好朋友分离,将她关在他位于林肯郡遥远的一栋房子 B 厅中,命令残忍冷酷的朱克斯夫人看守她。这里只有牧师威廉姆斯是她的朋友,但他鞭长莫及,无法给予援助。整整 40 天,帕梅拉不得接见任何人,也无法与外界通信。帕梅拉记了详细的日记,分析自己的情况与感情。绝望之下,她想到了自杀。B 先生认为自己已经摧毁了帕梅拉的反抗精神,于是以胜利者的姿态到来,又慷慨大方地提出让她作自己的情人,保证她过时尚阔气的生活。帕梅拉生气地拒绝了这个提议。B 先生想强行与她发生性行为,又试图与她假结婚。池塘边两个场景标志着他们的关系出现了转折。两个人都意识到了自己的错误,都感觉到了对方的真心。帕梅拉又退却了,拒绝了对方的求婚。她离开 B 厅后,一个消息给了她最后的机会。她克服了虚荣与顾虑,决定信任 B 先生,接受了他的求婚。两人终成眷属。在书的其余部分,帕梅拉的善良甚至赢得了 B 先生目空一切的姐姐戴夫斯女士的欢心。在她的圈子里,朋友钦敬她,认为她是美德的典范。

《帕梅拉》大获成功,读者一时纷纷一睹为快,出版商也希望理查逊写续集。理查逊自己也觉得有这个必要,这一方面是因为他想延续《帕梅拉》神话,另一方面是僭称的续集已经出现。理查逊撰写的续集《帕梅拉》(1741)中,大大小小的事件显示,作为一个完美无缺的妻子,帕梅拉的耐心让挥霍成性的丈夫回心转意;作为一个母亲,她用母乳喂养孩子,用心爱孩子;作为一个朋友,她无时无刻不在帮助周围的人,让其中误入歧途的人忏悔。帕梅拉高、大、全的形象与第一部如出一辙。

许多作品被戏仿是因为它本身含有滑稽或虚伪的成份,而《帕梅拉》不是没有缺点。理查逊讲大道理的冲动常常压倒创造性写作。书的副标题为"臭名昭著"的《美德得到回报》。帕梅拉迫使男主人娶了她,提升了她的社会地位。理查逊把这种行为叫作"美德",引起了一部分读者的反感。小说的虚伪道德观激怒了菲尔丁。他匿名发表小说《莎梅拉》(*Shamela*),讽刺帕梅拉的虚伪。《莎梅拉》中,容易上当受骗的牧师提科尔泰克斯特深深地被帕梅拉的人品和行为折服。他写了一封信给自己朋友奥利弗,对甜美、可爱、俊俏的帕梅拉交口称赞,将她捧到天上。奥利弗对帕梅拉的评价与提科尔泰克斯特的评价截然相反。他手中掌握了几封信件,揭示了帕梅拉这个女子的真实本性和发迹之路。《莎梅拉》的事件与人物和《帕梅拉》完全相同,但呈现的视角大相径庭。牧师威廉姆斯是一个阴险毒辣的恶棍,B 先生是个笨蛋,帕梅拉是个工于心计、城府很深的女孩，自始至终随时准备用道德做交易，为自己换得最大的物质利益。下面是戏仿中帕梅拉的一则日记：

> 杰弗斯夫人和我在床上，门开了。如果主人来了，哎哟，我听见他进门了。你看，我用现在时态表达。他上床到我们中间，我们两个都装睡觉。他把手伸向我的乳房，我装作做梦，用我的手拉着他的手，朝那个地方去。我又装作突然醒来。一见他，我就向杰弗斯夫人大叫。她也装作刚醒。我们两个一起行动。她大叫，我双手乱抓了好一阵，然后假装昏厥。杰弗斯夫人喊道：先生，你看你干了什么?！你杀害了可怜的帕梅拉！①

戏仿捎带提到了理查逊书信体中的一般现在时。读者从戏仿中得知，理查逊作品中纯真的帕梅拉原来是虚伪的化身。她之所以坚决捍卫贞操，只不过是处心积虑想钓到金龟婿。《莎梅拉》的完整标题是《关于莎梅拉·安德鲁斯生平的道歉》(*An Apology for the Life of Shamela Andrews*)，戏仿了科里·西伯的自传书名《喜剧演员科里·西伯生平辩护》(*An Apology for the Life of Colley Cibber*)。题目的戏仿也不是偶然的。1740 年，身为演员、戏剧家和剧院经理的西伯出版了上面提到的自传。他文笔生动，对当时的戏剧界做了精彩的描绘，书中提到了不少作家。西伯本来就和剧作家转变为小说家的菲尔丁关系紧张。使这层关系雪上加霜的是，他在书中称菲尔丁为"江郎才尽的才子"(broken wit)。菲尔丁愤怒不已，于是利用书名还以颜色。apology 有三个意思："道歉""辩护"和"临时凑合的替代品"。第三个意义的例句有"一封不像样的信"(an apology for a letter)和"他是一名滥竽充数的演员"(a poor apology for an actor)，等等。这个意义说明，《帕梅拉》是拙劣之作。帕梅拉需要道歉，因为她既当婊子，又想立牌坊，混淆了视听，现在真相大白，因此需要向受了蒙骗的读者说声"对不起"；菲尔丁的书名将西伯置于同莎梅拉同样的位置，嘲讽了对手的虚伪。《莎梅拉》影响力很大，造成了预想的杀伤力。理查逊知道戏仿出自菲尔丁之手，所以一直没有原谅他。

菲尔丁并没有就此罢手。他的小说《约瑟夫·安德鲁斯》(1742)开始部分继续戏仿《帕梅拉》。此书不仅将纯真变得虚伪，又在性别上做文章。小说家为帕梅拉杜撰了一个弟弟约瑟夫，B 先生以布比少爷身份出现。约瑟夫纯真、英俊、精力充沛，10 岁时成为托马斯·布比爵

---

① 转引自：Dentith, Simon. *Parody*. London: Routledge, 2000, p. 60.

士的马夫。他的姐姐帕梅拉住在托马斯爵士侄子布比少爷家。贫穷、博学而幼稚的牧师亚当斯喜欢约瑟夫。约瑟夫爱上了挤奶女工范妮。托马斯爵士和夫人布比太太到伦敦度假,约瑟夫作为仆人随行服侍。爵士不幸去世后,布比太太想占有约瑟夫的身体。约瑟夫不理解性欲旺盛的女主人的意图,可笑地抵御女主人对他的童贞的进攻。书中有如下一幕:

> "我不想拒绝你,乔,"她说着,叹了一口气,"我也无能为力。"她在床上稍微抬起身,露出了雪白的脖颈,乔不禁脸红了。她装作吃惊。"我在干什么?我一丝不挂和一个男的在一起。如果你对我有什么歹意,我有什么办法?"约瑟夫赶紧表白自己没有任何恶意。她接着说:"也许不能说是歹意。"他发誓自己没有歹意。①

乔是约瑟夫的昵称。原作中,男方妄图占女方的便宜,不断发起进攻。女方处于防守位置,气喘吁吁招架;戏仿中,女方熟谙风月场情事,性欲旺盛,渴望肉体交合。男方情窦未开,不得要领,形成鲜明对照。不能得逞的布比太太恼羞成怒,将约瑟夫扫地出门。约瑟夫动身返回萨默塞特郡布比庄园。路上,他被强盗抢了精光,遍体鳞伤躺在壕沟里。一辆驿车路过,车上的年轻律师、阔太太和无聊的老绅士围绕要不要救约瑟夫这个问题争执不休。最后,为避免吃官司,他们勉强同意约瑟夫上车,送他到了一家旅店。此处,菲尔丁仿佛戏仿了《圣经》好撒玛利亚人的故事。旅店里,约瑟夫巧遇亚当斯。亚当斯想到伦敦出版自己的布道辞,却发现自己忘了带手稿,正准备返回。两人做伴,路上又解救了陷入困境的范妮。她是在寻找约瑟夫的路上遇到坏人的。三人一贫如洗。幸运的是,关键时刻总有同病相怜的人帮助他们。他们希望得到特鲁利伯的帮助,却被伪善地拒绝。最终,富裕的乡下绅士威尔逊帮了他们。他给他们讲自己的生平。他回忆了自己贫穷时的模样,告诉他们伦敦生活的罪孽、剧场的虚荣、一段短暂的田园诗般的婚姻。此处,菲尔丁悄然加入自己的生平经历。威尔逊说自己曾经有一个孩子,但被吉普赛人拐走了。告别威尔逊之后,三人回到布比庄园。布比太太孤注一掷,想得到约瑟夫的肉体。她甚至要送范妮到监狱去。约瑟夫和范妮因为砍掉并拿走一根榛木枝被法庭传讯而受罚。后来,亚当斯牧师宣布约瑟夫和范妮成婚。布比少爷和已成为他妻子的帕梅拉到来。一系列的新事件显示,约瑟夫是威尔逊的孩子,而范妮是帕梅

---

① 转引自:Dentith, Simon. *Parody*. London: Routledge, 2000, p. 61.

拉的妹妹。两位新人幸福地结合了。此后，亚当斯的生活也宽裕起来。

《帕梅拉》是男性想占有女性的身体，《约瑟夫·安德鲁斯》是年老色衰的布比太太想占有年轻天真的约瑟夫的身体，情况发生了逆转，反衬出原作中作为女性的帕梅拉深藏不露而又按捺不住的性欲和虚伪。《约瑟夫·安德鲁斯》对《帕梅拉》的戏仿比起《莎梅拉》对《帕梅拉》的戏仿来说，距离远了一些，没有严格对应。不过也不能低估这本书的作用。《约瑟夫·安德鲁斯》深深植根于塞万提斯和马里沃开创的小说传统，以戏仿《帕梅拉》而开始，在小说形式和风格上都有革新。1749年，菲尔丁小说《汤姆·琼斯》大获成功，《约瑟夫·安德鲁斯》功不可没，因为它的实验为《汤姆·琼斯》奠定了基础。因为诞生了《帕梅拉》，因而有了对它的戏仿，因为戏仿而诞生了名著《汤姆·琼斯》。说名作始于戏仿，并不过分。

第四节　塞缪尔·约翰逊

英国大文豪塞缪尔·约翰逊出生时，双亲年纪都比较大。他的父亲是个书商。3 岁时，约翰逊因为瘰疬被带到伦敦让女王安触摸，希望能够通过这种方法治疗这种疾病。这种疾病严重影响了他的视力，但他如饥似渴地读书。1728 年至 1729 年，他在牛津大学学习了 14 个月。虽然他有创造性和学术研究的能力，但没有得到学位，贫穷是其中的一个原因。从离开牛津到父亲去世的 1731 年，他好像饱受精神压力的痛苦。人生后期，他的抑郁症有时候会发作。1735 年，约翰逊和寡妇伊丽莎白·波特结婚，她的年纪大他许多。约翰逊没有学位，同时行为举止有一些强迫症状，这使他不太适合当一名老师。1737 年，他和自己为数不多的学生之一加里克前往伦敦发展。他到了《绅士杂志》爱德华·凯夫麾下，定期为他撰稿多年。约翰逊做编辑工作，写前言、诗歌、拉丁韵文、传记。值得一提的是，他的《议会辩论》被读者认为是当代著名政治家真实的演讲。1738 年，他发表诗歌《伦敦》，诗中记载了他与诗人萨维奇的友谊。在穷困潦倒以及为报纸杂志写文章那段时间，他们两个晚上有时一起散步。约翰逊《理查德·萨维奇的一生》（1744）生动记录了格拉布街①的情况，是传记发展史上一部重要作品，随后被收入他的《英国诗人传》。1747 年，他宣布自己编纂词典的计划。1749 年，他发表《人类欲望的虚幻》，这是他第一次用自己的名字

① 伦敦一条旧街，即现在的弥尔顿街，昔日为潦倒文人聚居之处。“格拉布街”又是“潦倒文人和文丐”的总称。

署名的作品。同年,加里克上演了他1736年写的悲剧《艾琳》,约翰逊得到收入300英镑。1750年,约翰逊创办杂志《漫步者》(*Rambler*)。这个杂志稿件几乎都是由他自己撰写,一部分原因是为了钱,一部分原因是从字典编写中得到"暂时的休息"。1752年,他的妻子去世,让约翰逊痛苦不已。妻子去世前委托他照顾自己的盲人朋友安娜·威廉斯。她一直住在约翰逊家中。另外一个依靠约翰逊的人是好心而默默无闻的医生罗伯特·勒维特。1783年医生去世时,约翰逊为他写了挽诗。1755年,他花费9年编纂的词典出版。这部字典牢固地奠定了他的地位,也为他赢得了此前他没有得到的牛津大学学位。

围绕这本词典的诞生,产生了约翰逊和切斯特菲尔德伯爵的纠葛。因为约翰逊博士致这位贵族的信件经常入选各种选集和教材,所以学习英美文学的学生大都会熟悉下面的内容:

伯爵大人:

《世界报》的老板不久前通知我,大人您写了两篇文章,向公众推荐我所编写的词典。受到这样的推崇的确是一种荣幸,可是我对于大人物的垂青很不习惯,不知道该如何去接受,或如何措辞来表示感激。

想当初,我也与其他人一样,为您那非凡的谈吐倾倒。当我鼓起我可怜的勇气第一次登门拜谒大人您时,我也抑制不住兴奋,希望能夸耀自己是"征服了征服世界的人",从而得到这个我已经看透了的世界的承认。然而,我发现这种希望日趋渺茫,以致最后自惭形秽之心不允许我再强求。当我在公众面前向大人您致意时,我已经竭尽了一个与世无争、不善逢迎的读书人所有的讨好手段,我做了我所能做的一切。不管如何微不足道,如果自己所做的一切都被忽视,没有人会感到高兴。

自从多次被冷落在您的门厅里,斥退于您的大门前,大人,整整7年过去了。这7年的时间里,我历尽艰难,发愤工作;其中甘苦,向谁诉说?现在,词典行将出版,而我,从未受到过一次资助的行动,或一句鼓励的言辞,或一丝赞赏的微笑。这种待遇殊非始料所及,只因为我从未有过提携人。罗马诗人维吉尔的牧童终于长大了,需要爱神的帮助,却发现爱神竟是个岩石般冷酷的野人。

试问大人:一个提携人岂能坐视行将溺死之人挣扎于水中而无动于衷,反而在此人已经到达彼岸时,却多余地伸出援助之手?您居然高兴地注意起我的工作来了,但假若您给予我工作的注意来得早些,那么这种注意就是善意的;可惜您的注意直到我现在已无所谓时，才姗姗来迟，我担当不起。我已孑然一身，无法与人共享荣誉；我已名成业就，不需任何关照提携。我希望我这样做并不算愤世嫉俗、严厉苛求，不过既然我没有受过任何恩惠，也就没有必要让公众猜想此事应归功于哪一位"提携人"。是上帝的旨意让我自己完成了工作。

我在绝少得到任何学术奖励恩惠的情况下，已经将工作进行到了现在的地步，哪怕以后的资助更少（假如还能更少的话），我不会感到失望而影响工作的完成。黄粱美梦中，我曾一度得意地夸耀自己是大人您最卑顺的仆人；现在，我从那个梦里已经苏醒太久。

塞缪尔·约翰逊

1755年2月7日①

一般认为，这封信宣布文人的独立，而不再依附于贵族。1759年，约翰逊出版了《阿比西尼亚王子拉塞拉斯》（*Rasselas, Prince of Abyssinia*）。（勃朗特小说《简·爱》中，少年时代的简在洛克伍德学校遇到自己不多的知己之一海伦。海伦经常看的一本书就是《阿比西尼亚王子拉塞拉斯》。当时，简对这本书一无所知。）②1762年，因为得到每年300英镑的皇室津贴，约翰逊不需要再向杂志零零散散地写文章赚取不稳定的收入来养活自己。1763年，在朋友的书店，他遇到了詹姆斯·鲍斯韦尔。

自此之后，读者可以读到鲍斯韦尔关于约翰逊的详细的传记，书中记载了他作为优秀作家的言行。读者还可以看到同时代的人关于约翰逊的描述，尤其是1764年成立的"文学俱乐部"的成员的描述。这些成员包括雷诺兹、伯克、哥尔德斯密斯。加里克、C. J. 福克斯、吉本和鲍斯韦尔后来加入。有趣的是，虽然约翰逊是热诚的托利党人，他却和几个著名的辉格党人保持友好亲密的关系。1765年1月，他遇到斯雷尔夫妇。在他们的镇上和乡村居室，他找到了很多慰藉和友谊。同年，他出版了自己版本的莎士比亚。这是他几年工作的成果，书的前言被认为是他写得最好的文论之一。1773年，他和鲍斯韦尔旅行到了苏格兰和赫布里底群岛；1774年，他和斯雷尔夫妇到了威尔士北部；1775年，他和斯雷尔夫妇到了巴黎，这是他唯一一次到达欧洲大陆。1777年，应书商要求，他写出了《英国诗人传》。这是他晚年的主要成就。1784年，因为勒维特和斯雷尔之死，也因为与斯雷尔夫人的疏离，约翰

① 转引自：张伯香等编，《英美文学简明教程：英国文学》，武汉：华中科技大学出版社，2014年，第99至100页。

② Bronte, Charlotte. *Jane Eyre*. Beijing: Foreign Language Teaching and Research Press, 1991, p. 50.

逊感到心情不好。他在自己家中去世,死后葬在威斯敏斯特教堂。

约翰逊的声名不仅建立在自己的作品上,还建立在鲍斯韦尔对他的记录和回忆中:他的交谈、他的怪癖、他的固执己见的流露(他反对苏格兰人、辉格党人、美国人、演员,等等)、他对超自然力量的兴趣、他的慷慨和博爱。从他的日记、沉思录和他对18世纪中期轻率而浅薄的乐观主义的批判,可以看出他深刻而忧郁的宗教信仰。约翰逊也写政治小册子。就英国的美洲殖民地而言,约翰逊强烈支持征税,也同样强烈反对奴隶制。鲍斯韦尔的《塞缪尔·约翰逊博士传》(*The Life of Samuel Johnson L. L. D.*)传记出版之前,有两本传记出版:皮奥齐夫人的《已故塞缪尔·约翰逊博士最后20年间生活轶事》(*Anecdote of the Late Samuel Johnson*)与约翰·霍金斯的传记。20世纪,T. S. 艾略特曾写过文章"作为批评家和诗人的约翰逊"。

一　零散戏仿

《塞缪尔·约翰逊博士传》中,鲍斯韦尔提到,对约翰逊博士的模仿不计其数,但鲍斯韦尔对绝大多数不屑一顾。对于一篇模仿,他虽然不情愿,却不得不另眼相看。这一篇戏仿的名字是《字典编纂爱好者的来信,包含对术语或通俗用语词汇的建议,旨在为大型词典提供补编》。文章作者为剧作家兼剧院经理乔治·科尔曼。他是约翰逊博士著名俱乐部成员,也是约翰逊葬礼的扈棺人之一。鲍斯韦尔说,这篇戏仿原意是开玩笑的嘲弄。但他同时承认,戏仿有可取之处。文章部分如下:

> 很容易预测到,无聊或无知的人会埋怨我,本意想努力减少他们的困难,事实上却增加了他们的艰辛。我用晦涩的单词解释通俗易懂的单词,"解释得比原来需要解释的东西更难懂"(ignotum per ignotius)。另一方面,我希望有学养的人大力支持我。故纸堆中人以及与欢乐的人群绝缘的人、远离文雅的社交圈的人会立刻理解所给的定义,对于给他们的母语提供如此合适及必要的定义必将心存感激。

试看科尔曼提供的一些定义:

> 大杂烩:烹调中异质原料的混合物;暗喻中,指各种不相协调的综合(hodge-podge: a culinary mixture of heterogeneous ingredients; applied metaphorically to all discordant combinations)
>
> 针锋相对:充足的报复(tit for tat: adequate retaliation)

摇摆不定：犹豫不决，踌躇（shilly shally：hesitation and irresolution）

呸：令人震撼的音调（Fee！Fo！Fum！：gigantic intonations）

丁零：铃声响，暗喻中，指急件或程度之深（Ding dong：tintinnabulary chimes，used metaphorically to signify dispatch and vehemence）①

约翰逊去世后，他舰队街附近高夫广场（Gough Square，off Fleet Street）的房子对公众开放。麦克斯·比尔博姆是约翰逊故居管理委员会成员之一。他写了一篇戏仿，模拟约翰逊与鲍斯韦尔的对话：

鲍斯韦尔：阁下，您在高夫广场的房子已经给了国家，你不高兴吗？

约翰逊：先生，不高兴。你要知道，房子是供人住的，如果房子不能让汤姆或迪克等平常人居住，干脆拆掉，或不用声张让渡给老鼠。它们在此经常出没，根据约定俗成，已经得到了居住权。我猜，高夫广场有很多老鼠不会安生，或已经被驱逐出境。（喷着粗气，左右晃动着身体）先生，我为老鼠感到遗憾，它们的埋怨有道理。

鲍斯韦尔：不过，阁下，大人物塞缪尔·约翰逊的房子保存下来不是挺好的吗？不是能传播幸福，弘扬美德吗？

约翰逊：不会的，先生。我们不要搞这种愚弄人的东西。房子什么也不是，我们不要将板条和抹灰崇高化。我在世时，我不敢肯定自己是否有益于社会，现在我不住房子了，我敢肯定我的住宅将不会有任何用处。哎呀，先生，吞噬一切的时间（tempus edax）已经吞吃了鸡蛋里面的汁液，再保存蛋壳有什么用呢？②

比尔博姆为故事设计了另一个开始：

鲍斯韦尔：阁下，您在高夫广场的房子已经给了国家，你不高兴吗？

约翰逊：是的，（以一种严肃颤抖的声音）但最让我高兴的是，《漫步者》被翻译为俄语，在伏尔加河上被人朗读。③

---

① Gross，John（ed.）. *The Oxford Book of Parodies*. New York：Oxford University Press，2010，p.28.

② Gross，John（ed.）. *The Oxford Book of Parodies*. New York：Oxford University Press，2010，pp.29－30.

③ Gross，John（ed.）. *The Oxford Book of Parodies*. New York：Oxford University Press，2010，p.30.

鲍斯韦尔的《塞缪尔·约翰逊博士传》曾提到,有人在伏尔加河上朗读约翰逊主办的期刊《漫步者》。约翰逊研究学者 S. C. 罗伯茨曾写过一篇研究戏仿约翰逊的论文。他自己也写过几篇戏仿约翰逊的作品,其中最短、最能说明问题的是下面一篇《我是约翰逊博士》:

> 我们听到鲍斯韦尔说:"阁下,您一直认为,戏仿者一无是处,对吧?"(Sir ... you will never allow merit to a parodist ...?)约翰逊:"先生,什么?一个人在句子开始放上'阁下',句子最终加上拉丁词根,还大喊着:'我是约翰逊博士'?"①

约翰逊博士也曾经戏仿过其他诗人。第一首是:

> 柔弱的孩子,温和而且逆来顺受,
> 倒在了石头上。
> 保姆抱起叫喊着的孩子,
> 但孩子仍然在叫喊。②

第二首稍微长了一点:

> 因此,我请求你,亲爱的伦妮,
> 你能够再给我,
> 一杯茶,里面有
> 奶油和融化了的糖块。
> 亲爱的女仆,不用担心,
> 我会占用杯子很长时间,
> 我一次就能把杯子里的水
> 喝个底朝天。
> 但是,哎呀,听!这个沮丧的事实,
> 听的时候不要皱眉,
> 即使你茶沏得很快,

① Gross, John(ed.). *The Oxford Book of Parodies*. New York: Oxford University Press, 2010, p. 30.

② Gross, John(ed.). *The Oxford Book of Parodies*. New York: Oxford University Press, 2010, p. 34.

也跟不上我一口将茶咽下。[1]

第三首诗歌是：

我把我的帽子戴到我的头上，
走进斯特兰德大街。
在那里我遇到了另一个人，
他的帽子在他的手上。
I put my hat upon my head,
And walk'd into the Strand,
And there I met another man,
Whose hat was in his hand. [2]

上面是约翰逊即兴对珀西《英诗辑古》(*Reliques of Ancient English Poetry*)中的诗歌的模仿(斯特兰德大街在伦敦中西部，与泰晤士河平行，以其戏院和旅馆著称)。上述戏仿为什么可笑？华兹华斯在《抒情歌谣集》序言中曾经阐明。华兹华斯指出，最后四行的底本是《林中的孩子》("Babes in the Wood")：

Those pretty Babes with hand in hand,
Went wandering up and down,
But never more they saw the Man,
Approaching from the Town.
这些孩子手拉手，
前后左右来回走，
但他们再也没有看到那位，
从镇上来的老人。

华兹华斯分析认为，两个选段中，单词相同，词序相同，与平静的谈话无异。两节中的单词'斯特兰德大街'与'城镇'都平淡无奇。但我们认为一首非常好，另一首非常糟糕。差别在哪里？不是来自韵律，不是来自语言，也不是来自词序，而是因为约翰逊戏仿中表达的内容太无

---

① Gross, John(ed.). *The Oxford Book of Parodies*. New York: Oxford University Press, 2010, p.35.

② Gross, John(ed.). *The Oxford Book of Parodies*. New York: Oxford University Press, 2010, p.34.

聊……这是首蹩脚的诗,或者说这不是诗歌。它缺少意义。它本身很无聊,也难以根据它推导出有趣的内容。(戏仿中的)意象并非来自思考之后的感情,也不能激发读者的思考和感情。对待诗歌只有一个有效办法:"在没有决定'属'(genus)之前,为什么为'种'(species)劳心费神呢?很明显猿不是人,为什么花力气去证明猿不是牛顿呢?"①显然,华兹华斯看重的是诗歌的意义和感情,戏仿之所以不能称为诗,宝贵的意义缺失是重要原因。这确实是不易之论,值得戏仿研究者参考。

二 憨豆版约翰逊

戏仿约翰逊的戏剧《黑爵士》20世纪80年代问世,获得良好反响。憨豆扮演的黑爵士与摄政王乔治见面,愚蠢的乔治希望提高自己的水平,于是决定与塞缪尔·约翰逊博士交朋友,而约翰逊博士希望乔治成为自己新编纂的字典的赞助人。乔治问这部字典是不是杰作,黑爵士讥诮地说,这是自《如何学法语》被翻译为法语之后最无聊的一本书。摄政王问黑爵士对约翰逊博士是不是有不满情绪,回答说,没有,"你今天提到他的名字之前,我从来没有听说过有这个人。"②乔治问黑爵士约翰逊是否属于天才,黑爵士回答根本不是,除非约翰逊字典对天才的定义是"一个肥胖的笨蛋、一个摇晃的臀部、一个自负的蠢驴"。经过黑爵士的点拨,乔治茅塞顿开,如梦初醒。他庆幸自己侥幸脱险,本来他还准备做约翰逊字典的赞助人。摄政王命令黑爵士为自己沏茶,同时为即将到来的约翰逊备茶,令黑爵士非常恼火。到了厨房,他将昂贵的茶具漫不经心地扔进了一个桶里。仆人包德里克问他是不是发生了不顺心的事情。黑爵士回答,自己不是一个百万富翁,没有发情的犀牛的性功能,本来已经让他不爽,今天更加不顺,身材滚圆的约翰逊博士要来造访。包德里克接道,听说他是个天才。黑爵士不屑地说,在乡村愚人协会也会找到比他聪明的人。包德里克说,当初黑爵士把自己的小说寄给约翰逊,让他评论时,对约翰逊博士不是这个态度。黑爵士说,书寄出后,如同石沉大海,没有任何回音。约翰逊本来可以简单回复一句:"亲爱的格特鲁德·珀金斯,谢谢你的书,比我写得好多了,塞缪尔·约翰逊。"包德里克问黑爵士格特鲁德·珀金斯是谁,黑爵士说是自己的女性化名。原来黑爵士听说过约翰逊的大名。他之所以对约翰逊鄙夷,是因为约翰逊慢待了他。黑爵士接着说,如今,男的取一个

---

① Adams, Hazard and Leroy Searle (eds.). *Critical Theory Since Plato*. Beijing: Peking University Press, 2006, p. 491.

② Curtis, Richard and Ben Elton. *Blackadder: The Whole Damn Dynasty*. London: Penguin Books, 2009, p. 254.

女性名字是惯例，许多作者都这样，例如，拉德克拉夫夫人和简·奥斯丁。简·奥斯丁是约克郡一个大个子男人，胡须如同一片密密生长的杜鹃花。包德里克问这片花丛是否很小，黑爵士说，比起多萝西·华兹华斯的胡须，简·奥斯丁的胡须确实算小。如今，只有詹姆斯·鲍斯韦尔真正是女人，因为她想钻进约翰逊博士的裤子里。[①] 包德里克怀疑，约翰逊博士没有回音，是因为黑爵士作品的质量问题。黑爵士说他是一派胡言。自己作品的书名是《埃德蒙：一个管家的故事》，大部头小说，四百章，对18世纪家庭奴役状况进行了严厉谴责，外加几个火辣辣的吉普赛人。他认为这是自己的杰作。“如今，每个人都写小说，这本小说就是我的代表作。”包德里克也拿出自己的小说，只有一句话，“从前有一个可爱的小人物，名叫包德里克，从此之后，他就幸福地活着。”黑爵士让他把垃圾一样的东西扔进火里烧掉。黑爵士说，自己准备接待约翰逊，同时挖苦性地说，准备让约翰逊感觉非常“惬意”。他让包德里克找东西添火，使房间温暖。

约翰逊如约到来。王子说天气很冷。约翰逊说，完全正确，但对他来说是好天气，因为他前一天晚上庆祝了他“预先筹划的盎格鲁-萨克森通俗语言的全面完成”（encyclopaedic implementation of my premeditated orchestration of demotic Anglo-Saxon）[②]。王子点点头，但什么也没有听懂。约翰逊解释说：“我只是说，我很喜悦，在太阳倒数第二次停留时，我结束了自己始终一贯的对我们后诺曼底时代文字词汇的分类。”（I simply observed, sir, that I am felicitous, since during the course of the penultimate solar sojourn, I terminated my uninterrupted categorization of the vocabulary of our post-Norman tongue.）王子还是没有听懂，他说：“我不知道你在说什么，但听起来很时髦。你太幸运了，我也认识一些开放的女孩，但从没有对她们怎么样，她们也没有给我诺曼底舌头。”（It sounds saucy, you lucky thing! I know some fairly liberal-minded girls but I have never penultimated them in the solar sojourn or for that matter been given any Norman tongue.）黑爵士在一边解释道：“博士是说，他很高兴，他的书终于结束，用了他十年的时间。”王子同情地对约翰逊说：“我读书速度也不快。”看来，经过解释之后，他还是不能理解约翰逊的话。约翰逊拿出一本手稿，夸耀说：“这是英语学术研究的基石，我们喜爱的母语中每一个单词都在这里面。”黑爵士反问一句：“每个单词都在里面吗？”约

---

① 黑爵士讽刺鲍斯韦尔崇拜约翰逊到了顶膜礼拜的地步，随时随地、巨细无遗地忠实记录约翰逊博士的言行。

② Curtis, Richard and Ben Elton. *Blackadder: The Whole Damn Dynasty*. London: Penguin Books, 2009, p. 256.

翰逊回答:“是的。”黑爵士说:“既然那样,如果我给您我最热烈的反无聊兴趣感(contrafibularatories),希望你不要反对。”约翰逊一怔,黑爵士重复了一遍,说:“这个单词大家都在使用。”约翰逊骂了一声,从耳朵上拿下铅笔,匆忙在字典上记录这个单词。黑爵士又说:“对不起,阁下,给您造成‘大杂烩套餐’(periconbobulations)的感觉,难以下咽,极为鄙俗(anaspeptic, phrasmotic),鄙人甚感内疚(compunctious)。”听到一连串陌生的单词,约翰逊急了,边问“什么? 什么? 什么?”边疯狂地记录这些单词。王子不知道两个人在说什么,感觉在说意大利语。黑爵士说自己在祝贺约翰逊字典没有遗漏一个单词。他对约翰逊微笑,约翰逊却愤怒地瞪着他。王子让黑爵士上茶,黑爵士撇下一句“我会以迅雷不及掩耳响叮当之势(interphrastically)回来的”,自鸣得意地点了一下头,出去了。

王子和约翰逊开始谈论书的赞助问题,两个人也话不投机。尽管约翰逊明确说明书是有关英语语言的,王子还要追问作为主人公的英雄的名字。约翰逊说,字典里没有英雄。王子说:“幸亏我提醒了你,马上加一个,名字叫乔治,这个名字的人适合当英雄。”王子自我感觉良好。王子又问女主人公的名字,约翰逊回答,没有女主人公,除非母语(mother tongue)是主人公。母语还可以理解为“母亲的话”,王子就问,是不是母亲爱上了乔治,有没有凶杀之类的情节。在得到否定的答案后,他说,即使自己很愚蠢,也知道书需要有情节。约翰逊争辩说,书谈的是英语的含义。王子说,自己讲英语,当然知道英语是什么意思。他认为约翰逊是笨蛋,呈送的书一团牛屎,如果赞助这本书,自己将声名狼藉。见没有希望谈拢,约翰逊转身往外走。打开门,发现门口站着不苟言笑的黑爵士。他说:“你要走了吗,博士? 不留下来品味悬而未决消化孕育的埋藏笑话(pendigestatory interludicule)了吗?”约翰逊粗鲁地回答:“不了,快带我出去!”黑爵士说:“当然可以,只要能辅助您迅速出这一堵墙(facilitate your velocitous extramuralization)我做什么都可以。”约翰逊对乔治说,“你会因为两个人后悔。你不仅会后悔不挂名彰显(impeculiated)我的书(此时,因为使用了这么大的一个单词,他自满地看了看黑爵士,但是黑爵士没有被触动,面不改色),而且不可能成为世界上另外一本质量更高的书的赞助人。”黑爵士嘲讽地问:“什么书? 难道是《字典二:迷人字典的归来》(*Dictionary 2: The Return of the Killer Dictioinary*)吗?”约翰逊的回答出乎黑爵士意料之外,“是格特鲁德·珀金斯的小说。如果你赞助他,会使你、我和珀金斯成为百万富翁。”黑爵士开始感到痛苦,他出门追上约翰逊,询问详情。约翰逊想起字典忘带了,要求黑爵士回去取了还给他。黑爵士表示,他会说服王子，赞助字典。约翰逊评论说："我感到怀疑，一个施加良好影响的仆人如同会说话的狗，非常罕见。"黑爵士说自己会让王子改变想法，约翰逊又评论道："一个人如果能够改变王子的想法，就像一条狗，会说挪威语，更罕见。"约翰逊要赶到米金斯夫人的文学沙龙。他吩咐黑爵士20分钟后把书送到那里。黑爵士轻松地使愚蠢的摄政王同意赞助词典，但那本书无论如何也找不到。问当时在场的仆人包德里克，包德里克不得要领。两人的谈话迂回曲折，具有约翰逊风格：

黑爵士：火烧得不错，包德里克！

包德里克：谢谢，B先生。

黑爵士：好的，该拿书了，包德里克，手稿呢？

包德里克：你指的是用线绑着的纸质物吗？

黑爵士：是的，包德里克，属于约翰逊的手稿。

包德里克：你是说那个穿着黑衣服，爱发怒，刚刚离开的人吗？

黑爵士：是的，约翰逊博士。

包德里克：你问的是那个穿着黑衣服，爱发怒，刚刚离开的人的用线绑着的纸质物吗？

黑爵士：是的，包德里克，没错。如果我不能马上得到答案，我腿的末端的有5个脚趾的穿着鞋的骨质物将很快与你裤子中软软的垂下的物体集合激烈碰撞。我最后问你一次，包德里克，约翰逊博士的手稿在哪里？

包德里克：在火上烧。

黑爵士：在什么上？

包德里克：就是石质炉架下面灼热的橘黄色的东西。

黑爵士：（吃惊地）你烧了字典。

包德里克：说得对。

黑爵士：你把英国第一文人的毕生的工作烧了？

包德里克：是的。你说过可以烧没用的古旧垃圾。①

字典被烧了之后，黑爵士准备去偷约翰逊的副本，但约翰逊表示自己没有副本。他很在意自己的字典，"如果有人把我的字典弄丢，我就要揪起他的头发，用东方的剖腹刀捅进他的后面。"于是黑爵士决定自己编一本字典。字典终究没有编成，博士率领拜伦、柯勒律治和雪莱一

① Curtis, Richard and Ben Elton. *Blackadder: The Whole Damn Dynasty*. London: Penguin Books, 2009, p. 260.

帮文人兴师问罪。拜伦高呼:“马上把字典拿出来,否则我就把梅毒传染给他,让他不得好死!”柯勒律治喊道:“把书拿出来,同时,如果有鸦片,也交出来!”黑爵士走了出来。约翰逊博士倾诉了自己编纂字典的辛苦:“十年的时间,每天工作 18 个小时。母亲去世,我几乎不知道;父亲砍掉自己的头,用大蒜在锅里煮,希望吸引我的注意力,我忙于编字典,头都不抬;妻子感到寂寞,带了许多情人回家。情人们生了一大群私生子,为了字典,我也不在乎!”[①]黑爵士表示,字典已经被烧掉,约翰逊顿时情绪激动,双方正要开打之时,摄政王拿着一本厚厚的手稿出来,正是约翰逊的字典。他对字典赞不绝口。约翰逊看到乔治已经在一些喜欢的单词下面画线,这些单词包括“女用灯笼内裤”“臀部”“打饱嗝”“放屁”“胡说”“通奸、私通”。原来,摄政王的所有字典都用来查阅这些单词。约翰逊提起了珀金斯的事情。黑爵士觉得该公开自己的身份了。他承认自己就是神秘的作者珀金斯。为了解除约翰逊的质疑,他提出,约翰逊把自己寄给他的手稿拿出来,他可以现在再签一个珀金斯的名,众人可以看出这和此前的签名完全相同。令黑爵士意外的是,约翰逊说,上次来的时候,他把自己的字典和珀金斯的小说书稿都放在摄政王的房间里了。黑爵士突然意识到事情不妙,既然约翰逊带来了两本书,一本被烧掉了,约翰逊自己的字典还在,那么包德里克烧掉的无疑是自己“字字看来皆是血”的小说了。黑爵士绝望了。约翰逊离开了,包德里克说,约翰逊的字典里面没有“腊肠”这个单词,黑爵士觉得里面没有“土豚,非洲食蚁兽”(aarkvark)这个单词。摄政王说,没有火解决不了的问题。他们索性把字典扔进了火里。这样,英国历史上第一本字典就被付之一炬,化作了一缕青烟。

戏仿约翰逊,首先看到了对博士的尊敬。剧中的三个主要人物(摄政王、黑爵士和包德里克)都知道约翰逊是天才。约翰逊的文风有句子过长、单词过于艰深的特点。他阅读面广、词汇量大是一个重要原因。另外,这与他的词典编纂家的身份是吻合的。三句话不离本行。人们一般认为显而易见的事物容易下定义。实际情况却恰恰相反。对于新奇或独特的事物,许多人能给以恰当的描述,而真正难于下定义的倒是那些普通而常见的事物,正因其普通才迫使我们不得不用不普通的词语去给它们下定义。约翰逊博士词典问世时,也正是由于这一原因受到人们嘲笑。两百年来,他给“网络”(network)一词下的定义“任何以同等距离呈网状或交叉成 X 状,并在交叉线之间留有空隙的物体”一

---

① Curtis, Richard and Ben Elton. *Blackadder: The Whole Damn Dynasty*. London: Penguin Books, 2009, p. 268.

直是人们的笑料。但在笑声中，有一件事却总是被忽略了：至今也没有任何人提出比这更好的定义来！后来的词典把“网络”解释为“网状结构”(mesh)，然后又把“网状结构”解释为“网络”。这种处理方法的确简单！约翰逊说话绕弯，可能与他常年编纂字典有关。

实际上，约翰逊的句子非常浓缩凝练，达意性很强。读者切莫忘记，其他人几十个单词说不清的内容，约翰逊可能寥寥数词就可以表达得明晰如镜。这也与他编纂字典有关。试想，如果一个人在编纂字典时一个劲儿地啰嗦，那字典的篇幅会极度膨胀，编写的工作会无止境地延长下去。约翰逊的工作也不允许他说话冗长多余。他生活的时代是新古典主义时代，这个时代文风讲求理智节制，是对以前时代散漫、随意的文风的一个矫正。

开约翰逊博士的玩笑与这位大文豪多姿多彩的生活相吻合。首先，约翰逊是个善良的人，让人肃然起敬。弗朗西斯·雷诺兹说，约翰逊向他们讲述：“早晨一两点回住处时，看到穷孩子睡在门洞里或牲口棚里，他就给他们的手里放上几便士，让他们买早饭吃。”①

其次，虽然约翰逊学识渊博，但他从不骄傲，而是很随和，从谏如流，勇于自我批评，赢得人们的敬重。相传约翰逊博士和许多人一起就餐。大家的话题转到了音乐上。约翰逊对这种艺术显示出鄙夷态度，还说：“有才华的人，能做更好事情的人，不会把时间和精力放在这么无聊和无意义的事情上。”在座的一位客人是乔舒亚的侄女约翰逊小姐，这位年轻的女士喜爱音乐。她对邻座的人低声说：“不知约翰逊博士怎么看待国王大卫。”这话被约翰逊听到了，他很高兴，没有不快。他说：“谢谢你，女士。今天你责备了我。我保证，至少在这一个话题上，你以后不会再听到我说蠢话了。”②

作为一个文学家，约翰逊又是一个言谈幽默的人，有很多趣闻轶事在坊间流传。其中一则是加里克让他参观自己新买的家。最后问：“博士，您觉得怎么样？”约翰逊嘟囔道：“现在是挺好，但有了这些（好东西），死亡对你来说就太可怕了。”③

---

① Gross, John(ed.). *The New Oxford Book of Literary Anecdotes*. New York: Oxford University Press, 2006, p.39.

② Gross, John(ed.). *The New Oxford Book of Literary Anecdotes*. New York: Oxford University Press, 2006, p.40.

③ Gross, John(ed.). *The New Oxford Book of Literary Anecdotes*. New York: Oxford University Press, 2006, pp.41–42.

据鲍斯韦尔说,约翰逊并不喜欢双关语①,但作为一个语言大师,他有时也情不自禁地利用双关语。鲍斯韦尔在《塞缪尔·约翰逊博士传》曾记录下这样一件事:约翰逊准备到圣·詹姆斯街的一家玩具店。有人告诉了他去的路径,但显然说得并不清楚,因为这位大师迟迟没有找到玩具店。约翰逊脱口而出:“只说到一个街角的商店,没有详细信息,是戏弄别人。”(To direct one only to a corner shop is toying with one.)鲍斯韦尔认为此语(toying)与toy(玩具)双关,他认为这是约翰逊第一次屈尊说双关。但乔纳森·卡勒指出,约翰逊作品中已经有双关语出现。在《人类欲望的虚幻》中,约翰逊在描写一位垂死的父亲时写道:And mould his Passions till they make his will②。make his will既表示“下定决心”,又表示“制订遗嘱”。

作为文学大师,约翰逊曾告诉朋友,他可以用任何一个话题(subject)说出双关语。有一个朋友随口说出“国王”(king)一词,要求他说出双关语。约翰逊不假思索说道:“The king isn't a subject.”subject既表示“话题”,也表示“臣民”,因此,这句话有两个意思:“国王不是话题”或者“国王不是臣民”。一个相似的例子是:“我以前做梦也没有想到过这样一个悖论,英格兰国王竟然成为嘲弄的臣民!”(Of such a paradox as this, before I never dreamt; the King of England has become, a subject of contempt!)这句话又可以理解为“国王竟成为人们嘲笑的对象”。

约翰逊是典型的英国人。他的名字直译为“约翰的孩子”,而约翰是英国人典型的名字。约翰逊不仅是英国人的骄傲,更是人类之友。朋友不仅可以是自己的身边人,也可以是书中的大家。他们虽然消失在历史的烟尘中,但他们的作品和思想还在哺育着现代人。约翰逊遭戏仿说明严肃艺术和通俗艺术的界限不再泾渭分明,两者都在发生着微妙的变化。通过各种各样的戏仿,约翰逊起死回生,又回到了读者身边,成为一个喜闻乐见的存在,发挥他良好的影响力,这是一件功在当代、福泽千秋的伟业。

---

① Boswell, James. *Life of Johnson*. R. W. Chapman (ed.). Cary, North Carolina: Oxford University Press, 1976, p. 531.

② Culler, Jonathan(ed.). *On Puns: The Foundation of Letters*. Oxford: Basil Blackwell, 1988, p. 7.

第七章　浪漫主义时期

第一节　罗伯特・彭斯

罗伯特・彭斯兄弟姐妹七个，父亲从一个不赚钱的农场辗转到另一个不赚钱的农场，但在让孩子接受良好教育的决心方面，他的立场很坚定。在不同的学校，彭斯接受了扎实的英语教育，包括莎士比亚、法语和数学。他如饥似渴地阅读，在校时就开始创作。业余时间，他就在经营不善的农场干活。此间他经历的贫困和不公让他渴望人的平等，这为他人生早期强烈支持法国大革命埋下了伏笔。1784 年父亲去世后，他和家人继续种田。他开始大量写诗，农业生活开始在他的诗歌中展现，如《致鼹鼠》、《致山中雏菊》。他受麦肯齐的小说《有感情的人》(*The Man of Feeling*)影响很深。他喜爱阅读这本书的程度仅次于《圣经》。1785 年，他遇到了简・阿摩尔。她后来成了他的妻子。他仍然与一些女子交往，这些女子的形象出现在他的诗歌中。

彭斯继续写作，但家庭和经济问题很严重，他甚至考虑移民到牙买加。他最终没有移民，而是将诗集寄给了出版商。《苏格兰方言诗集》(*Poems, Chiefly in the Scottish Dialect*)出版后，取得了成功。不仅因为他的诗歌才华，而且因为他的“高尚的野蛮人”的形象，他成了爱丁堡文学界和贵族阶级的座上宾和宠儿。他英俊的外貌和随和的性格使他过起了放荡不羁的生活。这期间，他跟着时尚走，写了许多花哨和伤感的文字，幸运的是，他自己独特的声音没有完全被湮没。1786 年，诗歌集出了第二版。当被问及是否愿意为《苏格兰音乐博物馆》(*The Scots Musical Museum*)收集古苏格兰歌曲时，他热烈响应，充满热情地工作，一直到生命的终结。他收集、改写、创作了大约 200 首诗，包括著名的《友谊地久天长》、《我的爱情是一朵红红的玫瑰》以及罗伯特・布鲁斯向军队发表演讲的战歌。1787 年，他到了高地和边境地区，收集民谣和歌词，汇入《苏格兰歌曲选》(*Select Scottish Airs*)。做这些工作时，彭斯没有收取任何报酬。他觉得这是自己作为一名爱国者的职责。在此期间,他继续创作并发表自己的作品。

1788 年,他和简·阿摩尔结婚,在邓弗里斯附近埃利斯兰德一个贫困的农场定居。1789 年,他得到了税收官的岗位。1791 年,他搬到邓弗里斯,不再种田,这让他如释重负。种田对他来说是负担和焦虑的根源,他从来没有像华兹华斯诗中所说"在山边跟着犁,在荣耀和欢乐中行走"。1791 年,他发表了最后一篇主要诗作《汤姆·欧桑特》("Tam O' Shanter")。彭斯最后不再赞成法国大革命。1795 年,他加入了邓弗里斯志愿团。1796 年,他死于风湿性心脏病。1950 年,D. 代奇斯编辑的《罗伯特·彭斯》出版,1966 年出版修订本;1968 年,J. 金斯利编辑的三卷本的彭斯《诗与歌》(*Poems and Songs*)出版;1970 年,R. T. 菲茨休的《彭斯:人与诗人》(*Robert Burns: The Man and the Poet*)出版。

戏仿彭斯的作品不少。努尔·派蒂曾模仿彭斯的风格,以《写于约翰逊博士去世之时》("Lines on the Death of Samuel Johnson, Esq.")为题,写了一首戏仿诗歌:

> Ye louns wha lust for mortal fame,
> see how the Gods your heroes claim:
> Great Samuel is gangin' hame Tae tak' his rest.
> An' God help those wha bear that frame In oaken chest.
> For tho' yon deep an' mightie mind Was crammed wi' wisdom o' mankind,
> His body too was sair inclin'd To lay up store.
> An' Samuel's girth is weel enshrined In London lore.
> Yon couthie Boswell oft he'd tease An' nothing Scotch cuid e'er him please Till,
> journeying tae the Hebrides, He seem'd tae thaw,
> When plied wi' barley broth an' peas An' usquebaugh.
> Ane service fine he did for Ayr:
> This Boswell's mind he did ensnare,
> Which did the young laird keep doon there In London's lap,
> An' Auchinleck's braw lasses spare Fra' Jamie's clap.
> An' as for me, I own my due.
> When told yon Diction'ry had grew To hold all words that poets knew In sober print,

I made a vow tae use a few That were nae in't. ①
蠢人希望赢得永久的声名，
看上帝怎么召唤你们的英雄。
伟大的约翰逊博士回家了，他要休息。
上帝保佑那些抬着橡木灵柩的人。
尽管他的大脑深处满满储存着人类智慧，
但他的身体却很希望这样永远休息，
他的故事已经化为伦敦的传奇。
你经常逗弄鲍斯韦尔，
苏格兰的东西都不能使你满意。
后来到了赫布里底群岛，
给你灌了大麦汤、豌豆和威士忌酒，
你的怒气渐渐消散。你吸引了他的身心，
他为你做了许多有益的事情。
那个年轻人记下的东西，
奥金莱克的漂亮女孩的闲谈
从他的文章中摘取。
至于我，也是受益者。
听说你的字典出版时
包含了诗人认识的每一个字，
我发誓使用字典里面没有的一些单词。

彭斯既可以用18世纪标准英语创作诗，也可以用苏格兰方言创作诗。例如，《农场雇工的星期六之夜》（"The Cotter's Saturday Night"）中他既用标准英语，又用苏格兰方言。但大多数读者熟悉的是他的苏格兰方言诗歌与歌谣。从这个意义上讲，"我发誓使用字典里面没有的一些单词"不是虚言。彭斯的诗歌使用的苏格兰方言，充满了浓郁的乡土气息。这是优点，也是缺点。优点是真实再现了当地人话语，缺点是增加了一些读者解读的难度。为了准确掌握诗歌含义，现用现代版诗歌呈现如下：

Ye clowns who lust for mortal fame,
see how the Gods your heroes claim:

① Gross, John(ed.). *The Oxford Book of Parodies*. New York: Oxford University Press, 2010, pp. 39 – 40.

Great Samuel is going home To take his rest.

And God help those who bear that frame In oaken chest.

For though his deep and mighty mind Was crammed with wisdom of mankind,

His body too was sorely inclined To lay up store.

And Samuel's girth is well enshrined In London lore.

Yon kindly Boswell often he would tease And nothing Scotch could ever him please Till,

journeying to the Hebrides,

He seemed to thaw,

When plied with barley broth and peas And whisky.

A service fine he did for you:

This Boswell's mind he did ensnare,

Which did the young lad keep down there In London's lap,

And Auchinleck's handsome girls spare From Jamie's clap.

And as for me,

I own my due.

When told yon Dictionary had grown To hold all words that poets knew In sober print,

I made a vow to use a few That were not in it.

一 《走过麦田》

彭斯的诗《走过麦田》("Comin' Thro' the Rye")表达了一个女孩的感情:

Gin a body meet a body
Comin' thro' the rye
Gin a body kiss a body
Need a body cry?
Ilka lassie has her laddie
Nane, they say, hae I
Yet a' the lads they smile at me
When comin' thro' the rye
Gin a body meet a body
Comin' frae the town
Gin a body kiss a body

Need a body frown?
Ilka lassie has her laddie
Nane, they say, hae I
Yet a' the lads they smile at me
When comin' thro' the rye
'Mang the train there is a swain
I dearly lo'e myself
But what his name or whaur his hame
I dinna care to tell
Ilka lassie has her laddie
Nane, they say, hae I
Yet a' the lads they smile at me
When comin' thro' the rye.

上首诗的现代版为：

Coming Through the Rye

If somebody meets body
Coming through the rye
If somebody kisses somebody
Need somebody cry?
Every lady has her man
None, they say have I
Yet all the men they smile at me
When coming through the rye
If somebody meets somebody
Coming from the town
If somebody kisses somebody
Need somebody frown?
Every lady has her man
None, they say, have I
Yet, all the men they smile at me
When coming through the rye
Among the trains there is a boy
I dearly love myself

But what his name is or where his home is
I do not care to tell
Every lady has her man
None, they say, have I
Yet all the men they smile at me
When coming through the rye
啊,珍尼是可怜的人儿,
珍尼哭得悲哀。她拖着长裙,
走过麦田来。可怜的人儿,
走过麦田来,走过麦田来,
她拖着长裙,走过麦田来。
如果一个他碰见一个她,
走过麦田来,
如果一个他吻了一个她,
她何必哭起来,如果一个他碰见一个她
走过山间小道,
如果一个他吻了一个她,
别人哪用知道!
啊,珍尼是可怜的人儿,
珍尼哭得悲哀。她拖着长裙,
走过麦田来。

与牛顿齐名的著名物理学家詹姆斯·克拉克·麦克斯韦在紧张的科学研究之余,写了许多谐趣诗,包括对雪莱、丁尼生和斯温伯恩的精湛戏仿诗。麦克斯韦曾对《走过麦田》进行了戏仿。他的题目是《刚性体在歌唱》("Rigid Body Sings"):

Gin a body meet a body Flyin' through the air,
Gin a body hit a body, Will it fly?
and where?
Ilka impact has its measure,
Ne'er a' ane hae I,
Yet a' the lads they measure me,
Or, at least, they try.
Gin a body meet a body Altogether free,
How they travel afterwards We do not always see.

Ilka problem has its method By analytics high;
For me, I ken na ane o' them,
But what the waur am I?①

苏格兰土语	标准英语	苏格兰土语	标准英语	苏格兰土语	标准英语
ilke	every	ane	one	gin	if, should
ken	know	waur	world		

一个物体飞跃空中撞击另一物体，
一个东西碰另一个东西，
它会飞开吗？飞到哪里？
每一次撞击都有影响，
但我没有。
让大家测试一下，
至少可以试一下。
一个物体任意撞击另一物体，
效果最后到哪里去了？
我们一概不清楚。
每一个问题通过分析
都能够找到解决办法，
就我而言，我一概不知。
我到底是什么？

答案题目已经给出：刚性体。物理学中，刚性体，或刚体，是一种理想化的、延展的固体物，它的大小和形状固定，即使施加外力也不会改变。作为一个伟大的物理学家，麦克斯韦能以幽默活泼的形式，将枯燥的物理现象描述出来，难能可贵。麦克唐纳德就此作品评论说："科学家的任何幽默的表达都应该得到鼓励。"②

二　《约翰·安德森，我的老头子》

彭斯还写过《约翰·安德森，我的老头子》("John Anderson, My Jo")：

① Gross, John(ed.). *The Oxford Book of Parodies*. New York: Oxford University Press, 2010, pp. 40 - 41.

② Macdonald, Dwight(ed.). *Parodies: An Anthology from Chaucer to Beerbohm—and After*. New York: Random House, 1960, p. 66.

John Anderson, my jo, John,
When we were first acquent;
Your locks were like the raven,
Your bonie brow was brent;
But now your brow is beld, John,
Your locks are like the snaw;
But blessings on your frosty pow,
John Anderson, my jo.
John Anderson, my jo, John,
We clamb the hill thegither;
And mony a cantie day, John,
We've had wi' ane anither:
Now we maun totter down, John,
And hand in hand we'll go,
And sleep thegither at the foot,
John Anderson, my jo.
约翰·安德森呦,我的老头子
想当年你我初相识,
你头发乌黑亮黝黝,
两道剑眉真平滑,
如今浓眉全掉光,我的老头子,
头发好似白雪又像霜,
可福气掉在你头上,
约翰·安德森呦,我的老头子,
约翰·安德森呦,我的老头子,
那时我们一起上山冈,
日子美滋滋地呦,我的老头子,
一同度过多少好时光,
如今咱们下山岗,我的老头子,
手拉手,咱腿脚不硬朗,
我俩山下长眠进天堂,
约翰·安德森呦,我的老头子。①

---

① Kirszner, Laurie and Stephen Mandell (eds.). *Literature: Reading, Reacting, Writing* (*Poetry*). Beijing: Peking University Press, 2006, pp. 887 – 888.

苏格兰土语	标准英语	苏格兰土语	标准英语	苏格兰土语	标准英语
jo	dear	brent	unwrinkled	beld	bald
pow	head	canty	happy	maun	must

麦克斯韦也曾基于彭斯的《约翰·安德森,我的老头子》写过一首戏仿诗,嘲讽一个在职时爱滥用自己的权力、如今准备离职的年迈院长。麦克斯韦当学生时,这位老师曾让他很烦:

John Alexander Frere, John,
When first we were acquent,
You lectured us as Freshman
In the holy term of Lent;
But now you're getting bald,
John, Your end is drawing near,
And I think we'd better say
"Goodbye, John Alexander Frere."
约翰·亚历山大老兄,
我们最初认识时,
在神圣的大斋节,
你给我们大学一年级新生上课。
约翰,现在你的头已经歇顶,
你的末日一天天接近,
我想,我们最好说
"再见,约翰·亚历山大老兄。"①

麦克斯韦借助彭斯的《约翰·安德森,我的老头子》,嘲讽了自己的老师。这固然不好,但警钟长鸣,戏仿可能提醒教师,以宽厚的胸怀待人。正如《圣经》所言,芥菜种刚开始很小,放在百种里显得很不起眼。谁也不会注意到它。但是,长大之后,它却可能成为一棵大树,鸟儿也在上面筑巢。同样道理,学生具有无比的潜力,不知道哪个学生将来会成为哪个领域的大人物。教育工作者应该谨言慎行,不要无谓地引起不满。除了麦克斯韦,还有无名氏写了戏仿诗歌《我的敌人》("My Foe"),与自己亦爱亦恨的杯中之物告别:

① Gross, John(ed.). *The Oxford Book of Parodies*. New York: Oxford University Press, 2010, p.41.

John Alcohol, my foe, John, When we were first acquaint, I'd siller in my pockets, John, Which noo, ye ken, I want; I spent it all in treating, John, Because I loved you so; but mark ye, how you've treated me, John Alcohol, my foe.

John Alcohol, my foe, John, we've been ower lang together, sae ye maun tak' ae road, John, And I will take anither; Foe we maun tumble down, John, If hand in hand we go; and I shall hae the bill to pay, John Alcohol, my foe.

John Alcohol, my foe, John, Ye've blear'd out a' my een, And lighted up my nose, John, A fiery sign atween! My hands wi' palsy shake, John, My locks are like the snow; Ye'll surely be the death of me, John Alcohol, my foe.

John Alcohol, my foe, John, 'T was love to you, I ween, That gart me rise sae ear', John, And sit sae late at e'en; The best o' friens maun part, John, It grieves me sair, ye know; But "we'll nae mair to yon town," John Alcohol, my foe.

John Alcohol, my foe, John, Ye've wrought me muckle skaith, And yet to part wi' you, John, I own I'm unko' laith; But I'll join the temperance ranks, John, Ye needna say me no; It's better late than ne'er do weel, John Alcohol, my foe. ①

诗中苏格兰土语和标准英语对照为:

苏格兰土语	标准英语	苏格兰土语	标准英语	苏格兰土语	标准英语
siller	silver	ower	too	sae	so
noo	now	anither	another	tak'	take
ae	one	a'	all	een	evening
atween	between	wi'	with	ween	suppose
gart	get	ear'	early	frien	friend
sair	sore	nae mair	no more	muckle	a lot of
skaith	injury	unko'	very	laith	loath
needna	need not	weel	well		

约翰,美酒,我的敌人,约翰,
我们刚刚相识的时候,
约翰,我的口袋里有银子,

① Wells, Carolyn(ed.). *A Parody Anthology*. New York: Charles Scribner's Sons, 1927, pp. 46-48.

而我现在却没有。
我都花在招待上了，约翰。
因为我喜欢你。
你看，你怎么对待我，
约翰·美酒，我的敌人。
约翰·美酒，我的敌人，约翰，
我们在一起的时间太长，
你走你的路，我走我的路，
如果我们手拉手前进，
我们都会玩完，约翰，
一切都是我来买单，
约翰·美酒，我的敌人。
约翰·美酒，我的敌人，约翰，
你让我的黄昏变得昏暗，
约翰，我的鼻子成了酒糟鼻，
成了中间一个火红的标志。
约翰，我的手因为偏瘫而颤抖，
我的头发白得像雪，
你是我的终结者，
约翰·美酒，我的敌人。
约翰·美酒，我的敌人，约翰，
我想，正是因为爱你，
约翰，我才早起晚睡。
约翰，最好的朋友也要分手，
你知道，我真得很痛心，
但是，我们再也不一起到镇上，
约翰·美酒，我的敌人。
约翰·美酒，我的敌人，约翰，
你已经给我无尽的疼痛，
但是，我承认要想和你分手，
我十分不情愿，
但是，约翰，我要加入戒酒者的行列，
你不要说不行，
迟做总比不做好，

约翰·美酒,我的敌人。①

三 《无论何时都要保持尊严》

《无论何时都要保持尊严》(“A Man’s a Man for A’ That”)是罗伯特·彭斯1795年发表的著名诗歌。诗歌指出,无论多么贫穷,我们都应该保持做人的尊严,不贪钱财,不畏惧权贵,不能丢失洞察真理的睿智,这才是做人值得自豪的品格:

Is there for honest Poverty
That hings his head, an’ a’ that;
The coward slave—we pass him by,
We dare be poor for a’ that!
For a’ that, an’ a’ that.
Our toils obscure an’ a’ that,
The rank is but the guinea’s stamp,
The Man’s the gowd for a’ that.
What though on hamely fare we dine,
Wear hoddin grey, an’ a that;
Gie fools their silks, and knaves their wine;
A Man’s a Man for a’ that:
For a’ that, and a’ that,
Their tinsel show, an’ a’ that;
The honest man, tho’ e’er sae poor,
Is king o’ men for a’ that.
Ye see yon birkie, ca’d a lord,
Wha struts, an’ stares, an’ a’ that;
Tho’ hundreds worship at his word,
He’s but a coof for a’ that:
For a’ that, an’ a’ that,
His ribband, star, an’ a’ that:
The man o’ independent mind
He looks an’ laughs at a’ that.
A prince can mak a belted knight,

① Wells, Carolyn(ed.). *A Parody Anthology*. New York: Charles Scribner’s Sons, 1927, pp. 46–48.

A marquis, duke, an' a' that;
But an honest man's abon his might,
Gude faith, he maunna fa' that!
For a' that, an' a' that,
Their dignities an' a' that;
The pith o' sense, an' pride o' worth,
Are higher rank than a' that.
Then let us pray that come it may,
(As come it will for a' that,)
That Sense and Worth, o'er a' the earth,
Shall bear the gree, an' a' that.
For a' that, an' a' that,
It's coming yet for a' that,
That Man to Man, the world o'er,
Shall brothers be for a' that.
人总是人,不管那一切
是否有人因清白的贫穷,
便垂头丧气,这样那样的?
这种怯懦的奴才,我们不睬他,
我们敢于做穷人,不管那一切!
不管那一切,那一切,
我们干的活儿低贱,这样那样的,
官位不过是金币上的图案,
人才是真金,不管那一切。
我们吃粗茶淡饭,
穿破旧衣服,这样那样的,
算得了什么?
让蠢人穿绫罗绸缎,
让恶棍去花天酒地,
人总是人,不管那一切。
不管那一切,那一切,
他们虚有其表,这样那样的,
清白的人虽然一贫如洗,
却是人中英杰,不管那一切。
你看那个家伙,被称作"老爷",
高视阔步,这样那样的?

尽管上千人任凭他使唤,
他不过是个傻瓜,不管那一切。
不管那一切,那一切,
他那绶带、星章、这样那样的,
有独立见解的人,
看了只会嗤笑那一切。
君王可以钦赐佩带、册封爵士,
侯爵、公爵,这样那样的!
但是清白的人可不服他的管,
老实说,君王的权力对他毫无作用!
不管那一切,那一切,
他们权势显赫,这样那样的,
洞察真理的睿智,值得自豪的品格,
高于那一切。那么,让我们祈祷,
但愿那一天会来到,
不管那一切,那一天必定会来到,
那时智慧和品格将在全世界
赢得胜利,这样那样的!
不管那一切,那一切,
那一天就要来到,不管那一切,
那时普天之下
人人皆是兄弟,不管那一切。①

苏格兰土语	标准英语	苏格兰土语	标准英语	苏格兰土语	标准英语
a'	all	gowd	gold	obscure	unimportant, unnoticeable
for a' that	for all that, in spite of all that	hamely fare	homely food, simple and plain food	hoddin grey	coarse gray woolen
birkie	a cool young guy, a brisk young fellow	ca'd (caad)	called	an' a' that	and all that
coof	cuif, dolt	hings	hangs	gie	give
mak	make	bear the gree	take the first place	sae	so
maunna	mustn't	an'	and	fa'	fall, get, suit, claim

① 何其莘等编,《英国文学选集》,北京:外语教学与研究出版社,1997年,第418至420页。

续表

苏格兰土语	标准英语	苏格兰土语	标准英语	苏格兰土语	标准英语
o'er	over	wha	who	gude	good
tho'	though	yon	yonder	ribband	riband 或 ribbon
o'	of	abon or aboon	above (up)	sense	merit
e'er	ever				

雪利·布鲁克斯模仿了《无论何时都要保持尊严》：

More luck to honest poverty,
It claims respect, and a' that;
But honest wealth is a better thing,
We dare be rich for a' that.
For a' that, and a' that,
And spooney cant and a' that,
A man may have a ten-pun note,
And be a brick for a' that.
What though on soup and fish we dine,
Wear evening togs and a' that,
A man may like good meat and wine,
Nor be a knave for a' that,
For a' that, and a' that,
Their fustian talk and a' that,
A gentleman, however clean,
May have a heart for a' that.
You see yon prater called a Beales,
who brawls and brays and a' that
Tho' hundreds cheer his blatant bosh,
He's but a goose for a' that.
For a' that, and a' that,
His Bubblyjoks, and a' that,
A man with twenty grains of sense,
He looks and laughs at a' that.
A prince can make a belted knight,
A marquis, duke, and a' that,

And if the title's earned, all right,
Old England's fond of a' that.
For a' that, and a' that,
Beales' balderdash, and a' that,
A name that tells of service done
Is worth the wear, for a' that.
Then let us pray that come it may,
And come it will for a' that,
That common sense may take the place
of common cant and a' that,
For a' that, and a' that,
Who cackles trash and a' that,
Or be he lord, or be he low,
The man's an ass for a' that.
向诚实的贫穷祝贺好运,
它值得我们尊敬。
但诚实的富裕会更好,
我们希望有钱起来。
不管那一切,那一切无聊的废话,
一个人可能有10英镑的钞票,
但他还是蠢得像一块砖头。
虽然我们爱喝汤吃鱼,晚上穿着睡袍,
一个人可以喜欢美酒好肉,
也不一定是坏蛋。
不管那一切,那一切,
他们浮夸的谈话,一个高尚的绅士,
可能会受这样的诱惑。
你看到贝尔斯在鼓动唇舌,
又咆哮,又像驴叫,
众人对他的赤裸裸的胡扯高声欢呼。
一个人只要稍有理智,
他就会嘲笑这一切。
君王可以钦赐佩带、册封爵士,
侯爵、公爵,这样那样的!
如果这个头衔是诚实劳动换来的,
那也没什么,古老的英格兰称许这样,

不管那一切，那一切，贝尔斯的废话，
头衔靠履行职责得来，经得起考验。
让我们一起祈祷，有朝一日，
常识会代替貌似虔诚的伪善之辞。
不管那一切，那一切，
一个人只管说废话，
不管那一切，那一切，
不管他是大人，还是平民，
这个人就是一头蠢驴。①

四　《友谊地久天长》

《友谊地久天长》（“Auld Lang Syne”）：

Should auld acquaintance be forgot,
and never brought to mind?
Should auld acquaintance be forgot,
And auld lang syne.
For auld lang syne my dear,
for auld lang syne,
we'll take a cup of kindness yet
for the sake of auld lang syne.
We twa hae run about the braes,
And pu'd the gowans fine;
But we've wander'd mony a weary foot
Sin' auld lang syne.
We twa hae paidl'd i' the burn,
From morning sun till dine;
But seas between us braid hae roar'd
Sin' auld lang syne.
And there's a hand, my trusty fiere,
And gie's a o' thine;
And we'll tak a right gude-willie waught,
For auld lang syne.

① Macdonald, Dwight (ed.). *Parodies: An Anthology from Chaucer to Beerbohm—and After*. New York: Random House, 1960, pp. 64 - 65.

And surely ye'll be your pint-stowp,
And surely I'll be mine;
we'll take a cup of kindness yet
for the sake of auld lang syne. ①
怎能忘记旧日朋友,
心中能不怀想?
旧日朋友岂能相忘,
友谊地久天长。
友谊万岁,朋友,友谊万岁,
举杯痛饮,同声歌颂友谊地久天长。
我们曾经终日游荡在故乡的青山上,
我们也曾历尽苦辛到处奔波流浪,
友谊万岁,朋友,友谊万岁,
举杯痛饮,同声歌颂友谊地久天长。
我们也曾终日逍遥荡桨在绿波上,
但如今却已劳燕分飞,
远隔大海重洋,
友谊万岁,万岁朋友,友谊万岁,
举杯痛饮,同声歌颂友谊地久天长。
我们往日情意相投,
让我们紧握手,
让我们来举杯畅饮,
友谊地久天长,
友谊万岁,万岁朋友,友谊万岁,
举杯痛饮,同声歌颂
友谊地久天长。

无名氏创作了《盖尔语,或苏格兰格纹编织的〈友谊地久天长〉》("Gaelic Speech; or, 'Auld Lang Syne' Done Up in Tartan"):

Should Gaelic speech be e'er forgot,
And never brocht to min',
For she'll be spoke in Paradise,
In the days of auld lang syne,

① 王守仁主编,《英国文学选读》,北京:高等教育出版社,2015年,第60至61页。

When Eve, all fresh in beauty's charms,
First met fond Adam's view,
The first word that he'll spoke till her,
Was, "*cumar acbum abu*".
And Adam in his garden fair,
Whene'er the day did close,
The dish that he'll to supper teuk
Was always Athole brose.
When Adam from his leafy bower,
Cam oot at broke o' day,
He'll always for his morning teuk,
A Quaich o' usquebae.
An' when wi' Eve he'll had a crack,
He'll teuk his sneeshin' horn,
An' on the tap ye'll well mitch mark,
A pony praw Cairngorm.
The sneeshin' mull is fine, my friens—
The sneeshin' mull is gran';
We'll teukta hearty sneesh, my friens,
And pass frae han' to han'.
When man first fan the want o' claes,
The wind an' cauld to fleg.
He twisted roon' about his waist,
The tartan philabeg.
And music first on earth was heard,
In Gaelic accents deep,
When Jubal in his oxter squeezed,
The blether o' a sheep.
The praw bagpipes is gran', my friens,
The praw bagpipes is fine;
We'll teukta notherr pibroch yet,
For the days o' auld lang syne!
怎能忘记盖尔语,心中能不怀想?
古老的天堂,讲的是这种语言。
夏娃,充满了自然的美姿,
第一次遇到亚当情意荡漾,

他对她说的第一句话就是盖尔语。
每天的时间结束,
亚当在花园摆下盛宴,
他晚饭吃的饭菜总是
苏格兰菜汤。
当亚当晨曦中从树荫处苏醒,
他总是先喝苏格兰威士忌。
但他和夏娃聊完天后,
他就拿出盛鼻烟的角质容器。
你会很容易发现,
容器木塞上有一个
小的苏格兰烟晶宝石。
我的朋友,鼻烟壶很好,鼻烟壶很好,
我们互相传递一下,
每人深深地吸一口鼻烟。
刺骨的风吹在肉体上时,
人类第一次发现自己没有衣裳。
他把有格纹的苏格兰裥褶裙,
撕成布条围在腰间;
地球上的第一声音乐,
是用深沉的盖尔音调。
当时,犹八用他的臂膀,
让绵羊发出咩咩的尖叫。
风笛很好,朋友,风笛很好,
为了以往的好时光,
我们要听一首雄壮的风笛变奏曲。①

诗中苏格兰土语和标准英语对照为:

苏格兰土语	标准英语	苏格兰土语	标准英语	苏格兰土语	标准英语
brocht	brought	min'	mind	auld lang syne	long ago
till	unto	teuk	took	brose	porridge
cam oot	came to	broke	break	crack	chat

① Wells, Carolyn(ed.). *A Parody Anthology*. New York: Charles Scribner's Sons, 1927, pp. 45 –46.

续表

苏格兰土语	标准英语	苏格兰土语	标准英语	苏格兰土语	标准英语
sneeshin'	snuff	mitch	a lot	pony	small
mull	snuff box	fan	find	claes	clothes
cauld	cold	fleg	flesh	roon'	shred, strip
philabeg	scottish skirt				

彭斯的动物诗、讽刺诗、歌谣是他的上乘之作。他受到同时代人的钦佩,兰姆曾说,在他的少年时代,彭斯是他崇拜的神。每逢1月25日他的生日,世界许多地方都要庆祝"彭斯之夜",他受欢迎的程度可见一斑。如果说"彭斯之夜"离一般读者距离太远,那么阅读、创作戏仿戏歌就是读者庆祝彭斯的狂欢。

第二节 史密斯兄弟

英国伦敦德鲁里剧院1809年2月24日被焚毁后,在热心公益的啤酒商塞缪尔·怀特布莱德的努力下,3年之后的1812年,由建筑师怀亚特设计的剧院得以重建。10月10日开张在即,剧院管理方为了迎接观众的到来,8月14日在许多日报上登出启事,决定向社会公开征集开业致辞。有意者应于9月10日前寄出致辞,封好装在一个信封中,信封上有一个标志性的单词、数字或箴言,寄给位于德鲁里巷的委员会秘书处。同时,写信人应附上第二个信封,信封表面写有同样的单词、数字或箴言,便于和第一个含有致辞的信封匹配。第二个信封内写上作者姓名。届时,只有优胜者的信封被拆开,其他都不会被拆开,以便为写信人保守秘密。消息一发布,社会反响踊跃,共收到112篇文章。致辞评选委员会对于合适的致辞举棋不定。因为这次看似不起眼的评选,却引起一段文坛佳话。詹姆斯·史密斯和贺拉斯·史密斯兄弟也看到了征文启事。他们突发奇想:征文只有一篇会被选中,肯定绝大多数人的文章被淘汰,这些名落孙山的文章中也许会有文坛名人的作品。如果假托名人的名字,以他们的风格写出致辞,共同取名为《被抛弃的致辞》,也许行得通。赶在10月10日前创作完成、印制并出版,时间很紧,况且两个人都有自己的全职工作(詹姆斯·史密斯是诉状律师,弟弟贺拉斯·史密斯是股票经纪人)。不过,兄弟两人分工合作,模仿华兹华斯、柯勒律治、拜伦、沃尔特·司各特、威廉·科贝特、托马斯·穆尔、罗伯特·骚塞、马修·格里高利·刘易斯、乔治·克雷布、威廉·斯宾塞、约翰逊博士、威廉·托马斯·菲茨杰拉德等的风格,围绕德鲁里剧院的焚毁和重建写出了一系列文章。

两个人写完之后,长出了一口气,以为大功告成,没想到困难刚刚开始。即使他们不要版权,也没有出版商愿意出他们的书。一个出版商问他们:"你们出过什么书?"他们回答:"没有出过。"出版商的回答在意料之中,"那我们不能出版这本书。"史密斯兄弟极力争辩,说每一个作家都要有第一步,不愿意出版他们的书,如同一个母亲警告儿子会游泳后再下水。这些都不足以打动出版商。出版商说自己考虑一个晚上,让兄弟两人第二天早上再来一趟。第二天,他给如约而来的作者一个否定答复。

山重水复疑无路,柳暗花明又一村,也有人慧眼识珠。位于科文特加登出版剧本的出版商约翰·米勒看到手稿,马上同意出版,并许诺,如果赚钱,将给作者一半的利润分成。史密斯兄弟欣喜若狂。《被抛弃的致辞》(*Rejected Addresses*)匿名出了第一版,取得了巨大成功,兄弟两个感叹,幸亏加班加点赶了一下,一气呵成,各篇浑然一体。如果给出足够的时间气定神闲地创作,还达不到这个理想的效果。书不得不追加印刷,两年内,书追印到第15版。20年后的1832年,书印刷到第18版。后来,两个作者以1000英镑的价格,将版权卖给米勒,从而名利双收。

这本书的出版使戏仿艺术复活并使之最终确立。史密斯兄弟以前也有戏仿者,但《被抛弃的致辞》却具有恒久的价值,不仅是因为他们的书有内在价值,更是因为他们开创的戏仿原则为后世戏仿者遵循。因为这本书的成功,当初提交给征文委员会的真正的致辞也得以结集出版。但事实证明,真的敌不过假的,新出的书没有取得像《被抛弃的致辞》一样轰动性的成功。如今,当初提交的112篇货真价实的致辞绝大多数都保存在大英博物馆手稿区。

一　威廉·华兹华斯

史密斯诗中,8岁小女孩南希·莱克坐着马车上了舞台,马车由她叔叔的仆人塞缪尔·休斯驾驶。女孩说,弟弟5月就要7岁了,自己元旦就要8岁了,为了庆祝,父亲给她买了蜡制的玩偶,给弟弟买了个陀螺。弟弟撅起了嘴,因为他觉得自己的东西不如玩偶。于是他拿出姐姐抽屉中的玩偶,放到火炉上方,结果可想而知。为了报复,姐姐把弟弟的陀螺的头揪掉,扔到地板上,陀螺弹起打碎了一块窗玻璃,弟弟气得大哭。姐姐觉得弟弟活该:"如果他不熔化我的玩偶,我也不会毁坏他的陀螺。"汉娜姨妈听到窗户打破的声响,就怪南希·莱克太吵闹,并说当晚不带她到剧院。一家人吵作一团,父亲说南希可以去,母亲说不许她去,争执的结果是南希留在了家里。南希眼睁睁地看着他们驾车离开："一匹马眼睛瞎了，两匹马的尾巴都垂在后边，鞋子在脚上穿着。"南希决定自己也去。她的哥哥比尔的马车停在堆放废旧杂物的房间。南希擦去顶上的灰尘，用拖把清洗，并用扫帚清洗。休斯 6 点到了之后，给南希擦了鞋，然后送她到了剧院。南希惊叹于剧院的富丽堂皇。虽然家里和剧院的墙都是用砖砌的，但剧院的墙明显更高更厚。家里的木梁也明显比不上剧院的木梁。南希接着谈到地面，认为广阔得像一座城镇，"我敢说，铺下地毯也遮不住全面地面"。南希对脚灯惊诧莫名："一排灯真亮，不知道为什么安在地板上。"南希有点羞涩，但提词员推着她到了舞台中心。提词员说："别怕，孩子，只用鞠躬低语、抬头、然后微笑，就可以了。以前有些孩子不到 13 岁，一晚上就能赚 50 英镑，你为什么不行？"但南希只顾找家人了。突然，她看见了全家，于是决心和他们在一起："我要和妈妈坐在一起，观看演出。再见，我像漂亮姑娘一样鞠躬，如果你们给我一个飞吻，我也会给你们一个飞吻。"①

作品中，小姑娘血气方刚，任性，与弟弟针锋相对，毫不相让；她也很幼稚，马尾巴在马身后朝下垂着她也要描述一番。她没有见过世面，因此不知道灯为什么装在地面上。综合看来，她像华兹华斯笔下非常可爱、但涉世不深的孩子。

二　塞缪尔·柯勒律治

《被抛弃的致辞》以柯勒律治的风格，描写了工人建造新剧院的场面。戏仿首先是柯勒律治的伤感：我的喜欢沉思的公众，你们看起来怎么这么悲哀？我有个奶奶，她有一头驴子，向市场运陶器，驴子盯着我看时，他的表情很悲哀，我的公众，你们也很悲哀。

接着，柯勒律治表达了自己的喜悦：10 月 10 日，我们将相会在德鲁里剧院。然后，柯勒律治开始追忆往事：以前，一看到废墟中的木板，我就要擦眼泪。许多时候，我在哭泣，担心剧院永不再建。一天晚上，一个愉快的星期一晚上，我准备沿着查理街行走，突然听到泥刀碰到砖头的声响。我抬头一看，发现女儿墙已经升起 7 英寸。我心里想，德鲁里，太好了，有一个牧师曾呼喊"和散那"，赞颂你的灾难，预言火焰将灼烧重建者的手，事实证明他是个伪先知。从那时起，只要闲暇，我就立在售票口附近，观察建筑工人。他们有减轻劳动强度的方法："以前的工人都戴着帽子，爬上梯子，但这些工人在墙的最上边竖起杆子，杆

---

① Jerrold, Walter and R. M. Leonard (eds.). *A Century of Parody and Imitation*. London: Oxford University Press, 1913, pp. 4 – 7.

上装上滑轮,滑轮上攀上绳子,绳子吊起篮子,砂浆、砖块顺利到达顶端,随后,工人坐上空篮,篮子安然无恙地到达地面。”①这段引文不但再现了柯勒律治的风格,还捎带提及他臭名昭彰的懒惰。

柯勒律治转述了自己听到的话,“有些人认为工程永不会完工,有些人认为会完工”。听说人们批评面朝德鲁里巷的前门,说它庸俗猥琐,像是地毯。一家晨报希望前门建造得像布里吉斯大街前门,人们称布里吉斯前门为怀亚特美人鱼,一个美丽女子长着鱼尾。倾听别人表达见解,看着工人施工,心情真好。他表达了自己对新建筑的感受:“呸,怀特布莱德,你应该建造一个柱廊。”这样,娇媚的少女寻找马车时,一伸出不戴手套的手,就会注意到雨水,然后用披肩裹紧咽喉。也许,她的马车停在远处,在登上马车前,淤泥会渗进她的皮拖鞋。早晨进餐,她会感冒咳嗽,她的严厉的父亲会说:“给你说过,你却不听!这都是去看戏惹的祸!”不建柱廊省了一点钱,但愿将来证明,这不是愚蠢之举。

向你致敬!德鲁里剧院,你是剧院中的王后。皇家艺术剧场和你相比算什么?看到和你同名的窄窄的德鲁里街道,我不知道它为什么叫“德鲁里小巷”(Drury Lane)。此处,《被抛弃的致辞》使用了双关语。Drury 与 dreary 同音,后者有“阴沉沉的,令人沮丧的,令人生厌的”之意。柯勒律治认为,大家应该快乐起来,而不用没有理由地哀伤。

最后,柯勒律治表达自己的不满:现代社会造就许多怪僻。我看到活动物带上舞台会伤心。格里巴尔德用兔子,劳伦特用猫,布莱德波里用猪,这些技法应该统统见鬼,地球上的一切都有自由生活的权利。前德鲁里剧院舞台机关操纵师约翰逊提倡逼真模仿生活,而不是将生活中的东西照搬。我尊敬对海克尼挽马喊“驾”、鞭子却不落下的马车夫。每当我看到蜘蛛扑向一只苍蝇,喜鹊吃掉一只小虫,或看见屠夫拿着牛角长柄的屠刀宰杀一只羊羔,我就十分痛心。随后,柯勒律治匆忙退场。

柯勒律治爱动物,与他作品中表达的思想吻合。他的故事人物曾因猎杀飞鸟,受到严厉惩罚。柯勒律治写诗不多,然而不乏杰作。在《古舟子咏》(“The Rime of the Ancient Mariner”)和《忽必烈汗》(“Kubla Khan”)中,诗人的奇特想象力驰骋在遥远的海洋和中古月下城堡之间,立意新颖,感情激荡,想象奇特,语言瑰丽,音律优美,代表了浪漫主义的神秘、奇幻的一面。传世之作《古舟子咏》收录在《抒情歌谣集》里。《古舟子咏》讲了这样一个故事:三个时髦男子准备参加一个婚宴,其中一个被一个老水手拦住。老水手要求他听一个自己的故

① Dentith, Simon. *Parody*. London: Routledge, 2000, p.115.

事。他说,自己的船只被风暴吹向南极。周围都是冰,动弹不得。此时,一只信天翁穿过云彩飞来,船员一片欢呼。冰块碎裂,船只继续向前,信天翁在高空随行。出于不可解释的原因,老水手射杀了信天翁,于是,这只船遭遇了厄运。它被向北推到赤道,在烈日之下暴晒,周围只有死寂一片的大海。信天翁挂在老水手的脖子上。一只骷髅船驶过来,死亡和行尸走肉在博弈。骷髅船消失后,其他船员都丧失了生命,只有老水手没死。突然,看到月光下水蛇的美,他祝福了它们,于是,信天翁从他的脖子上滑落。船只安全返航,老水手拣了一条性命,但为了赎罪,他只能四处游走,用自己的亲身经历教人们爱并且尊敬上帝的生灵。诗歌最后写道:

喜宴的嘉宾! 这灵魂
曾独自彷徨在辽阔的大海:
那是一片死寂,就仿佛
连上帝也已不再存在。
当我能和众人一起,
满怀虔诚地走向教堂,
我就感到无比的幸福,
庆婚喜宴怎能比得上!
大家一起去教堂祈祷,
在天父面前低头思量,
不分老幼或亲爱的友人,
还是快乐的青年和姑娘!
再见吧! 喜宴的嘉宾!
但临别前听我进一良言!
只有兼爱人类和鸟兽的人,
他的祈祷才能灵验。
谁爱得最深,谁祈祷得最好,
万物都既伟大而又渺小!
因为上帝他爱我们大家,
也正是他把我们创造。
老水手目光奕奕,须发苍苍,
他讲完故事便独自前往。
赴宴的客人也转过身子,
不去新郎家,而走向他方。
他仿佛受到巨大的震惊,

失去了知觉，神情迷惘。
翌晨，他变得严肃深沉，
从此后完全改变了模样。①

三 马修·格里高利·刘易斯

《被抛弃的致辞》戏仿了哥特小说的代表人物刘易斯。他以自己的哥特小说《僧人》而赢得“僧人刘易斯”的称呼。戏仿完美再现了哥特小说的基本特色。行文如下：

希望得到缪斯的惠顾，我受召前往帕纳塞斯山②。听，武士和淑女，我歌唱第一个德鲁里女士的烧焦，第二个德鲁里女士的再生。一天，火龙王感到寂寞难耐，于是他跨上暴躁的青铜色牡马。他的裤子和鞋由锡制成，皮带由铸铁打造，以免因为牡马腹部的热度而融化。他的皮肤滚烫，从他小时候就是如此。接受洗礼时，水一到他头上，就发出嘶嘶声，并冒出气泡。他两眼放光，如同两团燃烧的火焰。他的牙齿经过煅烧，舌头干燥，舌头碰到牙齿，如同手指带着顶针弹钢琴。他的鼻孔吐出硫黄熔岩，灼烧它流淌到的地方。他的敌人称他为流鼻涕的家伙，因为一旦他抬手擤鼻子，他的手指会烫得起泡。他的头发是一团火焰，用冒着烟的白灰扑粉。他喝火药沏的茶，茶中有融化的铅块做成的糖，用沥青做成的奶油，吃的是辣椒姜饼，在火炉中烧得焦黑。他每吻一个火的女神，对方都要以手遮面，否则会烫伤她们的脸颊。他在地上吐痰，地上会灼烧出一个大洞，大洞里产的石灰足以作上等的烘干的石灰窑。他张开嘴，就喷出火焰，传出的响声，发出的热度，超过炮弹厂的爆炸。他不断喷出火焰，三步并作两步去抓新娘。新娘不知道危险近在咫尺，他的鞭子是火炬，他的靴刺是火柴，马的右眼蒙着眼罩，以免火光焚烧了马厩。他准备找哪个当新娘，以铸造一个产生焦灰的联盟？是高高大大的德鲁里剧院。他的膝盖骨是长柄炭炉，他发出响声行进，她虽然尖叫，但那燃烧一切的骑士用火焰裹住她，带着她直冲云霄。

瞧！瞧！啤酒王砰地从酒缸站起，像是雪松或白桦，孔武有力。他的追随者酩酊大醉。他的背心棕色，他开始正步走，口里吐着泡沫。他的标枪是水龙头，他的盾牌是桶的大木塞。他敲了一

① 何其莘等编，《英国文学选集》，北京：外语教学与研究出版社，1997年，第497至498页。
② 古时被认作太阳神和文艺女神们的灵地。

> 下女孩原来站立的地方。因为这一神奇的召唤，马上出现第二个德鲁里剧院，年轻俊俏，苗条可爱。她开始翩翩起舞。焦灰之王欲火中烧，驾着火龙，卷土重来，想有新的斩获。但啤酒之王手持水龙头和水桶，斥责火龙王：罪恶的暴君，注意我在发酵。我的地盘我做主，马上滚开！你已经和老德鲁里姑娘结了婚，如果你还不满足，又拿着火绒盒，追求新德鲁里姑娘，我就告你重婚。①

故事采用拟人的修辞手法，赋予无生命的大火和剧院以生命，活泼有趣，令人解颐。刘易斯哥特小说中有令人恐惧的形象，诗中有令人避之唯恐不及的火龙王，和刘易斯的风格吻合。日本宫崎骏动画《千与千寻》中肮脏大神向前行进，可以给读者一个火龙王形象视觉方面的提示。对于大火，人们颇有无可奈何之叹；如今，诗歌对大火进行了谴责，无疑令人解恨。想到火龙铩羽而归，又有谁不欢欣鼓舞？

诗中运用了双关语。旧德鲁里姑娘像其他任何可燃的(combustible)女士一样，不知道抗拒欲望的火花，结果粉身碎骨。combustible 除了表示"可燃的"，又表示"易怒的"；女孩想拉住火龙王的手，他的手像他的激情一样滚烫，让她马上松开，但金戒指已经如同黄油或火腿一样融化。因此，她看起来很郁闷(sour)，她有理由这样做，因为醋场就在她面前。德鲁里剧院附近有种植酿造葡萄酒的葡萄园(vineyard)。时间长了，人们称其为读音相近的"醋场"(vinegaryard)。sour 既表示"酸的"，又表示"闷闷不乐的"；怀特布莱德对火龙王怒斥，"我在发酵"，既说明了他的身份是啤酒商，又表达了对他的赞扬，因为"发酵"(brew)的另一个意思是"暗中策划，做好防备"，表示他已经做好了防火准备，有让火魔无机可乘的信心。

四　乔治·克雷布

戏仿克雷布的第一部分描述剧院内部：五点半到六点，很惬意地看到点灯人用普罗米修斯的点火术点燃长蜡烛的短灯芯。蜡烛突然发光，点灯人吓了一跳(start into light, and make the lighter start)。福玻斯(太阳神和诗歌音乐之神)用他的微笑感染了德鲁里小巷建筑的横梁(tinge with his beam the beams of Drury Lane)。观众在宽敞的剧场就座。落座前，他们睁着眼，瞪着看，十分好奇。刚开始，座位多，可以任意选择；不管远近，他们随心所欲。人一多，座位少，只好能坐哪里，就坐哪

---

① Jerrold, Walter and R. M. Leonard (eds.). *A Century of Parody and Imitation*. London: Oxford University Press, 1913, pp. 46-49.

里。后来人只好坐凳子。最后人多得连站立的地方都没有了,却错误地称为立足之地(no room for standing, miscalled standing-room)。听,检票员打破了沉默,喊着:“没有座位了”,但是人群还是不断涌来,不断有人骂娘,大家你挤我搡,熙来攘往。接下来的戏仿描写乐师的准备:阿波罗的孩子们各就各位,用松香擦拭小提琴的弓弦。他们开始一起奏鸣,双簧管呜咽,巴松管沙哑咆哮,鲁特琴轻声低吟叹息,羽管键琴发出促音,笛子突突响,喇叭像驴鸣,小提琴吱吱呀呀,法国号在叫,竖琴也不甘示弱,直到他们的朱庇特指挥出现,将一片混杂声音调和。大家鸦雀无声,不,一把小提琴愚蠢地拉出响亮声音。指挥皱眉批评这个拖拖拉拉、反应迟钝的人。他用弓在蜡烛架上敲了三次,点头发出新信号,于是演出开始。

戏仿还描写了各个社会阶层的听众,剧场都是什么样的人:莫尔菲尔德来的花花公子(moorfield 为“沼泽地”)、奇科巷来的大人物(chick 为“小鸡”)、佩普大厦的银行家(paper 为“纸张”)、古尔登广场和里奇斯大院来的破产者(golden 为“金色的”;riches 为“财富”)、秣市来的恶棍、普尔垂来的容易上当的人(poultry 为“家禽”)、沃特巷来的醉汉(water 为“水”)、卖彩票坑人的鸬鹚、以拍卖而吃人的鲨鱼、付全票的老板和付半票的职员。剧场门口有小孩在等。门票 10 便士,他们只差两便士。有好心的撒玛利亚人给了他们两便士,他们便一路撒欢跑下剧院台阶。批评家向来口无遮拦。他们畅所欲言,但我们希望他们注意一下自己的言语(talk their minds, mind their talk)。大言不惭的恐吓者,来自圣·玛丽·艾克斯街(St. Mary Axe)、天天与人口角的犹太人。他们的工作很隐秘,为了旧衣服,他们能斧劈圣·玛丽(Axe St. Mary)。有些小伙子脑袋光光,口袋空空(pockets empty as their pate),绑腿稀松,步态踉跄(lax in their gaiters, laxer in their gait)。锁上门后(lock up),他们经常与醉酒的狱警在监狱(lock-up)狂欢。

戏仿还描写了看客当中发生的趣事:乐池众人喊着:“脱帽!”结核病人不敢咳嗽,一个咯咯笑的女孩别针松了,剧场节目单掉下。它像伊卡罗斯一样,又飘又躲又潜,众人鼓掌欢笑。它担心起火,躲过枝型吊灯,不断旋转,慢慢下行,最后栖身于一个提琴手的发卷上,发卷上扑了粉。乐师随手将它拿下,固定到铁钉上。是谁扯着喉咙喊:“安静!”他试图寻求安静,却事与愿违,周围更加喧嚣。

剧场与其他地方一样,厄运让人悲哀,但机缘也给人笑声。约翰杜厄、伊曼纽尔·詹宁斯是查士丁尼·斯塔布老爷的仆人。约翰·杜厄入选皇家骑兵团,伊曼纽尔·詹宁斯只好擦斯塔布的鞋。詹宁斯想让自己最小的儿子割玉米,这是个保险、稳当的职业。儿子名叫派特,头上长着红发。27 岁时,他想到镇上当学徒,但筹措不出学徒费用。他喜欢苦艾啤酒和撞柱游戏,但不喜欢亲近真理。众神请安静,准备吃惊吧,缪斯要给你们讲一件趣事。派特·詹宁斯坐在剧院上层,但他向前侧身,帽子掉了下去。海狸皮帽向下飞,躲过一个人,落到另一个人身边。派特该怎么办?去下面剧场内需要花两先令,而帽子不过四先令,还是为省钱等到八点半门票打折?正在他担心失去帽子之时,约翰·姆伦斯低声说:“用我的手帕。”派特说:“谢谢,但一只手帕结不了一根绳。”威尔逊说:“拿我的。”斯托克说:“拿我的。”派特很快系成了一根斑斓的绳子。手帕有斯皮特菲尔德生产,也有印度织物,争奇斗艳,像一道弯弯的彩虹,艳丽的绳子向下伸展,成条状,亮晶晶,一团团,黄的、红的、蓝的旧平纹布、丝绸以及新麦斯林纱。下面的乔治·格林用颤抖的手给帽子的带子系上最后一块手帕。帽子一跃而起!年轻人带着发自内心的喜悦,重新得到了皮帽,他抚摸着失而复得的东西(regained the felt, and felt what he regained),对着欢声雷动的剧场,满怀感激的派特深鞠一躬,不由攥紧了自己的帽子。

戏仿中的双关语比克雷布原作中出现得更频繁。

《被抛弃的致辞》为什么受到欢迎?这与当时的时代环境有关。19世纪标志着旧的精英文化向新的大众文化过渡。一方面,水涨船高,读者因为文化程度的提高而增加阅读量;另一方面,这一新兴阶层对旧文化还很熟悉。他们想当然地认为古老的经典是他们生活的一部分,其结果是流行媒介中戏仿方兴未艾,风靡一时。读者有种感觉,这个时代有一种新生的强烈愿望,那就是使文学有自知之明,知道分寸。如果向前追溯几代人,那么他们就会因为品味原因而压抑这种欲望;如果向未来方向推迟几代,这些读者就可能不熟悉经典,从而无法对戏仿做出反应。在19世纪这个幸运的历史区间,读者们文学消费量很大。亲不敬,熟生蔑,被史密斯兄弟戏仿的作家尤其受到这样的待遇。

第三节　罗伯特·骚塞

罗伯特·骚塞的《布伦海姆之战》(“The Battle of Blenheim”)是反战作品:

那是一个夏天的傍晚,
老帕斯卡尔已把活干完,
他静坐在夕阳的余晖里,
静坐在自己屋舍的门前;
他的小孙女威勒玛茵,

嬉戏在草地上,在他身边。
她看见她的哥哥皮特金,
滚动着一件东西又大又圆,
那是他在游玩时捡来的,
在离家不远的那条小河边;
老人走上前来想问个仔细,
是什么东西又大又圆又光滑。
老人将那东西拿在手里,
孩子站在一旁满目惊疑;
老人看后不禁摇了摇头,
接着又发出深沉的叹息:
"这是一个可怜人的骷髅,
他死于那次伟大的战役。"
"我在菜园里也发现过骷髅,
它们在这儿可不算稀奇;
当我在田里耕地的时候,
犁头常把它们从土中翻起。
因为曾有几千名战士呵,
都死于那次伟大的胜利。"
"告诉我们那是怎么回事情,"
小皮特金忙向爷爷发问;
威勒玛茵也仰起了小脸,
瞪着一双好奇的眼睛;
"告诉我们那次战争的事吧,
还有他们打仗的原因。"
"在那次战役中,英国人
把法国人打得溃不成军;
但他们究竟为啥要打仗,
我也搞不明白说不清。"
"但大家都说,"老人讲道,
"那次战役真是赫赫有名。
我父亲那时住在布伦海姆,
在离这小河不远的地方;
他们一把火烧了他的房子,
逼得他只好逃奔他乡;
他携妻带子到处去漂流,

难以找到一个安身的地方。
火和剑蹂躏着这里的一切，
举目四望到处一片荒凉；
有多少母亲和新生的婴儿，
在那次战火中悲惨地死亡；
但你们知道，在每次著名的
战役中，都会有这样的景象。
据说当我们赢得了胜利，
战场的景象令人神伤；
几千具尸首满地狼藉，
在骄阳下曝晒发烂发臭。
但你们知道，在每次著名的
战役中，都会有这样的景象。
马尔伯勒公爵却倍受颂扬，
欧根亲王也赢得了荣誉。”
“但这是多么残忍的事呵！”
小威勒玛茵打断了他的话题；
“可是，可是……我的小孙女，
那是一次著名的战役。
人人都对公爵大加颂扬，
是他赢得了这伟大的胜利。”
“但究竟有什么好处呢？”
小皮特金又打断了他的话题；
“这我也说不清，”老人喃喃自语，
“但那是一次著名的战役。”①

如果老帕斯卡尔懂得历史，他就会讲下面一段历史。布伦海姆之战是西班牙王位继承战争（1701—1714）中，奥地利、英国、荷兰联军针对法国、巴伐利亚军队于1704年8月13日在巴伐利亚的布伦海姆村附近的决定性交战。1700年，西班牙国王卡洛斯二世死后无子继位，而当时西班牙在欧洲、美洲、非洲均占有大片领地，由谁来继承王位，关系到在欧洲争夺霸权的大局。因此，西班牙王位继承问题引起了集团间的长期战争。1703年，匈牙利人民发动了反对奥地利统治的民族解

① Gardner, Martin (ed.). *Martin Gardner's Favorite Poetic Parodies*. New York: Prometheus Books, 2001, pp. 171 - 173.

放运动,法国乘机经巴伐利亚向奥地利进军。奥地利处境危急,请求英国援助。英、奥商定在多瑙河与法国、巴伐利亚军队决战。1704 年 5 月,英国将领马尔伯勒公爵约翰·丘吉尔率英荷联军向多瑙河进军,与奥地利欧根亲王率领的军队会师,两军共 5.2 万人。8 月 12 日,法国塔拉尔元帅、马尔桑元帅和巴伐利亚选帝侯共率军 6 万人,在布伦海姆附近仓促部署。由于法军主力部署在两翼,中路单薄,1704 年 8 月 13 日中午,马尔伯勒下令联军主力部队 90 个骑兵中队和 23 个步兵营渡过内贝尔河及沿河的沼泽地,向法军中路发起进攻。尽管法军猛烈炮火使联军伤亡无数,但联军骑兵、步兵的联合进攻却突破法军的右翼和中路。法军随即全线溃败,约 30 个法军骑兵中队被联军赶下多瑙河,许多人溺亡。与此同时欧根亲王粉碎了巴伐利亚军。马尔桑败退,交战结束。法国、巴伐利亚军队损失约 3 万人,奥、英、荷联军伤亡约 1.2 万人。这次会战是整个战局的决定性会战。巴伐利亚落到了奥地利人的手中,而路易十四则威信扫地。

人们曾赞誉杜甫的作品是诗史,意思是他的诗歌记载了一段珍贵的历史。与此同理,骚塞的诗歌也通过一个别致的视角,讲述了一段历史,使熟悉的东西变得陌生,使陌生的东西变得熟悉。布伦海姆战役是政治家的博弈,是英国历史上光辉的篇章,官方编纂的历史书上,这肯定是浓墨重彩的一笔,值得大书特书;至于普通人,不管是法国士兵,还是英国士兵,不管是士兵,还是平民,只有当炮灰的份。《布伦海姆之战》是著名的反战作品。它通过睿智老人帕斯卡尔之口,讲述一般人的小历史,揭露了王公贵族争霸战给芸芸众生带来的灾难,传达"胜,百姓苦;败,百姓苦"是战争永恒不变的主题。1920 年,富兰克林·P. 亚当斯曾戏仿这首诗歌:

一个夏天的晚上,老帕斯卡尔在家中,
像骚塞诗中所言,
坐在他乡村的门前。
他旁边,他的孙子杰拉尔丁
拿着杂志,在消磨时间。
"你为什么不问我,"
帕斯卡尔对坐在地板上的孩子说,
"你为什么不问我,战争中
我都做了些什么? 他们告诉我,
每一个小孩子肯定会问我做的事情。
故事我已经准备好,

有三十多年之久。”
孩子回答:“别费事了,爷爷,
这些事情很无聊。
拜托,让我一个人看杂志吧。”
小杰拉尔丁坚持道。
此时,小佩特金过来了。
乡下老头对他说:
“你听不听打仗的故事?
想不想知道,为什么
我被当作死人撂在那里?”
小孩子说:“不想知道。另外,
谁知道你说的是真是假?”
诗中的英雄,那带着病容、
愤愤不平的老头起身,
步履还算轻快地走向士兵之家。
他坐在那里,和其他7个老人,
交流谎言直到七点过半。①

这首诗中,老人已经糊涂,正处于好谈往事和逸闻的老年多语期(anecdotage),天天说着无稽之谈,连小孩也听得腻歪,不愿意听他胡诌。最终,他寻找到同样无所事事、进入无用老年的同龄人,侃大山打发了无聊的时间。

骚塞在另一个场合也受到攻击,这与一个杂志有关。18世纪末创办的《反雅各宾派》杂志是戏仿作为保守力量的生力军最明显的例子。该杂志撰稿人包括乔治·坎宁、威廉·吉福德、约翰·胡克汉姆·弗莱尔。他们以戏仿为标枪,讨伐同情法国大革命的人,尤其是华兹华斯、柯勒律治和骚塞,攻击他们的文艺观。18世纪90年代,华兹华斯等作家同情法国大革命。《反雅各宾派》的托利派认为,他们的作品也洋溢着这种情绪。下面一首诗是坎宁和弗莱尔讽刺思想上处于激进时期的骚塞,内容是关于一个杀死自己学徒的人:

判决下达之前,有好长时间,
布朗里格在徘徊,

① Gardner, Martin (ed.). *Martin Gardner's Favorite Poetic Parodies*. New York: Prometheus Books, 2001, pp. 173–174.

囚室里回荡着她的怒骂。(……)
最后,她坐着缓慢的囚车,
被押往刑场。你问她的罪行?
她将两个女学徒鞭打致死,
尸体藏匿于地下车库。
她偏爱严刑酷法。天才的设计!
莱克格斯在女神庙宇吩咐棒打斯巴达孩子,
大学教师命令惩罚我们的弥尔顿。
布朗里格因此被处绞刑。苛刻的法律!
但有朝一日,法国将君临天下,
所有的法律都将被取消。①

这首诗猛烈抨击了骚塞的浮夸、他的惊叹句以及卖弄学问。这些还不是最重要的。《反雅各宾派》撰稿人认为,骚塞同情罪犯,钦慕发生大革命的法国,信奉可能导致无政府主义的原则。

第四节 查理·沃尔夫

查理·沃尔夫作品较少。《约翰·穆尔爵士的葬礼》("The Burial of John Moore")是沃尔夫唯一的名篇,感人至深:

英雄的遗体被匆匆运抵城堡,
没有鼓乐,没有讣告,
更没人在他长眠的墓前,鸣枪以示告别,
夜深人静,四周漆黑一团。
借着勉强透过迷雾的月光,
还有那昏暗的油灯,
我们用刺刀翻开草皮埋葬他,
棺椁盛不下他那撕裂的胸膛,
布单不可以,裹尸布更不行,
看!身裹战袍的他,犹如躺下休憩的战士,
悼词只有简短的几句,
措辞中不带一丝悲伤,
可当我们虔诚地凝神注视那逝者的面庞,

① Dentith, Simon. *Parody*. London: Routledge, 2000, pp. 26-27.

明日的酸楚不禁油然而生，
我们一边为孤独的英雄挖出一张狭小的床，
抚平他的枕头，
一边在想当我们乘风破浪远航时，
敌人和不知情的人会来践踏英雄的头颅，
虽然他尸骨已寒，
但他们还是会侮辱咒骂这逝去的英灵，
只要他们能让他
在同胞亲手下葬的墓地里安息，
他会对一切都毫不在意。
刚刚艰难地挖了一半，撤退的时间到了，
远处传来零星的炮声，
那是敌人战败后愤懑的报复，
从这片他溅满鲜血留下英名的热土上，
我们满怀悲愤小心翼翼地将他抬起再放好，
没有为他树一块石碑，
更没有刻下一句墓志铭，
但他的光辉事迹将永载史册。①

约翰·穆尔爵士是英国陆军中将，英国轻步兵战术之父，参加过美国独立战争（1779—1783）、法国革命中的科西嘉战争（1794）、西印度（1796）、爱尔兰（1798）、荷兰（1799）、埃及（1801）、西西里和瑞典战争（1802）。他于1808年增援在西班牙的英军，后作为英军司令官曾进逼法军的交通线，造成很大威胁，在被切断到葡萄牙的退路后，被迫从科伦纳撤退，在反击作战时阵亡，但该反击确保了英军顺利登船离开。菲比·卡莉曾改写《约翰·穆尔爵士的葬礼》：

听不到一声哀叹，
也听不到一个葬礼的曲调，
我们匆匆把一个男子交给新娘。
在这个人结婚的地方，
没有一个女士发出送别的呻吟。
晚上8点，我们给他举行了结婚仪式。

① Gardner, Martin (ed.). *Martin Gardner's Favorite Poetic Parodies*. New York: Prometheus Books, 2001, pp. 207－208.

在挣扎的如同云雾般的月光下,
在煤气灯稳定的燃烧中,
我们的脸变得灰白。
我们发现他的胸前没有无益的表链,
他也没有过度着装。
但他像是一个穿得最整齐的绅士,
几个朋友围绕在他的周围。
我们说的话既少又短,
也没有说一句哀伤的话。
我们一声不吭地盯着成婚的人,
痛苦地想着明天。
一声不吭站着时,我们想,
不需我们费很大力气,
一个陌生人就将我们伙伴分开。
我们的怨气和怒火在消失。
我们漫不经心地谈论离去的人,
以前我们经常批评他。
但是如果我们让他自己生活,
在妻子带他去的洞房,
他不会散发出浓烈的臭味。
回家的钟声敲响,
我们沉重的任务终于结束。
我们听到了女孩阴沉着脸
发出的恶毒的讽刺与含沙射影。
充满悲伤,慢慢地,我们转身离开。
我们奋斗过,我们也是凡人,
我们没有洒下一滴泪水。
也没有倾诉我们的痛苦,
但我们让他和他的女人待在了一起。①

如果说戏仿是旧瓶装新酒,那么新酒必定沾上旧瓶原来酒的味道。同样道理,原来的诗是葬礼,新诗是婚礼,那么这场婚礼是摆脱不了葬礼的气氛的。戏仿诗诉说了婚姻的悲剧,这个内容并不新鲜。俗语可

① Gardner, Martin (ed.). *Martin Gardner's Favorite Poetic Parodies*. New York: Prometheus Books, 2001, pp. 208 – 209.

以证明这一点，“婚姻是爱情的坟墓”“婚姻是围城，外面的人想进去，里面的人想出来”，等等。也有笑话讽刺婚姻：“结婚仪式上，有一个环节，男女要把手握住一起。一个人问，这有什么意义？另一个人回答，这就像比赛中的拳击手一样，马上要开始打斗了。”戏仿中，男方、女方和亲朋好友都有一种要赴刑场的不祥的感觉。女方没有海誓山盟，而是出言不逊；男的浑身散发出异味，结婚殿堂俨然成了龙潭虎穴。古今写洞房花烛的文章不少，但很少借葬礼的框架来描写婚礼，此诗可谓别出心裁，堪称一奇。

第五节　威廉·华兹华斯

在戏仿领域，英国桂冠诗人威廉·华兹华斯是最容易被攻击的目标。华兹华斯是湖畔诗人之一，属于前期浪漫主义。华兹华斯是金字招牌，如今有著名的出版社以他的名字命名，原因至少有两点：第一，他的名字（Wordsworth）字面意思是“单词的价值”；第二，在人们的心目中，他的名字是品质的保证。华兹华斯的诗抒情优美，传唱久远，其中《我像水仙花一样游弋》曾创下几万中学生同时朗诵的最高纪录。华兹华斯早年在剑桥大学圣约翰学院学习，但他讨厌学术方面的学习。1790 年，他步行巡游法国、阿尔卑斯山、意大利，1791 年末回到法国，在法国度过了一年时间。期间，他对法国革命充满热情，燃起了共和理想的火焰。同时，他爱上了一个外科医师的女儿，她给他生了一个女儿。回到英国后，他曾写信给主教，表示支持法国大革命。英国对法国宣战让他深感震惊，但法国白色恐怖标志着他开始对法国革命幻想的破灭。他进入消沉时期，这在他的诗歌中有反映。1795 年，他得到朋友馈赠的 900 英镑。朋友希望这笔钱能让他专心致志写诗。这笔钱也使他能和自己的妹妹多萝西团聚。他们先在多塞特郡定居，然后搬到萨默塞特郡。1802 年，华兹华斯与玛丽·哈钦森结婚。他有过哀伤的时期：1805 年，他做水手的兄弟约翰去世；五个孩子中，有两个夭折；朋友柯勒律治身体状况不佳，但华兹华斯不断有佳作问世，声誉不断攀升。1813 年，他得到维斯特摩兰郡邮票配发的职位，年薪 400 英镑。同年，他搬到兰道尔山，在那里度过了余生。晚年他放弃了青年时的激进和理想主义，成为爱国、保守的公众人物。因为喜欢旅游，他的后期佳作大多有风景诗的色彩，例如，诗歌记录他到苏格兰，沿着达顿河行走，远涉欧洲大陆。1842 年，他得到了每年 300 英镑的王室专款退休金。1843 年，他接替骚塞，成为桂冠诗人。他在兰道尔山去世，去世前，他的六卷本最终修改的作品出版。

华兹华斯的朋友德·昆西1835年写道:“1820年前,华兹华斯的名字被踩在脚下;1820年至1830年,这个名字代表了战斗性;从1830年到1835年,这个名字无往不胜。”①最初,《爱丁堡评论》曾攻击过华兹华斯,无名氏创作了《愚人颂》(*The Simpliciad*)戏仿他。后来,第二代浪漫主义者对他进行了批评和讽刺。拜伦和雪莱认为华兹华斯过于“简单”和“无聊”。因为华兹华斯放弃了自己早年激进的信念,黑兹利特和布朗宁认为他是一个“迷路的领袖”。这些对他能力的怀疑都无法和他作品持久的影响力相抗衡。马修·阿诺德和约翰·斯图尔特·穆勒对他有一种近乎宗教式的尊敬。他们认为,在人们对自然的超验和人性的善良怀疑的年代,他提供了一种表达。华兹华斯锐意改革,他永远地为后来者拓宽了诗歌题材和处理方式上的领域。

一　幼稚单纯

华兹华斯曾经写过《我们是七个》。诗中,叙事人碰见一个乡村小姑娘,她说自己才八岁开外。浓密的发丝一卷卷从四方包裹着她的小脑袋。她带着山林野地的风味,衣着也带着土气。她的眼睛非常美,让叙事人欢喜。“小姑娘,你们一共是几个兄弟姐妹?”叙事人问。“几个?一共是七个”她说。叙事人有点不懂:“他们在哪儿?请给我讲讲。”“我们是七个,”她回答,“两个老远的跑到了海上,两个在康威住家。还有我的小姐姐、小弟弟,两个都躺在坟园,我就跟母亲住在坟园的小屋里,离他们不远。”“你既说两个跑去了海上,两个在康威住家,可还说是七个!请给我讲讲,好姑娘,这怎么讲?”“我们一共是七个女和男,”小姑娘马上就回答,“里头有两个躺在坟园,在那棵坟树底下。”“你跑来跑去,我的小姑娘,你的手脚都灵活;既然有两个埋进了坟坑,你们就只剩了五个。”小姑娘回答说:“他们的坟头看得见一片青青,12步就到母亲的门口,他们俩靠得更近。我常到那儿去织我的毛袜,给我的手绢缝边;我常到那儿的地上去坐下,唱歌给他们消遣,到太阳落山了,刚近黄昏,要是天气好,黑得晚,我常把小汤碗带上一份,上那儿吃我的晚饭,先走的一个是金妮姐姐,她躺在床上哭叫,老天爷把她的痛苦了结,她就悄悄地走掉,所以她就在坟园里安顿;我们要出去游戏,草不湿,就绕着她的坟墩,我和约翰小弟弟,地上盖满了白雪的时候,我可以滑溜坡面,约翰小弟弟一走,他就躺到了她旁边。”叙事人说:“既然他们俩升了天,那么你们剩几个了?”小姑娘马上又回答一遍:“先生,

---

① Drabble, Margaret (ed.). *The Oxford Companion to English Literature* (6th ed.). Beijing: Foreign Language Teaching and Research Press, 2005, p. 1,116.

我们是七个。”①

这首诗歌令人酸鼻。诗中的小姑娘年纪尚小，无法理解人的生与死，始终觉得死去的亲人和自己在一起。叙事人无法给她讲道理，打破她的幻想。实际上，让她坚持自己的想法对眼下的她来说可能更有利。亨利·山姆布鲁克·李曾写过《只有七个》，对华兹华斯的诗进行戏仿。戏仿诗成功模仿了他的多愁善感及童谣的断断续续的节奏。李写道：

我感到吃惊，一个很单纯的孩子
只会轻轻呼吸，
却发出这么可怕的呻吟，
神情看起来如同死灰。
我的语气听起来像她的家长，
我问她为什么要哭。
女孩儿啜泣着回答：
“我肚子疼。”
我想，这件事如果耽搁到晚上 11 点，
可能让我想得发疯。
我说：“为什么会痛？
你吃了几个苹果？”
她回答说：“只吃了七个。”
我又问：“小姑娘，你敢肯定，
你没有吃更多吗？”
“哎呀，先生，妈妈又给了我四个，
但它们已经做成了馅饼。”
我结结巴巴地说：“如果那样，
当然你就吃了 11 个。”
小女孩撅着嘴说：“我吃的
不超过七个。”
我使劲想她是什么意思。
我说：“我不善于猜谜语，
但我知道小女孩如果撒小谎，
将来会到什么地方。”
我接着说：“如果你不改正，

① 何其莘等编，《英国文学选集》，北京：外语教学与研究出版社，1997 年，第 424 至 427 页。

你将来不会上天堂。”
这些都是白说。每一次我说话,
那个小小的白痴就回答:
“我吃的不超过七个。”

后记:借用华兹华斯的题目有点不对,或者稍微文不对题。我的歌曲名字最好还是改成“肚子疼之后写成的诗行”。①

两首诗中,都有一个小女孩。她们的共同特征是固执己见,听不进其他人的意见。原诗是逝去的亲人的音容笑貌宛若就在眼前,令读者动容;戏仿中,小女孩因为苹果吃多了,肚子痛,但是她计算不出苹果的准确数量。任凭叙事人启发,仍然冥顽不灵,不得要领,让人觉得滑稽。珀西·弗兰奇的戏仿《躲猫游戏》(“Little Bo-peep”)也塑造了天真小姑娘和可笑叙事人对话的场景:

我和她在山上走,
她很悲痛。眼泪像小溪一样流淌,
因为她丢失了自己的羊。
“亲爱的孩子,它们长得怎么样?
是不是有点特殊?”
她说:“它们前面有头,后面有尾巴,
两者之间是身体。嘴里面满是牙,
还有,也可能这一点会对你有帮助,
它们的腿长在身子下。”
我高兴地大叫:“如果他们有腿,
你完全可以止住眼泪。
它们会用自己的腿,走上回家的路。”②

和小孩玩躲猫游戏的玩法是:大人遮住自己的脸,过上一会儿,一边说“噗”(boo),一边突然露出自己的脸。诗中两个人都在绕弯子,拒绝提供关键的细节,借用游戏名称,让读者发出会心的微笑。J. K. 斯蒂芬以戏仿诗的方式总结了华兹华斯的风格,不无道理:

---

① Jerrold, Walter and R. M. Leonard(eds.). *A Century of Parody and Imitation*. London: Oxford University Press, 1913, pp. 329-330.

② Gross, John(ed.). *The Oxford Book of Parodies*. New York: Oxford University Press, 2010, pp. 228-229.

有两个声音,一个是低沉,
它学会了包含暴雨的
阴云的雷鸣般的节奏;
一会儿如同不断变换的大海般呜咽,
一会儿如同鸟鸣,以温馨的睡眠终止;
另一种声音如同白痴的老绵羊,
咩咩叫出同一种声调,
宣布二加一得三,草是绿的,
湖水是潮湿的,山脉是陡峭的。
华兹华斯,你有两种声音:
有时,从你美妙的旋律中,
高尚思想的形式和压力要迸溅出来;
有时候,天呀!我宁愿自己没学过ABC,
也不愿创作出
你水平最低时写的无望的垃圾。①

这首讽刺华兹华斯的诗歌实际上使用了华兹华斯《英格兰和瑞士》("England and Switzerland")的措辞:

那儿发出两种声音,一是出自海上,
一是来自山巅,两种声音都很洪亮。
这两种声音为世世代代所喜悦,
这是你挑选的音乐,自由神在歌唱!
来了一位独裁者,你向他挑战,
怀着满腔神圣的喜悦,但你却没有胜利。
最终把你赶下阿平宁山,
你在那儿听不见山泉的低语。
对一种深沉的祝福,你的耳朵不灵,
那就忠实啊,忠实于那留下的信念,
因为灵魂高贵的女郎啊,什么悲哀,
使山泉像从前一样轰鸣,
使海涛像从前一样敲击山岩,

① Jerrold, Walter and R. M. Leonard (eds.). *A Century of Parody and Imitation*. London: Oxford University Press, 1913, p. 376.

你却对庄严的声音充耳不闻!①

1798年,瑞士联邦破裂。1802年,拿破仑与瑞士联邦组成政权,实际上瑞士被征服。华兹华斯以英国诗人的身份,希望唤起瑞士民族的自豪感,以反击入侵者。这首政治抒情诗说明华兹华斯青年和中年时代十分激进,晚年日趋保守。戏仿颇似柔道,借助对手的力量,四两拨千斤,顺势置对手于下风。

二 露西复生

也有戏仿作者不以华兹华斯作品人物的幼稚单纯为支点,而是选用其他视角进行戏仿。华兹华斯写过《露西组诗》,广受赞誉。组诗共五首,第一首中,诗人有过奇异的心血来潮,也敢于坦然诉说发生过什么。不过,他的心思只能让容光焕发,让6月玫瑰的情人听到。沐着晚间的月光,诗人策马走向她那座茅舍。他目不转睛,注视着明月,越过辽阔的平芜;马儿加快了步子,踏上心爱的小路,来到了果园,接着又登上一片山岭。这时,月亮正徐徐坠落。诗人沉入一个温柔的美梦,想到造化所赐的珍品。他两眼牢牢望定悄然下坠的月轮。只见那一轮明月,蓦地沉落到茅屋后边。一些怪念头溜入大脑:"天哪!"他向自己惊呼:"万一露西死掉!"第二首《她住在人迹罕至的路边》行文如下:

她住在人迹罕至的路边,
住在鸽子河的近旁;
她这位姑娘没有人称赞,
很少有人曾把她爱上。
她是青苔石旁一株紫罗兰,
半隐着不为人见!
美丽如星,孑然闪耀在中天。
她生不为人所赏,
死亦少人感伤;
可她现已长眠地下,天哪,
我的世界变了模样!②

---

① (英国)帕尔格雷夫原编,罗义蕴等编注,《英诗金库》,成都:四川人民出版社,1987年,第1107至1109页。

② Brooks, Cleanth and Robert Penn Warren (eds.). *Understanding Poetry*. Beijing: Foreign Language Teaching and Research Press, 2010, p. 220.

塞缪尔·泰勒·柯勒律治的长子哈特利·柯勒律治似乎把戏仿的矛头指向华兹华斯本人。虽然他继承了自己父亲柯勒律治言辞上的才华，但成就不大。他的戏仿写道：

他住在人迹罕至的路边，
通向兰道尔湖边，
他这个诗人没有人称赞，
很少有人读过他的诗行。
他的玄妙的意义，深深地
隐藏在云层后面，无人能够理解。
如同夜空一样闪亮，此时天空
没有一颗星星出现。
他的作品无人阅读，他的乳白的母鹿，
因为灰尘而黯淡，失去光泽。
书还在朗文书店摆放着，
啊，这对他来说不是无所谓。①

沈阳春风文艺出版社出版的《世界诗学大辞典》②关于"戏仿"的词条举了哈特利治戏仿华兹华斯《她住在人迹罕到的路边》作为例证，足见这个例子的典型性。原作中，情人的担忧和不祥预感应验了，给全诗蒙上了一种悲怆。戏仿嘲笑了诗歌作者的尴尬。作者看似清高，超然物外，但实际上也非常关心自己的作品是否被人喜欢。原来，创作高雅作品的人也是凡夫俗子，也有喜怒哀乐，也为自己作品的销路而担忧。哈特利的戏仿，有助于打破偶像，拉近诗人和读者的距离，产生认同感。这对于诗歌的欣赏大有裨益。《露西组诗》中的第四首也极其著名，经常入选各种诗歌选：

我没有人间的忧惧，
酣睡锁住了心魂；
她有如灵物，漠然无感于
尘世岁月的触碰。
如今的她呢，不动，无力，

---

① Jerrold, Walter and R. M. Leonard (eds.). *A Century of Parody and Imitation*. London: Oxford University Press, 1913, p. 218.

② 乐黛云主编，《世界诗学大辞典》，沈阳：春风文艺出版社，1995年，第596页。

什么也不看,也不听;
天天和岩石、树木一起,
随地球旋转运行。①

因为自己的作品,华兹华斯声誉日隆。他和柯勒律治家族结下了不解之缘。搬到萨默塞特郡使得华兹华斯和柯勒律治比较接近。两位作家共同撰写了英国浪漫主义历史上具有里程碑意义的《抒情歌谣集》(1798)。有戏仿者异想天开地认为,既然华兹华斯和柯勒律治能合作书写《抒情歌谣集》,为什么不能合写一首诗,如《露西和老水手》呢?下面一首戏仿诗由保罗·丹恩创作,讲述了露西死后复生,然后遇到老水手时发生的事情:

她在人迹罕至的地方熟睡,
在白鸽泉水旁。到处都是水、水、水,
很少有人喜欢这样。单独,寂寥,孤身一人,
在枝叶茂盛的六月,
长着青苔的石头旁的一朵紫罗兰,
上面挂着一轮夜月。
但是,很快她动了一下,
她的脸宽阔而红光满面,
门口怎么传来巨大的声响?
圣母玛利亚保佑我们。来人是一个老水手,
长着长长的灰胡须,有闪亮的眼睛。
他曾经到过海外,你为什么拦我?
老水手,我害怕,我怕你皮包骨的手。
你像幼鹿一样在带状的海沙上欢快舞蹈。
别怕,别怕,地球上我没有见过
比你更漂亮的花朵。
你是我的,我要让你当我的太太。
别靠近,手不要碰我,灰胡子疯子!
在这个快乐的山谷,但是她处女的胸膛中,
充满了极度的欢乐。她的笑容嘲笑着,
如同四月一样洒满银波的大海。

---

① Brooks, Cleanth and Robert Penn Warren (eds.). *Understanding Poetry*. Beijing: Foreign Language Teaching and Research Press, 2010, p. 316.

情人的脑子里装满了虚幻和奇特的想法。
新郎的门户洞开，近些，再近些，
我暗自叫道，老水手终于得逞。[1]

想到露西，人们的第一反应是清新、纯洁、可爱，这个形象已经定格。提起老水手，读者可能会认为他黑瘦丑陋，饱经风霜，略显无礼。让露西和老水手产生交集，实在是海外奇谈。可以想象，这种"关公战秦琼"的组合场面有多么混乱！但是，读者依稀能够辨别出原作的影子。熟悉华兹华斯和柯勒律治原作的读者，见到这样的描述，可能发出会心的微笑。这个微笑就是戏仿慷慨的馈赠。

三　崭新视角

戏仿华兹华斯除了用"乔太守乱点鸳鸯谱"的方法，还可以改变作品叙事人，美国作家约翰·巴思小说《羊孩子贾尔斯》（*Giles Goat-Boy*）有一个段落与此有关。小说叙事人是一个半人半羊的贾尔斯。在故事的这个阶段，他还在羊圈里生活，羊性大于人性。他用羊的视角观察人间，给读者以新鲜感。一天晚上，他走出羊圈，想让夜晚的露珠浇灭自己的躁动不安，此时，他看到了两个人。他们已经把自行车放到一边，爬过篱笆，跋涉一百米来到草地。他们把毛毯铺在地上，男的又回去拿了几罐饮料。很快，他用一只胳膊抱住了她，同时喝他的饮料，羊孩子开始意识到他们的目的。他观察到，公山羊很阳刚，母山羊依偎着他的一侧，有点紧张，羊孩子知道其中的原因。他们属于他们品种中的优等品：原因之一是他们的毛发比其他的更浓密，闻起来也没有异味，味道更正宗。男的胡须很细，脖子上的头发和羊孩子的一样厚。他的伴侣腿上有一点毛，她品味高雅，知道保留这些毛，没有将它们刮掉。另外，他们在第一时间摘掉眼镜和皮鞋，这样他们在味道和相貌上都更具吸引力。总之，他们是羊孩子见到的令人羡慕的一对情侣，他有点好奇地准备看他和她配种。

当他们开始说话，而不是脱去衣服时，羊孩子突然想到，人类中这种谈话是否代替了交配。男的用手中的饮料罐指着新坦慕尼学院[2]西部的光辉，声音嘶哑但有力地说："契凯，你看那灯光。"母山羊摇摇头，打了个寒战。"我知道。我明白你的意思。"他的声音压过了她，"校园

---

① Gross, John (ed.). *The Oxford Book of Parodies*. New York: Oxford University Press, 2010, pp. 261 - 262.

② 新坦慕尼学院代指"美国"。

从来没有像这样美丽……”“不,求求你”她恳求道,把她的头靠在他的肩膀上。羊孩子的呼吸加快,充满欲望。他接着宣称:“你不应该害怕它。该失去的时候就不能留恋。”她要失去什么?羊孩子蹲得更近,眯起眼睛看。她把她的鼻子凑近他的高领毛衣,抗议道:“你不知道我对这首诗的反应!”男的特意把她的脸转过来对着他,字正腔圆地说道:“这些大学课堂沐浴在美丽的夜色中,如同穿着衣裳……”她闭上眼睛,咬着嘴唇,不知是因为痛苦,还是因为欢乐。“实验室、尖塔、宿舍和教室在明亮洁净的空中闪闪发光。”她紧紧抓住他的衣袖上的羊毛,像所有雌山羊一样,与她的欲望抗争。最后,她以沙哑的声音投降,低声说道:“我从未见到,也没有感到这样深刻的冲动!钟楼以自己的甜美的意志运行。噢,天呀,我不能这样!”但是,公山羊求爱的节奏没有任何停息,他击中要害:“亲爱的创始人!看图书馆,它光荣地记录保存着您强大的思维,依然灿烂!”①在倒数第二个嘶音时,雌山羊轻声尖叫,挣脱了。有几秒钟,她好像被打击一样,躺在那里一动不动,她的配偶呼吸急促,喝完饮料,将罐头盒扔掉。羊孩子也觉得大脑空空如也。很快,他用另外一个语调说:“香烟。”她摇了摇头,然后改变了想法,坐起来吸烟。抽烟时,他们沉默不语,也不看对方的脸,突然,男的几乎有点粗鲁地问她有什么感觉。“我是什么感觉?”她喃喃自语:“你做什么你心里清楚。”他把她拉倒,和自己一起躺到毯子上,说:“我们一起说这首诗,你觉得后悔吗?”“不,”她说,她不觉得后悔。“不过,对于第一次约会,我想我还是个中等百分比②。当两个人开始就那样,以后还有什么可以期待呢?”上文戏仿了华兹华斯1803年9月3日写的诗歌《威斯敏斯特桥上》:

> 大地再没有比这儿更美的风貌:
> 若有谁,对如此壮丽动人的景物
> 竟无动于衷,那才是灵魂麻木;
> 瞧这座城市,像穿上一件新袍,
> 披上了明艳的晨光;环顾周遭:
> 船舶,尖塔,剧院,教堂,华屋,
> 都寂然、坦然,向郊野、向天穹袒露,
> 在烟尘未染的大气里粲然闪耀。

---

① Barth, John. *Giles Goat-Boy, or the Revised New Syllabus.* New York: Fawcett Crest, 1966, p.67.

② 中等百分比表示“中产阶级”。

旭日金辉撒布于峡谷山陵，
也不比这片晨光更为奇丽；
我何尝见过、感受过这深沉的宁静！
河水徐流，由着自己的心意；
上帝呵！千门万户都沉睡未醒，
这整个宏大的心脏仍然在歇息！①

小说中插入这样重要一场，使主人公贾尔斯接受最初的性启蒙教育。一定程度上，这次经历为他以后的轨迹指明了方向。作为戏仿底本的华兹华斯的诗歌魅力自不待言。也有戏仿者假装指出华兹华斯诗中的缺点，进行戏仿。1807 年，华兹华斯曾写过一首无题诗：

当我看到彩虹出现在天空，
我的心儿就激动。
我童稚时期便如此，
现在已经成人亦是如此。
将来年老了还当如此。
否则让我不寿而终。
儿童乃是成人的幼苗。
但愿我一天天的生活，
总由自然的虔敬来连接。②

"儿童乃是成人的幼苗"（The child is father of the man）又可以翻译为"三岁看老"，指的是从一个孩子幼年的行为举止可以预测他或她将来的情况。换言之，大人物自小与众不同，这个说法有道理，有无数的例子可以佐证，但这个隽语并不容易理解。笔者曾测试自己的学生对这句话的理解，发现他们很难理解到这个层面，解释了之后才恍然大悟。杰拉德·曼利·霍普金斯大概也有同感。他根据这句隽语写了首戏仿性的回旋诗（rondeau）：

'The child is father of the man.'
How can that be? The words are wild.

---

① Brooks, Cleanth and Robert Penn Warren (eds.). *Understanding Poetry*. Beijing: Foreign Language Teaching and Research Press, 2010, p. 91.

② Gross, John (ed.). *The Oxford Book of Parodies*. New York: Oxford University Press, 2010, pp. 246 - 247.

Suck any sense from that who can:
'The child is father of the man.'
No; what the poet did write ran
'The man is father to the child.'
'The child is father of the man.'
How can he be? The words are wild.
"孩子是成人的父亲。"
怎么可能？这些话荒诞不经。
谁能提取这个句子的含义：
"孩子是成人的父亲。"
不能。诗人的真实意思是
"成人是孩子的父亲。"
"孩子是成人的父亲。"
怎么可能？这些话荒诞不经。①

回旋诗通常是13行三节两韵诗体，短回旋诗（rondelet）通常为5行或7行的一节两韵诗体。上面的回旋诗有8行，有两个尾韵（wild; can, ran, man）。诗作者故意装作智商低，不懂意义深刻的句子含义，进而对其蹩脚地改造，使一只凤凰变成了草鸡，引人发笑。这首戏仿诗还有一个贡献。它指出了华兹华斯诗中的一个难点。通过将这个句子显化，它的意义得到了突出和普及。

诗人济慈认为华兹华斯患有"自大式的崇高"（egotistical sublime）②。他曾写诗讽刺华兹华斯，题目是《关于牛津》（"On Oxford"）：

哥特式建筑庄严肃穆，
朴素的多利斯圆柱
支撑着年迈的主教和他的牧杖；
正在崩塌的拱门
上面被落叶松遮蔽，
与袜商威尔逊比邻。
"恶行"雕像轮流
朝着灰色的面孔哀悼，

① Gross, John (ed.). *The Oxford Book of Parodies*. New York: Oxford University Press, 2010, p. 247.

② Drabble, Margaret (ed.). *The Oxford Companion to English Literature* (6th ed.). Beijing: Foreign Language Teaching and Research Press, 2005, p. 1116.

有黑色流苏的学士帽和普通帽，
小教堂的男孩在唱歌，
尖塔的钟声敲响，
至于大学校长，他处于优势地位。
有很多树和许多闲适，
牧师有充足的肥胖的鹿，变成鹿肉时，
祝福的时间比较简短，
每一块肉都附着在小腿或大腿上。①

这首诗的基调既忧郁，又滑稽。哥特式建筑给人阴森恐怖的印象，拱门在破裂腐朽，因为树叶遮挡，阳光照不进来，气氛让人心情沉闷。诗中用了一些单词（solemn，moulderng，shaded，mourns，pale，black），令人觉得不愉快，至少让人情绪低落。诗歌的滑稽之处在于它把毫不相关的内容也塞进诗中，构成突降，例如，拱门旁边住着袜商。最后一句话（鹿肉都附着在小腿和大腿上）因为是废话，所以构成戏仿的不折不扣的高潮。写了《关于牛津》之后，济慈把它寄给了朋友，同时附言说："尽管方式很精湛，但华兹华斯有时候写的句子像是学生练习题，例如，'湖水在闪光，小鸟在啁啾'（The lake doth glitter，Small birds twitter）。我想这（戏仿）是一种好的方法，可以向我们清晰描述牛津这样一个有趣的地方是什么样子。"② 才华横溢的济慈饱受结核病的折磨，他时刻担心自己早逝。他曾赋诗表达这种焦虑：

我担心在我的笔描绘完蓬勃
思绪以前，在堆得高高的
书籍写满文字
如同谷仓储藏透熟的谷物以前，
我已经不在人世。当我在星空
看到一篇崇高传奇的巨大云象，
而觉得我再不能活着用机运的魔手
来描绘它们的影子的时候，
当我感到，美丽一时的人啊，
从此再也不能看到你，

---

① Jerrold，Walter and R. M. Leonard（eds.）. *A Century of Parody and Imitation*. London：Oxford University Press，1913，p. 217.

② Macdonald，Dwight（ed.）. *Parodies: An Anthology from Chaucer to Beerbohm—and After*. New York：Random House，1960，p. 74.

再也不能享受到无忧无虑的
爱的魔力时,于是在茫茫世界边岸上,
我独自伫立,沉思默想,
直到爱情和名声都化为烟云。①

济慈既担心自己不能和心爱的女子生活在一起,又担心自己的才华得不到施展的机会。不过,闲暇时他还找到时间,写成戏仿华兹华斯这样的消遣小品,实在难得。第二代浪漫主义诗人戏仿第一代浪漫主义诗人,使该作品当之无愧成为戏仿中的珍品。

华兹华斯喜欢凯瑟琳·玛丽亚·范肖对自己的戏仿,但不太喜欢其他人戏仿自己。济慈《希腊古瓮颂》中有一句名言:"美就是真,真就是美,这就是你在这个行星上知道的全部,也是你需要知道的全部。"(Beauty is Truth, Truth is Beauty, that is all Ye know on earth, and all ye need to know.)②不管被戏仿的作家对戏仿者的态度如何,戏仿诗以美的形式,告诉了读者一些真知灼见,对于原作的保存、推广和欣赏起了重要作用,这是人们应该永远铭记的。

---

① Brooks, Cleanth and Robert Penn Warren (eds.). *Understanding Poetry*. Beijing: Foreign Language Teaching and Research Press, 2010, p. 272.

② Brooks, Cleanth and Robert Penn Warren (eds.). *Understanding Poetry*. Beijing: Foreign Language Teaching and Research Press, 2010, p. 321.

第八章　维多利亚时期

第一节　罗伯特·布朗宁

罗伯特·布朗宁幼时在父亲有6000册藏书的图书馆自学,接受教育,读到了雪莱、济慈和拜伦的作品。12岁,他写了一本抒情诗集,其中有两首保存了下来。1828年,他到伦敦大学学习,但第二学期就辍学。匿名发表的第一首诗《葆琳》("Pauline")没有引起人们的注意。1838年,布朗宁第一次到意大利。1835年,《帕拉塞勒斯》("Paracelsus")出版。第二次意大利之行归来后的1845年1月,他开始与伊丽莎白·巴雷特通信。他们的关系需要瞒过她的父亲。1846年9月,他们结婚并私奔到意大利。他们先在比萨居住,然后到佛罗伦萨,直到1861年伊丽莎白·布朗宁去世。布朗宁夫人去世后,布朗宁带着儿子回到英国。他的主要作品包括《圣诞夜与复活节》("Christmas-Eve and Easter-Day")、《男男女女》("Men and Women")、《登场人物》("Dramatis Personae")、《环与书》("The Ring and the Book")。1881年,布朗宁学会成立。1889年12月12日,布朗宁去世。布朗宁的《异域乡思》("Home Thoughts from Abroad")流传很广:

啊,但愿此刻身在英格兰,趁这四月天,
一个早晨醒来,谁都会突然发现:
榆树四周低矮的枝条和灌木丛中,
小小的嫩叶已显出一片葱茏,
听那苍头燕雀正在果园里唱歌,
在英格兰啊,在此刻!
四月过去,五月接踵来到,
燕子都在衔泥,白喉鸟在筑巢!
园中倚向篱笆外的梨树
把如雨的花瓣和露珠

洒满了树枝之下的苜蓿田；
聪明的鸫鸟在那儿唱，把每支歌都唱两遍，
为了免得你猜想：它不可能重新捕捉
第一遍即兴唱出的美妙欢乐！
尽管露水笼罩得田野灰白暗淡，
到中午一切又将喜气盎然，
苏醒的毛茛花是孩子们的“嫁妆”，
这华而俗的甜瓜花哪能比得上它灿烂明亮！①

这是一首抒情诗，以浓郁的思乡著称。诗人此时身在意大利，却魂牵梦绕故乡英格兰。诗人借助视觉和听觉意象，展现了故乡的风土人情。他如数家珍地描写家园，主要凭借对一草一木的清晰记忆。读者仿佛看到远眺的诗人如痴如醉，沉浸于充满自然气息的英格兰乡村景色中。模仿过布朗宁的人包括卡尔弗利、柯林斯、斯蒂芬等戏仿大师，有无名氏戏仿上面的《异域乡思》，诗歌展现了另一番景象：

啊，在英格兰，现在是四月，
只要在英格兰一醒来，
就能看到早晨笼罩在绝望当中。
城镇中心有可怕的烟雾，
油腻的人行道潮湿，呈现暗棕色。
沉甸甸的树枝上落下雨珠，
在现在的英格兰。四月之后是五月，
归来的燕子看起来很愚蠢。
听！东风扫过街道，所有的人都开始打喷嚏。
可怜的羊羔想起薄荷酱就咩咩叫个不停，
鸭子想起了即将到来的豌豆。
不要错以为春天已经到来，
令人胆寒的霜冻前来助兴。
鲁莽的花朵开始绽放，
但它们最好还是躲在树枝下。
英格兰的春天让男男女女都皱眉，
尽管罗伯特·布朗宁写过那篇狂文。②

---

① 徐翰林编，《最美的诗歌》，北京：中国对外翻译出版公司，2007年，第155页。
② Wells, Carolyn (ed.). *A Parody Anthology*. New York: Charles Scribner's Sons, 1927, p. 193.

没有人是自己仆人的英雄，因为这个仆人太熟悉自己的主人，了解他的缺点和弊病。一个美化祖国，一个丑化英格兰，可能是距离产生美的缘故。

第二节 杰拉德·曼利·霍普金斯

杰拉德·曼利·霍普金斯的名字与《风鹰》（"The Windhover"）紧紧连在一起：

I caught this morning morning's minion, king-
dom of daylight's dauphin, dapple-dawn-drawn Falcon, in his riding
Of the rolling level underneath him steady air, and striding
High there, how he rung upon the rein of a wimpling wing
In his ecstacy! then off, off forth on swing,
As a skate's heel sweeps smooth on bow-bend: the hurl and the gliding
Rebuffed the big wind. My heart in hiding
Stirred for a bird, the achieve of, the mastery of the thing!
Brute beauty and valour and act, oh, air, pride, plume, here
Buckle! and the fire that breaks from thee then, a billion
Times told lovelier, more dangerous, O my chevalier!
No wonder of it: sheer plod makes plough down sillion
Shine, and blue-bleak embers, ah my dear
Fall, gall themselves, and gash gold-vermillion.
我今晨撞见清晨的宠臣，晨光
之国的储胄，斑驳朝霞拖曳的隼，
正御平荡匀身下之吹息，跨壤
于崔嵬，瞧它如何鸣钟招波翼之缰
于出狂之际！之后下马，下马前行于摇荡，
如同冰鞋之踵平滑扫过弓弧之上，
猛扑和滑降吹起大风一场。为一只鸟激荡
我隐蔽的心，为物之成就与掌控而激荡！
狂野之美和强勇和行动，噢，吹息，伟力，羽翼，于此熔曲扣紧！
而彼时自你破开来的火，亿万次人说它更可爱，更危险，哦，我的骑士！
这没什么可惊奇：迈迈的沉重步伐令犁沉降令新土
闪耀，令蓝荒的余烬，啊，我的甜蜜，
落下，磨痛自己，割出金朱。①

① Brooks, Cleanth and Robert Penn Warren (eds.). *Understanding Poetry*. Beijing: Foreign Language Teaching and Research Press, 2010, p. 208.

《风鹰》是霍普金斯最为著名的诗作。诗歌大量运用头韵、内韵，华美流畅。前八行一韵到底，第一行末尾的“王国”(king-dom)，既开了ing的韵，又把d调整到下一行去和一群d为伍。《风鹰》是文字音律的盛宴。写茶隼的翱翔，就用一连串的ing韵；写火焰，用拟声词(buckle, break, billion)，哔哔叭叭的火声历历在耳。声音之后是颜色，霍普金斯先淡淡抹上几笔，再加上闪光，然后上凄冷的蓝，最终爆发出金黄嫣朱，层次井然、鲜明夺目。沃尔特·纳什曾经戏仿过霍普金斯。他凭借记忆，借用霍普金斯的文风，描写了“霍普金斯”在列车餐车就餐的场景(“G. M. Hopkins Takes Lunch in the Restaurant Car”)：

Ah, waiter, are there any any, where are, tell me, come,
Napkins, lovely all-of-a-starch-staring
Linen, preferably, or pauper-seeming paper, waiter? Wearing
My gaygear goodsuit ah, my dear, dim was it? dumb?
Well, this train's tripping and track-trukling as I sipped
Soup, did, ah God, the hot of it! —yes, slipped, flipped
Into my lap, slapping, of this clear consommé, some
Spoonflung flashes, splashes for bosom's bearing.
Bring me a—coo—lummy—here dab, here dry with a kerch
ief, tea towel, toilet-roll, oh-dear-then-a-doyly, but merely
A move (with a mercy, man) make! Oh what a slanting that sheerly,
What with the canting curve of the, what with the lilt of the lurch,
hurled leaping lapward, all in a skirl, the dear drenching.
There was a splash to abash one quaintly, ah, there was a quenching!
Since when, on seat's edge sodden I pensive perch,
Picking at lunch unlovely, unappetizing nearly.

啊，侍者，有没有，一些，一些，哪里有，告诉我，快来，餐巾，最要用餐布，最好是餐巾纸，侍者？穿着我的时髦西装，啊，我亲爱的，有点笨？迂阔？哎呀，我在小口喝汤，火车在行驶，轨道咔嗒响，结果，啊，上帝，烫死了！是的，滑下来，倾倒到了我的膝盖上。噗，清炖肉汤，有些是汤匙没拿稳，一晃，到了胸脯上。给我一个……哎呀，粘到衣服上了，擦干，用手帕，茶巾，卫生卷纸，噢，天呀，再用小餐巾，但我只不过动了一下，(上帝，可怜一下吧！)只弯了一下，只猛冲了一下，一下子朝膝头涌来，旋转，完全湿透了，这个地方溅了一下，让人有点尴尬，啊，这个地方全湿了！上一次这个样子是什么时候？若有所思坐在湿淋淋的座位上，挑拣着平淡无奇、让人毫无胃口的午餐？①

① Nash, Walter. *The Language of Humor*. New York: Longman, 1985, pp. 82 - 83.

从声音上看，有跳跃韵、头韵、半韵、有中间押韵、前行尾部与次行首部组成一个音部韵的转接韵(roveover)；从句法上讲，有断裂结构、括号、省略、严重偏离正常语序、词组作定语、喜用特定的词组类型(例如，the X of Y 和 X's Y)；从词汇上讲，有霍普金斯喜欢用的表示猛烈或迅速的动词或行动的单词。纳什自己列了一个霍普金斯原作和戏仿相似的对照表：

霍普金斯：How to keep—is there any any, is there none such, nowhere known some, bow or brooch ... ("The Leaden Echo and the Golden Echo")

戏仿：Ah, waiter, are there any any, where are, tell me, come, Napkins,

霍普金斯：to-fro tender trambeams truckle at the eye ("The Candle Indoors")

戏仿：This train's tripping and track-truckling

霍普金斯：But how shall I ... make me a room there: Reach me a ... Fancy, come faster— ("The Wreck of the Deutschland")

戏仿：Bring mea—coo—lummy—here dab, here dry

霍普金斯：The girth of it and the wharf of it ... ("The Wreck of the Deutschland")

戏仿：the hot of it

霍普金斯：and blue-beak embers, ah my dear, Fall ... ("The Windhover")

戏仿：My gaygear goodsuit ah, my dear, dim was it?①

安东尼·布罗德的戏仿《与杰拉德·曼利·霍普金斯共进早餐》("Breakfast with Gerard Manley Hopkins")印证了纳什谈到的特点：

Serious over my cereals I broke one breakfast my fast
With something-to-read-searching retinas retained by print on a packet;
Sprung rhythm sprang, and I found (the mind fact-mining at last)
An influence Father-Hopkins-fathered on the copy-writing packet.
Parenthesis-proud, bracket-bold, happiest with hyphen,

① Nash, Walter. *The Language of Humor*. New York: Longman, 1985, p. 84.

The writers stagger intoxicated by terms, adjectives-unsteadied—
Describing in graceless phrases fizzling like soda siphons
All things, crisp, crunchy, malted, tangy, sugared and shredded.
Far too, yes, too early we are urged to be purged, to savour
Salt, malt and phosphates in English twisted and torn,
As, sparkled and spangled with sugar for a can't-be-resisted flavor,
Come fresh-from-the-oven flakes direct from the heart of the corn.
一脸严肃,我吃着麦片,开始早餐的破除斋戒。
我搜索读些什么的视网膜被包装印刷的文字吸引。
跳跃韵在跳跃,我发现(大脑最终开始加工事实),
霍普金斯神父衍生的、对广告撰写行业的影响。
引号在自夸,括号呈黑体,连字符极其快乐逍遥,
形容词东倒西歪,撰写人因为辞藻而陶醉,
像汽水瓶一样冒泡,用没有文采的词组描写物品:
爽脆、多汁、加了麦芽、有独特浓烈气味、加糖、剁碎。
是的,现在时间太早,肚子还没有清空,没有欲望,
品尝用扭曲破碎的英语表达的盐、麦芽、磷,
那美味谷物之心、新鲜出炉的麦片、撒着糖霜、
裹着蜜饯,不可阻挡的诱惑。①

第三节 马丁·塔普

马丁·塔普写了许多诗歌和散文。《谚语表达的哲学》("Proverbial Philosophy")以韵律形式呈现格言和随想,成为对诗歌不熟悉的数百万读者最喜爱的作品,在英国和美国流传甚久。他的两本小说和其他作品已经湮没无闻。《谚语表达的哲学》有几个典型的句子:

一个人总担心危险的话,就生活在不断的折磨当中,
但乐观的人自有欢乐的源泉;
尽管失望的气息能冷却快乐的心灵,
很快,受到希望的未灭余烬的温暖,它又生长;
尽管黑色、沉重的海浪片刻间几乎没过头顶,

---

① Gross, John(ed.). *The Oxford Book of Parodies*. New York: Oxford University Press, 2010, pp. 93 – 94.

但信心那昂扬的精神会凌驾于绝望之上。①

卡尔弗利曾经戏仿过塔普的《谚语表达的哲学》。他的第一首戏仿是关于礼仪：

首先学习礼仪，她确实是北极星，
指导着天真的少年穿过迷宫一样的名利场。
她是金链条，将整个社会维系在一起；
她是一盏明灯，靠着她的光亮，
年轻的普赛克不受指责地
靠近她的厄洛斯；确实，真理如同夏娃，
裸体时感到羞耻，
礼仪让她穿上人为的树叶。穿上之后，
看，她自己也认不出自己的模样；
我在森林中行走，头顶上是紫衫，
像沉睡的巨人般站立，
被不可穿透的阴影笼罩。
我进入一户人家的花园，
看到一棵树被剪成一定形状，
礼仪如同大利拉的剪刀修剪了参孙的头发。
我评论道，自然固然好，但艺术更上一层楼；
我听见云雀在蓝天上鸣叫，
我愚蠢的心随它而去，
看，它往上飞，我祝福它。这样做太愚蠢了，
更好的是经过训练的闺房的红腹灰雀。
它唱出的内容也称得上是音乐，
用喙机械地喝水；沙漠中没有缰绳的野马，
尽管他的脖子以雷电作为装饰，
也不如马戏团跳跃转圈的小马！
我的女儿，世界是一场演出，
上帝赋予你一件物品，
你自己给自己另外一件物品。
女孩之心是香槟，不断向上，想挣脱束缚。

---

① Jerrold, Walter and R. M. Leonard (eds.). *A Century of Parody and Imitation*. London: Oxford University Press, 1913, p. 416.

它的运动需要礼仪的银质瓶塞来阻止。
谁能出得起这个价格,
珍贵的香槟就属于他。
他可以尽情品尝它的香甜。
但如果香槟唱起来味道像是木塞,
他千万不可埋怨。①

普赛克是人类灵魂的化身,以长着蝴蝶翅膀的少女形象出现,与爱神厄洛斯(Eros)相恋。作者名义上提倡礼仪,但绵里藏针,实际上更崇尚自然。《圣经》中,士师参孙是反抗非利士人、拯救犹太人于水火的英雄,他力大无比,杀敌无数,有万夫不当之勇,而他的力量之源是他的长发。他的妻子大利拉是淫荡邪恶的代表。为了钱财,她套出了参孙关于自己神秘力量的秘密,剪掉了他的头发,随后将手无缚鸡之力的参孙交给了仇敌非利士人。非利士人挖出了他的眼睛。过来一段时间,他们在神庙里娱乐,拉来瞎了眼的参孙助兴。他们没有想到,参孙的头发又长出来了。他推倒了神殿的柱子,让敌人和自己粉身碎骨。他死之前杀的敌人比自己以前杀的总数还要多。如今,以人工比喻大利拉,自然比喻参孙,作者的讽刺不言自明。最后一句形成突降:这样进行礼仪教育的结果让人觉得很苦涩。卡尔弗利还模仿塔普,写了《论友谊》:

谨慎选择朋友,因为抛弃他们不太适宜。不过,我的女儿,如果在抛弃丈夫和抛弃朋友之间进行选择,最好还是选择后者。你是否认识一个聪明女子?她有地位吗?她有头衔吗?她的交友圈是否在《早邮报》上出现?如果是,那要黏住她,把身心都交给她。想她之所想,如果她有需要,不要吝惜你的笑容。你变得像她,你的举止有了刀削斧凿的痕迹。你的名字成了芝麻,权贵之门为之洞开。你将知道每一个贵族,他的家族纹章、他的出生时间、他的谱系、他们之间的联姻、他们的远房表亲。你将亲吻王室成员的手,看!在第二天的报纸上,除了战争的谣传、海难的流言,你的名字将会出现,还有你的头饰和衬裙的细节,让如痴如醉的公众边吃清晨的松饼,边细心品评。

你漂亮吗,我的女儿?就像四月的玫瑰花含苞待放。你的举

① Gross, John(ed.). *The Oxford Book of Parodies*. New York: Oxford University Press, 2010, pp. 64 – 65.

止仪态万方，你的眼睛包含着诗的光芒，听我说，我要让花蕾成为一朵娇艳的花朵，我要把它种在高雅这一条河边，用科隆香水浇灌。到了一定时刻，它就会技压群芳，成为花圃的骄傲。女士们会对她的美丽感到惊诧，而最终一位贵族将会把她采摘。①

只有品味低下的人才希望别人议论自己的衬裙。女士精心打扮，最终目标只不过是成为贵族心血来潮时的玩物。正如一个一物降一物的谜语所示，“秋香，小姐，流氓；乌鸦，凤凰，鸟枪”，最后总有一个败兴的内容。卡尔弗利戏仿的弦外之音是，塔普的谚语有失偏颇，如果任其流传，而不愿意考虑到问题的另一面，必将毒害人心。

1860年，塔普出版《三百首十四行诗》（*Three Hundred Sonnets*）。《笨拙》（*Punch*）杂志假意宣称已经与塔普达成协议，塔普在他们的杂志上继续发表十四行诗。同年5月26日出版的杂志刊登第三百零一首署名M. F. T. 的诗《致我的刚出生的小猫》（“To My New Kittens”）：

小小的兽类，你们舒服地躺着，
依偎在喵喵叫的父亲身边打呼噜。
我指的是母亲，但十四行诗韵脚
要求一个短的单词，因此我大胆藐视了
那些试图用陈规旧俗束缚歌手的人。
啊，小猫，你不知道，我昨天
差一点儿不得不将你们中的三个淹死。
厨师向我抗议，家中的猫太多，
舔奶油盘子和黄油块，
但上学的孩子回到家，
求我给你们一条生路。
孩子的话占了上风。
我说，厨师，我们还是把无辜的猫咪留住吧，
它们有五个，想一下，你的手指也有五个。②

当然，说该诗是塔普所写是开玩笑。它的真正作者不是塔普，而是雪利·布鲁克斯。诗歌很蹩脚，为了押韵，硬说小猫躺在父亲身边，还

① Jerrold, Walter and R. M. Leonard (eds.). *A Century of Parody and Imitation*. London: Oxford University Press, 1913. p. 298－300.

② Jerrold, Walter and R. M. Leonard (eds.). *A Century of Parody and Imitation*. London: Oxford University Press, 1913, p. 256.

为自己的行为辩解,引人发笑(该部分英语原文为:Soft little beasts, how pleasantly ye lie, /Snuggling and snoozing by your purring sire, /Mother I mean but sonnet-rhymes require /A shorter word, and boldly I defy /These who would tie the bard by pedant rule)。手指5个,因此猫要养5个,这个逻辑不具说服力,隐约批评了塔普原作的滑稽和乏力。

第四节　阿尔弗雷德·丁尼生

戏仿者除了表达对被戏仿者的敬佩,还可能表达对被戏仿者的嘲讽。目标越大,被嘲讽的可能性越大。例如,英国历史上的桂冠诗人丁尼生。作为桂冠诗人,有好的地方,也有不好的地方。好处是名气大,谈笑皆权贵,往来无白丁,每年可以领取津贴,衣食无忧,诗歌销路不成问题,很容易取得商业上的成功;不好的地方是需要写应景诗,讨得王室欢心,诗歌可能被成千上万人品评,指望所有人都交口称赞几乎是不可能的事情。如果这位君王不得民心,那么桂冠诗人的处境更为尴尬。丁尼生可能就处于这种微妙的境地。

一　荆棘桂冠诗人

威廉·阿图恩曾赋诗,描写了想象中这位桂冠诗人并非完美的生活:

谁不想做一个无畏的桂冠诗人?
手中拿着一束樱桃,
让自己开心,天天无所事事,
只管往口袋里装金子?
我要当一个无畏的桂冠诗人,
天气闷热、艳阳高照时,
我就和女王派来的穿着朱红色和金黄色
衣服的听差,在门口出入处懒洋洋地躺着,
我才不管是否有大臣在等待。
我会在光滑的绿色草地上,
仰面躺着,嘴里衔着一根稻草,
穿着一件不系纽扣的背心,
凉爽的风吹过我的胸口。
我会无神地盯着清澈湛蓝的天空,
看着白云和我一样无精打采,

慵懒地，慵懒地！
我会采撷苔藓和白色的雏菊，
一面小口嚼着它们的梗。
我会放任自己的想象驰骋，
希望得到撰写女王生日赞歌的启迪，
疯狂地，疯狂地！
这就是我的生活，可以得到很多，
需要付出的，只不过是用蓝色丝带
装饰皇家宠物狗，整天对着女王的
凤头鹦鹉吹口哨逗乐。
神情恍惚地，神情恍惚地！
打扫房间的女仆会到窗户边，
头倚着扫帚稍微休闲。
她们的帽子很轻佻，她们的头发有波纹，
她们会在芬芳的空气中晃动着头，
互相议论：看那个可爱的年轻人！
干净利落，个子不高，
写的东西没有任何价值，工资却不少。
她们会用火柴棒、香囊、
皇室钱币卷起的小球袭击我，
从我的背到我的脚趾，
有些纸团打中了我的鼻子。
她们咯咯笑，大笑，高兴得大叫，挑逗性地，让我打喷嚏！见到我开始行动，
她们一个箭步就跑。
于是，我会向她们身上投掷花束，
包括从城堡树荫处摘取的风信子，
我问她们敢不敢过来。
我要求她们和我亲吻，然后我和她们亲吻，
带着笑，带着笑！
啊，这样的日子难道不快活吗？
远离烦恼，没有纷争，
有的是桂冠诗人的酒水和薪俸，
季度结账日还不用扣除税款。
我就要这样的岗位。得到的工资优渥，
所做的只不过是给宠物狗装饰上蓝色丝绦，

给女王的鹦鹉吹口哨逗乐。
胡乱写上数量可怜的几首诗,
晚上喝上一两瓶酒,痛饮,狂饮!①

看到其他人描写自己这种莫须有的香艳生活,丁尼生可能会昏倒在地。有些戏仿诗锋芒毕露,有些戏仿诗委婉,如下面罗伯特·富勒·默里写的《诗人的帽子》("The Poet's Hat"):

开始下雨,诗人起身,经过门口到达大街。
强风吹落了他头上的帽子,
他说了一些不太中听的话,
然后开始追赶。他的疾跑
疯狂迅速,这让行人成群驻足观看,
他们在打赌,诗人和帽子哪个会甘拜下风。
他追赶帽子时,街上的无赖在嘲笑,
听差的男孩高呼,万岁!
清洁工手中拿着扫帚站住,
以不太礼貌的方式微笑。
牧师想,"我听过的话也多了,
但从没有听过那个年轻人说的话那样无礼。
今天我开了眼界。"②

丁尼生帽子被风吹落地,他匆忙追赶,希望抓住。行人没有帮忙,而是在一边看笑话,说风凉话,可以衡量出桂冠诗人在人们心目中的地位高低。有一得必有一失,应付唇枪舌剑,大概是表面潇洒的公众人物必须付出的一个代价。人怕出名猪怕壮,人多嘴杂,说什么话的都有,终归是"不聋不痴,不作阿家阿翁"。让人们议论,不怕议论,姑妄听之,一笑置之,可能是文坛名人必须具备的胸怀。丁尼生曾写过《国王叙事诗》("The Idylls of the King")。汤姆·泰勒曾对其中一部分进行了模仿,作品发表在1859年11月12日的《笨拙》杂志上,题目是《三一学院桂冠诗人齐胸雕塑:叙事诗片段》("The Laureate's Bust at Trinity: A Fragment of an Idyll"):

---

① Macdonald, Dwight(ed.). *Parodies: An Anthology from Chaucer to Beerbohm—and After*. New York: Random House, 1960, pp. 114 – 116.

② Jerrold, Walter and R. M. Leonard(eds.). *A Century of Parody and Imitation*. London: Oxford University Press, 1913, p. 382.

因此，桂冠诗人庄严的齐胸塑像，
在底座上搁置了几个月，教员们无人问津。
它的存在，让年轻人瞻仰，让老顽固痛心，
让不认识阿尔弗雷德的人指责，
它不在院长住宅，也不在图书馆，
学监们有自己的荣誉观，
对待老一代的诗人，他们苛刻偏狭，
心理上也不愿意承认后来的诗人。
情况突变。上周，各处消息风传，
温维尔和其他掌控三一学院命运的学监，
准备封闭放有
阿尔弗雷德·丁尼生塑像的圣地。
塑像由乌尔纳雕刻，
由喜爱丁尼生的年轻人出资，
年轻人还希望把它放在三一学院图书馆，
让名人堂增添一个伟人，
为寂静无声、铺着成排斑驳大理石地板的
英烈祠增光添彩。凉爽、碧绿的酸橙树
透过窗户，可以看到名人堂。
它有两个等级：一个等级是大人物，
例如，牛顿和宽阔眉毛的维鲁伦男爵①；
另一个等级在艺术和科学上稍逊一筹，
但他们当之无愧都是英格兰的瑰宝。
年轻人希望在这些人中加入在世的
诗人的惟妙惟肖的复制品，
三一学院钟爱的英格兰之子，
伟大的桂冠诗人阿尔弗雷德·丁尼生。
但温维尔和其他学监另有想法。
他们认为这种荣誉只能授予进入
伟大的死亡通知簿上的那些人。
他们阴沉着脸，关闭了存放着
在世的诗人塑像的房间。
其中一个学监说，“太早了！”

---

① 维鲁伦男爵，即弗朗西斯·培根。

其他学监听到这句话,
好像得到了暗示,马上合唱起来,
直到诗人回应道,"早? 太早?"
温维尔好像很生气,仰起头说,
"是的,桂冠诗人,如果你确实想加入,
就努力一下。只要符合我们的条件,
我们自然就不再坚持。"
被排除在外的歌手尖声吼叫,
"早,早,太早!
温维尔看起来又阴沉,又冰冷,
早,早,太早! 但我仍然能进!"
"太早,太早,你现在不能进!"
"我现在没死,我确实很抱歉,
但我苦苦哀求,请网开一面。"
"太早,太早,你现在不能进!"
"人生获得的荣誉是甜美的,我的声名远播,
让我站在德莱顿、拜伦旁边!"
"太早,太早,你现在不能进!"
"人生的荣誉不仅甜美,而且罕见,
我不可能品尝很久,生命短暂。"
"不,不,太早,你现在不能进!"
桂冠诗人唱着,那些阴沉着脸的学监,
他们没有心肝,因此不可能被打动,
像石头一样坐着,手托在腮边。①

该戏仿前几行"因此,桂冠诗人庄严的齐胸塑像,在底座上搁置了几个月,教员们无人问津"(So the stately bust Abode, /For many a month, unseen, among the Dons)戏仿了《国王叙事诗》中《格温娜维尔》的如下几行:"于是威严的王后/有几周住在那里,修女们不知道这件事"(So the stately Queen Abode, /For many a week, unknown among the nuns)。"早,早,太早! 温维尔看起来又阴沉,又冰冷,/早,早,太早! 但我仍然能进!"(Soon, soon, too soon! Whewell looks stern and chill, Soon, soon, so soon! but I can enter still.)"太早,太早,你现在不能进!"

---

① Jerrold, Walter and R. M. Leonard (eds.). *A Century of Parody and Imitation*. London: Oxford University Press, 1913, pp. 266 – 267.

(Too soon, too soon! You cannot enter now.)戏仿了《格温娜维尔》的“晚了,晚了,太晚了！夜晚又黑又冷！晚了,晚了,太晚了！但我们仍然能进。太晚了,太晚了,你不能进!”(Late, late, so late! and dark the night and chill. /Late, late, so late! but we can enter still. /Too late, too late! ye cannot enter now.)①

丁尼生写过《伯利老爷》(“Lord Burleigh”),有几行为“他愉快地对着她的耳朵私语,/‘如果我的心灵能发出信息,/少女啊,我每天看你,/我觉得你爱我最深’”(In her ear he whispers gaily, /“If my heart by signs can tell, Maiden, I have watched thee daily, /And I think thou lov'st me well”)。②弗里德里克·洛克尔-拉姆普森依托这几句写道:

他窃窃私语道,“啊,贝利小姐,
你是所有人中最出色的。”
她也柔声愉快低语,“阿尔弗雷德,
我也爱你好长时间了。”
他双膝跪下,说明自己的心
如同蜡烛一样柔软,
她的名字我不太清楚,
他是哈利法克斯一个勇敢的水手。
她充满爱意,但无比天真纯洁。
在到达格里塔纳·格林之前,
马车夫认为她是他的母亲。
接着,他们一起肃立,
听着牧师诵读让他们永结同心的词句。
结束时,他们的命运连在一起,
也可能更好,也可能更糟。
她的心充满惊喜:
今后恼人的麻烦应该不会
那么让人焦虑。夜间列车上,幸福的一对儿
亲密地靠在一起。他们充满蜜意,驶过夜晚,
伦敦是他们的富饶乐土,
看,它的郊区已经映入眼底!
注意,生命的声音在涌动,来回踱步。很快,

①② Jerrold, Walter and R. M. Leonard (eds.). *A Century of Parody and Imitation*. London: Oxford University Press, 1913, p.413.

他们到了她的简易住处索默镇伯利街。
那里有什么让他们惊骇？他大叫“啊”时，
她大喊“噢”，见鬼！有五个小孩出现，
大声喊叫，“妈妈！爸爸！”此情此景，
他弄不明白，也不知道话语的含义。
她骄傲而体贴地对他说，
“他们都是你的，也是我的。”
听到这里，他开始懊悔，消化不良，
失去信心，失去力量……他不喝杏仁甜酒，
也不愿碰贝利小姐沏茶时给他的松饼。
一天，敲开他住的房间的门，
可怜的贝利小姐发现他死去。
结婚前，她用钩针给他打了一个
有花结的吊带袜。如今，
他用这个东西上吊，一命归西。①

查理·斯图尔特·卡尔弗利曾以《游荡者》(“Wanderers”)为名，借用丁尼生的风格，描写了一个惯偷：

我和狗在山上随意走动，
看到一辆有两匹枣红马
拉着的马车，在欧石楠丛中慢慢移动。
枣红马仰着脖子，竖着尾巴，
马眼罩上撒有金色斑点。
它们旁边是一头驴，
我看得出是一个补锅匠的东西。
马车经过，我不在意，这些与我没有关系。
我转向在小路上转悠的补锅匠，
问他住在哪里。他只是瞪了我一眼，
继续往前走。我正确地判断出
他瞪的意思是“先生，我愿意住在哪里，
就住在哪里。”我问他愿不愿意抽一袋烟。
他同意了。他开始交流，他需要的

① Jerrold, Walter and R. M. Leonard (eds.). *A Century of Parody and Imitation*. London: Oxford University Press, 1913, pp. 268 - 269.

不过是烟斗。但我想,他说到
补锅这一阶段时就停住了口。
关于这一段经历,我和他都很清楚:
“我在小村和镇上游荡,寻欢作乐,
这里那里拿一件沾满灰尘的衣裳,
随处偷一个、半个先令。我什么货物都出售,
卖给俊俏的萨利戒指,
她的眼睛如同戒指一样发出光芒。
给仆人喝酒,从牧师的草莓园里
偷草莓,藏在乡绅的盖子下。
我教授年轻的女仆如何抓住情人的艺术,
白天、夜里我做的事情让我陷入麻烦。
我曾透过监狱铁栏望天,
也曾急躁地撕烂身上的囚服。
我曾坐下,我曾哀叹,
我曾情绪低落,我曾带着忌妒
看着燕子从窗户间穿行,
在绞架上空欢快地舞动。不过,我又出来了,
到了社会上,一点也不思悔改。
各行各业也有景气,也有萧条,
但我干的这一行将会繁荣昌盛。”
他像潺潺的小溪不停地嘟囔,
我说,“太阳已经到了山后,
我的姑姑薇薇安六点半开饭。”
我们友好地分手,我回到家,
他到了村庄。第二天中午,传来消息,
西拉巴布家农场的母鸡不见了。①

二 《戈黛娃夫人》

丁尼生的《公主:杂集》(“The Princess: A Medley”)中有著名的《戈黛娃夫人》(“Godiva”)。诗歌创作来源于一个故事:据说大约在1040年,统治考文垂市的麦西亚伯爵利奥夫里克决定向人民征收重税,支付军费的庞大开支,令人民苦不堪言。伯爵善良美丽的妻子戈黛娃夫人

① Jerrold, Walter and R. M. Leonard (eds.). *A Century of Parody and Imitation*. London: Oxford University Press, 1913, pp. 296–298.

对市民的疾苦充满同情,不断劝说丈夫减免苛捐杂税。伯爵不胜其烦,便宣称只要夫人愿意裸体骑马绕行市区街道,他就同意减免市民税赋。没想到戈黛娃毅然决定赤身裸体,骑着骏马,行走考文垂的大街小巷。消息传出,市民们不忍心让他们所敬重的夫人蒙羞,不约而同地纷纷关门闭户,并将临街的窗帘都遮挡得严严实实。英语中,“窥视者汤姆”(peeping Tom)一词由戈黛娃事件而来。传说他是考文垂的裁缝,因为偷看戈黛娃裸体骑马过市而双目失明。这一词组也可引申为“窥视者,偷看者,有窥淫癖的人”。事后,伯爵信守诺言,宣布全城减税。戈黛娃自我牺牲的精神,深深感动了市民。从此,戈黛娃的传奇就成为考文垂历史的一部分。如今,人们在市中心,还塑造了一尊戈黛娃裸体骑马铜像,基座正面一行烫金文字意为“自我牺牲”(self-sacrifice),这是对戈黛娃高尚行为的褒奖。丁尼生专门创作了诗歌《戈黛娃夫人》,颂扬这位善良而美丽的女性:

> 我在考文垂等火车,
> 我与马夫和脚夫在桥上,
> 看三个高高的尖顶,在那里,
> 我把这个城市古老的传说撰写如下:
> 我们新人是时间的种子,
> 在轮子的飞转中讲述历史,
> 我们说着正确与错误,热爱人们,
> 不想让他们税负过重,
> 我们停留在思考上,她做了更多,
> 这位一千年前走来的女性。
> 戈黛瓦是冷酷的伯爵的妻子,
> 伯爵统治着考文垂。
> 他加税后,母亲抱着孩子哭喊,
> “交税后,我们会饿死!”
> 她找到大人,发现他一个人
> 在大厅踱步,旁边是狗。
> 他的胡子有一尺,他的头发有一码。
> 她告诉他,人们在流泪。
> 她请求他,“如果交了税,他们会饿死。”
> 他瞪了她一眼,有点吃惊。
> “你不会因为这个而小指伤痛吧?”
> 她说:“让我死都行。”

他笑了，对着圣徒发誓，
抚弄着她耳朵边的钻石，
“你只是说说而已。”
她说：“不，我可以证明，
我没有什么不能做。”
他的心狠得像以扫，说：“如果你
一丝不挂骑马穿过城里，我就取消。”
他好像鄙夷地点了头，带着狗，大步离开。
剩下她一个人，整整一个小时时间，
她的感情激荡，翻腾，
做着斗争，怜悯最后取胜。
她派了一个信使，
让他用喇叭通知大家这个苛刻条件，
但她要给人们松绑。因此，如果他们爱她，
她骑马经过时，中午之前就不要上街。
门扉紧关，窗户不开，任何人不要低头看。
她逃进深幽的闺房，解开腰带上交缠的鹰饰
那冷酷伯爵的礼物，如同夏日的月亮
一半浸没在云中，她旋即摇头
让起皱的鬈发如瀑流洒至膝盖
匆匆脱去衣裳。她像隐秘的光线，
悄悄从一根柱子到另一根柱子，
到了门口，发现自己的紫色小马，
用金色装饰。她骑马前行，只有贞洁为伴，
经过时，只有空气在谛听。
微微的风声因为恐惧不敢呼吸，
喷水的怪兽大张着嘴，
他的头有狡黠的眼睛。
狂吠的恶犬让她的脸颊发红，
她的小马的得得马蹄，
让她的脉搏有点恐惧。
没有眼睛的墙壁满是缝隙和孔洞，
头顶上，奇形怪状的山墙拥在一起，盯着看。
这一切她都需要承受，直到最终
她透过墙上的哥特拱门，
看到了绽放着白色鲜花长着灌木丛的田地。

她接着往回骑,仍然以贞洁为伴,
一个用可鄙的泥土抟成的莽汉,
他即将成为后世的笑柄,
不无恐惧在门上钻了一个洞偷窥。
还没等他如愿以偿,他的双眼
在颅腔里皱缩成一团黑暗,滚落到他面前。
服侍美德的众神取消了
被滥用的感官的功能。这一切,她不知晓,
继续前行。瞬间,十二点的钟声
从一百个钟楼陆续敲响,
那时,她已经到了闺室,重新出来时,
她穿上了衣服,戴着帽子,去见大人,
他取消了税赋,
她给自己建立了永久的声誉。

奥利弗·赫福特曾戏仿这首诗,视角改为第一人称,叙事人为戈黛娃夫人:

我在考文垂等列车,列车迟到了几百年,
(你知道,它还没有被发明。)
这是冷酷命运铸造的讽刺。
最终,列车进站,上面装载有你的书,
一个珍贵的包裹,上面标有"收件人付款"。
我充满狂喜,我读了又读,一遍又一遍,
然后我停下,悲哀地思索:
如果不是年代的小小错误,
这本书对我将是极大的帮助。
真希望我出生得没有那么早,
或者你的书不是出版得那么晚。
在那个悲哀的早晨,我骑马出行,
除了勉强遮体的信念、希望、慈悲,
和模糊的抽象概念外,赤身裸体。
我希望你得到了不菲的版权。
啊,书,如果你在我出行以前到达,
我会以书中的思想为裳,
这样,我一定会让镇上不怀好意的

居民失去兴趣，尤其是那个窥探者汤姆。①

Such is the cold cast irony of fate 也可以翻译为"命运寒冷的铸铁"。如果作品表达清晰，明净如镜，清澈见底，戈黛娃夫人当然不会选择作品为衣服遮蔽身体。这首诗巧妙地暗示丁尼生的诗歌晦涩难懂，盘根错节，让人眼前升起一团迷雾，足以遮挡人们的视线。一个例子就是丁尼生的《更高的泛神论》("The Higher Pantheism")：

The sun, the moon, the stars, the seas, the hills and the plains,
Are not these, O Soul, the Vision of Him who reigns?
Is not the Vision He, tho' He be not that which He seems?
Dreams are true while they last, and do we not live in dreams?
Earth, these solid stars, this weight of body and limb,
Are they not sign and symbol of thy division from Him?
Dark is the world to thee; thyself art the reason why,
For is He not all but thou, that hast power to feel "I am I"?
Glory about thee, without thee; and thou fulfillest thy doom,
Making Him broken gleams and a stifled splendour and gloom.
Speak to Him, thou, for He hears, and Spirit with Spirit can meet
Closer is He than breathing, and nearer than hands and feet.
God is law, say the wise; O Soul, and let us rejoice,
For if He thunder by law the thunder is yet His voice.
Law is God, say some; no God at all, says the fool,
For all we have power to see is a straight staff bent in a pool;
And the ear of man cannot hear, and the eye of man cannot see;
But if we could see and hear, this Vision, were it not He?
太阳、月亮、星星、大海、山丘和平原，
啊，心灵，难道这些不是
主宰一切的他的视界？
尽管他不像看起来那样，
难道这些不是他的视界？
梦想只要持续，就很真切，
我们不是生活在梦想中吗？
地球、具有实体的星星、身体和四肢的重量，

① Wells, Carolyn (ed.). *A Parody Anthology*. New York: Charles Scribner's Sons, 1927, p. 177.

难道他们不是你从他那里
分离后的征兆和象征吗?
对你来说,黑暗就是这个世界,
你自己就是其中的原因,
难道他不就是有力量感觉到
"我是我"的你吗?
你充满荣耀,没有你,如果你完结,
他的光线就会折断,光辉和阴影也会窒息,
你对他说话,他听得到,
精神和精神能够沟通,
他比呼吸还近,比手脚还亲,
智人说,上帝是法律;
啊,心灵,让我们欢欣歌唱,
因为如果他通过法律发出雷鸣,
那么雷鸣就是他的声音。
有人说,法律是上帝;
傻子说,根本不是上帝,
因为我们有能力看到的,
只不过是一根笔直的棍子在水池中弯曲。
人的耳朵听不到,人的眼睛看不见,
如果我们看得见,听得到,
这个视界,难道它不是他吗?

1869年,这首诗在形而上学学会(Metaphysical Society)年会开幕式上朗读。该学会的显赫成员包括格莱斯顿、T. H. 赫胥黎等。泛神论是什么?许多人对这个概念感到陌生。读了丁尼生的诗歌,可能许多普通读者有"以其昏昏,使人昭昭"的感觉。可能感觉到理解的困难,斯温伯恩写了戏仿诗《泛神论概要》("The Higher Pantheism in a Nutshell")。令人感到矛盾的是,虽然名为概要,戏仿诗的篇幅却比原文还要长:

One, who is not, we see; but one, whom we see not, is:
Surely this is not that: but that is assuredly this.
What, and wherefore, and whence? for under is over and under:
If thunder could be without lightning, lightning could be without thunder.

Doubt is faith in the main; but faith, on the whole, is doubt;
We cannot believe by proof; but could we believe without?
Why, and whither, and how? for barley and rye are not clover;
Neither are straight lines curves; yet over is under and over.
Two and two may be four; but four and four are not eight;
Fate and God may be twain; but God is the same as fate.
Ask a man what he thinks, and get from a man what he feels;
God, once caught in the fact, shows you a fair pair of heels.
Body and spirit are twins; God only knows which is which;
The soul squats down in the flesh, like a tinker drunk in a ditch.
More is the whole than a part; but half is more than the whole;
Clearly, the soul is the body; but is not the body the soul?
One and two are not one; but one and nothing is two;
Truth can hardly be false, if falsehood cannot be true.
Once the mastodon was; pterodactyls were common as cocks;
Then the mammoth was God; now is He a prize ox.
Parallels all things are; yet many of these are askew;
You are certainly I; but certainly I am not you.
Springs the rock from the plain, shoots the stream from the rock;
Cocks exist for the hen; but hens exist for the cock.
God, whom we see not, is; and God, who is not, we see;
Fiddle, we know, is diddle, and diddle, we take it, is dee.①
不是的一个,我们看到了;
是的一个,我们没有看到:
这个当然不是那个,但那个肯定是这个。
什么? 哪里? 何时? 下面是上面和下面。
如果雷声可以没有闪电,
那闪电也可以没有雷声。
怀疑大体是信仰,但信仰总体是怀疑。
有证据我们无法相信,
但没证据我们能相信吗?
为什么? 去哪里? 怎么办?
大麦和黑麦不是红花草,

① Gross, John(ed.). *The Oxford Book of Parodies*. New York: Oxford University Press, 2010, pp. 60 - 61.

直线也不是曲线,但上面是下面和上面。
二加二可能等于四,但四加四不等于八。
命运和上帝可能是一双,
但上帝和命运完全相同。
问一个人在思考什么,他会回答他的感受。
上帝一旦在现实中被抓住,
马上就会转身溜走。
身体与灵魂是双胞胎,
只有上帝能够将它们区分开来。
灵魂在肉体中蹲着,
就像补锅匠在壕沟中醉倒。
整体比部分更多,一半儿比整体更多,
显然,灵魂就是身体,
但身体难道不是灵魂?
一加一不是一,但一加虚无是二,
如果虚假不是真的,真理也不可能虚假。
乳齿象以前生存过,
翼手龙像公鸡一样普遍,
接着猛犸成了上帝,
现在他是得了奖的公牛。
所有的东西都是平行线,
但其中许多是斜线,
你当然是我,但我当然不是你。
岩石从平原升起,溪流从岩石间涌出,
公鸡为母鸡存在,但母鸡为公鸡而生存。
我们看不见的上帝是,
我们看见的上帝不是,
我们知道,小提琴是左右快速摇动,
但我们认为,骗局是字母D。

泛神论认为神存在于自然界一切事物当中,一切万有的整体即是神。这种理论认为,神和世界之间有本质上的同一性,如《奥义书》的思想、斯多亚哲学、斯宾诺莎哲学等。与泛神论有缘的读者,会下功夫继续钻研,但对于外行,不管是原作,还是戏仿,都让人觉得摸不着头脑,眼前发黑,如同一团乱麻,剪不断,理还乱。难怪戏仿中,戈黛瓦娃人要用丁尼生的诗作为自己遮羞的衣服。

三　《轻骑兵的冲锋》

轻骑兵的冲锋指克里米亚战争巴拉克拉瓦战役中，由卡迪根勋爵带领英军轻骑兵向俄军发起的冲锋。当时，英军总指挥拉格伦勋爵派遣轻骑兵夺取战线附近正在撤退的俄军大炮，通信人员却错误传达了他的命令，致使仅装备着马刀的轻骑兵在易守难攻的地形上，正面冲向严阵以待的俄军炮兵。沐浴着猛烈的火力，他们冲入炮兵阵地，但因为伤亡惨重，被迫撤退。此举使英军付出了沉重的代价，却没有很大价值。拉格伦下达的命令本身就模糊不清，十分容易造成误解，最终导致严重后果。丁尼生勋爵为此写下作品《轻骑兵的冲锋》（"The Charge of the Light Brigade"），字里行间中突出了轻骑兵的英勇，诗作亦成为这场冲锋受后人铭记的原因：

半里格，半里格，往前冲杀半里格，
骑兵六百名冲进死亡的谷地。
"向前冲，轻骑兵！"他说，
"向炮冲击！"骑兵六百名
冲进死亡的谷地。"向前冲，轻骑兵！"
可有人丧气？没有。尽管士兵们知道
这是错误命令。他们可不能抗命，
他们可无法弄清，只能奉命去牺牲。
骑兵六百名冲进死亡的谷地
炮打在他们右面，炮打在他们左面，
炮打在他们前面，排炮在轰鸣，
冒着炮火和霰弹，他们善骑又勇敢。
骑兵六百名冲进地狱的大门，
冲进死神的牙关。出鞘马刀亮晃晃，
挥舞空中闪寒光，向一支大军冲击，
劈下在炮手身上；举世都震惊。
他们冲破了防线，杀进炮台的硝烟；
哥萨克和俄国人挡不住马刀猛劈，
乱掉了队形。这时他们往回驰，
不满六百名。炮打在他们右面，
炮打在他们左面，炮打在他们后面，
排炮在轰鸣；在炮火和霰弹下，
战马和英雄倒下。打得漂亮的他们

冲出死神的牙关;他们中的生还者,
六百人中的生者冲出地狱门。
时间能湮没英名? 哦,他们这次狂冲!
举世都震惊。致敬,向这次冲锋!
致敬,向这六百名豪迈轻骑兵!①

克雷格·布朗模仿上面的诗,撰写了《诗歌中的英国电信公司历史》("The BT History of England in Verse"):

半里格,半里格,往前冲杀半里格,
六百名打电话的人进入死亡的谷地。
"向前冲,轻骑兵!"他们说,
"向枪冲击!"
山谷中,触摸屏电话的号角响起。
"欢迎来到克里米亚,请排队等候!"
"向前冲,轻骑兵!"
"谢谢您拨打电话垂询,但现在线路忙,
需要大炮和手枪,请按星号键,
再按数字1。"他们不能来这里讲理,
他们只能咒骂和叹气。
触摸屏电话的号角响起,
"其他查询,请按2。"
"向前冲,轻骑兵!"可有人吃惊? 没有。
尽管士兵们知道,要想得到客户人工服务,
他们只管按2。对方不会回答问题,
对方只能小鸟般婉转地说:"您好!
欢迎致电咨询热线!详情查询,请按9!"
触摸屏电话在右面,触摸屏电话在左面,
触摸屏电话在前面,都播放着
史迪薇·尼克斯的音乐,
"工作人员现在忙,如果你想更加愤怒,
请拨星号键,然后拨井号键,
然后拨数字6。"

---

① Ferguson, Margaret et al (eds.). *The Norton Anthology of Poetry*. New York: W. W. Norton & Company Ltd., 2005, pp. 1005 – 1006.

什么时候他们的耐心会枯竭？
啊，他们支付的巨额账单！
举世都震惊，他们开出的账单。
“如果你想继续等待，
现在请按数字键2！”
他们不明就里，冲进债务的山谷，
那受骗上当的六百人。①

许多电话用户有这样的经历：拨打电话公司服务电话，被花样繁多的录音指南指挥得晕头转向。这首诗利用丁尼生的诗歌，讽刺了电话公司的这种怪现象。看到自己惹不起的大公司被批评，许多人可能觉得说出了他们的感受，长出了一口气。这不能不归功于丁尼生和戏仿创作者布朗。但我们不能因为本节的论述，低估丁尼生的影响力。他是最有影响力的诗人之一，也是最常被引用的诗人之一。例如，他关于墙上裂缝中小花的诗歌选段：“小花，我把你连根拿在手中，如果我能知道你是什么，根和一切的一切，我就知道上帝和人的本质。”②

最后，以英语中一个双关语笑话结束对丁尼生的论述：

“Have you received last month's gas bill, dear?” “Yes, husband.” “Well, what's the charge of the light brigade?”

“上个月的煤气缴费单到了没有，亲爱的？”“到了。”“煤气费多少？”

the charge of the light brigade 指涉丁尼生的《轻骑兵的冲锋》，自不待言，但题目中有两个单词各有另外的用途。light 还表示“煤气提供的光”；charge 还表示“收费”。这一故事说明，丁尼生的作品已经进入千家万户，到了妇孺皆知的程度。

第五节　马修·阿诺德

马修·阿诺德是历史学家托马斯·阿诺德之子，早年在拉格比公学和牛津大学贝列尔学院接受教育。大学期间，他和克劳成为朋友。

---

① Gross, John(ed.). *The Oxford Book of Parodies*. New York: Oxford University Press, 2010, pp. 61 - 62.

② 转引自：Barth, John. *Further Fridays: Essays, Lectures, and Other Non-Fiction 1984 - 1995*. New York: Little, Brown and Company, 1995, p. 232.

另外,他关于克伦威尔的一首诗获了奖。第一部诗集《迷失的狂欢者,及其他诗》(*The Strayed Reveller and Other Poems*)收录了他在贝列尔求学时写的诗《莎士比亚》。1851 年,他担任英国督学,任职 35 年。在这个岗位上,他走遍了英格兰的学校,接触了教学第一线,也促使他写出了许多评论文章。1852 年,他匿名发表了《埃特纳山上的恩培多克勒》(*Empedocles on Etna*)。1853 年,他发表诗集,中间包含《吉卜赛学者》("The Scholar-Gypsy")、《华兹华斯纪念诗》("Memorial Verses to Wordsworth")等名诗。在书的前言中,他谈到了在道德高度缺失的时代撰写诗歌的问题。阿诺德的其他作品包括《诗集:第二系列》(*Poems: Second Series*)、《梅罗珀:一个悲剧》(*Merope: A Tragedy*)。1867 年,《新诗》(*New Poems*)出版,内有悼念克劳的《色希斯》("Thyrsis")。1883 年,他在美国发表一系列演讲。演讲的一部分动机是赚钱来接济自己不中用的儿子理查德。理查德继承了自己父亲早年的奢侈铺张的习惯。阿诺德女儿嫁给了美国人。1888 年,阿诺德在利物浦等待女儿到达时去世。

1851 年,阿诺德和范尼·露西·维特曼结婚。《多佛海滩》("Dover Beach")直接来源于他和范尼度蜜月时的地点。他们育有 6 个孩子,其中 3 个先于阿诺德去世。《多佛海滩》内容如下:

今夜大海平静,潮水正满,月色朗朗,
临照海峡,法国海岸上
微光渐隐,而英国的峭壁高竖,
在宁静的海湾里显出巨大模糊的身影
到窗边来吧,晚风多么甜!
可是你听!月光漂白了的陆地
与大海相接处,那一条长长的浪花线
传来摩擦的喧声,
这是海浪卷走卵石,然后转回头来,
又把它们抛到高高的海滩之上,
涌起,停息,再重新涌起,
以缓慢而颤动的节拍
送来永恒的悲哀的音响。
索福克勒斯很久以前
在爱琴海边听过这喧声,
在他心中引起了人类苦难的
浊浪滚滚的潮汐;

我们在此遥远的北海边聆听，
也在此声中听到了深意。信仰之海
也曾有过满潮，像一根灿烂的腰带，
把全球的海岸围绕。但如今我只听得
它那忧伤的退潮的咆哮久久不息，
它退向夜风的呼吸，
退过世界广阔阴沉的边界，
只留下一滩光秃秃的卵石。啊，爱人，
愿我们彼此真诚！
因为世界虽然
展开在我们面前如梦幻的国度，
那么多彩、美丽而新鲜，
实际上却没有欢乐，没有爱和光明，
没有肯定，没有和平，没有对痛苦的救助；
我们犹如处在黑暗的旷野，
斗争和逃跑构成一片混乱与惊怖，
无知的军队在黑夜中互相冲突。①

诗篇开首，月光之下，夜潮饱涨，波平浪静。良宵正是恋人幽会的好时机。诗人情不自禁地招呼他的爱人，“到窗边来吧，晚风多么甜！”此时，传来退潮时海浪抛动砾石发出的声响，其徐缓、悲怆而又重复不停的节拍，引起诗人无尽的思绪，诗歌也由此从写景转入抒情。他把眼前之潮汐变化与人类的命运联系起来。诗歌意义层层递进，诗人联想到人类的信仰问题：过去人们虽也饱受灾难的折磨，但信仰的潮水毕竟很满，能给人们以慰藉；如今，一切都成为过去，信仰如落潮一般退到最低水平，再也没有什么能支撑人们去躲避挫折和苦难。人变成了苦难的代名词，挫折和虚幻几乎成了人的生存之本质属性。这首诗广受赞誉，成为阿诺德的代表作。安东尼·赫希特以诗人的爱人的朋友为叙事人，写了《多佛妓女：人生批评》（“The Dover Bitch: A Criticism of Life”）的戏仿诗，回应阿诺德的诗：

马修·阿诺德和女孩在那里站着，
英格兰的悬崖在他们后边崩塌。

---

① Brooks, Cleanth and Robert Penn Warren (eds.). *Understanding Poetry*. Beijing: Foreign Language Teaching and Research Press, 2010, p. 333.

他对她说："爱人，愿我们彼此真诚！
世界现在已经不行了，诸如此类的话。"
说实话，我认识这个女孩。
诚然，她读过索福克勒斯
一个好的翻译版本，
也理解了那个大海的苦涩的典故，
但在他说话的整个过程中，
她想的是他的胡须
在她颈项后面拂过是什么感觉。
她后来告诉我，过了一会儿，
她向外眺望对岸的灯火，
确实感到伤心。想到了红酒、
巨大的床、法语的甜言蜜语和香水，
后来她很生气。从伦敦一路到这里，
然后被迫听他说话，
作为世界的悲哀的最后解决办法。
这对这个女孩子实在太苛刻了。
她很有姿色。总之，她看着他在房间踱步，
手中捻弄着表链，好像还出了点汗，
于是她说了些不适合印刷的话。
但是你不能因此就对她有成见。
我想说的是，不是她的问题。
我们偶尔见面，她一直对我很好。
我们喝一杯酒，我让她很高兴，
也许一年间不能见面，但她来了，
有长胖的趋势。有时我会给她
带一瓶"浪漫之夜"葡萄酒。①

戏仿的副标题是"人生批评"，这是一个典故。阿诺德认为诗歌是对人生的批评。人生成熟期，阿诺德撰写文学、教育和社会议题的文章，树立了自己评论家的地位。他关于荷马作品翻译的论稿 1861 年发表。《评论集：第一卷》（*Essays in Criticism: First Series*）1865 年发表，第二卷 1888 年发表。《凯尔特文学研究》（*On the Study of Celtic*

① Brooks, Cleanth and Robert Penn Warren (eds.). *Understanding Poetry*. Beijing: Foreign Language Teaching and Research Press, 2010, pp. 593 – 594.

Literature)1867 年出版，这一研究促使牛津大学设立了凯尔特研究的教学岗位。他的其他作品有《文化与无政府主义》（*Culture and Anarchy*）、《友谊的花环》（*Friendship's Garland*）、《文学与教条》（*Literature and Dogma*）。在这些作品中，阿诺德猛烈抨击英国生活和文化中的地方主义、唯利是图的势利市侩主义、条块分割主义、实用物质主义，认为英国需要更多的求知欲、更多新思想、一个更广阔的欧洲视野，学校应该教授"所想和所说的最好的东西"（the best that has been thought and said）①。他认为，批评家应该更灵活，更讲求策略，摆脱偏见，客观看待事物。赫希特故意以"人生批评"为副标题。他嘲笑的目标好像有几个：一、阿诺德谈话找错了对象。听话人根本不愿意听他的盛世危言，她一心想的是化妆品和口腹之欲。二、医之好治不病以为功。文化状态很正常，并没有阿诺德所说，一片贫瘠。他的话属于耸人听闻。三、达尔文提出，不是上帝造人，人只不过是根据"物竞天择，适者生存"原则从低等动物类人猿进化而来。信仰一旦失去，男女之爱力量过于渺小，不可能当此大任。因此，阿诺德故作深沉，矫揉造作。"好的戏仿既指出原作的缺点，又指出原作的优点。"②比较两首诗，仍不难看出原作的意象之丰满、内涵之深邃、想象之丰富和逻辑之严密。阿诺德还根据希腊神话，写出过《夜莺》（"Philomela"）：

> 听呀！哦，夜莺！颈前长黄毛的鸟儿！
> 听！从月色朦胧的雪松里，
> 响起了多婉转的歌声！多么悠扬！
> 听！又是多么哀伤！
> 你是从希腊的海岸漂泊来的，
> 可过了这么多年，在遥远的国土里，
> 你迷茫的小脑袋中依旧怀着
> 往日无法扑灭的、无比深沉的哀痛
> 唉，难道你的创伤永远无法消融？
> 难道这片芬芳的草地，
> 草地上凉爽的树丛、夜色，
> 还有风光旖旎、静静流着的泰晤士河，
> 以及月光和露珠，都不能为你那颗破碎的心

① 转引自：Barth, John. *Final Fridays*. Berkeley: Counterpoint, 2012, p. 185.

② Brooks, Cleanth and Robert Penn Warren (eds.). *Understanding Poetry*. Beijing: Foreign Language Teaching and Research Press, 2010, p. 594.

带来一丝慰藉？莫非你今夜在这里，
透过这片英国草地上的月光，
看到了色雷斯荒原上
那座满怀敌意的宫殿？
莫非你又一次两颊发烧，欲哭无泪，
看到了那幅极其光洁的织物，
和你那哑的妹妹蒙受的耻辱？
难道你企图再一次远走高飞，
而且又一次感到在你身上，
可怜的逃亡者，忽然长满了羽毛，
同时想再一次让自己嘹亮的歌声
怀着爱与恨，欢悦和哀痛，
响彻幽寂的多利斯和色雷斯高山深谷？
听呀，欧吉妮亚，
从树叶缝里泻下一阵阵的鸣啭声
多么昂扬而深沉！你还听到了什么？
永恒的激情！永恒的悲痛！①

关于诗中的夜莺，有一个令人痛心的传说：雅典国王潘狄翁有两个女儿，她们是普洛克涅和菲罗墨拉。普洛克涅远嫁给色雷斯国王忒瑞俄斯。五年过去了，普洛克涅思念菲罗墨拉。于是，她让丈夫去接妹妹过来。忒瑞俄斯到了雅典，见菲罗墨拉光彩照人，美艳非凡，暗暗打定主意要把菲罗墨拉骗到手。到了色雷斯，忒瑞俄斯悄悄把菲罗墨拉带进密林深处，把她锁在一间小屋里。忒瑞俄斯谎称普洛克涅已经死了，他是为了娶菲罗墨拉为妻，才赶往雅典的。菲罗墨拉只得流着痛苦的眼泪，不情愿地成了忒瑞俄斯的妻子。忒瑞俄斯回到宫殿，告诉普洛克涅，菲罗墨拉已经死了。普洛克涅听了悲痛欲绝。有一次，菲罗墨拉无意中听到仆人们的议论，知道普洛克涅还活着，她顿时明白了。她对他说，她已经知道了真相。她狠狠地诅咒他。她的话激怒了忒瑞俄斯。为了保险起见，他割掉了她的舌头。

一年过去了，被弄哑的菲罗墨拉顽强地活了下来，她坐在织机旁，在雪白的麻纱布上织出了紫铜色的字样，她要把她的悲惨遭遇让姐姐知晓。普洛克涅摊开麻布，发现了上面的字样，她知道了丈夫所干的暴

① Brooks, Cleanth and Robert Penn Warren (eds.). *Understanding Poetry*. Beijing: Foreign Language Teaching and Research Press, 2010, p. 349.

行。她脑子里只有一个念头：报仇！王后找到菲罗墨拉，两人抱头痛哭。她怀着复仇愿望，用刀杀死儿子，将孩子的肉给国王吃。忒瑞俄斯明白后，拔出剑来扑向拼命逃跑的两姐妹。她们飞快地跑，真得长出了翅膀，菲罗墨拉变成了一只夜莺，飞进了树林；普洛克涅变成了一只燕子，飞到屋顶上。忒瑞俄斯变成了戴胜鸟，永远地追赶着夜莺和燕子，成为它们的天敌。

阿诺德呼唤，“听呀，欧吉妮亚……”“欧吉妮亚”是阿诺德在诗歌中给爱人起的化名。他要求爱人同他一起倾听夜莺的歌声，倾听那隐匿在“昂扬而深沉”的歌声背后的“永恒的激情”和“永恒的悲痛”。实际上，“欧吉妮亚”是希腊少女常用的名字，阿诺德对它的偏爱，从一个侧面显现出他对希腊文化的热爱。

二战期间，BBC 经常播放鸟鸣的节目。1942 年 5 月 31 日夜，伴随着电台夜莺的鸣叫，数千架轰炸机腾空而起，飞往德国西部城市科隆，执行轰炸任务。奥尔加·卡津模仿阿诺德给《听众》杂志（*The Listener*）写信，戏仿了《夜莺》（《听众》为 BBC 从 1929 年到 1991 年出版的一个周刊）：

> 听，啊，夜莺，在萨里郡的某个地方。
> 听收音机，欧吉妮亚，多美的旋律！
> 还有什么？你从古典时代飞来，
> 还在唠叨着远古的那件事，
> 神话中在孤独的多利斯和
> 色雷斯原野中的变形，无视时间和变化。
> 难道这英国花园的矮林、
> 挂着树叶的麦克风，
> 附近格子棚架下的大提琴手，
> 都是你看不到的听众？
> 今夜你难道没有听到，
> 金属的复仇女神排队飞行，
> 头顶上是坚硬黄铜作肚子的哈比，
> 翅膀伸展，腹部没有羽毛，油门打开，
> 在高空咆哮，凌驾于你封闭的孤独之上。
> 你继续唱着哀歌，
> 在你古老的挽歌上编织，
> 完全不管他们的音调，
> 就像他们不管你的声音一样，

我的苦恼的神经和大脑,
在文明的沉思中被这嘈杂的现象
(我们现代生活的完美典型)
扰乱,找不到灵丹妙药?
你能！再一次,欧吉妮亚,
爆炸声！嗡嗡声！完全不和谐！
永久的固定！永久的流动！①

盟军的飞机如同巨鸟,发出震天的吼叫,准备轰炸德国法西斯的有生力量,和平的希望越来越近了。如果说夜莺是悲剧的象征,那么诗人借阿诺德的诗歌,表达了自己比较振奋的心情,并惋惜夜莺不能和爱好和平的人们一起分享喜悦和期待。

第六节　约瑟夫·鲁德雅德·吉卜林

约瑟夫·鲁德雅德·吉卜林出生于印度孟买,1871 年,他被送回英国,接受教育。1882 年至 1889 年,他重返印度,担任记者。1889 年,他回到伦敦,在亨利主办的《苏格兰观察家》(*Scots Observer*)杂志上发表的诗歌对他成名起了很大作用。这些诗后来结集出版为《军营歌谣集》(*Barrack-Room Ballads*)。1892 年,吉卜林和美国人卡洛琳·巴莱斯蒂尔结婚。1892 年到 1896 年,吉卜林夫妇住在美国佛蒙特州。1896 年,吉卜林一家回到英格兰,1902 年最终在苏塞克斯郡定居。吉卜林继续在各地旅行,很多时间在南非度过(吉卜林在 1900 年布尔战争时第一次到南非,首次见到了真正意义上的战争)。吉卜林被认为非官方的桂冠诗人。他拒绝了许多荣誉。1907 年,他成为第一个获得诺贝尔文学奖的英国作家。吉卜林很多产,对他的评价也不统一。他早期关于英国对印度殖民统治的讽刺现实主义作品常常让人将他与莫泊桑相比。他帝国诗人的声誉既有积极的一面,也有消极的一面。他为维多利亚女王执政 60 周年(1897 年)写的《终曲》(“Recessional”)因为准确捕捉到了改变的时代精神而受到赞誉:

我们祖祖辈辈的上帝呀,
我们辽远的战线之主,

---

① Gross, John(ed.). *The Oxford Book of Parodies*. New York: Oxford University Press, 2010, pp. 75 – 76.

我们在你可怕的手下
得以统治椰树与松树，
万军之主啊，别遗弃我们，
教我们默记，默记在心！
骚动、喧哗都将沉寂，
国王、长官寿数将尽：
留下的只有你古老的祭
和一颗谦卑忏悔的心。
万军之主啊，别遗弃我们，
教我们默记，默记在心！
我们的舰队在远洋消失，
火光在沙洲、海角熄灭：
看我们盛极一时的昨日
归入了亚述、腓尼基之列！
万国的主宰，宽恕我们，
教我们默记，默记在心！
如果我们陶醉于强权，
出言不逊，对你不敬，
像异教徒一般口吐狂言，
像不识法律的少数人种
万军之主啊，别遗弃我们，
教我们默记，默记在心！
为了异教的心，它只信赖
冒臭气的枪管和铁皮，
尘埃上造楼，称雄的尘埃！
而且还不肯求助于你，
为了狂言、蠢话和吹嘘，
饶恕你的子民吧，上帝！①

像时代精神一样，时代品味和情趣也在发生变化。吉卜林的诗继续受到一般士兵的欢迎，他的诗歌给英语中增加了许多新表达，如白人的负担（the white man's burden），但在美学界和反帝国主义圈子里，他的诗歌被贴上庸俗和沙文主义的标签。他流畅的表达，他诗歌中强烈

---

① Brooks, Cleanth and Robert Penn Warren (eds.). *Understanding Poetry*. Beijing: Foreign Language Teaching and Research Press, 2010, p. 120.

的赞美诗和歌谣的痕迹、他在诗歌和散文中的口语,让一部分人喜欢,也让另一部分人反感,甚至他的崇拜者亨利·詹姆斯、叶芝和 T. S. 艾略特也对他的艺术的本质感到不安。也许他最不会惹起争议的艺术在于他的儿童文学和流浪汉小说:《丛林故事》(*The Jungle Book*)、《原本如此的故事》(*Just So Stories*)、《普克山的帕克》(*Puck of Pook's Hill*)、《报答与仙人》(*Rewards and Fairies*)、《吉姆》(*Kim*)。他的自传性作品有《有关我的一些事情》(*Something of Myself*)。吉卜林遍游世界,写作体裁多样,内容包罗万象,盖伊·维特摩尔·卡利尔戏仿诗生动地表达了这一点:

我在森林里走,一路猎杀老虎。
我看见一个作者在写动人的篇目。
他一分钟写一英里多,我对他说,你是谁?
他说,我是诗人,国王陛下的诗人,
也是士兵和水手。
他的诗歌从伊斯法罕开始,
到卡拉马祖结束,
里面有陆军、海军,还不时有森林。
他是诗人,国王陛下的诗人,
也是士兵和水手。
随后,我在全球各地都能见到他,
他做了各种各样的事情。
一只脚在缅甸,一只脚在格洛斯特海岸,
一半儿是水手,一半儿是捕鲸人,
还是船长、厨师和服务员,
但他主要是诗人、国王陛下的诗人,
也是士兵和水手。
有时他是苏格兰人,有时不是,
但他的工作从来没有完成。
他对嘲笑嗤之以鼻,对名声孜孜以求,
有时还赚些外快,
他是国王陛下的诗人,也是士兵和水手。
他会带你到北极,他会带你到尼罗河,
他会给你《汤米·阿特金斯》
风格的军营歌谣,
他会给你唱《深海船歌》,

就像潇洒的水手长，
他是国王陛下的诗人，也是士兵和水手。
他没给别人留下地方，
害得其他人现在都无事可做。
他从合恩角到西班牙，他踏遍了整个丛林，
能写的，他都写过了，还有士兵和水手！
写作的方式多种多样，
只有他的写作方法是光明大道。
只要模仿吉卜林，可以轻松当歌手。
大洋、陆地、和平、战争、目之所及，
他兼收并蓄，一口吞下，
国王陛下的诗人，也是士兵和水手。
他不满足于印度的家，他在寻找新领域，
再过一年，他将会把一切一网打尽，
我们其他人怎么办？他把我们都挤了出去，
国王陛下的诗人，也是士兵和水手。①

伊斯法罕为伊朗第二大城市，卡拉马祖为美国密歇根州城市，格洛斯特海岸在美国马萨诸塞州，合恩角为南美最南端的海角。上面诗歌提到吉卜林无时不在、无处不在，影响无远弗届，具有一定的真实性。

一　《汤米》

诗中提到的吉卜林的诗歌《汤米》（“Tommy”）以普通士兵为叙事人，赋予普通士兵自己的声音，感情真挚，感人至深：

我进了一个酒吧，去喝一品脱啤酒，
服务员仰起脸说：“我们不欢迎士兵。”
酒吧柜台后的女孩有的笑得前仰后合，
有的咯咯笑，我出去到了街道上，对自己说，
现在是汤米这，汤米那，汤米走开，
但乐队开始演奏时，
却是“谢谢您，阿特金斯先生！”
乐队开始演奏，孩子们，乐队开始演奏，

① Wells, Carolyn (ed.). *A Parody Anthology*. New York: Charles Scribner's Sons, 1927, pp. 307 – 309.

当乐队开始演奏时,
却是“谢谢您,阿特金斯先生!”
我没有喝酒,到了剧院。
他们给一个醉酒的平民让出座位,
但让我吃了闭门羹。
他们让我到画廊,到音乐厅,
等轮到打仗时,天呀,他们把我推向军车。
现在是汤米这,汤米那,汤米到外边等待,
部队开拔的时候,
有“为阿特金斯准备的专列”,
部队开拔的时候,孩子们,部队开拔的时候,
部队开拔的时候,
有“为阿特金斯准备的专列”。
是的,当你安心睡觉时,
穿军服的(士兵)在保卫你的安全。
你却取笑他,这比他们的军服,
比他们挨饿受冻得到的薪水还不值钱。
现在是汤米这,汤米那,汤米,你的灵魂呢?
鼓声敲响,是“长长的英雄的行列”,
鼓声敲响,孩子们,鼓声敲响,
鼓声敲响,是“长长的英雄的行列”。
我们不是穿红装的英雄,也不是歹徒,
我们只不过是军营的普通人,
像你们一样出色。
如果有时候我们的行为不符合你们的期望,
那么,军营普通人毕竟不是石膏做的圣徒。
现在是汤米这,汤米那,汤米去后面,
如果有风吹草动,就成了“阁下,请前面走!”
如果有风吹草动,如果有风吹草动,
如果有风吹草动,就成了“阁下,请前面走!”
你给我们许诺更好的食物、
学校、炉火和其他的一切,
如果你们理智对待我们,
我们将耐心等待额外的一份,
你们要向我们当面证明,
寡妇的制服不是士兵的耻辱。

现在是汤米这，汤米那，把那个野兽赶出去，
当枪声响起，喊的是"国家的救世主"，
是的，汤米这，汤米那，你想怎样就怎样，
但你可以肯定，汤米不是一个大傻瓜。①

"寡妇"指的是国家元首维多利亚女王，士兵为国家而战，"寡妇的制服"就是军服。士兵的命运很心酸。打仗充当炮灰时，他们被捧为英雄，披红戴彩，有专列相送。战争结束，他们无人理会，连醉汉也不如。士兵不是傻瓜，他们心里有一杆秤。对于不公正待遇，士兵会有意见，他们不是圣徒。但他们通情达理，也不是蛮横的暴徒。只要从物质上资助，从精神上抚慰，一切会恢复常态。联想起后来发生的事情，这首诗更让人感慨。1915 年 8 月，吉卜林的儿子约翰参军，加入第一次世界大战，同年 10 月 2 日被宣布失踪。两年后，吉卜林不得不接受儿子阵亡的事实。吉卜林自责地写下了"如果有人问我们为什么死，告诉他们，因为我们的父辈说了谎"（If any question why we died, tell them, because our fathers lied），之所以这样措辞，可能是因为约翰视力很差，达不到入伍条件。吉卜林利用自己的影响力，做了很多努力才获得批准，使约翰进入爱尔兰卫队。为了弥补心中的创伤，吉卜林加入了帝国战争治丧委员会，参与战争牺牲人员的墓地建设。他挑选了《圣经》中"他们的名字将永存"（Their Name Liveth For Evermore），刻在纪念碑上。吉卜林爱作为士兵的儿子。从某种程度上讲，他把所有的士兵都作为自己的儿子看待。《汤米》的内容绝非表面文章，无病呻吟。

罗利·亚伯拉罕 1953 年 1 月 23 日在《印刷油墨》（*Printer's Ink*）杂志发表戏仿《汤米》的《大吹大擂的推销商》（"Huckster"）：

我进了一家男子俱乐部，想要一小杯啤酒，
服务员摇了一下鼻子说：
"我们的酒不供应销售员。"
扶手椅后面的人不屑地哼哼着，
样子可恨得要命。
我走到外面的街道上，对自己说：
哦，推销商这，推销商那，推销商走开，
广告开始发挥作用，你们说：

① Gardner, Martin (ed.). *Martin Gardner's Favorite Poetic Parodies*. New York: Prometheus Books, 2001, pp. 71–73.

“谢谢您,广告先生!”
广告发挥作用,孩子们,广告发挥作用,
当广告发挥作用时,
你们说:“谢谢您,广告先生!”
我走进一家演讲厅,
想听到一点不像废话的东西,
一个大学教授口若悬河在夸夸其谈。
他说:“广告是贪婪的人的工具,
让人把钱都花在他们不需要的东西上。”
是的,推销商这,推销商那,
推销商,你无足轻重,
但大量事实显示,我们让产品质量更好。
大量事实显示,孩子们,大量事实显示,
大量事实显示,人们的生活水平在提高。
理想主义的编辑以酒浇愁,
因为他不得不把版面让给广告,
他想不起具体事例,
但他知道危险就在附近,
广告给他的记者掏钱,
提高了他的报纸销量,支付了他的啤酒钱。
是的,推销商这,推销商那,
推销商,你不要进我的家门,
但是当报纸销量很大的时候,
就说“再加一页广告”。
报纸销量很大的时候,
报纸销量很大的时候,
报纸销量很大的时候,
就说“再加一页广告”。
全家人温馨地围坐在电视机旁,
欣赏一流的喜剧或音乐,
能够这样,再让他们掏钱到剧院欣赏,
显然比较荒谬。
但是一旦电视上赞助人开始说话,
他们就会说:“×××这些商业广告!”
是的,推销商这,推销商那,
推销商,你真无聊,

但是有时你说:"孩子们,
电视上播放球赛,我想知道比分。
孩子们,我想知道比分。"
如果他想知道比分,
如果他想知道比分,
那他要知道是广告商赞助了比赛。
妈妈出去购物,她很注意挑选品牌,
广告已经用她能理解的语言
告诉她什么是好产品。
广告提到了成分、用法和价格,
但是父亲说:"在你买著名商标之前,
再想一次。"是的,推销商这,推销商那,
"亲爱的,要开动脑筋,
如果你买那个牌子的面包,
你就在支付广告费。"
但如果她买了那个牌子的面包,
她没有多掏一分钱,广告促使大批量生产,
实际上降低了价格。
是的,他们称我们为"投机钻营的人",
有时他们把我们叫作"怪人",
他们在喜剧中嘲笑我们,在书中诅咒我们,
我们是商业界的替罪羊,
是无礼的十五厘掮客,
我们是法西斯、赶时尚、伪君子,
说得好听些,我们冒充发明家。
我们知道我们有时自命不凡,
我们知道自己还乳臭未干,
但我们必须让他们高兴,
我们需要说出事实,
他们知道我们以自己独特的方式
为他们办事,当广告发挥作用时,
就是"谢谢您,广告先生!"①

---

① 转引自:Gardner, Martin (ed.). *Martin Gardner's Favorite Poetic Parodies*. New York: Prometheus Books, 2001, pp. 73 – 75.

文中的“十五厘掮客”(fifteen percenter)指“抽成15%的人”。与《汤米》相比,这首诗歌气氛显著不同。此时,一个广告商为自己的行为辩护。戏仿谈到了生活中无处不在的广告,说出了一个大实话:广告是一个必要的罪恶。许多人痛恨广告,却又离不开它。广告的作用确实很大。一个企业不做广告,如同一个人在黑暗中向异性抛媚眼:你知道自己在做什么,别人不知道你在做什么。坡的诗歌为艺术而艺术,戏仿诗歌则反其道而行之,发挥了抨击社会的功能。

二 《贡嘎·丁》

吉卜林还有《贡嘎·丁》(“Gunga Din”)传世:

当你安全驻扎在这里,
当你去打不起眼的小仗或军事训练,
你可以谈论白酒和啤酒,
但是,如果遇到厮杀,你就做送水的工作。
为所有的士兵服务。
现在在印度炎热的气候里,
我为女王服兵役。
在所有的黑面孔士兵当中,
最好的一个是我们团的后勤兵贡嘎·丁。
他是丁、丁、丁,
一瘸一拐如同煤灰块的贡嘎·丁。
喂! 小心滑倒! 接着,水!
你这个塌鼻子老兵,贡嘎·丁!
他穿的制服,比起褴褛的破布好不了多少。
山羊皮的水袋子,是他所有的战地装备。
当沾满汗水的运兵车一天都停在铁路支线,
热度能让你的眉毛变弯,
我们都在大叫:“快一点!”
直到喉咙干得像砖块。
因为他不能同时给我们所有的人送水,
我们就狠狠地打他,
大家在喊丁、丁、丁,
你这个异教徒,死到哪里了?
快给我水喝,贡嘎·丁,
如果你不马上把我的钢盔装满,

现在我就把你砸成肉酱。
他会为每一个人送水，
直到最长的一天结束。
他好像不知道什么是危险。
不管我们冲锋、休息还是包抄，
你敢拿自己的项上人头打赌，
他一定就在后边五十步等待。
他的身上响着音乐，我们前进，
他也跳跃，注视着我们进攻，
直到停止前进的号声响起。
虽然他身上的衣服很脏，
但他有洁白干净的心灵。丁、丁、丁，
他在枪林弹雨中照顾伤员，
当子弹打在绿草地上腾起烟尘，
当弹药用完，你总能听到前面的士兵喊，
喂，运弹药的驴车和贡嘎·丁！
我永远不会忘记那一天晚上，
我落在大队人马后面，腰带金属片丢失，
子弹正好打到了那个位置。
我当时渴得要死，那时第一个发现我的人，
正是我们的满面笑容、嘴中喃喃自语的老兵贡嘎·丁。
他抱起我的头，
堵住我流血的伤口，
给我喝了半品脱泛绿的水。
那里面满是爬虫，发出臭气，
但我喝过的所有液体当中，
我最感激贡嘎·丁当时让我喝的水。
那个丁、丁、丁！
他把我抱起，想送到新兵埋伏的地方，
一颗子弹飞来，击中了他。
他抱我到安全的地方，
在死之前，贡嘎·丁说，
我希望你喜欢那瓶水。
将来我会在他去的地方和他重逢，
那里只有训练，没有食堂，
他将会跪在煤堆上，

给那些可怜的人提供水喝。
我要在地狱里猛喝一口贡嘎·丁的水,
是的,丁、丁、丁,
贡嘎·丁,你的衣服破烂得如同乞丐,
尽管我曾经用皮带抽过你,严厉批评过你,
但我对着创造你的上帝发誓,
贡嘎·丁,你要比我好得多!①

罗利·亚伯拉罕利用英语中“丁”(Din)与“院长”(dean)发音相似的特点,还写出了戏仿之作《尴尬院长》(“Gunga Dean”):

你可以谈论白酒和啤酒,
但是不要把它们放在你附近。
否则教导主任会到你身边,发现这些东西。
因此,如果口渴,每一个男生和女生,
都要靠水。或者到
没有人理会的地方去买醉。
在锡拉丘茨这个地方,
你不可能喝得烂醉如泥。
因为注定有滴酒不沾的人会闯进来,
很快,你就被带到了院长面前。
是的,是“院长,院长,院长,
我喝的不过是一种石榴汁糖浆。
不管你怎么想,我喝一杯怎么行?
其他学生也在喝,只不过你没有看到。”
男女同校的女大学生穿的粗蓝布衣服,
经常卷到膝盖上面,他们一般穿着紧身T恤,
这暗示他们经常下午或晚上在校园里,
从事一些户外的乐趣。
下课后在草地上,友好地亲热几分钟,
确实很惬意。但是学院对于女士躺倒在地,
非常不满意,很快就会打发她去见院长。
是的,是“院长,院长,院长,

① Gardner, Martin (ed.). *Martin Gardner's Favorite Poetic Parodies*. New York: Prometheus Books, 2001, pp. 77 – 79.

我希望你知道我的品格没有问题，
但有时我不敢肯定，生活中好的东西都纯洁无瑕……
我想你肯定知道我的确切意思”。
每学期你可以有三次逃课，
如果你继续逃课，老师会坚决要求改正。
他们认为，如果允许任意逃课，
学院就会乱了套。另外，
逃课太多将迫使他们
将你挂科。这样的结果你不会觉得太好，
当你看到你的最终成绩是B，更是如此。
于是你跑到院长办公室，
是的，是“院长，院长，院长，
我的表现一直堪称典范，
老师实在很无聊，我再也受不了了，
我希望这一切您都能看到”。
一个学生的目标，实际上就是通过考试。
如果他发现自己岌岌可危，
他的大脑一片混沌，
他的荣誉点数已经用完，
他就知道自己处境不妙。
但如果他平均不到1.0，
他就没有玩完，惩罚也不足以让他
脸色发白，身体消瘦。
留校察看的女同学处境危险得多。
很快，她会到院长办公室，
是的，是“院长，院长，院长，
（甜美微笑时，她的脸上出现了迷人的酒窝）
我知道自己正留校察看，但我正在谈恋爱，
因此，我9:15以前赶不到”。
接待室满是有事要找院长的人。
一个人的叔叔认识哈利·杜鲁门的朋友，
他觉得学院会利用一切机会帮他的忙。
所有这些足以操碎任何人的心。
这么多迟到、旷课、请假……但是……
不管涉及学院工作的哪个方面，
大家总要找一个人，

所有的抱怨都到他这里来倾诉，
我总能听他们大叫："告诉院长！"
院长，院长，院长，
这一学期可能是一场噩梦，
尽管我曾经开你的玩笑，公开攻击过你，
但我从来没有责怪过你，
院长先生，你是一个比我优秀的人。①

托马斯·布朗说过，"每个人都不仅是他自己，每个人都会重新活一次"(Every man is not himself; men are lived over again)。《尴尬院长》让《贡嘎·丁》再生。院长的工作千头万绪，每天需要与各种各样的人打交道，需要处理各种各样的事情，与后勤兵贡嘎·丁不无相同之处。借用吉卜林诗歌的形式，更换以现代内容，戏仿再一次阐释了"日光之下，并无新事"这一命题。②

第七节　路易斯·卡罗尔③

英国儿童文学作家兼数学家路易斯·卡罗尔原名 C. L. 道奇森，出身书香门第，在 11 个孩子中排行第三。卡罗尔的戏仿才能在自家编辑的家庭杂志中得到了充分展现。卡罗尔曾在苏格兰中部城市拉格比中学接受教育，1855 年起在牛津教授数学。他喜欢与小女孩为伴。

《爱丽丝仙境漫游》是卡罗尔发表的最负盛名的一部作品，作家与友人的女儿利德尔·爱丽丝一起泛舟成为这部经典生成的契机。当时，卡罗尔未经事先准备，即兴为小朋友讲了一个故事。爱丽丝很喜欢这个故事，希望他将这个故事记录下来。这个故事就是《爱丽丝仙境漫游》。除了这部作品，卡罗尔还著有《镜中世界》(*Through the Looking-Glass*)，描写了爱丽丝更多的冒险故事。他的其他作品包括叙事诗《猎捕蛇鲨》(*The Hunting of the Snark*)等。

《爱丽丝仙境漫游》原名《爱丽丝地下漫游》，大致情节如下：爱丽丝做了一个梦，梦见自己追赶一只小白兔。经由一个垂直的长长的洞，

---

① Gardner, Martin (ed.). *Martin Gardner's Favorite Poetic Parodies*. New York: Prometheus Books, 2001, pp. 80 – 82.

② Barth, John. *The Friday Book: Essays and Other Nonfiction*. New York: G. P. Putnam's Sons, 1984, p. 62.

③ 该文章曾发表于《湖南科技大学学报》(社会科学版)(2015 年 9 月第 5 期，第 145 至 151 页)，有改动。

她跟随兔子到了另一个世界。在这个世界里，她遇到了公爵夫人、咧嘴而笑的柴郡猫、扑克牌红心老K、红心王后、疯子帽商、发情野兔、假甲鱼等。最后在与红心王后针尖对麦芒的交锋中，爱丽丝苏醒过来，结束了仙境漫游。《爱丽丝仙境漫游》的艺术魅力举世公认，已被译为多国语言。不仅孩子们喜欢，成人读者亦可以获得启迪和教益。作家兼诗人南希·威拉德讲到一位教授生病住院，医生告诉他一天只能读一个小时的书。后来，他决定只带一本书，而这本书就是《爱丽丝仙境漫游》。①

许多因素可以解释《爱丽丝仙境漫游》的成功。它的语言浅显易懂，情节简单，不会造成诵读困难。它图文并茂，令人喜闻乐见（卡罗尔作品中的思想前卫的爱丽丝曾说："没有图画的书，有什么用处？"②）。故事将现实与虚幻交织，赋予人无限遐想。书中还有无厘头的幽默："摘下你的帽子，"国王对帽商说。"帽子不是我的，"帽商说。"偷来的，"国王大叫，脸转向陪审团。陪审团马上记录了下来。"帽子是我的，"帽商解释道："我没有帽子，我是个帽商。"③国王的荒谬逻辑令人捧腹。书中还有双关。假甲鱼曾对爱丽丝讲述他以前上学的情况。他的老师是一只老海龟，但大家称他为陆龟。爱丽丝问为什么这样称呼，得到回答是"因为他教我们"。英语中，"教我们"（taught us）和"陆龟"（tortoise）发音相近。卡罗尔在排版上也进行了革新。老鼠给爱丽丝讲故事时，说："我的故事漫长而悲哀"（Mine is a long and a sad tale!）。英语中，"故事"（tale）与"尾巴"（tail）同音。爱丽丝认为老鼠说的是自己的尾巴。她惊奇地看着老鼠的尾巴说："当然是条长尾巴，但有什么悲哀的？"老鼠讲故事，爱丽丝一直盯着尾巴看。这样，她听到的故事，也成了老鼠尾巴形状。④

不过，使《爱丽丝仙境漫游》名垂青史的恐怕是卡罗尔对文学名家的成功戏仿。《牛津英国文学词典》关于戏仿的词条写道，戏仿者必须模仿前文本并且两者不相协调。词条同时指出卡罗尔的无意义诗歌具有戏仿性。⑤"无意义诗歌"想必包括《爱丽丝仙境漫游》中的几首戏仿的诗歌。笔者认为《爱丽丝仙境漫游》中的戏仿呈三个特点：隐蔽性、

---

① Carroll, Lewis. *Alice in Wonderland*. New York: Aladdin Classics, 2000, p. ix.

② 转引自：Barth, John. *Further Fridays: Essays, Lectures, and Other Non-Fiction 1984 – 1995*. New York: Little, Brown and Company, 1995, p. 55.

③ Carroll, Lewis. *Alice in Wonderland*. New York: Aladdin Classics, 2000, p. 131.

④ Carroll, Lewis. *Alice in Wonderland*. New York: Aladdin Classics, 2000, p. 29.

⑤ Drabble, Margaret (ed.). *The Oxford Companion to English Literature* (6th ed.). Beijing: Foreign Language Teaching and Research Press, 2005, p. 766.

娱乐性和抢救性发掘。

一　隐蔽性

隐秘性是所有戏仿的特点。这是因为大多数戏仿并不明言自己在戏仿,而是任由敏感的读者去发现。爱丽丝遇到公爵夫人一场就证明了这一点。公爵夫人是仙境皇室成员之一,她是个爱引用陈词滥调、喜欢说教、又丑又老的老太婆,家里又脏又乱。她害怕皇后,最终被下令执行死刑,不过最后没有执行。爱丽丝不敢肯定地球自转一周需要24小时还是12小时,小心翼翼地问公爵夫人。公爵夫人回答说自己不能忍受数字,并开始唱一首催眠曲,每一句结束都要粗暴地晃孩子一下:

> 对你的小孩说话一定要粗暴!
> 他一打喷嚏就打他!
> 他打喷嚏只是让人烦恼,
> 因为他知道这会逗弄人。噢噢噢!①

公爵夫人唱第二节时,不断上下抛投孩子。小家伙吓得大声嚎叫,几乎盖住了下面的唱词:

> 我对我的孩子说话很严厉,
> 他打喷嚏我就打他。
> 他可以尽情享受辣椒。②

表面上,两节歌词除了内容奇异之处,与其他诗歌相比并无其他不同。它合辙押韵,朗朗上口,简单易懂,自成一体。实际上,这首歌词在大卫·贝茨一首诗的基础上改编而来,作为原文本的诗歌名字为《温柔地说话》。现将原诗前三节摘录如下:

> 说话要温柔!用爱管束远比恐惧好。
> 说话温柔,切勿用严厉的话
> 破坏了我们可能得到的益处。
> 说话要温柔!爱惯于悄声细语,
> 那真心发出的誓言。友谊的声音温柔流淌,
> 感情的声音是和蔼的!对小孩说话要温柔,

①② Carroll, Lewis. *Alice in Wonderland*. New York: Aladdin Classics, 2000, p. 67.

爱肯定会有收获。用温和轻柔的声调讲，
它可能转瞬即逝。③

英语中，很容易看出两个文本的联系。它们之间的相同不言而喻：两首诗句法结构相同，都以“说”（speak）开始；第二个单词都是副词，后面是介词词组；用词大体相同；两者的主题相同，谈的都是如何教育孩子；两者的不同也泾渭分明：一个是传统观念，四平八稳。戏仿作品令人侧目。它鼓吹暴力，强调对孩子以牙还牙，以眼还眼，恐怕令绝大多数家长皱眉。不过，作为幽默小品，戏仿不失为一篇佳作。它诙谐幽默，令人喜闻乐见，令人从巨大反差中获得欢乐和教益。可以看出它与黑色荒诞的气氛是吻合的。公爵夫人家除了混乱，还有许多稀奇古怪的事情。厨师在搅一锅汤，向里面放了许多辣椒。除了厨师和一只柴郡猫，其他所有的动物都在打喷嚏。那只猫蹲在火炉上不停地笑。在这样的语境中，公爵夫人抱着打喷嚏、不停嚎叫的孩子唱着响亮而刺耳却毫无催眠效果的催眠曲就比较自然。公爵夫人不会伺候孩子，将孩子搞得哇哇叫，痛苦不堪，富有同情心的爱丽丝从公爵夫人手中接过孩子，带她到户外呼吸新鲜空气。孰料那孩子慢慢变成了一只猪，扭动着挣脱爱丽丝的手臂，下了地之后摇摇摆摆地往森林方向去了。

虽然卡罗尔书中诗篇自成一体，但它显然具备另一种隐含或内嵌的身份，即它以另一首诗歌的转移而转移。这个隐含身份的识别，很大程度上取决于读者的判断力。大概所有戏仿作品的作者都期待理想读者吧！所谓的理想读者，指的是一个虚构的人，“他完全理解作者要传达的经历，并且按照作者预期做出反应。”④ 读到卡罗尔的“注意一下意义，声音就会自然而然，照顾好自己”（Take care of the sense, and the sounds will take care of themselves）⑤ 理想的读者马上会想到成语“照顾好小钱，大钱就会自然而然地积聚起来”（Take care of the pence and the pounds will take care of themselves）。认知学上有一个著名的问题是：“如果森林里有一棵树倒下，而且周围没有人在场，那么这棵树倒下时有没有发出声音？”这个问题强调了听众的重要性。一个同样的问题是：“戏仿如果没有被读者领会，它算不算戏仿？”这个问题强调理想读

---

③ Gardner, Martin. *The Annotated Alice*. Harmondsworth, Middlesex: Penguin Books, 1965, p. 85.

④ Cuddon, J. A. *A Dictionary of Literary Terms and Literary Theory*(3rd ed.). Cambridge, MA: Basil Blackwell Ltd, 1991, p. 439.

⑤ Gardner, Martin. *The Annotated Alice*. Harmondsworth, Middlesex: Penguin Books, 1965, p. 121.

者的重要性。有了理想读者,戏仿的声音才不会被虚掷。理想读者自然会发掘文本更多的意义,提取更多的喜悦。

爱丽丝还遇到假甲鱼,假甲鱼不停地哭泣。他一直向爱丽丝和其他动物讲自己的人生。他与狮身鹰首兽边跳边唱,歌词是这样的:

> 你能不能走得快一点儿?
> 一条牙鳕鱼对一只蜗牛说,
> 我们后面有一只海豚,
> 他总是踩我的尾巴。
> 你看龙虾和海龟走得多起劲!
> 他们在覆盖着砾石的沙滩上等待。
> 你愿不愿意一起跳舞?
> 但是蜗牛斜视了一眼,
> 回答"路太远,路太远!"他衷心感谢,
> 但决定不一起跳舞。①

实际上,假甲鱼戏仿了玛丽·霍威特的诗,而她的诗也是基于歌词《蜘蛛和苍蝇》完成。《蜘蛛和苍蝇》第一节是这样的:

> 到我的客厅来吧!蜘蛛对苍蝇说:
> "这是你见过的最好的客厅,
> 只是经过一个旋转楼梯。到了的话,
> 我有许多稀奇古怪的东西让你看。"
> "不,不,不,"小苍蝇说,
> "再说也徒劳无益,
> 上了你的旋转楼梯的动物,
> 从来没有一个再下来的。"②

原作与戏仿第一句结构相同,都是问句,实际上行使了祈使句的功能。一个是蜘蛛邀请苍蝇,一个是牙鳕鱼要求蜗牛,两者都被拒绝:苍蝇不上蜘蛛的当,而蜗牛也不愿和牙鳕鱼一起翩翩起舞。如果说原作传达了一个信息(苍蝇还有保护自身的睿智,人们更应该对他人的话保持警

① Gardner, Martin. *The Annotated Alice*. Harmondsworth, Middlesex: Penguin Books, 1965, p. 134.

②③ Gardner, Martin. *The Annotated Alice*. Harmondsworth, Middlesex: Penguin Books, 1965, p. 133.

惕,行事百倍小心)的话,那么戏仿中,所要吸收的信息就比较稀薄。这恐怕是两首诗最重要的差别了。卡罗尔原稿中,假甲鱼唱的是另外一首歌:

在大海波涛下,有很多很多龙虾。
他们喜欢和你我跳舞。
我温柔的鲑鱼。(合唱)鲑鱼,上来!
鲑鱼,下去!鲑鱼,
把你的尾巴打卷!海中所有的鱼,
没有像鲑鱼这样好的鱼。[③]

这首歌出版时没有被采用,原因不得而知。不过,很明确的一点是,它是模仿一首黑人滑稽说唱团歌曲,而这首歌曲的开始是:"萨利,上来! 萨利,下去! 萨利,你把脚后跟倒转过来!"[①]卡罗尔1862年7月3日的日记记录他在一个阴雨天与利德尔姐妹兴致勃勃地唱这首歌。接下来的一天,他就和朋友到泰晤士河上划船,从而写下了《爱丽丝仙境漫游》。[②] 根据推断,说唱团歌曲和手稿的歌曲是有联系的。

故事继续推进,怪兽让假乌龟唱首乌龟汤歌曲给爱丽丝。假乌龟用那带着哭腔的声音唱了起来:

香喷喷的鲜汤,冒着热气装上盘,
谁都想来尝一口。晚饭中的美味汤!
晚饭中的美味汤! 美味的汤,
晚饭的汤,美味的汤,
非常美味的汤! 那些鱼和肉的香味,
都比不上这道美味的汤!
谁都想来尝一口。这道便宜的汤,
只有两便士的汤。
美味的汤,晚饭的汤,
美味的汤,非常美味的汤![③]

怪兽喊道:"别停,再来一次合唱吧!"就在假乌龟准备继续唱下去的时

---

①② Gardner, Martin. *The Annotated Alice*. Harmondsworth, Middlesex: Penguin Books, 1965, p. 133.

③ Macdonald, Dwight(ed.). *Parodies: An Anthology from Chaucer to Beerbohm—and After*. New York: Random House, 1960, p. 287.

候,从远处传来一个声音喊道:“马上要开始审讯了!”听众顿时跑开去听审讯,风声带来了后面假乌龟那首哀伤的歌:“美味的汤,晚饭的汤,美味的汤,非常美味的汤!”实际上,上面《美味的汤》来自于另一首诗歌:

天空中美丽的星星如此明亮,
柔和地泻下银色的光。
你远离地球运动,
夜晚的星星,美丽的星星!
啊,继续照耀吧,圣洁的星星,
你在远方运动时,
愿我们心灵的情感与你维系在一起,
黎明的星星,美丽的星星!①

熟悉文本是识别戏仿的前提。但有些戏仿仅仅限于一个小圈子,为行内人了解而不足为外人道。卡罗尔《爱丽丝仙境漫游》中对简·泰勒的戏仿大概就属于此类。泰勒原诗如下:

星星闪啊闪,我多想知道你是什么?
你高高悬在天空,像是天空的金钻。
当灿烂太阳离开,当他不再照耀,
你显露出你的微光,在夜空中闪啊闪。
黑夜中的旅行者,衷心感谢你的点点星火。没有你的闪光,他会迷失方向。
你驻足深蓝色天空,偶尔透过我的窗帘,
太阳升起之前,你从来不会闭眼。你的
闪亮的点点星光,照亮黑夜中的旅行者。
但我不知你在何方,星星闪啊闪。②

这首诗歌已被谱成歌曲,广为传唱。卡罗尔的戏仿是这样的:

闪闪的小蝙蝠,
我想知道你在干什么?

---

① Macdonald, Dwight(ed.). *Parodies: An Anthology from Chaucer to Beerbohm—and After*. New York: Random House, 1960, pp. 286 - 287.

② Gardner, Martin. *The Annotated Alice*. Harmondsworth, Middlesex: Penguin Books, 1965, p. 98.

你凌驾于世界之上，
就像天空中的茶盘，闪啊闪。①

比较两首诗，可以看出由美到丑的轨迹。美好的事物包括瀑布、星星、爱情、友谊、鲜花等；丑恶的事物包括死神、粪便、苍蝇、老鼠、疾病等。戏仿中的蝙蝠属于丑陋的类型。它昼伏夜出，形容猥琐，外貌丑陋，令人避之唯恐不及。吸血蝙蝠是不寒而栗的恐怖象征。保持了原诗的形式，替换以新的低下的内容，卡罗尔匠心独运，令人称道。但除此之外，卡罗尔的戏仿还包含仅极少数人熟悉的"圈内笑话"。他暗中揶揄了自己的好友巴塞尔缪·普莱斯。普莱斯是牛津大学杰出的数学教授，学生给他起了一个绰号"蝙蝠"。他学问高深，"上课时不可避免地让学生觉得不知所云"②。戏仿中的"蝙蝠"高高在上，令人可望而不可即，影射了他的讲课风格。如果没有说明，读者大概很少了解这一意义层面。

戏仿具有隐蔽性，带有假面具。如果没有注释或特别说明，有些读者并不能马上辨认出《爱丽丝漫游仙境》中的诗歌为戏仿。国外原版小说一般也对戏仿诗不加一字评论③，国内的译本一般只翻译戏仿诗歌，丝毫没有提及被戏仿的原诗④。这种状况随着一些作品的出版而得到改观。科林斯·布鲁克斯等编辑的《理解诗歌》（*Understanding Poetry*）、德怀特·麦克唐纳德编辑的《戏仿：从乔叟到比尔博姆，以及后比尔博姆时代》（*Parodies: An Anthology from Chaucer to Beerbohm—and After*）和约翰·格罗斯编辑的《牛津戏仿选集》（*The Oxford Book of Parodies*）给读者辨认《爱丽丝仙境漫游》中的戏仿提供了宝贵线索。马丁·加德纳编写的《注释版爱丽丝》（*The Annotated Alice*）巨细无遗地在每一首戏仿诗旁边提供了对应的原诗歌，极大地方便了有兴趣的读者。这些作品的出现使戏仿诗得以凸显，从另一个方面说明了戏仿诗的隐形性。毫无疑问，好的戏仿作品也可作为独立艺术品欣赏，优秀的戏仿作家总是力求让自己的戏仿作品自成一体，可作为独立的篇章欣赏，这无疑属于戏仿的最高境界，但这更加掩盖了文本背后的文本。只有剥

① Carroll, Lewis. *Alice in Wonderland*. New York: Aladdin Classics, 2000, p. 81.

② Gardner, Martin. *The Annotated Alice*. Harmondsworth, Middlesex: Penguin Books, 1965, p. 98.

③ Carroll, Lewis. *Alice in Wonderland*. New York: Aladdin Classics, 2000.

④ 何文安，李尚武译，《爱丽丝漫游奇境》，南京：译林出版社，2003；陈征一译，《艾丽丝漫游奇境记》，杭州：浙江文艺出版社，2004；王燕译，《世界童话经典：爱丽丝漫游奇境记》，哈尔滨：哈尔滨出版社，2009。不同译者有不同的书名翻译，本脚注保留了各位译者书名翻译的差别。

开一层层的覆盖物,人们才能解开戏仿的面纱,使其附属于另一文本,以另一文本为转移的特质大白于天下。

二 娱乐性

《爱丽丝仙境漫游》的戏仿除了隐蔽性,还有娱乐性,体现在对瓦茨的诗歌的戏仿。德拉布尔的《牛津英国文学词典》写道:"瓦茨的诗歌,广为人知,并在路易斯·卡罗尔的作品《爱丽丝仙境漫游》中被模仿。"① 诗人艾扎克·瓦茨1690年4月在斯托克纽因顿学院接受教育。他曾当过一名牧师,由于健康问题而提前退休。他出版了四册圣歌集《神圣抒情诗》、《赞美诗和圣歌》、《给孩子的圣歌》和《大卫诗模仿》。他也写了若干神学和教育类作品。瓦茨主要因为他的赞美诗而被人们铭记,包括《哦,上帝,我们遥远过去的依靠》、《当我审视奇妙的十字架》以及儿童歌曲《小小蜜蜂多忙碌》。他的诗歌有些成为布莱克诗歌的先声。瓦茨也写品达体颂歌和素体诗。他敢于做技术试验,例如,他以英文萨福体写成令人震惊的《最后审判日》。由于约翰逊的提议,瓦茨跻身《英国诗人传》。《爱丽丝仙境漫游》中的戏仿之作有五六首之多。这些戏仿的前文本几乎都是说教味很重、在维多利亚时代广泛传唱而如今湮没无闻的诗歌,包括瓦茨的作品。试看刚才提到的关于蜜蜂的儿童歌曲:

小蜜蜂让珍贵的每一小时,发挥更大用处。
它每天从每一朵盛开的花上,
采下香甜的蜜。
它灵巧地建自己的蜂窝,敏捷地涂抹蜂蜡。
它努力制作食物,将它储存得万无一失。
游手好闲的人,
魔鬼会找上他的门。
在需要努力和技巧的劳动中,
我也要专心致志。
在书本、工作和有益的游戏中,
度过我年轻的岁月。这样我的每一天,
最后都会极有意义。②

---

① Drabble, Margaret (ed.). *The Oxford Companion to English Literature* (6th ed.). Beijing: Foreign Language Teaching and Research Press, 2005, p. 1080.

② Gardner, Martin. *The Annotated Alice*. Harmondsworth, Middlesex: Penguin Books, 1965, pp. 38 – 39.

诗歌力戒懒惰贪玩，这一点小蜜蜂都知道。它建立蜂房，从花上采蜜，酿造香甜的蜂蜜，供人们享用。人为万物之灵，更应该明白这些道理，正如三字经所说："蚕吐丝，蜂酿蜜，人不学，不如物。"[①] 诗歌提醒读者人生每一个小时都很宝贵，应倍加珍惜。卡罗尔的诗歌剔除了这些大道理，使说教味荡然无存：

小鳄鱼小心保养它闪亮的尾巴，
把尼罗河水灌进每一片金色的鳞甲。
它笑得多么欢快，
伸开爪子的姿势多么文雅，
它在欢迎那些小鱼，
游进它温柔微笑的嘴巴。[②]

在卡罗尔笔下，勤劳的小蜜蜂成了张牙舞爪的鳄鱼。他摆弄着自己的尾巴，将尼罗河的水泼在自己每一片金色的鳞片上。他伸开爪子，发自内心地笑着，因为有小鱼不断进入他的嘴里。[③] 卡罗尔摆脱说教，注重娱乐最明显的例子莫过于他对学校课程的滑稽变形。爱丽丝问假甲鱼在学校学习什么，假甲鱼回答：旋转、野心、分心、丑化和嘲弄（reeling and writhing, ambition, distraction, uglification and derision）。爱丽丝不太理解。狮身鹰首兽笑话她头脑简单。假甲鱼接着说，其他课程为神秘、海洋地理学、拖声、伸懒腰、绕圈儿昏倒、笑和悲伤（mystery, oceanography, drawling, stretching, fainting in coils, laughing and grief）。[④] 实际上，这些课程名分别是：读、写、加、减、乘、除、历史、地理、画画、素描、油画、拉丁语和希腊语（reading, writing, addition, subtraction, multiplication, division, history, geography, drawing, sketching, painting in oil, Latin and Greek）。对课程表的变形，显示了对教育的不敬和蔑视。此时，戏仿的娱乐达到了顶峰。同样被除去说教的还有瓦茨的《懒汉》（"Sluggard"）：

---

① 《孝弟三百千》，海口：南海出版公司，2012 年，第 37 页。

② Gardner, Martin. *The Annotated Alice*. Harmondsworth, Middlesex: Penguin Books, 1965, p. 38.

③ Gross, John (ed.). *The Oxford Book of Parodies*. New York: Oxford University Press, 2010, p. 251.

④ Carroll, Lewis. *Alice in Wonderland*. New York: Aladdin Classics, 2000, p. 113.

那是懒汉的声音,我听见他在抱怨,
“你喊醒我太早,我要再睡觉。”
就像门总在门轴上旋转,
他又回到了床上,转动自己的
身子、肩膀和沉重的头。
经过他的花园,我看到荒芜的
欧石楠、荆棘和蓟的枝条高而杂乱,
挂在他身上的衣服成了破布。
他浪费钱财,直到挨饿、乞讨。
我又访问了他一次,
希望他能更好地培育自己的心田。
他给我讲了他做的梦,他的大吃与大喝,
但他不读《圣经》,也从来不思考。①

卡罗尔戏仿诗歌如下:

我听见龙虾在说话:你们的火太大,
把我烤得太黄了,再给我的胡子上抹点糖。
鸭子收拾用的是眼皮,
龙虾整理用的是鼻子。
他把皮带系好,把纽扣系好,
把脚趾头也扭了扭。沙子干的时候,
他像一只云雀般欢快。
他用轻蔑的口气谈论鲨鱼,
但当涨潮鲨鱼到来的时候,
他的声音变得怯懦颤抖。②

戏仿诗是爱丽丝背诵的,听众产生了反应。怪兽疑惑地说道:“我小时候背的不是这样。”假乌龟也说道:“这些我从没听过,简直就是胡编的东西。”爱丽丝羞愧地捂着脸坐了下去,她什么也没说。假乌龟刨根问底地说道:“我还是想让她讲一讲。”怪兽着急地说道:“她说不出来,快点,接着背下一首吧。”假乌龟依旧不依不饶地问。怪兽不耐烦了,它又一次说道:“快点,背下一首,开头是‘我从他的那片花园路

①② Gross, John (ed.). *The Oxford Book of Parodies*. New York: Oxford University Press, 2010, p. 254.

过。'"爱丽丝不敢违抗它的命令。她也明白,自己肯定会说出一些古怪的句子。可是她还是用发抖的声音背诵起来:

我从他的那片花园路过,
只用一只眼睛偷看着,
那里有猫头鹰,还有美洲豹,
它们正在一起分享蛋糕。
豹子食用干的面包皮、肉汁和肉,
猫头鹰吃菜肴。馅饼吃完,
猫头鹰作为礼品,拿走了勺子;
豹子咆哮着,装下了刀叉。①

假乌龟插嘴说道:"要是你不做些说明,你背再多也是没用的,这些东西让人太难懂了,我这辈子都没这么糊涂过。"怪兽也说道:"是的,我想你还是不要背下去了。"爱丽丝正想听到它说这句话。

戏仿诗比起原诗,少了居高临下的好为人师的态度。摆脱了说教重负的诗歌,腾身一跃,进入一个新境界,焕发出新面貌。有评论家将《爱丽丝仙境漫游》的风靡天下归功于它没有寓意,不教授大道理,与同时代其他大多数儿童作品大相径庭。② 这种看法不是牵强附会。马丁·加德纳写道:"维多利亚时代的孩子无疑很喜欢。他们很高兴,终于有了一本没有向他们灌输虔诚的说教的书(《爱丽丝仙境漫游》)。不过,卡罗尔本人却越来越不安。想到自己没有为孩子写一本带有基督教福音信息的书,他决定在教化方面做出努力。最后终于有了结果:那就是《西尔维和布鲁诺》。"③ 这从另一方面证明,《爱丽丝仙境漫游》有娱乐功能而无道德说教功能。

美国作家埃德加·爱伦·坡批评"说教异端",不赞成诗歌的教化功能。他认为诗就是不折不扣的诗,不是别的。在《诗歌原理》一文中,坡提出"不存在,也不可能存在比一首诗更高贵、更崇高的作品。一首诗就是一首诗,不多也不少。诗纯粹为诗而创作。教授真理的气氛与诗歌气氛相互矛盾。诗歌的目的是为了达到美。简而言之,我认为

---

① Gross, John(ed.). *The Oxford Book of Parodies*. New York: Oxford University Press, 2010, p. 254.

② Drabble, Margaret(ed.). *The Oxford Companion to English Literature* (6th ed.). Beijing: Foreign Language Teaching and Research Press, 2005, p. 288.

③ Gardner, Martin. *The Annotated Alice*. Harmondsworth, Middlesex: Penguin Books, 1965, p. 14.

诗歌是有节律的美的创造。它的唯一的仲裁者是品味。美属于诗的领域,最高形式的美是爱。爱在所有诗歌主题中是最纯洁真实的。激情的刺激、责任的教条、真理的教益也可能入诗,但真正的艺术家总竭力将它们淡化,让它们屈从于美。”①坡关于诗歌的理论影响了艺术界,法国的一些作家对坡推崇备至,同一时代的卡罗尔也可能受到了坡的影响。这似乎也为卡罗尔去除诗歌说教提供了注脚。

卡罗尔并无意让他的戏仿诗流传后世。虽然这些诗缺乏教益,仅仅为了好玩,但读者还是能从中读出深刻的内涵。他戏仿的原诗,都四平八稳,滴水不漏。这些诗多数以维护当时存在的社会秩序、捍卫长者权威为己任。《老人的安慰以及他如何获得这些安慰》中,慈祥的长者教人信任上帝,其号召力不可抵挡;《温柔地说话》和《小小蜜蜂多忙碌》等推广基督教美德。卡罗尔将这些人们广为接受的文本颠覆,意味着植根于人们心目中的道德观的松动。牵一发而动全身,社会大厦一块基石的松动可能带来的是整个体系的重新构建。

三　抢救性发掘

读者阅读《爱丽丝仙境漫游》时,还注意到了卡罗尔对罗伯特·骚塞作品的戏仿。这是一种抢救性发掘型的戏仿。戏仿作品的娱乐性与戏仿作品对原作的抢救性发掘如同一枚硬币的两面,密切相连。所谓抢救性发掘,指的是许多原作可能在创作发表的年代非常流行,但随着时代的前进、时间的流逝和人们品味的变化,这些一度流行的作品被人遗忘,从而湮没无闻。这一点并不奇怪。人类历史渊源流长,人们辛勤劳动,创造了优秀灿烂的文化。但是由于种种原因,某些作品长期搁置,无人问津,这恐怕是不可避免的现象。但是,如果一位学者读了这些蒙着灰尘的作品,并写出令人喜闻乐见的戏仿的文字,随后被人们认出是戏仿,那么人们可以进而研读原作,并推而广之,让更多的人了解原作,那么这无疑会抢救发掘垂危的文学作品。例如,“英国诗人安布罗斯·菲利普斯现在被人们记住的唯一原因是因为他曾经被戏仿。”②卡罗尔戏仿骚塞的《老人的安慰以及他如何获得这些安慰》也许就属于此类。这首诗是爱丽丝遇到毛毛虫时,应对方要求吟唱的。她双臂交叉,放在胸前,朗声说道:

---

① Hart, James D. (ed.). *The Oxford Companion to American Literature*. Beijing: Foreign Language Teaching and Research Press, 2005, p. 523.

② Macdonald, Dwight(ed.). *Parodies: An Anthology from Chaucer to Beerbohm—and After*. New York: Random House, 1960, p. 24.

年轻人说:您已经老了,威廉老爹,
您头发长满了白发。
可您老是头朝下,
您觉得像您这把年纪合适吗?
威廉老爹回答:当我年轻的时候,
我怕这样会损伤大脑。
现在我明白,自己根本就没有脑子,
所以经常这样玩。
年轻人说:我刚才说过,
您已经老了,变得非常肥胖。
可是您一个鹞子翻身翻进门来,
您是怎么做到这一点的?
威廉老爹晃着花白的卷发说:
当我年轻时,我总让关节灵巧。
我用的是油膏一盒一先令。
你买的话给您两盒。
年轻人说:您已经老了,
您的嘴巴只能喝稀汤。
可您把一只鹅连同骨头全吃光。
请问您怎么做到?
威廉老爹回答:年轻时,
我学习法律。和妻子辩论每一个案子,
练得肌肉发达,使我受益无穷。
年轻人说:您已经老了,
可目光还和以前一样沉稳坚定。
您能把鳗鱼竖在鼻尖上。您怎么这么棒?
威廉老爹回答:够了,我已回答了三个问题。
你不要太放肆了!
你以为我会整天听你胡言乱语?
快滚,否则我一脚把你踢下楼梯。①

结束后,毛毛虫觉得不大对头,爱丽丝心虚地表示同意,说有些单词更换了。毛毛虫斩钉截铁地说,是从头到尾都错了。接下来是几分

① Brooks, Cleanth. *Understanding Poetry*. Beijing: Foreign Language Teaching and Research Press, 2004, p. 584.

钟的沉默。这个沉默意味深长。实际上,爱丽丝应该背诵的正确文本是骚塞下面的诗:

> 年轻人问:威廉老爹,您年纪大了,
> 您头发已变得灰白。您精神矍铄,诚挚亲切,
> 我希望您告诉我,为什么?!
> 威廉老爹回答:我年轻时,牢记青春会飞逝。
> 当时我不滥用我的健康和精力,
> 这样我将来就不会匮乏。
> 年轻人问:威廉老爹,您老了,
> 年轻时的欢乐一去不复返。
> 但是您没有哀叹往昔,请告诉我,为什么?!
> 威廉老爹回答:年轻时,我知道青春短暂。
> 不管做什么事,我都着眼未来,
> 这样我就不会为过去悲伤。
> 年轻人问:威廉老爹,您老了,
> 生命在迅速消逝。但是您很愉快,
> 谈话不避死亡,请告诉我,这是为什么?!
> 威廉老爹回答:年轻人,我很愉快,
> 你要注意是什么原因。年轻时,我胸怀上帝,
> 这使年老的我受到了仁慈的他的眷顾。①

卡罗尔的戏仿与骚塞的诗相比,相似处很多。骚塞的诗诞生在前,是源文本。卡罗尔的作品诞生在后,是衍生物。骚塞的诗中的老人精神矍铄、睿智、稳重、和蔼,有长远眼光。他笃信上帝,认为这样能获得幸福,是通向天堂的康庄大道。他自己身体力行,也劝年轻人学自己的样子。这是一位令人羡慕的老人形象。卡罗尔诗中的老人很愚蠢(我没有脑子)、做事不合身份(将鳗鱼竖在鼻子上)、利欲熏心(不择手段卖东西)、粗鲁不耐烦(我已经回答了你三个问题,你不要自认为了不起! 赶快走开,否则我要把你踢下楼梯!)。

卡罗尔选择骚塞的诗进行戏仿,是继承了文学史上既有的批评骚塞的传统。骚塞人非常好。他曾尽力照顾柯勒律治的家人。不过,文人相轻。在别人眼中,他已经做了错事,那就是他接受了桂冠诗人的职

① Brooks, Cleanth. *Understanding Poetry*. Beijing: Foreign Language Teaching and Research Press, 2004, p. 585.

位，领取了政府津贴，放弃了年轻时激进的雅各宾主义。虽然他越来越讨厌桂冠诗人这一角色，但已经招致同时代许多文人的反感，成为拜伦和黑兹利特等人攻击的目标。他们谴责他放弃了他以前坚持的原则。在许多作品中，骚塞成为嘲笑的对象。

莎士比亚在《雅典的泰蒙》中写道："月亮是一个贼，从太阳那里偷得光线。"戏仿是月亮，原作是太阳。戏仿借用了原作的光芒。一般认为，与原作相比，戏仿的知名度、艺术性和重要性居于次要地位。翻开一本戏仿选集，就会发现被戏仿者一般都大名鼎鼎，而戏仿者许多并不为普通读者熟悉。具有讽刺意味的是，卡罗尔的戏仿风头压过了骚塞的原作。知名度超过了原诗。这也许是好事。因为卡罗尔的戏仿诗除了嘲讽骚塞，还有挖掘文化遗产，使名著重见天日之功。有许多作家、作品一段时间被人遗忘，过了若干时间又吸引了学者的视线。艾略特曾经使玄学派诗人枯木逢春，而美国作家梅尔维尔也是在19世纪末去世，20世纪20年代才被人们重新发现。同样道理，骚塞的原作本来湮灭无闻，马丁·加德纳写道："骚塞非常多产，诗歌和散文都写了很多，但他的作品现代人读得很少。人们现在还记得的恐怕只有他的短诗《印克凯普之石》、《布伦海姆之战》和民间故事《金发人和三只熊》。"①因为卡罗尔的戏仿，原诗歌名声大噪。人们又得以欣赏骚塞如美酒般香醇的诗篇。

卡罗尔·爱丽丝系列丛书《镜中世界》中，还有一首戏仿诗：

我把一切告诉你，
可先简单地说一说我，我见到一位老者，
在大门口坐。我问："你是哪个？
又怎样生活？"他的回答像流水穿过筛子，
一点一滴地钻进我的脑子。
他说："我经常在田野，
寻找睡在麦上的蝴蝶。
我把它做成羊肉馅饼，
在长街叫卖出售。我卖给那航行界
在狂暴大海中的海员，
换来了我的面包。对这些无聊话，
请不要把嘴撇。我正在想办法，

① Gardner, Martin. *The Annotated Alice*. Harmondsworth, Middlesex: Penguin Books, 1965, p. 70.

把谁的胡子染成绿色。
我总是用大扇子把自己遮,
这样可以不让人看见我。”对老人的话,
我没话可答。我敲他的头说:
“你怎么生活?”他温和地
叙述自己的故事:“我干事有我的方式,
当我发现一条山间小川,
让它发出光辉闪闪。他们把它当作资源,
称之谓罗兰得的发油。
然后给我两个半便士,算是我劳苦的报酬。
我想出一种办法,用奶油当干粮,
给一个人天天喂得一样,他总算开始长胖。
我把他左右摇晃,直到他脸色发黄。”
我喊:“你怎么生活,你又干些什么?”
他说:“我在石楠草丛里,寻找鲟鱼。
在寂静的夜里,把鱼眼制成背心的扣子。
然而我决不出售,以换取闪光的金子银子;
但是半便士的铜币,却可买它九只。
有时我用小树枝胶粘螃蟹,
或者挖掘奶油蛋饼;
有时我在长满深草的小丘上,
寻找小马车的车轮。这种办法,
使我得到了金银,而且高兴地
为你的幸福干杯痛饮。”我听他说完以后,
完成了一项设计任务,
要防止麦南大桥生锈,
就得用酒把它煮沸。感谢他对我说了奥秘,
使我得到了财富,
但是更要感谢他对我的祝福。
而现在,如果我偶然地
把我的手指放进胶水里,或者发疯似地硬把
右脚伸进左靴里,或者用重物压我的脚趾,
我悲泣,因为这使我想起了
我所熟悉的那位老者他的语言低沉,
外貌温和。他有比雪还白的头发,
他的脸黑过乌鸦,他的眼睛燃烧着火花。
他饱受折磨精神恍惚,他的身子前后摇晃,

他不断地嘟嘟囔囔，好像嘴塞满了面团；
鼻子哼哼像一头水牛。
夏季的黄昏已消逝很久，
而老者依旧坐在门口。①

实际上，这首诗脱胎于华兹华斯的《决心与独立》（“Resolution and Independence”），原诗部分章节为：

八

我正在胡思乱想，在这片荒原中，
在光秃秃的湖边，我看到一位老人，
他是我见过的有灰白头发的最年长的人。

十三

老人彬彬有礼地回答，
我接着又问他：“您从事什么职业？
这个地方对您来说太荒凉。”
说话之前，他炯炯有神的眼睛周围
现出稍微意外的光芒。

十五

他告诉我，自己又老又穷，
到这一片水域捉水蛭。
这是危险而累人的工作，
他也经受了很多磨难，
从一个池塘辗转到另一个池塘，
从一块沼泽迁移到另一块沼泽。
在上帝眷顾下，他以诚实劳动养活自己。

十七

我以前的想法又浮现，
那种可怕的担心，那种渺茫的希望。
寒冷、疼痛、辛劳、所有的肉体的疾患，
夜晚静谧时痛苦的诗人。感到困惑，
希望得到抚慰，我又急切地提问
“你靠什么生活，你做什么维持生活？”

---

① Macdonald, Dwight(ed.). *Parodies: An Anthology from Chaucer to Beerbohm—and After*. New York: Random House, 1960, pp. 289 – 292.

十八

他微笑着重复他的话，
说他到处游走，捕捉水蛭。
他用脚搅动它们生活的水池。
以前水蛭到处都是，
如今已经数量锐减，但他还在坚持，
能捉的地方无所不至。

十九

他这样说着，那片荒凉的地方、
那位老人的身体、他的话语，让我迷惑，
在大脑中，我好像看见他一个人
在广阔的沼泽地不停地踱步，
悄然无声。心里想着这些时，
稍微停顿的老人又开始说话。

二十

他很快把这件事和其他事搅在一起。
他说话轻松愉快，脸色慈祥和蔼，
但庄重严肃。他说完之后，
想起这位羸弱的老人有
这么坚强的意志，我简直要笑话自己。
我说："上帝，指引我吧，让我安定！
我会时刻铭记荒芜沼泽地捉水蛭的老人！"①

关于这首戏仿诗，麦克唐纳德在页脚做了注释。他写道：

在《英语田园诗》("English Pastoral Poetry")中，燕卜荪关于这首模仿诗论述得非常好。他称，如果存在一首田园诗，《决心和独立》就是真正的田园诗。燕卜荪指出，从捉水蛭的老人的磨炼中，华兹华斯汲取了直面世界痛苦的力量。(他本可以再说，就像加德纳在《注释版爱丽丝》中所写，这是一首好诗，虽然它有许多荒谬的方面。崇高和荒谬的混合简直就是华兹华斯文学风格的矫揉造作之一)燕卜荪写道："道奇森爱说：'戏仿不乏钦佩。'但在戏仿中有一丝苦涩。如果说想传达的意思不是'这首诗很荒谬'，那么就肯

① Macdonald, Dwight(ed.). *Parodies: An Anthology from Chaucer to Beerbohm—and After*. New York: Random House, 1960, pp. 288 - 289.

定是‘在我现在的感情空白状态，这首诗不起作用，或者说，我害怕它会对我施加影响。’此处的戏仿与捉水蛭的老人的尊严无关……它甚至在责备华兹华斯欠考虑，让叙事人不断询问同样的问题。”①

文中还有另外一处戏仿，背后隐藏着一段被挽救的诗作：

“爱丽丝对镜中世界说：
‘我手执王笏，头戴王冠，
镜中的众生都来啊，
同红后、白后和我共餐！’”
接着是成百个声音的合唱：
“尽快斟满自己的玻璃杯，
桌上是纽扣和米糠饭，
咖啡里放进猫，茶里放进老鼠，
三十乘三遍敬献给爱丽丝女王。”
“‘哦，镜中的众生，’
爱丽丝说：‘快围拢！
见到我是幸福，听我讲话是受宠，
同红后、白后和我一起吃喝，
是最大的光荣！’”随后又是合唱：
“糖浆和墨水倒满玻璃杯，
大家都来欢饮哎！
苹果酒加沙子，葡萄酒加羊毛，
九十乘九遍敬献给爱丽丝女王。”②

这首诗歌模仿的底本是沃尔特·司各特的一首诗。诗中，邓迪对着参加大会的贵族说：

国王的皇冠滑落之前，
有些人需要肝脑涂地。
因此，每个喜爱荣誉和我的骑士，
跟着好邓迪的帽子走。

---

① Macdonald, Dwight(ed.). *Parodies: An Anthology from Chaucer to Beerbohm—and After*. New York: Random House, 1960, p.292.

② Gross, John(ed.). *The Oxford Book of Parodies*. New York: Oxford University Press, 2010, p.255.

斟满你的杯子,盛满我的酒盏,
给你的马备鞍,召集好你的人。
打开威狮博酒(West Port),
让我饮个痛快,有好邓迪帽子的广阔天地。
出发到山间,出发到洞穴里,出发到岩石处,
在制服篡位者以前,我要像狐狸一样行动。
如今正在高兴的虚伪的辉格党人,
颤抖吧,你还没有打败我,
我的帽子还会出现。(像以前一样合唱)
他挥了一下高傲的手,喇叭吹响,
铜鼓已经敲响,骑手已经催马前行,
直到拉威尔斯顿悬崖和科勒米斯特背风处,
回荡着好邓迪粗犷的战斗号角。①

邓迪,苏格兰军人,保王派,镇压苏格兰长老会誓约派反对英王的起义,在击败威廉三世的作战中阵亡。"国王的皇冠滑落之前,有些人需要肝脑涂地"(Ere the King's crown shall fall, there are crowns to be broke)中,crown 是双关语,既表示"皇冠",又表示"脑袋"。

卡罗尔的戏仿利用原作的句型,识别难度不大,这是一种较低层次的戏仿。更高层次的戏仿者深入原作者的内心深处,探知作者的所思所想,再以原作者的表达方法和思维习惯撰写戏仿。麦克斯·比尔博姆撰写的戏仿集《圣诞花冠》(*A Christmas Garland*)是这一方法的巅峰之作。卡罗尔低层次的戏仿为比尔博姆高层次的戏仿做了铺垫。当然,卡罗尔在戏仿领域中的功绩是不可抹杀的。他的诗让人们得到美好的享受,也让人重温原作,领略原作的魅力。戏仿使人们重新审视习以为常的经典,学会对经典的解剖,文学经典才会焕发新面貌,有利于打破陈旧,引入新事物,建立新秩序。沉舟侧畔千帆过,病树前头万木春。立足过去,就是站在巨人的肩膀上。戏仿回首过去,是为了更好地面对未来,如同婴儿分娩,必须剪断脐带。只有这样,才能义无反顾,开创文学欣欣向荣的新气象。

---

① Macdonald, Dwight(ed.). *Parodies: An Anthology from Chaucer to Beerbohm—and After*. New York: Random House, 1960, pp. 292 - 293.

第九章　现代主义时期

第一节　詹姆斯·乔伊斯

“我对读者的要求并不很高，只希望他们用一生的时间来读我的书。”① 这是文学大师詹姆斯·乔伊斯寄予读者的期望。这个方面最好的注脚可能是他的晚期作品《为芬尼根守灵》(*Finnegans Wake*)。这本书风格独特，晦涩难懂，大量使用混合词和典故。除了英语，书中用了至少40种外语，给读者极大的挑战。本节试图以双关语和戏仿为杠杆，撬起《为芬尼根守灵》这块巨石。

因为双关语的存在，文本是一个循环的世界。这个循环的世界可以从书名说起。书名来自一个滑稽的爱尔兰歌谣《芬尼根的苏醒》。歌中讲道：一个向房顶搬运砂斗的工人蒂姆·芬尼根喝得烂醉如泥，不小心从梯子上掉了下来，好像没命了。但当哀悼他的人开始打斗，手中的威士忌酒溅到他身上时，他又苏醒过来。去世的人复生，这是一个循环。书中有一封信，表达了相似的内容，表述如下：With kiss, kiss criss, cross criss, kiss cross, unto lives' end slain(吻克莱斯，克劳斯，克莱斯，吻克劳斯，直到生命的终结，祝身体健康)。slainte 表示“健康”，slain 表示“杀死”，暗示了作为神灵的英雄的死亡与复生。

《为芬尼根守灵》的循环还体现在语言方面。法语中，fin 表示“结束”，again 表示“开始”，完成了一个轮回。有时，乔伊斯将语言揉碎，要求读者将其复原。Bi tso fb rok engl a ssan dspl itch ina 的意思令人迷惑。但如果将其重新分化组合，就复原为 bits of broken glass and split china，相信许多人知道它的意思，即破碎的玻璃片和碎裂的瓷器。玻璃碎了，相应地，再现这种现象的语言也破碎了。将其重新排列，组合成正常的单词形式，好像将破裂的碎片又重新拼成了玻璃器皿和瓷器。

---

① 转引自：Barth, John. *Further Fridays: Essays, Lectures, and Other Non-fiction 1984—1995*. New York: Little, Brown and Company, 1995, p. 77.

读《为芬尼根守灵》,不仅要注意从前往后看,还要随时准备从后向前看。wehpen 是什么意思? 许多人不知道,字典上也没有这个词条。不少读者也不太清楚下面一个句子的意思 the Aranman ingperwhis through the hole of his hat。一旦读者知道上面两个例子中 wehpen 是 nephew (侄子)的反写,ingperwhis 是 whispering 的词序调整,一切就都豁然开朗了。另外,书中的 Winnie, Olive and Beatrice, Nelly and Ida, Amy and Rue 这些单词的大写字母如果从后往前拼,就是 rainbow (彩虹)。

《为芬尼根守灵》的循环不仅可以从语言学角度解读,还可以从政治层面解释。批评家认为,Finnegan 这个名词与 Finn-again相近。Finn-again 表示"芬的再生"。如果说《尤利西斯》中布鲁姆是奥德修斯的再生,那么在《为芬尼根守灵》中,芬尼根就是传说中的爱尔兰英雄芬·麦克库尔(Finn MacCool)的再生。Finnegan 又可以排列为 Finn-Egan,这为书名增加了另一个含义。Kevin Egan 是斯蒂芬·戴达勒斯自我流放巴黎期间遇到的一个爱国流亡者。乔伊斯可能的意思是:如果浪漫的爱尔兰没有死亡的话,那么她正被流放,正如创作《为芬尼根守灵》的乔伊斯一样。乔伊斯自己为书名增加了另一个含义。1939 年,俄国人入侵芬兰,芬兰人英勇抵抗,乔伊斯评论说,自己的书名预测了这一事件:"芬兰人又苏醒了"(Finn again Wake)。①

乔伊斯的小说采用循环结构,其中一个理由是因为他受到 18 世纪意大利哲学家维科的影响。维科的名字内嵌在第一段 vicus 这个单词中。维科的思想可以归纳如下:人类的历史可以定义为三个阶段的循环:神的时代、英雄的时代及人的时代。这个过程从诺亚的子孙开始。他们抛弃了真正的宗教,腐化堕落为野蛮愚昧状态。在森林里游荡时,因为条件艰苦,他们的脑力水平在下降,身体越来越强壮。这些原始人一直处于无言状态,后来,他们听到雷声,惊奇地发出 pa 或 papa 的叫声。这种叫声后来被用描述父亲的形象,原始人认为父亲是雷声的源泉。在神的时代,原始人认为自己生活在神圣政府统治下,政府命令通过神谕和预兆来传达。时代前进到英雄时代,人各有别。人类中的精英建立了以贵族为主导的政府,崇尚英雄行为准则,荷马史诗中有这样的生动事例。在最后一个时代,即人的时代,主导政府形式是君主制和自由联邦。

维科《新科学》对《为芬尼根守灵》最大的影响也可能在于维科的

① Bowen, Zack and James F. Carens (eds.). *A Companion to Joyce Studies*. Westport, Conn.: Greenwood Press, 1984, p. 636.

历史时代的循环论。《新科学》认为历史是循环的,而不是线性发展。出于自私或低下动机,人类建立了各种机构。一个时代会过渡到另一个时代,一个政府形式会转化为另一个政府形式,这些变化是竞争的阶级权力重新分配的结果。公民时代,君主暴政导致人类机构解体,遗民为了自身安全,逃到荒野,像凤凰一样,他们又复生了。

循环的概念与科学大发现密切相关。克里斯托夫·哥伦布环游地球以前,人们认为地球是平面的,没有尽头。哥伦布的航行证明了地球的圆形。"爱因斯坦则用黎曼的弯曲空间取代了欧几里得的平面空间,使圆形和循环成为时空的本质形态。"①因此,文中不断出现哥伦布和爱因斯坦。哥伦布的名字变形为 Pristopher Polombos, Colombo, Columbuses, Columbsisle, Prestopher Palumbus, Christy Columb, Crestofer Carambas, Crashedafar Corumbas。德语中,爱因斯坦(Einstein)的名字表示"一块石头"(one-stone)。他的名字的变体有 Winstain, Elmstree to Stene, Eyeinstye 和 Entis-Onton。

采用循环叙事是《为芬尼根守灵》的一个基本特色。它使文本色彩斑斓,美不胜收。它提醒人们,还有许多被忽略的方面需要注意,设置的密码需要破译。这对于整体把握乔伊斯作品是必要的。

因为双关语的大量存在,《为芬尼根守灵》的世界又是一个不确定的世界。第一部分第二章基于一半真实、一半虚构的故事。据说,女海盗格雷斯在豪斯伯爵吃饭时到了他的城堡。因为吃了闭门羹,她劫走了他的儿子兼继承人,并留下话说,只有伯爵用餐时接纳客人,才归还他的儿子。乔伊斯的故事中,伯爵(Earl)成为甲尔(Jarl),恶作剧女王来了三次,一次绑架一个孩子。第一次来时,她出现在门口,问了个谜语:"为什么我像酒瓶?"随后带走了双胞胎中的一个名叫特里斯托夫(Tristopher)的孩子。正如名字所示,这个孩子很伤心。恶作剧女王使他快乐,和他一起回到城堡,又问了同一个谜语,只不过将结尾改为"两个酒瓶"。甲尔回答不出,于是恶作剧女王劫持了他的第二个孩子希拉里(Hilary,有"高兴"之意),将他转化为他的对立面"难受"。

她第三次来到城堡问:"特立斯蒂安(Tris 也表示'三'),为什么我像三个酒瓶?"甲尔不愿意失去自己的女儿,他冲出城堡,叫女王闭嘴。与此同时,他排出粪便,雷声证明了这一点。这是大概的故事情节,但乔伊斯的措辞值得推敲。made her wit against the dour 可以理解为"女王走到门前"(made her way for the door),又可以理解为"她用自己的智

---

① 戴从容著,《自由之书:<芬尼根的守灵>解读》,上海:华东师范大学出版社,2007 年,第 96 页。

慧斗闷闷不乐的人”。女王提出谜语,甲尔不能回答,冲突开始发生。但文中的 skirtmisshes 既像 skirmish(冲突),又像裙子(skirt),小姐(miss)和导弹(missile)。女王绑架了第一个孩子,“绑架”一词被写为 kidsnap。这个单词既有 kid(孩子),又有绑架 kidnap,还有 snap(打),snapkids 就是“打孩子”。女王用暴力得到孩子,就在雨中跑呀跑,跑呀跑,原文为 she rain, rain, rain。如果是另外一个作家,可能他(她)会写成 she ran and ran in the rain,但乔伊斯的句子的“跑”(ran)包含在“雨”(rain)这个单词中,似乎显得技高一筹。无可置疑的是,这个单词(rain)更能表示人与雨融为一体,衣服贴在肉体上,难以分辨的状态。第二次去,她在邪恶的人面前更聪明(she made her witter before the wicked)。这一句与 she made her waiter before the wicket 同音,因此句子又可以翻译为“她让仆人走到柳条门前”。甲尔对女王陛下非常无礼。“陛下”一词本来应拼作 her majesty,但书中写作 madesty,融合了“谦虚”(modesty)、“变成”(made)、“猪圈”(sty)、“疯子”(mad)等单词。女王抱起希拉里,沿着百合铺成的路,回到自己的女儿国(all the lilipath ways to woeman's land)。lilith 又表示“夜间行走伤人的女妖”,woeman 虽然像是“妇女”,但又表示“忧愁的男子”。第三次恶作剧女王到来,甲尔很生气,命令女王闭嘴(he ordurd order)。“命令”(order)与“粪便”(ordurd)拼写大体相同。可以看出,乔伊斯如同日本的漆器工人,一层又一层向容器刷漆,使艺术品呈现丰富的色彩。

有时,乔伊斯会用一种看起来不太明白,但听起来或读起来却很清楚的单词来完成自己对英语语言的改造。Solongas 和 allsee 在字典上查不到,但读起来听者会明白是 so long as 和 all see。zuckers 实际上是 sugars。依此类推,po's taeorns 和 Feenichts 分别是“后面”(postern)和“凤凰”(phoenix)。英语中,有些单词句首的 h 和 p 不发音,例如,英语单词 hour, psalm。乔伊斯利用了这一字母冗余现象,创造出下面句子:hattracted hattention by harbitrary conduct with a homnibus (在汽车上任意胡来以引起注意)和 psing a psalm of psexpeans (唱一首赞歌,6 便士)。这两个句子去掉一些首字母,转化为 attracted attention by arbitrary conduct with an omnibus 和 sing a psalm of sexpeans (six pence)。一方面,某些单词读起来才焕发意义。另一方面,有些单词看书面拼写才能提取多重意义,只听读音会丧失部分意义,如 remembore。一不留神,《为芬尼根守灵》的单词会走向其对立面。因此在阅读中,耐心、敏感和背景知识极其重要。

例如,伊厄威克和肖恩总谴责夏姆是个注定没有好结果的双关语玩弄者,但他们弗洛伊德式的口误却泄露出他们内心的另一面。肖恩说他爱夏姆："I'm an everdevoting fiend of his"，但他说的是"自己是他的不共戴天的仇敌"（friend 与 fiend 发音相近）。肖恩曾给伊齐和其他女孩讲大道理，他说："First thou shalt not smile. Twice thou shalt not love. Lust, thou shalt not commix idolatry"，翻译过来就是：第一，你们不能笑，第二，你们不能有爱情。淫欲，不要崇敬神（lust 与 last 发音相近）。十诫中的 thou shalt not commit adultery 被改变，说明肖恩内心的肮脏。

"树林里只有这些树：欧石南（briertree）、欧洲花椒（rowantree）、山茱萸（cornel）在通风的草地上。"欧石南暗指 1848 年爱尔兰起义领袖威廉·史密斯·奥布莱恩（William Smith O'Brien），"花椒"和"山茱萸"暗指爱国者汉密尔顿·罗万（Hamilton Rowan）和丹尼尔·康纳尔（Daniel o'Connell）。他们用自己的鲜血帮助爱尔兰摆脱英国统治。

其他双关语有：We grisly old sykos who have done our unsmiling bit on 'alices, when they were yung and easily freudened。grisly 让人想起 grey beard（灰胡须），sykos 是希腊语，表示"精神，心灵"。后面一句可以翻译为"他们年轻，又很容易受到惊吓"，但这只是问题的一个方面。grisly 还可以表示"可怕的"，on 'alices 与 analysis 发音相同，令人想起路易斯·卡罗尔对小女孩爱丽丝·利德尔的喜爱。《为芬尼根守灵》中，女主人公安娜少女时代曾被麦克尔神父诱奸，男主人公伊厄威克对女儿伊齐有邪念。可能还有乔伊斯担心自己女儿卢西亚心理问题这个因素。yung 令人想起心理分析学家荣格（Jung）。荣格曾给卢西亚施治。乔伊斯虽然不赞成弗洛伊德和荣格的学说，但他还是注意到，自己的名字乔伊斯（Joyce）如果翻译成德语，可以是 Freud。freud 翻译成英语，是欢乐（joy）。考虑到这个层面，我们认为小女孩虽然害怕，但可能心里却不无喜悦和兴奋。罗素·戴维斯对《为芬尼根守灵》的戏仿《游乐场木马》（*Pleasurebubble Hubbyhouse*）颇具天才，不妨全录如下：

> Cobbles, I queek, con naught con all. This is a misbegoblin effart from swive of wive to brickfist type and four pines ninetofive in any buddy's monure. Where's your woollen tears, I asp yo, to be token by're lurke-wake root sex-hundread pagan laing (in your fibre papalbag) back to Head Case Engineering, wench we came. (No anchor was the stern reply.)
>
> Finagles Waste, bejamers joist, cannondrum in excresis, insproats a crumplicadent nexicon of dumpstincts within yr fightful reportwise. He sews seemseeds in the earshell (moultigreyed). Echo homo, littlesurs! Yet in the upperroof of our puerole Humptyhead, alass, wee stans

ahost. All tug Heather now, Here comes Excess! (Nutting degrees like digress, my old donski use to shay, God press his iddle-gotten saul) Well a big fat darty booker it is to be shaw, and I wouldn't have the spiers to be waterlogging all the arks and chunderment of openprism reduxdiceased bewtwe these greeny backs, so geld me Hobson. Suffixit touche, o gintill redrum, it is oh, allerline schoolerschrift filluphaben in a therasputin donghell incarnabine. (Otis liftey water I must dyke for it, Father, plash me for I have skimmed. Or shuteye see, flush me, Farber, for I am skint? Hamsters on a boastcart, please.)

I'll not abound to say you won't fine yourself tungling over the odd tibs and bogs that bueffer to the kyries mine pleasurebubble sensehavens of interlarkin dizzypin. Not all Hall, the very tort of it is anaspirin for Deloittes of me. Old joys is low-undoing-himself. (And don't wee all.) Notwithshandy he guts no eyes with ewers drooling. And why should he, Gott safes the Mark, we cannot all be Hainault Hobcecils scrimbling lists of the midevil sinsburys, we'd all go rouse the twins.

But, you interplate (those of you in whom the shap of egremont is heather rising, gold blast you sirs, would you heave the price of a Riles-Royals about yez?) this is no rumtomb teararts billyphant from the Dully Bullygraft! This is Hihgly Charged Engrishe or I am a touchmum! How ripe you are, penine interlexapples, I bough to your supearier fudgement. But are you shaun, are you dolgelly convicted we are dwelling with a Wort of Ark and not a Pickforth's vain of finto seems belunging to a literary hen's teeth diva? Hom? You mistumblestand the jeskin? Swerve you right, you anchor! (Part my fringe)

In the embolism comes it doubt to this: Filigrees Whelk, bejams juice is a bleeding grant for pores, a hubbyhouse for the aldebarans of the acadome, och it is an obsolate condgeree of your hockmugrandiose christable prankhearse, and all the finn in it is in the parting together (on Joisus's path) and biggerole in the pollen-asonder by ourshelf, misteral stingers that we bee. Sore knackers to Sham and Shawn! Annie Luvya Liverpool a la long term! Abbasso profungus in arsepick! Flherty-o for the Missus! (The remarque is out of plays. I withdrawal it entimely with sunblest apollogrease.)

Now *Boatrace of the Hearties as a Ying Yang*, on the upperham, I meal your *Potroast of the Hartebeeste as a York Ham*, ah yer *Prostitute of the Alldust as our Yom Mahon*, well that's a dufferin Cathal O'Fish altargodder. Innis? ①

先把这段乔伊斯风格的英语文章粗略翻译为英语：

This is a misbegotten effort from swive of wive to breakfast type, and many people pine in anybody's manure. Where is your tear? I ask you, to be be taken by the lukewarm book six-hundred-page long (in your Faber paperback) back to HCE, whence we came (no answer was the stern reply). *Finnegans Wake* by James Joyce, conundrum in excess, inspires a complicated lexcion of deep instincts within your frightful report. He sows seeds in the ear. Yet in the upper roof of our puerile Humpty head, we stand at a loss. All told now, here comes excess, (Nothing digresses like digress, my old donkey used to say, God bless his idle-gotten soul). Well, a big fat book to be shown, and I wouldn't have the spirit of optimism reduced between these green backs. Suffice it to say, or gentle readers, it is adrenaline life in a therapeutic dunghill incarnate. (Otis lifts water. I must dyke for it, Father, plash me for I am skimmed, or should you see, flush me for I am skinned. Hamsters on a toastcart, please.)

I am not bound to say that you won't tussle over the tibs and bogs that holler to the sky my pleasurable sensations of interlocking dizzy fun. Not at all. The very thought of it is an aspirin for Deloittes of me. Old Joyce is undressing himself, and don't we all? Notwithstanding, he gets no eyes with your head dropping. And why should he?

But you interpret this is highly charged English or I am a humbug. How ripe you are, penitent intellectuals, I brought you to your superior judgment. But are you sure? Are you doggedly convinced that we are dealing with a work of art and not a vain book belonging to a literary hen's diving? Hum? You misunderstand the jesting, serve you right, you author (Pardon my phrase).

The symbolism comes to this: *Finnegans Wake* by James Joyce is a bleeding grant for bores, a hobby horse for the older barons of the

---

① Gross, John (ed.). *The Oxford Book of Parodies*. New York: Oxford University Press, 2010, pp. 121 – 122.

academy, or it is an obsolete category of your grandiose Christian prank horse and all the fun in it is in the pairing together (on Jesus's path) and bigger role in the pull asunder by ourselves, minstrels as we are. Sore knackers to Sham and Shawn, absolute profundis in asterisk (The remark is out of plays. I withdraw it entirely with best apologies).

Now *Beatrice of the Dante* on the other hand, I mean your *Prostitute of the Alldust in Yoko Hama*, or *The Portrait of the Artist as a Young Man*, well, that is a different kettle of fish altogether, isn't it?

翻译如下:

这是一本设想得很不周密的书,从妻子的性生活到早餐,许多人哀叹,这是某人的粪便。我问你,你看了这本费伯出版社平装本的600多页的书后,流眼泪了没有?现在回到我们的起点HCE。詹姆斯·乔伊斯的《为芬尼根守灵》有太多疑团。这本令人震惊的书提出了复杂的关于深层本能的术语。他向你的耳朵里灌入了种子。但就我们幼稚的大脑而言,我们感到迷惑。总而言之,意义四溢(我的驴子说,下笔千言,离题万里。上帝保佑它无所事事的心灵)。这是一本大部头的书,但我却不会像书中作者一样乐观。它是具有治疗作用的粪堆的化身,中有提升了的肾上腺素(奥蒂斯电梯可以使水位升高,我必须筑坝,神父,拍打我吧,我已经除去浮渣;神父,使我激动,我已经脱去衣服,请把仓鼠放在土司车上)。

我不用说你在愉快的令人头晕目眩的双关语中挣扎,根本不用。这本书只是治疗我的疾病的阿司匹林。乔伊斯又在卖弄自己了,我们不都是这样吗?不过,他丝毫不管你是否在打盹,他根本没有这个兴趣。

你要知道,这是充满活力的英语,否则我就是胡说。忏悔的知识分子,你们明白了,我让你们获得真知,但你完全肯定你在读一部艺术作品,而不是一只自负的文学母鸡在啄一张白纸吗?哈,其中的笑话你理解错了,活该(请原谅我的说法)。

文中的象征应该如是解读:詹姆斯·乔伊斯的《为芬尼根守灵》是为无聊的人写的可恶的书,是校园老学究的旋转木马,又是基督徒的游戏。书中所有的乐趣在于我们沿着耶稣的道路联合,并对我们自己进行彻底剖析。我们本身就是巡游歌手,夏姆和肖恩,滚开,加星号的绝对深奥文本(上述言论已经去掉,致以最诚挚的歉意)。

> 你的《阴阳世界中的但丁的比阿特丽斯》，或者称《横滨的满身尘土的妓女》，我的意思是《一个青年艺术家肖像》，就完全是另外一个风格了，不是吗？

戏仿满是双关语，这需要读者熟悉乔伊斯原著《为芬尼根守灵》的风格。通过分析，可以看出戏仿与原作之间的联系。如果熟悉原作，阅读戏仿可以得到“熟悉的陌生人”的喜悦。这就是戏仿的功能和天才的戏仿者带给读者的快乐。詹姆斯·乔伊斯是英美文学中的一座高山，文本有一定难度。当年翻译《尤利西斯》时，曾找到钱钟书，希望他能够从事这个工作。他说：“这倒是一个别致的自杀的方式。”钱钟书没有翻译这本书。读者对乔伊斯这座高山有不同态度。有人绕过去，有人视而不见，有人入宝山而空手归，有人对他的文本甘之如饴，从这座高山上得到了许多宝藏。对乔伊斯的戏仿分析表明，乔伊斯作品并非天书，而是充满魅力的金库。戏仿是亲近乔伊斯、理解乔伊斯并从中受益的一个好方法。

第二节　弗吉尼亚·伍尔夫

现代主义时期更是戏仿的井喷时期。1928 年，伍尔夫曾写信给戏仿大师比尔博姆，称赞他对其他作家的戏仿：“希望你知道我怎样认真阅读你的文章（我觉得不可思议），我无法想象你是如何写作的！”①英国文学评论家和传记作家大卫·塞西尔曾记录了一则有关伍尔夫的逸闻，给读者提供了随机戏仿的生动例证。有一次伍尔夫夫妇接待了一位女小说家。吃过饭后大概 10 点钟，客人的丈夫来接自己的妻子回家。他是另外一个类型的人：方脸，蓄着牙刷状胡须，没有文化修养，也没有浪漫情调，但他付出了全部努力，希望给主人留下好印象。他问伍尔夫：“现在您在写什么东西？”伍尔夫带着讽刺性笑容回答：“我觉得你对写作不会感兴趣。”来客没有在意这句话，大家接着交谈。大约 15 分钟后，这位客人说：“我们该走了。我要下楼，把车窗摇上去。”伍尔夫问道：“你的车子是什么牌子？”男的回答：“我觉得你对汽车不会感兴趣。”当时伍尔夫只是笑了笑。当时在场的目击人塞西尔认为，男子赢得了这一回合的言语交锋。② 本体和仿体之间只有一个单词的差别，

---

① Beerbohm, Max. *A Christmas Garland*. New York and London: Yale University Press, 1993, p. xliv.

② Gross, John (ed.). *The New Oxford Book of Literary Anecdotes*. Oxford: Oxford University Press, 2006, p. 247.

形成戏仿性互文。这件趣事既说明了本体的临时性,又说明戏仿可以被作为武器,对目标对手进行反击。有趣的是,这是肚子里没有墨水的人利用对方擅长的手段(文字),击败了学富五车的作家,因此可圈可点。

另外一个例子也可说明伍尔夫与戏仿的密切关系。美国剧作家爱德华·阿尔比曾创作剧本《谁害怕弗吉尼亚·伍尔夫?》(*Who Is Afraid of Virginia Woolf?*)。题目由 20 世纪 30 年代大萧条时期的一首民谣里的一行改写,原词是"谁害怕这只大灰狼?"(Who is afraid of the big bad wolf?)。"大灰狼"指的是某种可怕的事物,如贫穷,而伍尔夫在英语中与"狼"谐音。剧中人物玛莎与伍尔夫有共同之处,比如她们都博览群书。玛莎害怕弗吉尼亚·伍尔夫,是因为伍尔夫投水自尽,玛莎同样地绝望。

第三节　温斯顿·丘吉尔

现代主义时期的另一个庞然大物是获得 1953 年诺贝尔奖的温斯顿·丘吉尔。作为政治家和演讲家,丘吉尔的文章大量使用排比、重复,视野宏大,逻辑严密,说理透彻,具有极大的感染力。1940 年 5 月 13 日,他在下院发表首相就职演讲,结尾部分如下:

> 摆在我们面前的,是一场极为痛苦的严峻的考验。在我们面前,有许多漫长的斗争和苦难的岁月。你们问:我们的政策是什么?我要说,我们的政策就是用我们全部能力,用上帝所给予我们的全部力量,在海上、陆地和空中进行战争,同一个在人类黑暗悲惨的罪恶史上从未有过的穷凶极恶的暴政进行战争。这就是我们的政策。你们问:我们的目标是什么?我可以用一个词来回答:胜利。①

丘吉尔是有名的顽固反共人物。但在第二次世界大战的关键时刻,在处理对苏关系问题上,他以一个杰出政治家的巨大勇气和高度灵活性,从英国人民的根本利益出发,完成了英国政治和他本人政治生涯中的重大历史性转折,毫不犹豫地与苏联结为盟国,使不同意识形态下的反法西斯力量在特定的历史条件下结成了统一战线,从而保证了赢

---

① 梅仁毅等编,《高级英语 教师用书》(上),北京:外语与教学研究出版社,2012 年,第 407 至 408 页。

得战争的最后胜利。斯大林称赞丘吉尔是“百年才出现一个的人物”。马尔科姆·马格里奇1953年曾模仿丘吉尔的风格,写了一篇三巨头会议,发表在英国《笨拙》(*Punch*)杂志。他写道:

> 早晨的会议,莫洛托夫最早到达。他宣布,经过考虑,斯大林元帅已经同意罗斯福总统草拟的新的全面的人权宣言。考虑到这个事情被提出时,斯大林元帅反应冷淡,甚至持敌对态度,这代表着一个巨大的让步。我们开始愉快地讨论棘手的波兰问题。我想用火柴棒的方式向元帅显示,波兰可以为德国和苏联提供一个永久而有效的缓冲地带。我说:“不要让我们给波兰这只鹅体内填塞太多的德国食物,否则她会消化不良。”周围一片大笑,元帅面带狡黠,接着说:“消化不良胜过营养不够。”必须承认,我们的波兰人很正直,但很软弱。他们一直催促我提起卡廷事件,还有几个代表携带安全通行证到俄罗斯谈判与伦敦“政府”关系,随后失踪的问题。在与斯大林元帅举行的私人会谈中,我提到了失踪代表的问题。他说,他会过问这件事,随后又愉快地眨了一下眼睛说,他的手下有时候不太听话。我狠狠地瞪了一下艾登[①],说,我和他同病相怜。在友好的气氛中,这件事暂告结束。
>
> 元帅坚持说,因为波兰的软弱,纳粹德国1941年6月才轻易入侵苏联。此时,罗斯福身边工作人员用比较大的声音悄声说,波兰当时软弱是因为希特勒和斯大林商定瓜分并共同占领那个国家。莫洛托夫喜爱帮闲,将这句话翻译给元帅,元帅马上怒容满面,山雨欲来风满楼。然而,我又采用火柴棒的老办法。随着我幽默地阐释它们的排列,元帅的眉头慢慢地舒展,暴雨被阻止。最终,我们同意承认卢布林政府,接受柯曾线,而斯大林则同意全苏联只在联合国保留三个席位。
>
> 晚宴由我来招待与会代表,气氛非常友好。代表为红军干杯,为英美军事力量干杯。在祝福元帅的健康时,我谈到了将他带到目前无可置疑的人民领袖地位的光辉路程。我接着说,他远远胜过了他的所有对手,我拐弯抹角地说,如果不是他处决了所有对手的话。我接着说,在国内外,他以无比的手腕和勇气领导着人民。我最后说,因为这样一个领袖的存在,因为对他的承诺的无言的信任,整个自由世界能够更自由地呼吸。我的话赢得了大家发自内心的掌声。

---

① 时任英国陆军部长,丘吉尔的助手。

随后宴会中不寻常的交谈值得提一下。元帅谈起了德国战俘问题。他不经意地说,在他看来,所有的非共产主义者都应该马上枪毙。我故作严肃说,作为日内瓦条约签字国,我们不能同意这样做。罗斯福总统夸张地眨着眼睛,表示同意。在友好的打趣中,在推杯换盏中,诚挚欢快的宴会进行到深夜。

很明显,我们三个(罗斯福总统、斯大林元帅和我自己)因为永久的友情而紧紧团结在一起,肯定会让混乱的世界恢复和平。哎呀!这样的情况并没有发生。总统很快被死亡夺去了生命;没有良心的英国选民在战争胜利之时,将我赶出首相官邸;只有斯大林元帅还在他磐石般的克里姆林宫,继续他任性刚愎的执政轨迹。①

文章以漫画形式再现了三巨头峰会。与丘吉尔原作不同的是,戏仿中解决问题的方法被简单化了。根据常识,单凭火柴棒,不会让俄国人回心转意。丘吉尔不会像文中一样称赞元帅,而听众也不会如文中所说热烈鼓掌。

第四节 克雷格·雷恩

雷恩1944年出生,曾在牛津大学接受教育,后来成为牛津大学教师。1981年他开始在费伯出版社担任诗歌编辑,1991年重返牛津执教。从1971年到1981年,执教之余,他不断为《新评论》、《新政治家》等刊物撰稿。1978年他出版了第一部诗集《洋葱、记忆》,吸引了评论界的目光。1979年,他的第二部诗集《火星人寄回家的明信片》更是激起了强烈反响。两本诗集中,他展示了自己暗喻方面独特的个性和卓绝的才华。因为他将日常生活进行创造性地变化,评论家赞扬他引领了火星派诗歌。成功之后,雷恩在其后的有些作品中继续探索使用火星派技巧。从克雷格·布朗对雷恩的戏仿中,读者可以读到下面的句子:

孩子像是刺猬,不过没有尖尖的刺。
胎儿没有胡须,从母亲的子宫里出来。
有点像尼尔·阿姆斯特朗
从阿波罗号宇宙飞船中出来,

---

① Lowrey, Burling. *Twentieth Century Parody: American and British*. New York: Harcourt, Brace and Company, 1960, pp. 133 – 135.

不过，阿波罗是金属制成的。
它不是粉红色，有控制板、
按键、电线、控制杆等。
不过，诗歌中人们不能太挑剔。
从非同寻常的角度看电话听筒。
避孕套像是气球，不过更小一些。
精子在亚麻油地毡上游动，
好像溅到地上的大米布丁。①

戏仿从非同寻常的角度描写日常事物，正是雷恩的写作风格，这可以从雷恩代表作《火星人寄回家的明信片》看出端倪。该诗歌是第二部诗集中的一首诗，只有34行。它描绘了地球人的普通生活。再寻常不过的现象（书、汽车、电话、手表、上厕所、雨、雾、做梦）经过陌生化过程，焕发出光彩，令人耳目一新。研究诗人如何完成这一化腐朽为神奇的变化，揭示其规律，可以为文学研究创作提供借鉴。

陌生化作为一个广为人知的概念，它发端于1817年，被定义为通过打破普通的语言语篇模式，让日常感觉世界变得新奇，使读者重拾已经丧失了的新感觉的能力。当时英国批评家柯勒律治在其论著《文学传记》中提出，文学天才最大的优点在于，当他表现大家熟悉的物体时，能够唤起感觉的新鲜感。

笔者认为，陌生化效果产生的重要途径是叙事人的变更和视角的转变。地球人发回家的明信片就不新鲜。将叙事人换成火星人，视角改变，效果就截然不同。英国文学中，许多佳作都利用了奇异叙事人。一名无名氏创作的诗歌《两只乌鸦》，收入司各特编纂的《苏格兰边区歌谣》，诗歌内容如下：

我独个儿漫步时，听到两只乌鸦在商谈。
一只对另一只说：
"今天我们上哪儿去吃饭？"
"在那边古老的泥草墙脚下，
我见到躺着一位刚殒命的骑士。
谁都不知道他躺在哪里，
除了他的鹰、他的猎狗和他的美人。

① Gross, John (ed.). *The Oxford Book of Parodies*. New York: Oxford University Press, 2010, pp. 193 – 197.

他的猎狗去狩猎,他的鹰把野禽送回家。
他的美人儿另有所欢,
因此我们可以好好吃一顿。"
"你可以坐在他白皙的颈骨上,
我可以啄食他俊秀的碧眼,
把他一绺金黄头发,
当作茅草覆盖我们快剥落的巢。
不少人都会谈论他,
但谁都不知道他在哪里。
在他粼粼的白骨上,吹着永不停息的风。"①

悼念人的死亡的诗自古并不罕见,丁尼生写过《悼念》,弥尔顿写过《致卢西达斯》,但以两只乌鸦的角度来哀叹人的卑微及死亡的可悲,独辟蹊径,别具一格,令人印象深刻。诗歌独特的视角可以产生陌生化,其他文类也常用这一技巧。斯威夫特的小说《格列佛游记》中有一著名场景,叙事人为小人国国民。他们抓住了庞然大物格列佛,照例清点他的物品,然后向国王提交报告。他们的报告是这样表述的:

仔细检查巨人山的右上衣口袋,我们只发现了一大块粗布,大小足够铺在陛下宫殿大厅作地毯;在左兜里,我们看见一只巨大的银箱子,盖子也是由同样质地的金属制成,我们没能打开这个盒子。我们要求巨人将其打开,其中一个人迈进去,发现他的膝盖以下没入一种尘土状的东西,有些还扑到我们脸上,让我们连打了两个喷嚏。

报告始终未提到手帕和银鼻烟盒两个字,因为小人国没有这两个词汇。斯威夫特然后通过小人国臣民克莱费伦·费力洛克将旅行日记、梳子、手枪、银币、铜钱、刀子、剃须刀、子弹、火药陌生化。对怀表的陌生化尤为形象生动:

这像是一个球状的物体,一半是银质的,另一半是一种透明的物质,从透明的那一边我们可以看到我们的手指触到一种固体物质上。他把这个机器凑近我们的耳朵,我们听到它发出持续的声

---

① (英国)帕尔格雷夫原编,蒋炳贤译,《英诗金库》,成都:四川人民出版社,1987 年,第 525 至 527 页。

音,像是水车发出的声音。我们猜想这或者是某种我们不了解的动作,或是他信仰的神,但我们更倾向于后一种观点,因为他向我们保证(如果我们理解得正确的话,因为他很笨拙地表达自己的意思)他很少不参照它就做事。他叫它先知,并说它为他生活中的每一件行为提供时间概念。

《格列佛游记》几百年来一直受读者欢迎,大概与此类陌生化了的优美文笔有关系。可以看出《火星人寄回家的明信片》中的火星人并非天外来物,雷恩也并非英国文学运用陌生化的第一人。欲获得同样效果,只需选择不寻常叙事人,遵循他们的认识水平和思维特点。除斯威夫特外,采用过类似技巧的作品还包括夏目漱石的《我是猫》和福克纳的《喧嚣与骚动》。

从宏观上观察文学中的陌生化,梳理来龙去脉,有助于将《火星人寄回家的明信片》定位,确定历史坐标,为下一步微观分析铺平道路。《火星人寄回家的明信片》开头六行诗为:

卡克斯顿是有许多翅膀的机械鸟。
有些因为上面的印记而尊贵。
他们让眼睛溶解,虽然没有任何疼痛,
他们却让身体发出尖叫,
我从没见到一只鸟飞,
但有时他们栖息在手上。①

几行诗实际上是一首谜语,谜底是人类文明的象征:书。第一个单词卡克斯顿给人很强烈的暗示。卡克斯顿是英国印刷商兼翻译家,创办英国第一家印刷所出版的第一部英文百科全书及其他各类书籍,译书24种。他已成为印刷和书的代名词。说书为鸟是一个暗喻,这个暗喻并不牵强。一方面,好的书超越了庸俗的尘世,代表了人类思维的高峰;另一方面,阅读质量上乘的书,借助书的力量,人们可以找到人生向导,发挥自己潜能,实现飞跃。如果说书的每一页像一张翅膀,那么每一本书都生有许多翅膀。书之所以名贵,最重要的并不是纸页,而是书上印刷的文字,即诗中的"印记"。文字的创制,是人类文明的一次重大进步。例如,中国古代仓颉造字,就是值得大书特书的一件事,惊天

---

① Ferguson, Margaret et al (eds.). *The Norton Anthology of Poetry*. New York: W. W. Norton & Company Ltd., 2005, p. 1943.

地,泣鬼神。由文字构成的书对人的心理版图产生了重大影响。好书能使一个人高尚,反之,坏书能腐蚀人的心灵,使人误入歧途。读书时,人受到内容的影响,随着情节的起伏而情绪波动。正如诗中指出的,即使没有身体的疼痛,读者也可能眼睛湿润,泪流满面,甚至发出尖叫。中国的《拍案惊奇》也应是受书的内容激发而成。书不可能像飞机一样飞,但诗人提到,书可以像鸟一样飞。诗人说到,书可以像鸟一样停留在人的手中。显然指的是人拿着书聚精会神地阅读。

诗人遣词造句时,有时会偏离日常词语的搭配。诗人奥登在诗歌《有一天晚上我外出》中曾写道:"人行道上的人群是丰收的麦田。"①"人群是麦田"是一个矛盾,但全诗谈的是时间的流逝。人生苦短,一代人离去,一代人又成长起来,周而复始,如同庄稼的轮作。这样看来,奥登的诗就并非常识错误,而是天才的表现。雷恩诗中也用了不寻常搭配,如"栖息"(perch)。陆谷孙《英汉大词典》中有"麻雀在树枝上憩息一会儿"(The sparrow perched on the branch for a moment or two)的例子,但说书这个无生命的体积小的物体"栖息"就非同寻常。雷恩赋予书以生命的灵性,整个诗篇也为之生辉。

雷恩还写了日常生活中的最普通的事情:睡眠做梦。这与1798年华兹华斯《抒情歌谣集》中表达的原则相契合:诗的内容应是普通生活里的事情和情景。雷恩的诗30至34行是这样的:"晚上,当所有的颜色逝去,他们两两躲藏,互相阅读,带着彩色,眼睛闭合。"晚上,天色黯淡,万物失色,雷恩称各种颜色生命终结,继续坚持了自己的万物有灵论。但是,值得庆幸的是,睡梦中绚丽的色彩又会重回人们眼前。"眼睛闭着"与"看到色彩"是一对矛盾,因为眼睛是视觉器官。但根据常识,梦中世界无奇不有,因此雷恩的措辞也能得到合理解释。

普通事物或场景入诗也有局限。人类的排泄活动一般很难在文学作品中占有堂皇的一席之地。乔伊斯《尤利西斯》直白地描写了布鲁姆的排泄,引起一片哗然。雷恩的诗25至30行同样描写了人类这种最基本的生理活动,但非常委婉。诗行是这样的:

只有小孩才能当众受罪,
成年人要到一个惩罚室,
里面有水,但没有吃的。
他们锁上门,独自忍受噪音。

---

① Brooks, Cleanth. *Understanding Poetry*. Beijing: Foreign Language Teaching and Research Press, 2004, p. 245.

没有人可以幸免，
每个人的痛苦味道不一。①

雷恩似乎在说，只有小孩大小便时不用到厕所。成年人要到水冲式厕所方便。每一个人都有这种需要，而且排泄是在一个密闭的房间进行。可以看出，如果用日常语言讲出，就会粗俗不堪。既是常识，又是大白话，丝毫不能引起人们的兴趣，更不能跻身诗的行列。雷恩化身火星人，对信息进行了重新编码，“大小便”成为“受罪”，“厕所”成为“惩罚室”，“便后冲洗”成为“噪声”，诸如此类，从而使最隐秘的行为进入诗行，被读者吟咏，受人们顶礼膜拜。雷恩的《火星人寄回家的明信片》也谈科技发明。关于电话，雷恩写道：

在家里，有一种机械中了魔，
平时，他呼呼睡大觉。
如果鬼魂尖叫，他们就把他放到唇边，
用细语轻声哄他入眠。但有时，
他们也会故意用手指轻触
让魔鬼发痒醒来。②

电话于19世纪中期被发明。如果说当时尚属新鲜事物的话，那么如今一个半世纪过去了。“旧时王谢堂前燕，飞入寻常百姓家”，电话已成为司空见惯的事物。另外，随着时间的推移，因电话而产生的噪声污染、犯罪也增多，电话不但没有清新可爱的形象，有时还令人厌恶。雷恩将电话机工作原理抛到一边，幻想电话机里有鬼。如果电话铃响，就是魔鬼醒来发出的声响。接电话被解释为人们对着魔鬼窃窃私语，希望他能够重归平静。打电话被认为是人故意让魔鬼觉得痒（旧式电话按键为圆盘状，需要拨动旋转）。雷恩准确地捕捉了人们使用电话的核心动作，别开生面，显示了丰富的艺术想象力。

电话的陌生化不止雷恩一种形式，也曾有作家用古英语书写电话，例如，沃尔特·纳什的《电话》：

---

① Ferguson, Margaret et al (eds.). *The Norton Anthology of Poetry*. New York: W. W. Norton & Company Ltd., 2005, p.1944.

② Ferguson, Margaret et al (eds.). *The Norton Anthology of Poetry*. New York: W. W. Norton & Company Ltd., 2005, p.1944.

Ther ys one wight I fere, y-wis,
He ys y-cleped Telefoon.
He hath no hede, bot hath a mowthe,
One fote hath he, and hath no shoon,
Telefoon, Telefoon.
He hath one huge horned ere,
Hys fode he sowketh thurgh a wyre,
Telefoon no moder hath,
Bel ys Telefoons syre,
Telefoon, Telefoon
Whenne he hereth Belles voys,
He rejoyseth, answerynge
Wyth a selie tinge-a-lynge,
Telefoon, Telefoon
On hys breste he bereth a whele
Whyth nombres magycke
rownde the rym;
Nombres summonen hys frendes,
Thei with tyngynge answeren hym,
Telefoon, Telefoon
Nyl I nat approchen hym
Bot with grucchynge and with grone
Telefoon ys manners foo,
I wol leven hym alone,
Telefoon, Telefoon.
有一个东西我害怕,他是电话。
他没有头,但有嘴。
他有一只脚,但没有鞋。
电话,电话,他有一双大大的
戴着角状饰物的眼睛。
他吃的东西浸泡在电话线中。
电话没有母亲,贝尔是他的父亲。
电话,电话,当他听到铃声响,
他高兴地回应,声音不断重复,
愚蠢地叮铃铃。
电话,电话,

他的脸部有一个圆盘，
边缘有魔幻数字，
他用数字呼朋唤友，
他们用铃铃来回应他。
电话，电话，我不愿再理他。
以后对你只有牢骚、埋怨。
电话，你的举止很愚蠢，
我不理你了，电话，电话。①

古英语与电话这个现代科技产生了强烈的不协调感。“电话铃声”(bel)还表示美国电话发明人亚历山大·格雷厄姆·贝尔。用古英语写神话传说《贝奥武夫》可以，写《坎特伯雷故事集》也可以，歌颂国王的功绩、骑士的效忠都很合适，因为这些都归属于遥远的古代，但如果用古英语描述电话，画面显得清新而有诗意。两位作者同样用陌生化对电话进行了全新的艺术诠释和创造。从戏仿诗中，人们能够读出雷恩作品的陌生化的写作风格。

第五节　憨豆先生

说到罗温·阿特金森，许多人不太熟悉。但是提起憨豆先生，几乎无人不晓。憨豆先生的名字就是罗温·阿特金森。阿特金森在戏仿方面做出了突出贡献。他1955年1月6日生于英国达勒姆郡，早年就显示出诙谐滑稽的天才。当学生时，有一次，老师要求他“努力改正”。英语口语中，“努力改正”或“加紧努力”用pull one's socks up来表达。例如，“我们要加紧努力，看是否能用更为有效的方法改进工作”(We should pull our socks up and see whether by more efficient approaches we can improve our work)。pull one's socks up的另一个意思是“提袜子”。令人始料未及的是，听了老师的话，阿特金森就照字面意思理解，直接用力往上提袜子，让老师哭笑不得。因为这件事，阿特金森受到了惩罚。还有一次，他偷偷地教另一个老师尚不懂事的小孩鹦鹉学舌说脏话“滚”(fuck off)，后来被发现。阿特金森自己认为：“我从不想伤害或冒犯任何人。我只是想得到乐趣。要明白，人生短暂。”②理科获得优秀A等成绩后，阿特金森面临毕业，他考虑是到朴次茅斯学习戏剧，还

---

① Nash, Walter. *The Language of Humor*. New York: Longman, 1985, pp. 92–93.

② Roberts, J. F. *The True History of the Black Adder*. London: Arrow Books, 2013, p. 19.

是到纽卡斯尔大学学习电器和电子工程,获得理科学士学位。此时,他就读学校的校长杰弗里·里斯打破了自己一辈子的习惯。他把初出茅庐的工程师阿特金森拉到一边,对他说:"我从来没有对任何人提出建议,让他们到娱乐业发展。但阿特金森,如果你不至少尝试一下(到娱乐业发展),就太愚蠢了。"阿特金森后来承认:"我离开时也不知道自己该怎么办,我当然对未来没有过高的期望。"①

在漫长的演艺生涯中,阿特金森奉献给观众大量优质的作品。他的电视作品包括《黑爵士》(*Blackadder*)、《憨豆先生》(*Mr Bean*)、《细细的蓝线》(*The Thin Blue Line*);电影作品有《四个婚礼和一个葬礼》(*Four Weddings and a Funeral*)、《憨豆的大灾难》(*Bean: The Ultimate Disaster*)、《憨豆特工 1》(*Johnny English*)、《真爱至上》(*Love Actually*)、《保持缄默》(*Keeping Mum*)、《憨豆的黄金周》(*Mr. Bean's Holiday*)、《憨豆特工 2》(*Johnny English Reborn*)。他还曾为迪士尼动画片《狮子王》(*Lion King*)中的渡渡鸟沙祖配音,并演唱《我急不可耐要当王》("I can't wait to be king")这首歌曲。这些作品雅俗共赏,脍炙人口,让人在笑声中得到教益。本章重点讨论阿特金森喜剧中的戏仿艺术。他曾经表演过一个节目《点名》:

> Come on, settle down please. Answer your names. Anus, assbendit, bottom, clitoris, where are you, clitoris? Dodo, enema. Fistup, come on, grow up please. Gynital, I am sorry, genital, herpes, still with us, I see, Imadick, Imadick, Enema, you know Imadick, don't you? Jaculation, Myprick, Has anybody seen Myprick? Come on, somebody must have seen Myprick. Very well, remind me to beat Myprick a bit later. Niceandquick, Ontop, Pube, Ahh, Myprick, so nice of you to turn up. Well now that you are here, Myprick, perhaps you would like to find a seat. Bottom, squeeze Myprick in here somewhere will you? Rigid. Our Russian exchange student, Suckmeoff, Tightoff, Upyours, Vulva, Yourprick. And Zipper. Zipper. Absent. Now boys, the headmaster had asked me to speak to you this morning on the subject of smut. All members of staff have noticed an alarming increase of silly humor and puerile innuendo about our school. Rigid, Fistup, Bottom, Out. There have been disgusting doodlings on the walls of the lavatories. Sit up straight,

① Roberts, J. F. *The True History of the Black Adder*. London: Arrow Books, 2013, p. 20.

Ontop. One or two unpleasant health magazines have been found. If you fall asleep Ontop, I shall be very annoyed. And Mr. Hardon has told me there has been a great deal of sniggering in his biology class. Tightfit, for heaven's sake, leave Yourprick alone. I don't care, Yourprick had no business poking into your desk in the first place, I will not put up with this kind of behavior boys, and neither must I warn you, Mr. Gripbighardcock, This is a school for the sons of gentlemen, and the theory is that someday, you will turn into gentlemen yourselves, That is with the exception of Genital, who appears to be turning into a ferret. So there will be an end to this second form toilet humor, where so much conversation is devoted to smutty double entendre. Dodo, Suckmeoff, Niceandquick, detention Saturday. Right, I am going to the staff room now, and if I caught herpes in the corridor like the headmaster did yesterday, then there will be trouble.①

快一点坐下！听到名字答应！爱纳斯、阿斯本迪特、波特姆、克里特瑞斯。克里特瑞斯，你在哪里？多多，以内玛，菲斯特阿普，动作快一点，不要像小孩子！盖妮图，对不起，简尼图尔，我看到何皮斯还和我们在一起。艾莫迪克，艾莫迪克，以内玛，你认识艾莫迪克，是吧？杰丘雷申，麦普力克，哪位见到麦普力克了？快点说，肯定有人见到麦普力克了。那好，一会儿记得提醒我训斥麦普力克。奈斯恩德葵科，昂托普，蒲贝，啊，麦普力克，你来了，真不错，既然到了，麦普力克，你就找个地方坐下。波特姆，挤一下让麦普力克进去，好吗？里奇德。现在点俄罗斯国际交换生的名字。萨克米奥夫，泰特奥夫，厄普尤斯，乌尔娃，尤普力克，还有兹普。兹普呢？没有在这里。同学们，校长今天上午让我给大家说一下脏话的问题。学校老师都注意到我们学校愚蠢的幽默和幼稚的黄色笑话数量在直线上升。里奇德，菲斯特阿普，波特姆，出去！厕所的墙壁上出现了一些令人恶心的涂鸦。坐好，昂托普。还发现了一两本令人反胃的杂志。昂托普，如果你要睡觉，小心我生气。哈德昂先生说在他的生物课上，有人不断不怀好意地笑。泰特菲特，看在上帝份上，不要乱动尤普力克。尤普力克也不要先把手伸进其他同学的桌子。以后我不再允许这种行为，也不再事先警告你了，葛利普比格哈德考克。我们的学校是上流社会子弟学校，理论

① 撰写者：理查德·柯蒂斯、本·埃尔顿和罗温·阿特金森。

上讲,你们自己将来也会成为绅士。当然,简尼图尔除外,他已经成了一个白貂。以后,大家不要再来这种下流的幽默。多多,萨克米奥夫,奈斯恩德葵科,周六放学留下来,不准回家!现在我回教师办公室,如果我在走廊里抓到何皮斯,就像校长昨天做过的那样,到时候别怪我不客气。

以上是音译,但是如果将上面的名字进行意译,则充满了性幽默,构成独特的风景线。阿特金森对课堂教师点名的戏仿堪称经典。本节重点讲阿特金森与英美文学有关的戏仿艺术。

一 《圣经》

戏仿让人发笑。如果想让人笑,那就戏仿。这是个简单而有效的逻辑推理。在一次名为《关于笑的一些事情》(*Laughing Matters*)① 视频讲座中,阿特金森谈到了戏仿在笑声中扮演的重要角色。他最有资格讲这些内容,因为他本人就是戏仿大师,或者说拙劣模仿大师。影片《憨豆的大灾难》中,美国洛杉矶的一个博物馆购买了惠斯勒的名画《母亲》。这幅画中的母亲在椅子上坐着,非常安详和蔼。为了宣传这幅画,博物馆工作人员制作了一些衍生产品,将其中一幅宣传画命名为《画家的妹妹》。在这幅画中,一个女子赤裸着身子躺着,显然这是对惠斯勒名画的滑稽戏仿。《憨豆特工 1》中,一个特工隔了一两米远准确而稳稳地将自己的衣服扔到衣架上,令在场的憨豆感到震撼,由衷地佩服。他不由地想模仿这一潇洒动作。在另一场合,机会终于来了。憨豆终归是憨豆,他干脆利落地一下将衣服扔出了窗外,落到了几十层楼下!

1991 年 12 月 11 日,在美国波士顿大学影剧院,阿特金森举办了单人表演节目。节目开始,他说:"这是在地狱。"接着,他把地狱里的人分组,希特勒、通奸犯、律师、德国人、法国人都被他打进地狱。末了,他假装听到地狱的人提问:"这里有没有厕所?"然后,他自问自答:"没有。因为《圣经》中写着:'让你们永远受诅咒,不能上厕所。'(It is damnation without relief.)"damnation without relief 本来的意思是"永远受诅咒,得不到解脱"。阿特金森故意将其曲解。单人表演中,阿特金森又扮演成牧师布道。他戏仿了耶稣治好偏瘫病人的故事。《圣经:马可福音》第二章第三节至十二节中有这样的记录:

---

① laughing matters 还可以形成主谓关系,表示"笑很重要"。

> 有人带着一个瘫子来见耶稣，是由四个人抬来的。因为人多，不得近前，就把耶稣所在的房子拆了房顶。既拆通了，就把瘫子连所躺卧的褥子都缒下来。耶稣见他们的信心，就对瘫子说，小子，你的罪赦了……我吩咐你起来，拿你的褥子回家去吧。那人就起来，立刻拿着褥子，在众人面前出去了。以致众人都惊奇地说，我们从来没有见过这样的事。

阿特金森改编说："几个人抬着一个瘫子来见耶稣。他们对耶稣说：'这个人已经得偏瘫许多年了。'（This man has been sick of palsy for many years.）耶稣回答说：'我要是得偏瘫，已经在担架上躺了很多年，我也会很讨厌的。'（If I had been lying on a stretcher for many years, I will be sick of palsy too.）" sick 有两个意思：一个是"生病的"，另外一个是"讨厌的"。《圣经》原文用的是第一个意思，而阿特金森故意望文生义，用第二个意思。

同样曲解的还有数例。电影《保持缄默》中，阿特金森扮演了牧师沃尔特·古德菲勒。他是位上帝忠实的侍奉者，整天为教区的事忙得不可开交，却忽视了家庭和妻子格洛里亚·古德菲勒的感受。格洛里亚得不到丈夫的关爱，于是找了一个美国情人填补精神空虚。其他烦心的事还有很多：家庭琐事纠缠、青春期的女儿不断更换男友、懦弱的儿子在学校经常被同学欺负、每天晚上邻居家狗叫让她心烦意乱。管家格雷斯·霍金斯这位慈祥的老人的到来改变了这一切。她像亲人一样关心着全家人。一切在悄无声息地改变着，原来对他们不利的事情都在向好的方向发展：女儿有了情感寄托，欺负儿子的同学受到了惩罚，每天晚上狂吠的邻居家的狗忽然消失，格洛里亚的情人失踪了，所有事仿佛都与这位管家有关。最后，观众知道，这一切都是格雷斯促成，而她不是别人，正是格洛里亚的亲生母亲，刚刚出狱。当年，她因为杀了负心的情人而入狱。

电影中，格雷斯坚信古德菲勒会回到妻子身边。她对格洛里亚说："上帝不会和你为难。"古德菲勒总觉得自己布道没有吸引力，她就给古德菲勒讲关于《圣经》的幽默故事，开导这位古板的牧师。她讲的其中一个故事如下：

> 上帝想要休假，就问圣·彼得什么地方比较合适。圣·彼得说："月亮怎么样？"上帝说："上面没有大气。"圣·彼得又建议："到地球怎么样？"上帝说："不行。大约两千年前我到了地球一次，和一个犹太小姑娘有了一段风流韵事，到现在地球上的人还在

说呢!”

“上面没有大气”还可以表示“上面没有气氛”;所谓的“风流韵事”,显然是圣灵让处女怀孕的事情。在格雷斯启发下,古德菲勒思维打开了。他到网上搜索相关资料,惊奇地发现了另一个新世界。下面是他在家给女儿和新任男朋友讲的戏仿《圣经》的故事:

> 有个牧师在路上开车,被警察拦住。警察认为这个牧师喝了酒,但牧师否认自己酒驾。警察拿起牧师旁边的瓶子,指着里面的东西问:“这是什么?”牧师回答:“这是水。”警察一闻,说:“这明明是酒。”牧师惊呼:“上帝呀,你又一次行了神迹!”

这个故事戏仿了《圣经:约翰福音》第二章第一节至第十一节中耶稣在加纳婚宴上变水为酒的故事:

> 第三天,在加纳有婚宴,耶稣的母亲在那里;耶稣和他的门徒也被邀请去赴婚宴。酒缺了,耶稣的母亲向他说:“他们没有酒了。”耶稣回答说:“女人,这与我和你有什么关系?我的时刻尚未来到。”他的母亲给仆役说:“他无论吩咐你们什么,你们就做什么。”在那里放着六口石缸,是为犹太人的取洁礼用的;每口可容纳两三桶水。耶稣向仆役说:“你们把缸灌满水吧!”他们就灌满了,直到缸口。然后,耶稣给他们说:“现在你们舀出来,送给司席!”他们便送去了。司席一尝已变成酒的水(他并不知是从哪里来的,舀水的仆役却知道),便叫了新郎来,向他说:“人人都先摆上好酒,当客人都喝够了,才摆上次等的;你却把好酒保留到现在。”这是耶稣所行的第一个神迹,是在加纳行的;他显示了自己的光荣,他的门徒们就信从了他。

牧师酒后驾驶被抓住,还举出《圣经》典故为自己开脱,真是让人哭笑不得。不过,这样的笑谈足能让中国读者记住耶稣变水为酒的《圣经》故事。古德菲勒的故事将如同一盘散沙的家人聚拢在一起,团结了大家。他布道的风格也为之一变,受到大家的喜爱。下面是他布道时穿插的一个花絮:

> 有一个英格兰人、苏格兰人、爱尔兰人、基督教牧师、犹太教拉比、天主教牧师一起到了酒吧。酒吧招待说:“要干什么?开玩笑吗?”

这个简短的笑话让教众哄堂大笑。一起到酒吧的人一般是朋友。而这六种人代表了六个不同的利益团体。世界目睹他们之间的仇恨、纷争、杀戮、口角，已经习以为常。如今，他们几个人亲如一家、和和气气地一起到酒吧喝酒，是前所未闻的事情，所以酒吧招待要吃惊，感到意外，认为他们在开他的玩笑。一个笑话，抵得上政治评论家和时事评论员连篇累牍的长篇大论。

格雷斯还趁热打铁，引导牧师从全新的男女爱情的视角看待《圣经》的赞歌。古德菲勒最后终于萌发了对妻子的爱，两人的心幸福地贴在一起。牧师大会主题发言中，虽然他一时疏忽，把“上帝”（God）说成了“阴茎”（cod），但总体来说，他大获成功，得到了与会人员的赞扬。

电影中，阿特金森以扮演牧师居多。《四个葬礼和一个婚礼》中，他主持了一对新人的婚礼。他本应该对新郎说：“你愿意不愿意娶她做你的合法的妻子？”（Will you take her as you lawful wife?），因为太紧张，他把“合法的”（lawful）说成“可怕的”（awful），意思悬殊太大，让人发笑。总之，阿特金森的戏仿实践为世人研习这一艺术提供了很好的范例。

二　威廉·莎士比亚

英国电视连续剧《黑爵士》第一季、第二季、第三季、第四季分别于1983、1985、1987、1989年在BBC电视台播出，阿特金森担任主演，饰演黑爵士。他精彩的演出成为这出喜剧引起轰动的关键。一般认为，约克家族最后一个君王理查三世囚禁了侄儿爱德华五世，篡夺了王位，后在博斯沃思与从法国率兵登陆的王位要求者亨利七世交战中阵亡。莎士比亚戏剧《理查三世》中，理查三世登基前名字是格洛斯特的理查。他是个偏执狂，野心勃勃，嗜血成性，杀人如麻，胆大妄为，阴险狡猾，但心细如发，作战英勇。故事开始，身体畸形的理查宣布：“现在是我们不满的冬天，因为约克的太阳成为灿烂的夏天。”太阳指的是垂死的国王爱德华四世。理查下决心继承王位。为了确保这个目标的实现，他开始清除道路上的障碍。他将被困于伦敦塔的弟弟克拉伦斯处决。威尔士王子爱德华的遗孀安为丈夫的父亲亨利送葬时，理查向她求婚。两人后来结婚。爱德华四世死去，在白金汉公爵的帮助下，理查开始攻击伊丽莎白家族成员及支持者。黑斯丁、里弗斯和格雷都被处决。白金汉公爵说服伦敦市民接受理查为国王，是为理查三世。登基后，他杀了侄儿和伦敦塔中的王子。在妻子安的死亡中，他也扮演了不光彩的角色。理查三世又想和约克的伊丽莎白结婚。白金汉公爵反叛，倒戈加入里士满伯爵亨利·都铎的队伍。都铎此时已经登陆威尔士，要求理查三世让出王位。白金汉被理查三世抓获，随后被处决。理查三世需要与亨利·都铎的军队在博斯沃思交战。交战前,理查三世处决的人的鬼魂一个个前来,预告他的一败涂地。第二天交战,他丢了自己的马,被里士满伯爵击毙,玫瑰战争结束。里士满成为都铎王朝第一代国王亨利七世。

第一季第四集《预测》(*Foretelling*)改写了英国历史的这个片段。该剧认为,理查三世为人和善,呵护自己的晚辈,尤其是侄儿约克公爵理查。亨利七世宣称自己在博斯沃思战役中杀了理查三世,实际上,这是无稽之谈。事实是,约克公爵理查取得了战争的胜利,成为国王,平稳统治了十三年。剧本除了改写历史,还有对莎士比亚戏剧的滑稽戏仿,值得品评玩味。

剧本开始时间是博斯沃思战役前夕。理查三世正在召开战前动员会,参加会议的有约克公爵理查(以下简称约克公爵)、约克公爵的儿子哈利和私生子埃德蒙(黑爵士)以及众多大臣。约克公爵甚至不认识自己的私生子,问了哈利才明白埃德蒙与自己的关系。理查三世非常讨厌埃德蒙,暗暗骂他。为自己安全考虑,他吩咐约克公爵作战中不要让埃德蒙靠近自己。埃德蒙丝毫没有感觉到理查三世对自己的厌恶,他很高兴国王注意到了自己。他为自己找了两个忠实的仆人包德里克和珀西。

博斯沃思战役当天,理查三世发表了鼓舞人心的演讲:“如今伦敦躺在床上的人们,因为不在这里而受到诅咒;如果有人说起在撒谎者拉尔夫这一天浴血奋战的事情,从今后会看轻他们自己的人格”①,众人开始酣战之时,埃德蒙和两个随从还在睡熟。11点钟,王后将他叫醒。埃德蒙惊慌失措地奔向战场。由于方向错误,他们不得不原路返回。

总算到了战场,看到战场上你死我活的场面,埃德蒙体如筛糠。他把马系到一棵树上,到不远处的小树林中小解。与此同时,理查三世从硝烟弥漫的战场上退出。他失去了自己的马,但赢得了战争。约克公爵看到他,提出把自己的马给他,被拒绝。两人相约稍后城堡见面,庆祝胜利。理查三世大喊:“一匹马,一匹马,我用我的王国换一匹马!”

猛然间,他看到埃德蒙的马系在树上,周围没有人,于是准备骑这匹马。一边正在小便的埃德蒙听到马嘶,急忙冲出。偷马贼背对着他,他也不知对方的身份,一刀就把不速之客头砍了下来。掀起头盔的面甲,看清楚人的面孔,他意识到自己杀了理查三世,犯了严重错误,不由得心慌意乱。他和珀西、包德里克将理查三世的头颅和尸体抬到附近

① Curtis, Richard and Rowan Atkinson. *Blackadder: The Whole Damn Dynasty*. London: Penguin Books, 2009, p.3.

的一个小屋。珀西和包德里克随后也知道遇害者是理查三世。他们决定迅速离开这个是非之地。出门时，一个人闯了进来，此人不是别人，正是被打得大败的敌方将领亨利七世。不过，主仆三人都不知道来人是何方神圣。亨利七世央求埃德蒙帮自己一下，被埃德蒙一口回绝。亨利七世提出自己会给帮助自己的人以丰厚的金钱回报，重赏之下，必有勇夫，这个提议打动了珀西的心。他将亨利七世带到了城堡。

一马当先回到大本营的埃德蒙急不可耐地传播了错误信息。他告诉母亲，理查三世已死，己方大败，敌方胜利，让母亲做好最坏的打算。这个信息的谬误很快被拆穿。一会儿，约克公爵得胜还朝，一片欢腾。埃德蒙认为自己已经安全了，但突然间，母亲告诉父亲，理查三世已经死去。众人开始追查杀害他的凶手。埃德蒙的心简直提到了喉咙眼。不过父亲认为亨利七世是杀人凶手的结论，让他长舒了一口气。国不可一日无君，在众人的拥戴下，约克公爵登基成为新国王，号为理查四世。父亲成为国王，哈利和埃德蒙也顺理成章地摇身一变成为王子。埃德蒙、珀西和包德里克进了一个房间，关上门后，看到没有其他人，他们突然放声大笑。他们以这种方式庆祝自己的弑君行为没有被发现，同时喜上加喜，地位还晋升了一级。就在这个时候，作为人生新起点，埃德蒙给自己起了个不同凡响的新名字“黑爵士”（Blackadder）。哈利进来统计埃德蒙战斗时杀死的敌人名字及人数，埃德蒙在助手的提示下，又大吹大擂了一番。

回到自己的房间，他发现小屋中邂逅的陌生人（亨利七世）在自己的床上养伤。他警告陌生人，早日病好，拿出钱来，否则就让他滚蛋。黑爵士拉上床帘。看到周围无人，他非常想试一下王冠戴在自己头上的感觉。因为父王在世，他这种行为属于大逆不道和僭越。黑爵士刚戴上王冠，就听到刚才还空空如也的屋里面传来声音。他惊恐地看到满面血迹的理查三世的鬼魂在对他说话。死后复生的理查三世对于杀害自己的凶手当然没有好话，他言语中充满了讽刺和嘲弄。在庆功宴会上，理查三世的鬼魂再次出现。冤有头，债有主，他目标明确，只纠缠黑爵士。只有黑爵士能看到他，听到他的话。黑爵士被吓得一佛出世，二佛升天。宴会上，理查四世展示了亨利七世的画像。黑爵士大梦方醒，知道自己床上的伤员不是别人，正是自己梦寐以求的敌首亨利七世。他赶回房间，却正好看见亨利七世骑马穿过庭院逃命。黑爵士策马扬鞭便追。他见到了三个巫婆：里根、高乃依和考狄利娅。她们截住黑爵士，提出给他算命。她们预测有朝一日，黑爵士会当国王。黑爵士很高兴。黑爵士离开后，三个巫婆仔细考虑了一下，意识到自己的错误。她们老眼昏花，认错了人，将来能当国王的应该是第一个骑手（亨利七世），而不是第二个骑手（黑爵士）。她们为自己的严重错误而后悔不已。

文中的戏仿不胜枚举。有些句子和莎士比亚《理查三世》完全一样，例如，“我用我的王国换一匹马！”。有些句子改编自莎士比亚戏剧，例如，“如今伦敦躺在床上的人们，因为不在这里而受到诅咒”，不同的是说话的人物：莎士比亚戏剧中是亨利七世，这个地方是他的敌对方理查三世。剧中人物的台词具有莎士比亚的文风。在庆功宴上，理查四世既因为胜利而情绪高昂，又因为理查三世的归西而不无遗憾。他发表了演讲：

> 今天是一锅汤，
> 汤里既有胜利的牛肉，
> 又有甜美的理查被杀的肮脏的芜菁甘蓝，
> 还有他的杀手已经逃脱的多软骨的水饺，
> 但我们必须吃黄色的摇晃的部分。
> 生活中，上帝给每个人他应得的一份。①

上述台词中使用了混杂隐喻，而混杂隐喻是莎士比亚作品的一个显著特点。所谓的混杂隐喻，指的是两个或两个以上通常为互不协调或互不相容的隐喻的结合，一个简单的例子是“他早早投入生活的激流，爬上了成功的巅峰”（He set forth early on the stream of public life where he climbed to the peak of success），句中含有“流水”和“山峰”隐喻的结合。混杂隐喻有时被视作修辞大忌，不过许多作家还是经常使用该修辞。莎士比亚著名台词“Whether it is nobler in the mind to suffer the slings and arrows of outrageous fortune, or to take arms against a sea of troubles”中有三个隐喻（“命运”被比作“箭”和“环索”，“苦难”被比作“大海”）。《黑爵士》中，凯旋之日被比作一锅汤，胜利被比作美味的牛肉，理查三世之死被比作肮脏的芜菁甘蓝，亨利七世逍遥法外被比作水饺，各种意象滑稽地堆砌在一起，这些比喻并不贴切，但很新奇，与莎士比亚原文相映成趣。

各种东西在汤里搅拌还是让读者不由自主想起莎士比亚戏剧《麦克白》篇首女巫做汤的场面。《麦克白》大致故事情节如下：麦克白和班珂都是苏格兰国王邓肯的大臣。他们两个打了胜仗，凯旋途中在原

---

① Curtis, Richard and Rowan Atkinson. *Blackadder: The Whole Damn Dynasty*. London: Penguin Books, 2009, p. 9.

野中遇到了三个模样奇怪的女巫。她们称麦克白为葛莱密斯爵士和考多尔爵士，随后又说他要当国王，而班珂自己虽然不能当国王，子孙却可以当王。很快，传来了国王任命他为考多尔爵士的消息。受预言的激励，再加上麦克白夫人的怂恿，麦克白趁邓肯国王到自己的城堡访问之机，杀死了国王。邓肯的儿子马尔科姆和唐纳班逃走，麦克白继承了王位。为了不让女巫关于班珂的预言应验，他命令处死班珂和他的儿子弗里安斯。班珂被杀，但弗里安斯逃跑。邓肯的鬼魂不断出现，让麦克白心神不宁。他再次见到女巫问计。女巫告诉他，要警惕斐辅伯爵麦克达夫。另外，女人生的人都不会伤害麦克白。他不会被人打败，除非伯纳姆的森林移动到唐希南。了解到麦克达夫已经和马尔科姆会合，正在英格兰集结部队，麦克白突袭了麦克达夫的城堡，杀死了麦克达夫夫人和孩子。麦克白夫人发疯而死。麦克达夫和马尔科姆的部队袭击了麦克白。经过伯纳姆森林时，每个士兵举着树枝移动，客观上造成了森林往唐希南移动的事实。麦克达夫不足月，是剖腹产，他最终杀了麦克白。众人欢呼马尔科姆登基成为新国王。

当初听到女巫预言，麦克白感到奇怪。他问："西纳尔死后，我便知道我就是葛莱密斯爵士了。可我怎么是考多尔爵士呢？考多尔爵士活得好好的。至于说我将成为君主，根本就不可信。"不过，女巫的预言后来都应验了。何为因，何为果，很难说得清楚。不过，女巫的话是准确无误的。托马斯·哈代的小说《德伯家的苔丝》开始模仿了这一套路。苔丝的父亲遇到牧师，说苔丝家是名门望族。苔丝父亲的虚荣心被激发，他让女儿去认亲，导致了随后的悲剧。与上述两个作品相同的是，黑爵士也遇到了女巫；与两者不同的是，黑爵士遇到的女巫老眼昏花，认错了人，因此预言也没有希望应验。神奇、无所不能的女巫也会出错，令人大开眼界。

黑爵士遇到理查三世鬼魂的一场，让读者想起《麦克白》中国王邓肯鬼魂的显现。麦克白当上国王，本应春风得意，但他并非事事如意，没有福分尽情品尝君临天下的滋味。第一次与大臣用餐时，本来他谈笑风生，但班珂的鬼魂出现，坐在了国王的位置上。其他人看不到鬼魂，只有始作俑者麦克白能够看到。这一惊吓大煞风景，也使得他的罪行露了马脚。麦克白说，"座位都满了。"大臣兰诺克斯回答："陛下，这里还留着一个呢！"鉴于此，只有麦克白受到了鬼魂的惊吓。麦克白欲盖弥彰，自己打自己耳光："这是你们谁干的？你别说这是我干的。不要向我摇晃你带血的头发。"麦克白夫人慌忙打圆场："我的丈夫经常这样，年轻时就如此。你们坐下吧，这病只发作一会儿，等一下就好了。你们若太注意他，会激怒他，反而要延长他的迷惘。吃饭吧，别理他。

你是男子汉吗?”她告诉他,他看到的不过是一个空椅子。麦克白的症状没有减轻。他只要站在那里,就会看到鬼魂。鬼魂消失后,他发了一段议论:“从前,打破了脑壳,人就死了,万事大吉;如今,头上挨了二十处致命伤,却能复生,把我从座位上挤出,这比杀人的事还奇怪。”他为自己辩解:“我有一种怪病,凡知道我的都不以为意。”他给众人敬酒,特意敬酒给缺席的班珂。好景不长,班珂鬼魂又来了。麦克白为自己壮胆,“滚开,离开我的眼前。让泥土掩盖你去。你的骨头没有骨髓,你的血是冷的,你瞪着的眼睛没有眼力!”他宁愿邓肯是俄罗斯的狗熊,或是全副武装的犀牛,也不希望他变成鬼魂威胁自己。他更希望邓肯复生,与自己决一死战,也比变成鬼魂惊吓自己好一些。鬼魂消失后,麦克白恢复原状。他感到吃惊,其他人都镇定自若,“你们见了这么可怕的东西居然面不改色,而我则吓得脸色惨白,你们真使得我几乎不认识我原有的胆量了。”大臣洛斯问麦克白看到什么了,又一次说明鬼魂只对凶手显现。麦克白夫人发觉事情不妙,为避免丈夫继续出丑,于是决定让大家解散,鬼魂上场是《麦克白》中最著名的一个场景。它是一场心理战,使麦克白阵营胆寒,使反叛麦克白的力量站到了道德的高地。

《黑爵士》中有几个相似的场面。一个人在房间试戴王冠时,黑爵士知道自己在做大逆不道的事情,心情本来就忐忑不安,突然看到自己误杀的理查三世满面血污,看着自己,可以想象他的受惊程度。两个人进行了奇特的交谈。黑爵士说,已经有一天时间没有见到理查三世了,对方讥诮地说,“有人削去了我的头,除此之外,一切都很顺利。”动员会上,黑爵士的父亲误认为黑爵士名字叫埃德娜,用埃德娜称呼他。当时,理查三世听到了,如今,他坚持用埃德娜称呼黑爵士,虽然黑爵士一再纠正自己名字是埃德蒙。用女名称呼黑爵士,显然非常滑稽。鬼魂问黑爵士近况如何,黑爵士回答:“陛下,谢谢您问候。我很好,见到您真高兴,因为说实话……”理查三世逼问他,所谓的实话是什么。黑爵士说:“说实话,大家认为您已经死了。”听到这里,理查三世的头脱离肩膀,飞到黑爵士的面前,吓得黑爵士惊声尖叫。门口传来敲门声。理查三世礼貌地说:“请进。”黑爵士慌忙说:“不要进来”。门外的人是王后。她只听到了黑爵士的回答,因此感到奇怪。母子门内、门外问答时,理查三世的头在屋里面愉快地飞来飞去,一会儿和身体合为一体,一会儿分开。他警告黑爵士:“再见,埃德娜,你很快又会见到我的。”黑爵士问他有没有代步工具,“如果你想再借我的马,或者是借我的马……你以前没有借过我的马……”他一不小心又提起了这件不该提起的事情。理查三世对自己头说:“来。”随后消失在房间壁橱里。剩下黑爵士一个人时,王后进了房间。黑爵士免不了又敷衍一番。

理查三世说到做到。庆功宴上，他再次出现。黑爵士迟到了，他想坐在理查四世旁边的座位上，被劈头盖脸训斥了一顿："你敢坐在这里？那是理查三世的座位，你敢侮辱他的灵魂吗？"①黑爵士唯唯诺诺地道歉。突然，理查三世现身，只有黑爵士能看得到他的形象，听得到他的声音。他说："是的，找到你自己的座位，你这个发臭的狗鞭。"理查四世举杯，诅咒杀了理查三世的人。理查三世的鬼魂站了起来，指着黑爵士说："就是他！"黑爵士吓得大叫。理查四世听到他的怪叫，很恼火，命令他安静："那边不要出声！"理查四世继续演讲。只要他发言，理查三世就插话，句句剑指黑爵士。黑爵士魂不附体，场面非常可笑：

理查四世：不管这个人是谁……

理查三世：是他……埃德娜！（不幸的是，只有黑爵士能听得到他的声音）

理查四世：不管他在哪里……

理查三世：他就在桌子那边！

理查四世：将来他都不得好死。

理查三世：现在就做这件事，蠢货，他就在那里！

埃德蒙：不是我！

理查四世：谁这么多嘴？

理查三世：今天下午杀我的白痴。

埃德蒙：我没有杀你。

理查四世：那凶手是谁？

哈利王子：是埃德蒙打断了您的讲话。

理查三世：吊死那个懒汉。

埃德蒙：别，别，别！（他爬到了桌子下面）

理查四世：我命令你们安静！来，朋友们，为死去的理查三世再一次干杯。②

理查三世不仅惊吓了黑爵士，而且借助国王的力量，让黑爵士灰头土脸。黑爵士得知自己床上的伤员就是敌方将帅亨利七世之后，匆忙回到房间，是理查三世的鬼魂为他开的门；一会儿，又是理查三世的鬼魂给他打开窗户，让他看到亨利七世已经骑马逃跑。黑爵士不由自主

---

① Curtis, Richard and Rowan Atkinson. *Blackadder: The Whole Damn Dynasty*. London: Penguin Books, 2009, p. 15.

② Curtis, Richard and Rowan Atkinson. *Blackadder: The Whole Damn Dynasty*. London: Penguin Books, 2009, pp. 15 – 17.

地说了句谢谢。后来,他扬鞭追赶,直到碰见三个女巫。

《麦克白》的鬼魂与《黑爵士》的鬼魂有相同点,也有不同点。相同点是被杀的人的鬼魂以可怕的形象向凶手显灵,进行报复。他们的音容只有凶手能够接触;不同的是,邓肯的鬼魂没有说话,只是惊吓麦克白。理查三世的鬼魂比较健谈,与黑爵士有充分的交流。他恐吓惊吓,加上讽刺挖苦,同时带有幽默(例如,他为黑爵士开门、开窗),从身体和心理上无时不在,无处不在,全方位对黑爵士进行折磨。两相对比,读者可以更加深刻地理解莎士比亚原著的风采。

除了染上《麦克白》的色彩,《黑爵士》同时明显带有《亨利四世》的痕迹。黑爵士很像此剧中的福斯塔夫。《英汉大词典》解释道,福斯塔夫是"莎士比亚笔下脍炙人口的喜剧人物,外形肥胖,生性贪婪怯懦,然喜发豪言或作机智妙语,先后出现于《亨利四世》上下部及《温莎的风流娘们》等剧中,全名约翰·福斯塔夫"。上集中,哈利王子和他沆瀣一气,其他伙伴包括波因斯、巴多夫和佩托。波因斯和王子商量,他们要设计,让其他人去抢劫旅人的钱财,然后他们再抢劫这帮强盗的赃物。这个计策成功实施,福斯塔夫被抢后,编造谎言为什么丢了财物,随后,他的谎言被揭穿。在史卢思博里战役中,王子单枪匹马,英勇作战,杀死了霹雳火。王子离开后,福斯塔夫灵机一动,宣布是自己杀死了霹雳火。在下集,福斯塔夫仍然在行动。亨利四世去世前与王子和解,王子登上了宝座。福斯塔夫匆忙去见新国王,希望能够弹冠相庆。新国王重任在肩,以治国为要务,已经今非昔比。他抛弃了福斯塔夫这个对自己有消极影响的昔日玩伴。

福斯塔夫身材庞大,极不道德,特别滑稽,是英国文学中的一个重要角色。他好色、贪吃、肥胖、怯懦,是戏剧中不可忽视的存在。他的名字既出现在酒吧招牌上和陶瓷杯子上,也出现在歌剧和交响乐中,几乎到了家喻户晓的地步。在《亨利四世》中,福斯塔夫虽然真实可信,但他也作为一种极端生活方式的象征。哈利王子开始考虑自己未来国家领导人的责任,他需要一个人生楷模。他的父亲亨利四世老于世故,政治上精明强干,霹雳火头脑单一。福斯塔夫与他们不同,他饮酒作乐,饕餮狂食,不惮于从事性娱乐和犯罪活动,完全不顾生活对勇气和荣誉的要求。哈利曾明确表示,自己要远离福斯塔夫,但显然他很高兴能看到和听到自己这位独特的朋友的厚颜无耻和睿智的谎言。哈利表示,自己相信福斯塔夫杀了霹雳火。在《亨利四世》(上)中,福斯塔夫完全是个恶棍,胆小,而且诡计多端,但他的常识和包容与亨利四世和霹雳火的价值观形成制衡。

《亨利四世》(下)中,福斯塔夫几乎主导了全剧,还是很滑稽。他说："我不仅自己滑稽，也让别人滑稽。"不过，相比而言，他的形象要阴暗得多。他疾病缠身，而且年纪也大了。在《亨利四世》（上），他说自己 50 多岁；在《亨利四世》（下），据说他 55 岁就认识了夏洛，那他至少有 70 岁了。在《亨利四世》（下），他的罪行更严重。上部中，人们只是听说他敲诈逃兵役的人；下部中，读者看到这种事情确实发生了。上部中他招募的士兵及无名受害者在下部中以令人同情的小人物出现，如费布尔。招兵一场很热闹，但仍然是他犯罪的铁证。这一场是莎士比亚对当时真实存在的困扰英国穷人的做法的讽刺性谴责。福斯塔夫更严重的罪行是劫掠自己的朋友。他口口声声说爱朋友，背地里却毫无愧疚地骗他们的钱。荒谬的夏洛就是受害者之一。福斯塔夫说："如果小鲮鱼用来作老狗鱼的诱饵，根据自然法则，我完全可以猛咬它一口。"这句话说得很妙，从道德上却为人所不容。

虽然有以上缺点，这个胖爵士总的来说能够引起人们的共鸣。生活中，他的不端品行令人恶心，在舞台上，这些却可以博人一粲。他用针砭之针，扎破虚伪的矫揉造作，依靠令人愉快的灵活多变的道德，应对过分苛刻的要求。他的精湛而幽默的独白集堂皇的言辞、入木三分的机智、常识于一体。例如，他对勇气的弃绝和对酒的颂词一直是英国文学脍炙人口的名篇。在酒店，他没有一刻安静。他戏仿了从贵族到强盗的形形色色的人物，令人难忘。

福斯塔夫能够引起人的心理共鸣，是因为通过他的表演，读者或观众可以享受在遐想中为所欲为，而不必为此承担责任。他有时像一般人一样，犯下错误，很可能要被处罚或处决了，但他却奇迹般地想出一个绝妙的理由逃脱。他有无穷无尽的活力，正如他所说，"驱逐了胖杰克（杰克即约翰），你就驱逐了整个世界。"福斯塔夫常被比喻为"秋天里的冬天"，指代老年时如同年轻人一样精神抖擞。莎士比亚对他的描写，表示他喜欢酒吧的欢乐气氛及胡闹，但作为一个剧作家，他有维护社会正常秩序的职责，尤其是历史剧。作为不道德、不忠实、犯罪性劫掠和腐朽的道德观的代表的福斯塔夫理所当然地被抛弃。

福斯塔夫无忧无虑，滑稽乖巧，诙谐幽默，机智灵敏，在任何环境中能够自我解嘲，妙趣横生，身兼双重身份，既是嘲笑者，又是被嘲笑者，既令人憎厌，又使人感到可爱，是莎士比亚戏剧中典型的复杂人物之一。首先，他吹牛撒谎成性，黑的可以说成白的，即使当场被戳穿谎言，也不以为耻。突出的例子是他在不知情的情况下，被同伙抢劫。一见有强盗，他马上丢下赃物就跑。事后，他向王子吹嘘："三个穿草绿色衣服的杂种从背后跑了过来，向我举刀猛刺。那时候天黑得伸手不见五指。"他与强盗抗争。编造的强盗的人数从两个很快上升到 11 个。另外一场战场上,福斯塔夫装死的时候,哈利杀死了霹雳火。哈利一走,福斯塔夫就站了起来,他想贪功。

《黑爵士》中有非常相似的情节。在博斯沃思与亨利七世大战,黑爵士寸功未立,还杀了己方的统帅理查三世。之后,哈利王子进来统计他杀的敌方士兵人数。下面是哈利王子、黑爵士、包德里克和珀西之间荒唐的交谈:

哈利:今天你杀了谁?

黑爵士:嗯,没有杀人。

哈利:没有吗?哎呀,那我就给你的成绩写上零分。恐怕荣誉勋章就没有你的份了。

黑爵士:哦,明白了。对不起,我还以为你问我杀了理查三世没有?

哈利:什么?

黑爵士:你刚才问什么来着?

哈利:你今天杀了谁?

黑爵士:明白了,噢,让我想一下。嗯……

包德里克:(低语)农民。

黑爵士:学究……愉快的学究……农民,农民!不过,杀死农民不算战功吧!①

英语中,"农民""学究"和"愉快"发音相似,分别是 peasant,pedant 和 pleasant。黑爵士刚开始没有听清楚,以至于搞错。对话进行得很艰难,但为了得到令人垂涎的荣誉,黑爵士决定将谎言进行到底。他们继续对话:

哈利:只有在其他条件一样的情况下,(被杀的农民数)才作为参考值。你尽管告诉我,你杀了多少?(此时,包德里克向上伸出四个手指,珀西伸出五个手指给他提示。黑爵士有点迷惑)

黑爵士:嗯,四……四手……手……手红……手……手……手……五十……四百五。

哈利:四百五!天呀!是我的数字的三倍。

黑爵士:我今天的确幸运。

---

① Curtis, Richard and Rowan Atkinson. *Blackadder: The Whole Damn Dynasty*. London: Penguin Books, 2009, p. 9.

哈利:杀死了几个贵族?(黑爵士看包德里克和珀西,但他们也被难住)

黑爵士:嗯,有的,我想一下。卡文代尔大人。

哈利:我想他是我们一方的。

黑爵士:没错,我说的是他亲眼见到我杀了敌人……(得到包德里克的提示)嗯,沃维克。

哈利:来塞斯特维尔德的沃维克吗?

黑爵士:不是别人,正是他。他很野蛮,费了好大的劲儿才杀了他。①

哈利:是吗?这个人是我自己杀的。还有没有其他人呢?

黑爵士:名字和面孔很难对上号。

哈利:这里有一份名单。这些贵族被杀,但是还没有人认领战功,说是他们杀的。(黑爵士身体往前凑。他很感兴趣)伦西的罗杰。

黑爵士:对了,伦西的罗杰,我杀的其中一个就是他。

哈利:德冯的托马斯伯爵。

黑爵士:没错,就是他。用刀反手一砍。(做了一个姿势)没错。

哈利:义奥威尔伯爵。

黑爵士:(大踏步走)没错。照着他的腹股沟就是一击。

哈利:太好了。巴斯和威尔斯主教……

黑爵士:他们倒下就没有再起来。

哈利:……将主持感恩仪式。

黑爵士:噢,巴斯和威尔斯!

哈利:啊,珀西,埃德蒙给我说,打仗时你迟到了,因此就没有必要问你的成绩了,对吧?(哈利王子离开,珀西很失望)

黑爵士:哈哈!②

黑爵士贪功,踩着别人的肩膀往上爬,同时说出对自己的仆人珀西不利的话。他完全是以个人为中心的自高自大的寄生虫。福斯塔夫当面撒谎,善于随机应变。例如,他背后说亲王坏话:"亲王是个鬼东西,他妈的!要是他在这儿向我这么说,我要像打一条狗一样把他打个半

---

① 此处用了双关语。英语中,"维尔德"和"野蛮"都用单词 wild。

② Curtis, Richard and Rowan Atkinson. *Blackadder: The Whole Damn Dynasty*. London: Penguin Books, 2009, p.10.

死。”正说这话,亲王进门来了。福斯塔夫顺势将高举的木棍放到嘴边,做吹笛状迎接亲王,反应极其迅速恰当。这符合他的座右铭“慎重即英勇过半矣”。关于黑爵士的上述引文也可以看出黑爵士灵活应对的经典例证。

福斯塔夫和黑爵士还有一个相同点:他们的自我肯定容易成为自我否定,从而产生出一种因为自相矛盾而产生的幽默。福斯塔夫有不可抑制的幽默感,一开口就引人发笑:

> 来,唱一支淫荡的歌儿给我听听,让我快活快活。我本来是一个规规矩矩的绅士,难得赌几次咒;一星期顶多也不过掷七次骰子;一年之中,也不过逛三四百次窑子;借了人家的钱,十次中有三四次是还清的。那时候我过着很有规律的生活,现在却糟成这个样子,简直不像话了。

这篇绝妙的自供状中,赞美和恶行尖锐冲突,读者不知道福斯塔夫是在表扬自己,还是在往自己身上抹黑。黑爵士有相应的片段。他的父亲约克公爵理查问他,明天是否和自己一起作战(fight you with us on the morrow)。黑爵士自以为聪明,纠正了父亲言语中的错误。他说:“噢,天呀,不是的,我会和敌人作战的。哈哈哈!”(Oh, goodness no; I'll be fighting with the enemy. Ha! Ha! Ha!)①只有他一个人发出笑声,周围没有一个和他一起笑。英语中,fight with somebody 有两个意思:一个是“与某人作战”,这个人是敌人或对手,如 fight with each other over somebody's favors(为邀某人之宠而相互斗争);另一个是“与某人并肩作战”,这个人是朋友或自己人。黑爵士想证明自己高明,结果却适得其反,正好暴露了自己水平的低下,这是他始料未及的转折。

黑爵士的名字是埃德蒙,他又让人想起了《李尔王》中的埃德蒙。他是格洛斯特公爵的私生子,野心勃勃,为达到自己的目的而不择手段。埃德蒙阴谋陷害自己的哥哥、爵位合法继承人埃德加,致使埃德加被驱逐至旷野。他出卖父亲给李尔王邪恶的女儿里根和她的丈夫康瓦公爵,结果使康瓦公爵挖出了格洛斯特公爵的眼睛。埃德蒙玩弄李尔王另一个女儿高乃依的感情,并与高乃依定计,要杀死她的丈夫阿尔班尼公爵。康瓦被杀后,里根想把埃德蒙从高乃依手中夺回来。这个苦涩的三角恋是整出戏剧道德沦丧气氛的重要组成部分。

---

① Curtis, Richard and Rowan Atkinson. *Blackadder: The Whole Damn Dynasty*. London: Penguin Books, 2009, p. 2.

第五幕,埃德蒙带领的康瓦的部队与李尔王善良的女儿考狄利娅的支持者对垒,埃德蒙取得了胜利。埃德蒙不顾阿尔班尼的请求,命令将李尔王和考狄利娅处决。埃德加指责埃德蒙叛国,与他决斗,给他致命一击。临死之前,埃德蒙向李尔王承认了自己的意图,但已经无法挽救考狄利娅的生命,李尔王死于心碎。

埃德蒙的恶毒是《李尔王》的一个中心要素。他的阴谋实施得很巧妙。李尔王是一出概念剧,埃德蒙这个副情节给整出戏剧增加了戏剧性。埃德蒙是一个典型的歹徒形象。他的阴谋之所以得逞不是因为他的人格力量,而是对手的道德劣势。"莎士比亚塑造这样一个负面形象,是影射他自己时代的令人不安的社会现象:商业活动比较活跃的新阶级的兴起。这些阶级包括城市的资产阶级和乡间的小地主和乡绅。与传统依靠土地相对,这些群体的成功主要因为他们愿意从事贸易和银行业。这与贵族统治中的特权阶层产生了矛盾。新兴商业阶级强调金融活动,被敌视他们的群体所不齿。埃德蒙缺乏骑士精神,只顾自己的升迁,从这个角度上讲,他代表了新的人群……在他的独白中,他说:'你,本性,是我的女神。'他大胆宣布自己与可恶的习俗及人为的道德准则决裂。莎士比亚让一个自称恶棍的人倾诉这种情愫,说明他与旧的贵族站在一条战线上,这条战线以李尔王、格洛斯特公爵和埃德蒙的不共戴天的仇敌埃德加为代表。"①

《黑爵士》中,私生子非常有趣。和他相比,王位的继承人哈利要黯淡得多,只能是陪衬。整出戏剧以私生子为中心,以他的动作推动剧情,因他的心机而充满悬念,因他的言辞而幽默。他的性格非常复杂。他不能审时度势,懒惰得可爱。博斯沃思大战在即,他睡到上午 11 点,直到母亲喊他才起床。他具有贵族独霸和贪得无厌的特点。升为王子后,珀西希望和他分享荣耀,说:"这一切都是我们的。"黑爵士顿时生了气,反问了一句:"什么?"珀西知道自己说错了,马上改口:"(这一切荣耀)都是您的。"黑爵士才反怒为喜。他很糊涂。上战场,不知道正确方向;到了战场,看见有人躺在地上,他不知道他们已经阵亡,笑话叠出。

除了与福斯塔夫、私生子相似,黑爵士还让人想起莎士比亚戏剧中的可笑的小丑。莎剧中不断出现小丑。《泰特斯·安庄尼克斯》中,小丑提着篮子出现,里面放着两只鸽子。泰特斯给他酬金,让他把鸽子送给国王。不过,特泰斯还写了一些嘲弄国王的话,放在篮子里,这一点小丑不知道。国王得到了篮子后,看了里面的东西,大怒之下,命令将

---

① Boyce, Charles. *Shakespeare A to Z*. New York: Laurel, 1990, p. 168.

小丑推出斩首。被拉走时,小丑大叫:“想不到我长了一颗大好的头颅,只派上了这个用场。”① 这一场面对于全剧的悲剧气氛是个纾解。《安东尼和克娄巴特拉》中也有小丑。他给埃及艳后送去了有毒蛇的篮子。他滑稽地警告艳后,毒蛇很危险。他严肃地说:“他咬人一口,可以让人永生。被咬的人几乎或永远不能痊愈。”② 小丑一般都比较饶舌。他接着说,一个诚实的女人,但有时也会说谎,讲述她会被蛇咬死。他接着又讲女人容易被罪恶毁坏。艳后好不容易才打发他走开。小丑推迟了艳后的自杀,强调了自杀“胜利”的一面,突出了艳后对爱情的执着。综合来讲,小丑特点是尴尬,不自觉地滥用或错误使用语言,说话充满双关语和矛盾,又透露出机智和聪明,这些也正是黑爵士的特点。

三　黑爵士《圣诞赞歌》

在自己的文学论文集《星期五书》中,约翰·巴思写道:“《大卫·科波菲尔》之后的教育小说我都不是很感兴趣,除非是作为讽刺的渠道,或戏仿的对象。”③ 这可能代表了许多人的观点。一个暗喻可能说明问题:地球的北极,大家都知道它在那里,但是没有人愿意涉足或光顾;古典小说也是如此。许多人知道它的存在,但没有兴趣到图书馆借来阅读。也有例外的情况。当它们被嘲弄或戏仿时,人们可能重新对它打量,作品才起死回生,被人问津。喜剧憨豆版《圣诞赞歌》起了这样一个催化剂的作用。

剧中,埃本尼泽·黑爵士是一个出了名的大善人。平素,他助人为乐,赢得了人们的赞扬,连维多利亚女王也听说了他的事迹,决定和丈夫阿尔伯特亲王微服私访,确认情况属实后对他进行奖励,奖金为 5 万英镑。圣诞节前夕,黑爵士与仆人包德里克准备过一个温馨愉快的平安夜。他们手头的圣诞节物品包括:17 英镑 1 便士、一只火鸡、一盘子核桃仁、围巾、手套和帽子。黑爵士不富裕,但对行善乐此不疲。包德里克提醒他,向黑爵士乞讨的许多人是装穷的富人,黑爵士不以为意。

平安夜第一个访客是斯克莱齐特夫人,她抱怨自己的小蒂姆没有东西吃。黑爵士提醒她,蒂姆是 15 块石头构成的玩偶。斯克莱齐特夫人提出,黑爵士可以购买自己篮子里的火柴,一共 17 个,价值 17 英镑。

---

① Shakespeare, William. *The Complete Works of William Shakespeare*. Ware, Hertfordshire: Wordsworth Editions Limited, 1996, p. 159.

② Shakespeare, William. *The Complete Works of William Shakespeare*. Ware, Hertfordshire: Wordsworth Editions Limited, 1996, p. 963.

③ Barth, John. *The Friday Book: Essays and Other Nonfiction*. New York: G. P. Putnam's Sons, 1984, p. 132.

黑爵士笑着说，斯克莱齐特夫人有女性的温柔外表，但有罪犯的心肠。不过，他还是爽快地拿出 17 英镑。斯克莱齐特夫人心满意足地离开了。

第二个来的是一个小孩。他索要一便士。黑爵士毫不犹豫地把仅有的一便士给了他。他以为孩子要把钱给自己白发苍苍的母亲，但小孩临走前告诉他，自己要去买酒喝。黑爵士感叹说，如今的孩子成熟得太早，但他还是由衷地祝福他们。

第三个到来的是黑爵士的教女米利森特。还没有露面，她震耳欲聋的声音已经传来，黑爵士不得不事先带上护耳。黑爵士有三样东西各有分配：围巾归黑爵士自己，手套给包德里克，帽子归教女米利森特，但贪心的米利森特不由分说将三样东西全部据为己有。包德里克讽刺地说："你怎么不把桌子上的小松树枝拿走？"米利森特果真把小树枝收入囊中，让包德里克目瞪口呆。米利森特同时告诉黑爵士，圣诞节当天她要和男友拉尔夫到来，希望黑爵士多准备一份供他们两个人吃的火鸡。

教女走后，黑爵士和包德里克准备享受核桃和火鸡。正在这时，教堂执事和三个孤儿闯了进来。虽说是孤儿，三个人都长得肥头大耳，吃得脑满肠肥。包德里克慌忙把火鸡藏在怀里。执事希望黑爵士同情孤儿，多给予他们一些帮助，得到了黑爵士热烈的响应。四个人最终将一盘核桃抱走。

最后来的一拨人是维多利亚女王、阿尔伯特亲王和随从。为了测试黑爵士的慷慨大方，他们希望黑爵士给他们一只鹅。黑爵士和包德里克将仅剩的一只火鸡给了来人。

因为没有东西，冷冷清清，黑爵士决定睡觉。他吩咐包德里克把一只袜子挂在壁炉前，等着圣诞老人往里面装礼物。包德里克告诉黑爵士，圣诞节的精灵让他转告黑爵士，半夜时分他要来拜访黑爵士。精灵没有爽约。黑爵士在床上似睡非睡之时，精灵破门而入。他身材高大，满面胡须。他有让黑爵士看到过去和未来的能力。他告诉黑爵士的祖先有不光彩的历史。在黑爵士的坚持下，过去的一幕被呈现。

幻象中，一个酷似黑爵士的人站在伊丽莎白女王门口（姑且称这个人物为黑爵士一世），身边的仆人酷似包德里克（姑且称之为包德里克一世）。包德里克一世赠送给黑爵士一世一个礼物，礼物是一张死刑执行令，他可以凭借这张纸条把他憎恨的朋友送到绞刑架上。黑爵士一世抱着伊丽莎白的肖像画，画上有红绒毯覆盖。黑爵士一世说，女王一直表示希望得到这样一张肖像画，他准备把它作为圣诞节礼物送给女王。带着画像觐见女王时，女王表示自己最恨圣诞节。她恶狠狠地说：

“如果有人要给我送礼物,我就杀了他。”黑爵士一世知趣地决定不献礼物。女王问他手中的东西是什么。他回答说是窗户。“既然你们有窗户,这个就不需要了。”拿着画像出门后,他愤怒地一拳将女王肖像头部打了个稀巴烂。此时,廷臣梅琪也要觐见女王。黑爵士一世一向与梅琪不和。他告诉梅琪,女王今年不收圣诞节礼物。他并不是好意提醒,因为他知道梅琪会把他的话做反面理解。觐见女王时,梅琪向女王暗示自己有礼物赠送。黑爵士一世等着看笑话。他没有想到,女王的心情已经起了变化,她觉得自己喜欢圣诞节,希望别人给她礼物。见到梅琪的礼物,女王很开心,让站在一边的黑爵士一世心寒。女王向黑爵士一世索要礼物。黑爵士一世心生一计。他请女王在一张纸条上签字,又让梅琪也签字。纸条正是死刑执行令,这意味着女王已经判处梅琪死刑,得知自己受骗的梅琪气得大叫。变化无常的女王觉得很开心,于是她把梅琪所有的财产都给了黑爵士一世,包括梅琪准备送给女王的王冠。

第一个幻象结束后,精灵让黑爵士看了他第二个祖先(黑爵士二世)的所作所为。黑爵士二世认为摄政王乔治得到了大堆的圣诞礼物,而自己却两手空空,于是决定设计将乔治的礼物据为己有。他和仆人包德里克二世约定,包德里克二世扮作一个穷老太太,等黑爵士二世发出信号,就进入摄政王房间行动。黑爵士二世和摄政王玩起了猜谜游戏,愚蠢的摄政王连“音节”(syllable)这个单词都没有听说过,他认为是 silly bull(愚蠢的牛)。黑爵士二世给摄政王讲了一个故事。“从前,有一个善良英俊的王子,圣诞节得到了很多礼物。”摄政王认为是说自己,感觉非常好。黑爵士二世接着说,与此同时,寒冷的街道上有一位可怜的老太太,眼看就要倒毙街头。他问摄政王,在这样的情况下,如果这位老太太敲门希望得到一些礼物,摄政王是否愿意将礼物分给老太太?摄政王忙不迭地答应了,说完全可以,这正中黑爵士二世下怀。他一开门,进来了一个低头推车的老太太。黑爵士二世帮着老太太将房子内桌子上的礼物一扫而光。老太太离开了,出了门不见踪影。黑爵士二世达到了目的,出了摄政王的门,迎面碰见老太太装束的包德里克二世。他刚才让一个乞讨的老太太进门,又送老太太离开,现在正等着黑爵士二世发信号,以便进屋。黑爵士二世这才明白,刚才进屋的老太太是个陌生人,而非包德里克二世。忙了大半天,不过是竹篮打水一场空。愤怒的黑爵士二世一拳将包德里克二世打倒在地,第二次幻象结束。

黑爵士希望看到自己未来的模样。精灵让他看到了他自己的未来。公元 20000 年,凯旋归来雄赳赳、气昂昂、全副银色戎装的黑爵士三世见到了伊丽莎白女王和她的三个丈夫。黑爵士三世的身份是海军统帅，他一只眼戴着眼罩，颇像英国历史上的纳尔逊上将。黑爵士三世的仆人包德里克三世除了腰间的遮羞内裤，其他什么也没有穿。女王的其中一个丈夫口出不逊。他要用唾液来欢迎黑爵士三世，还要把他下到监狱里。黑爵士举起手中的法宝，将女王的三个丈夫化为乌有。随后，他要求女王与自己结婚，自己成为宇宙的实际统治者。

第三次幻象结束后，黑爵士问精灵，如果自己做坏事，是不是就如同梦中所示，成为宇宙统治者。精灵对他说，宇宙统治者并不值得羡慕。他不能掌握自己的命运，天天需要对着欢呼的人群挥手。黑爵士问精灵如果自己像以前一样行善，将来会如何。第四个幻象出现。包德里克四世成为海军大元帅，而黑爵士四世除了一条内裤，其他地方一丝不挂。女王问包德里克四世战况如何，包德里克四世回答，军队如落花流水一样被打败。女王问包德里克四世献给自己的礼物，回答是完全忘了带礼物。黑爵士无计可施，一脸的无奈。

第四次幻象结束，黑爵士问精灵，如果自己继续当好人，是否会变成刚才幻象中看到的可怜相。精灵说，行善的回报主要是精神上的。关于物质上的回报，行善的人不要期望过高。他们应该安贫乐道，即使只有一个房间、一本《圣经》和一个萝卜，也应该不改初衷。精灵离开黑爵士，绝尘而去。

幻象让黑爵士陷入深思。鲜明的对比使黑爵士下定了改弦更张的决心，促使他弃善从恶。黑爵士醒来后，包德里克进来问好，他希望得到圣诞节礼物。黑爵士将手伸进长袜。摸索了一阵，最终，他告诉他能给包德里克的就是拳头，黑爵士一记老拳将包德里克打倒。有一个小孩爬到窗口向黑爵士要礼物。黑爵士打开窗，故意用窗户扇将趴在窗口的小孩撞到地上。随后，他装腔作势，说刚才听到小孩子的喊声是自己的一个幻觉。教堂的执事和几个孤儿在门口唱圣诞赞歌。外面很冷，他们呼出的气体在他们的脸上、鼻子上和嘴上结成了长长的冰凌。听完赞歌后，黑爵士没有给他们应该得到的任何礼物。他把他们手中的布丁夺去，把门猛地一关，摔在他们脸上。包德里克对他的行为稍有不满，黑爵士让包德里克闭上眼，张开嘴，随后粗鲁地将布丁塞进他的嘴里。米利森特和拉尔夫到来。黑爵士不但没有热情招待，反而从拉尔夫的钱包里抽出了几张钞票。他吩咐包德里克用这些钱买一只大火鸡。黑爵士要独自享用美餐。米利森特惊呼："黑爵士，你从英国最善良的一个人成为英国最丑陋的一个人，怎么回事？"黑爵士不置一词。斯克莱齐特夫人到来。她希望黑爵士给自己一只家禽（fowl）。黑爵士讽刺说，斯克莱齐特夫人本身就很恶心下流。英语中，fowl（家禽）和

“下流”(foul)发音相同。这种侮辱让夫人目瞪口呆。她说小蒂姆还在挨饿,黑爵士反驳说,蒂姆的呻吟连笨蛋包德里克也骗不了。斯克莱齐特夫人气得拂袖而去。黑爵士告诉包德里克,如果再有人敲门,不用说话,只用把门摔到他们脸上即可,随后黑爵士进了内室。这当儿,维多利亚女王和亲王到来。他们向开门的包德里克说,他们是女王,来奖赏如同天使般的黑爵士 5 万英镑,女王同时把皇室印玺作为信物给了包德里克。黑爵士从内室出来,见门口有人,先不耐烦地将门撞了包德里克,又砰地将门关上,让门外的女王及随行大吃一惊。黑爵士走到桌子旁边坐定,准备享用火鸡美餐。女王和丈夫走了进来,向他打招呼。黑爵士说:“我必须道歉,我不知道你们这么尊贵的客人光临寒舍!”亲王很高兴,“他终于认出我们了。”没有想到的是,黑爵士刚才的话是讽刺。他接着对女王说:“如果我没有弄错,你是英国最矮、最胖、最丑女子冠军!”他又对亲王说:“她由你这位本年度口音最奇怪的绅士陪同。”女王刚要辩驳,黑爵士一句话堵住她的嘴,“你难道不知道我们生活在维多利亚时代,除了像肥猪似的女王,其他妇女和儿童都不得吭声吗?”亲王慌忙捂住女王的耳朵。黑爵士继续大放厥词:“她还被称为呼噜女王。全国能和她的愚蠢相媲美的只有她的吃香肠长大的丈夫了。”亲王急忙捂住自己的耳朵。黑爵士最后说:“我都弄不明白他们怎么生了 112 个孩子。王宫的各个卧室肯定都蒙上了厚厚的窗帘!”受了奇耻大辱的女王一行仓皇离开。

黑爵士如释重负,开始就餐。他终于把讨厌的人群赶走了。他给了包德里克一根没有肉的鸡骨头,让他许愿。包德里克希望上面有一点点肉末。黑爵士突然想起,最后的访客有点像真正的女王和亲王。包德里克提醒他,他们不是别人,正是维多利亚女王和阿尔伯特亲王。黑爵士让他不要开玩笑,女王与他没有关系。包德里克说,女王因为黑爵士很善良,想奖励他 5 万英镑。黑爵士说,女王访问平民,一般会留下皇家印玺。包德里克取出了印玺,使回过神来的黑爵士后悔不已。

熟悉狄更斯《圣诞赞歌》的读者会找出憨豆版《圣诞赞歌》与原作的异同,发出微笑。[1] 这种喜悦是对认真阅读原作的一种奖励。憨豆版《圣诞赞歌》与原作有几点契合。

第一,狄更斯作品有时牺牲故事的可信度,赚取人们的流泪。《老古玩店》耐尔去世一场,曾经让那个时代的读者哭得一塌糊涂,曾公认为是当时小说中最著名的小说场景之一。物极必反,同一场景“后来却

---

① 关于狄更斯《圣诞赞歌》具体内容,参见:王程辉著,《英美文学戏仿研究》,苏州:苏州大学出版社,2014 年,第 98 至 104 页。

成为众多反对狄更斯使用感伤(pathos)的中心"[1]。冷眼旁观、时常用逆向思维考虑问题的奥斯卡·王尔德曾调皮地说过,"谁要是看到小耐尔之死而不笑,谁就是一个铁石心肠的人。"[2]也说明狄更斯作品中滑稽与伤感的共生现象及一荣俱荣、一损俱损的密切关系。

第二,狄更斯也喜欢开玩笑。1842 年,他到了美国访问,参加一个由当地名流参加的宴会。宴会上,众人的话题转到哪一位女士更漂亮,是萨瑟兰公爵夫人,还是卡萝兰·诺顿夫人?狄更斯说:"我也不知道,诺顿夫人可能是最漂亮的,但我觉得公爵夫人是亲吻起来滋味最好的。"(Mrs Norton perhaps is the more beautiful; but the duchess, to my mind, is the more kissable person.)[3] 听到这话,人们震惊了,其效果不亚于一颗炸弹在餐桌上爆炸。从这一方面讲,憨豆版《圣诞赞歌》和狄更斯的风格又是一致的。

第三,2012 年是狄更斯 200 周年诞辰,全世界,尤其是英国,隆重纪念了这个时刻。读者有必要铭记他为人类做出的贡献。另外,人们有特殊的原因纪念他。有一件有关狄更斯的轶事,现在转述如下,以飨读者。萨克雷的朋友威廉姆·布鲁克菲尔德和他的妻子也是狄更斯的朋友。下面的故事是他的儿子查理·布鲁克菲尔德回忆狄更斯:

> 我的父亲在临近格兰塔姆的斯莫比得到牧师的职位,母亲和他很担心生活在这个小镇生活太乏味。狄更斯尽己所能安慰我的母亲,"没有老朋友住在斯莫比附近吗?"他询问道。"肯定斯莫比方圆 10 千米之内有认识的人吧?""没有,"我的母亲悲伤地重复道,"没有一个人认识。哦,我想起来了,有我丈夫的一个熟人。"她突然想起来了,"一个叫麦迪森先生的人,我记得他好像是这个名字,但是他不是一个亲密的朋友。威廉姆只是稍微熟悉他。""啊,好极了,"狄更斯大声说,他的整张脸也为之一亮,"你们会发现麦迪森很有趣,你将发现麦迪森比你们想象得更有乐趣。麦迪森将变成你们生活中的一个重要因素。是的,我很高兴你们知道麦迪森。"他发自内心使劲握了我母亲的手,就走开了。
>
> 三到四年的时间里,我的母亲再没遇见过狄更斯。在一个拥挤的夜晚派对上,母亲的目光与房间另一端的狄更斯目光相遇。

---

① Drabble, Margaret (ed.). *The Oxford Companion to English Literature* (6th ed.). Beijing: Foreign Language Teaching and Research Press, 2005, p.739.

② 转引自:Barth, John. *Final Fridays*. Berkeley: Counterpoint, 2012, p.151.

③ Gross, John (ed.). *The New Oxford Book of Literary Anecdotes*. New York: Oxford University Press, 2006, p.139.

他的脸高兴起来。他穿过拥挤的人群,来到我母亲身边。“嗯,”他以一种急切的口吻低声询问道,“麦迪森先生人怎么样?”①

故事说明,狄更斯并不像人们想象得那样的严肃,不食人间烟火,而是非常体贴别人,关心朋友。同时,他有照相机一样的记忆力,能过目不忘。

本部分讨论了阿特金森戏仿莎士比亚戏剧和狄更斯的实践。通过加入笑声,阿特金森拉下来文学大师可憎的面孔,使文学经典变得亲切,而且降低了作品的难度。读着这样的材料,看着阿特金森的视频,读者可能觉得作家平易近人,作品亲切友好,读起来其乐无穷。同样,学习文学经典,严肃而心情沉重的学习是学习,轻松而心情愉快的学习也是学习。同样学习,为什么不能采用后面一种方式,休养身心、乐此不疲地学习呢?况且这种学习方式可能更加富有成效。马克·吐温说过:“所谓文学经典,是大家都知道,但没有人坐下阅读的作品。”② 这句话以前可能正确,但今后可能不再如此。阿特金森在帮助读者理解文学经典方面做了卓有成效的尝试,值得肯定。他绝非是一些人心目中的只会低层次搞笑的小丑。

---

① Gross, John (ed.). *The New Oxford Book of Literary Anecdotes*. New York: Oxford University Press, 2006, p. 140.

② *Webster's New Explorer Dictionary of Quotations*. Springfield, MA: Federal Street Press, 2000, p. 42.

美国篇

第十章　浪漫主义时期

第一节　大卫·梭罗

以前，人们认为梭罗不可模仿，后来，人们发现他的不苟言笑也可以模仿，例如下面一则幽默戏仿：1927 年，叙事人用 90 美分买了一本《瓦尔登湖》，把它塞进口袋，以便随时阅读。他确实在小轿车上、船上和公共汽车上不厌其烦一遍又一遍地读这本书。他对这本书很熟悉，以至于平时如果有人简单问他一句话，他就会用书中的一句话作答。比如有时候，叙事人在街上碰到了一个很长时间没有见到的熟人，这个人会问他："这一段时间到什么地方去了？"叙事人就会回答："如果一个人跟不上自己同伴的步伐，也许他听到了另一种鼓声。"后来，叙事人越来越分不清是自己在说话，还是梭罗在说话。他只觉得，《瓦尔登湖》很实用，能够回答现实生活中的许多问题。比如他到了餐厅，女服务员迎上来，问："一个人吗？"他就会回答："我觉得大部分时间一个人非常惬意。与他人在一起，即使和最好的伴侣在一起，也很快变得无聊，纯粹是浪费时间"，然后骄傲地拿起了盘子上的餐巾。服务员对他说："您请坐，好吗？"叙事人回答道："我宁愿一个人坐到南瓜上"，随后接过坐垫。服务员又问："您想喝些什么？"叙事人回答道："我想吸一口没有经过稀释的早晨的空气。如果人们在一天开始的时候不喝这个的话，那就有必要将一些空气罐装，放在瓶子里出售。以便和早晨时光绝缘的人们享受。"随后，叙事人颓然坐到座位上。吃饭时，叙事人的同伴问："最近看了什么新书没有？"叙事人转过头，对着她的耳朵悄悄说："出版物很多，值得一看的东西很少。我们都忘了所有东西和事件所用的没有暗喻的语言，而这种语言才是充足和标准的。"有时在家，叙事人准备陪自己的妻子外出，参加一个晚宴。妻子问外面的天气如何，得到的回答是："今天晚上真美！整个身体只有一个感觉，通过每个毛孔吸收喜悦。"第二天一早,看到叙事人的衣服皱巴巴地放在床边椅子上,妻子会问:"还有什么需要熨烫的衣服没有?"叙事人回答:"亲爱的,没有。每一天,我们的衣服都会越来越成为我们身体的一部分,深深打上穿衣人的个性的烙印。如果你要做什么重要的事情,就穿上你的旧衣服。"令叙事人高兴的是,妻子已经对梭罗不以为然,直接拨打了熨烫衣服的人的电话。

《瓦尔登湖》派上用场的机会不计其数,给人印象最深刻的一次回答是几个爱咯咯笑的傻姑娘到了叙事人的家,她们在吵闹,并且大叫,"这真是个好地方!"叙事人厉声说:"恰恰相反,我有时候希望要黄金世纪一个更大、更多人的房子,建筑材料更坚固耐用。房子只有一个房间,一个巨大的粗糙的原始的大厅,没有天花板和灰浆涂抹,只有椽子和檩条,支撑着一个人头顶上一种低矮的天空。房子能遮风避雨,国王和王后也要站在外边接受你的祝福。你一旦跨出门槛,你将看到古老朝代的神仙匍匐在门前,接受你赐予他们的敬意。一个洞穴似的住所,你要把火把绑到杆子上看到屋顶,房子里边和外边一样开放和明显,就像是鸟巢。"①听到这些宏论,姑娘们马上安静下来,变得驯服听话。叙事人说,自己也可能将来会抛开《瓦尔登湖》,带另一本书去旅行。但长时间阅读其他书,他不会条件反射似地想起什么句子。

句子还是原来的句子,随着情境的改变,意义发生了改变。叙事人读《瓦尔登湖》走火入魔,一面是远在天边的梭罗哲学,另一面是近在眼前的简单生活,叙事人将两者结合,产生了不和谐,亦庄亦谐,既是对梭罗的嘲讽,也表达了对梭罗的敬意。

第二节 亨利·朗费罗

朗费罗的《一天结束》表达了一个人的淳朴的愿望:

> 一天结束了,黑夜从夜晚的翅膀上飞下来,
> 就像一片羽毛从飞翔的雄鹰身上飘然而下。
> 透过雨和雾,我看到了山村射出的光线。
> 一阵悲哀的情绪袭来,
> 让我的心灵难以抵挡。
> 这种悲哀与向往,与痛苦并不一样。

---

① Falk, Robert P. (ed.). *The Antic Muse: American Writers in Parody*. New York: Grove Press, 1955, pp. 81 - 82.

这种悲哀接近忧伤，就像雾与雨相仿。
过来，给我读一首诗，
简单而又拨动心弦的曲子，
它将安抚躁动不安的感情，
将一天的忧思逐出。
不要选择古老宗师的作品，
也不要伟大的歌手，
他们的旷世足音，在时间长廊上久久回荡。
像是军乐旋律，他们强健的思维，
只会让人想起人生永无休止的劳作和努力，
今晚，我需要休息！
读一些淳朴诗人写的诗歌，
他们的歌声发自肺腑，
作品像春天的风带来的雨，
又像眼睛撒下的泪。
经过一天的劳作，晚上又不得安闲的人们，
可以在心灵听到美妙旋律和音乐。
这种歌曲可以使充满忧愁的
不安的脉搏跳动均匀，
又像是祈祷后的祝福。
接着，从你最珍视的书中摘选出
你最喜欢的诗歌，
除了让我听到诗人的韵律，
再让我聆听你声音的美妙。
于是，晚间会充满音乐，侵袭白天的忧虑，
就像阿拉伯人一样，卷起帐篷，悄悄溜走。①

这首诗最后有种族歧视的成分，但微小的瑕疵并不影响这首诗的精美，下面是卡莉的戏仿：

一天结束了，从夜的翅膀中，黑暗被释放，
好像就要回窝的母鸡，身上的羽毛向下飘。
透过雨和雾，我看到面包铺的光线。

---

① Falk, Robert P. (ed.). *The Antic Muse: American Writers in Parody*. New York: Grove Press, 1955, pp. 99 – 100.

于是,我有一种抵抗不住的淡淡的哀伤。
这种哀伤和向往,与疾病并不相同。
它宛如忧愁,就像碎砖很像砖头。
来,给我准备晚餐,一顿丰盛像样的饭菜。
它能抚慰躁动不安的感情,驱除我的伤痛。
不要糕点,不要面包,这些东西,
我一个子儿也不想掏。
因为,就像宴会的浓汤,
这些东西只会让你想到更丰盛的食物。
今晚,我一定要最好的东西。
去一个诚实的屠夫那里,
他卖的牛肉新鲜可口,给我割上一大块。
对于劳累的白天,缺乏安闲的黑夜,
哀伤绝望的感情,这是至好的药方。
它们有帮助和增强的奇效,
就像长篇演讲结尾说的,
"最后,我的兄弟姐妹,"
接着,再从砧板或挂钩上,
给我割一块嫩里脊肉。除了上佳的质量,
再加上高超的厨艺。
那么,今晚就会充满温馨。
晚上开始时的忧愁,就会像印第安人一样,
卷起毛毯,悄悄离开。①

人有物质追求和精神追求。一般认为,精神追求以物质追求为基础。人必须先吃饱饭,才能进行高级精神活动。虽然如此,人们视精神追求为上,物质追求为下,精神追求适宜入诗,而物质追求不适宜入诗。朗费罗诗中叙事人追求精神的愉悦。他摒弃文学大家的诗歌,而执意要倾听名不见经传的诗人的作品。他们的诗歌更能让人在精神上得到慰藉。这一定程度上表达了作者民主平等的思想。戏仿中,叙事人追求口腹之欲,满足于感官享受,不要面包蛋糕,而要上好牛肉,食不厌精,脍不厌细,并不是一个值得效仿的对象。

---

① Falk, Robert P. (ed.). *The Antic Muse: American Writers in Parody*. New York: Grove Press, 1955, pp. 101 - 102.

第三节　约翰·格林利夫·惠蒂埃

约翰·格林利夫·惠蒂埃比较著名的作品为《自由之声》和《大雪封门》，但他被模仿最多的作品可能是《莫德·穆勒》（"Maud Muller"）：

夏日的一天，莫德·穆勒在芳草地上耙干草，
破旧的帽子下，是她淳朴的
美貌和农家女特有的健康活力。
她在歌唱，树上的小鸟和着她的乐声。
但当她向远方的镇上一望，
她的脸色顿时显得苍白。
一种模糊的不安，一种难以名状的
渴望，充溢了她的心房。
她很清楚这意味着什么，
因此不敢轻易倾诉。
法官抚摸着栗色坐骑的鬃毛，
沿着小路缓缓而来。
在苹果树荫下，他让马停下，并希望
喝一口从草地清泉流出来的琼浆。
少女弯腰从汩汩而出的清冽泉水中，
为他打了一杯水。她把水呈送给他的时候，
脸不由地红了。她低头看着赤裸的脚，
以及破旧的长袍。法官说："纤纤玉手，
使得泉水无比甘美可口。"
他说起了花、草、小鸟、蜜蜂、干草，
想知道西边的云是否会让天气变坏。
莫德忘记了荆棘扎破的袍子，
也想不起自己优雅的褐色脚踝。
她谛听着，有着长睫毛的褐色眼睛里
闪现出愉快而惊异的光芒。
最后，他找了一个借口，催马离开。
莫德叹了一口气，说："唉，我如果
成为法官的新娘就好了。
他会给我穿丝绸衣服，称赞我，
举起酒杯向我敬酒。

我的父亲能穿上宽松的上衣,
弟弟能乘上彩绘的游船,
我的母亲能非常高兴,
孩子也能天天得到新玩具。
我能让挨饿的人吃饱,给穷人穿衣。
得到我的帮助,然后离开我家的人
都会给我祝福。"法官爬山时向后看,
发现莫德一动不动地站着。
"她身体俊俏,面容姣好,
言语得体,举止优雅,秀外慧中。
如果能得到她,那我和她一样都大有收获。
不用迟疑地判断孰对孰错,
也不用再听律师巧舌如簧,蛊惑人心。
只听到牛的哞哞和鸟的鸣叫,
拥有健康、安宁和充满爱意的话语。"
他想起了自负冷漠的姐姐,
也想起虚荣爱财的母亲。
于是,他万念俱灰,只好离开,
撇下莫德形单影只。
但是下午在庭院里哼起一段情歌时,
法官笑了。女孩在墙边沉思,
直到雨滴落在没有耙好的红花草上。
法官娶了财大气粗的女子,
她爱时髦,他爱权力。
然而,有时,在大理石壁炉的亮光中,
他常常看到一幅画面:
甜美的莫德褐色的眼睛里
闪现出纯真而惊异的目光。
每逢喝起红酒,他就更希望
见到路边的深井;
在豪华的家中闭起眼睛,
他就会梦见草地和盛开的红花草。
这个自负的人心中隐隐作痛,叹息道:
"真希望自己重获自由,就像那天
骑马时偶遇耙草的少女时无拘无束。"
她嫁给了一个没有修养的穷人,

生下许多孩子在门边玩耍。
担忧、哀伤和分娩的痛苦，
给她的身心留下了印记。
每当夏季炎热的阳光
照耀在草地刚割下的干草上，
她就听到路边泉水叮咚作响，
苹果树荫下，一个骑手勒住缰绳驻足，
她落落大方凝视，但感觉到他在
注视着她的脸，两情相悦，欲说还羞。
有时，她那狭长的厨房的墙
向后退却，成为宽敞的大厅。
疲倦的车轮成为喷丝头，
牛脂蜡烛化为一盏无影油灯。
他坐在烟囱吊耳旁，抽着烟，
喝着酒，有时打盹，有时咕哝。
她看到自己身边出现了男子的身影，
欢乐、爱情和法律交织融汇。
于是，她说："要是那样就好了！"
又挑起生活的重担。少女，法官，
你们只沉浸于懊悔和家庭琐事！
上帝可怜你们，也同情我们中间
只会徒然重温旧梦的人们。
舌端笔尖能够发出的悲哀的言辞，
最悲哀的莫过于"要是那样就好了！"
啊！如果我们之中有人将甜美的希望
埋葬在眼睛看不到的角落，
但愿有朝一日，
天使能将石块从坟墓上移开！①

不少人戏仿这首诗。菲比·卡莉的《凯特·凯切姆》("Kate Ketchem")利用了 Ketchem 与"抓住他"(catch him)的谐音。法官(Judge)变成了"胡说，欺骗"(fudge)。布莱特·哈特宣称自己的戏仿《法官金肯斯的太太》是《莫德·穆勒》唯一正宗的续篇。他的戏仿

① Gardner, Martin (ed.). *Martin Gardner's Favorite Poetic Parodies*. New York: Prometheus Books, 2001, pp. 189 - 194.

如下：

莫德一个夏天都在草地上耙草，
她向小路望去，希望法官再次光临。
法官果然到来，笑容可掬，弯腰施礼。
莫德脸红了。她结结巴巴地说。
“啊，好！”她说起了父亲，
想知道父亲是否同意这桩婚事。
老穆勒泪流满面，
请求法官借他 10 美元，
因为生意清淡，工资低，日子不好过。
沉闷无趣的夏天尚未结束，
甜美的莫德就成为法官的新娘。
婚庆当天，莫德的弟弟酩酊大醉。
莫德的十二个亲戚都醉得不能自已。
又一年夏天，莫德生了一对双胞胎。
法官很高兴，但觉得奇怪，生了孩子后，
莫德变化太大了。她现在脸庞通红，
健硕如牛。以前她腰肢纤细，
能轻松抱住，现在她膀大腰圆，
要想抱住是个不可能的任务。
他沉思着，发出悲哀的叹息，
为什么以前莫德的风韵，
如今在金肯斯夫人身上
显得格格不入？
他想起了双胞胎，于是暗自叹息，
希望他们最后不要像他们耙草的舅舅。
他痛苦地想起自己在小道上的那一天。
看着那忧郁的道路，
他真后悔自己走了回头路。
因为他如果等待，
他会娶一个名门出身的俊秀少女，
至少这个女子说话
主语和谓语动词能够照应。
他愿意用莫德漂亮的脸蛋
去换取另一个少女的优雅和端庄。

虽然法官学识渊博，会讲故事，
但莫德也觉得法官很无聊。
如果说舌端笔尖最悲哀的是言语是
“要是那样就好了！”
那么比这个更悲哀的话是
“事实如此，但本不应该如此！”①

一切历史都是当代史。同样道理，一切戏仿都是关于当代的戏仿。关于惠蒂埃的戏仿也逃不出这个窠臼。尤金·费尔德曾利用惠蒂埃的《莫德·穆勒》，讽刺追逐权力的政客本杰明·富兰克林·巴特勒。美国陆军少将巴特勒在美国内战中是一名赫赫有名的英雄，随后从政，成为一名引起争议的政客。他曾两次竞选马萨诸塞州州长，均告失败。最后，他终于以民主党候选人身份得到这个职位。1884 年，他希望以民主党候选人身份竞选美国总统，没有获得提名。他以绿币党(Greenback Party)候选人身份参选总统，在竞选中被对手轻松击败。费尔德的戏仿诗歌《政坛中的莫德》同样在 1884 年发表。他用拟人的手法，讽刺了巴特勒翘首以盼的尴尬：

本·巴特勒夏季的一天站在集会上晒干草，
甜美的干草放在地上，倾斜着，
但没有本的眼睛斜得厉害。
因为他看到法官“提名”(nomination)
骑着一匹去势的马缓缓而来。
法官看到本在干活，猛一拉缰绳，使马停住。
他的眼睛叽里咕噜翻转，看着本英俊的脸、
隆起的胸脯、飒爽的英姿、
雄厚的财力、浓密的头发。
法官叹息，“我命中注定应该
和这样被神眷顾的人结合。
如果终生和本为伴，我的人生就像
诗人的歌、艺术家的梦。
但是如果有些人听说
我挑选这样一个人结婚，

① Gardner, Martin (ed.). *Martin Gardner's Favorite Poetic Parodies*. New York: Prometheus Books, 2001, pp. 189 – 194.

他们就会像公牛一样火冒三丈,又踢又跳!"
担心民怨沸腾,法官"提名"骑马离开,
留下本孤独的身影。
人世间最悲哀的话莫过于
"他本不应该是叫本。"①

"他们就会像公牛"中的"他们"显然指的是美国选民。最后一句话"他本不应该叫本"(He should not have Ben)是个双关语,又可以解读为"他本来不应该出生"(He should not have been)。暗示本杰明没有做总统的福分。民主党想提名巴特勒作候选人,但考虑到他的不良声誉,只好作罢。巴特勒望穿秋水,也没有如愿。这个戏仿的巧妙之处在于将民主党与候选人的关系比喻为婚配关系,巴特勒被比作少女,搔首弄姿,千方百计吸引异性的注意;无生命的政治提名被比喻为男子,挑选自己的意中人;竞选获胜被比作美满婚姻,经过权衡,民主党没有提名巴特勒,与此相对应,法官"提名"也没有向"莫德"抛出红绣球。戏仿构思巧妙,堪称上品。说到此,不能不提到查理·亨利·威伯。他也曾利用李·亨特的《阿布·本·阿德罕姆》,讥讽巴特勒的急于求成。亨特原诗如下:

阿布·本·阿德罕姆
(但愿他的民族兴旺发达),
一天晚上从深沉宁静的梦中醒来。
借助月光,他发现一个天使
在一个金质记事本上写字。
房间因而富丽堂皇,如同盛开的百合。
心底无私的本·阿德罕姆
大胆地问来客:"你在写什么?"
幻影抬起头,他的脸静谧和美。他答道:
"我写的是爱上帝的人的名字。"
本·阿德罕姆问:"有没有我的名字?"
天使回答:"没有。"
本·阿德罕姆压低声音,
但仍然愉快地说:"如果你记录那些

---

① Gardner, Martin (ed.). *Martin Gardner's Favorite Poetic Parodies*. New York: Prometheus Books, 2001, pp. 204 – 205.

爱自己同胞的人的名字，
请把我的名字写上。”
天使写完后，转瞬消失。
第二天晚上，它又带着亮光到来，
展示了上帝钟爱的人的名字。
哎呀，看！阿布·本·阿德罕姆名列第一！①

诗歌中，本·阿德罕姆开始并不完美，他没有出现在爱上帝的人的名单上。但上帝仁慈而有耐心。他知道人有缺点，因此并不求全责备。本·阿德罕姆爱自己的同胞，这一点足以让本·阿德罕姆形象高大起来。果然，这一点被上帝注意到。于是，本·阿德罕姆得到了上帝的垂青和关照。诗歌告诉人们，人们应该不断改善自己，去除自己的缺点，增加自己的优点，才能得到上帝的关爱。威伯对这首诗的戏仿如下：

本·巴特勒（但愿他的种族人丁越来越少）！
一天晚上醉醺醺地醒来。
在月华中，他看到一个陌生人
在金板上写东西。这个人发出幽光，
像是一个银勺（本有许多勺子和盘子）。
本对自己帐篷中的陌生人说：“你在干嘛？”
陌生人回过头，一脸天真，回答道：
“我在写总统的名字。”
本问道：“有没有我的名字？”
陌生人回答：“没有。”
本说：“噢，啊！”又接着说：
“你能否开出一个价格？
退而求其次，当副总统也可以。”
陌生人起来，不见了身影。
第二天晚上，他又到来，
让本看有可能坐上总统宝座的人。
哎呀，看，本的名字没有在上面！②

---

① Gardner, Martin (ed.). *Martin Gardner's Favorite Poetic Parodies*. New York: Prometheus Books, 2001, p.55.

② Gardner, Martin (ed.). *Martin Gardner's Favorite Poetic Parodies*. New York: Prometheus Books, 2001, p.56.

戏仿动用了反高潮这个技巧。亨特的原诗中,本·阿德罕姆的名字第一天晚上没有出现在天使的记事簿中,但第二天晚上被补了上去。这个改变是个可喜的变化,意味着人人都可以成佛,“圣与贤,可训至”,给人以希望和启迪。戏仿中,第一天晚上没有名字,第二天晚上同样没有,没有曲折变化,意味着本·巴特勒确实不是当总统的料。“临渊羡鱼,不如退而结网。”如果一个人志大才疏,总是哀叹自己的才华得不到承认,那么他最好还是反思一下,自己还有什么差距,加以补足,也许通过这个方法,他的名字还能出现在成功者的名单上。这也许是戏仿给我们的启示。

第四节 爱伦·坡

一 哥特小说

Poe 与 poem(诗歌)的前三个字母相同,卢米斯的戏仿诗题目《激情的坡诗歌》(“A Poe-em of Passion”)利用了这种巧合。① 格蕾丝·格林伍德的戏仿作品《E. A. P. 的恐怖故事》将坡众多故事的要素结合起来。格蕾丝作品首先引用了朱维纳尔的拉丁语“许多人患有不可治愈的写作病”(拉丁语 *Tenet insanabile multos scribendi cacoethes* 翻译为英语即是 many suffer from the incurable disease of writing),这对应了坡《厄舍古屋的倒塌》篇首的拉丁引文。戏仿第一段,叙事人在百老汇街道上行走,感觉到自己身后有一个少年。他虽然没看到尾随者本人,也没有看到他的影子,却知道他是个黑人,只穿了一只鞋,已经跟了他几个街区。叙事人为何知道得这么详细?因为他有超强的分析判断能力。他判断出尾随者是黑人,是因为据他观察,非洲黑人都是扁平足,而扁平足与有正常足弓的脚落地的声音是不一样的;他知道尾随者只穿了一只鞋是因为对方两脚落地的声音不同;他知道对方已经跟了自己很长时间,是因为在熙熙攘攘的人群中,尾随者总是保持很近的距离,以至于他能听到尾随者出汗的声音。

叙事人判断的准确性另当别论,他超强的推理能力和坡的作品主人公是吻合的。坡写的《金甲虫》、《玛丽·热内疑案》、《失窃的信件》和《莫格街谋杀案》是最早的推理侦探小说。一般认为,柯南·道尔的福尔摩斯系列故事是对坡侦探故事套路的模仿。坡本人也喜爱推理故

---

① Falk, Robert P. (ed.). *The Antic Muse: American Writers in Parody*. New York: Grove Press, 1955, p. 108.

事。每逢狄更斯悬疑作品在报刊上连载，坡自称能预测出故事最后始作俑者是谁。综上所述，分析能力超强是坡作品主人公的特色。

戏仿中，叙事人猛地回过头，冷冷地说："雪球，你要干什么？"名叫雪球的孩子吓得尖叫起来，黑皮肤变成蓝色，大眼睛向上翻，直到看不见一点虹膜。黑孩子名叫雪球，构成讽刺。等到安定下来，雪球给叙事人手中放了一张脏兮兮、揉皱了的便条，上面写着一个地址。叙事人命令小孩前边带路。顽童和叙事人走呀走，到了城市里一个早已被上天遗忘的角落。两个人在一个破败不堪的建筑前停下了脚步。叙事人发现，建筑破败已经到了登峰造极的地步。小向导一手指着快要倒塌的楼梯，一手问他要 6 便士小费。二楼门口站着个老太太。她如同干柴，没有牙齿，灰白的头发遮挡着满是皱纹的脸。口里嚼着一块发霉的面包。那面包显然是从一条恶狗的嘴里抢夺过来的。叙事人经过时，老人没有看见他。她眼睛半瞎，已经几乎完全失明了。木楼梯发出咯吱咯吱的响声。经过时，有几块木材断裂了。显然，有好长时间，已经没有一个身体比较胖的人在上面踏踩过了。上楼时，蜘蛛、蝎子四散逃窜，但叙事人终于到了顶楼。面前一扇门，没有门把手，只见一个黑黑的、长长的条状物从门洞里伸出来。叙事人认为这肯定是用来拉动门闩的，于是使劲拽住一拉。令他感到恐怖的是，那东西哧溜一声不见了。原来，那竟然是一条老鼠尾巴。叙事人最终到了一个狭小、阴暗的房间。桌子上放了一大堆手稿，有一个瓶子，贴着"墨水"的标签，现在却用来插蜡烛。床上躺着一个人，形容枯槁，非常消瘦，有些地方骨头已经穿透皮肤，露了出来。他的毛发灰白打结，鼻子薄得几乎透明，眼睛凹陷得近乎消失。脚边的稻草处蹲着一个东西，乍看像乌鸦，仔细一看，原来是一只猫，也是一幅挺吓人的模样。

床上的人没有知觉，可能死了。不过，通过施法术，叙事人让他活了过来。睁开眼睛后，叙事人发现，这个被人遗忘的人就是曾经闻名一时的诗人兼小说家阿道夫斯·特威格斯。他的作品描写伤感和时尚，曾独步当时，无人能及。特威格斯说："是的，你看，这就是本土天才的待遇，这就是缺乏国际版权法保护所造成的恶果！"①特威格斯说话时不时夹杂了拉丁语和法语，影射了坡作品中的拉丁语和法语。叙事人问特威格斯已经在这个房间多长时间了。特威格斯回答："两年了。哈泼斯出版社不愿意出版我的巨著《时髦的调情、微妙的困境》（*Fashionable Flirtations, Delicate Distresses*）。我对公众和出版社极度失

---

① Falk, Robert P. (ed.). *The Antic Muse: American Writers in Parody*. New York: Grove Press, 1955, p. 113.

望,于是离群索居,到了顶层阁楼这个尊贵的诗意居所。”在追问下,特威格斯谈起了妻子。妻子虽然能够用针线活养家糊口,但天才无法长时间忍受一个妻子。分手后,床头那只猫一直忠实地陪伴着他。虽然它不能给他带来金钱,却能帮他驱赶老鼠。这样,讨厌的老鼠就不会总是打断突然来袭的灵感。

正在搓脸的猫发出哀鸣,使特威格斯的表情突然发生了变化。他睁开眼,喃喃说:“噢,可怜的猫咪!”于是就与世长辞了。痛苦的猫发出灵异的嚎叫,调转身子,发疯似地冲到下面的街道上。这也很容易,因为窗户本来就没有玻璃阻挡它的道路。叙事人跟到窗下,向下望去,不禁大吃一惊:黑猫已经自杀,脑浆四溅在人行道上。猫有九命,如今猫不明原因摔死,因此怪异。另外,坡也有哥特作品《黑猫》传世。戏仿中,坡作品中阴森恐怖的气氛,历历再现。

二　《阿纳贝尔·李》

多年以前,在海边一个王国,住着一个少女,
也可能你知道她的名字叫阿纳贝尔·李。
这位少女,她没有别的任何想法,
她只想爱我,而且得到我的爱。
在海边的王国,我是个孩子,她也是个孩子。
我们的爱超过一般意义的爱,
我和阿纳贝尔·李,
我们爱得连天堂带翼的天使都艳羡不已。
因此,很久以前,在海边的王国,
乌云中陡然吹来一阵风,
使我的阿纳贝尔·李四肢冰凉,
因此,她出身高贵的亲戚来了,
把她从我身边夺走,
将她关在海边的一个墓穴里。
天堂的天使没有我们一半快乐,
羡慕她和我,是的,
(大家都知道,在海边的王国)
夜间乌云里突然刮来一阵风,
使我的阿纳贝尔·李浑身冰凉,失去生命。
但我们的爱比年长的人的爱更强烈,
也胜过更聪明的人,不管是天堂的天使,
还是海底的恶魔,

都不能将我的灵魂与美丽的
阿纳贝尔·李的灵魂硬生生分开！
只要月亮播撒出清辉，
我就梦见美丽的阿纳贝尔·李；
只要星星升起，我就感觉到
美丽的阿纳贝尔·李的明眸。
因此，伴着晚上的潮汐，
我躺在我的爱人身边；
我的爱人，我的生命和新娘，
在海边的墓地旁，
在不断发出响声的她的坟墓旁。①

罗伯特·富勒·默里伪称找到一篇爱伦·坡没有发表的作品，戏仿了上面的内容：

许多年前，在海边一个城市，
住着一个我认识的人。他的名字
叫安德鲁·迈克里。
他睡在另一个房间，
拉磨、吃饭都和我在一起。
我是一头驴，他也是一头驴，
在海边城市里，
我们碾磨的方式不像是碾磨，
我和安德鲁·迈克里。
旁边住的教授看见我们碾磨的方式，
说，看起来真丢人。
这就是为什么，一个漆黑的夜晚，
在海边城市里，一个石头从窗户飞进来，
打中奶罐和安德鲁·迈克里。
后来一个没有教养的三年级学生来了，
将他从我身边带走，粗暴地
将他关进一个隐秘的房间。
那里有人在喝茶。
不擅长自己工作的教授

① Gardner, Martin (ed.). *Martin Gardner's Favorite Poetic Parodies*. New York: Prometheus Books, 2001, pp. 127 – 128.

用忌妒的目光看着他和我。
是的,我总认为那就是为什么
他们让我们一年到头拉磨。
安德鲁·迈克里和我想法一样。
但他的鬼魂比许多更有名的人的
阴魂更可怕,胜过许多更血腥的牲畜。
无论到国外海滩访问,还是服用壮胆的
补药,都不能使两个教授从受到
伤害的安德鲁·迈克里的幽灵中解脱。
晚上,他们做梦时,经常喊叫,
"迈克里,饶了我吧!"如果他们睁开眼
带着充血的眼睛起床,大着胆子下楼
吃肉卷,他们看到的第一样东西
必定是在煤斗旁边,膝盖上放着一个大笔记
的安德鲁·迈克里的鬼魂。①

三 《铃声》

一、

你听那雪橇的银铃
那银色的小钟!它们悦耳的铃声
预言了一个多么快活的世界!
他们是如何叮叮当当
在冰凉的夜空中!
点缀于天幕的颗颗星星
仿佛都快活地眨动眼睛,
眨动水晶般的眼睛;
铃儿叮叮当当合着拍子,
合着一种北方神秘的旋律
合着那悠扬快活的叮叮当当,
铃声流出那小钟般的银铃,
叮当,叮当,叮当,
铃声流出那叮叮当当、当当叮叮的银铃。

二、

① Jerrold, Walter and R. M. Leonard (eds.). *A Century of Parody and Imitation*. London: Oxford University Press, 1913, pp. 384 – 385.

你听那柔和的婚礼钟声，
听那金钟！它们和谐的钟声
预言了一个多么幸福的世界！
划破芬芳馥郁的夜空
如何奏出喜乐融融！
从那悠扬的和谐金钟
一支多么清丽的曲调
飘向那只爱慕地凝视着月亮的斑鸠
她在倾听！哦，从那些钟楼
荡漾出那么多如此美妙动听的钟声！
飘向未来！如此奏颂
那欣欣愉愉陶陶融融，
是那欢天喜地鸣响的钟声，
鸣响这悠扬起伏、贯珠扣玉的金钟！

三、

你听那刺耳的警钟，听那铜钟！
它们喧嚷的钟声在讲述一种什么样的惊恐！
在夜晚惊惶的耳里，它们声音那么凄厉！
吓得不成声调，只能悲鸣尖叫，多不和谐，
吵吵嚷嚷啷啷当当向烈火乞哀告怜，
疯疯癫癫当当啷啷却又聋又狂的火焰，
火越蹿越高，越蹿越高，
以一种孤注一掷的心愿，
以一种不屈不挠的努力，
现在，现在，不然就休想，
窜到那脸色吓得苍白的月亮旁边。
哦，那警钟，警钟，警钟！
在讲述一种什么样的惊恐和绝望！
它们是怎样当啷当啷当啷！
它们把一种什么样的惊惶
倾泻进瑟瑟发抖的空气的胸间！
可那耳朵，它一清二楚，
凭那钟声铿锵，凭那叮铃当啷，
那危险是如何潮起潮伏，
是的，那耳朵一听就懂，
凭那啷啷当当，凭那当当啷啷，
那危险是如何潮起潮涌，

凭着那愤怒钟声的起起伏伏低低涌涌,
那钟声,那长鸣的警钟,警钟,警钟,
那吵吵嚷嚷当当啷啷的铜钟。

四、

你听那悠悠丧钟,听那铁钟!
一个多么肃穆的世界出自那哀婉的钟声!
在万籁俱寂的夜里,我们如何不寒而栗
听到那悲伤忧郁的钟声!
因为那声声鸣奏,发自生锈的咽喉
是声声呻吟。而那些,哦,那些人
那些住在尖塔上的人
孤孤单单,他们把丧钟鸣奏,鸣奏,
在沉闷单调的钟声里
感受到一种光荣,
一块石头在人们心头滚动,
他们既不是男人,也不是女人,
他们既不是人类,也不是野兽,
他们是幽灵,正是他们的君王把丧钟鸣奏,
他鸣奏,鸣奏,鸣奏,鸣奏,
从钟里奏出一曲赞歌!他的胸膛起伏!
随着丧钟的那曲赞歌!他叫嚷着高歌起舞;
合着丧钟幽幽咽咽的节奏,
合着一种北方神秘的节奏,
合着那一曲赞歌,发自丧钟,
合着丧钟幽幽咽咽的节奏,
合着一种北方神秘的节奏,
合着钟声的震动,钟声,钟声,钟声,
呜呜咽咽抽抽噎噎的钟声,
合着幽幽咽咽的节奏,
当他鸣奏,鸣奏,鸣奏,以快活的北方节奏,
合着钟声的荡荡悠悠,丧钟,丧钟,丧钟,
合着钟声的荡荡悠悠,
钟声悠悠荡荡,荡荡悠悠,丧钟,丧钟,

合着呻吟哀号悠悠荡荡，荡荡悠悠的铁钟。[①]

爱默生曾称爱伦·坡为“诗中反复出现同一声音的诗人”（jingle-man）。[②] 英语单词 jingle 可以表示“叮当声，发叮当声的东西”，也可以表示“音韵铿锵的诗或歌，以声音而不是以意义吸引人的语句”。弗朗克·雅各戏仿了《铃声》：

一、

看销售员在打电话，公用电话，
因为刻不容缓的交易需要联系明尼苏达，
啊，打电话时，他真得很生气，
听他怒吼，尖叫，因为他的电话
打到了惠灵的一个酒吧，他却认为自己
打到了圣·保罗。听他喊叫，喊叫，喊叫，
他的 25 美分已经用完，他联系不上接线员，
听不到呼叫的铃声，在电话、电话、电话、
电话、电话、电话、电话上，
在吞钱的户外公用电话上。

二、

看家庭主妇在打电话！厨房电话，
以单调的语气和邻居聊天。
她可怜的丈夫想联系她，
因为他被炒了鱿鱼，女儿打了老师，
儿子学坏，加入了暴徒行列。
只看他打呀，打呀，打呀，但他运气不好，
线路因为家庭主妇的聊天总是忙音，
在电话、电话、电话、
电话、电话、电话、电话上，
因为家庭主妇的聊天总是忙音！

三、

听赛马赌注经纪人在打电话。
私人电话，用肮脏的语言在马匹上下注。

---

① Gardner, Martin (ed.). *Martin Gardner's Favorite Poetic Parodies*. New York: Prometheus Books, 2001, pp. 115 – 118.

② Gross, John (ed.). *The New Oxford Book of Literary Anecdotes*. Oxford: Oxford University Press, 2006, p. 121.

所有的傻瓜都上了圈套，看他赚的巨款，
警察受了贿赂，警长取消了原定三点的
突击行动。下赌、下赌、下赌，
直到劫掠了所有的钱，
直到赌徒的钱一分不剩。在电话、电话、
电话、电话、电话、电话、电话上，
在经纪人自己未注册的私人电话上。

四、

看医生打电话。办公室电话。
在给呻吟的妇女打电话。她很痛苦，
处于谵妄，躺在地板上。
但医生直摇头，他告诉她，
自己不能外出治疗。
听她哀求、哀求、哀求，
说她的腿骨折，但医生好心告诉她，
只不过是一根骨头挫伤。
在电话、电话、电话、
电话、电话、电话、电话上，
在医生手边的办公室电话上。

五、

看股票经纪人在电话上，
华尔街的电话上，用隐秘的口吻
给投资人谈话。看他怎样很策略地
告诉他们，他们应该买他推荐的
如同金矿的股票。他以狡猾的方式
卖给他们，每个人都买一大宗股票。
当投资人发现矿藏已经枯竭，
他们怎么诅咒、诅咒、诅咒，
他们发现电话已经联系不上。

六、

看监听人在电话上，
某个人的电话，独自一人在办公室
监听电话。他可以搭线监听
打向任何地点的电话，总有人急于购买
通过他肮脏的工作得到的信息。
看他从不关他任何事的别人的

私人电话上赚到了钱，
狞笑、狞笑、狞笑，
在电话、电话、电话、
电话、电话、电话、电话上，
在可怜的受害者不那么私人的电话上。①

四 《乌鸦》

从前一个阴郁的子夜，
我独自沉思，慵懒疲竭，
沉思许多古怪而离奇、早已被人遗忘的传闻
当我开始打盹，几乎入睡，
突然传来一阵轻擂，
仿佛有人在轻轻叩击，轻轻叩击我的房门。
“有人来了，”我轻声嘟囔，
“正在叩击我的房门
唯此而已，别无他般。”
哦，我清楚地记得那是在萧瑟的十二月；
每一团奄奄一息的余烬
都形成阴影伏在地板。
我当时真盼望翌日；因为我已经枉费心机
想用书来消除悲哀，
消除因失去丽诺尔的悲叹
因那被天使叫作丽诺尔的少女，
她美丽娇艳在这儿却默默无闻，直至永远。
那柔软、暗淡、飒飒飘动的每一块紫色窗布
使我心中充满前所未有的恐惧，
我毛骨悚然；为平息我心儿狂跳，
我站起身反复叨念，“这是有人想进屋，
在叩我的房门；更深夜半有人想进屋，
在叩我的房门；唯此而已，别无他般。”
很快我的心变得坚强；不再犹疑，不再彷徨，
“先生，”我说：“或夫人，我求你多多包涵；
刚才我正睡意昏昏，而你来敲门又那么轻，

---

① Gardner, Martin (ed.). *Martin Gardner's Favorite Poetic Parodies*. New York: Prometheus Books, 2001, pp. 123 - 125.

你来敲门又那么轻,轻轻叩击我的房门,
我差点以为没听见你,”说着我拉开门扇;
唯有黑夜,别无他般。
凝视着夜色幽幽,我站在门边惊惧良久,
疑惑中似乎梦见从前没人敢梦见的梦幻;
可那未被打破的寂静,没显示任何迹象。
“丽诺尔?”便是我嗫嚅念叨的唯一字眼,
我念叨“丽诺尔!”
回声把这名字轻轻送还,
唯此而已,别无他般。
我转身回到房中,我的整个心烧灼般疼痛,
很快我又听到叩击声,比刚才听起来明显。
“肯定,”我说:“肯定有什么在我的窗棂;
让我瞧瞧是什么在那里,去把那秘密发现
让我的心先镇静一会儿,去把那秘密发现;
那不过是风,别无他般!”
我猛然推开窗户,心儿扑扑直跳就像打鼓,
一只神圣往昔的健壮乌鸦慢慢走进我房间;
它既没向我致意问候,也没有片刻的停留;
而以绅士淑女的风度,栖在我房门的上面,
栖在我房门上方一尊帕拉斯半身雕像上面,
栖坐在那儿,仅如此这般。
于是这只黑鸟把我悲伤的幻觉哄骗成微笑,
以它那老成持重一本正经温文尔雅的容颜,
“虽然冠毛被剪除,”我说,
“但你肯定不是懦夫,
你这幽灵般可怕的古鸦,
漂泊来自夜的彼岸,请告诉我你尊姓大名,
在黑沉沉的冥府阴间!”
乌鸦答曰“永不复述。”
听见如此直率的回答,
我惊叹这丑陋的乌鸦,
虽说它的回答不着边际,与提问几乎无关;
因为我们不得不承认,
从来没有活着的世人,
曾如此有幸地看见一只鸟栖在他房门上面,

鸟或兽栖在他房间门上方的半身雕像上面，
有这种名字“水不复还”。
那只独栖于肃穆的
半身雕像上的乌鸦只说了这一句话，
仿佛它倾泻灵魂就用那一个字眼。
然后它便一声不吭，也不把它的羽毛拍动，
直到我几乎是喃喃自语
“其他朋友早已消散，
明晨它也将离我而去，
如同我的希望已消散。”
这时那鸟说“永不复还。”
惊异于那死寂漠漠被如此恰当的回话打破，
“肯定，”我说：“这句话是它唯一的本钱，
从它不幸的主人那儿学来。
一连串无情飞灾，曾接踵而至，
直到它主人的歌中有了这字眼，
直到他希望的挽歌中有了这个忧伤的字眼，
‘永不复还，永不复还。’”
但那只乌鸦仍然把我悲伤的幻觉
哄骗成微笑，我即刻拖了张软椅
到门旁雕像下那只鸟跟前；
然后坐在天鹅绒椅垫上，我开始冥思苦想，
浮想连着浮想，猜度
这不祥的古鸟何出此言，
这只狰狞丑陋可怕不吉不祥的
古鸟何出此言，为何聒噪‘永不复还。
我坐着猜想那意见但没对那鸟说片语只言。
此时，它炯炯发光的眼睛
已燃烧进我的心坎；我依然坐在那儿猜度，
把我的头靠得很舒服，舒舒服服地靠在
那被灯光凝视的天鹅绒衬垫，
但被灯光爱慕地凝视着紫色的天鹅绒衬垫，
它将显出，啊，永不复还！
接着我想，空气变得稠密，被无形香炉熏香，
提香炉的撒拉弗的脚步声
响在有簇饰的地板。“可怜的人，”

我呼叫:"是上帝派天使为你送药,
这忘忧药能中止你对失去的丽诺尔的思念;
喝吧,忘掉对失去的丽诺尔的思念!"
乌鸦说:"永不复还。""先知!"
我说:"凶兆! 仍是先知,不管是鸟还是魔!
是不是魔鬼送你,
或是暴风雨抛你来到此岸,
孤独但毫不气馁,在这片妖惑鬼祟的荒原
在这恐怖萦绕之家,告诉我真话,求你可怜,
基列有香膏吗? 告诉我,告诉我,
求你可怜!"乌鸦说:"永不复还。"
"先知!"我说:"凶兆!
仍是先知、不管是鸟是魔!
凭我们头顶的苍天起誓,
凭我们都崇拜的上帝起誓,
告诉这充满悲伤的灵魂。
它能否在遥远的仙境,
拥抱被天使叫作丽诺尔的少女,她纤尘不染
拥抱被天使叫作丽诺尔的少女,她美丽娇艳。"
乌鸦说:"永不复还。"
"让这话做我们的道别之辞,鸟或魔!"
我突然叫道:"回你的暴风雨中去吧,
回你黑沉沉的冥府阴间!
别留下黑色羽毛作为你的灵魂谎言的象征!
留给我完整的孤独!
快从我门上的雕像滚蛋!
从我心中带走你的嘴;
从我房门带走你的外观!"
乌鸦说:"永不复还。"
那乌鸦并没飞去,它仍然栖息,仍然栖息,
在房门上方那苍白的帕拉斯半身雕像上面;
而它的眼光与正在做梦的魔鬼
眼光一模一样,照在它身上的灯光
把它的阴影投射在地板;
而我的灵魂,会从那团在地板上漂浮的阴暗

被擢升么，永不复还！①

亨利·山姆布鲁克·李模仿《乌鸦》，写过《西班牙城堡：回忆〈大卫·加里克〉和〈安达卢西亚之战〉》（“Chateaux d' espagne: A Reminiscence of ‘David Garrick’ and ‘The Battle of Andalusia’”）：

丹德利里大人用他新奇古怪的幽默
让小城一片哗然后，在一个疲惫的晚上，
我拿着我的先令，
轻轻敲秣市剧院售票处的门，
因为看门人在小睡，
我在门口徘徊，只付了半价，没有付更多。
我清楚记得，时间是九月，
也可能是八月，也可能更早，我很害怕明天，
我徒劳地想借钱。因为我必须悲哀地承认，
我穷得可怜，如果一个人很穷，
心情会非常沉重，（以前我有一次就是这样）
幕布升起，我有点疑惑，我不敢肯定，
这一出戏剧是新作还是我以前看过？
一群强盗在一个阴暗的洞穴里饮酒，
桌子上酒杯叮当作响，20年前，
还有年代更久远时，在那基本已经
淡出记忆的纯真年代，我一次又一次
地看过。很快，我的疑心越来越重，
我再也受不了了。我说：“小姐，
或夫人，你一定要原谅我，原谅我
明显的无礼。您能不能好心
告诉我，这出剧是不是来自高卢
的文明海岸？因为我知道，
戏剧经常从高卢海岸漂洋而来，
改头换面，如此而已。”
我低声提问，我的邻座慢条斯理回答，
“这完全是一出英国戏剧，很久以前写的，

① Gardner, Martin (ed.). *Martin Gardner's Favorite Poetic Parodies*. New York: Prometheus Books, 2001, pp. 141 – 147.

是安达卢西亚古老而苍白的城堡的故事,
音乐不错,就是对话有点糟糕。”
我不禁同意,对话确实不好。非常平淡,
乏善可陈。最后一个女士出场,
我的兴趣马上集中到她身上,
她的特征、她的舞台服装。她发出
的微小声响如同天籁之音。
我对邻座咕哝道,“求您了,
请看一下节目单,那个光彩照人的
稀世珍宝到底是谁?告诉我,求您了!”
我的邻座说:“是内莉·摩尔。”
我又用颤抖的声音问
(我不想假装,假装没有用处):
“小姐,或者夫人,你不要无视我的感情,
告诉我,那个加里克房间看起来
很忧郁的女子是谁
(房子上有一个半身像)?”
我的邻座说:“是内莉·摩尔。”
蕾西给了我她的照片。我坐在穿堂风中,
她端庄俏丽的脸在对着我笑。
每当夜幕降临,伴着动物脂油蜡烛
从阴暗的二楼投下宝贵的微光,
(我的二楼没有煤气灯)
总会传来回声“是内莉·摩尔”。①

坡的作品充满恐怖色彩。一般认为,他表达了新大陆美国人心底的恐惧,这种恐惧有时比外在的威胁更可怕。阅读对坡的戏仿则是另外一种经历。读者如同进入一个游乐场的幽灵鬼屋。这种经历令人惊悚,让人害怕,但游客知道,所谓的鬼怪是假的,他们会吓得大叫,但他们知道,这一切只不过是游戏。通过阅读戏仿,读者替代性地获得了阅读原作的感受。

① Jerrold, Walter and R. M. Leonard (eds.). *A Century of Parody and Imitation*. London: Oxford University Press, 1913, pp. 330 - 332.

第五节　沃尔特·惠特曼

一篇篇戏仿作品诞生在美国文学百花园,争奇斗艳。作为美国浪漫主义文学中的代表,沃尔特·惠特曼首当其冲。惠特曼的主要诗集《草叶集》1855 年初版,以后多次重版,每版都有新诗补充。他的作品热情奔放,不受传统格式束缚,用新的形式表达民主思想,对种族、民族和社会压迫表示强烈抗议,对美国和欧洲自由诗的发展很有影响。

19 世纪 70 年代,惠特曼进入公众视野,原因是斯温伯恩、威廉·罗塞蒂、斯蒂文森、西蒙兹等英国作家为他鸣不平,抱怨他的价值在美国没有得到应有的承认。人生最后 19 年,惠特曼离开华盛顿,住在新泽西州的卡姆登,继续修改自己的《草叶集》。在人生的最后一个阶段,他乐天知命,心满意足地过着平静的生活,其间仅仅外出过 3 次。第一次是 1879 年到科罗拉多州简短就医,第二次是 1880 年到加拿大拜访巴克医生,第三次是 1881 年到波士顿会见爱默生。他与爱默生有许多共同语言。不过,如今他已经成为大家,能够和昔日导师平起平坐了。

一　百科全书式罗列

1923 年,H. S. 桑德斯编辑了一本书,收录了其他作家戏仿惠特曼的诗歌,并对惠特曼大量戏仿作品的产生与惠特曼的写作原则和风格进行了密切关注,不少人模仿了惠特曼对普通人的描绘,其中较为出色的是 H. C. 班纳。班纳写道:

> 你,拿着旅游指南的年轻人,过来,我要给你说话。
>
> 我,惠特曼,曼哈顿人,一个美国公民在呼唤你。
>
> 还有导游,他傻笑,自鸣得意,头发油光发亮,发出大蒜味,也让他进来。
>
> 我欢迎任何人进来,包括郊狼、国王、毒菌、汉堡包。
>
> 你要去哪里? 你要去哪里? 你想去巴黎吃巧克力糖,度过一段好时光,去维也纳、伦敦、佛罗伦萨、摩纳哥,去快活一番,你想去威尼斯。好吧,我会陪你度过一段愉快时光。我会给你希望在巴黎和维也纳得到的东西。
>
> 我,惠特曼,在呼唤你! 我在甲板上,和我一起漫游吧,让我拉着你的手,向你展示! 听我的奥菲克莱德号! 家,我欢庆! 想到

家,我增加了雾笛的音量。进来!在前排坐下,不用担心人群的拥挤,你们每个人都有地方。这是我的展览,是地球上最伟大的演出,不收入场费。你们只需听我的抒情短诗(或浪漫曲)。

戏仿作品中的惠特曼吟出的诗歌如下:

褐砂石房屋;父亲回了家。一天生意不好,他忧心忡忡;妻子在大理石铺成的前厅迎接他;她向他伸出手臂;她抱住他;她用充满情意的眼看着他;他的眉梢的烦恼消失了。她说,亲爱的,乔尼摔下来了,伤了头;厨师想辞职;锅炉漏水了。

高架桥疾驶的列车上能看到机械师三楼的小黑房间。角落里一台缝纫机;小火炉;一家人围着火炉吃白菜;没有注意到高架桥列车的喧嚣声,没有注意到白菜的味道。

我,列车里的一个过客(passant),也没有注意到白菜。

法国公寓,小房间,都是直角,没有个性,厅子狭窄,到处是廉价俗艳的装饰品。男看门人和女厨师坐电梯时互相恭维,不愿意往上面厨房运煤,往他头上泼水,他朝楼上说一些不堪入耳的话,厨师发出胜利的笑声,回到厨房。

低级的食宿全包的公寓房间,劣质煤炭发出可怜的微光,衣着邋遢的爱尔兰女仆在侍弄煤火;煤炉上的灰,褪色的家具,食物藏在壁橱里,窗外凄凉的后院,女孩坐在镜子前,嘴里面噙着发夹。她在做头发,以便下楼和小酒店的服务员调情。

衰败农舍的厨房,年轻的刑满释放分子,这是他第一次犯法,法官对他手下留情,他在吃出狱后的第一顿饭,大家接纳了他,亲吻了他,劝他东山再起;他的肺部、鼻孔因为新鲜空气而张开;他的心充满羞愧、惊奇、颤抖和喜悦;年迈的母亲在桌子边忙着,她给儿子准备了他喜欢的饭;父亲背对着他们,读报纸,报纸颤抖得很厉害;其他孩子在周围,对浪子归来感到好奇;家人已经事先告诉过他们:不要问吉姆从何处而来,只需说,见到他很高兴;

大女儿坐在那里,脸色灰白,四年前男友抛弃了她;他的家人不让他和一个罪犯的姐姐结婚;她坐在窗边,补孩子衣服;衣服被修复,她想要自己孩子的渴望也暂时缓解;

弟弟抬起头,四目相遇;他胆怯,带有歉意;她对他笑,没有责怪,满满的爱意和希冀;他受不了了,他把自己的脸埋在母亲黑衣的褶皱里。

只在安息日打开的家中最好的房间;马鬃填塞的家具的气味

> 和红木家具的面漆；角落里不可名状的东西上的装饰，玻璃罩下的蜡制水果，布满灰尘，凹陷，像是得了结核。[①]

作品中，班纳讲到了许多内容，可以说是当代社会众生相，无所不包。这体现了惠特曼作品的一个重要特点，就是列举铺陈。笔者听过英国广播公司的一个节目，节目嘉宾是细菌学家。他说："我包容万物"（I contain multitude），他的意思是指他身体内有很多菌体，这引得听众大笑。因为听众知道，这句话来自惠特曼，但是绑架了惠特曼的诗歌原意。惠特曼诗歌喜欢列举的特点与两个因素密切相关：他的人生经历与他的心路历程。惠特曼生于贫苦农民家庭，当过木工、排字工、报纸编辑。他到过许多地方，接触了许多普通人。其间，他也曾听意大利歌剧。胸中有丘壑，琳琅满目的事物自然涌现在他的笔端。惠特曼早年的书单包括《圣经》、莎士比亚、奥西恩、司各特、荷马、希腊和印度诗人、《尼伯龙根之歌》、但丁。这些作家作品要么在思想上，要么在语言节奏上影响了惠特曼以后的作品。其他对惠特曼产生影响的作家和思想家有歌德（歌德自传中，一个人以自身为坐标，审视宇宙）、黑格尔（黑格尔哲学中，宇宙意识通过冲突和矛盾朝一个特定目标演化）、卡莱尔（卡莱尔《英雄与英雄崇拜》认为，一个优秀的人是凌驾于人为法则之上的力量）、爱默生（惠特曼从爱默生倡导的超验主义中得到启示：个人不仅与他人不同，而且是与自然融为一体的不动声色的观察者。这位观察者注意到变动不居的现象，同时将其发现公之于众）。惠特曼也受到他所处的时代的科学进展的影响。他对颅相学等伪科学也感兴趣。他诗歌中使用的单词范围很广，其中法国作家乔治·桑是一个极端，美国印第安人是另一个极端。如此多的影响在惠特曼的诗歌中找到表达，也是意料之中的事情。能用英语的场合，惠特曼可能选择用法语，如 en masse[②]。因此，文本中出现了法语单词（passant）。另一个戏仿者理查德·格兰特·怀特用法语（ensemble, quelque-chose, mes soeurs）插入文本，甚至用自造词 happify 来戏仿。[③]

与主题多样化同时相伴的是形式的自由。虽然惠特曼不加批判地接受了许多哲学思想，初版《草叶集》也散漫地没有一个统一的中心，但惠特曼后来确定，作品应该揭示人怎样在自然法则范围内为自己赢

---

① Falk, Robert P. (ed.). *The Antic Muse: American Writers in Parody*. New York: Grove Press, 1955, pp. 119 – 120.

② 陶洁编，《美国文学选读》，北京：高等教育出版社，2008 年，第 61 页。

③ Falk, Robert P. (ed.). *The Antic Muse: American Writers in Parody*. New York: Grove Press, 1955, p. 121.

得最大程度的自由,具体为通过民主为身体赢得最大自由,通过爱为心灵赢得最大自由,通过宗教为灵魂赢得最大自由。惠特曼找到了自由诗这个能够表达自己的形式。自由诗不讲究格律,诗的段数、行数及每句的字数也无固定规格。它以语言的自然节奏为基础,可押韵,也可不押韵,即使押韵,用韵也极为自由,句法多变,表现灵活。从此,自由诗这个术语和惠特曼的名字紧紧联系在一起。惠特曼形容自己的作品似波涛(liquid billowy waves)①,戏仿中,自由诗的运用不是偶然,班纳也使用长短句造成一种磅礴的气势,尽得惠特曼诗歌神韵。

二 矛盾统一体

班纳的戏仿还有一个特点,那就是表面主流和底层潜流的对立问题。惠特曼讴歌普通人生活,但细细阅读,读者会发现,生活并不全是鲜花和笑脸。J. K. 斯蒂芬的戏仿《衷心恭维 W. W.:美国颂诗》("Sincere Flattery of W. W.: Americanus")也能说明这一点:

> 杜鹃将真正的鸟巢主人驱逐出去的清晰而从容的音调,
> 铁路保安让列车不可避免相撞的哨声,
> 对多音节的求婚,女仆给出的单音节的回答,
> 喇叭最后一声基调,大概是 D 本位音,
> 这些声音都要庆祝,都可以让你的肋骨回响,
> 但超过这一切声音的是
> 毫不疲倦的钢琴最后的音调。②

戏仿诗显示,惠特曼在歌唱不该歌唱的东西。鸠占鹊巢,应该谴责;列车事故,是一场悲剧;不答应求婚,让求婚人沮丧。惠特曼居然还在歌颂,说明他反常到了何种地步!查理·巴特尔·卢米思的一首戏仿诗也印证了惠特曼的乖谬的一面:

> 我庆祝杰克的品格,
> 我爱他脏兮兮的手,他蓬乱的头发,
> 他走动时的跌跌撞撞,
> 我歌唱他手上的肉赘,
> 我要给他宽阔的肩胛骨赋诗。

---

① Hart, James D. (ed.). *The Oxford Companion to American Literature*. Beijing: Foreign Language Teaching and Research Press, 2005, p. 717.

② Gross, John (ed.). *The Oxford Book of Parodies*. New York: Oxford University Press, 2010, p. 74.

还有吉尔。我也要赞美她。
我，惠特曼，思想和舌头都不受拘束，
大力赞扬她，她的头发、
她的太阳暴晒的脸、她粗糙通红的手，
还有她的脚，沉重而蹒跚行走的脚。①

这个戏仿以惠特曼的风格改编了一个童谣，“杰克和吉尔拿着桶，上山去取水。杰克滚了下来，摔破了头，而吉尔随后也跌倒。”惠特曼违反常识，执意歌颂杰克和吉尔身体特点中令人不快的一面，只能说明他品味的反常。笔者认为，这反映出惠特曼浪漫主义表层下潜藏的隐忧。惠特曼是美国浪漫主义的代表人物。浪漫主义创作方法按照希望的样子来反映生活，富有主观色彩，善于抒发对理想世界的热烈追求，常用热情奔放的语言、瑰丽的想象和夸张的手法塑造形象。浪漫主义有其积极的一面，它使人从陈旧观念的桎梏中解脱，使人身心得到极大的解放，人之所以为人，其原因就在于此。但物极必反，一个事物的优点也可以转化为它的缺点，浪漫主义也不例外。它容易脱离现实，滑入主观主义的泥沼。不管是英国浪漫主义还是美国浪漫主义，最后都被客观观察现实生活，按照生活的本来样式精确细腻地描写现实的现实主义取代。生活中的惠特曼也绝非浪漫化地一帆风顺，高歌猛进，而是历经忧患，饱尝艰辛。惠特曼前期打扮得像花花公子（浪漫主义），后期却像是流浪汉（现实主义）。《草叶集》初版面世后，除了爱默生写了一封信高度赞扬外，其他人基本上没有注意到它的存在。惠特曼只好自己匿名写评论，热情赞扬这部作品。1862 年，惠特曼到弗吉尼亚州去看自己的弟弟乔治，然后到华盛顿一家医院当护士，照顾受伤的士兵。直到这时，他才在真正意义上受到了美国内战的影响。他曾写《啊，船长！我的船长！》和《丁香花开的时候》纪念遇刺的总统林肯。惠特曼后来在美国内政部印第安人事务局担任职员，但不久就被部长辞退，理由是《草叶集》被认为是一本不道德的书。1873 年，惠特曼得了中风，这可能与他在医院工作的经历有关。得病之后，惠特曼作品思想发生了变化。他的政治观点由个人主义转向民族主义，甚至国际主义。总的来说，此时，他更重视制约而不是自由。正是由于非常现实而苦涩的经历，才有了“世上疮痍，诗中圣哲，民间疾苦，笔下波澜”。戏仿中，形势一片大好中悄悄插入不和谐音符，例如，“褐砂石房屋；父亲回了家。一

① Gross, John(ed.). *The Oxford Book of Parodies*. New York: Oxford University Press, 2010, pp. 229 - 230.

天生意不好,他忧心忡忡;妻子在大理石铺成的前厅迎接他;她向他伸出手臂;她抱住他;她用充满情意的眼看着他;他的眉梢的烦恼消失了。她说,亲爱的,乔尼摔下来了,伤了头;厨师想辞职;锅炉漏水了”。戏仿是一种鸟瞰,能够体现惠特曼作品风格缓慢变化的全貌。

戏仿中,读者还能读出天真与世故。小孩刚刚刑满释放,这个时候,家人喜忧参半。喜的是家人团圆,悲的是孩子今后的路该如何走下去。这个时候是心理最敏感的时候,不是所有的话都可以脱口而出,怎么办?于是,父亲选择了沉默,他“读报纸,报纸颤抖得厉害”;对于其他少不更事的孩子,大人吩咐他们,“不要问吉姆从何处而来,只需说见到他很高兴”。诸如此类的描写透露出人物的练达,引导读者从表面走向意义的深层。

现实生活中的惠特曼也如同戏仿作品,是性情中人,显示出世故的倾向。读者不能只阅读惠特曼作品或话语的字面含义,而要判断其真伪。例如,1848 年 2 月,惠特曼去了新奥尔良,担任新奥尔良《新月报》编辑三个月。许多为他作传的作家认为,他与一个有 1/8 黑人血统的黑白混血产生了恋情。之所以有这样的猜测,是因为惠特曼赋诗《有一次,我经过一个人口众多的城市》,其中一句是“就那座城市而言,我只记得一个女子”。惠特曼否认这是真实描写。不过,他曾向西蒙兹和其他人说过,自己有私生子女。这些表明,惠特曼喜欢给自己增添一份传奇色彩。

惠特曼也拥有自己的信徒,包括加拿大医生理查德·巴克。巴克 1883 年出版了惠特曼的传记,部分内容是惠特曼亲自书写。惠特曼的另一信徒是霍勒斯·特劳布尔。他像鲍斯韦尔记录约翰逊博士言行一样,忠实记录惠特曼谈话的任何内容,后出版《和沃尔特·惠特曼在卡姆登》(1906—1914;1953,1963,1982)。由此可见,惠特曼对于为自己做宣传的公关还是很在意的。

惠特曼另一个矛盾体现在他的自我意识。尽管惠特曼作品中以自己是普通人而自豪,他可能也感觉到了自己不同常人的地方。一方面,他相信民主平等;另一方面,他认为个人可以反抗社会的压制。因此,他想象自己是普通人和超人的结合体。在三个方面,他与众不同:通过民主努力追求社会自由,通过爱努力追求情感自由,经常发出强烈的爱他人的宣言。一般认为,他具有同性恋倾向。这一点也弥漫在戏仿之中。

综上所述,戏仿成功地令读者欣赏到惠特曼作品中的突出特点。利用形式,偷换内容,是戏仿惠特曼的突出特点。惠特曼的诗歌令人解颐,戏仿惠特曼的诗歌令人开怀。

第六节　克莱门特·克拉克·穆尔

同时期也出现了不太著名的人物写的广为流传的作品，如克莱门特·克拉克·穆尔《圣·尼古拉斯来访》（“A Visit from St. Nicholas”）：

在圣诞节前夜，
整间屋里没有一人在吵，
就连老鼠也不闹；
长袜已被小心地挂到烟囱上，
希望圣·尼古拉斯很快就来到；
孩子们都被舒适地安顿到他们的床上，
虽然他们脑子里
还跳动着小糖球的幻影；
妈妈裹起头巾，我戴上帽，
我们刚定下神来要睡个冬天的长觉，
这时外面的草地上有了得得的声响，
我从床上跳起来去看个究竟，
像一道闪光，我扑向窗户，
扯开百叶窗拉起窗框。
只见月光洒在新雪的胸膛上，
给月下的万物披上晌午的光芒；
这时出现了使我目瞪口呆的景象，
那是一辆小雪橇和八只小小的驯鹿，
上面坐着一个身材矮小的老车夫，
他生气勃勃，动作敏捷，
我马上知道这一定是圣·尼古拉斯。
他的骏鹿跑得比鹰还快，
他吹哨，吆喝，还能叫它们的名字：
“嘿，达舍！嘿，丹瑟！
嘿，普兰舍和维克星！
前进，科米特！前进，朱庇特！
前进，唐德和布利琛！
嘿，冲呀，冲呀，一起给我冲，
冲到门廊顶，冲向围墙的顶！”
它们就像枯叶随着疯狂的飓风，

遇到障碍就升向天空,
拉着装满玩具的雪橇,
还有圣·尼古拉斯,
驯鹿飞到了屋顶,
转眼之间我就听到屋顶
有小蹄子腾跃踢踏的响声,
当我缩进头来转过身,
就看见圣·尼古拉斯
从烟囱上一跳而下,
他全身上下都穿皮裘,
他的衣服因盖满烟灰而失去光华,
他背上背着一包玩具,
他看起来就像是小贩正在开包,
他的眼睛闪闪发光!
他的酒窝充满欢乐!
他的两颊红得像玫瑰,
他的鼻子像是樱桃;
他那滑稽的小嘴就像画的一把弓,
他下颌的胡子像雪一样白,
他的牙齿紧咬着一个烟斗。
白烟就像花圈绕着他的头,
他有一副宽宽的脸和小小的圆肚,
当他笑的时候,
那小肚震得就像一个碗装满果冻。
他的个子圆圆胖胖,
真像是一个快活的老顽童;
我看到他时情不自禁地笑了,
他转过头向我眨了眨眼睛,
让我知道什么也不用怕,
他一句话没说就去干活,
他把每一只长袜都装满后就急忙转身,
他把手指放在鼻子边上,
点点头又跳上烟囱,
他跃上雪橇,向他的鹿队吹声哨,
他们就像蓟花的冠毛一样又飞走,
在他出发之前,我听到他大喊,

"大家圣诞快乐,诸位晚安!"①

弗朗克·雅各以重大社会问题为着眼点,模拟上面的诗,写下《1999年圣诞节前夜,或圣·尼古拉斯遇到人口爆炸》:

圣诞节前夜,阴沉夜色中,
没有一个人走动,因为没有地方。
挂着的袜子数量太多,
我们唯恐因为难以承受重量,墙会坍塌。
孩子们像牛一样被打发上床,
我们快速检查了一下,有300多人,
更不用提成年人,
成百上千的叔叔、姻亲及表兄妹!
外边传来一声巨响,我想看个究竟,
但人群挡住了我的去路。
挤呀,推呀,破口大骂,
花了45分钟才挤到窗口。
草地上,我看到刚下的雪盖住了
下面睡觉的人们,
天空中奇怪地出现了
无数驯鹿拉着的超重的雪橇。
他们拉,他们拖,他们喘着粗气,
穿红衣的驭者挨着叫名字,
嘿,达舍!嘿,丹瑟!
嘿,普兰舍和维克星!
前进,科米特!前进,朱庇特!
前进,唐德和布利琛!
前进,麦尔文,马尔文,
阿尔伯特和贾斯珀、西德尼、西摩尔!
哈维和卡斯帕、克利福德、麦克斯!
他停下来,根本没有说完所有的名字。
看见了我们令人喜悦的屋顶,
驯鹿迅速直接登了上去。

① Gardner, Martin (ed.). *Martin Gardner's Favorite Poetic Parodies*. New York: Prometheus Books, 2001, pp. 235 – 236.

圣·尼古拉斯在前,雪橇上满是礼物,
我听见屋顶嘈杂的蹄声如同发生了地震。
我还未来得及大呼救命,
他们连人带车已经坠入房间。
在大山般灰浆和砖块下,
亲戚、驯鹿、我和圣·尼古拉斯搅和在一起。
他的肩膀微驼,看起来很绝望:
已经跟不上日程安排。他叹着气说,
七月一日已经上路。
此时,我看见了他巨大的口袋。
他可怜的几乎要断的腰有点承受不住。
"虽然口袋满是玩具,
但还是被居高不下的出生率吞没。"
他哭丧着脸,往袜子里放东西。
"这工作累死人,
我受不了这个工作的强度。
这个拥挤的世界已经超出了我的控制,
甚至北极还有数百万人。"
他大声说:"要晚了,必须抓紧时间!
现在本应该赶到密苏里州的乔普林市。"
驾驶驯鹿在我们面前消失之前,
他挤出时间,叹息了一声说:
"祝圣诞节快乐,祝大家晚安!"①

克莱门特·克拉克·穆尔这个名字并没有给人如雷贯耳的感觉。通过被戏仿,作者这个名字屡屡被人提起。从这个意义上讲,作品的生命超过了作者,作品是作者的化身。有了作品,才有了读者;另外,有了读者,才有了作品。有了原作,才有了戏仿;原作被戏仿,读者才知道原作的存在。作品反映世界,世界包含在作品当中。如此说来,原作者、原作、世界、读者、戏仿者、戏仿作品融为一体,难解难分,成为一个无限循环的文学之环。

---

① Gardner, Martin (ed.). *Martin Gardner's Favorite Poetic Parodies*. New York: Prometheus Books, 2001, pp. 237 - 238.

第十一章　现实主义时期

第一节　马克·吐温

1877 年 12 月 17 日，众多文人在波士顿一家宾馆，为诗人惠蒂埃举办 70 岁华诞宴会。马克·吐温当众发表了戏仿了爱默生、霍尔姆斯和朗费罗的讲话，引起了观众的热烈反应。讲话中，吐温说，这样的场合，尤其适宜谈作家的往事，他今天要谈历史，讲些他自己的亲身经历。站在大西洋岸边，思考着它的文学巨浪，他想起了 13 年前发生的一件事情。那时，吐温刚刚在内华达州文坛掀起一个小波浪，其涟漪正缓缓向加利福尼亚州移动，博得了一点名气。吐温天真自大，想试一下自己的笔名是否有人知道，于是就到加利福尼亚州南部的矿山旅游，想从人们的回答中满足虚荣心。

很快，吐温就有了一个机会。天正下雪，夜幕降临，吐温敲响了山脚下一个孤零零的矿工木屋。一个 50 岁左右的男人为吐温开门，他没有穿鞋，疲惫不堪。听到吐温的笔名时，他更加愁容满面。他好像很不情愿地让吐温进屋。吃完火腿和大豆，喝完浓咖啡和热威士忌之后，吐温抽起烟斗。他意识到矿工到这个时候还没说够三个字。主人张开嘴，言语中透露出一种难言的苦楚："你是第四个！我要搬走。"吐温问："第四个什么？""二十四个小时以内从这儿经过的第四个文人，我要搬走。"我说："不会吧?！其他三个是谁？""朗费罗、爱默生和奥利佛·霍尔姆斯！"可想而知，吐温一下子就有了兴趣。三杯热威士忌，再加上吐温的哀求，最终痛苦的矿工打开了话匣子。他说，此前一天，天刚黑，他们来了。矿工让他们进屋。他们脾气很暴躁，说要到约塞米蒂。矿工觉得很正常，每个徒步旅行的人都很粗鲁。爱默生衣衫褴褛、满头红发；霍尔姆斯胖得像气球，重有 300 磅，长着双下巴；朗费罗像拳击手。他的头发都是粗毛，一簇簇生长，好像戴了用一个毛刷做的假发，他的鼻子像一个手指。看起来，他们都喝了酒。他们说话很奇怪。霍尔姆斯审视了矿工的木屋，然后拽住矿工说："通过思想深邃的洞，我听见一个声音在歌唱,你要建造更宽敞的房子,哦,我的灵魂!”矿工说:“我没钱,霍尔姆斯先生,而且我也不想这样做!”被一个陌生人这样说,矿工有点生气。矿工正准备拿出火腿和大豆,爱默生走过来,看了一会儿,然后把矿工拽到一旁说:“与其给我吃肉,不如给我玛瑙。让我吃干斑蝥粉。你要从所有地区和海拔以及天上和海里给我找食物。”矿工说:“爱默生先生,请您原谅,这不是饭店。”文人的迂腐让矿工觉得有点窝火。矿工继续做饭,但朗费罗又把他打断,说:“荣耀归于穆德杰基维斯①,你将听到鲍-普客-基维斯。”矿工不让他说完:“求您了,朗费罗先生,如果你能行行好,别再说那些蠢话,给我5分钟,让我把这个食物准备好,谢谢合作!”

闯入者吃饱后,矿工拿出个坛子。霍尔姆斯看着这个坛子,大叫大嚷道:“拿红酒来,我要喝上几天几夜。”矿工有点激动,脱口而出:“我的胖子朋友,如果你还有点自知之明的话,你就知道,要么喝纯威士忌,要么不喝酒!”矿工不想跟这些文人发生口角。但是他们却逼得矿工不得不顶嘴。矿工表示,他不介意一群客人在他尾巴上踩三四次。但是如果他们要站在尾巴上,情况可就大不同了。觥筹交错间,三个人在木屋里趾高气扬,装模作样。

随后,他们拿出一副脏兮兮的扑克牌,开始玩起尤克牌戏,矿工觉得有点不对劲。爱默生发完牌,看看他手里的牌,摇摇头,说:“我是怀疑者,我就是疑惑。”然后安然合上手,决定重新洗牌,再来一局。他说:“把我遗漏,他们打错算盘,他们不知道我自有妙方,我要再次发牌。”令人难以置信的是,爱默生还真得继续发牌!他真是一个沉着冷静的人!过了一会儿,牌局开始出现胶着状态。从爱默生的眼神中,矿工看出,爱默生认为自己胜局已定。他已经自己拿了两墩牌,另外两位则每人一墩牌。爱默生在椅子上坐直了一点,说:“我玩得累坏了,我们玩得太久了。”说完就把牌往桌上一撂。朗费罗也笑得合不拢嘴,说:“谢谢您,我尊敬的朋友,感谢您刚才的劝告。”说完也把自己的大牌往桌子上一撂!爱默生用手摸自己的鲍伊猎刀,朗费罗伸手去拿自己的左轮手枪。见势不妙,矿工慌忙跑到双层床下。说时迟,那时快,体型魁梧的霍尔姆斯站起来,晃动着他的双下巴,说:“安静,先生们!谁要第一个拿出凶器,我就骑到他身上去,压死他!”此言一出,大家都静下来。

事态平息,几个人开始自吹自擂。爱默生说:“我写过的最好的作

① “穆德杰基维斯”来自朗费罗作品《海华沙之歌》人物名,为西风之神。参见杨仁敬著,《简明美国文学史》,上海:复旦大学出版社,2014年,第104页。

品是《芭芭拉·弗里奇》(*Barbara Frietchie*)。"朗费罗说:"这个比不上我的《毕格罗诗篇》(*Biglow Papers*)。"霍尔姆斯说:"这两部作品都比不过我的《死亡观》(*Thanatopsis*)。"几个人几乎要打起来。他们可能希望更多人加入他们的争执。爱默生指指矿工说:"那个脏兮兮的农民,是这个房子所能培育的全部吗?"他正在皮鞋上磨那把鲍伊猎刀,因此矿工也不好跟他计较。

接下来三个人想来点音乐。他们让矿工站起来,逼着他唱"当强尼回家的时候",直到早晨4点13分矿工累得人事不省。7点钟,矿工醒来,谢天谢地,三个人正要离开。不过,朗费罗穿了矿工唯一的一双靴子。矿工急了,说:"喂,朗费罗先生,你为什么穿我的靴子?"朗费罗说:"我将用它们来踩出足迹。因为伟人的人生提醒我们,我们能让生命更崇高。离开时,留下光阴里的足迹。"

矿工抱怨,吐温是24小时之内的第四个文人。因为他受不了这样的折磨,因此他要搬家。吐温对这个矿工说:他遇到的是三个挂羊头卖狗肉的骗子。真正的爱默生、霍尔姆斯和朗费罗和蔼可亲,受到全世界爱戴尊敬。矿工用冷静的眼光打量吐温,然后说:"啊! 他们是骗子?你是不是骗子?"吐温没有回答。从那以后,吐温在旅行中再也不告诉别人他的笔名。吐温承认,自己可能将故事细节添油加醋,但他相信,在座的客人会原谅他这点过错,因为他是第一次说话与事实不符。①

吐温本来是善意的模仿,但朗费罗和爱默生就在观众席中,吐温也觉得现场气氛陡变,自己讲的故事好像被大家当作讽刺。但他不得不硬着头皮,将这个故事讲完。吐温觉得自己肯定得罪了爱默生和朗费罗,于是给他们两人写信道歉。老将不提当年勇,如今的爱默生已经不是当年意气风发的学者,而是患上老年痴呆症的病人。"他不明白来信是什么意思,也记不起发生了什么事情,又回信询问。吐温不得不重复自己本来不想说出的内容。这次玩笑就这样以彻底失败收场。"②

故事中,吐温或含沙射影,或张冠李戴。例如,"我是怀疑者,我就是疑惑"出自爱默生的诗歌《梵天》("Brahma"):

> 如果那染血的杀人者以为他杀了人,
> 或者那被杀者认为他已经被杀,
> 他们就不懂得那玄妙的道路:

---

① Falk, Robert P. (ed.). *The Antic Muse: American Writers in Parody*. New York: Grove Press, 1955, pp. 72 – 74.

② Gross, John (ed.). *The New Oxford Book of Literary Anecdotes*. Oxford: Oxford University Press, 2006, p. 175.

我在,我经过,我转过身来。
遥远和遗忘与我近在咫尺,
阴影和阳光对我完全相同;
那些消失的诸神为我显现;
耻辱对我来说也就是名声。
那些远离我的人一定迷失了方向;
他们飞翔时,我是他们的翅膀;
我是怀疑者,也是那怀疑本身,
我是赞歌,也是那正在歌唱的婆罗门。
那些强大的众神渴慕我的住所,
七大神也徒劳地把我向往;
可你这谦卑的敬爱者是最好的!
找到我,你就可以抛弃天堂。①

在印度婆罗门教中,梵天是三主神之一(另两位是护持神毗湿奴和湿婆神),也是宇宙最高的永恒的实体或精神。世界万象皆由梵天所创。只有梵天是实,其他一切皆为虚幻。实际上,《梵天》因为它的矛盾修饰法及晦涩难懂,还曾经被安德鲁·朗戏仿过:

如果狂野的投球手认为自己投了球,
或者击球手认为自己击了球,
这些可怜的误入歧途的人,
他们不知道,他们也将灭亡,
而不会得到抚慰。
我是击球手,也是球棒,
我是投球手,也是棒球,
是裁判、是凉亭的猫、
是击球员击出的地滚球、
是球场、是门柱、是一切。②

最后,读者可能也很难明白,“我”到底是什么?!不过,玄奥和神秘正是原诗想表达的部分内容。除了模仿人物讲话的风格,马克·吐

① Brooks, Cleanth and Robert Penn Warren (eds.). *Understanding Poetry*. Beijing: Foreign Language Teaching and Research Press, 2010, pp. 317 - 318.

② Gross, John (ed.). *The Oxford Book of Parodies*. New York: Oxford University Press, 2010, p. 58.

温还使用张冠李戴，将一个人的作品放在另一个头上。“爱默生”说：“我写过的最好的作品是《芭芭拉·弗里奇》。”实际上，这是惠蒂埃的作品。“朗费罗”说：“这个比不上我的《毕格罗诗篇》。”众所周知，《毕格罗诗篇》是詹姆斯·罗素·罗威尔的作品。“霍尔姆斯”称自己写了《死亡观》，实际上这首诗歌是布莱恩特的作品：

热爱自然，与自然的可见形体
有着心神的交流，对他
她可说各种各样的语言。
他高兴的时候，她声音喜悦，
微笑里透着高贵的美丽。
她潜入他隐秘的思索，带着
温柔和抚慰的关切，未及他明白
她就将痛苦带走，当最后的
思想如灾难降临你的精神，
悲痛的哀影、寿衣、棺罩、
令人窒息的黑暗以及促狭的房屋
使你瑟瑟发抖，并心生憎恨。
去开阔的田野吧，去听听
自然的教诲，听听那从四野里
大地、河川和新鲜的空气中
传来的静谧而寂寥的声音。
然而几天后，普照大地的太阳
在它的行程里，也不见你的
踪影；也不在冰冷的大地
你含泪苍白的形体停放之处，
也不在大海的怀抱存你的形象，
养育了你的大地要将你召回，
复归为尘土，消除人的痕迹，
你的个体将臣服于此，你将
永远与自然之中的万物共处，
去做无情的草木和磐石的兄弟，
掩藏在坚硬的泥土下，任由
那粗野的情郎翻犁和践踏，
橡树伸展的根须将刺穿
你的躯体。不过，在你永恒的栖所，

你并不会独处,你也不能企望
更多的奢华。你将与幼稚世界的
尊者们并卧,有国王,
地上的强者,有智者、善者、
仁者以及远古时代的先知,
在同一个墓室里。山峦
如太阳一样固执且陈旧,河谷
平静的沉思在原始的树林间
伸展蜿蜒,江河在尊贵里
前行,而浇绿草原的溪流
却带着汩汩的怨言,灌注
世间的一切,古老的海洋
是苍凉孤凄的荒原。
而这一切不过是人类伟大坟冢的
威严的装饰。金色的太阳、
众多的行星,一切天界无限的居所
都照耀着死亡之悲戚的归处
历经千秋万代的静逝。一切
行在世间的血肉也不过是
安睡在其胸间的部族的一撮。
攀上清晨的翅膀,穿越巴肯荒漠
或自弃于绵延的丛林,俄勒冈河
奔流不息的水声充溢双耳,尽管亡者
齐聚,万千魂灵在那孤寂里隐身,
自打这多年的飞行肇始,他们就卧在
最后的睡眠里,那里亡者独自统治。
你也将这般歇息;假若你从生撤入
沉寂,而无一亲朋注意到你的离去,
所有呼吸的人都将分享你的命运,
乐观地在你不在的时候欢笑,
严肃而关切地艰难前行。每个人
都将一如既往地追求他们
最心仪的幻影;尽管他们都将
离开一切欢愉和觊觎,而前来
筑榻于你之侧。随着生命的列车
慢慢滑远,人类的子孙

生命之春的青年，历经沧桑的
中年、垂垂老妪和娇娇少女，
牙牙学语的孩童以及两鬓苍苍的老人
都将一个个地来到你的身边，
更多的人也将追随他们而来被召唤，
去加入那庞大的篷车旅行的队伍，
向着神秘的王国前进，人人都将在
死亡沉寂的殿堂里找到自己的房间
不要像矿场的奴隶一样在深夜
被鞭笞进黑暗的地牢；而要带着
平静的抚慰和永恒的信仰，走进
你的墓穴，打开你华丽的铺盖
躺下去，进入甜美的梦乡。①

马克·吐温属于现实主义时期，而爱默生、朗费罗和霍尔姆斯属于浪漫主义，笔者认为，上述事件实际上是现实主义在嘲笑浪漫主义。世界观的不同导致观念的冲突。无论在英国，还是在美国，现实主义都取代了浪漫主义。当然，时至今日，浪漫主义和现实主义都是不可忽视的存在，但大趋势是，一股思潮在兴起，另一种思潮在下降。希尔达·约翰逊的戏仿诗《现实主义的传奇》（“The Legend of Realism”）比较传神地表达了这一点：

这是一个在黄昏时讲述的悲惨的故事，
作家们坐在一起互相读故事。
我们的父亲住在云端，他们是浪漫主义者。他们到了山谷，与科学家联欢。
我们的父亲谈的是月光，
我们的父亲对着星星歌唱，
我们的父亲性格活泼，很健谈，
他们不知道什么是“处方成分”。
接着来了那些专家，
他们不知道什么是游玩。
他们抓住我们的父亲，

---

① Baym, Nina et al(eds.). *The Norton Anthology of American Literature, Volume B: American Literature 1820 – 1865*. New York: W. W. Norton & Company, 2003, pp. 1072 – 1074.

也让他们开始掘地。
让他们凭借坩埚、实验、
和天平在作坊里干活,
将他们投入用泥墙围成的监狱,
将他们的诗篇剪碎。
现在再读我们父亲的文章,
尖锐、简单、冰冷,
他们屈身在垃圾堆里翻拣,
全是千篇一律的面孔。
他们挥动江郎才尽之笔,
修改没有头绪的情节。
坐在泥墙监狱内,任由灵魂腐朽。
我们的父亲落得这样的命运,
城门失火,殃及池鱼,
我们也沦落到了这步田地。
我们是科学的奴隶,
我们也是现实主义。①

"修改没有头绪的情节"(mending a muddy plot)也可以翻译为"修整一块泥地"。除了思潮的起落,戏仿朗费罗等作家与吐温的个性也有关系。他善于颠覆权威。1867 年,他随一个美国旅游团到欧洲观光,发回的报道让美国读者发笑。例如,他对土耳其苏丹不感冒,"随便找一个地方设一个圈套,一个晚上就能抓到十几个比他聪明的人②"。这种不迷信权威、打破偶像、不搞官本位的精神值得珍惜。

第二节　托马斯·丹·英格利什

同时期的杰出作家还有托马斯·丹·英格利什。他曾写过《本·博尔特》("Ben Bolt"),流传一时:

本·博尔特,你还能记起甜美的爱丽丝吗? 头发棕褐色的爱丽丝?
你如果对她一笑,她会喜极而泣,

① Wells, Carolyn(ed.). *A Parody Anthology*. New York: Charles Scribner's Sons, 1927, pp. 313–314.

② 转引自:张汉熙等主编,《高级英语》(上册),北京:外语教学与研究出版社,2013 年,第 115 页。

你如果对她皱眉，她会害怕得颤抖。
本·博尔特，在峡谷中的旧教堂墓地，
在一个孤独不起眼的角落，
他们立了一块灰色大理石板，
爱丽丝在石头下安眠。
本·博尔特，以前在中午，我们俩躺在
山脚下长着的核桃树下的树荫里，
听爱普顿磨坊的吱呀声。
本·博尔特，磨坊轮子已经成了碎片，
椽子已经坍塌，以前一片喧嚣，
现在如果你看，将是万籁俱寂。
本·博尔特，你还记得小木屋吗？
无路树林边的小木屋。还有门阶边长着
斑驳树枝的梧桐树。
木屋已经成为废墟，如果找树，也是徒劳。
以前森林之王摇曳的地方，
现在到处是青草和金色的粮食。
本·博尔特，你还想得起学校吗？
老师很残酷，不讲情面。
你还记得流动的溪流凉快的角落，
孩子们到那里游泳吗？
本·博尔特，老师的坟墓上芳草萋萋，
河流的泉水已经干涸，
同班的男孩子，只剩下你和我了！
本·博尔特，有一些事情发生了好的变化。
它们由旧变新。但在我心灵深处，
我感觉到一个真理，
那就是你没有发生任何变化。
本·博尔特，自从我们成为朋友，
20年过去了，
但是我欢呼，你的存在是个福音，
你的友谊诚挚纯真，
沐浴着大洋海盐狂风的本·博尔特！①

---

① Gardner, Martin (ed.). *Martin Gardner's Favorite Poetic Parodies*. New York: Prometheus Books, 2001, pp. 35 – 36.

诗歌写了时间的流逝给人带来的变化。全诗共十节,前八节为最后两节造势,最后两节是文眼,也是高潮。同龄人爱丽丝去世,昔日生意兴隆的磨坊如今已经荡然无存,小木屋和梧桐树不复存在,学校老师和同学已经作古。这些人和事是叙事人和本·博尔特之间的纽带。纽带一条条断裂,让人感到时光易逝,如同白驹过隙,沧海桑田的变化让人如何不伤感?一番铺垫之后,叙事人写到了人生中值得自豪和安慰的东西,那就是硕果仅存的本·博尔特性格中恒久的优良品质。叙事人并没有明说这些品质,但估计是坚毅、诚实、善良、英勇等。本·博尔特也许是水手或船长,因为最后一句说他迎着海上的狂风。叙事人赞美了本,表明自己一直珍视这份友情,没有将它想当然。整首诗读来既让人唏嘘,又让人为叙事人感到幸运,为他得到人生知己本·博尔特感到高兴。读者的情绪随着诗歌的进展而变化。这是一首极富感染力的好诗。无名氏写了戏仿诗歌《乔·琼斯》("Joe Jones"):

乔·琼斯,你还记得鼻子呈棕色,
跛足的莎莉吗?
如果你对她笑,她看起来像是蛤蜊,
如果你对她皱眉,她就大发脾气。
乔·琼斯,一天刮风下雨,
跛足的莎莉在小鹅学游泳的
果园池塘里垂钓,
不小心滑入池塘一命呜呼。
乔·琼斯,山脚下老西姆的栅栏蜿蜒崎岖,
我们曾一起看骆驼,
在爱普顿的苹果榨汁厂轮子边
一圈又一圈走动。
现在,磨坊的轮子已经送入火炉烧掉,
椽子掉下了,砸住了一头牛。
如果你仔细看,你就会发现,
四处逡巡的黄鼠狼和老鼠
是榨汁厂至高无上的主宰。
乔·琼斯,你还记得通向谷仓
用木头围成的猪圈吗?
你还记得锥果树吗?
树枝上长有锥形纽扣形状的果实,

我们用线缝到衣服上。
乔·琼斯，猪圈已经废弃，闪电击倒了大树，
以前大蒜和萝卜生长的地方，
现在大蜡蓟长得像你的大拇指一样粗。
乔·琼斯，你还记得学校吗？
还有戴假发的老师？
溪流拐弯处阴凉的角落，
我们和凯瑟琳的猪一起玩耍？
乔·琼斯，田鼠在老师的假发里安了家，
溪流拐弯处已经干涸，
以前我们的玩伴，现在已经长高了许多。
乔·琼斯，我喜欢的东西发生了变化，
这些变化无一例外每况愈下。
乔·琼斯，给你说实话吧，
我现在心里觉得只想回家。
乔·琼斯，自从我用短木条打掉了你的鼻子，
12 年已经过去了。但是，
我相信我是你的知心朋友，
如同盖尔飓风的乔·琼斯！①

这一首诗歌也在叙述往事，说出了历史的沧桑巨变，与原诗相仿。不过，最重要的一部分（与琼斯的友谊）显得"为赋新诗强说愁"，非常勉强。叙事人用布条打掉了琼斯的鼻子，必定破坏了两人的关系。没有任何的过渡或说明，就相信"我是你的知心朋友"，心智正常的人没有几个会相信。

第三节　布莱特·哈特

美国小说家布莱特·哈特《浓缩小说及其他》②戏仿了安东尼·霍普、马利亚特、狄更斯、本杰明·迪斯累里、科林斯、查理·利弗、夏洛

① Gardner, Martin (ed.). *Martin Gardner's Favorite Poetic Parodies*. New York: Prometheus Books, 2001, pp. 36 – 38.

② 本章戏仿材料来自网上资源，具体为：Harte, Bret. *Condensed Novels*. Project Gutenberg. March, 2009. April 26, 2011 < http://www.gutenberg.org/files/2277/2277 – h/2277 – h.htm >; Bret Harte. *New Burlesques*. Project Gutenberg. October 28, 2008. April 26, 2011 < http://www.gutenberg.org/files/2278/2278 – h/2278 – h.htm >。

特·勃朗特、柯南·道尔、吉卜林、爱德华·布尔沃·利顿、玛丽·科雷利、库柏、雨果、大仲马、提摩西·谢·亚瑟、爱德华·诺伊斯·韦斯特科特、霍尔·凯恩、亨利·伍德、博伊德女士等,值得推敲,耐人寻味。

一 安东尼·霍普

《曾达的囚徒》内容如下:鲁道夫·拉森戴尔的嫂子罗斯对鲁道夫十分失望。第一,他已经29岁,却没有正当职业;第二,他与统治鲁里塔尼亚的埃尔夫伯格斯王室成员相貌极为相似。据说鲁里塔尼亚的一位王子曾访问英国,并于拉森戴尔家的一个女眷有染。自此之后,这位英国夫人五六代后裔都有鲁里塔尼亚王室成员特有的高鼻子和红头发。拉森戴尔并没有把丑闻放在心上。他决定到鲁里塔尼亚参加新国王加冕仪式。他首先到达巴黎。在这个城市,他了解到新君叫卢波特,有一个同父异母哥哥,人称黑迈克尔。迈克尔自己也想当国王。拉森戴尔到了曾达。曾达是迈克尔的狩猎行宫。拉森戴尔在森林里见到了弗里茨·冯·塔伦海姆和萨普特。他们是准备继位的国王的忠实朋友。国王也来了。他刚刮了胡须,否则和拉森戴尔一模一样。国王请拉森戴尔到达行宫,喝得酩酊大醉。第二天,三个人无论如何都叫不醒国王。时值加冕日,如果国王不在场,迈克尔就会篡位,这是他们最不愿意看到的局面。弗里茨和萨普特建议,拉森戴尔剃掉胡须,穿上国王的衣服,代替国王加冕。仪式结束,国王清醒,能够视事,再由真正的国王执政。拉森戴尔同意配合。弗里茨和萨普特将国王留在地窖里,留下一个仆人,在国王醒来时告诉他情况。三人到了首都,参加加冕仪式。骗局进行得很顺利,连国王的未婚妻弗拉维亚也以为他就是国王本人。三人后来回到曾达,发现仆人被害,国王已经失踪。他们估计国王在迈克尔手里。意识到情况危急,他们率领军队攻打迈克尔,杀了这个觊觎王位的人,救出了国王。拉森戴尔知道自己演的戏该收场了,于是还政于真正的国王。了解了实情的弗拉维亚追问拉森戴尔,他曾对她说爱她,这些表白的话是否出自真心。拉森戴尔说,那绝非逢场作戏。弗拉维亚深受感动,但她还是决心留下,与国王结婚,并治理国家。拉森戴尔回到英国,恢复了无所事事的生活。嫂子为他谋得了一份外交工作。当他听说要求他到鲁里塔尼亚履职时,就拒绝了。每年,他要与弗里茨到德累斯顿聚会一次。弗里茨总带来一只盒子,盒子里有弗拉维亚王后送给他的一朵玫瑰。《曾达的囚徒》早已被改编成电影,名字是《古堡藏龙》,说明这部小说的受欢迎程度。

哈特的戏仿人物和《曾达的囚徒》一一对应:

原作与戏仿专名对照表		
人物	原作	戏仿
	鲁道夫·拉森戴尔	卢波特·雷瑟比尔
	博勒斯顿(拉森戴尔之兄)	博立顿
	罗斯(拉森戴尔嫂子)	罗斯
	安托瓦内特·莫班	贝尔雅
	埃尔夫伯格斯(家族名)	赛尔斯伯格家族
	国王卢波特	国王卢波特
		格拉斯哥的卢波特(新增)
	弗拉维亚(王后)	弗勒霞
	黑迈克尔	黑迈克尔
	弗里茨	弗里茨
	斯皮茨	萨普特
地点	鲁里塔尼亚(国名)	特鲁里鲁拉拉尼亚
	斯特莱尔扫(首都)	科尔斯劳
	曾达(行宫)	保克

戏仿中主要运用了一下技巧:一、语言游戏;二、喜剧化卡通式夸张;三、情节大不动,小调整;四、现代与中古传奇的交织。

一、语言游戏。戏仿的一个技巧就是利用原作中的关键词。《曾达的囚徒》关键词有很多,包括面貌相似的人(doppelganger)、阴谋、爱情等,哈特利用了"脸红,脸上出现了红晕(blush)"。这个表达在文本中频繁出现。"鲁道夫的哥哥看了看自己的妻子罗斯,她脸红了。"过了一会儿,她的脸又红了。一会儿,她惊叫,脸红得可爱。旅店的女孩听到鲁道夫的恭维,高兴得脸发红。鲁道夫讲述自己慌不择路逃命时,说:"因为自己胆小,不好意思地脸红了。""卢波特国王看了弗拉维亚一眼,鲁道夫气得脸发红。""卢波特国王大胆看了弗拉维亚一眼,弗拉维亚脸红了。"① 戏仿中,有许多"羞涩而脸发红"的表达。雷瑟比尔对自己的魅力非常自信。因此,他认为许多人见到他就脸红。与黑迈克尔相好的贝尔雅见到雷瑟比尔,脸红了两次;原文中,宾馆女仆点上灯,为拉森戴尔回房间照亮道路;戏仿中,保克宾馆老板的女儿将雷瑟比尔领到他住的房间,她的脸发红。这可能是雷瑟比尔红头发反射的光的缘故。她为自己没有带蜡烛而道歉,同时解释说,雷瑟比尔的红头发亮度足以照明。

戏仿中,哈特利用了双关语这个语言游戏。《曾达的囚徒》中描述

① 以上几个例句见:Hope, Anthony. *The Prisoner of Zenda and Rupert of Hentzau*. Ware, Hertfordshire: Wordsworth Classics, 2011, pp. 25, 26, 98, 110, 115.

的鲁里塔尼亚王国已经升级为字典词条,表示"浪漫国"。戏仿中,鲁里塔尼亚王国成为特鲁里鲁拉拉尼亚(Trulyruralania)。这个英语单词又念作 truly rural,有"真正乡巴佬,土得掉渣"的意思。ania 一般表示"疾病",如 mania。统治鲁里塔尼亚王国的埃尔夫伯格斯家族成为赛尔斯伯格家族(S'helpburgs)。这个英语单词既像 self-help burg(自助汉堡包),又像 shell bug(有壳甲虫),不无滑稽色彩。

原作和戏仿都以主人公和嫂子的对话开始。两个文本中,嫂子都叫罗斯,鲁道夫·拉森戴尔家族成了卢波特·雷瑟比尔家族(Razorbill)。英语中,razorbill 表示"刀嘴海雀",这个名字非常形象,因为罗斯嫁入这个家族后,嘴的尖刻与刀锋无异。原作第一句写道:"鲁道夫,我想知道,你什么时候干点正事?!"随后,她又责怪:"你 29 岁了,天天什么也不干,只会……"鲁道夫自动补充道:"晃荡。"嫂子还在不停地唠叨:"你要成为一样东西,不要总是模仿!问题是你模仿得太多!你模仿一个时尚的人,但是你不时尚;你模仿一个才子,但是你不是才子;你模仿士兵、运动员和英雄,但你却不能成为其中任何一类人!"①

哈特利用双关语有充分依据。原作中不时有双关语浮出水面。拉森戴尔对嫂子的话不以为然。他自认为自己多才多艺,"讲德语和英语一样流畅,法语得心应手,懂意大利语和西班牙语,是一个身体强壮但水平不高的击剑运动员和神枪手"。拉森戴尔说:"虽然我的头发火红一片,头脑却非常冷静"(my head was as cool a one as you could find, for all its flaming cover)。flaming cover 与 red 有关。英语中,red 除了表示"红色",还表示"头脑发热"。这是一处双关语的用例。拉森戴尔还夸口,任何东西只要背上能坐,他就能骑上(I could ride anything that had a back to sit on)。戏仿中,哈特夸张了一下。第一段中,雷瑟比尔说,自己能流利地讲所有文雅的语言,击剑水平高,无论是大象还是晾衣架都能骑(I could ride anything from an elephant to a clotheshorse)。这里,哈特巧妙地利用了一个双关语。clotheshorse 表面看来与"马"有关,实则不然。它只是晾衣架,无法骑在上面。这是哈特戏仿的一个亮点。

原作中还有一处双关语的用例。国王喝得酩酊大醉,第二天不省人事。萨普特说:"他如果今天不加冕,我拿一个克朗打赌,他永远也不能加冕。"(I will lay a crown he's never crowned.)②文中出现了两个 crown。crown 既是货币单位"克朗",又是动词"加冕"。戏仿中,哈特

---

① Hope, Anthony. *The Prisoner of Zenda and Rupert of Hentzau*. Ware, Hertfordshire: Wordsworth Classics, 2011, p. 25.

② Hope, Anthony. *The Prisoner of Zenda and Rupert of Hentzau*. Ware, Hertfordshire: Wordsworth Classics, 2011, p. 43.

给国王加冕制订了一个新程序。喝酒当晚，国王烂醉如泥。斯皮茨问国王，他是否忘记在登基前，应该做什么。国王的嘴已经不听使唤，但他不服输，本应该说："当然不会忘。国王要清楚地说出国家名字，并且说：我是特鲁里鲁拉拉尼亚国王"（Certainly not. The king must be able to pronounce name of his country intelligibly: must say: I'm king of Trulyruralania），却说成：Shertainly not. The King mush be able to pronounce name of his country—intel-lillil-gibly: mush shay (hic!): I'm King of—King of—Tootoo-tooral-looral-anyer。这句话发音不清（certainly 变成 shertainly，must 变成 mush，Trulyruralania 变成 Tootoo-tooral-looral-anyer），部分音节重复（例如，intelligibly），有些短语也重复（king of），中间还有喷嚏（hic），充分说明国王状态已经失常，过不了语言测试这一关。警察查酒驾，一般会让司机走直线。能走直线，说明没有饮酒；走不了直线，说明饮了酒。哈特让新任国王说出如同绕口令似的特鲁里鲁拉拉尼亚这个国名。说出来，可以当国王；说不出来，不能当国王。这是个非常幽默、聪明而别致的设计。

雷瑟比尔决定代替因酗酒而沉睡的国王。时间紧迫，三个人从保克骑马前往首都科尔斯劳。雷瑟比尔骑上一匹叫作比斯开湾的枣红马（Bay of Biscay）。它因为桀骜不驯，就像比斯开湾海水一样波涛汹涌而得名。bay 是个文字游戏，既表示"枣红马"，又表示"海湾"。

戏仿的双关语不局限于上述几个例子。雷瑟比尔入住保克的宾馆，他与国王相似的红头发吸引了陌生人的注意力。陌生人问他："你的红头发是国王陛下传下来的，还是你的父亲的遗传（Have you the red hair of the fair King or the hair of your father）？"雷瑟比尔回答："我既有国王的头发，也有我自己的头发，但我没有我父亲的头发。国王的子嗣是一个儿子。"（I have both the hair of the fair King and my own. But I have not the hair of my father. The red heir of the fair King would be a son）英语中，heir（子嗣）和头发（hair）发音和词形都比较接近。不过，雷瑟比尔觉得自己微妙的俏皮话没有达到预期效果，因为陌生人没有大笑，而是转身离开。不过，这一场景可以博得读者一粲。

还有其他细微的语言差别。原作中，国王和弗拉维亚相处了好长时间，当拉森戴尔冒充国王时，她对他的言谈举止表现出诧异，细微区别也躲不过她敏锐的耳朵。这一点也不难理解。一个人和另一个人面貌相似，但不可能其他方面一切相同。戏仿中，弗勒霞与格拉斯哥的卢波特相处还不到一天，却已熟悉了他的话语特点。格拉斯哥的卢波特被绑架，雷瑟比尔取而代之，与弗勒霞耳鬓厮磨。弗勒霞觉察出了两人言语间的不同。弗勒霞对雷瑟比尔说："你以前不这样说话。你想说

‘现在12点了’,你不会说:‘很快12点了’;你想说:‘我现在准备外出’,你不说:‘我将要外出’。”雷瑟比尔很生气,以为是格拉斯哥的卢波特捷足先登,使雷瑟比尔自己很被动。他决定杀了格拉斯哥的卢波特。弗勒霞问他为什么脸色不好,雷瑟比尔回答,自己要回到保克打猎。弗勒霞撅起嘴问:“要打野猪吗?”雷瑟比尔回答:“不是的,我要打一只红色的梅花鹿(I'm hunting a red deer)。”这句话可以作两个意思理解。deer既有“梅花鹿”的意思,又与“亲爱的”(dear)发音相同。这个称呼放在句末,让弗勒霞觉得国王在恭维自己。

拉森戴尔的哥哥名叫博勒斯顿(Burlesdon),与“滑稽模仿”(Burlesque)相似。戏仿中,这个名字变为博立顿(Burleydon),有“恐吓”(bully)的意义;安托瓦内特·莫班(Antoinette Mauban)变成贝尔雅(Beljambe)。法语中,bel表示“美丽”,jamb表示“腿”;萨普特成为斯皮茨(Spitz)。spit有“吐痰”之意。

二、喜剧化卡通式夸张。原作中的人物比较传统,每个人恪尽职守,完成自己的任务。正面人物是高、大、全的形象,一本正经,不苟言笑。拉森戴尔知道进退,既坚持原则,又表现出一定的灵活性。国王喝醉不能加冕时,整个国家可能被坏人统治,于是拉森戴尔决定挺身而出,代替国王加冕,随后还政于国王。他是这样想的,也是这样做的,言行一致。这一行动显示了他的政治智慧。此外,他还有骑士风度,有情有义,深深爱着意中人弗拉维亚。在个人感情和大义发生冲突时,他选择了离开,留下弗拉维亚和国王平静地生活并统治王国。拉森戴尔是一个无可指责的人物。

戏仿中,人物被降格,如同到了卡通画中,形象比较猥琐。雷瑟比尔很小气吝啬,办事不光明磊落。在保克宾馆,他给女服务员一个比利时镍币。他之所以把这枚镍币赠送给别人,是因为他曾经想用这枚镍币买东西,没有料到这种货币在当地不能流通,一钱不值。己所不欲,勿施于人,雷瑟比尔做得恰恰相反。此外,他头脑简单,几乎弱智。从首都回到保克行宫时,看到天花板上有不祥的红色印记,雷瑟比尔惊喜地尖叫:“鲜血!我们终于有了一次中世纪冒险经历!”见多识广的斯皮茨不屑地说道:“你这个笨蛋!那是勃艮第酒!上等的勃艮第酒被浪费了!”雷瑟比尔急于冒险。他拔出剑说:“到目前为止,我什么冒险的事情也没干过。让我杀一个东西吧!”斯皮茨阴沉着脸,笑了笑说:“路上有一只羊,你去劈开它的脊背,把羊脊肉拿回来吧!”雷瑟比尔照办了。

滑稽化的人物不仅是拉森戴尔,还有弗拉维亚。她是女中豪杰。在感情和责任之间,她以天下苍生的福祉为己任,选择了责任。锡德里克·瓦茨认为,英国人喜欢戴安娜王妃和小说中的臣民喜欢弗拉维亚有关联。[1] 戏仿中,弗拉维亚的名字变成弗勒霞(Flirtia)。Flirtia 英语中有“调情”的意思。她没有原作中那么漂亮,至少她的鼻子没有原作中那么可爱。雷瑟比尔与弗勒霞同寝时,发现她的鼻子如同一座高塔,俯瞰着大马士革。这样的鼻子让人不敢恭维。每个国家都有自己的审美标准,同一个国家,不同时代,也持有不同的审美尺度。《镜花缘》的唐敖到了一个世界,那里的人以丑为美,人越丑越能得到高官厚禄。弗勒霞的鼻子也应该这样解读。

原作中,黑迈克尔被杀。戏仿中,他没有遭遇相同的厄运。哈特虚构了一根由护城河通向行宫城堡的巨大圆管。他认为,圆管是黑迈克尔将国王的尸体丢向护城河里使用的。雷瑟比尔抓到迈克尔后,准备将他淹死。他在城堡中将迈克尔绑好,放在圆管中,然后用一根绳子控制,先把迈克尔泡在水中,随后又拉上去。令他感到意外的是,一次又一次的上下使得圆管中的迈克尔起到了气缸中活塞的作用。因此,护城河里的水被提升到了高水位,将城堡中的各个房间淹没,上演了一场水漫金山。故事写得很热闹,但显然,现实生活中,这样的事情不会发生。读者颇能感受到哈特想象力的丰富和他夸张的妙用。

最后,国王被当作格拉斯哥的卢波特,被斯皮茨和弗里茨驱逐出境。弗勒霞和黑迈克尔结了婚,共同统治国家。她给雷瑟比尔写了一封信,内容如下:

> 亲爱的卢波特:
>
> 因为这么多长相一样的你们造成一片混乱,我决定接受迈克尔。我可能不适合当王后,但我要给国家带来安宁。迈克尔开玩笑说,打牌中,三个同类的牌,即使同花,也不一定获胜。国务大臣告诉我,他已经查阅过王朝历史,发现先祖统治期间从来没有离开过这个国家。因此,关于您的女先祖的经历可能有点偏差。这一封信已经被复印两份,转发给格拉斯哥的卢波特和国王。再见。

每年圣诞节,雷瑟比尔都会收到经由查林十字街转交的国外寄来的有盖柳条篮,上面贴有“返回空篮”的标签。雷瑟比尔会悄悄地把篮子拿到自己的房间,打开后,他会发现里面是他和弗勒霞一同吃过的肥鹅肝酱。雷瑟比尔取出酱,然后把篮子再寄回查林十字街。原作中礼

---

① Hope, Anthony. *The Prisoner of Zenda and Rupert of Hentzau*. Ware, Hertfordshire: Wordsworth Classics, 2011, p. 13.

物是玫瑰花,高雅温馨;戏仿中是肥鹅肝酱,稍显低俗。这个暂且不提,王后要求将空篮归还的要求,不由让人想起一个故事,故事内容如下:一个搬运工靠为别人挑担为生。苦于道路崎岖不平,他有一个梦想:“如果自己儿子当了皇帝,一定会让儿子将路修得平整一点。”这个故事说明,故事主人公不是皇亲国戚,自然不会用达官贵人的思维方法思考问题。他没有想到,如果儿子当上皇帝,不要说干重活了,任何工作他都不必干,却可以天天养尊处优,颐使气指。同样道理,哈特笔下的王后弗勒霞也不是王后的料子。真正的王后,母仪天下,慷慨大方,可弗勒霞连送给雷瑟比尔的一只空篮子也要收回,足见她的吝啬小气。她根本没有福泽众生的情怀。

三、情节大不动,小调整。戏仿与原作情节大体相同,坚持了大不动、小调整的原则,不过短了许多。这对读者并非全是坏事,因为原作冗长沉闷的部分被省略了。其他出现相似人物的作品包括狄更斯的《尼古拉斯·尼克比》。原作中,三人乘车到了首都,加冕成为国王。戏仿中,哈特凭空又捏造出第三个面貌相似的人——格拉斯哥的卢波特,使原作中的两人相似变成三人一模一样,从而导致局面更加混乱。三人一下车,发现国王加冕仪式已经结束,雷瑟比尔认为是昏睡在地窖中的国王苏醒了,已经先期到了首都。三人只得铩羽而归,到保克再作打算。斯皮茨指出,新国王是格拉斯哥的卢波特,与黑迈克尔是一丘之貉,也觊觎王位。迈克尔打的如意算盘是先让格拉斯哥的卢波特加冕,再揭穿这个骗局,激起民愤,然后迈克尔自己顺理成章地当国王。雷瑟比尔三个人怒不可遏,决定严惩格拉斯哥的卢波特。当晚,格拉斯哥的卢波特就被五花大绑,嘴里塞着布团被抓来。

四、现代与中古传奇的交织。哈特将传统叙事与现代叙事结合,取得了奇特效果。文中出现了许多电动机械,将古代情境和现代设备并置。原作中,萨普特把水桶里的水泼到拉森戴尔身上,让他醒酒。戏仿中,斯皮茨用浇花的水龙头对准雷瑟比尔猛喷,将他弄醒。

哈特的现代叙事技巧还包括元小说。原书中,面对嫂子的指责,拉森戴尔有这样一句话:“‘我亲爱的罗斯,’我回答道,放下我的蛋匙,‘为什么我要做事情呢?现在,我对自己的一切都很满意。’”① 戏仿中,这句话变为:“‘我亲爱的罗斯,’我回答道,放下我的蛋匙(蛋匙和前面说的话没有任何关系,但它愉快地给这一场景增加了现实感),‘如果我和赛尔斯伯格家族相像,责任不在我身上。’”括号中的话具有

---

① Hope, Anthony. *The Prisoner of Zenda and Rupert of Hentzau*. Ware, Hertfordshire: Wordsworth Classics, 2011, p. 25.

元小说性质。它谈论了括号前的一句话，说明了它无足轻重的功能，也指涉了原作，揭穿了作家用语言编织故事的虚幻性，堪称哈特的神来之笔。元小说又称为关于小说的小说，指的是作者在故事当中突然谈论故事创作。古往今来，人们讲故事，读故事，与故事融为一体，仿佛书中的一切都真实存在。实际上，许多故事是虚构的，不过是用语言构成的幻影。它是一个美丽的肥皂泡，发出绚丽的光芒；又像一个用气吹起来的塑料城堡，让人流连忘返。在小说中谈论小说，如同魔术师在表演魔术过程中讲解魔术的秘诀，因此元小说又名叙事的短路。哈特括号内的一句评论如同一根针，扎破了肥皂泡和塑胶城堡，让读者深深体会到了文本的虚构性。

同样的例子还有很多。原作中，拉森戴尔、弗里茨和萨普特直接坐火车头等席位到了首都。戏仿中，一行人先骑马。突然想起旅游列车会比骑马早一个小时到达，临时决定换乘旅游列车。雷瑟比尔说："这样不符合小说的中古气氛。公众会怎样讲？"斯皮茨粗鲁地打断说，国王不必理会公众反应。他们两人给雷瑟比尔脸上斜着绑了一块手帕，假装牙痛，三人挤进了一节水泄不通的三等车厢。具有讽刺意味的是，乘客们都是去看国王加冕仪式的，殊不知国王就在身边。

哈特还有意使用了已经废弃的语言，增加了文章的中古色彩。例如，他没有用现代语 lad 表示"年轻人，小伙子"，而是用了古语 springald，使文章与传奇小说气氛相匹配，效果如同现代人制作的古画或仿古建筑。

二　弗雷德里克·马里亚特

英国小说家马里亚特曾在英国皇家海军服役，退役后著有冒险小说《傻子彼得》、《海军候补生伊齐先生》及儿童读物等。《海军候补生伊齐先生》故事内容如下：杰克·伊齐是英国汉普郡一个庄园主的儿子。他的父亲相信平等观念，于是对伊齐百依百顺，平起平坐。母亲对他也溺爱无度。家庭医生米德尔顿没有让伊齐在错误的道路上越走越远，而是将他送到一所学校读书。在学校里，伊齐懂得了适者生存的道理。海军舰艇"哈比号"船长威尔逊是伊齐的亲戚。毕业后，伊齐到这艘船上当了一名候补生。新环境中，伊齐游刃有余。这一方面是因为船长的关照，另一方面也因为伊齐用拳头驯服了几个刺头，树立了自己的威信。一次，伊齐和几个船员乘一艘小船攻击一条西班牙船。战斗结束，想回到大船时，却发现"哈比号"已经驶离，原来船长认为他们已经全军覆没。伊齐又控制了一艘西班牙船，船上的乘客包括一对西西里夫妇和他们的女儿。伊齐命令西班牙水手和所有乘客坐一只小船离开。最后,伊齐找到了威尔逊船长。“哈比号”正和一艘西班牙船战斗,伊齐的到来为英方奠定了胜局。不过,大家都被伊齐船上的旗帜逗乐了。原来,伊齐一时找不到国旗,便在桅杆上升起了一条女士的裙子。船驶到地中海的马耳他,伊齐与他人决斗。他以为对方被杀死,便和另一候补生盖斯科因坐上一条船落荒而逃。一觉醒来,他们发现自己在西西里的一个庄园。听到呼救声,他们赶到现场,赶走了歹徒,挫败了一桩针对庄园主的谋财害命的暴行。感激不尽的庄园主不是别人,正是前文提到的西西里夫妇。他们名叫唐·里毕拉,女儿名叫艾格尼丝。伊齐爱上了艾格尼丝。决斗对手没有死亡,伊齐度过了危机,又回到了“哈比号”。后来,威尔逊船长被提拔,去指挥“奥罗拉号”,伊齐跟着到了新船。在一次偶然的机会里,伊齐看到了曾打劫里毕拉庄园的暴徒。他怀疑他们又要打里毕拉的主意,于是提醒里毕拉提前戒备。事情不出伊齐的预料。很快,不法之徒又向里毕拉伸出了黑手。多亏了伊齐的细心,魔爪被斩断。伊齐向艾格尼丝求婚,里毕拉本人同意两人的结合,但他提出了先决条件,就是婚事必须得到牧师和伊齐父亲的首肯。伊齐和朋友梅斯迪战胜了邪恶的牧师,过了第一关。伊齐退了役,回到家,正在料理事务时,父亲去世,留给了伊齐一大笔财产。伊齐赶到西西里,和艾格尼丝结婚。婚后,伊齐和艾格尼丝搬到自己的汉普郡庄园,过起了神仙般幸福的日子。

原作英文题目是“Mr. Midshipman Easy”(easy 表示“易受影响的,易上当受骗的”);哈特的戏仿之作英文题目为“Mr. Midshipman Breezy”(《海军候补生布里齐先生》,breezy 表示“轻松活泼的,乐天的,愉快的,风趣的”),突出了原作的恶作剧。戏仿中,叙事人的父亲从海军退役,在乡间当医生。布里齐 7 岁时,父亲常让布里齐给病人送药。布里齐很淘气。为了好玩,他经常擅自做主,将各种药物搅和在一起。他相信,这种做法总的来说效果很好,但有一次,他将强汞化合物掺到了祛痰剂里面,导致了患肺结核病牧师的死亡。父亲觉得他不宜从医,于是送他到学校。入校后,他遇到教师格拉宾斯(Grubbins,与 grabbing“攫取”相似)。生性热爱平等的布里齐觉得老师很霸道专制,于是决定出心头一口恶气。本来准备用炸药爆炸,因为声音太大,放弃这个选项。布里齐到村里的药店。他经常到这里买硫酸,倒进格拉宾斯的墨水瓶里,弄坏他的笔。因为老师经常用衣服的下摆擦拭钢笔,衣服也被烧坏。这一次,布里齐买到了具有麻醉作用的氯仿。老师有课间休息的习惯。休息时,他身子向后靠在椅子上,脸上盖一块手帕。布里齐觉得有机可乘。他找到同学汤姆·斯纳福尔(Tom Snaffle)帮忙,对方一口答应。(英语俚语中,snaffle 表示“偷窃,扒取,攫取”)。词组 ride sb on the snaffle 表示"（用温和手段）不费力地控制某人"。有一次，老师休息时，布里齐将老师的手帕悄悄取下，换上自己浸满氯仿的手帕。过了一会儿，老师不省人事。布里齐和斯纳福尔很快剃光老师的头发、眉毛和胡须，又用硫酸和木灰混合物将老师的脸涂黑，然后逃之夭夭。第二天，学校震动了，兴师问罪时，父亲总是袒护孩子，说老师喝醉了。后来，父亲斟酌了一下，给布里齐在海军谋得了一份差事。

布里齐到了贝尔奇号军舰报到。原作中，船名"哈比"有几个意思："希腊神话中一种脸及身躯似女人，而翼、尾、爪似鸟的怪物，性格残忍贪婪；掠夺成性的人；泼妇；热带大雕"，不是一个好的意象。戏仿中的 belcher，表示"打嗝的人"，也激不起好的想象。原作中船长为威尔逊，戏仿中的船长为博尔特洛普（Boltrope，表示"帆边绳"）。原作中一船员名为比格斯（Biggs），有"大话"之意。戏仿中，比格斯成为布里格斯（Briggs），表示"监狱，拘留室"。戏仿中，其他船员的名字也另有意义：朗基（Lankey）与 lanky 相似，后者表示"瘦且长得难看的"，斯威兹尔（Swizzle）表示"过量地饮酒"，奇科（Cheek）表示"厚脸皮"。尴尬人难免尴尬事，第一次见面，布里齐就遇到了不公平之事。博尔特洛普命令管理员奇科将布里齐介绍给斯威兹尔，被告知斯威兹尔在桅杆顶。船长又问朗基在哪里，回答说，也在桅杆顶。问布里格斯的下落，得到的答案是一样的，同样也在桅杆顶。愤怒的船长问其他人的情况，得知都到了桅杆顶。船长笑了，对布里齐说："既然这样，布里齐先生，你最好也去桅杆顶。"水手犯错误时，会罚他们登桅杆顶。从上下文来看，绝大多数水手都犯了错误，接受惩罚。但作为一船之长的博尔特洛普居然不知道这个重大事件，也许他忘记了。读者还需要注意到，船长又做出了一个荒唐乖谬的决定，就是让初来乍到、没有犯任何错误的布里齐也去受罚。窥一斑而知全豹，读者可以推知轮船管理的杂乱无章和任意妄为。在桅杆顶，布里齐结识了布里格斯。他不承认自己因为犯错误而到了高处，谎称天气不好时，大家总是到上面躲避风雨，登高望远。原作中，伊齐全名为约翰·伊齐。戏仿中，布里格斯称他为皮尔斯·布里齐（Pills）。pills 可以表示"（动物的）粪"。pills 的另外一个含义既是俚语，又是禁忌语，表示"睾丸"。布里格斯关切地问布里齐有没有给船长一个军礼。布里齐说自己行礼时碰了自己的帽子。布里格斯说，对于一个新船员，单单那样做是不够的，还应该添加一些动作。他向布里齐解释说，触碰自己的帽子后，他应该再用食指轻轻触摸博尔特洛普的马甲，然后问："尊贵的阁下，您好吗？"（How are his nibs?）布里格斯同时告诉布里齐，船长会后退，这时布里齐应再次问候："尊贵的阁下，您好吗？"同时小心翼翼地问候船长妻子和家人身体状况。最后，布里齐还可以请船长把自己介绍给炮手的女儿。布里齐对此表示怀疑,布里格斯打消了他的疑虑,"炮手的女儿无微不至地照顾我们,因此,别忘了这件事!"从桅杆顶下来,布里格斯马上巨细无遗地学以致用。听到他的问候,船长脸色发白,无言以对。当布里齐哆哆嗦嗦说请博尔特洛普把自己介绍给炮手的女儿时,船长搓着手,在甲板上生气地转圈子。他答应照办。布里齐还没明白怎么回事,就被抓住,绑在一尊大炮上被痛打了一顿。布里齐不知道的是,nibs 既有"大人,上司"的意思,也有"妄自尊大者"的内涵,这对船长不啻是个讽刺。"炮手的女儿"也不能照字面理解。它并非是一个美丽女子,而是对水手被绑在其上受鞭笞的大炮的戏称。天真的布里齐因此吃了亏。在驾驶室,水手从饼干中拣出象虫。关于此前被打的不幸事件,布里格斯打趣说,有些规定与其遵守,还不如违反。这句俏皮话让布里齐和布里格斯重归于好。斯威兹尔提出一个新问题。事务长尼普斯(Nip 表示"一小口酒,少量酒;一抿,一呷")房间藏有一桶红酒,尼普斯自己天天喝得醉醺醺的,其他人却一口也喝不到。朗基建议到事务长的房间下,将天花板和桶壁钻透喝酒,得到大家的一致赞同。行动中,螺旋钻钻进了天花板,偷酒喝的水手听到上面有动静,慌忙将螺旋钻往后抽,定睛一看,发现钻头滴着红色的液体。朗基看到了希望,继续用钻,楼上事务长的房间传来尖叫。众人匆忙灭了灯,回到驾驶室。第二天,传来消息,钻头没有到达目标,而事务长的腿上新添了一个伤口。

原作中船舶与人物不断运动,戏仿中也一样。布里齐到了牙买加,不幸患上了黄热病。康复期间,一个包裹递到了他的手上。打开包裹,他得知父亲已经去世,内附留给他的一封遗书,内容如下:

> 亲爱的孩子,很沉痛地告诉你,你很可能不是我的儿子。很遗憾,你的母亲不守妇道,我实在不知道你的父亲是谁,但尊敬的船长博尔特洛普也许能告诉你一些情况。非人力能够控制的因素让我迟至今日才告诉你这个消息。
>
> 你的痛心疾首的父亲

布里齐认为博尔特洛普就是自己的父亲。回想到两人在一起时船长就神色严厉,流露出不自然,更加深了他这一信念。船长正和省长梅特兰的妻子和女儿说话。布里齐也不多想,走上甲板,拖着病体,扑上去就叫父亲。惊骇不已的船长认为他疯了,命令把他扔下海喂鱼,布里齐昏了过去,但脸上泛起红晕的省长女儿克拉拉却爱上了他。布里齐醒来时,躺在省长官邸的床上。不必说,布里齐和克拉拉坠入爱河。布里齐向克拉拉和盘托出自己的真实身份。克拉拉说,从他的行为就可以看出他的身份很高贵。哈特“一看人物就知道出身高贵”这一写法沿袭了莎士比亚《冬天的故事》和亨利·菲尔丁《汤姆·琼斯》的套路。两个人订了终身。克拉拉的母亲同意两人结婚。成婚后第二天,布里齐回老家继承财产。他吃惊地看到“养父”没死,健步走出药店迎接他。掏出信件让“养父”看了内容后,布里齐才知道这是个恶作剧。所谓的养父仍是亲生父亲,整个事件只不过是布里格斯的玩笑。布里齐想向随同的布里格斯表达不满,却被预先堵住了嘴。布里格斯劝他少安毋躁,因为他毕竟得到了一个漂亮妻子。看到克拉拉,布里齐笑了。虽然克拉拉的母亲得知真相大为不满,但后来,梅特兰省长利用自己的影响,使布里齐成为拥有第二等高级巴思勋爵士的元帅。

三 柯南·道尔

哈特戏仿柯南·道尔的作品《失窃的雪茄烟盒》中,侦探名福尔摩斯(Sherlock Holmes)被篡改为赫姆劳克·琼斯(Hemlock Jones)。贝克街22号成为布鲁克街。赫姆劳克在火炉旁沉思,叙事人对赫姆劳克仍然非常崇拜,为方便起见,称叙事人为华生。华生一见面就扑到地上吻他的皮鞋。他自称,这样做有两个原因:第一,这个姿势可以让他看到赫姆劳克向下的专注的脸;第二,他可以借此对赫姆劳克超常的智力表达敬意。赫姆劳克好像没有注意到华生的存在,但华生又错了,因为他总是低估面前这个超人。赫姆劳克没有抬头,对华生说道:“现在下着雨。”华生问:“你出去了吗?”赫姆劳克回答:“没有。我看你的雨伞湿了,外衣上有水滴。另外,窗户上有雨声。”听到这独到精辟的分析,华生惊呆了。

这一部分影射了原作中福尔摩斯超强的推理能力。一般情况下,来客不出声,福尔摩斯会对对方的职业、生活习惯等进行判断,结果无一例外很准确而又令人大吃一惊。《波西米亚丑闻》中有这样一部分:

> 他说:“华生,我想自从我们上次见面以来,你体重增加了七磅半。”
>
> “七磅,”我回答说。
>
> “真的!我想是七磅多。华生,我想是七磅多一点。据我的观察,你又开业给人看病了吧。可是你过去没告诉过我,你打算行医。”
>
> “这你怎么知道的呢?”
>
> “这是我看出来的,是我推断出来的。否则我怎么知道你最近

一直挨淋,而且有一位笨手笨脚和粗心大意的使女呢?”

“我亲爱的福尔摩斯,”我说,“你简直太厉害了。你要是活在几世纪以前,一定会被当作巫师用火刑烧死的。的确,星期四我步行到乡下去过一趟,回家时被雨淋得一塌糊涂。可是我已经换了衣服,真想象不出你是怎样推断出来的。至于玛丽·珍,她简直无可救药,我的妻子已经打发她走了。但是这件事我也看不出你是怎样推断出来的。”

他自己嘻嘻地笑了起来,搓着他那双细长的神经质的手。“这些事本身很简单,”他说,“我的眼睛告诉我,在你左脚那只鞋的里侧,也就是炉火刚好照到的地方,其面上有六道几乎平行的裂痕。很明显,这些裂痕是由于有人为了去掉沾在鞋跟的泥疙瘩,粗心大意地顺着鞋跟刮泥时造成的。因此,你瞧,我就得出这样的双重推断,认为你曾经在恶劣的天气中出去过,以及你穿的皮靴上出现的特别难看的裂痕是伦敦年轻而没有经验的女佣人干的。至于你开业行医嘛,那是因为如果一位先生走进我的屋子,身上带着碘的气味,他的右手食指上有硝酸银的黑色斑点,他的大礼帽右侧面鼓起一块,表明他曾藏过他的听诊器,我要不说他是医药界的一位积极分子,那我就真够愚蠢的了。”①

类似这样福尔摩斯精确观察的描写不是一处,而是很多。不过,戏仿是个降格,卑之无甚高论,因为一般正常人听到雨声、看到有人打伞、身上有雨水都能得出下雨的判断,根本不用大惊小怪。华生的莫名惊诧属于矫揉造作,无病呻吟。

华生问赫姆劳克这一段时间在忙什么,是不是在解决苏格兰场国家治安力量也束手无策的问题。这句话契合了原作中苏格兰场判断力的低下。赫姆劳克略带倦意回答:“都是鸡毛蒜皮的事情,不值得一提。沙皇的克里姆林宫丢了红宝石,俄国王子问我怎么办;印度普蒂巴德酋长丢了一把镶有钻石的宝剑。他杀了所有保镖也没有解决问题,只好求助于我;普利策尔-布劳斯威格大公夫人 2 月 14 日晚上找不到自己的丈夫,向我问计;昨晚这座大楼的一个房客在楼梯上拦住我。他想知道,自己按铃为什么没有人回应?从这一看似简单的问题中,我查出了保罗·菲拉尔为什么杀了妻子。”

戏仿中,赫姆劳克为权贵服务,替他们排忧解难,也有一定的出处。

---

① Doyle, Arthur Conan. *The Adventures of Sherlock Holmes*. Beijing: Foreign Languages Press, 1989, pp. 10 - 11.

《波西米亚丑闻》中，波希米亚世袭国王冯奥姆施泰因请福尔摩斯帮忙。他和华沙帝国歌剧院首席女歌手艾琳·阿德勒不适宜地出现在一张照片上。如果传出去，将造成局势震荡。他让福尔摩斯帮忙，找回照片。福尔摩斯使尽浑身解数，无所不用其极，包括乔装打扮，甚至使用火攻。故事结束，阿德勒小姐战胜了这位名侦探，令福尔摩斯感到遗憾，不过，请他解决问题的国王认为案件处理得令他满意，福尔摩斯也算是功德圆满。不管是这个故事，还是其他故事，福尔摩斯的判断常常形成长长的环环相扣的逻辑链条，说理透辟，令人叫好。戏仿中，情况显著不同。赫姆劳克先说自己办的案件无足轻重，随即抛出俄国王子、印度酋长、德国大公夫人等名人权贵来抬高自己的身价，有卖弄之嫌，给人胸有城府、工于心计的不好印象。另外，哈特给这些所谓的要人起的名字很低俗。印度有旁遮普邦（Punjab），哈特用了一个相似的拼写Pootibad。实际上，美国俚语中，poot是"粪便；（放）屁；可鄙家伙"之意；pretzel是德语，表示"椒盐卷饼，纽结状椒盐脆饼，德国人"，Brauntswig与德语单词braunschweiger相似，后者表示"熏肝香肠"。除了名字的滑稽，读者还感觉到贵族生活的腐化。2月14日是情人节，大公只顾自己寻欢作乐，撇下大公夫人独守空房，怒不可遏。此处，哈特乘机讽刺了贵族的骄奢淫逸和他们内部不可调和的矛盾。

赫姆劳克接着说，有人偷了他的东西，这让华生震惊不已：哪一个罪犯吃了豹子胆，敢在太岁头上动土？赫姆劳克让华生坐下，问他抽不抽雪茄。华生回答，自己只用烟斗抽散装烟丝。

赫姆劳克说，自己的雪茄烟盒被盗。这不是一个普通的烟盒，而是一个镶满钻石的烟盒。当时，奥斯曼帝国首相最喜爱的女孩不见了，告诉了赫姆劳克。经过调查，赫姆劳克发现西莱瑞特剧院合唱团排列第五名的女孩就是她。姑娘被送回，自不待言。作为答礼，土耳其大使赠送给赫姆劳克烟盒。华生问上面镶嵌的最大的一颗钻石是否被面团替换，赫姆劳克给出肯定的答复，反问华生怎么知道。华生说，这个信息是赫姆劳克亲口告诉他的，而他也认为这是赫姆劳克惊人洞察力的又一实例。这段文字有两处对赫姆劳克的讽刺。第一和上文相同，嘲弄赫姆劳克的判断能力。面团和钻石不一样，一般人也能辨认出来，根本不必称颂；第二是赫姆劳克的降格。他已经由替天行道的侠探堕落为无恶不作的坏蛋。柯南·道尔笔下的福尔摩斯一向做好事，以解疑释惑、抓获罪犯、惩恶扬善为不可推卸的责任。《红发会》中，犯罪人数之多，骗局设计之严密，闻所未闻。约翰·克雷犯罪团伙蓄谋挖地道抢劫银行。他们炮制了一个弥天大谎，伪称成立了一个红发人协会，让一个长着红头发的店主参会，给他优厚的酬劳，抄写百科全书。实际上，他们要支开他,利用他的商店挖一条长长的隧道,到附近银行金库偷金条。福尔摩斯识破了骗局,引导警方瓮中捉鳖,预先斩断了黑手,挫败了这一起邪恶企图;《歪嘴男人》案中,当事人内维尔·圣·克莱尔对家人声称在城里工作。他每天进城,日落回家,形成规律。一天,妻子偶然从乡下到城里办事,在街道上看见他在三层楼的窗口,表情怪异。情知不妙,妻子上楼找他,那个房间只有一个满脸污垢的乞丐,至于她的丈夫,却活不见人,死不见尸。乞丐作为嫌疑犯被抓进监狱。后来,福尔摩斯大胆推测,乔装打扮的乞丐就是内维尔·圣·克莱尔。事实证明,的确如此。克莱尔承认,一次,他伪装成乞丐,体验生活,为报社撰写稿件,却发现行乞比工作来钱更快。因此他隐瞒妻子,声称到城里工作,实则更换面目和衣服,做说不出口的乞讨的工作。这样,福尔摩斯破解了克莱尔夫人的难题;《身份之谜》中,继父觊觎女儿财产,犯下令人不齿的罪行。萨瑟兰女士和未婚夫霍斯莫·安吉尔分乘马车,到教堂举行婚礼,但未婚夫中途失踪,再也没有露面。福尔摩斯查明,这个临阵逃脱所谓的未婚夫,实际上是女孩的继父詹姆斯·温迪班克。继女如果结婚,温迪班克就会损失一大笔财产。未婚夫关键时刻失踪,可以对女孩心理产生心理震慑,断绝她嫁人的想法。总之,福尔摩斯做的是功德无量的好事。

相比较而言,赫姆劳克办的事却不太光彩。可以想象,如果奥斯曼帝国首相宠爱一个女孩,这个女孩就成为他笼中的金丝雀,整天闷闷不乐。她经过努力,终于逃脱,并且找到了自己喜欢的职业:合唱团演员。正当她庆幸自己逃出狼窟之时,赫姆劳克为虎作伥,认出了她,又把她送回到首相手里,任由他玩弄。赫姆劳克唯利是图,起了权贵爪牙的作用。

赫姆劳克让华生谈一下自己该怎么找回丢了的烟盒,华生受宠若惊,深感荣幸。他提出几个方案:登悬赏广告、发放传单、到当铺询问、警局报案、仔细搜查仆人、认真排查家具和自己口袋,赫姆劳克边听边记。随后,他称自己有事,退出房间,让华生在室内自便。借此机会,华生看了赫姆劳克的柜子,发现上面有一个玻璃瓶,外面贴有标签:“伦敦主干道及郊区街道清扫物:用于辨别足迹”,里面有泥土状物。其他几个瓶子标签为:“公交与汽车座位毛毯绒毛”“公共场所脚垫可可纤维及绳子”“宫殿剧院底层座位第一排1—50号烟蒂与火柴头”。华生不由为赫姆劳克的细心而折服。原作中,福尔摩斯成功的法宝除了细致入微的观察和精密严谨的推理分析,脚印、烟灰、笔迹、物品以及案中人的叙述等都成为侦破的重要线索。《五粒橘核》中提到:“他精通地质,对以伦敦为半径50英里以内的泥土了如指掌。"①戏仿中瓶里装的泥土大概与此有关。福尔摩斯有许多古怪收藏品,读者感觉这些收藏品对侦破案件十分有用。但赫姆劳克的收藏更像是一堆毫无用处的垃圾。

正在这时,华生听到门响了,一个陌生人走了进来。他看起来很粗俗,上衣破烂,令人生厌的围巾捂着咽喉和脸的下部。来人咕哝着道歉,说走错地方了,退了出去。华生怀疑有人想抢劫赫姆劳克。他想确认一下房间的抽屉是不是已经锁好。一个抽屉没锁,能抽出来,却不能全部打开,好像有什么东西绊住了。抽屉把手有点粘,好像此前有人用脏手指碰过它。随后,华生小睡了一会儿,朦朦胧胧感觉有人碰自己的口袋。一睁眼,发现赫姆劳克已经回来了,就在身边。华生告诉赫姆劳克曾有人闯入,赫姆劳克只是笑了笑。送别华生时,赫姆劳克劝他回家前将衣袖上的海豹皮毛掸掉,以免妻子产生华生有外遇的疑心,因为他看起来好像拥抱过一个穿海豹皮衣的女人。华生说赫姆劳克搞错了,那不是海豹皮毛,而是他自己刚刚理发后落在衣服上的头发茬。赫姆劳克判断失误,脸色有点阴沉。华生准备穿衣离开时,赫姆劳克一反平时冷冰冰的模样,异乎寻常热情地帮华生穿上衣,将口袋盖子掏出抚平,用灵巧的手指使袖子不再歪歪扭扭,拥抱他,然后用难以令人理解的笑容送客。后来,华生在街道上两次偶遇赫姆劳克。第一次,赫姆劳克打扮成四方游走的黑人歌手;第二次,他打扮成劳工模样,从当铺窗户往里看。

有一天,赫姆劳克召唤华生到自己房间摊牌。他劈头盖脸要求华生交出烟盒。华生再次声明,自己已经改用烟斗,不抽雪茄,赫姆劳克认为这是华生事先编造的阻止他人谴责自己偷窃烟盒的托词。至于犯罪动机,赫姆劳克认为华生是为自己的红颜知己买海豹皮大衣。华生想插话辩解,被他五次粗暴打断,"闭嘴!"赫姆劳克兀自抖出华生的罪行。惊呆之中,华生仔细倾听。赫姆劳克认为,华生第一次看到烟盒,就实施了盗窃。当时烟盒在抽屉里,赫姆劳克转身取东西时,华生闪电般地将烟盒据为己有。为华生整衣时,赫姆劳克暗暗测量了他的臂长,发现正好与华生的椅子和抽屉间的距离相同。赫姆劳克又去了裁缝店,证实了这个判断。其他细节只是佐证了赫姆劳克的观点。他承认,带围巾闯入房间的正是他自己。他正好撞见华生在抽屉里胡乱翻弄。抽屉把手上有肥皂,与华生分手时,赫姆劳克感觉到了肥皂。这就是华生感到的脏兮兮的东西。华生睡觉及离开时,赫姆劳克紧紧抱他,是想

① Doyle, Arthur Conan. *The Adventures of Sherlock Holmes*. Beijing: Foreign Languages Press, 1989, p. 112.

感受一下烟盒是否已经被卖掉。路上,赫姆劳克两次让华生看到自己是希望华生及早悬崖勒马,回头是岸。听到这里,华生脱口而出:“你如果问当铺老板,就知道你的判断大错特错!”赫姆劳克嗤之以鼻,声称自己绝不会让华生牵着鼻子走。华生问赫姆劳克看抽屉了没有,回答没有。华生平生第一次生气了。他拉开抽屉,发现阻挡抽屉自由伸缩的东西正是寻它千百度的烟盒。华生惊喜地大叫,然而赫姆劳克的表情却转化为满脸厌恶。“我没想到你这么卑鄙!不知什么原因,也可能你又把烟盒从当铺偷出,用这么笨的方式归还给我!你想骗我,华生!另外,你想毁坏我永远正确的名声!滚!我不要你了。我也不麻烦隔壁房间等候的三个警察了。但你永远不要让我再见到你!”华生目瞪口呆,还不明白是怎么回事,赫姆劳克揪住他的耳朵,走过大厅,赶他到门外,然后砰地关上了门。门很快又打开了一条窄窄的缝,华生的帽子、大衣、雨伞和套鞋被扔了出来,随后门永远地对华生关闭。

从那以后,华生再也没有见到过赫姆劳克。不过,失之东隅,收之西隅。以此为分界点,华生门诊病人多了起来,业务量增加,华生有钱了,买了马车和房子。有个疑问一直伴随他:自己到底偷没偷过赫姆劳克的烟盒?

赫姆劳克化妆,有时骗过华生的眼睛,这有所指涉。原作中,为侦破案件,赫姆劳克多次打扮。《绿宝石王冠奇案》中,为了弄清谁敲下了三颗宝石,福尔摩斯乔装成社会底层游民,“他的领子翻上去,身上是磨得发亮的破外套,红色领巾,破旧的靴子,简直就是一个典型的流浪汉。”《歪嘴男人》中,福尔摩斯也曾化妆。

四　爱德华·诺伊斯·韦斯特科特

哈特还戏仿了爱德华·诺伊斯·韦斯特科特的小说《大卫·海鲁姆》。该小说故事梗概如下:约翰·来诺克斯是纽约一个富商的儿子。大学毕业后,他靠父亲的资助,在欧洲生活了几年,26岁时返回美国,尚未做什么事情养活自己。

回家以后,约翰发现他父亲的生意急剧衰败,他得赶快自谋生路。父亲替他在一家律师事务所找到一个职位,但搞法律不合约翰的兴趣。父亲去世后,约翰离开事务所。后来,约翰通过父亲一位老友的关系,做了霍姆维尔小银行主大卫·海鲁姆的助手。海鲁姆素有吝啬鬼的声名,但镇上的大多数人并不知道,他还是一位慈善家。与众不同的是,他宁愿用粗话掩盖自己的古道热肠。海鲁姆喜欢做马匹生意。替他料理家务的姐姐波利认为,弟弟可以饭不吃,觉不睡,也一定要做马匹生意。神奇的是,每次交易,海鲁姆总能赚上一笔。

海鲁姆很喜欢新手约翰。海鲁姆准备用自己的方法考察一下他的品性。他让约翰住进一家快要倒塌的旅馆，过几个月不太舒服的日子，看他是否有毅力。海鲁姆给约翰创造了几次中饱私囊的机会，而这种小动作只有海鲁姆这样精明的生意人才能觉察。约翰以他诚实的为人通过了海鲁姆的考验，赢得了他的尊重和认可。他让约翰搬进自己的大宅生活。于是，约翰、波利和海鲁姆居住在同一屋檐下。

约翰在银行工作业绩不俗。渐渐地，他发现海鲁姆这位老人并不像看上去那样自私和粗暴。一次，海鲁姆请来一位寡妇，撕毁了她的欠款证明，从而免除了她的欠款。海鲁姆之所以这样做，是因为他还是身无分文的小孩时，她的还在世的丈夫曾领着他去看马戏。约翰发现，海鲁姆做马匹生意也和其他人不同。如果有人自夸通晓马的一切知识，海鲁姆就会在交易时给他一个教训；如果一个新手说自己对马这种动物一无所知，海鲁姆就会让他满意而归。他奉行一条格言：老实人不会受骗，而骗子难免会受骗。

约翰在海鲁姆家的日子比较清贫。他只能靠自己的才华养活自己。经过一番努力，他有了一架钢琴。每天晚上，他要么弹琴，要么读书。他真正的朋友也只有海鲁姆和波利。海鲁姆和波利年事已高，足以当约翰的父母。约翰和海鲁姆度过了一段愉快时光。两人经常骑着海鲁姆的马到野外兜风。途中，海鲁姆十分健谈，他讲的内容包括马匹交易和社会中人们的怪癖。他还爱回忆自己早年离家沿着伊利运河找工作的事情。一次外出中，海鲁姆得知，约翰正爱着一个在欧洲认识的女子，但处于目前困窘的经济状况，约翰无法向自己的意中人求婚。海鲁姆开始为这个年轻人谋划。获悉芝加哥市场猪肉的内部行情，他和约翰购进猪肉，以可观的高价卖出，赚取的第一桶金成为海鲁姆帮助约翰迈向经济独立的第一步。

在霍姆维尔第二年，约翰取得了更多进步。他生意场上的人脉更加宽广。海鲁姆告诉波利，将让约翰成为自己的合伙人，将实际经营权交给约翰。他还告诉她，约翰在宾夕法尼亚州有一片土地。在众人眼里，这片地一钱不值，但年轻时在宾夕法尼亚油田呆过的海鲁姆认为，那片地很可能是油田。海鲁姆没有告诉姐姐的是，他还想把自己的遗产也留给约翰。

第三年，海鲁姆告诉约翰，愿意接受约翰成为自己银行的合伙人。另外，一家公司愿意租用约翰在宾夕法尼亚的土地开采石油。后来，约翰得了病，到地中海疗养。在船上，约翰碰巧遇上了自己的意中人玛丽·布莱克。因为旅客登记簿写错了字，约翰以为玛丽已经嫁人。在一个月光如洗的晚上，约翰在那不勒斯山上俯瞰港湾，这时玛丽向他说明了登记簿上的笔误,并答应嫁给约翰。几天后,他又收到海鲁姆的电报,油井已经开钻,真是双喜临门。几个月后,约翰和玛丽回到美国,定居霍姆维尔,约翰接管了银行。从此,大卫·海鲁姆可以在乡间安享晚年,偶尔做一下自己喜欢的马匹交易。

哈特的戏仿作品名为《丹尼尔·包莱姆》(*Dan'l Borem*),第一个单词如果全写就是丹尼尔(Daniel)。原作中的大卫成为戏仿中的丹尼尔,两者都是《圣经》人名:大卫是以色列国王,而丹尼尔是以色列先知。原作中的波利戏仿中成为比格斯比。包莱姆有"令人厌烦"之意。文中,他经常长篇大论,用比格斯比的话说:"报纸上一分钟能够读完的报道,你能用一个小时滔滔不绝地说。"每次谈话,他都有明显的表示开始和结束的提示。从嘴里掏出咀嚼过的烟草块扔掉,再从银色烟盒里掏出新烟草块,放进自己嘴里,这表示谈话即将开始;向火炉围栏固定地方吐一口痰,表示谈话结束。

作为导入,戏仿讲述约翰·拉莫克斯(Lummox)的故事。美国口语中,lummox 表示"傻大个,笨蛋,笨拙的家伙"。拉莫克斯自我感觉良好,因此自称"完美的拉莫克斯"(十足的笨蛋)。他上了两年大学,退学当了两年职员。厌烦了工薪生活后,他去了欧洲,这让他的父亲松了一口气。几年内,拉莫克斯学习了法语、德语和击剑。他觉得自己已经具备了美国上流社会主人公的素质,又想到轮船上总有多情的姑娘,于是他上了一艘船。果然,他遇到了一位姑娘,他记得她叫拜克。在淘气的少年时代,他曾和她玩"罚物游戏"。拜克小姐旁边坐着斯达令夫妇(Starling,表示"紫翅椋鸟")。此时,拉莫克斯有机会领略拜克小姐的干练和敏捷。斯达令问妻子:"吃饭时,我是先吃布丁与奶酪,还是先喝汤? 我忘了昨天晚上的吃法。"看到斯达令夫人显示出迟疑,他又问拜克小姐,得到的回答是:"要是我,就先吃布丁。在吃布丁和等待奶酪到来期间下决定。如果改变主意,就喝汤。"斯达令的下一个问题与酒有关,"我是先喝弗里德里希谢尔白酒,还是先喝本尼迪克特甜酒? 医生坚持要我先喝弗里德里希谢尔白酒,但昨晚这样做,感觉不太好。我简单地喝牛奶和啤酒,行吗?"拜克小姐说:"按简单的方法办。"拉莫克斯被拜克小姐冷静的思考和敏锐的眼光震惊了。他向拜克做了自我介绍。拜克也认出了他,说他 8 岁后模样就没有改变。拉莫克斯改变了话题。他说斯达令先生自己拿不定主意。拜克说,现在斯达令正在自己的特等客舱里,穿着睡衣,一只脚穿帆布鞋,一只脚穿橡胶鞋,想着是不是该穿晨衣、配灯笼裤、戴草帽出现在甲板上的人面前。他已经换了 20 次衣服了,穿上又脱下。拉莫克斯说,he certainly is trying,说完脸就红了。他解释说:"这个 trying 的意思是'不断试穿衣服对你敏感的心灵产生的影响’。”英语单词 trying 有两个意思，一个是“试穿衣服”，另一个是“难受的，恼人的，令人厌烦的”，因此 he is trying 也有两个意思：“他可真会试穿衣服”和“他可真令人烦躁”，所以拉莫克斯急着解释。拜克小姐看着拉莫克斯厚重粗大、不很俊美的面孔回答，“我不会指责你的轻浮。”（I should never accuse you of levity）。此时，“轻浮”（levity）和“厚重粗大”（heavy）成反义词。拉莫克斯想使气氛轻松一点。看到波涛翻滚的大海，想起自己学过约翰逊博士的文章，他说：“我想，欣赏到这海景，给予明白无误的评论，肯定会被认为平庸普通。一个人不予评论，就会被认为超人一等。但这一切风景太好了，因此，我必须表达自己的感受，即使冒着让你降低对我的高雅品味评价的风险。当然，前提是一方面，你有你自己的评价；另一方面，我有我自己的高雅品味。”面对这一番佶屈聱牙，拜克针锋相对，还以颜色。她伶牙俐齿地回答：“不适当地贬低自己，是自己感觉到自己有缺点的标志。我没有这个毛病。我必须说，我自己不擅长约翰逊文体，但让你知道一个要点，你心里会轻松一点，这个要点就是，如果你再多沉默一会儿，我就会说：‘这一切太美了’，从而冒让你降低对我的品味的评价的风险。当然，前提条件是，你有一个关于品味的评价可以降低，并且胆敢说出来，如果我敢这样措辞。”拉莫克斯闷闷不乐地说：“我们以后还这样说话吗？不如说，以后我们不这样别别扭扭说话好不好？（Can we keep up this, or keep down this much longer?）我不太舒服，可能是因为刚才最后一个句子，也可能是因为吃的龙虾的缘故。”此处，哈特运用了文字游戏，包括双关语（trying, keep up 和 keep down）对原作进行了嘲弄。模仿约翰逊的文体内嵌在模仿韦斯特科特的戏仿当中，构成戏仿套盒，即戏仿中的戏仿。

拜克小姐觉得斯达令先生是块烫手的山芋，让拉莫克斯帮忙解决斯达令的难题，拉莫克斯接受了。晚上吃过饭，他带着斯达令到了吸烟室和棋牌室娱乐，第二天凌晨四点，他与大副架着疲惫至极的斯达令先生回到特等客舱。早饭时，他得到反馈：斯达令夫人认为丈夫情况大大改善了，斯达令先生自己也认为感觉好极了。他现在根本不担心穿什么睡衣睡觉。他直接穿着白天的衣服上床，连帽子也不摘掉。斯达令夫人称拉莫克斯是自己的救命恩人，斯达令先生也夸拉莫克斯是一个好小伙。拉莫克斯问拜克小姐对自己的评价，得到的答复是：“考虑到你目前异常的自我意识和感觉上的自我中心主义，我不置一词。”

回到家后，拉莫克斯发现自己父亲经济状况不好。依靠父亲的愿望落空，他必须依靠自己谋生。父亲思考之后，建议他找一个美国新兴小说家作为这个小说家人物原型。这个主人公根本没有志气、能力或干劲,愿意接受小说家塑造的任何形象。此处,哈特揶揄了作品粗制滥造的小说家。拉莫克斯迟疑着说,他想到父亲的厂里工作,成为生意合伙人,同时父亲也可以照顾自己。老人觉得脊背发凉。他喃喃地说:"谢天谢地!还有一个办法阻止这样的事情发生。"回到房间,老人平静地自杀,同时细心地把毒物瓶留在桌面显眼的地方。路路断绝,拉莫克斯申请到丹尼尔处当职员。哈特适时插入了一句格言:"上帝的行事方式确实很奇怪,但小说家的写作手法只是偶尔显得新奇。"(The ways of Providence are indeed strange, yet those of the novelist are only occasionally novel.)"小说家"和"新奇"共用了一个词根 novel。

哈特的全知型叙事人将营地搬到丹尼尔家中。读者得知,有一天,丹尼尔向姐姐谈起向他求职的年轻人。他准备先安排他到"火鸡秃鹫宾馆"。比格斯比认为,年轻人受不了这样的苦,其结果有两个,要么被饿死,要么食物中毒而死。丹尼尔说,这正是自己的巧妙安排,"被毒死,他就不会问我要工资;受不了这个苦离开,说明他也受不了我;如果饿得身体虚弱,苦不堪言,就会对我服服帖帖。对一些人来说难的事情,对另一些人来说就容易。关键是不要当'一些人'。这些睿智幽默的话一向受到文学家的重视。你必须承认,我们自己讲的故事,比我们听到的故事更有趣。把这个妙语记入我的言行录!"

按照丹尼尔的安排,拉莫克斯在宾馆住了一周,这七天他全靠炸面圈和影射暗示活了下来(lived entirely on doughnuts and innuendoes)。此处,哈特用了轭式搭配(zeugma)的修辞手法。所谓的轭式搭配,指的是用一个动词或形容词勉强修饰或支配两个名词的方法,其中所修饰或支配的名词只有一个合乎逻辑,如 wage war and peace 和 with weeping eyes and hearts。两个例子中,wage war 和 weeping eyes 合乎逻辑,wage peace 和 weeping hearts 不合逻辑。同样道理,靠炸面圈活下来合乎逻辑,靠影射暗示的话活下来不合逻辑。影射暗示的话是丹尼尔手下一个即将离职的员工提供给拉莫克斯的,拉莫克斯要填充的职位就是由他空出来的。影射暗示的话语显然以丹尼尔为中心。虽然不合逻辑,读者也能感觉到拉莫克斯急于了解雇主丹尼尔,因此希望别人多告诉自己一些信息的焦灼心情。也可以推测到职员欲言又止,不能尽言,只能旁敲侧击、付诸曲言的矛盾心情。这反衬出丹尼尔脾气之怪,性情难以捉摸,与全文氛围协调一致。不合逻辑的内容从另一个层面解释,就合乎逻辑。因此,哈特这个轭式搭配用得好。后来,拉莫克斯见到了丹尼尔,丹尼尔推测前职员会如何评价自己:"他是不是说,我一毛不拔,只会做马匹生意,文盲,没有受过教育,不会记账,欺负寡妇和孤儿,说我的有趣的格言是对《穷理查的历书》中箴言的低俗模仿?"拉莫克斯承认,去掉一些骂人的话,前职员确实这么说过。丹尼尔转述了前职员心中拉莫克斯的形象:“你没有活的理由。出生后一直很愚蠢,父亲对你的投资没有得到一丁点回报。”拉莫克斯表示,这一切属实,而前职员是个好人,他离开是很遗憾的事情。他自己愿意重新把这个职位拱手让出。丹尼尔表示不必如此。要想证明前职员说错了,“办法只有一个,就是马匹交易中的‘出其不意’。如果他认为你还在睡觉,你就已经在赛马中遥遥领先;如果他认为我很恶毒,我就任由妇女或小孩驱使。”哈特将原作中的爱说格言的特点发挥到出神入化的地步。

拉莫克斯通过寡妇卡莉的事例领略到了老板丹尼尔“出其不意”的真正含义。这位年长的妇女以不动产为抵押欠了丹尼尔很多钱。圣诞节时,丹尼尔突然以严厉的口气命令卡莉到他办公室还清欠款。老太太战战兢兢,绝望地在暴风雪中艰难跋涉,到了他指定的地点。孰料,丹尼尔满面笑容地告诉她,他不仅豁免她的全部债务,而且请她吃了一顿丰盛的圣诞宴会。比格斯比对拉莫克斯说,这就是丹尼尔的幽默,“他吓得老人神经衰弱,让她在雪中走两英里,冻得要命,让她失去希望了两个小时,他本不必如此!”拉莫克斯问丹尼尔为什么对老太太如此慷慨,回答是:“小时候,老太太的儿子曾给他一个苹果心,他总忘不了小时候对自己好的恩人。”苹果心几乎不能吃,老太太的儿子可能是捉弄丹尼尔才给他这个东西,但丹尼尔似乎并不明白这一点。这是哈特抖出的又一个包袱。

拉莫克斯变得和丹尼尔一样出其不意。他一直与邻居保持不远不近、不温不火的关系。突然有一次,他参加了社区集会,成为聚光灯的中心。他既唱歌,又表演绝技。他演唱歌剧,背诵文章,模仿悲剧演员,博得掌声;他既能弹奏钢琴,又能用牙齿把钢琴抬起,钢琴上还坐着两个人;他既能用扑克牌做游戏,又能从帽子里变出兔子和毒蛇。丹尼尔感叹,看来,拉莫克斯在欧洲收获很大。第二天,众人纷纷涌到银行看这个奇人,银行生意也因此兴隆起来。

后来,比格斯比问丹尼尔新职员拉莫克斯怎么样了,丹尼尔回答,账目熟悉了,银行往来的客户也熟悉了,但在假钞辨别上还欠火候。他讲起了最近发生的一件事情。拉莫克斯不慎收到了两张 10 元、一张 5 元假钞。拉莫克斯要把假钞记到自己账上,独自承担由此带来的损失。丹尼尔劝他记到银行账目,将其消化。另外还有一个办法解决这个问题:城里人聪明,能认出真假;在乡下,土包子警惕性不高,或许还可以在乡下把这些假钞当真钱花出去。虽然犯法,但行得通。但拉莫克斯已经站起来,拿起假钞大声说:“这些假钞算我的,我要将它们销毁。”他像火钳一样直挺挺走到火炉边,手拿着将钞票化为灰烬。比格斯比赞扬拉莫克斯的刚正不阿,但丹尼尔承认,自己和拉莫克斯都不擅长识别真伪,拉莫克斯这个笨蛋烧掉的其实是三张真币。这样,原作中昂扬向上的两个人戏仿中都成了傻瓜。

原作中,海鲁姆不遗余力帮助约翰;戏仿中,拉莫克斯敲诈了丹尼尔。一次,丹尼尔看到拉莫克斯牵来一匹马,周身黄色,马鬃和尾巴金黄色,特别好看,顿时想把这匹马买下来。询问之下,拉莫克斯回答,马的名字是帕加索斯,他受朋友之托出售。如果熟人买,价格是 150 美元;如果陌生人买,价格 300 美元。丹尼尔特别喜欢这匹马,于是用自己 200 美元的马与拉莫克斯的马交换,同时签订合同,写明"如果丹尼尔不能归还拉莫克斯的马,要交给拉莫克斯 150 美元;如果拉莫克斯不能归还丹尼尔的马,拉莫克斯应交给丹尼尔 200 美元"。晚上,兴致勃勃的丹尼尔要求马夫给自己新买的马洗一下澡。不洗则好,一洗就糟了,马露出了原形。其实,马的颜色是染上去的,水冲刷之后露出了疥癣一样的底色。整匹马看起来斑驳陆离,像是万花筒,要多难看有多难看。丹尼尔拉着马,急匆匆去找拉莫克斯。拉莫克斯还有心开玩笑:"我对所谓的流行艺术不太擅长。这个是彩色石印画,还是你自己的作品?"丹尼尔告诉他,这匹丑陋的怪物就是拉莫克斯卖给自己的马。拉莫克斯拿出合同,严肃指出,丹尼尔起草的文件写明,丹尼尔如果不能完璧归赵,就要交罚金 150 美元。丹尼尔问,如果自己没有钱,怎么办?拉莫克斯立刻变了脸,表情像是基督教痛苦的殉难者。他阴沉着脸回答:"我要把你的马卖 200 美元,然后将款项送给我的朋友。"丹尼尔与拉莫克斯对视片刻,随后丹尼尔付出 150 美元。拉莫克斯略显哀伤,说道:"丹尼尔先生,我们都要吸取这个教训。"当天下午,丹尼尔叫来一个马匹交易高手,让他看神马帕加索斯。来人指出,用一瓶英国金色毛发染色剂染一下,即可让马恢复原状。这是马戏团惯用的伎俩。回到办公室,丹尼尔马上将刻有公司名称"丹尼尔 · 包莱姆"的招牌取下。拉莫克斯带着病态的笑容,问丹尼尔是否要停业。丹尼尔说,自己要把公司名称改为"包莱姆和拉莫克斯"。现在主动改名称,丹尼尔占据主动权。如果任由公司按照现在的状态发展下去,自己不知会沦落到什么地步。等到拉莫克斯占据强势地位,大权在握,一手遮天,丹尼尔还要哀求拉莫克斯让自己成为他的合伙人,说不定还会被拉莫克斯扫地出门。丹尼尔说,从长远来看,现在改公司名称,对自己有好处,"先下手为强!"一朝被蛇咬,十年怕井绳。看来,丹尼尔是领教了拉莫克斯的凌厉的风格了。

拉莫克斯后来有钱了。根据他特有的远见和洞察力,他推测,既然自己在远洋巨轮上第一次见到拜克小姐,如果再搭乘轮船到欧洲,就一定能见到她。事实的发展果然如此。不过,她在乘客名单上写的是埃德温·莱格尔斯(Wraggles)的名字。这个名字与英语单词 wrangle(吵架,争吵)很接近。拉莫克斯对她说:"如果你不是莱格尔斯,我对你一见钟情;如果你是莱格尔斯,我要你嫁我!"女孩站起来说:"莱格尔斯是我的姐姐的名字。她不能前来,因此我用了她的船票。名单上是她的名字,这是一种幽默,人生一定要表演!"

《大卫·海鲁姆》植根于美国东北部乡镇,是美国地方色彩小说的杰出代表。地方色彩主义致力于再现地区的风貌、方言和景色,在美国文学史上占有重要的一席之地。戏仿中用了数量众多的方言,如 fust (first), hev (have), pianner (piano), critter (creature), suthing (something), yer (your), hoss (horse), ef (if), pizon (poison), feller (fellow), laff (laugh), merrikan (American), sez (says), nash'nul (national), furrín (foreign), linkin (lincoln), ter (to)等。戏仿大部分事件经丹尼尔之口,向姐姐比格斯比转述。无色透明的事件经过持方言的丹尼尔过滤性的讲述,产生了变形,诙谐有趣,地方色彩更浓。比格斯比听故事产生的夸张反应从潜意识层面诱导了读者的反应,同时起到了烘托主题的作用。

戏仿与原作的相似性有助于读者熟悉原作。戏仿有趣,令人百看不厌。不知不觉间,拉近了读者与原作的距离,读起原作来也有"似曾相识燕归来"的亲切感。用阅读戏仿的方法了解原作是一种有百利而无一害的终南捷径。

五 本杰明·迪斯累里

哈特还戏仿了本杰明·迪斯累里的作品。迪斯累里为英国保守党政治家,生于伦敦一个意大利籍犹太家庭。迪斯累里 1837 年进入议会,1848 年成为下议院反对党领袖,曾 3 次支持德比政府并任财政部长。1868 年,德比退出政界,迪斯累里继任首相,1874 年再次出任首相,成功解决了苏伊士运河股份问题,代表英国政府干涉俄国,维护了英国在远东的利益。1878 年夏出席柏林和会,为英国争得"体面的和平"。

迪斯累里又是一个小说家。1876 年,乔治·艾略特的《丹尼尔·德龙达》出版之时,他曾评论道:"如果我想读小说,我就写一本。"① 因此,读者可以想象他的自信和他对其他作家作品的态度。他的代表作

---

① Drabble, Margaret (ed.). *The Oxford Companion to English Literature* (6th ed.). Beijing: Foreign Language Teaching and Research Press, 2005, p. 285.

有《康宁斯比》(*Coningsby*)、《西比尔》(*Sybil*)、《坦克雷德》(*Tancred*)、《罗泰尔》(*Lothair*)。

哈特戏仿的靶子是迪斯累里的小说《罗泰尔》。《罗泰尔》弥漫着作者对英国国教和天主教信仰优点的关注。小说同名主人公罗泰尔是一个富裕的贵族,父母去世时,他由两个人监护:卡洛顿勋爵和格兰迪逊。卡洛顿勋爵属于苏格兰长老会,而才华横溢的牧师格兰迪逊接受天主教信仰,很快进阶为主教。1866 年罗泰尔成年时,意大利民族解放运动领袖加里波第的力量开始挑战教皇的权威。意大利民族主义者和英国天主教互相抗衡,争相努力控制富裕且具有影响力的罗泰尔。罗泰尔经常陷入沉思,而不是积极行动。他主要受三位女子的影响:美貌的天主教徒克莱尔·阿伦戴尔、充满魅力的科利萨德以及脾气暴躁的意大利爱国者西奥多拉。罗泰尔在意大利见到了西奥多拉,但她在维特波阵亡,罗泰尔也在门塔纳受伤。罗泰尔继续寻找,这一次的目标是基督教的摇篮。在耶路撒冷,掌握教义的牧师帕拉克里特向他揭示了基督教之源。天主教教士努力说服罗泰尔皈依天主教,遭到罗泰尔的反抗。罗泰尔意识到,天主教与意大利爱国者的狂热都具有腐蚀作用。又到了一些地方之后,他回了家,皈依英国国教,并与科利萨德女士结婚。

《罗泰尔》书中有关上流社会生活场景的描写、人物的机智及蕴含的讽刺成为奥斯卡·王尔德作品的嚆矢。例如,圣·阿尔德贡德反对一切特权,但公爵的特权例外;他赞成平分一切财产,但不包括土地。评论界对这本书反应平平,有评论家称它缺少应有的庄严(gravitas),但大众却喜欢这本书。《罗泰尔》狂热席卷英国、美国和欧洲大陆,第一版两天内即告罄,单单在 1870 年,该书就印至第八版。

迪斯累里宣称,他是通过小说来影响公众舆论的。因此,迪斯累里的小说可以称得上是第一批政治小说。他的三部曲《康宁斯比》、《西比尔》和《坦克雷德》触及当时城乡贫穷者生活实态,因此大受欢迎,前两部中的有些观点还对后来的英国立法产生了影响。《罗泰尔》表现了当时英国人内心的困惑。各种力量想占领人们的思想阵地,在眼花缭乱的选择面前,人们不能被冲昏头脑,因而误入歧途,而要仔细权衡,做出正确选择。罗泰尔最后选择英国国教暗示,面临强大离心力的英国人需要一个向心力。

迪斯累里说:"我的作品就是我的人生。"① 谁想了解迪斯累里,就

① Drabble, Margaret (ed.). *The Oxford Companion to English Literature* (6th ed.). Beijing: Foreign Language Teaching and Research Press, 2005, p. 285.

可以阅读他的作品。他的作品中有许多基于现实生活的名人。同时，书中既有对上流社会生活的迷恋，又夹杂着对上流社会生活的蔑视和讽刺。戏仿也是如此，如《洛骚，或一个寻找宗教的年轻绅士的冒险》(*Lothaw, or the Adventure of a Young Gentleman in Search of a Religion*)。Lothaw 显然与 Lothario 有关。Lothario(罗萨里欧)源自英国剧作家尼可拉斯·娄的 1703 年创作的《忏悔的人》剧中人物，意思是“专事勾引妇女者”。戏仿开始，公爵夫人和女儿们在一起。公爵夫人的话彬彬有礼：“我还记得他小时候的模样。他的母亲是我的好朋友，也是我的女傧相。”大女儿问：“之后你就没见过他了吗？”“是的，他不久成了孤儿，我经常因此责备自己。”戏仿然后挑明这高雅谈话进行的地点是普拉夏姆(Plusham)的一个起居室。Plusham 中，plush 为“豪华”，而 sham 为“假冒”。宫殿般豪华大厦的女主人正和女儿在交谈。一个女儿正在用金针刺绣，准备编织一个精美绝伦的绣花丝线钱包。了解公爵天文数字般财富的知情人明白，这个钱包装的钱数从来不下 100 万英镑。第二个女儿正在用小粒珍珠装饰一双拖鞋。第三个女儿让侍者使用举世无双的染料和金枝玉叶。处处是珠光宝气，满眼是巧夺天工的织物。一个女儿在房间角落里试唱专为她们谱写的乐曲，乐曲是有头衔的忠诚的朋友用手稿寄过来的，只供贵族专用，绝对不会面向大众出版。

公爵夫人是美丽、财富与地位的化身。她与三个诸侯国中最显赫的贵族结婚。三个诸侯国暗指英格兰、苏格兰和威尔士。因为家里条件好，所以所有的人看起来都很年轻，如同兄弟姐妹。公爵和公爵夫人保养得尤其令人羡慕，他们好像自己子女的长子或长女。因此，文中出现了“长女一点也不比母亲大”这一说法。公爵夫人的女儿都嫁给了一国之中身份最高的贵族，只有科利昂德例外(Coriander，意思为“芫荽”)。她要嫁给一个爵位超过侯爵，年租金收入总额超过 100 万英镑的对象，目前没有合适人选，因此暂时等待观望。母女都打扮得花枝招展，华丽无比，令人眼花缭乱。此情此景，使一个爱开玩笑的女婿圣·爱德尔古厄德发表评论：“天呀！你们像是一幅花牌！”花牌又叫人头牌，指牌中的 J. Q. K. 三张牌。它们色泽艳丽，一般是大牌，但面无表情，任人作为手中的玩物。圣·爱德尔古厄德(Addlegourd)字面意思为“糊涂的葫芦”。他每年有 1500 万英镑的租金进项，又是英国最古老的家族之一，他有思想激进的本钱。科利昂德大声嚷嚷，自己掉了一颗珍珠，匆忙弯着腰在波斯地毯上寻找。洛骚打趣说：“(珍珠)从你的嘴唇上掉下来了？”他显然把科利昂德比作口吐宝贝的凤凰。科利昂德好像没有领会洛骚的妙语，接着说：“不是，(珍珠)从衣服上掉下来。当时，爸爸花了 5 万英镑买了两颗。”公爵夫人毫不在意，说该一起去吃饭了。洛骚年纪尚轻,说:“夫人阁下,花了那么多钱。”赶忙趴在地上帮忙寻找。公爵夫人提住他的后衣襟,很克制同时又很讲策略地说道:“亲爱的朋友,我在等你挽住我的手臂。”上流社会的人对金钱是从不在意的。

洛骚本人也很有钱。他有 17 座城堡、15 栋别墅、9 间狩猎时节住的小屋、7 处市内产业。他还有其他产业,不过他自己也记不得了。他除了纯正血统,巨额财产,还有精湛的棒球技艺。不过,一次打球时,他不慎击伤了自己的脚,于是一瘸一拐地走路。公爵夫人说自己要去家禽养殖场,洛骚说自己也要去,因为他喜欢家禽,随后又加了一句:“不过是烤制的。”洛骚话语中食物不离口,让品味高雅的公爵夫人直皱眉,她有分寸地岔开了话题。接着,洛骚唱起了打油诗。哼唱不入流的歌曲,让公爵夫人深感震惊。洛骚说出自己的两个想法:将来要为穷人盖房子,要同科利昂德女士结婚。公爵夫人说:“你让我吃惊,亲爱的朋友。你的两个理想都很高尚而且无可挑剔。但科利昂德还是个孩子,而你,”她亲切地看了他一眼说:“就那件事而言,你也是孩子!”这句话说得很委婉。科利昂德太小表示公爵夫人目前不能答应这门婚事,说洛骚“也是孩子”说明,他为穷人盖房子的想法太幼稚。

洛骚参加了帕特内·贾尔斯夫人举办的宴会,席间谈话妙语连珠,异彩纷呈,美不胜收。夫人说:“一夫一妻制是不是属于温度问题?”洛骚回答:“我肯定,一夫多妻制或一妻多夫制应按等温线设限!”对面一个声音很大、夸夸其谈的人说:“婚姻是纬度问题。”上流社会的交谈,果然不同凡响。夫人的话可能是一个人平静时就忠于自己的配偶,而头脑发热时就找其他性伙伴;洛骚的意见可能是热带未开化的部落可以不施行一夫一妻制,温带的文明人应该废除一夫多妻制或一妻多夫制,第三个人表达了类似的见解:纬度不同,婚姻制度不同。将婚姻这种人类制度与体温、气温和地理位置等不相关的因素强扭在一起,得出貌似合理的结论,与后来王尔德的风格吻合。

文中还侧面提到了迪斯累里。刚才夸夸其谈的人是牛津大学教授。他言语中不乏讥诮。宴会时,他胆敢流露出对一个著名的前财政部长、伟大的政治家、出色小说家的不敬,因而让众人义愤填膺。实际上,教授对这位伟人既怕又恨。读者不难看出,所谓的伟人就是迪斯累里。

突然间,席间一阵骚动,女客们完全是浑身震颤,原来是罗马天主教红衣主教驾临。他举止优雅,与每个人都握手,询问他们的家人情况。对于女客,他以位高权重者特有的风度轻拍她们的下巴。因为他会流利地说多门语言,因此坐下后,他还用数门语言向大家问好。洛骚的心被宗教信念深深震撼。他马上走到这位天之骄子面前忏悔，并得到赦免。他承诺，自己会参加圣餐仪式，将把自己的财产捐给教会，暂时放弃为穷人建房。

洛骚转身离开主教时，看到了一张美丽的脸。她的身材如同爱奥尼亚柱子一样苗条，希腊式的脸上有科林斯式的额头。海伦一样美丽的大眼睛上面是细长的睫毛，像是雅典式庙宇上的一扇老虎窗（英语中，temple 既可以解释为“额头”，又可以解释为“庙宇”）。洛骚不由自主被她吸引。旁边一个食客向她介绍，这是玛丽·安[①]，与一个美国人结了婚，最近刚刚创建一个新宗教。洛骚本希望马上与玛丽·安结识，但考虑到科利昂德的高教会派[②]倾向及红衣主教的在场，就忍住了这个冲动。此后，洛骚参加了两个妇女权利集会、三个芬尼亚组织[③]成员会议，在怀特家吃饭，与王子跳舞，在柯瑞西城堡用金盘用餐。

洛骚的马厩在牛津，比牛津大学的面积还要大。一天，他看见一辆马车上坐着一个先生和女士。马受惊狂奔，失去控制。几个土包子和下等人正努力想拉住马。洛骚以上等人特有的平和作壁上观。看到车厢掀翻，乘客被掼出，狂马被制服后，洛骚才走向前，向女士说，自己牛津的马匹可以供她任意驱使。此时，他认出这位女士是玛丽·安，而玛丽·安从车厢下拽出丈夫，仪态万方地向他介绍，她的丈夫是美国少将。洛骚以漫不经心的口气说，自己在美国有产业，他曾委托手下买下了伊利诺伊州。少将表示，自己曾住在芝加哥，因此称得上是洛骚的佃户。洛骚问玛丽·安发明的新宗教是什么，回答是妇女选举权、自由恋爱、互相温存和共产主义（Woman Suffrage, Free Love, Mutual Affinity, and Communism）。玛丽·安要求洛骚“拥抱它和我”（Embrace it and me），让洛骚不知如何是好。玛丽·安主动抱了洛骚。最后，玛丽·安邀请洛骚到她创办的奥内达社区，“布鲁克农庄是过去的事情了！”

奥内达人是北美印第安人易洛魁人的一支，表示“想法单一的，思想狭隘的”。文中的奥内达社区是美国宗教团体，1847 年由 J. 诺伊斯在纽约州的奥内达创立，其前身是 1841 年诺伊斯和一部分门徒在佛蒙特州帕特尼市创立的探索学会。由于四邻居民对该社团实行群婚制日益憎恨，社团迁至奥内达。奥内达社团因生产钢圈、银器和其他产品使

---

① 玛丽·安这个名字中的玛丽可能与玛丽一世（1518—1558）有关。英国国王亨利八世长女、西班牙国王腓力二世之妻玛丽一世担任英国女王（1553—1558）期间，强行恢复天主教，血腥镇压新教徒，被称为“残忍的女王”；据《圣经》“外传”记载，安系圣母玛利亚的母亲。

② 英国基督教圣公会中的一派，要求维持教会的较高权威地位，主张在教义、礼仪和规章上大量保持天主教的传统。

③ 1858 年前后成立于纽约的爱尔兰争取民族独立的反英秘密组织。

社团鼎盛时期达30年。1879年社团解散后,剩余成员进行商业活动,销售银盘。

洛骚觉得自己需要给玛丽·安送一个礼物。他到了伦敦最时尚的珠宝商艾米西斯特(Amethyst,意思是"水碧")店里。商人在一堆珍珠上装了一铲,告诉洛骚每一粒珍珠售价5万几尼。洛骚觉得不够珍贵,提出想要价格更贵的。商人从一小堆宝石上取了一些。他说,这和比灵盖茨夫人买去的珍珠大小一样,不过品相更好。因为比灵盖茨夫人总让自己的孩子把珍珠当玻璃球玩。因此,艾米西斯特每周到夫人家清洗两次。"珍珠需要呵护,"他发出感叹。洛骚买珍珠不论颗粒,而按长度。他不假思索地说,他要5英寸长的一串珍珠。艾米西斯特为难了。他表示,自己店里存货不够,还要到伦敦塔把王冠、权杖上的珍珠也拿过来。商人抓起帽子就跑了出去,店里只剩下洛骚一个人,周围满是珠宝。高贵的血统使得洛骚根本不可能动邪念,但他怕店主怀疑自己。店主回来后,洛骚说:"你如果想搜身,请不要顾忌,尽管搜身;但我用绅士的荣誉担保,我什么也没拿。"艾米西斯特深深地鞠了一躬说:"我们从来不搜贵族的身。"

洛骚后来听说玛丽·安病危。他赶到她身边,发现垂危的她像古典废墟,但又像帕台农神庙一样完美。玛丽·安说,一天两次露天演说,加上在乡间吃小苏打面包,使她身体受损。但她很欣慰,她所创办的事业在前进,暴君在倒下。玛丽·安劝洛骚不要信奉天主教,当被问及原因时,她说,天主教不允许离婚。读者猜测,也可能玛丽·安深受不能离婚之苦,因此才会提醒洛骚注意前车之鉴。玛丽·安请求洛骚抱住她,因为她希望自己离世时,与她牵手的是社会的精华。

接下来,洛骚在一个雅利安岛屿,周围是雅利安人,氛围充满雅利安味道。东道主说:"这是雅利安风景,那是玛丽·安塑像。"雅利安(Aryan)和玛丽·安(Mary Ann)发音相近,可以看出哈特设计的巧妙。一天,洛骚听到东道主激昂的演讲,不仅萌发了新想法:"我要当异教徒。"不过,当天晚上,他问了一个著名的通灵人士,此人向他传达了玛丽·安的信息。玛丽·安建议他回到英国。两天后,洛骚回到英国。

公爵夫人微笑着对他说:"女孩子们在花园,你难道不想去采摘一朵玫瑰吗?"洛骚去了,随后带着脸色羞红的科利昂德回来。公爵夫人说:"祝福你们,孩子。"又对洛骚说:"你完成了你不可避免的使命,接受了你的命运。从道德上讲,你想娶这个家庭以外的人是不可能的。现在,英国国教暂告安全。"

以上戏仿体现了迪斯累里作品的特点。迪斯累里有创造箴言的才华,有对政治的深刻洞察。读者能感觉到他对贫者和受压迫者发自内心的同情。迪斯累里还擅长描写聪明女子,再现父母与孩子的亲情,因此,他的作品可读性很强。迪斯累里作品也有缺点。他的人物塑造乏力,沉思冥想铺张扬厉。这既表明他创造力不足,又解释了为什么评论界对他的小说反应冷淡,形成叫座不叫好的异象。在迪斯累里生活的时代,对他的作品批评之声不绝于耳。华兹华斯认为他的作品"如同垃圾,没有价值"(trashy),而特罗洛普称迪斯累里的小说"徒具小说之名,而无小说之实"(spurious)①。

六　夏洛特·勃朗特

哈特曾对夏洛特·勃朗特《简·爱》进行戏仿。这个过程中,既有对原作的忠实,更多的是对勃朗特作品的简单滑稽化改写。简也完成了蜕变。戏仿中,她成了米克斯小姐。"我最早的印象是一块巨石,波浪不停地拍打着它。三只鸬鹚站在上面,目空一切。背景中,黑色天空低垂大地。"两只海鸥和一只巨大的鸬鹚极其不快地盯着前景中漂浮的女尸。手镯、项链和其他珠宝散落在地。叙事人言称,这以下意识的方式表达了一个人的性格。她也不知道为什么这样想,也可能来自她小时候读过的图画书,也可能来自母亲怀孕时做的梦。

叙事人说自己不漂亮。她总带着一面三角形小镜。一旦取出,总能看到镜中自己灰白长着雀斑的脸、呈海草绿色的头发、淡灰的眼睛。唯一值得主人公自豪的是她的额头。又高又大,如同穹顶;又光又滑,如同汝瓷做成的门把手。叙事人说,自己来自家庭教师世家。母亲是家庭教师,姐姐们也是家庭教师。因此,年满 13 岁,当大姐给了她一张报纸,上面登有招聘家庭教师的广告时,她认为这是命运的安排,决定前往应聘。当晚,未来神秘的预感进入梦境。第二天,叙事人带着简单的行装,永远离开了自己的家乡密涅瓦村(Minerva,为罗马神话中的智慧女神)。虽然原作中的简·爱没有出自家庭教师世家,但勃朗特三姐妹的确当过家庭教师。

原作中的桑菲尔德庄园(Thornfield)成为布兰德尔堡(Blunderbore),周围是松树和芹叶钩吻。Thornfield 表示"多荆棘的田地",Blunderbore 则有"错误得令人烦躁"之意。城垛间阴风怒吼,叙事人走近房子时,看见几个神秘的身影从窗口一掠而过。按门铃时,响起魔鬼似的笑声。一个面露惊慌之色的老太太开了门,将她让进书房。叙事人穿着自己去世的祖母留下的木底鞋,经过镜子时,又一次意识到自己的其貌不

① Drabble, Margaret (ed.). *The Oxford Companion to English Literature* (6th ed.). Beijing: Foreign Language Teaching and Research Press, 2005, p.285.

扬。等候主人期间,叙事人能听到铁链的声音以及令人心惊的喊声。管家不安地说:"你看起来受惊了,你没有听见什么动静吧?"这时候楼上铁链声和尖叫声压倒了一切。叙事人冷静地回答:"没有,倒是安静一片让人心惊胆战。"管家赞许地看看她,给她沏茶。

戏仿中,罗切斯特(Rochester)的名字成了劳杰斯特(Rawjester),劳杰斯特从窗外跳入室内。用管家的话说,这体现了主人的游戏性(playfulness)。米克斯小姐另有高见。她说:"这种行为代表了一个高尚心灵无拘无束的冲动,要摆脱专制的习俗的束缚。"罗切斯特"外表令人生畏"①,戏仿中,劳杰斯特进屋没有看米克斯小姐一眼,兀自对着窗户出神。他的肩膀宽得像大力神,米克斯小姐觉得劳杰斯特酷似大猩猩。劳杰斯特心不在焉地把拨火棍打成结,这说明他力大无比。他突然转向米克斯小姐,问:"我漂亮吗?"米克斯小姐回答:"你不是古典意义的英俊。如果可以这样表达,我想说,你有一种抽象的男子气概,一种真诚健康的野蛮,这种野蛮和自然有关。"看到劳杰斯特打呵欠,米克斯小姐停了下来。"你是家庭教师吗?""是的。""一个教地理、代数、使用地球仪的人,可怜的残存的女性气息,节省的少女时代,带有早熟的茶叶味和道德观。你要教的学生是我的私生女,是我情妇的女儿,你怎么看我?"米克斯小姐说:"我钦佩你的坦率。"此时,劳杰斯特已经重新忘记了米克斯的存在,他脱去鞋子和上衣,坐在火炉前的靠椅上,把拨火棍当梳子梳头。米克斯禁不住可怜劳杰斯特。她在劳杰斯特旁边坐下。劳杰斯特回过头,也没看见她,把脚搁在她的大腿上。后来,劳杰斯特终于注意到了米克斯,对她说:"你在这里? 红头发的人? 你讲法语吗?"米克斯用法语回答:"是的,先生。"(Oui, Monsieur.)劳杰斯特粗暴地用法语打断她:"闭嘴!"(Taisez-vous!)劳杰斯特如同水银,反复无常,不可捉摸,让米克斯发抖。米克斯小姐有点害怕,自我解释说是因为天气变坏,"这是个可怕的夜晚。"劳杰斯特不以为然,他跳出窗外,手臂抱在胸前,在暴雨中如同雕塑,显示自己的勇敢无畏,过了几分钟,他像小丑一样,通过烟囱回到室内,用米克斯的衣服擦干自己湿的鞋子。然后,他又忘记了米克斯的存在。突然,劳杰斯特将脸凑到米克斯跟前,问她能教什么。米克斯说自己教人学礼貌。劳杰斯特以为米克斯认为自己粗鲁,提出让她教自己礼貌,米克斯一语惊人,"你错了。你的行为不需要社会的人为限制。你极其礼貌,你的威猛只不过是一种真诚,它是合适礼仪的基础。你的本能合乎道德,你的性格具有宗教的虔诚,正如第

① Drabble, Margaret (ed.). *The Oxford Companion to English Literature* (6th ed.). Beijing: Foreign Language Teaching and Research Press, 2005, p. 528.

6、8、9、10 章圣·保罗所说……”劳杰斯特抓住一个沉重的烛台向她掷去，说自己受不了圣·保罗的话，同时宣布米克斯已被聘用。米克斯顺从然而坚定地躲开了扔过来的烛台。

回到房间时，米克斯还能听到拖着脚步走的声音以及如同愤怒的野兽一般的嚎叫。米克斯开始阅读《布莱尔修辞》以及培利的《论道德和哲学原理》。米克斯刚把蜡烛熄灭，就听见走廊里劳杰斯特阴沉的声音，“你喂一号了没有？”一个仆人沙哑的声音回答：“已经喂了。”“二号呢？”“她这两天没有胃口。过一两天会好起来。”“三号呢？”“桀骜不驯。她发起脾气了简直管教不住。”“嘘嘘嘘！”劳杰斯特命令她声音小一些。后来，米克斯入睡了，做了一个梦。她在热带森林里行走，突然一只大猩猩出现。他的样子很像劳杰斯特，手放在身子一侧，好像受了伤，很痛苦。劳杰斯特也认出了米克斯，叫她的名字。突然，这一梦境转换至非洲加纳的阿散蒂地区。篝火边，一群黑人正在跳舞。他们正在参加奥比仪式。

《简·爱》中有一场伯莎想趁夜深人静时烧死罗切斯特的戏。简闻到气味后，冲到罗切斯特的房间，用他房间的水灭火，同时返回自己的房间取水，救了罗切斯特的生命，两人的感情进一步加深。哈特的戏仿也有这样一场，不过关键情节并不相同，米克斯从梦中突然醒来，发现浓烟四起。出来后，她发现主人的房间失火，主人还在沉睡，浓烟也呛不醒他。一个大个子黑女人，衣着暴露，头上有羽毛，正在和着骨头响板狂舞。米克斯一进房间，黑女人马上逃跑了。米克斯将许多容器，包括污水桶的水都泼到床上，使劳杰斯特非常狼狈。水用完后，米克斯又去室外取来园艺水泵，准备对准劳杰斯特喷射。机器的加入给文本增加了喜剧气氛。劳杰斯特终于醒来，明白发生了什么事情。“你冒着生命危险救我，你这和金丝雀一样颜色的幼儿老师。”原作中，罗切斯特也喜欢给简·爱起外号。劳杰斯特抱住米克斯，“你爱我，不可否认，你在颤抖。”随后，他使用了一个突降，“你的脚湿了。”米克斯一看，发现自己匆忙间穿了劳杰斯特的橡胶鞋，她粗陋的脚更丑了。劳杰斯特问米克斯是否看到了一个黑人女子。米克斯回答说，是的。劳杰斯特又问，是不是一号？米克斯不解地问：“谁是一号？”劳杰斯特露出讽刺性的笑容，说：“我的第一个。”劳杰斯特虽然感激，但最后还是将鞋子向米克斯扔去，命她离开。这样，哈特将罗切斯特的怪异发挥到了极致。

米克斯的学生是法国孩子，她的母亲是芭蕾舞演员，这与原作保持一致。孩子虽然六岁，已经有过数次恋爱经历，这影射了原作中法国美女塞丽娜的负心。正如原作一样，后来客人蜂拥而至，包括传说中劳杰斯特的新娘布朗什。布朗什在的时候，米克斯必须帮助布朗什梳妆，让她更好看,米克斯觉得自己处境很凄惨,"为什么? 为了俘虏他吗? 他真得爱她吗? 我见过他掐过她,骂过她,我想起他曾朝我的头上扔过烛台,我的愚蠢的心就得到了安慰。"看来,劳杰斯特爱她人的方式确实与众不同。打是亲,骂是爱,活脱脱地再现了受了伤害的罗切斯特的形象。

一天晚上,众人正在狂欢,劳杰斯特推说有事离开,他向众人告别:"白痴们,尽情玩耍吧!"随后关上门。半小时后,一个全副武装、左右手各持一把手枪的强盗闯进来,让红男绿女和男客女眷惊慌失措。他发出警告,说房子已经被包围,大家必须乖乖就范,谁要跨出门槛一步,就要像狗一样被击毙。他要求所有人排成一排,男的交出钱包和手表,女的交出宝石和饰物。虽然大家不情愿,也只好照办。布朗什想做小动作。她要把劳杰斯特给她的钻石项链藏到胸口。强盗发出恶魔般的微笑,一下把项链揪出,对着布朗什一记耳光,把她掀翻到一边。轮到米克斯了。她对土匪头子说,自己是贫穷的家庭教师,一文不名。强盗恶狠狠地大笑,让她交出上个月的工资以及从主人那里偷的东西。米克斯低声说:"劳杰斯特先生,我没有偷过你的东西。""啊,被发现了!如果你敢泄漏一个字,挫败我的计划,你就死定了。"随后劳杰斯特离开。不久,除了米克斯,众人的嘴都被堵住,绑好锁进地窖,火把点着了易燃物,房子发出熊熊火光。一把火烧了庄园(与伯莎的大火呼应)。混乱间,一只手抓住了米克斯,带她到俯视庄园的山坡。这只手正是劳杰斯特。

七　詹姆斯·费尼莫尔·库柏

哈特曾戏仿库柏作品。戏仿的背景在加州森林边,印第安人和白人毗邻而居。法官汤普金斯的小木屋外边是七叶树。屋外虽不起眼,内部陈设和装饰却透露出主人的修养。房子一侧的金鱼缸内有金鱼,另一侧有钢琴,地板上有松软的地毯,墙上有梵·戴克、鲁本斯、米开朗基罗的绘画。法官妻子已经去世,他和17岁的女儿吉纳夫拉·奥克塔维亚·汤普金斯相依为命。虽然身在边疆,法官却很难完全放弃以前的生活习惯和品味。故事发生时,他坐在扶手椅里,就着红木桌写字,家境富裕的法官在女儿的教育上不吝钱财,因此,吉纳夫拉有很高的文化水平,法语讲得很地道,人长得漂亮,也很会打扮。

法官正和女儿交谈,门口出现一个身影。法官抬头一看,发现是一个印第安人。他是未开化的无拘无束的森林之子,一张毛毯随意而优雅地披在肩膀上,露出强健的胸膛。胸膛上装饰有三便士邮票,而邮票是他抢劫邮车得到的战利品。印第安人头上戴着法官扔掉的一个帽子，帽子上装饰了一根羽毛。

印第安人用甜美低沉的声音说："灰色面孔为什么追踪红种人的脚步？为什么他像野猫奥基乔追踪臭鼬卡卡一样？为什么白人首领栗色马首到了森林马卡马卡的橡果中间？"说话间，他悄悄而又敏捷地把一只银勺从桌子上偷走，继续追问："你们为什么要把他从父亲的小屋里赶走？他的兄弟的灵魂已经升天，到了打猎欢宴天堂，灰白面孔难道还要到那里找他吗？"同时，他避开法官视线，把一只银篮子放在毛毯下。吉纳夫拉说："马卡马卡已经说完，现在让他倾听。山上的橡果难道比灰白面孔矿工食用的有营养的豆子好吗？比起香脆而油质的火腿，印第安兄弟难道更看重蜗牛的品质吗？山坡嬉戏的蚂蚱虽然美味，难道它们抵得上灰白面孔晒干的苹果吗？基什基什河的叮咚声固然悦耳动听，但比得上石头瓶中倒出的波旁酒的汩汩声吗？"这番响遏行云的谈话效果可想而知。刚才怒火中烧的印第安人心服口服。他说："小白兔很聪明。她的话如同白雪降临在图图奴鲁山上，马卡马卡如同岩石一样坚硬的心被掩盖起来。我的兄弟荷兰平原的灰黄鼠有何高论？"法官充满爱意，看着女儿，说："马卡马卡，她已经说过了，好了，我们已经缔结了条约。不了，谢谢了，你不用跳雪鞋舞，也不用跳鹿皮鞋舞，玉米舞或和约舞。我想一个人待着，一种奇怪的哀伤控制了我。"印第安人回答："我走。告诉你们华盛顿的酋长安迪，说红种人在不惮冒险的先行者的脚步前不断退缩。你还可以对他说，帝国道路一路向西（westward the star of empire takes its way），派尤特人的首领无一例外支持战后重建，克拉麦斯部落会投共和党的票。"说着这些话，马卡马卡将毛毯裹得更紧，撤退了。

后来，法官到弗吉尼亚城办事，很晚还没有归来。吉纳夫拉心急如焚："他是不是遇到了事故？记得小时候听过故事，这条线路的坏人是不是为了避免无聊的诉讼，就一刀结束因事故而伤残的旅人的性命？不会的，但为什么我的心上如同压上一块巨石？"吉纳夫拉决定，与其在房间苦守，不如出去寻找。森林中，她遇到了危险，幸而被班波搭救。从此，吉纳夫拉和班波就开始了交往。

后来，月光照在如镜的湖面上，班波和吉纳夫拉划着用一根木材刨空制成的独木舟，在湖中游弋。吉纳夫拉咬着阳伞伞柄，脸红了；班波嚼着烟草，两个人都不作声，真是此时无声胜有声。吉纳夫拉打破了沉默，"温柔的月华，湖水平静的涟漪，好像告诉我们许多道德方面的事情。"她的同伴表情严肃地说："你说得对。从小时候，这就是我一直听到的布道和赞美诗。"班波弯下腰，以掩饰自己的感情。吉纳夫拉盯着雄伟屹立的派克峰，发出感叹："高贵的人，在与世隔绝的荒野中长大，却对伟大的上帝耳濡目染。”她鼓起勇气,大声说:“我认为,在人生的长河中,与两情相悦的人手挽手共同泛舟,是一件极其惬意的事情。哎呀,我都说了些什么呀?”心灵敏感的姑娘用手捂住了脸。班波若有所思地回答:“如果你指的是谈婚论嫁,我就不求全责备了。”“我的丈夫!”吉纳夫拉嗓音颤抖,就势倒在班波的怀里。

一年过去了,班波从金山采购物品回家。路上,印第安人的叛乱传到了他的耳朵里。班波咬着牙说:“如果他们敢碰我的吉纳夫拉,我就剥了他们的皮。”到达湖边,天色已黑。篝火旁,一些身影在跳舞。他们身上涂着颜料,好像准备战斗。马卡马卡最显眼,但班波不由得将枪抱紧,准备射击,因为他看到马卡马卡手中有乌黑的长发。班波心里咯噔了一下,因为这样的长发只有吉纳夫拉才有。说时迟,那时快,班波扣动扳机,一声枪响,马卡马卡跃向空中,倒地变成一具尸体。班波使剩余的印第安人脑浆涂地,把头发从马卡马卡僵硬的手中夺回,迅速回到吉纳夫拉住的木屋。他嘭的一声打开门,却大张着嘴,眼睛突出,一动不动地站在那里。他看到吉纳夫拉斜倚在父亲手臂上,安然无恙。“你的头皮没有被剥掉?”班波倒抽了一口凉气。“当然没有,怎么突然这样问?”班波说不出话来,而是让他们看自己手中提着的一缕头发。法官脱口而出:“那是她的假发(waterfall)。”班波倒在地板上,不省人事。这次欺骗事件深深地伤了这位派克族印第安酋长的心,使他一直不能恢复元气。他不愿与吉纳夫拉结婚。20 年后,吉纳夫拉死于心碎,法官盲目钻探油井,丢失了全部家财。他住的屋子成了鬼之栖家。从这个意义上讲,冤死的马卡马卡终于可以在九泉之下长眠了。

库柏从没有见过印第安人,但他笔下出现了不少印第安人,比较著名的是《探路人》中的马瓜(Magua)。库柏笔下的印第安人有好坏之分。好印第安人和英国人站在一起,坏印第安人与法国人是一丘之貉。马卡马卡(Muck-a-Muck)可能以马瓜为原型。muck 可以作多重解读。muck 表示“污物,污秽,黏稠物,无用的东西,毫无价值的东西,质量低劣的东西”;俚语中,mucker 表示“粗俗的人,没有信义的人,无赖,朋友,伙伴”;muckluck 可以表示“(爱斯基摩人穿的)海豹(或鹿)皮靴底部缝着软皮的羊毛(或野绒)袜”;Muck-a-Muck 为加拿大方言,表示“食物”;high-muck-amuck 表示“大人物,大亨”。马卡马卡是一个负面形象。一个人离开室内走向户外时,会下意识地讲身上的衣物裹紧。马卡马卡也不由自主地将身上的毛毯拉好。不过,他还有一个不足为外人道的目的,就是更好地藏好偷窃的银勺和银篮子。

马克·吐温认为,“库柏的女性出现在森林边,唯一的原因是故事要求有一个男性要救她。”这也是一个新鲜、有趣而中肯的见解。读者可以轻松找出故事中人为的刀劈斧凿的痕迹。例如,班波射出的子弹可谓是神奇的子弹,如同奥利弗·斯通执导的美国电影《刺杀肯尼迪》中的神奇子弹。美国总统肯尼迪 1963 年 11 月 22 日被刺杀,一时引发人们的猜测。国家成立的调查委员会得出的结果认为,李·奥斯瓦尔德单独策划了这起谋杀。但是,这个结果遭到了人们的质疑。凯文·科斯特纳扮演的检察官证明,奥斯瓦尔德射出的一颗子弹需要经过许多地方,拐上几个弯,才能符合实际尸检杀伤的程度。这说明,刺杀绝非一个刺客所为。看了电影的许多观众认为,影片中的分析有道理。同理,班波的子弹也是九曲十八弯,这只能说明,库柏作品的矫揉造作,情节单调乏味,有时陷入英雄救美的俗套,明显给人生编硬造之感。

戏仿说明,库柏笔下的情节不可信。另外,人物语言也不自然。库柏有自己独特的用词习惯。例如,"17 岁"他不说 17 years,而用 17 summers(夏天)代替;说"女子",他不用 woman,而执意用 female;"几周前",他不说 a few weeks ago,而是用 a few weeks previous。毫不意外,戏仿中,马卡马卡英语不标准。例如,他用一般现在时 I go 代替一般将来时 I will go。他文白交织,既使用印第安人典型的表达方法(例如,印第安人相信,武士或猎人死后灵魂升入打猎欢宴天堂),又引用乔治·伯克利的名诗《帝国道路一路向西》[①],显示出高度的文化修养。他深居丛林,又放眼外部世界,知道选举年的临近,并审时度势,鲜明地表达立场。这种描述并不能让人信服。

印第安人与白人兄弟商谈,白人同情野外森林之子,但知道未来不可阻挡。文章有几点不相搭配的地方。沃尔特·纳什写道:"白人的木屋装饰得像沙龙,有大钢琴、梵·戴克和鲁本斯的绘画;森林里的印第安人可耻地偷东西;印第安酋长的语域不断变化:一会儿像头脑简单的原始人,'啊'(ugh!),一会儿像公务员,'如果你可以请告知他'(inform him if you please),一会儿像印第安人说话,'马卡马卡石头般的心被隐藏'(the rocky heart of Muck-a-Muck is hidden),一会儿是政客长篇大论'秋天的选情将有利于共和党'(will poll a heavy Republican vote in the fall)。风格和内容的处理上有离奇的偏差。"[②]

班波和吉纳夫拉的结合代表了自然与人工的冲突。班波很纯真,是高尚的野蛮人,但经过文明世界熏陶的吉纳夫拉并非如此。她言语不自然。例如,她和父亲独处时,父亲说:"在选择构成远处炉火的枝条

---

① George Berkeley's Verses on the *Prospect of Planting Arts and Learning in America*: Westward the course of empire takes its way; The first four Acts already past, A fifth shall close the Drama with the day; Time's noblest offspring is the last.

② Nash, Walter. *The Language of Humor*. New York: Longman, 1985, pp. 92–93.

时,好像不是很谨慎。汁液不断大量流出,发出滋滋声,不能帮助我写作。”吉纳夫拉回答:“是的,父亲。但是,比起风干的木质碎片燃烧不断产生的噼啪声,现在的声音更好一些。”父亲满意地望着女儿,忘记了湿木材燃烧造成的不便。他温柔地抚摸着女儿的长发。此处,哈特嘲弄了库柏人物言语的不自然及法官鉴赏力之低下。现实生活中,没有人会像这对父女一样咬文嚼字说话,这充分说明法官对女儿教育的失败。斯威夫特说过:“合适的地方用合适的言辞,称为风格。”(Proper words in proper places makes the true definition of a style.)女儿的话语风格不恰当,在该用小词的地方用大词,法官不纠正女儿的话,反而欣赏她的谈吐,不由让人笑话这一对父女。

同时,吉纳夫拉使用人工加工的东西,导致班波产生误解,酿成悲剧。waterfall 可以作“瀑布”解释,亦可以是“人工制成的用作装饰的披垂的波形长发”。吉纳夫拉可能用来掩饰自己头发的稀疏,也可能为了好玩,用作头发装饰,随后将其抛弃。从前文得知,马卡马卡喜欢捡破烂,可能不要的假发被马卡马卡捡到,作为玩物。这一不起眼的东西和不经意的行动却给马卡马卡和印第安兄弟引来杀身之祸,因为不知情的班波把它当成了自己的至宝,以为马卡马卡割了吉纳夫拉的头皮。割敌人头皮是一些印第安人战斗胜利的标志,可以精确计算被杀戮的敌人数目。非印第安人中,这种野蛮行为也偶尔见到。电影《无耻混蛋》(*Inglorious Bastards*)中,几个战士为了抗击法西斯,抓住德国士兵就血淋淋地割他们的头皮,让敌人心惊胆战。库柏作品中,班波的纯真值得赞美;戏仿作品中,班波的纯真成为迂阔过时,差别自不待言。

从人物设置上讲,哈特的戏仿作品与库柏《拓荒者》最接近。《拓荒者》故事内容如下:1793 年冬季寒冷的一天,坦普尔法官与女儿伊丽莎白坐着雪橇穿过坦普尔屯附近的森林。伊丽莎白在女子学校学习。听到猎犬的叫声,法官确信是 70 多岁的老猎人班波在打猎。他想等猎物跑过时打上一枪。因为种种原因,他开枪击中了班波的年轻朋友奥利弗·爱德华兹。为了表达歉意,法官让爱德华兹做了自己的秘书,并付给他酬劳。一天,伊丽莎白和好友格兰特在林中散步,一只凶猛的豹子向他们扑过来,幸亏班波及时赶到,搭救了她们。这和戏仿也有对应关系。爱德华兹还和班波神秘来往,在林中一个小屋休息。当局怀疑他们在非法挖矿。后来,班波违反了狩猎规定,打死了一头鹿。地方官杜立特尔要求法官签发通缉令,以便乘机搜查他住的房子。班波拒绝杜立特尔的执法人员进屋,粗暴对待杜立特尔,被判罚款、戴枷示众数小时和监禁一个月。爱德华兹协助班波成功越狱。伊丽莎白去见越狱的班波,路遇大火,幸而被班波带到一个山洞搭救。山洞里有一位老人。爱德华兹向伊丽莎白说明了一切。老人是爱德华兹的爷爷。爱德华兹的父亲以前是坦普尔法官的朋友,两人一起经商。爱德华兹的父亲曾委托坦普尔法官保管爱德华兹爷爷的一笔钱。独立战争期间,两人各为其主,分道扬镳。战后,坦普尔法官多次给爱德华兹家人去信,都没有回音。坦普尔确信他们死于海难,于是将钱用于投资。如今,爱德华兹和爷爷希望要回这笔钱。原来,他以为钱被私吞,很是愤慨。听到坦普尔法官表态,说愿意归还这笔钱,他很高兴。同时,这个问题因为爱德华兹和伊丽莎白结婚而烟消云散。

从戏仿中马卡马卡这个负面形象的描写中,读者可以看得到《最后的莫希干人》的影子。这一小说中,班波叫鹰眼。故事情节如下:1757年,法国人和印第安人围攻乔治湖上的威廉·亨利要塞。少校邓肯·海沃德护送要塞的长官芒罗的女儿爱丽丝和科拉前往要塞和她们的父亲会合,同行的还有音乐教师大卫·盖莫特、休伦族印第安人马瓜。海沃德是爱丽丝的未婚夫。暗地为法国人效命的马瓜自告奋勇为他们引路。路上,五个人碰到了班波、莫希干酋长秦加茨固和他的儿子昂卡斯(这一对父子就是书名中所说的最后的莫希干人)。班波看出马瓜要领着一行人进圈套。看到自己恶行败露,马瓜逃入丛林。班波毛遂自荐,带他们走上正道。不久之后,马瓜带领易洛魁人袭来。混乱中,姐妹两人、海沃德和大卫被俘虏。马瓜要求科拉做自己的老婆,被断然拒绝。马瓜翻了脸,正当情势危急之时,班波等赶到,将四个人搭救。七个人到达要塞。一段时间后,芒罗上校综合分析了各种情况,决定休战。他向围城的法军将领蒙特卡尔姆投降,对方许诺,留给他们一条逃生通道。不过,这个诺言没有兑现。离开要塞没有多久,几个人就被印第安人伏击。战斗的结果是爱丽丝、科拉被掠走,大卫失踪。班波和海沃德进入休伦人营地,发现了大卫。大卫告诉他们,印第安人崇尚头脑发疯的人。他们认为他疯了,因此不加害他,允许他在林中游荡。大卫还告诉他们,爱丽丝被关押在休伦人营地,而科拉被交给友善的特拉华人部落,由他们照料。班波和海沃德救出爱丽丝,随后逃往特拉华人营地。营地酋长塔门南德热情欢迎他们。得知昂卡斯的身份后,酋长称昂卡斯是自己的继承人。第二天,马瓜和一群士兵到来,索要逃跑的俘虏。塔门南德认为马瓜有权要回科拉。马瓜带着科拉走后,昂卡斯带着自己的部落成员及英国人穷追不舍,欲救回科拉。最后,一个休伦人杀死科拉,马瓜杀死昂卡斯,班波射杀了马瓜,马瓜掉下悬崖丧命。在哀悼声中,科拉和昂卡斯被安葬在森林中,芒罗上校、海沃德与爱丽丝回到文明社会,班波则返回森林,发誓永远与痛苦的秦加茨固生活在一起。

故事中,马瓜几次陷害他人,有时他达到了目的,有时他没有得逞。他不顾女性意志,要科拉做自己的妻子。马瓜罪恶昭彰,班波杀死马瓜是斗争的需要,是正义的力量压倒邪恶的力量,无可指责。戏仿中,马卡马卡没有犯下死罪。从某种程度上讲,他为印第安人代言,指责白人侵入印第安人领地的行径,代表了正面形象。班波因为误解杀了马卡马卡,无谓地使自己手上沾上了鲜血,班波自己却站在了耻辱柱上,接受良心的审判。

从班波与女性的爱情纠葛上讲,哈特的戏仿与《探路人》比较一致。《探路人》与其他皮袜子故事不同之处在于:特立独行的边疆领路人班波爱上了一个女子。从这个方面讲,它是五部中唯一的一部。《探路人》故事情节如下:梅布尔·邓翰在舅舅查尔斯·凯普的陪同下,前往安大略湖奥斯威戈的英国要塞与父亲会合,同行的还有图斯卡罗拉族印第安人箭头、他的妻子六月露、40岁的森林领路人班波、秦加茨固和年轻水手贾斯帕·维斯顿(法国人称贾斯帕为"温和的水")。在与易洛魁人的遭遇中,箭头夫妇失踪,其他人到了奥斯威戈要塞。梅布尔的父亲邓翰希望女儿与班波结婚,要塞司令邓肯少校希望梅布尔与大卫·缪尔结婚,梅布尔自己与贾斯帕坠入情网。自不必言,三个人都希望得到梅布尔。后来,邓翰、凯普、班波、贾斯帕、梅布尔和缪尔乘坐贾斯帕缴获的"飞毛腿号"船,前往千岛群岛,救援在那里的驻军。出发前,邓肯少校接到一封信,这使他怀疑贾斯帕是法国间谍。贾斯帕因而被要求折回。"飞毛腿号"途中与箭头夫妇擦身而过,两人被接上船。班波怀疑箭头的动机,箭头乘人不备逃走,其他人到达一个碉堡,安营扎寨。邓翰决定带人袭击法国供给船,留下几个人看守营地。父亲走后,梅布尔散步时遇到了六月露。她提醒梅布尔,注意印第安人突袭。这话不幸言中,森林中传来枪声,20多名图斯卡罗拉袭击者中,为首的正是箭头。靠了六月露的帮助,梅布尔和缪尔死里逃生,但凯普被抓。后来,秦加茨固、贾斯帕、邓翰、班波等赶来,击退了印第安人,解了围,凯普也从印第安人手中逃出。缪尔声称贾斯帕是间谍,命令将他绑起来。箭头刺死了缪尔,逃进了森林。秦加茨固追上并杀了他。印第安人的白人首领桑里尔供认,缪尔是间谍,贾斯帕是无辜的。邓翰临终前误把贾斯帕当成班波。他把贾斯帕的手放进梅布尔的手中,为他们祝福。邓翰随即伤重去世。班波看到梅布尔真心爱贾斯帕,便决定放弃对她的追求。班波和秦加茨固消失在树林中。梅布尔和贾斯帕从此再也没有见过班波。后来常有印第安人给贾斯帕·维斯顿夫人送来皮货礼物,但从未留下姓名。

不过,皮袜子系列中还有《猎鹿人》。戏仿不仅在班波感情归依上像《猎鹿人》，而且在割头皮和杀害无辜方面都更逼真再现。故事中，青年林中人班波和赫里·哈里一同前往烁镜湖，班波要见秦加茨固，同他商量对付易洛魁人的事情；哈里的目的是通知托马斯·哈特和他的两个女儿朱迪斯和赫蒂，因为三人正在开拓的地区，不久的将来可能遭到敌对的印第安人的袭击。哈里还爱慕着朱迪斯。赶到时，他们发现，哈特已经知道这个消息了。易洛魁人来了，哈特和哈里以逸待劳，去袭击他们的帐篷，希望割他们的头皮，到当局领赏。偷鸡不成蚀把米，两人被抓。班波为了抢一艘船，被迫杀了一名印第安人，这是他有生以来第一次杀人。班波、朱迪斯和赫蒂找到秦加茨固求助，而秦加茨固也有自己的任务需要完成。易洛魁人控制着他的新娘瓦塔娃。突然，大家发现赫蒂不见了。原来，这位神经有点错乱的姑娘驾着独木舟，离开大家，准备一个人到印第安人部落营救父亲和哈里。瓦塔娃见到了赫蒂，因为印第安人不伤害精神错乱的人，所以赫蒂没有生命危险。一个易洛魁人用筏子将赫蒂送了回来，同时充当班波和易洛魁人之间的中间人。最后，班波以四个雕花象牙棋子的代价，赎回哈特和哈里。赫蒂带来瓦塔娃的口信，要秦加茨固在某时某地与她相见，救她出去。秦加茨固与班波营救她时，一对恋人逃脱，班波落入印第安人手中。哈特后来被来袭的印第安人杀死。易洛魁人与班波讲条件。他们允许他暂时回去，条件是瓦塔娃和朱迪斯要做印第安人的妻子。如果不答应这个条件，班波必须回来受死。班波回去和众人商量，瓦塔娃和朱迪斯拒绝接受这个条件。班波短暂获得自由期间，朱迪斯发现哈特不是自己的亲生父亲。朱迪斯委婉地向班波表示，她爱他。班波觉得朱迪斯在智力和教养上都胜过自己，两个人的结合并不合适。班波如约回到易洛魁人处，准备慷慨赴死。朱迪斯和瓦塔娃向易洛魁人说情，没有效果。最后，秦加茨固和其他人赶到，救了班波一命。易洛魁人被歼，赫蒂死去，朱迪斯回到要塞，班波、秦加茨固和瓦塔娃回到了森林营地。15 年后，班波和秦加茨固携带昂卡斯故地重游，发现朱迪斯已不知身在何处，昔日哈特住的小屋已在湖水中腐朽。

从白人与印第安人、印第安人和印第安人之间的冲突来看，戏仿又像《大草原》。故事发生的时间是 1804 年。班波虽然已经 90 岁高龄，仍耳聪目明，拿着猎枪，与自己的猎犬赫克托在西部草原活动。他遇到了性格阴郁的伊什梅尔的大篷车，同车有伊什梅尔的妻子艾斯特、内弟阿拉比姆·怀特、一个女囚、博物学家巴丁思、艾斯特的侄女艾伦·韦德和韦德的情人保罗·霍夫尔。苏人袭击大篷车，幸而没有造成大的损失。在班波的指点下，众人到一个天然碉堡似的山顶上安顿下来。一周后，一个自称是米德尔顿上尉的军人到来。班波高兴地发现，他是海沃德和爱丽丝之后。米德尔顿是来找自己被怀特掠走的妻子伊内兹(正是前文提到的女囚)。知道伊内兹由伊什梅尔控制,保罗和班波同意寻找机会帮忙营救。机会终于来了。一天,伊什梅尔带人出去狩猎,晚上满载而归。但他们发现,长子阿萨死于非命,而韦德和伊内兹也不见了。米德尔顿救了姑娘后,匆忙穿过草原向远处逃跑。不久,他们发现受惊的牛群向他们奔来。千钧一发之时,巴丁思的驴发出叫声,水牛听到这奇怪的声音,被吓跑了。一波未平,一波又起。他们又遇到苏人纵火,想置他们于死地。多亏班波足智多谋,预先制作出了一条隔离带,才逃过一劫。[①] 不过,几个人最后还是被苏人抓住。波尼人袭击苏人,班波等人趁乱逃离,又落入伊什梅尔之手。伊什梅尔谴责班波杀了自己的儿子阿萨,班波说这事是阿拉比姆所为,阿拉比姆也承认了自己的罪行,并悬梁自尽。伊什梅尔释放了班波等人。大家请班波和他们一同安度晚年,班波谢绝了。他选择留在波尼人部落终老。一年后,米德尔顿因为军务到了波尼人部落,见到了弥留之际的班波。班波在周围朋友的注视下,平静地离开了人间。

八 提摩西·谢·亚瑟

哈特还戏仿了美国作家提摩西·谢·亚瑟。亚瑟写过几乎超过100篇道德故事和论文,包括《禁酒故事》、《艾格尼丝,或走火入魔的人:催眠术揭秘》和《债务人的女儿,或生活及其变化》。他的代表作《酒吧十日及我的见闻》在当时大受欢迎。故事内容如下:一个旅游者10年间时不时地到西达维尔镇。他记录下居民变化的命运,将责任归结到西蒙·斯莱德的"镰刀与禾束"酒吧的罪恶影响上。店主富了起来,又慢慢贫穷堕落。文中描述的令人毛骨悚然的事件包括:醉汉乔·摩根的女儿玛丽来酒吧找父亲回家,正遇上打斗。斯莱德向乔扔了一个杯子,恰巧击中玛丽,夺去了她的生命。威利·哈蒙德与喜欢欺诈的哈维·格林赌博,一败涂地。格林将哈蒙德杀害。斯莱德夫人因为儿子粗暴争吵而发疯,最后儿子杀了父亲。这成了骆驼背上的最后一根稻草。镇上人忍无可忍。他们召开了一个集会,毁掉酒吧的存货,并要求将来禁止销售任何酒精类饮料。大家充满希望回到家,迎接光明的未来。

1858年,《酒吧十日及我的见闻》被威廉·普拉特改编成戏剧,取得了巨大成功。1864年,该剧还加了亨利·克莱·沃克的一首禁酒歌《回家吧,父亲》。歌曲开始部分如下:"父亲,亲爱的父亲,现在和我一

① 电影《澳洲乱世情》(2008)中既有牛群受惊,又有大火,几乎是《大草原》的翻版。

起回家吧！钟楼的钟已经敲了一点了。”亚瑟还是致力于禁酒的几本杂志的编辑。

哈特的戏仿描写了一个男子曲折的戒烟经历。约翰·金肯斯的木匠作坊被作为简易法庭，法官正在审问他：“一天几根烟？”“一天一根烟。”在法官如同火炬的目光下，金肯斯颤抖着将吸了一半的香烟扔到凳子下。法官要求金肯斯算一笔账，“一天一根雪茄三便士，四年内花多少钱？”金克斯数学能力不错，马上就算出来，是 43 美元 80 美分。法官严厉地说：“如果你不浪费这一点点钱，四年内，你可以买一套新衣服、一本有插图的《圣经》、（供一家人专用的）教堂包厢、一套专利局报告、一本赞美诗，订阅亚瑟主编的《家庭》杂志。你如果再带上闰年多出的一天，很奇怪，你忘了闰年，你又多出了三便士。你用这三便士能买什么？”“买一根雪茄。”金肯斯说完，脸不由得变红了。法官纠正了他的话。“三便士使用得当，可以得到无价之宝。放入募捐箱，可以帮助异教徒对自己的罪行忏悔，让他感受到邪恶的人所受的煎熬。”随后，法官让金肯斯自我反省。“一天三便士，40 年的话就是 438 美元，就可以娶玛丽了。”金肯斯从怀中取出一个姑娘的照片，凝视着。随后，他带着坚毅的表情，锁上作坊的门离开。人算不如天算，金肯斯的如意算盘落了空。当晚，他没有吸完就扔掉的烟头引燃了可燃物，作坊、工具及材料都化为乌有，此前，亚瑟也没有上保险。

戏仿第二部分，玛丽决定和金肯斯结婚。面对法官的疑虑，她回答说，自从失火以后，他已经重新做人。法官打断了她的话，发泄心中的不平，“火灾是他恶劣习惯的结果，但他却荒谬地归罪到我的头上。”玛丽向法官陈述金肯斯的决心，“他已经找到了几种香烟替代品，如印度白藤杆和豆荚秆。”同时，金肯斯还在路上捡烟蒂。这些烟蒂虽然质量低劣，但不花钱。因为未婚夫堕落到了这种地步，玛丽也羞愧不已。不过，她决心像藤本植物缠绕坍塌的废墟一样嫁给金肯斯。法官给了玛丽一些结婚的礼物，包括三码法兰绒、针线、四磅肥皂、一磅淀粉和两盒火柴，玛丽感动得泪如雨下。

结婚当天，众人齐声称颂两人是天造的一对、地配的一双。突然，新郎有点急躁不安，开始在口袋里摸索。他不是找结婚戒指，而是拿出一个棕褐色的东西，咬了一点，然后匆忙把余下的部分放进口袋，并偷偷摸摸向四周望，看有人注意到自己没有。客人中，至少有两个人将这一场景记在心里。法官无可奈何地摇着头；玛丽叹了一口气，暗暗祈祷。她没想到，丈夫又开始吸烟了。

戏仿最后一部分描写婚姻生活。一个孩子向金肯斯要面包，顿时激起金肯斯的怒火，“你这么奢侈，想让我破产吗？”他从口袋里取出一瓶酒,一口喝光酒后,把酒瓶朝自己12岁的孩子扔去,孩子马上就没了命。此时的玛丽和结婚前美丽动人的玛丽判若两人。她把孩子的尸体放在后院的水泵旁,又迈着沉重的步子回到房间。以前她还能哭得出来,如今她已经没有眼泪。最小的孩子哈里森说:“父亲,你做得不对。将来你死了,准备到哪里?”金肯斯说:“这就是让孩子接受自由教育的成效,这就是上周日学校的结果!死吧,你这条毒蛇!”一个杯子投掷过去,哈里森倒地而亡。剩下的四个孩子充满期待地围在桌子旁,金肯斯取出四个烟斗,装上烟,递给孩子一人一个,让他们吸烟:“吸吧,这比面包好多了。”在一旁观看的玛丽终于发言了:“我受够了!我希望孩子不吸烟,这个习惯不好,又弄脏衣服。”金肯斯迟疑了一下,他有点内疚。玛丽跪下哀求,金肯斯终于答应了。“你要把钱存进银行!”“我会的,今后我也不吸烟了。”一直在偷听的法官出现了。他称赞道:“说得好!振作起来,我会让孩子体面地安葬。”夫妻拥抱,法官看着这动人的一幕,泪水也夺眶而出。从那天起,金肯斯像是换了一个人。

英国作家奥斯卡·王尔德说过:“男人只会变老,而不会变聪明。”(Men will grow older, and they won't grow wiser.)[①]这句话用在金肯斯身上倒也恰如其分。文章最后说他洗心革面,但读者根据他前面的表现,有理由怀疑他是否会兑现诺言。烟瘾不好戒掉,这众所周知。马克·吐温说:“戒烟最容易,我已经戒了一百次了。”[②]这句话从另一个方面说明烟瘾的根深蒂固。亚瑟写的劝人禁烟禁酒的作品起到了一定的积极作用,但从戏仿看来,他的文章对酒徒和瘾君子的劝诫作用是有限的。

九 伊莎贝拉·玛丽·博伊德

1860年至1861年,美国南方蓄奴州为反对林肯解放奴隶政策,脱离联邦,伊莎贝拉·玛丽·博伊德在内战中充当南方联盟军间谍。她自己的南方间谍小说使她声名大振,她也被认为是这次脱离联邦运动的女王克娄巴特拉。

博伊德出生在西弗吉尼亚,在所有孩子中年纪最大。因为年长,她在弟弟妹妹中说话很有分量。据她自己的讲述,她的童年无忧无虑,爬树,在森林中奔跑。虽然家中并不富裕,博伊德也接受了良好教育。1856年起,她在巴尔的摩蒙特女子学院接受教育。博伊德的间谍生涯

① 转引自:王守仁主编,《英国文学选读》,北京:高等教育出版社,2015年,第165页。

② 转引自:Wallechinsky, David et al. *The Books of Lists*. New York: Bantam Books, 1977, p. 407.

发端很偶然，根据她1866年的描述，1861年7月4日，一队北方联邦士兵听说她的房间悬挂着南方联盟旗帜，到她家调查。他们在她家门外挂起了联邦旗帜，这让她很生气。后来一个士兵骂她母亲，博伊德出于愤怒，拔出手枪，击毙了那个士兵。后来的调查没有判处她死刑，不过也带来了一些新变化。她的房子周围新添了士兵站岗，并密切注视她的举动。博伊德充分利用了这个条件。她至少和一名军官丹尼尔·凯里保持了良好关系，进而从他口中得到了一些军事机密。她后来写道："感谢他给了我枯萎的鲜花和许多重要情报。"博伊德将手表挖空，将得到的军事机密放在里面，交给自己的奴隶伊莉莎·霍普维尔，让她转交给联盟军官。这第一次间谍行动没有成功，博伊德被抓获。她被告知，她可能被判处死刑，不过最终她没有被处死。博伊德没有害怕，她吸取的唯一教训是自己传递信息时应该更谨慎些。

1862年5月中旬的一天晚上，联邦将军史尔茨和他的将领在博伊德父亲经营的旅馆开会。博伊德藏在另一个房间，将门上的节孔弄大，偷听会议内容。她获悉，史尔茨的部队已经接到命令，部队将从弗吉尼亚的弗朗特罗亚尔向东进发，此举必将减弱联邦军在弗吉尼亚的力量。当晚，博伊德骑马奔向联盟军，用伪造的通行证骗过北方军哨兵，将这一重要消息报告给为南方军刺探情报的特纳·艾什比上尉。随后，博伊德回到家中。5月23日，联盟军挺进弗吉尼亚时，博伊德前往迎接"石壁将军"杰克逊，期间子弹在她裙子上留下了弹痕。她让一个军官告诉杰克逊，北方军在弗吉尼亚力量薄弱，让他抓紧时间进攻，就会让他们全军覆没。杰克逊听信了她的话。取胜的当晚，给她发了一封感谢信，"我代表我本人及军队，对夫人今天为自己的祖国提供的帮助深表谢意。"因为她的贡献，她荣获十字勋章。杰克逊还任命她为上尉和荣誉副官头衔。

博伊德的男友将她供出，1862年7月29日，博伊德被捕，随后被带到华盛顿。1862年8月7日，因违反监视居住条例，博伊德被关押。8月29日，她在门罗要塞战俘交换仪式中被释放。后来，她第三次被捕入狱，但不久之后就被释放。1864年，博伊德到了英国。在那里，她和联邦海军军官塞缪尔·怀尔德·哈丁结婚。她在英国成为演员。1866年，哈丁去世。1869年11月11日，博伊德又回到美国。此后，她又有过两次婚姻。1886年，博伊德开始周游全国，发表演讲，向人们讲述自己内战时的间谍活动。1900年6月11日，她到吉尔伯恩市（今名维斯康戴尔斯）向美国内战联邦退伍军人协会发表演讲，心脏病发作，不幸去世，享年56岁。她被葬在当地公墓，协会成员担当了她的抬棺人。她的墓碑上的铭文是：贝尔·博伊德，联盟军间谍，生于弗吉尼亚，葬于春天果园公墓。1955 年,哈纳特·凯恩出版了《微笑的反叛者》,记述了她的生平。

哈特的戏仿中,博伊德的名字成为玛丽·麦克吉勒普。文中充满了对北方的仇恨、无知和偏见。玛丽说,自己出生在密苏里州,生来就对北方那群社会渣滓感到不快。她不喜欢韦伯斯特①的拼写课本,因为玛丽认为,韦伯斯特是废奴主义者。玛丽非常推崇父亲,因为他坚决不让公立学校使用米切尔天文和地理教学用书。后来这个米切尔成为替北方军卖命的奴隶,每一个聪明的读者都会感觉到这个真正的南方之子的天才判断力。

实际上,这是玛丽搞错了。米切尔虽然名字一样,却是三个人。约翰·米切尔是美国医生、植物学家和制图学家,善治黄热病,以绘制大型《北美英、法领地图》而闻名;玛丽亚·米切尔是美国女天文学家,自学成才,研究彗星、星云、双星、日食等,发现新彗星轨道及太阳黑子不是云而是旋转的垂直气穴;奥姆斯比·M. 米切尔是美国内战将军。

8 岁时,玛丽声称自己为了南方自由,向北方暴君发动攻击。她认为学校汪达尔女老师侮辱了自己,于是拿起一块小石头朝老师掷去。她马上被控制住,但觉得很委屈,“到达高潮时,我的笔写不下去了。英国的读者不会相信这个令人恶心的故事,文明世界也会侧目以视,我,玛丽·麦克吉勒普在众目睽睽之下被打了屁股!”

讲述中,玛丽不可避免地扭曲事实。她提到的汪达尔人是日耳曼民族的一支,在公元 4 至 5 世纪时进入高卢、西班牙和北非,并于公元 455 年攻占罗马。今天,人们用“汪达尔人”指代“故意毁坏文物者;破坏他人(或公共)财产者”。显然,玛丽的逻辑就是这么简单:“奴隶是南方人的财产,北方人要解放奴隶,因此是破坏别人的财产,因此,北方人是汪达尔人。这个教师来自北方,因此这个教师是汪达尔教师。”

造成可怕后果的美国内战终于到来,玛丽觉得有必要告诉英国人内战的唯一的真正原因。玛丽对英国人有很深的认同感,人们有理由相信,如果她生逢独立战争,她也许会选择亲英立场,而不会选择独立。她总觉得英国人代表了文明社会,会和自己站在一起。玛丽认为,导致内战的原因与奴隶制度毫无关系。不过,北方无视《1850 年逃奴追缉法案》,违反《独立宣言》,足以让血气方刚的南方人奋起反抗。《1850 年逃奴追缉法案》规定,南方的奴隶主可以到北方的自由州捉拿逃亡的奴隶。北方人可能违反了这个法律,何以触犯了《独立宣言》?照玛丽

---

① 诺亚·韦伯斯特(1758—1843)美国词典编纂家、作家,以其《蓝脊拼音课本》、《英语语法原理》(第一部分)、和《美国英语词典》闻名,曾参与创建阿默斯特学院(1821)。

的解释，宣言规定，“任何人都有生命权、自由权和追求幸福的权利”（life, liberty and pursuit of happiness）。pursuit 有两个意思：“追求”和“追踪”。如果逃亡的奴隶可以用“幸福”来形容，那么，南方奴隶主就有追缉逃亡奴隶的权利。如果北方人不允许奴隶主抓回奴隶，那么这种行为就与宣言的规定想抵触。玛丽显然在断章取义地曲解《独立宣言》，但这个辩驳显得十分有趣，亏她想得出！同时，玛丽认为，战争之初，南方人欠北方人许多债务。卑鄙的北方人的见不得人的计划就是强迫慷慨大方但无支付能力的南方人付清欠款，从而让南方种植园主破产，玛丽再一次呼吁人们在批判可恶的北方人时注意这一点。

玛丽说，烧死了一个废奴主义者，使她第一次目睹了战争的残酷。她发出哀叹：“为什么北方人一意孤行，手足相残？”她从来没有怀疑过自己的正确无误，总是将错误记到对方头上。对自己的过错视而不见，无限放大对方的些微过错，这就是玛丽的风格。

有一天，玛丽正在钢琴旁唱一首歌，其中一句是“他唾弃北方的无耻之徒”她埋怨南方人变得怯懦，将这句标语从一些大饭店墙上摘下。正唱歌时，进来一个北方的“无耻之徒”，穿着令人反胃的象征压迫的蓝军服。这个汪达尔军官说：“很荣幸见到著名的反叛间谍。”玛丽声称，自己除了朝这个“奴才”脸上吐了两口痰，自己一直很平静，没有显示出情绪的起伏波动。“你看起来像她。”“粗人”正想离开，一瞬间，玛丽跑到来客面前，截住他的去路。她使出了她孱弱的身体难以想象的力气，尖叫着说：“我知道你们这些雇佣军的臭名。从你的眼神中，我能看出你居心不良。你不要试图辩驳，说你没有邪恶目的。坏蛋，滚！”玛丽认为，意识到自己的堕落而产生的羞愧浮现在林肯的奴才的脸上。他转身想走，但没有成功。为了预防不测，也为了不让敌人侮辱自己的身体，玛丽总是随身带着一支手枪。此时不用，更待何时？她拔出手枪，将来人击毙。

从这些描述中，读者可以看出理不在玛丽一方。对方彬彬有礼，丝毫没有不当的言行，但被蛮不讲理、偏见极深的玛丽误读。玛丽还唱出一首歌，对马里兰州的现状进行指责：“马里兰（州），你的长处不在于行动，而在于言行；你的政治每天都在变化；你向北方汪达尔人示弱，你与同情黑奴的人一个鼻孔出气，我看清楚你了，马里兰，我的马里兰，你真不知羞耻！”（Thy forte was less to act than speak, Maryland! Thy politics were changed each week, Maryland! With Northern Vandals thou wast meek, With sympathizers thou wouldst shriek, I know thee, O, 'twas like thy cheek! Maryland! My Maryland!）历史潮流浩浩荡荡，顺之者昌，逆之者亡。玛丽想保持自己信奉的奴隶制，希望一直剥削奴隶的劳动，过骄奢淫逸的生活,认为这天经地义,进而恶犬吠尧,确实如螳臂挡车,自不量力,愚蠢又可笑。杀了士兵后,她觉得每一位英国读者都会原谅自己的行为。她上了楼,穿上一双干净的袜子,在美丽秀发上插了一朵玫瑰,起身前往联盟军营地,向他们透露可以击溃北方军的军事情报。路上,她认为联邦军士兵一直用脏话羞辱自己,但她最后终于到达目的地,完成了任务。

一周之后,玛丽因为自己的杀人罪行被逮捕,投入监狱。她觉得英国读者听了她在狱中的遭遇,肯定会拍案而起,因为联邦监狱中居然还有浸刑椅、断头台和看守。如果读者对此感到怀疑,希望证实这个消息,他们可以参考《查尔斯顿信使报》。玛丽认为,除了《纽约每日新闻报》,只有《查尔斯顿信使报》是全国唯一可以信任的媒体。实际上,这份报纸可能充满狭隘的偏见,进行歪曲事实、扭曲真相的报道。一个明显的例子是1925年猴子审判。当时,田纳西州通过法律,禁止公立学校讲授进化论。约翰·斯科普斯在生物课上讲授达尔文的理论,结果成为被告,站到了法庭上。布莱恩代表田纳西州起诉斯科普斯违法。布莱恩坚持上帝造人说,要求所有人对《圣经》进行字面的解读。结果,在真理面前,布莱恩被斯科普斯的律师达罗问倒,老脸都没处放。持有偏见的法官判决布莱恩胜诉。在这胜负昭然若揭、孰对孰错非常明显的审判中,居然还有一家南方报纸拥护布莱恩,欢呼布莱恩取得了胜利,可惜布莱恩受不了庭审的刺激,判决五天后就离开了人世。以上事例说明,一些南方的报纸绝非像玛丽说的那样,持不偏不倚的立场。

在监狱里,玛丽结识了作家盖伊·利文斯通。她给了他一个精雕细琢的北方军官的大腿骨。利文斯通回信说:"夫人,如果我能够回家,一定会把这一宝贝珍藏。我认为这人类构件的一部分足以弥补老祖宗亚当失去的肋骨。"玛丽最终和一个同情南方人的北方人结婚。后记中,玛丽说,朋友劝她不要将这些文字发表,已经有人在咒骂她了。书的出版可能导致她终身流放异地,但玛丽并不在意。她说:"只要它有益于我终生奋斗的事业,我就很满足了。"

玛丽的文字反映了博伊德的风格。博伊德的文字是罪恶的奴隶制覆灭前奴隶主及同情奴隶主的人的哀歌。哈特的戏仿从侧面说明南方偏见之深,废除奴隶制遭受阻力之大,林肯总统面临的任务之艰巨,也反衬出林肯的远见卓识及北方军将士浴血奋战之可贵。具有讽刺意味的是,废除奴隶制解放了生产力,但问题并没有一劳永逸地解决。3K党疯狂迫害得到自由的黑人,许多黑人进了工厂,成了新的奴隶。正如英国作家卡莱尔所说:"以前他们是终身雇用的奴隶,现在他们是八小时雇用的奴隶。"黑人的权益难以保障。可以说,玛丽的阴魂不散。戏仿说明："革命尚未成功，同志仍需努力。"黑人走向完全平等、自由、幸福的生活还很漫长，很艰难。

十　亚历山大·大仲马

哈特还戏仿了法国作家大仲马，戏仿作品名为《99 个卫士》。第一句为"20 年后"，这映射了大仲马的作品《20 年后》。在外省，一个客店店主看着远方路上腾起的灰尘。店主的心高兴起来，因为那个季节巴黎和客店之间很少有行人。店主对妻子说："这个人马骑得飞快，肯定是个大人物。"来人到了跟前，穿着火枪手的衣服，估计有 24 岁，操加斯科涅口音。"我很饿，我要吃饭。"大个子店主将来人引到摆着珍馐的房间，火枪手开始吃饭。鸡、鱼、鹅肝一扫而空。客人吃饭期间只停下了一次，主人叹气。随后，客人又喝了 12 瓶红酒。临走时，客人说："记账！""记到谁的账上？""主教大人。""马萨林？""一点没错！"火枪手骑上爱马，渐行渐远。店主转身，刚想回到屋内，门外又响起得得马蹄声。又一个年轻英俊的火枪手出现。"我亲爱的佩里戈尔，我快要饿死了，有什么吃的？""鹿肉、阉鸡、云雀和乳鸽，阁下。""不要说了，上菜！"第二个火枪手坐在桌子边，风卷残云般将桌子上的东西吃个精光，外加 36 瓶红葡萄酒。火枪手转身要走，店主急忙问账单的事情。"记到账上！""记到谁的账上？""王后！""王后陛下？""没错！"火枪手随即离开。店主悲哀地望着妻子。突然，又是一阵马蹄声，一个贵族模样的人出现。"听着，佩里戈尔，我饿，我渴，我要吃饭。"店主上了饭菜，很快被一扫而光，就像《圣经》中蝗虫吃光了庄稼。"佩里戈尔，再给我上一只鸡。""阁下，没有鸡了。食品储藏室已经空了。""再给一块烟熏猪肋条肉。""没有了，阁下。""那好，给我拿酒来。"佩里戈尔拿来 144 瓶酒，火枪手一气喝下。"没有吃的，就多喝一些，"火枪手幽默地说，让店主不寒而栗。客人起身要走，店主拿出了账单，他已经偷偷地将前两位客人的费用加在这位火枪手的账上。"噢，账单，记账！""记到谁的账上？""国王。""国王陛下？""是的，再见，佩里戈尔。"店主呻吟着，随后到外面取下招牌。他对妻子说："我不懂政治，但显然主教、王后和国王把我给毁了。"妻子给了他一个建议："你自己也可以当火枪手。"

离开饭店后，第一个火枪手招募了 33 个追随者。与此同时，第二个和第三个火枪手也分别招募了 33 个追随者。第一支部队效忠于主教，第二支部队效忠于王后，第三支部队效忠于国王。战斗开始了，第一个火枪手杀死了王后部队的 30 个人，第二个火枪手杀死了国王部队的 30 个人，第三个火枪手杀死了主教部队的 30 个人，每方现在只剩 4 个人。三个火枪手走近一看，同时大叫："阿马米斯！""阿托斯！""达达尼昂!”原来三个人认识。他们互相拥抱。接下来,他们寒暄:“我们兄弟间怎么能够残杀?”“这不正常。”“必须停止!”“怎么解散手下?”“我们杀了他们。”三个人一起动手,阿马米斯杀了三个,阿托斯杀了三个,达达尼昂杀了三个。三个人再次拥抱,“真像回到了往昔。”远方一阵马蹄声,三个人不再拥抱,他们认出是旅店老板。正准备将他杀死,来人叫道:“阿马米斯!阿托斯!达达尼昂!”原来来人是波托斯。四人又拥抱。阿托斯将手伸向天空,说:“虽然我们对政治的观点不同,但我们对自己的能力的评价却惊人的一致。谁能比得过阿马米斯?”阿马米斯说:“谁能胜得过波托斯?”波托斯说:“谁能超过达达尼昂?”达达尼昂说:“谁能战胜阿托斯?”

戏仿第二部分是国王和四个火枪手的故事。国王到了路易莎的窗下,他希望有个梯子,于是马上出现了梯子。墙角下还藏着个人,国王浑然不觉,将梯子支到人的后背上就攀沿而上。梯子短了两英尺,国王又是矮个子。突然,梯子上升了两英尺,国王终于从窗外到了室内。红头发瘸腿姑娘路易莎激动得发抖。正在这当儿,有人敲门,国王大怒,路易莎非常绝望。达达尼昂走了进来。国王一按铃,波托斯进来。国王命令:“逮捕达达尼昂。”波托斯没动。国王脸色乌青。他又按铃,阿托斯进来。“逮捕达达尼昂和波托斯。”阿托斯看了两个火枪手,甜美地笑了笑。国王又叫来阿马米斯,命令他逮捕达达尼昂、阿托斯和波托斯。阿马米斯鞠了一躬,双手交叉在胸前。“逮捕你自己。”阿马米斯没动。“到底是怎么回事?难道我不是国王吗?”“您是,但我们是我们领域的国王。”“你们到底是怎么回事?”阿马米斯上前解释说:“您已经结婚,您目前的行为有失妥当。我是一个牧师,我反对行为轻浮,我的朋友达达尼昂、阿托斯和波托斯都是很纯洁的人,他们深感震惊。你看,他们都脸红了。”达达尼昂、阿托斯和波托斯脸红了。国王若有所思地说:“我学到了东西。你们都是赤胆忠心的年轻人,唯一的缺点就是太谦逊羞怯。我现在宣布,除阿马米斯外,其他三人一律晋升为元帅。”阿马米斯感到迷惑不解,国王回答:“你被擢升为大主教。”四个朋友相互拥抱,国王也拥抱路易莎,以便和他们一样。最后,阿托斯说:“孩子们,我们发誓,第一要自豪,第二要尊敬国王,记住,40 年后,我们将再次相见。”

戏仿的故事比较简单,讲述遵循一定的程序,重复较多,如同一条小说流水线上生产的产品。这也正是大仲马创作的一大特点。大仲马不是一般的多产作家。他的创作活动跨 50 年之久,有时可以在压力下连续工作 14 个小时。他写了许多游记,创办了许多报纸。他的报刊文章有 20 厚卷,更有多卷本的历史、传记和回忆录。他写了 50 多出戏剧,还有大约90部小说,许多是长篇小说。完整的一套《三个火枪手》就有125万字。在他有生之年,许多签有他名字的书的作者身份遭到质疑。1845年,一个记者批评他经营一个小说工厂,工厂里他雇用的作者替他写书。大仲马将这个记者告上法庭。他声称自己没有剽窃,但大仲马一直乐意承认自己与他人通力合作,进行创作。这些合作者分为不同类别。有些只不过是秘书,重新抄写大仲马迅速写成的作品,加上标点符号,改正一些前后文不太吻合的地方。大仲马有时和其他作家更密切合作,讨论情节,有时重写被剧院决策层弃置不用的剧本。他像医生,将生下来四肢扭曲的剧本矫正好,让它们重新焕发健康活力。但大仲马之所以为大仲马,关键在于他卓绝的想象力、简单强悍的人物、戏剧性场景和充满张力的对话。这一点在戏仿中体现得很充分。

哈特不仅戏仿别人,还被别人戏仿。哈特曾写过《老实人詹姆斯的大实话》(*Plain Language from Truthful James*),又名《中国异教徒》(*The Heathen Chinese*),发表于1870年9月的《大陆月刊》(*The Overland Monthly Magazine*):

> 我想说,我的语言很朴实,
> 有些办事方式太阴暗,
> 有些花招是徒劳,中国异教徒很特别,
> 我现在要解释这一点。
> 阿辛是他的名字,
> 我不否认,这个名字另有含义,
> 但他的笑容有时像小孩一样显示出沉思,
> 我总是这样对比尔·奈说。
> 八月三日,天空很柔和,
> 可以推断,阿辛脾气也很随和。
> 但他那天对待我和威廉的方式
> 我有点看不起。
> 我们玩了一个小游戏,阿辛也参加。
> 是尤克牌戏,他不太明白,
> 但他笑着坐在桌子边,
> 笑容像是孩子,泰然自若。
> 堆牌的方式我有点痛心,
> 看到奈的衣袖的样子,我深感震惊,
> 里面塞满了纸牌A和大牌,

他想用来作弊。但异教徒中国人的身手,
以及他得到的点数,令人触目惊心。
直到最后他打出了王牌杰克,
这正是奈给我的同一张牌。
我抬头看了一眼奈,他瞪着眼看着我,
他叹了一口气站起,说:"这可能吗?"
因为便宜的中国劳工我们破产,
随后他抓住了中国异教徒。
接下来的一场我没有参与,
但地板上撒满了阿辛偷藏的纸牌,
如同海滩上零落的叶子。
他说他不懂尤克牌戏。
他的长长的袖子里,有 24 副纸牌,
我说的是实话,中国异教徒很特别,
这个我可以保证。

自 1863 年起,哈特就一直抵制种族歧视。《老实人詹姆斯的大实话》本来是哈特戏仿斯温伯恩的诗剧《阿塔兰忒在卡吕冬》(*Atalanta in Calydon*)以及嘲讽北加州盛行的反对华人的风潮,但因为刊载该文的杂志读者多是白人中产阶级,因此这首叙事诗被错误地理解为是讽刺华人。尤克牌戏(Euchre)牌戏是一种取一副牌中 24 或 32 张大牌,由 2 至 4 人同玩的牌戏,以定王牌方在 5 墩中获得 3 墩以上为胜。埃德加·威尔逊·奈,美国幽默作家,笔名比尔·奈,曾为《丹佛论坛报》、《纽约世界报》撰稿,创办报纸《拉勒米飞镖》,著有幽默文集《比尔·奈与飞镖》等。A. C. 希尔顿的《通过考试的异教徒》("The Heathen Passee")戏仿了哈特的诗歌:

我想说,我的语言很朴实,
这个阴谋非常险恶,并不总是徒劳,
那个通过考试的异教徒很特别,
下面我来解释一下。我敢肯定,你也猜得出,
他的情况非常适用于通过文科
学士考试的人。他的名字叫
汤姆·克利伯。我不否认他的名字
另有含义。他的脸诚实天真,
他的眼睛满是童稚。四月一日考试,

绅士们的欺骗到了极致，他瞒过了
考试机构，那方式我有点不想透露。
考生来了，汤姆·克利伯出现了，
是考欧几里得，他最怕这门考试，
但坐下时，他笑了，笑得那么谨慎而奇特。
他的试卷答得特别好。考试后，
在凯旋大道碰到他时，他脸上骄傲地
放着光芒。我痛惜自己没有抓住他作弊。
我毫不怀疑他在袖子里放了托德邦克的
欧几里得读本，专门用来抄袭。
但我忘不了，一两天后，某老师
出了一份关于欧里庇得斯的难度大的试卷，
汤姆对此只是一知半解。
但他两点四十之前交卷，
他展示的知识、给出的答案令人瞠目结舌。
我看了某老师，某老师盯着我，我说：
“这不行！”他说：“天呀！”
我们被这耍小聪明的年轻人愚弄了。
他派人去叫这个考生。
接下来的场面令人汗颜。
地板上撒满了他藏起来用来“提示”的纸条。
衬衫领口上，我们本以为是污垢，
谁知上面写着关于戏剧兴起的笔记，
这种题每次必考。我们继续翻他的口袋，
发现许多纸条，还有伯恩的著作，
我只能悲哀地说，这些对学习拉丁语
和希腊语都很有用处。他的帽顶是
戏剧中的复仇女神和命运女神，
还有一幅多利斯地区国家地图。
在他空空的掌心上，有经常
出现的各种重大事件的日期。①

口语中，crib 表示“学生考试时作弊用的夹带”。

---

① Gross, John (ed.). *The Oxford Book of Parodies*. New York: Oxford University Press, 2010, pp. 82 – 85.

国内对于哈特的研究,一般停留在西部小说的领域,对于哈特的戏仿,尚待挖掘。哈特的戏仿是他日后崛起的前提。他架起了读者通向众多作家作品的一座桥梁。研究他的戏仿,对于了解众多其他作家的文体风格、主题、优缺点具有极大意义。

找到哈特戏仿了哪位作家并不是一件容易的事情。哈特给读者以暗示,如,CO_ _N D_ _LE, R_DY_ _D K_PL_ _G。一条下画线表示省略了一个字母,可能读者很轻松地补充出省略的信息(Conan Doyle 柯南·道尔和 Rudyard Kipling 吉卜林);AL_X_ _D_R D_M_S(Alexander Dumas 亚历山大·大仲马),ED_ _ _D B_LW_R L_TT_N(Edward Bulwer Lytton 爱德华·布尔沃-利顿),CH_ _L_TTE BR_NTE(Charlotte Bronte 夏洛特·勃朗特),CH_R_ _S D_CK_NS(Charles Dickens 查理·狄更斯)。如果读者对有些作家不太熟悉,就需要翻阅文学辞典,或查阅相关评论,例如,H_LL C_ _NE(Hall Caine 赫尔·凯恩),A_TH_ _Y H_PE(Anthony Hope 安东尼·霍普),E. N_ _ _S W_ _T_ _ _T(Edward Noyes Westcott 爱德华·诺意斯·韦斯特科特),M_ R_E C_R_LLI(Marie Corelli 玛丽·科雷利),CH_ _L_S L_V_R(Charles Lever 查理·利弗),M_RRY_T R. N.(Marryat R. N. 马里亚特),T. S. A_TH_R(Timothy Shay Arthur 提摩西·谢·亚瑟)。有时,哈特省略原作者的姓,只用他(她)的名,给不熟悉情况的读者寻找原作者之旅制造不大不小的障碍。例如,戏仿作品《洛骚,或一个寻找宗教的年轻绅士的冒险》,作者本杰明。笔者花了好久才明白洛骚(Lothaw)是 Lothair(罗泰尔)的变形,而 Benjamin 是本杰明·迪斯累里的省略。被戏仿的作家,有些在文学史书中论述不多,甚至根本没有提及,有些在《牛津英国文学词典》等以资料详实著称的工具书中也难觅踪影,只能靠笔者从维基百科等网络资源中沙里淘金,拣选有用信息。时至今日,笔者对三个作家的名字还没有弄明白,他(她)们是 G. A. S_LA, Miss M. E. B_DD_N, CH_S R_DE, 这是笔者下一步努力的方向,也利用这个机会求教于大方之家。另外,哈特有时不是针对一个作家戏仿,而是针对一个文学流派,例如,戏仿一部分法国作家写作风格(French paragraphical style)。这三个单词的具体含义还需要探究。值得庆幸的是,有时候,哈特直接说出了作者名字,如,维克多·雨果、美国内战中的南方女间谍博伊德女士和英国作家亨利·伍德夫人,一定程度上降低了阅读难度,令读者额手称庆。不过,这也不是全无问题。例如,伍德夫人是畅销书作家,作品数量巨大,哈特并没有说明是戏仿哪一部作品,这给戏仿作品造成了一定难度。法国作家米歇莱的风格是什么,也需要解读,做更多更细致的研究。不过,这些都是前进中的困难。研究戏仿如同一个私家侦探，追根溯源，根据蛛丝马迹查清真相，根据些微线索抓住要领，这是一个充满乐趣的过程。

第四节　西奥多·德莱塞

自然主义时期（1900—1914），戏仿比较罕见，但不是没有。如果说菲尔丁模仿理查逊是因为理查逊的作品人物太虚伪，那么美国幽默作家罗伯特·本奇利模仿德莱塞则是因为德莱塞的作品太庞杂，缺乏文学色彩。可见戏仿除了道德上的考虑，文体风格也成为靶子。本奇利曾撰写戏仿作品《美国悲剧》：如果德莱塞另写一本小说，以下建议可以帮助他省去5年的功夫。第一章写道：

> 7月末的一天，沿东分街走来两个人，一个身高5英尺4英寸，另一个身材稍高一点，5英尺6英寸。第一个比个子稍高的矮了两英寸，因此东分街的行人觉得（另外当这两个人到达交叉路口，交叉路口的行人也得出一个印象）这两个人的组合中，矮的比高的短了足足两英寸。两个人沿着东分街走了两分钟，到了分街。分街与东分街成垂直方向，在东分街左边一点，但又不像马塞拉斯街或兰瑟姆街那样靠左。两个人继续走，迈着他们那个身高特有的步伐，他们先后经过："（给印刷工的建议：附上一份《瑟斯顿街区指南》，将里面列入的街道都印出来，从东分街开始，到道森街为止，包括道森街）。"①

戏仿讽刺了德莱塞废话连篇，没有鲜活内容。关于地点的描述只有寻常导游书中随处可见的细节的累加，而了无新意。读者尚未读到有趣的地方，德莱塞已经草草结束了第一章。第二章开始，戏仿写到，第一章描述的两个人在分街停下，进了一所房子，房子的模样读者可以想象。房子是两个人中个子较矮的那个人的。前一章我们知道他高5英尺4英寸。他的家在他居住的中型城市是典型的中产阶级住宅或家居："（致印刷工：附件是家产保险清单和建筑规格表，将附件内容无一遗漏地插入文本）。"②

本奇利讽刺德莱塞实行拿来主义，为了省力气，就挪用他人的文

---

① Lowrey, Burling. *Twentieth Century Parody American and British*. New York: Harcourt, Brace and Company, 1960, p.25.

② Lowrey, Burling. *Twentieth Century Parody American and British*. New York: Harcourt, Brace and Company, 1960, p.26.

字,塞进自己的作品,装点门面,最后搞成一个大杂烩,四不像。最“伟大”的作家也是最善于窃取的作家,这也点破了一部分作家写作时心照不宣的秘密:擅自直接引用。

第三章开始,戏仿写道,到了起居室,妻子安娜·利特尔上前迎接丈夫汤姆·利特尔(个子矮的人就叫这个名字),这座房子(家居或居所)属于他。她胸脯丰满,三十四五岁,从她健康的肤色、棕色眼睛的光泽及健硕的身材看,不超过35岁。(致印刷工:请参考安娜·利特尔护照上对她的描述)。

汤姆问:“安娜,今晚吃什么?你知道,我想吃酸卷心菜丝。”他的妻子回答:“我知道你喜欢酸卷心菜丝。”她不禁想起来这一天晚上没有酸卷心菜丝,“我们昨晚吃过酸拌口条,前天晚上吃过煎长豆角,并且(致印刷工:此处请添加仲夏15种酸卷心菜丝爱好者食谱)。”

第四章开始了。汤姆没有想到晚上没有酸卷心菜丝,他掩饰不住自己的失望。安娜对他一直很好,但今天晚上,他把亚瑟·贝洛斯顿带回家,没有酸卷心菜丝的失望痛彻心骨。沿着东分街,横穿分街到汤姆住的道森和马格特西南角,两个人一直在谈论酸卷心菜丝,两个人都喜欢酸卷心菜丝。这时候他要不要打她?他,汤姆,打自己的妻子安娜·利特尔?要打,该朝哪里下手?汤姆不知道该怎么办。戏仿建议“将上面一段重复25次”。

读者以为德莱塞这样做很省劲,殊不知德莱塞觉得这样仍然很费劲。他索性采用了新方法。从第5章到第82章,他不写一个字,而是给印刷工写道:“除了上面的文字,文件包里是一些剪报,有1925年9月2日至25日特斯迪曼县安娜·利特尔起诉汤姆·利特尔案件安娜·利特尔、汤姆·利特尔和亚瑟·贝洛斯顿的全部证言。另外还有利特尔3个邻居(赫尔曼·诺德奎斯、伊瑟尔·诺德奎斯和小诺德奎斯)及第五辖区警官路易·赫特佐格作证的全部材料。把这些都印进去,在最后一页写上‘完’。”①

文体自身的荒谬夸张会招致攻击。戏仿讽刺了德莱塞作品的蹩脚。对德莱塞的批评绝非孤例。约翰·巴思认为,作家可以分为四类:“德莱塞和斯坦因在文学史上占重要地位,但他们的文章不是很优秀;有些作家的作品优秀,但在文学史上没有占据重要位置;有些作家的作品不优秀,在文学史上也没有地位;最后一类最幸运的作家作品很优秀,在文学史上也占据重要地位。读者应该花时间阅读最后一类作家

---

① Lowrey, Burling. *Twentieth Century Parody American and British*. New York: Harcourt, Brace and Company, 1960, p. 27.

的作品。”①巴思关于德莱塞的评价的意思是,在这个历史时段,没有多少人和他们竞争,使得他们的作品凸显。读了戏仿,关于德莱塞文体风格就不用评论家赘言了。阿尔多斯·赫胥黎认为,“戏仿是最鞭辟入里的评论。”这句话此时得到最鲜明的体现。

① Barth, John. *Further Fridays: Essays, Lectures, and Other Non-Fiction* 1984 – 1995. New York: Little, Brown and Company, 1995, p. 125.

第十二章　(后)现代主义时期

第一节　T.S.艾略特

艾略特的《J.阿尔弗雷德·普鲁弗洛克的情歌》:

假如我认为,我是回答一个
能转回阳世间的人,
那么,这火焰就不会再摇闪。
但既然,如我听到的
果真没有人能活着离开这深渊,我回答你
就不必害怕流言。
那么我们走吧,你我两个人,
正当天空慢慢铺展着黄昏
好似病人麻醉在手术桌上;
我们走吧,穿过一些半清冷的街,
那儿休憩的场所正人声鼎沸;
有夜夜不宁的下等歇夜旅店
和满地蚌壳的铺锯末的饭馆;
街连着街,好像一场讨厌的争议
带着阴险的意图
要把你引向一个重大的问题……
唉,不要问:"那是什么?"
让我们快点去做客。
在客厅里女士们来回地走,
谈着画家米开朗基罗。
黄色的雾在窗玻璃上擦着它的背,
黄色的烟在窗玻璃上擦着它的嘴,
把它的舌头舐进黄昏的角落,

徘徊在快要干涸的水坑上；
让跌下烟囱的烟灰落上它的背，
它溜下台阶，忽地纵身跳跃，
看到这是一个温柔的十月的夜，
于是便在房子附近蜷伏起来安睡。
呵，确实地，总会有时间
看黄色的烟沿着街滑行，
在窗玻璃上擦着它的背；
总会有时间，总会有时间
装一副面容去会见你去见的脸；
总会有时间去暗杀和创新，
总会有时间让举起问题又丢进你盘里的
双手完成劳作与度过时日；
有的是时间，无论你，无论我，
还有时间犹豫一百遍，
或看到一百种幻景再完全改过，
在吃一片烤面包和饮茶以前。
在客厅里女士们来回地走，
谈着画家米开朗基罗。
呵，确实地，总还有时间
来疑问："我可有勇气？""我可有勇气？"
总还有时间来转身走下楼梯，
把一块秃顶暴露给人去注意
(她们会说："他的头发变得多么稀！")
我的晨礼服，我的硬领在腭下笔挺，
我的领带雅致而多彩，
用一个简朴的别针固定。
(她们会说："可是他的胳膊腿多么细！")
我可有勇气搅乱这个宇宙？
在一分钟里总还有时间
决定和变卦，过一分钟再回头。
因为我已经熟悉了她们，
熟悉了她们所有的人，
熟悉了那些黄昏，和上下午的情景，
我是用咖啡匙子丈量我的生命；
我熟悉每当隔壁响起了音乐

话声就逐渐低微而至停歇。
所以我怎么敢开口?
而且我已熟悉那些眼睛,
熟悉了她们所有的眼睛,
那些眼睛能用一句成语的公式把你盯住,
当我被公式化了,在别针下趴伏,
那我怎么能开始吐出
我的生活和习惯的全部剩烟头?
我又怎么敢开口?
而且我已经熟悉了那些胳膊,
熟悉了她们所有的胳膊,
那些胳膊带着镯子,又袒露又白净
(可是在灯光下,显得淡褐色毛茸茸!)
是否由于衣裙的香气
使得我这样话离本题?
那些胳膊或围着肩巾,或横在案头。
那时候我该开口吗? 可是我怎么开始?
是否我说,我在黄昏时走过窄小的街,
看到孤独的男子只穿着衬衫
倚在窗口,烟斗里冒着袅袅的烟?……
那我就会成为一对蟹螯
急急爬过沉默的海底。
啊,那下午,那黄昏,睡得多平静!
被纤长的手指轻轻抚爱,
睡了……倦慵的……或者它装病,
躺在地板上,就在你我脚边伸开。
是否我,在用过茶、糕点和冰食以后,
有魄力把这一刻推到紧要的关头?
然而,尽管我曾哭泣和斋戒,哭泣和祈祷,
尽管我看见我的头(有一点秃了)
用盘子端了进来,
我不是先知,这也不值得大惊小怪;
我曾看到我伟大的时刻闪烁,
我曾看到我的外衣暗笑,
一句话,我有点害怕。
而且,归根到底,是不是值得

当小吃、果子酱和红茶已用过，
在杯盘中间，当人们谈着你和我，
是不是值得以一个微笑
把这件事情一口啃掉，
把整个宇宙压缩成一个球，
使它滚向某个重大的问题，
说道："我是拉撒路，从冥界来报一个信，
我要告诉你们一切。"
万一她把枕垫放在头下一倚，
说道："唉，我意思不是要谈这些；
不，我不是要谈这些。"
那么，归根到底，是不是值得，
是否值得在那许多次夕阳以后，
在庭院的散步和水淋过街道以后，
在读小说以后，在饮茶以后，
在长裙拖过地板以后，
说这些，和许多许多事情？
要说出我想说的话绝不可能！
仿佛有神奇的灯把神经的图样投到幕上：
是否还值得如此难为情，
假如她放一个枕垫或掷下披肩，
把脸转向窗户，甩出一句：
那可不是我的本意，那可绝不是我的本意。
不！我并非哈姆雷特王子，当也当不成；
我只是个侍从爵士，为王家出行，
铺排显赫的场面，或为王子出主意，
就够好的了；无非是顺手的工具，
服服帖帖，巴不得有点用途，
细致，周详，处处小心翼翼；
满口高谈阔论，但有点愚鲁；
有时候，老实说，显得近乎可笑，
有时候，几乎是个丑角。
呵，我变老了……我变老了……
我将要卷起我的长裤的裤脚。
我将把头发往后分吗？我可敢吃桃子？
我将穿上白法兰绒裤在海滩上散步。

我听见了女水妖彼此对唱着歌。
我不认为她们会为我而唱歌。
我看过她们凌驾波浪驶向大海,
梳着打回来的波浪的白发,
当狂风把海水吹得又黑又白。
我们流连于大海的宫室,
被海妖以红色和棕色海草装饰,
一旦被人声唤醒,我们就淹死。①

约翰·阿伯特·克拉克受巴德·舒尔伯格的小说《不抱任何幻想的人》(*The Disenchanted*)和阿瑟·米兹纳的传记《天堂的远的一侧》(*The Far Side of Paradise*)的影响,借助《J. 阿尔弗雷德·普鲁弗洛克的情歌》写出了《F. 斯科特·菲茨杰拉德的情歌》("The Love Song of F. Scott Fitzgerald"):

那么,你和我就走,
达特茅斯就铺在天边,
像是滑雪坡上被撞坏的学生。
啊,巴德,别问:"那是什么?"
我们只管去看一下。圣·保罗生了我,
普林斯顿大学和好莱坞毁了我,
在孕育和创造之间,剧本跌落。
我应该成为一副垫肩,
在铁格栅中飞快穿梭,战胜耶鲁,
宿舍里,男生女生来来往往,
谈论着迈克·阿兰、波。
让人痛苦的话语在哪里?
学术的垃圾中会产生什么观点?
无趣的课堂无法提供避难所,
图书馆也不能让人轻松,
干巴巴的教授提供不了
苏打水向上冒泡的声音,
齐安蒂,齐安蒂,齐安蒂。

① Kirszner, Laurie and Stephen Mandell (eds.). *Literature: Reading, Reacting, Writing (Poetry)*. Beijing: Peking University Press, 2006, pp. 1182 – 1186.

我小的时候,在纽曼预备学校。
教练让我稳扎稳打,我很害怕,又出来了。
在一个房间拿着书,你感到自由,
夜晚的大部分时间,我喝酒,冬季就到南方。
帕金斯是一个非常好的编辑,
从沃尔夫的文字中
大刀阔斧加工编辑成小说,
将海明威和伊斯特曼搅和在一起,
是的,会有时间,会有时间为
《绅士》和《邮报》撰稿,
有时间写《(大人物)盖茨比》
和《(夜色)温柔》,
有时间干一百件有失检点的事情,
有时间留给帕金斯修改,
宿舍里,男生女生来来往往,
谈论着迈克·阿兰、波。
好莱坞,我来了!烧掉,烧掉!
废话,废话,废话!垃圾,垃圾,垃圾!
塔尔贝格有礼貌地强迫着。
在加利福尼亚黎明的光化学烟雾下,
没有艺术,只有废话,只有废话,没有艺术,
日落大道,这里,一个人既不能思考,
也不能做梦,也无法创作,只有嘈杂的技术
的装腔作势的话语,沙漠中甚至没有寂静,
只有拍摄场平台上摄影师
红通通阴沉着脸的咆哮。
我看见成群的临时演员,
在一台设备旁走动,
谢谢你,如果你见到你的父亲舒尔伯格,
告诉他我自己把电影台词带过来了,
如今,周围有这么多初出茅庐的小说家,
一个人可要当心。
在心灵的漆黑色夜晚里,时间总是凌晨三点钟。
我没有想到死亡会杀了这么多人。
后来我见到一个认识的人,就大声说:
“毕晓普!”“拿骚时你我都在《文学》杂志,”

“去年在《党派评论》上种下的
特里宁的评论,开始发芽了没有?
今年会出来吗?”
“也许编辑的霜冻破坏了苗床?”
不,我不是哈姆雷特王子,
也不像拉德纳所说,
是斯科特王子。我不是康拉德。
在我的书目里,没有特别好的东西。
我已经看见爵士乐时代的时尚
黯淡下去。我看见新批评家
抓住我的浣熊毛皮大衣
窃笑。总之,我很害怕。
“我对还是错?”我问领班侍者。
当然,我微笑,继续喝着布什米尔威士忌。
我老了,我的丧钟敲响,
我再也不在裤脚挂上铃铛。
你会看到,我每天晚上都在酒吧。远远地,
我看见一个同学在纽约的非法酒馆被袭击,
爬回家到了普林斯顿俱乐部丧命;
另外一位同学从摩天大楼滚下。
我保持镇定。除了有时候,
背后听到鼓声滚滚响起,
伸缩长号如同患肺结核一样私语,
令人回想起卡尔卡松和大学班级舞会。
我要穿上足球球服上场,我听见拉拉队员
在互喊加油,我觉得他们不会为我喊加油,
毕竟,这一切划得来吗?
喝了杜松子酒,吃了橄榄三明治,
在瓷器中,这一切划得来吗?
啃一口美国小说,渡过河,
在树下蹲着,说:“我是拉撒路,巴德,
我死而复生,来到阳间,
告诉你怎样,告诉你
全部,告诉你适合印刷的全部东西?”
毕竟,这一切划得来吗?
经过衣着过于讲究的男子,

经过时髦女郎，经过剪贴簿和披肩，
经过巴黎拥挤的街道，
在地中海响晴的炎热下，
经过穿着全棉泳衣的胴体，
如果一个人盯着小雕像，或匆忙瞥了一眼，
莎士比亚和伽利略的半身像，
会说："那根本不是我的意思。"
但在我背后，我不时听见号角和萨克管
凄厉的声音吹响，春天
将斯科特带到泽尔达身边。
小说的脉络中断，最后的大亨
被更强大的手（邦尼·哈格）扼杀。
敬意从东岸到西岸发送，无人听见。
读者们离开了，哈克的河流缓缓地流动，
直到他们不让我歌唱。
帕克夫人中午会来，在威廉·华兹华斯
的房间将会点亮蜡烛。
安静，安静，安静！①

文章许多专名各有所指。菲茨杰拉德出生于明尼苏达州的圣·保罗，后来上纽曼学院。1912年，他加入纽曼足球队。美国作家、新闻记者巴德·舒尔伯格作品有长篇小说《什么使萨米跑起来》（*What Makes Sammy Run*）和电影剧本《在海滩上》（*On the Waterfront*）。《不抱任何幻想的人》中，一个电影剧本作家与一个低潮期的美国著名小说家合作，撰写关于某大学冬天节日的电影剧本（因此，戏仿中出现了欢庆的场面）。小说家被塑造成一个具有悲剧性、带有缺陷的形象，让这个电影剧本作家很失望。戏仿中，"周围有这么多初出茅庐的（budding）小说家，一个人可要当心"，既让人想起巴德的名字（Bud），又让人想起菲茨杰拉德非常注意保护自己的写作素材不被别人滥用。例如，菲茨杰拉德的妻子泽尔达以小说的文笔写了《把华尔兹留给我》（*Save Me the Waltz*），描述了他们在欧洲的生活，寄给斯科莱纳出版社出版，菲茨杰拉德很生气，在出版前对小说进行了修改。同时，他说服泽尔达的医生，让他劝泽尔达不要写"他（菲茨杰拉德）的素材"，包括他们的关系。

---

① Falk, Robert P. (ed.). *The Antic Muse: American Writers in Parody*. New York: Grove Press, 1955, pp. 208-211.

泽尔达闷闷不乐地戏仿说:“菲茨杰拉德先生认为,剽窃从家中开始。”(Mr. Fitzgerald ... seems to believe that plagiarism begins at home.)这一句戏仿了英语谚语“慈善从家中开始”(Charity starts at home)。美国诗人、小说家约翰·皮尔·毕晓普为菲茨杰拉德的朋友,属于迷惘的一代,作品有诗集《有了他的爱情》和《细微情节》;1914 年到 1917 年,菲茨杰拉德在普林斯顿求学期间,在大学两个刊物《普林斯顿之虎》和《拿骚文学杂志》发表了“70 余篇诗歌、剧作、小说和幽默短文等”[①]。文学创作影响了菲茨杰拉德其他科目的成绩。菲茨杰拉德甚至得到留校察看的处分,因此戏仿中主人公认为,上课老师讲的都是废话。迈克尔·阿伦是生于保加利亚的英国小说家,作品有长篇小说《绿帽》。拉德纳一家和菲茨杰拉德一家都曾居住在纽约长岛,很熟悉。邦尼·哈格为 1910 年到 1930 年在美国流行的黑人爵士乐曲伴奏的交际舞。

第二节 卡尔·桑德堡

卡尔·桑德堡是美国人喜爱的诗人。1953 年,诗人 75 岁生日时,伊利诺伊州州长阿德莱·斯蒂文森宣布这一天为“桑德堡日”。瑞典国王古斯塔夫也曾授予桑德堡北极星勋章。[②] 桑德堡曾写过《雾》(Fog):“雾长着轻巧的猫的脚。它停下,悄无声息地弯下后腿,俯视着港口与城市,然后继续前行。”[③]

阿曼达·T. 宁格写道:“雾长着轻巧的猫的脚。它覆盖了蓝岭快速道,遮挡了北卡罗来纳州北部的山脉和峡谷。我在公路上以每小时 10 英里的速度小心翼翼地向前爬行,诅咒这该死的猫,为什么一动不动!”[④] 借助桑德堡的诗歌,戏仿诗抒发了上班族路上遇上堵车的郁闷心情。桑德堡还有名诗《芝加哥》传世:

世界的猪屠夫,工具匠,
小麦存储者,铁路运输家,全国货物转运人
暴躁、魁梧、喧闹,宽肩膀的城市:
人家告诉我你太卑劣,我相信:我看到你的
女人浓妆艳抹在煤气灯下勾引乡下小伙。

---

① 程锡麟等著,《菲茨杰拉德学术史研究》,南京:译林出版社,2014 年,第 126 页。

② Kirszner, Laurie and Stephen Mandell (eds.). *Literature: Reading, Reacting, Writing (Poetry)*. Beijing: Peking University Press, 2006, p. 1279.

③④ Gardner, Martin (ed.). *Martin Gardner's Favorite Poetic Parodies*. New York: Prometheus Books, 2001, p. 161.

人家告诉我你太邪恶，我回答：是的，的确
我见到凶手杀了人逍遥法外又去行凶。
人家告诉我你太残酷，我的答复是：在妇女
和孩子脸上我见到饥饿肆虐的烙印。
我这样回答后转过身，
对那些嘲笑我的城市的人，
我回敬以嘲笑，我说：
来呀，给我看别的城市，也这样昂起头，
骄傲地歌唱，也这样活泼、粗犷、强壮、机灵。
他把工作堆起来时，
抛出带磁性的咒骂，
在那些矮小孱弱的城市中，
他是个高大拳击手。凶狠如一只狗，
舌头伸出准备进攻，
犹如跟莽原搏斗的野蛮人；光着头，挥着锹，
毁灭，计划，建造，破坏，再建造，
在浓烟下，满嘴的灰，露出白牙齿大笑，
在命运可怕的重负下，
像个青年人一样大笑，
大笑，像个从未输过一场的鲁莽斗士，
自夸，大笑，他腕下脉搏在跳，
肋骨下人民的心在跳，大笑！
笑出年轻人的暴躁、魁伟、喧闹的笑、
赤着上身，汗流浃背，他骄傲，因为他是猪屠夫，
工具匠，小麦存储者，铁路运输家，全国货物的转运人。①

《美国文学选读》评论道，诗的开头 5 行描绘该城的状貌，以第 5 行为总结，表明城市的威力。第 6 至 8 行写出该城市的阴暗面，以第 9 行为转机，开始为它的缺陷做辩护。第 19 至 23 行辩词趋向高潮，说明它的力量克服了前面诗行中所描绘的苦楚与肮脏，最后一行重复开头几行的描绘，令人感到芝加哥的骄傲，听到它的笑声……它是张牙舞爪的美，是被豺狼盘踞着长满雏菊花的美。② 弗朗克 · 雅各设想如果桑德堡

① Brooks, Cleanth and Robert Penn Warren (eds.). *Understanding Poetry*. Beijing: Foreign Language Teaching and Research Press, 2010, pp. 566 – 567.

② 李宜燮，常耀信主编，《美国文学选读》（下），天津：南开大学出版社，1993 年，第 71 页。

是体育评论员的话,他可能会这样评论:

> 联赛败坏大家兴致的球队,净出差错的球队,
> 高飞球接不住的球队,
> 防守地滚球失误的球队,频繁打出臭球的球队,
> 击球不中,跑垒不得分,连续败绩,可笑技术错误迭出的球队,
> 他们告诉我,你们是失败者,我相信他们,因为我看得到你们的球手想在一个触击球打出三垒,结果被淘汰出局;
> 他们告诉我,你们不行,我回答,是的,我确实看到你的扫垒安打击球员以 0 比 5 的分数败北,被罚出场。上场之后,比分仍然是 0 比 5;
> 他们告诉我,你们没有任何希望,我的回答是:在你们新队员的脸上,我看到了悲伤和绝望的印记;
> 这样回答之后,我就问自己,为什么每年几乎两百万球迷买票,观看联赛败坏大家兴致的球队、净出差错的球队、高飞球接不住的球队、防守地滚球失误的球队、频繁打出臭球的球队?①

评论也遵循了先抑后扬的套路,与《芝加哥》如出一辙。嘲笑桑德堡无损于他的伟大,反而让他的作品更加雅俗共赏,妇孺皆知,更加深入人心。

第三节　艾伦·金斯堡

艾伦·金斯堡的《嚎叫》("Howl")不同凡响:

> 我看见这一代最杰出的头脑毁于疯狂,挨着饿歇斯底里浑身赤裸,
> 拖着自己走过黎明时分的黑人街巷寻找狠命的一剂,
> 天使般圣洁的垮掉的一代成员渴望与黑夜机械中那星光闪烁的发电机沟通古朴的美妙关系,
> 他们贫穷衣衫破旧双眼深陷昏昏然在冷水公寓那超越自然的黑暗中吸着烟飘浮过城市上空冥思爵士乐章彻夜不眠,
> 他们在高架铁轨下对上苍袒露真情,发现穆罕默德的天使们

① Gardner, Martin (ed.). *Martin Gardner's Favorite Poetic Parodies*. New York: Prometheus Books, 2001, pp. 243－244.

在灯火通明的住宅屋顶上摇摇欲坠,

他们睁着闪亮的冷眼进出大学,在研究战争的学者群中幻遇阿肯色和布莱克启示的悲剧,

他们被逐出学校因为疯狂因为在骷髅般的窗玻璃上发表猥亵的颂诗,

他们套着短裤蜷缩在没有剃须的房间,焚烧纸币于废纸篓中隔墙倾听恐怖之声,

他们带着成捆的大麻穿越拉雷多返回纽约时在裸露着耻毛的地方被拳头猛打。①

这首诗是垮掉的一代(Beat Generation)的最强音。所谓垮掉的一代,指第二次世界大战后美国出现的一批年轻人,他们对社会现实不满,蔑视传统观念,在服饰和行为方面摒弃常规,追求个性自我表现,长期浪迹于社会底层,形成独特的社会圈子和处世哲学。beat 既有"被打垮"的贬义,也有"至福"的褒义,因此被这些人群采用。《嚎叫》成为他们具有代表性的声音,而作者金斯堡也成为他们的代言人。不过,传统习俗的力量是强大的,反叛归反叛,最后还要融入传统,成为传统的一部分。以金斯堡为代表的作家最后被传统吸纳,成为具有更新潮思想青年反叛的对象。路易斯·辛普森的作品《长而尖的叫声》("Squeal")戏仿了金斯堡的诗作《嚎叫》:

我看见这一代最杰出的头脑毁于疯狂,
马文啐出了诗作;
坡特则比用 15 本小说
凝结出一种新的博普文学;
埃尔文在自己还没有撰写的自传里
赋予布鲁克林以地方法律,
他们来自各个地方,台球房、
廉价商品店、惠特曼,
来自帕克斯伯格,来自兰波,
来自新墨西哥,他们来自大学,
因为画关于未来的淫秽图片
而被学校勒令退学。

① Brooks, Cleanth and Robert Penn Warren (eds.). *Understanding Poetry*. Beijing: Foreign Language Teaching and Research Press, 2010, p. 162.

他们到了洛杉矶,抖动着他们的器官,
蓄着自己的毛发,
计划着庞大的无边无垠的诗歌、
更多的小说、更多的诗歌、更多的自传。
你这个可恶的杂种,我谈论的是爱!
草丛中的野合、货车车厢中的爱!
我看见他们交配,还有被迫做爱,
说,你见鬼去吧! 美国,美国充满了巴比特!
美国被钱统治着。沃尔特怎么说? 向西走!
重要的事情是回程票。
通向成名的道路经过蒙特雷。
我看见这一代最杰出的头脑
在给瓦萨女孩读诗歌,
接受《女士》杂志采访。
有专业人士负责他们的公共形象问题,
我和其他人不一样,什么时候我才能
走进编辑室,发表我的东西呢?
我可以像这样一直写下去……①

原作题目《嚎叫》变为戏仿题目《长而尖的叫声》。嚎叫具有动物特征,长长的尖叫就多了几分人类的性质。第一句几乎和《嚎叫》第一句完全相同(I saw the best minds of my generation destroyed)。戏仿中毫无意外地出现了具有垮掉一代的标志性要素,例如,性。“抖动着他们的器官”中,“器官”指的是“阴茎”。关键词也有提示作用。“啐”(spat)显示了愤怒青年对旧习的唾弃。他们用许多方式来对抗他们眼中的虚伪的社会。1948 年,为了避免作为盗窃罪从犯被起诉,金斯堡声称自己精神不正常,因此在哥伦比亚精神病院呆了 8 个月。戏仿中的色情涂鸦也有典故。1945 年金斯堡大学二年级时,为了引起粗心的清洁女工的注意,金斯堡在他布满灰尘的宿舍窗户上画了不雅的图画,写了不堪入目的文字,因此被哥伦比亚大学开除。戏仿诗中提到了沃尔特·惠特曼,显示了惠特曼对金斯堡极深的精神影响。金斯堡《在加州超市》是他向惠特曼致敬的一个例子。戏仿诗与原作不同之处在于戏仿的革命性柔和了一点。叙事人感情复杂,他既咒骂社会,又希望融

① Brooks, Cleanth and Robert Penn Warren (eds.). *Understanding Poetry*. Beijing: Foreign Language Teaching and Research Press, 2010, pp. 592 - 593.

入主流社会,比较矛盾。这让它的前边的叙述的效果削弱。这也是戏仿与原作区分开来的因素之一。

第四节　克利福德·奥德茨

克利福德·奥德茨的主要作品有《等待老左》(*Waiting for Lefty*)、《醒来歌唱》(*Awake and Sing*)、《至死不渝》(*Till the Day I Die*)、《失去的天堂》(*Paradise Lost*)、《天之骄子》(*Golden Boy*)、《月球火箭》(*Rocket to the Moon*)、《夜间冲撞》(*Clash by the Night*)、《大刀》(*The Big Knife*)、《村姑》(*The Country Girl*)、《成功的诱惑》(*Sweet Smell of Success*)。《等待老左》是一出独幕剧,发表于左翼文学的高潮期。出租车司机在工会大厅里,等待他们的代表老左的到来,以决定是否罢工。等待期间,出租车司机一个个诉说自己的不幸故事,请求罢工。主持人让大家等到老左来了再做决定,但老左迟迟不来。后来,消息传来,工运领袖老左路上遇害,很可能是资本家所为。演出在司机高喊"罢工!罢工!"中结束。奥德茨事先安排演员坐在观众席中,由他们作为工会会员据理力争;最后由他们带领观众喊口号,台上台下连成一片,效果很好。老左没有出现,但他的形象在众人的谈话中显现得非常丰满。

S. J. 佩雷曼的戏仿作品名称为《等待桑迪》(*Waiting for Santy*),桑迪(Santy)显然是"圣诞老人"(Santa Clause)的昵称。故事发生时间是12月24日,场景是北极街圣诞老人生产儿童玩具的血汗工厂。帷幕升起,7个地精(朗金、帕肯、里弗金、里斯金、拉斯金、布里斯金、普拉斯金)正疯狂地赶不断堆积起来的订单。车床在响,马达在轰鸣,风机在吹干油漆。声音震耳欲聋,说话声都很难听得到:

> 里斯金:(一边用锉刀打磨着建筑模型,一边恨恨地说)寄生虫、吃人不吐骨头、吸血鬼、五星级的废物。给我们的工资维持不了生存,这样他就可以乘着驯鹿拉的车周游世界了……工贼!警察眼线!间谍!(他们开始打斗)
>
> 布里斯金:(哀叹)我家的欧文因为中风躺在寒冷的简易房里。
>
> 帕肯:你上一次说得了腮腺炎。
>
> 布里斯金:(听天由命地耸耸肩)腮腺炎,中风,你去和市政厅争论吧。
>
> 帕肯:(善意地递给他一个碗)给,吃一个水果。
>
> 布里斯金:(大口吃)就蜡制水果而言,味道不错。
>
> 帕肯:(骄傲地)我自己绘制的画。

布里斯金:(不吃水果)奴隶思维。

里弗金:(突然,像是对自己,又像是对大家)我有一肚子的星星,但你们让我感觉我吞下去了一支罗马蜡烛。

普拉斯金:(好奇地)孩子们,你们怎么回事?

里斯金:我们怎么回事?是制度!两年了,他和圣诞老人的女儿一直背着老头子眉来眼去。

普拉斯金:那又怎么样?

里斯金:那又怎么样?经济决定论……告诉你吧,两个人音乐演奏得很漂亮,却连自己的房子都没有,真让人不是滋味。

朗金:(提醒他)她来了。(斯特拉进来,手里提着留声机,开始缓慢地跳华尔兹。)

斯特拉:亲爱的,你爱我,对吧?

里弗金:我爱你爱到不能吃、不能睡的程度。你是升起的月亮,你是两周的假期。为了给你做一个发夹,我愿意推倒克莱斯勒大厦。

斯特拉:我肚子痛,我该怎么办?

帕肯:(同情地)给,吃一块水果。

里弗金:(狂暴地)蜡制水果,这就是我的人生。模仿!替代品!够了,斯特拉,今天我要告诉你的父亲。他不能再和我们玩掷刀游戏了。(这时听见雪橇铃声响。一会儿,圣诞老人进了门,盯着人造雪。他是个浮夸的资产阶级,65岁,从胡子看,好像很善良。今天晚上,他的脸颊没有了红润,他的脚步踉跄、沉重。地精匆忙把偷来的杏仁蛋白软糖放回原位。)

斯特拉:(着急地)父亲,专家怎么对你说?

圣诞老人:(断断续续地)这个国家最好的教授,凭着钱能找到的最好的医生。我实在不行了。

斯特拉:坚持住,父亲。

圣诞老人:没用的。粘连、糖尿病、睡眠障碍,我以后不能爬烟囱了。我们是世界上最大的儿童玩具工厂。

斯特拉:(安慰)毕竟,这只是一家之言。

圣诞老人:不,不。现在我像一只破琴,不行了。(对着里弗金)孩子,我观察你好长时间了,我是过来人,你和斯特拉做的能瞒得过我吗?算了,过去的就让它过去吧。斯特拉,你爱不爱他?

斯特拉:整个音乐厅都聚焦在他身上。他是托斯卡尼尼指挥演奏贝多芬第五交响乐……

圣诞老人:(厉声说)够了,和他结婚吧!从今天起,他是公司合伙人了。（大家都欢呼起来。圣诞老人举起手让大家安静）今晚他要按照路线送礼物。对于自己的骨肉，至少我可以这样做。（一对情人亲吻，圣诞老人擦去令人起疑的泪水，对着地精）孩子们，你们知道明天是什么日子？

地精：（围在旁边，用期待的目光）圣诞节！

圣诞老人：是的。如果你今晚看你的信封，你会看到我给你们准备的小礼物：40%的降薪。谁第一个打开，就会享受这个。（他举起一个催泪弹，对它们微笑。地精们发出欢呼，它们手拉手，高兴地在他周围舞蹈，大喊大叫。里斯金和布里斯金迅速交换了一下颜色，遁入地下。）①

戏仿中也出现了劳资冲突，劳动者的不满在酝酿。不同的是，戏仿中，劳资达成了和解，劳动者中的一部分被拉拢，成为资方的一部分，化解了劳动者的反抗。

第五节 尤金·格拉斯通·奥尼尔

1936年诺贝尔文学奖获得者尤金·格拉斯通·奥尼尔是美国最重要剧作家之一。奥尼尔的父亲是爱尔兰血统的天主教徒，以扮演基督山伯爵而出名。奥尼尔的童年在跟随父亲巡回演出的路上度过。他1906年进入普林斯顿大学学习，但翌年即遭开除。他后来到洪都拉斯淘过金，以水手身份到过南美和南非，在各地的海港岸边流浪，最后染上肺结核。在疗养院期间，他阅读了包括易卜生、斯特林堡剧作在内的大量书籍，立志戏剧创作，并写出了第一部剧作。他于1914年到哈佛大学跟随乔治·皮尔斯·贝克学习戏剧创作，并于1916年加入普罗旺斯剧团。同年，《东航加的夫》（*Bound East for Cardiff*）成为奥尼尔第一部上演的剧作。奥尼尔早期的戏剧创作属于现实主义，主要以他青年时代的海上生活为素材。这一时期最优秀的剧作包括：《在这一带》（*In the Zone*）、《漫长的返航》（*The Long Voyage Home*）、《加勒比的月亮》（*The Moon of the Caribees*）。奥尼尔中期剧作做了一系列的试验：《琼斯皇帝》（*Emperor Jones*）和《毛猿》（*The Hairy Ape*）是两部表现主义剧作；在《大神布朗》（*The Great God Brown*）中，人物戴着面具表现或者隐藏他们的内在本性；《奇异的插曲》（*Strange Interlude*）运用意识流手法，让

① Gross, John (ed.). *The Oxford Book of Parodies*. New York: Oxford University Press, 2010, pp. 152 – 154.

人物通过旁白来表达内心思想;《榆树下的欲望》(*Desire Under the Elms*)和《悲悼》(*Mourning Becomes Electra*)把古希腊悲剧的成分移植到美国的背景。他的晚期剧作回到现实主义。这一时期的剧作包括:《送冰的人来了》(*The Iceman Cometh*)、《诗人的气质》(*A Touch of the Poet*)、《长日终入夜》(*Long Day's Journey into Night*)、《月照不幸人》(*The Moon for the Misbegotten*)、《休依》(*Hughie*)和《更庄严的大厦》(*More Stately Mansions*)。从他最早的独幕剧开始上演(1916),到他因为疾病与家庭的不幸而停止创作(1943),奥尼尔共创作了30多部剧作。奥尼尔致力于创作严肃戏剧,对各种艺术手法进行试验,并且以现实主义的态度来探讨心理与社会问题,使美国戏剧摆脱了以往伤感喜剧和情节悲剧的模式,真正走向了成熟。

戏仿者模仿奥尼尔,创作了一出戏剧《生活是一碗尤金·奥尼尔》(*Life Is a Bowl of Eugene O'Neill*),依托成语"十分愉快的境遇或经历"(a bowl of cherries)。作品中,假冒的奥尼尔充当叙事人,告诉读者自己的写作计划。他坦言,自己接下来的作品将是"性感六部曲"(sextilogy)。顾名思义,这个单词有两个含义:一个是由六部作品组成,二是里面充满了性。演出需要15小时,有创纪录的24种性,其中7种性以前在任何戏剧作品中都没有出现过。六部曲讲述的是美国内战中南方联盟军拜德但将军一家的事情。拜德但的妻子是艾拉,儿子是艾尔,女儿是爱丽丝。戏剧开始时,拜德但一家正在吃早餐。他们的食品与一般意义上的食品并不相同。他们吃的不是食品,而是毒物。他们嗜毒成瘾。早餐是有毒的天仙子、毒菌和带有中枢神经兴奋药马钱子碱的布丁。煤气灶上,水壶正在咕嘟咕嘟地煮着氢氰酸,温馨惬意。将军说:"艾拉,我能否再要一杯氢氰酸?早上喝一杯,顿时让蜘蛛网一样混乱的大脑清醒。"

戏仿中还利用了双关语。哥哥盯着妹妹,妹妹打了一个寒战。她说:"你为什么那么看我,手臂中显示出欲望(desire in your elms)?艾尔,别碰我!"艾尔回答:"好吧,我照办,如果你坚持(if you incest)。""手臂中显示出欲望"来自奥尼尔原著《榆树下的欲望》。英语中,"手臂"(arm)与"榆树"(elm)发音相近。if you incest可以有两个理解。一个是"如果你坚持"(if you insist),另一个则是"如果你乱伦"。乱伦在奥尼尔作品中不是秘密。他借助希腊神话,复兴美国戏剧,而这些神话中常带有乱伦的成分。戏仿中,家庭成员的关系令人侧目。妻子艾拉恨丈夫拜德但,儿子艾尔爱母亲艾拉,女儿爱丽丝恨母亲艾拉,爱父亲拜德但;作为妹妹,爱丽丝爱自己的哥哥艾尔。显然,家庭关系非常紊乱。因此文中有一处妙笔:

爱丽丝：妈妈，不要那样看父亲！艾尔！
艾尔：怎么啦？
爱丽丝：不要像那样看妈妈！也不要像那样看着我！
艾尔：爱丽丝！
爱丽丝：怎么啦？
艾尔：不要像那样看着父亲！①

将军在性的方面也非常开放，思维也异于常人。他问妻子与船长情人的婚外恋进展得怎么样了。艾拉说自己记忆力不好，希望丈夫提示一下具体是哪一个情人。将军说是亚当·布拉姆。艾拉随即从自己的裙撑上拿出一个记录自己情人地址的笔记簿，一个一个地细查：布莱奇、布莱姆、布莱迪根、布莱克、布利菲尔、布洛斯考维茨，终于找到了布拉姆。由此可见，艾拉的情人确实不少。艾拉问拜德但有什么不对头。拜德但赶忙解释，没事，没事。他劝艾拉及时行乐，人毕竟只有一次年轻的机会。爱丽丝不同意这句话。她说："我们拜德但一家人总是年轻。"（We Badduns are always Jung.）母亲接着说："生活越来越糊涂昏聩了。"艾尔说："亲爱的母亲，我真害怕，我真害怕，我们到太平洋的孤岛上吧（I am afreud）！"这里，戏仿作品借用了乔伊斯《为芬尼根守灵》的句子。

殡葬业者每天都要制备棺材，到拜德但家中等待，因为这一家中常常有悲剧发生。家人的宠物就是一把手枪，只要一扣扳机，就能结束亲人的生命。

上述戏仿体现了奥尼尔作品的特点：人物家庭关系混乱，现在举《榆树下的欲望》为例加以说明。该剧借鉴了古希腊剧作家欧里庇得斯的悲剧《希波吕托斯》，剧中父亲携新妻回家，新妻爱上了继子。奥尼尔这部作品描写了新英格兰农场主伊弗雷姆·卡伯特的悲剧。他是一位自私、吝啬、残忍、颓废的清教徒，农场原本是他死去的第二位妻子的财产，在她被驱使、虐待致死之后，他又驱使他们两人所生的儿子埃本以及埃本的两位同父异母兄弟西蒙和彼得在农场上拼命劳作。在他们榆树遮掩的家园里，充满着仇恨与贪欲：埃本与死去的母亲一样文雅柔弱，仇恨害死了母亲的父亲；西蒙和彼得本来想加入加利福尼亚的淘金热，只是由于贪婪，一心想继承农场，才继续呆在父亲身边。当75岁

① Falk, Robert P. (ed.). *The Antic Muse: American Writers in Parody*. New York: Grove Press, 1955, pp. 227–228.

的伊弗雷姆娶了第三任妻子之后,西蒙和彼得才彻底绝望,于是将他们所占有的农场股份卖给埃本,到加利福尼亚淘金去了。伊弗雷姆的第三任妻子是35岁的寡妇艾比,她既贪婪又放纵,而她嫁给伊弗雷姆的唯一目的就是占有他的财产。为了达到这一目的,她不惜勾引埃本,以便生出一个能够继承农场的儿子。儿子出生之后,蒙在鼓里的伊弗雷姆竟然欣喜若狂,扬言要让他继承所有财产。埃本如梦方醒,愤怒地拒弃了艾比的爱情。但艾比这时已经真正爱上了埃本;为了证明自己的爱情,她亲手杀死了儿子,并坦然告诉了埃本。埃本在愤怒中向警察告发,但在警察将艾比带走的一刻,他终于意识到自己也已经爱上了艾比,于是承认自己参与谋杀,以便与艾比一起面对他们共同的命运。《榆树下的欲望》揭露了美国新英格兰清教背后所掩盖着的情欲和贪婪。与此一脉相承的是,戏仿继承了奥尼尔原作中乱伦、命运报应等成分。

不过,与戏仿对应得最工整的奥尼尔作品当属三幕剧《悲悼》。故事发生的时间是美国内战结束,第一幕名为《归家》。化干戈为玉帛后,清教徒后裔、准将艾兹拉·曼农回到英格兰的家,家中等待他的是妻子克里斯丁和女儿拉维尼亚。在他和同为士兵的儿子奥林离家期间,克里斯丁和船长亚当·布兰特擦出了火花。亚当是艾兹拉兄弟的儿子,也是家里的一个仆人,却爱上了性感的克里斯丁。拉维尼亚在母亲的遗传和父亲的基因间挣扎。她也爱布兰特。因为对母亲和布兰特之间的关系有所察觉,最终她迫使布兰特告诉了自己事情真相。拉维尼亚幼年伙伴彼得·尼罗斯爱拉维尼亚,但她告诉彼得,自己讨厌爱情,永远也不会结婚。艾兹拉回家后,随着剧情的发展,观众发现,他恨儿子,因为奥林占有了克里斯丁的爱情,而他这个丈夫无论如何也得不到自己妻子的爱情。布兰特给克里斯丁提供毒药,克里斯丁以药物之名让艾兹拉服下丧命,整个事件后来被拉维尼亚发现。

第二幕名为《被猎捕》。奥林回家后,发现父亲身亡,母亲神志不清,变化很大。他与彼得的妹妹黑兹尔旧情重燃,但拉维尼亚拉他一起,展开复仇行动。克里斯丁到布兰特的船上约会,拉维尼亚和奥林跟踪到了船上。克里斯丁离开后,奥林杀了布兰特。克里斯丁听到布兰特的噩耗,绝望自杀。

第三幕《心神不宁》中,拉维尼亚和奥林长途旅行,到了南海的一个岛屿。回到家后,奥林既内疚又悔恨,变得越来越像父亲。拉维尼亚摆脱了清规戒律的束缚,变得像母亲一样既美貌又不讲道德。她想与彼得结婚,也鼓励奥林与黑兹尔的爱情,但事情发展出乎她的预料。奥林一心要写忏悔录。他与未婚妻切断了联系,甚至想和拉维尼亚乱伦。

最后，他开枪自杀。拉维尼亚希望与彼得发生关系，但他害怕她的急切，因此离她而去。拉维尼亚最后说："我注定得不到爱情。死去的人的力量太强大！"她一个人闭门索居，萦绕在她的脑际的是挥之不去的死去的曼农家族成员。

奥尼尔研究学者郭继德教授指出："应当欢迎和鼓励运用新的批评理论视角来解读奥尼尔作品，一定不能忽略了对奥尼尔作品文本全面认真的细读和剖析，这样新世纪的奥内尔研究才能做得更扎实一些。"[①]细读文本，运用戏仿这个新视角来解读奥内尔，实际上就是响应了这个呼吁，也让尘封的奥尼尔文本重新焕发了异彩。

第六节　桑顿·怀尔德与威廉·福克纳

桑顿·怀尔德《我们的小镇》(1938)获得当年普利策诗歌奖。这出剧在多方面采取了创新。第一，采用最简单的舞台设置。没有大幕，没有布景，观众到来时看见的是只开了一半灯的空空的舞台。第二，剧中描写新罕布什尔州一个小镇平静而和谐的生活，没有曲折剧情和紧张冲突。小镇人口三四千，彼此很熟悉，清晨以送报纸和牛奶开始，晚上以做作业和家务结束。第二幕和第三幕中，艾米丽和乔治结婚，前者死于难产。这些重大家庭事件通过人物对话展现。后来，艾米丽死而复生，抒发她对人生的无限感慨。读者可以体会到怀尔德对观众的忠告：真爱生命，过好生活的每一天。第三，引入舞台监督这一人物来解说背景关系，并对剧情略加评论。怀尔德的创新"成功地将人们关注的视角引向包含最根本意义的普通人的生活"[②]，对美国戏剧产生了深远的影响。

《我们的小镇》中起枢纽作用的是舞台监督。他头戴帽子、嘴里衔着烟斗上场，在左边的下台口摆放一张桌子和几把椅子，随后注视着刚刚到来的观众。场灯全灭时，他开始说话：

> 这个戏叫《我们的小镇》，编剧桑顿·怀尔德；制作和导演是某某。在戏中你会看到某某小姐、某某先生，还有别的人。这个小城是新·罕布什尔州的歌洛威尔小镇，经度为42度40分，纬度为70度37分。第一幕是我们小镇的一天，时间是1901年5月7日破晓

---

① 郭继德主编，《尤金·奥尼尔戏剧研究论文集》，济南：山东大学出版社，2013年，第11页。

② 虞建华主编，《美国文学辞典：作家与作品》，上海：复旦大学出版社，2005年，第193页。

前(一只公鸡啼鸣)。在山峦的背面,东边的天际开始有了一些霞光,早晨的星星在消失之前,格外美丽。(他看了一会,然后向舞台的后区走去)我最好让你们看看我们小镇的布局。上边(和天幕平行)是大街。街的后面是火车站;铁道从这边延伸。跨过铁道是波兰城,还有一些加拿大的家庭。(走向左边)那边是公理会教堂;穿过街道是严守教规的长老教会;浸礼教徒在河的那边;天主教堂在铁道的远处。镇政府兼做邮局,地下室是监狱。布莱恩有一次曾在这些石阶上演讲过。沿着这边是一些小店铺,在店铺的前面是拴马的柱子。第一辆汽车要五年后才会在这个小城出现,那辆车是我镇最有钱的公民银行家卡特来特的。他住在山丘上的一所白色房子里。这是食品店,这是墨根的杂货店,多数的人差不多每天都会光顾这两个小店。小学在那边,中学更远些。早上9点差一刻,中午和下午3点,全城都能听到学生们的叫喊声和嬉笑声。(他走进下台区右侧的桌椅)这是季布斯医生的家,这是他家的后门。(从两侧台口推出一个拱架)对于那些想要看到背景的观众来说,这就是一些背景。那是个花园,玉米……豆子……扁豆……芥菜,还有一些西红柿。(穿过舞台)在那时候,我们的报纸《歌洛威尔看守者》,一星期出两次。这就是主编威博先生的家,这是威博太太的花园。就像是季布斯太太的一样,不同的是,她家的园子里有很多向日葵。在这儿,有棵灰胡桃树。(他又回到了右边台口的柱子旁,注视着观众)小镇不错,对吧?据我所知这里没出过名人。山那边的墓地里最早的墓碑刻着1679、1680,他们是歌洛威尔、卡特来特、季布斯和荷西,跟我们现在住在这儿的人的名字一样。正如我所说,这是黎明时分,小镇唯一的光是从铁道那家照出来的,一个波兰妈妈刚刚生了一对双胞胎。乔·克洛威尔家也有光亮,小乔要起来送报了。车站的灯也是亮着,薛廷·哈金正准备给5点45分去波士顿的列车发信号(一辆带笛声的火车驶过。舞台监督看表,点了点头)。自然,在农村灯早就亮了,因为要为奶牛挤奶,但是城里的人起得很晚,又一天开始了。季布斯医生接生完婴儿,正从大街走过来,他的太太从楼上下来准备早点。季布斯医生死于1930年,新的医院以他命名。季布斯太太很久以前就离开了季布斯医生,她是去看俄亥俄的女儿丽贝卡,丽贝卡和一个做保险的人结婚。季布斯太太在那儿死于肺炎,她的尸体被运回来了。现在她在山上的墓地里,和季布斯家、荷西家在一起。季布斯太太在天主教堂结婚之前叫朱丽亚·荷西。在我们的小镇里,大家喜欢谈论、了解身边的每个人。那是季布斯医生。小乔来送威博先生的《看守者》报了。[①]

1957年12月1日，伦敦《观察家》（*Observer*）刊登肯尼斯·蒂南的戏剧评论，该剧巧妙地将福克纳《修女安魂曲》（*Requiem for a Nun*）的内容嫁接到怀尔德的形式上，对两者都加以评论，相得益彰：

> 威廉·福克纳《修女安魂曲》幕布已经落下（皇家宫廷剧院），演员（露丝·福特、波蒂斯·里丁、扎奇礼·斯格特和约翰·克劳福特）的专注令人印象深刻。我们设想，桑顿·怀尔德的舞台监督从侧面走了出来，取出一个玉米穗轴烟斗，开始谈论：
>
> 喂，大家好！全剧结束。密西西比州尤卡纳帕塔法县杰斐逊市又一天结束了。没有什么大事发生。几个人被强奸，还有几个人牙齿被踢掉，但高高的天空上星星还在做它们宇宙的纵横交错运动，我们没有一点办法干预。现在一切很安静。这个地方还能走路的人上床很早。在停尸间后面，几个年轻人正在篝火上烘烤一个黑人。但我认为，每一个城镇上都有自己的夜鹰，很快，它们会像其他人一样入眠。在庞大而古老的庄园的房子里，没有任何动静。你甚至听不到通电带刺铁丝电网的嗡嗡声，因为昨晚有人喝醉，嘭的一声撞到电网上，电网短路了。这是福克纳住的地方，他这个人有点儿像上帝一样，构思了这整个地方。福克纳对这些地方了如指掌，这个地方的人也了解福克纳。不过，他现在没有在家。他作为山姆大叔的文化大使现在正周游世界，给外国人宣讲我们要爱每个人，甚至黑人，大融合几千年后肯定会实现的。因此我们要急事缓办，现在没有一点办法。（他取出手表，看了一下）现在该杰斐逊市的正直公民在睡梦中大喊大叫了。普通人会做普通的噩梦，仅此而已，我们大多数人大部分时间都这样。（听到简短的痛苦尖叫）听，来了。多服用几片速可眠，没有什么错事不能解决。（把表放在袋子里）
>
> 我说过，普通人为简单而又永恒的问题而小题大做。就拿坦普尔·斯蒂文斯来说吧。福克纳一直在高谈阔论。当然，福克纳没有冒充，他没有说自己是一个真正的剧作家。也许正因为如此，他倒着讲故事，他鼓起口舌讲你没见过的人以及你将来永远也见不到的人。等到他讲完你到达之前发生过的事情，时间已经不早

① 刘海平主编，《英美戏剧：作品与评论》，上海：上海外语教育出版社，2012年，第126至127页。

了,你也该回家了。但现在我们在谈论坦普尔,她平淡无奇,卷入一起汽车车祸,目击了一次杀戮,和一个性倒错者一起被锁进一个赌场,又看见了一次杀人事件,结婚,生了孩子。然后,正当她准备和敲诈勒索者逃跑时,她的女仆南希把她的小男孩杀了。南希是坦普尔在一个妓院遇到的黑人吸毒上瘾者。坦普尔的事情就是这样了,任何人都可能遇上这样倒霉的事情。你们不要问我南希为什么杀孩子。根据福克纳,她这样做是不想让他受到他母亲罪过的玷污。我觉得,即使再无知的黑人也知道受玷污的孩子比死孩子要好。我想,我猜不透他们的想法,而福克纳能猜透。(他抬头看了看天空)镇上现在天快亮了。很快,人们就会起来进行每天的磨难、赎罪,一口气写出两页长的句子。这个地方有苦难,受苦的方式各种各样,尤其是黑人。也应该如此,因为他们和我们的感受不同。他们依靠自己简单的原始的信仰。(他又看看表)好,坦普尔和丈夫团聚。过几分钟,他们要绞死南希。也许黑人出生的原因就在于此:不让白人婚姻破产。不管怎样,今夜自从幕布升起,发生了很多事情:60亿加仑的水从尼亚加拉大瀑布倾泻而下,3000少男少女开始第一次吸大麻,有人看见阿拉斯加上空飞行的棺材里有一只哈巴狗,你们中的大多数人都在欣赏露丝·福特的演出,有些人想着她的工资是否忘在更衣室里了,是不是她根本没有得到工资。在好莱坞,一个制片商正在读福克纳的书,想看一下是否给琼·克劳馥买下电影版权。是的,全球来讲,今晚发生的事情够多的了。南希该执行死刑了。(舞台外扑通一声响,舞台监督达观地笑了。)这就是了,很准时。(他又把手表放进袋子里。)朋友们,演出到此结束,你们当中需要吸毒的可以到外面吸毒。在我们镇,有一个"死亡情有独钟"委员会的会议,还有一个为救济第二次世界大战大屠杀受难者的筹款会。最漂亮的女孩正在打扮自己,参加1957年纯种女子选美(Miss Cegenation)大赛。总有事情发生。哎呀,在学校,有一个古板的人文主义者刚刚开枪自杀。愿你们也安眠。晚安。

他下了舞台,《圣经》沉重摔下的声音回响在空中。①

从这个戏仿来看,舞台监督和《我们的小镇》的舞台监督同样饶舌。从他的话语中,读者感到平静的生活下是强大的讽刺性变化的潜流。

---

① Macdonald, Dwight (ed.). *Parodies: An Anthology from Chaucer to Beerbohm—and After*. New York: Random House, 1960, pp. 254 – 256.

这些变化一般是不好的变化。例如，白人杀了黑人；所有的人都良心不安，靠安眠药才能睡眠；有人开枪自杀。小镇是堕落的典型。吸毒成瘾，Miss Cegenation 一词与 miscegenation（白种人与非白种人种族间通婚）谐音。言谈中，舞台监督发泄了对福克纳的不满，认为他的有些作品设计不合理，脱离现实，晦涩难懂，句子冗长。这些并非戏言，而是能够激起许多读者共鸣的中肯的结论。

还有戏仿福克纳《我弥留之际》的作品。原文中，艾迪·本德伦行将就木。她的孩子准备满足她的愿望，将她安葬在离居住地很远的密西西比州的家乡杰斐逊。艾迪有四个儿子和一个女儿：卡什、朱尔、达尔、瓦德曼和杜威·戴尔。艾迪去世后，身为木匠的卡什为她打造了棺材。瓦德曼尚小。震惊之余，他把母亲之死与抓到一条大鱼的兴奋心情搅和在一起，因此他说："我的妈妈是一条鱼。"①以前，他曾被关在玉米穗仓库里，几乎窒息。如今，他给棺材钻了一个孔，以便母亲能够呼吸。一家之长是安塞。他吝啬，头脑简单，有时还哭哭啼啼。在安塞的带领下，一家人赶着驴拉的车上路了。朱尔曾牺牲晚上休息的时间去田间干活，利用挣的工钱，买了一匹心爱的马。现在，他骑着马护着灵柩。洪水冲毁了路上的一座桥。强行渡河时，发生了不幸：卡什摔断了腿，驴子被淹死，朱尔的马也差点送命。马虽然保住了，却被安塞卖掉，又买了牲畜拉车。在可怕的 10 天苦旅中，尸体开始腐败，腿部受伤的卡什被迫躺在棺材上。他的腿裹上自制的水泥石膏，使他永远残疾。一天晚上，头脑灵活的达尔烧掉棺材附近的谷仓，从而火化了艾迪，结束了这场噩梦般的行程。朱尔想把牲畜从火中抢救出来，结果被严重烧伤。到了杰斐逊，达尔被当局抓住，送进了疯人院。卡什被送进诊所。戴尔不知道自己有身孕，以为自己身体有其他问题。在药店买药时，药店伙计乘机占有了她的身体。履行了自己对妻子的责任后，安塞向戴尔"借"了钱，安装了一副假牙，有点骄傲地领了一个女人回来，说是本德伦太太。福克纳戏仿作品《最蹩脚福克纳最佳故事集》中，故事人物在商场里。售货员问："记账还是现金？"（Credit or cash?）"现金。"（Cash.）人名"卡什"和"现金"同音。戏仿中还再现了"我的妈妈是一条鱼"②这个句子。

福克纳本人对戏仿是什么反应，不得而知。他本人也曾开过其他人的玩笑。在加州洛杉矶伯班克为好莱坞电影公司写脚本时，公司为

---

① 转引自：Hart, James D. (ed.). *The Oxford Companion to American Literature*. Beijing: Foreign Language Teaching and Research Press, 2005, p. 34.

② Mangan, Don. *The Best of Bad Faulkner*. Orlando, Florida: Harcourt Brace Jovanovich, Inc, 1991, pp. 82－83.

他配备了一间豪华办公室,另外还有两个漂亮的秘书。但他对制片公司的工作人员说,自己希望在家里工作,而不想在办公室写作。这一要求得到公司的理解和支持。几周之后,公司方面急需联系福克纳,谈剧本的事情。杰克·华纳吩咐比尔·沙佛给福克纳打电话。故事的其他部分如下:

> 比尔说:"你知道他在家工作。""当然知道,你给他家里打电话。""这是长途电话。线路已通,请您和他通话。"我简直要大喊了,"长途?"接线员说:"是的,先生,他在密西西比州的牛津。""福克纳先生,您怎么能这样对我?你离开这里怎么不告诉我?你说过你要在家里工作!"福克纳耐心地说:"这是我的家,我住在密西西比州。"①

众人都以为福克纳说的是他加州的住处,没有想到他所说的家居然是密西西比州的家。这个故事可以看出福克纳用词的模棱两可和他性格多姿多彩的一面。福克纳对别人开自己的玩笑大概不会反感。

第七节　阿瑟·米勒

梅尔·布鲁克斯的作品《推销员死吧》(*Death to the Salesman*)戏仿了阿瑟·米勒的《推销员之死》(*Death of a Salesman*)。戏仿简化了剧情,主要人物有3个:哈利(父亲)、梅(母亲)和斯坦利(儿子)。戏仿者使用了戏剧大师的风格,但抛弃了他的精神:

> 梅:哈利,怎么回事?你很累,今天怎么样?
>
> 哈利:(颓然坐到椅子上)说也没有用处。小人物现在没有机会。如今,要想出人头地,就要狡猾而且肆无忌惮。
>
> 梅:哈利,发生什么了?
>
> 哈利:(平静的绝望)我得了8美元……8美元巨款。一个人带给自己的妻子就这么一点吗?梅,我53岁了,赚了8美元……今天运气还好。谢天谢地,如果不是庆祝游行,我可能只赚可怜的两美元。
>
> 梅:你在游行中赚了6美元?说给我听一下。

---

① Gross, John (ed.). *The New Oxford Book of Literary Anecdotes*. Oxford: Oxford University Press, 2006, pp. 275 – 276.

哈利：周围警察太多了……我太紧张。梅，我怎么回事？现在有警察都偷不了东西了。梅，我以前不是这个样子，对吧？

梅：是的，你从来没有这样过。

哈利：（正式地）告诉我，我以前从来没有这样过！

梅：你以前从来没有这样过！

哈利：（更大声地）我以前从来没有这样过！

梅：你以前从来没有这样过！

哈利：（对着观众）我以前从来没有这样过！对了，孩子呢？

梅：（犹豫着不敢告诉他）嗯……他在附近。

哈利：在附近？哪里？

梅：他……他……他在运动场和其他孩子打棒球。

哈利：（观众第一次看到哈利表面温和的脸上有了怒气）棒球？这孩子就是这个志向？我平时的教导和培训有用处没有？付之东流了？打了水漂?！一个孩子拿起球棒，击碎父亲的希望和梦想。

梅：吃意大利面条吧，哈利，快凉了。

哈利：梅，告诉你吧，这个国家要疯掉了。孩子的理想就是成为米基·曼特尔①！我给他说，他不听。梅，我失败了，作为父亲，我失败了。（可怜的被打垮的父亲流出了眼泪）

梅：不会的，他不会让你失望的。我知道他不会……他身体里流淌着你的血液。

哈利：我感觉不好，我感觉不好。（斯坦利进来。他大约 14 岁，一看他真诚的几乎天使般的脸，就知道他为什么让人失望）

斯坦利：（把棒球用品放好）喂，妈妈！喂，爸爸！（他亲热地拍父亲后背）

哈利：你还有脸向我问好。

斯坦利：我没做错事，对吧，妈妈？

哈利：（暴怒）你本应该学习手艺，却在运动场上浪费时间，你不感到羞耻吗？我像你这般大的时候，已经闯入糖果店偷东西了！

斯坦利：他在吼什么？

哈利：你不中用，别人都喜欢你。（斯坦利迅速转身，紧张站立，背朝父亲。他很羞愧尴尬）斯坦利，我是你的父亲，相信我，我知道什么对你最好。斯坦利，我来教你。我现在只有你。难道你不想当罪犯吗？

斯坦利：（嗫嚅）当然想，爸爸，但是……

① 米基·曼特尔（1931—1994）：美国职业棒球运动员。

哈利:那么,看在迪林杰[①]的份上,你怎么不听我的话?

斯坦利:你总是在吼叫。

哈利:斯坦利,我知道万事开头难,我不要你做不可能的事情,从最基本的做起,开始时小打小闹,往付费电话中投假币,从学校偷墨水笔,用拳头打老师的嘴巴。

梅:斯坦利,要听你爸爸的话。

斯坦利:好的,爸爸,好的。

哈利:我想起来了,学期结束了,对吗?

斯坦利:是的。

哈利:你的成绩单呢?

斯坦利:(突然扭转身)我……我……嗯,弄丢了。

哈利:说什么废话!让我看你的成绩单。

梅:斯坦利,让你的父亲看你的成绩单。

斯坦利:(迟疑地递成绩单)给,爸爸,但愿您别……

哈利:(看成绩单,做出过一会儿才恍然大悟的反应。仔细看,简直不相信自己的眼睛)**A**、**B**$^+$、**A**、**B**$^+$、**A**、**A**、**A**、**A**、**A**、**A**、**A**、**A**、**A**、**A**、**A**。(他声嘶力竭地叫着,下了舞台。人们还能听得到他的大喊。听到前几个**A**字,斯坦利有反应。他很不好意思,连说"对不起,我不是有意的"等)

梅:(稍微停顿之后)你想要他的老命。注意,他身体不好。斯坦利,你要跟着父亲学,否则你就早早把他送向坟墓。(斯坦利坐在椅子上,脸朝向一边。梅走到他身边,让他抬头,对着他的脸说话)斯坦利,你是独生子,你对我们而言很重要。斯坦利,求你了,看在他和我的份上,偷一些东西吧,什么都成。我知道你行。我知道,内心深处,在那至关重要的地方,你是个混蛋。(梅把手放在他的肩膀上,斯坦利环顾四周,把手放在她的手上,看着她。这个动人场面成为艺术性构图)

斯坦利:多谢,妈妈,我爱他,我也爱你,你知道,但我有点不对头。我有点疯了。我是个不合时宜的人。你知道,像当警察的弗雷德叔叔。

梅:(用手捂住他的嘴)在家中永远不要提他的名字。

斯坦利:对不起,妈妈……(梅坐下,斯坦利身子向她倾过来,说话缓慢但有力而坚定。他用拳头捶击桌面以强调)我想给您说,

---

① 迪林杰(1902—1934):美国土匪头目,多次结伙抢劫银行,1933年被联邦调查局宣布为"头号公敌",后被诱捕击毙。

我知道这听起来奇怪，但您需要听我说，妈妈，我找了份工作……一个诚实的工作(梅朝他的脸打了一拳，将他打翻在地)

梅：我告诉过你，在这一家不要说这样的话。

斯坦利：但是，妈妈……我用钱买了东西，我喜欢的东西，我想一辈子来做的东西。(斯坦利出去，回来时拿着小提琴箱。他朝母亲走去，哈利走上舞台，正好看见。)

哈利：斯坦利，啊，孩子，你终于想通了。汤姆式冲锋枪。我的孩子有……一支……汤姆式……(他兴奋地把箱子从孩子的手中抢过来，打开，看着里面，他吃惊地说)这……到底……是……什么？

斯坦利：(坚定地)是小提琴。我要拉小提琴。我想成为音乐家。

哈利：你想成为……(身体一晃，手按在心脏上。梅抓住他，不让他倒下。一会儿，他恢复正常。他到桌子旁，击碎了小提琴)我们家没有人当音乐家。我不允许。听见没有？我不允许。我不同意！

斯坦利：(吃惊)不……(退缩，向门口跑了三步，下了舞台)

梅：斯坦利，回来……

哈利：他想走就让他走，他不是我儿子。我们自己能行。我们两个。把我的东西拿过来。今晚我要工作，只有埋头工作，我才能忘记人生的痛苦与烦恼。(梅拿过一个黑皮袋子，开始往里面装东西：玻璃切割刀、扳手、硝化甘油、砂纸、三明治)

梅：哈利，记住我们说过的。汤姆逊式保险柜，四个制栓组合。别用太多的硝化甘油，别忘了吃三明治。记住，保安 10 点 15 分换岗。哈利，自然一点，别让人生疑。

哈利：(打断)啰嗦……唠叨……(正在此时，门突然打开，斯坦利站在那里，立在两个警察之间，一副幸灾乐祸的样子)

斯坦利：他就是。哈利老滑头。我的父亲，好啦，我的报酬呢？(一个警察走过来，抓住哈利。另一个警察给斯坦利付钱)

警察：给你，500 美元。(警察走过来，抓住哈利的另一只手臂)

哈利：(终于能说出话了)梅，梅，这孩子为了肮脏的赏金，告发了自己的父亲。(伸手拉住她)梅，我们的孩子是眼线，他将来会没事的……他将来会没事的。(警察领他出门，哈利胜利地大笑，梅脸上有幸福母亲的微笑，斯坦利高兴地点数钱款，幕落)①

---

① Lowrey, Burling. *Twentieth Century Parody: American and British*. New York: Harcourt, Brace and Company, 1960, pp. 227 – 232.

学者指出,推销员“天真地认为人缘好,拼命干,在美国社会总有一天会成功。他最后到处碰壁,撞车自杀。此剧深受观众好评,产生了极好的社会效果,甚至被称为巧妙地安放在美国精神大厦底下的一颗定时炸弹”①。戏仿与原作如同李鬼和李逵的关系,有天壤之别。不过,阅读戏仿的经历值得珍惜。戏仿的工作原理如同摄影的暗箱。反映世界的文本因为我们太熟悉因而对其视而不见(就像起居室的家具)。经过戏仿者想象力的暗室,读者也许因此才得以第一次看见原文本这个客观实在。读者带着激情停留在暗室中,专注而且欣喜若狂地注视着这些在现实生活中可能让读者烦闷或丝毫不去观察的文本,有点不想离开。但普通人毕竟生活在外部的世界,而不是暗室的世界。因此读者离开暗室,眨着眼睛,让瞳孔收缩,恢复正常。随后,又开始在这个世界生活,对周围的一切又开始视而不见。

第八节　格特鲁德·斯坦因

格特鲁德·斯坦因,美国先锋派女作家、评论家,生于宾夕法尼亚州德国犹太人家庭。1903 年起侨居巴黎,为毕加索、马蒂斯等画家的支持者。20 年代常举办文化沙龙,对移居国外的美国作家海明威、安德森等人颇有影响。著有短篇小说《三个女人的一生》、长篇小说《美国人的成长》、传记《爱丽丝·托克拉斯的自传》等。1927 年,斯坦因发表《作为解释的写作》(*Composition as Explanation*)。罗纳德·诺克斯对此发表评论,题目是“Battology”。这个词是诺克斯的自造单词,bat 是英语俚语,表示“外国语”,battology 表示“关于外国语的学问”,暗示文字读不懂。评论文章写道:

> There is oddly not nearly so much difficulty about reading the beginning of a book by Gertrude Stein like this book of hers called *Composition as Explanation* (Hogarth Essays) as there is in reading it later on when it gets nearer to its end. It is all written like this with no punctuation of course but it does sound as if it meant something. Every now and then a word or two is written twice over twice over but of course that may be the printer. It is a little confusing to be told that people are the composing of the composition that at the time they are living is the composition of the time in which they are living, but probably it all

① 杨仁敬著,《简明美国文学史》,上海:复旦大学出版社,2014 年,第 571 页。

works out somehow. She goes on like this for about thirty pages and then she says now that is all. But it isn't it isn't it isn't. It is only about half. She starts putting in headlines after that to symbolically no doubt make her meaning clearer, but it isn't clearer. It is ever so much not clearer. SITWELL EDITH SITWELL.

She says that quite suddenly in capitals as if it were a line of Onward Christian Soldiers. And in this part of the book all the parts of speech get mixed up anyhow as if she had been taking a lesson in typewriting. The quick brown fox jumps over the lazy dog lazy dog lazy fox the quick jumps jumps brown. There is only sentence in this part which is English, it says toasted Susie is my ice-cream, and that is not sense, is it? So awfully not sense. I suppose she must either think it looks pretty or think it sounds pretty when you read it but it doesn't it doesn't either it really doesn't.

Then every now and then she gives you a series of sentences which look like a spelling lesson or testing a new nib. Or sometimes it might be a French exercise. I make fun of him of her. I make fun of them. They make fun of them of this. They make fun of him of her. That sort of thing. I don't make fun of her. She makes fun of herself.

I don't understand why she says it is not usually her habit to mention anything. She is always mentioning things and leaving it at that. Weeks and weeks able and weeks. I can see she is mentioning something. But why does she mention it so often? They make them they make them they make them they make them they make them they make them at once. It is very easy to type-write that sentence. But it would be easier still to write they make them repeat seven times at once. And it would save paper. She wastes paper. Baskets and paper, paper and baskets.

Now and then she seems to be telephoning. Eight eight and eight, eight eight and eight, eight eight and eight and eight. She ought to have said eight double eight. They must address with tenderness. Yes but the girl at the exchange wouldn't address with tenderness. I think she must do it by taking hashish. Has she has his hashish? Hashish and

haberdashers. Dash her hashish. ①

阅读斯坦因的论文《作为解释的写作》奇怪的是开始的文字没有结尾的文字难点多。当然都是写得像这样,没有标点符号好像有特殊意义。偶尔一个或两个单词写两遍但当然那可能是排字工的缘故。被告诉人们是作品的写作另外与此同时他们在生活是他们生活的时代的创造总有点令人迷惑,但也许有办法解释清楚。她这样写了大约30页,然后她说结束了。但是没有没有没有。只是一半儿。之后她开始放进大标题,无疑目的是象征她要清楚表达意义,但意义没有更清楚,还是那样不清楚,西特韦尔伊迪斯西特韦尔。

她突然用大写字母那样写,好像是一对向前的基督教士兵。在书的这一部分,所有的词性都混乱了,好像她在上打字课。敏捷的褐色狐狸从懒惰的狗身上跳过懒狗懒狗敏捷跳跳褐色。这个部分只有一个句子是英语,它写道被尝的苏茜是我的冰淇淋,但这个句子无意义,不是吗?根本没有意义。我想她肯定要么觉得这个句子看起来很美,要么觉得你读它时听起来很动听。但不是的不是的也不是的确实不是的。

然后有时她给你一连串句子看起来像是上拼写课或试一下新钢笔尖。有时候可能是法语练习。我嘲笑她来嘲笑他。我嘲笑他们。他们嘲笑他们这个。他们嘲笑她来嘲笑他。这个东西。我不嘲笑她。她自己嘲笑她自己。

她说言之有物(mention anything)不是她的习惯,我不理解为什么。她总是提到东西(mention things),然后就作罢。几周几周能够又几周。我能看出她提到了东西。但她为什么这么频繁地提及它呢?他们制造他们他们制造他们他们制造他们他们制造他们他们制造他们他们制造他们立刻。打字输入这个句子很容易,但写上他们制造他们马上重复七次更容易。另外还节省纸张。她浪费纸。篮子和纸。纸和篮子。

有时她好像在打电话。八八八,八八八,八八八。她本应该写八两个八。他们称呼时要温柔。但交换台的女孩不会温柔地称呼。我想她应该吸大麻来从事这个工作。她有他有大麻制剂吗?大麻和男子服饰用品商。去她的大麻。

---

① Gross, John (ed.). *The Oxford Book of Parodies*. New York: Oxford University Press, 2010, pp. 117 - 118.

斯坦因以自己的实验性写作而闻名。最著名的句子是“玫瑰是玫瑰是玫瑰是玫瑰”。这个句子既是她的魅力所在,也是她的问题所在。斯坦因认为,事物的名字就是它们的本质。重复玫瑰,就是作诗。她只对单词和句子感兴趣,对传统文学的文学特征(例如人物、情节、主题)丝毫不感兴趣。评论家既不认同“玫瑰是玫瑰是玫瑰是玫瑰”,也不赞成她的观点。阿尔弗雷德·卡津认为她是个女祭司,用无意义的音节阐述文本,《新群众》编辑迈克尔·古尔德认为她是个文学白痴。[①]《三个女人的一生》找不到出版社免费出版,斯坦因找到一家美国出版社自费出版。出版社看了书稿后,特意派了一个年轻人去巴黎看她会不会说英语。斯坦因愤怒了,声称自己是美国人。出版社的人说:“是的,是的,我现在完全明白了,但也许你在写作方面是一个新手。”[②]上面的戏仿完美地体现了斯坦因的写作特点。

第九节　约翰·斯坦贝克

克里克《卡夫卡的汤》曾经戏仿斯坦贝克的无产阶级小说。斯坦贝克《愤怒的葡萄》(1939)谈到了具有普遍性的流动劳工问题。乔德一家是农民,住在俄克拉荷马州干旱尘暴区,工业化使他们失去了土地。他们认为加利福尼亚州是富足之地,于是一家人坐上破烂不堪的货车,向加州出发。一行人包括爷爷、奶奶、父亲、母亲、叔叔约翰、诺亚、汤姆、艾尔、罗斯、康尼、路得、温菲尔德和吉姆·凯西。爷爷从不顾家,奶奶身体虚弱,极其虔诚。父亲默默地将一家事务交给妻子打理。母亲是一家的支柱。她勇敢而且坚强,有耐心,也有梦想,能够为人谋划。约翰很孤独。诺亚弱智,汤姆是故事主人公。他因为杀人入狱,如今刚刚刑满释放。趾高气扬的青年艾尔羡慕汤姆沉静的力量。罗斯只沉浸于自己对无能的丈夫康尼及腹中孩子的爱情。以前当过牧师的凯西是土生土长的社会主义者。他的首字母(Jim Casy)与耶稣(Jesus Christ)的首字母相同。在艰难的旅程中,爷爷和奶奶相继去世,诺亚离开了这个小集体。乔德一行人继续往前走。这不需要多少勇气,因为他们没有任何别的选择。到了加州,发现情况并非他们预料的那样。警察不断追赶他们,职业中介残酷剥削他们的劳动。凯西被监禁,康尼逃跑。剩下的人在政府开办的一个难民营住了一段时间。在饥饿的阴影下,他们不情愿地离开,到一个被其他劳工抵制的果园摘水果。汤姆遇到

---

①② 转引自:Arthur, Anthony. *Literary Feuds: A Century of Celebrated Quarrels from Mark Twain to Tom Wolfe*. New York: MJF Books, 2002, p. 26.

了获释的凯西,他正在领导工人罢工。纠察队袭击时,凯西遇害,汤姆杀了凶手为凯西报仇。乔德一家逃走,一边掩护汤姆,一边摘棉花谋生。母亲既累又怕,最终同意汤姆离开。汤姆下决心将凯西组织劳工斗争的工作进行到底。《愤怒的葡萄》被改编成了电影,由美国影星亨利·方达主演。① 电影中,难民营的孩子们在垃圾堆上寻找食物的场面,让人动容。在《卡夫卡的汤》(*Kafka's Soup*)一书中,马克·克里克戏仿了斯坦贝克人物的困顿,戏仿使这些生动再现,令人久久不能忘记。结尾尤其传神生动:

> 她将做成的饭小心翼翼地盛在有裂口的碗里,撒到最后的帕尔玛干酪上。饭没有肉和土豆,但至少她的家人今晚有饭吃了。②

第十节　罗伯特·弗罗斯特

罗伯特·弗罗斯特曾写过《雪夜林边驻足》:

> 我想我认识树林的主人
> 他家住在林边的农村;
> 他不会看见我暂停此地,
> 欣赏他披上雪装的树林。
> 我的小马准抱着个疑团:
> 干嘛停在这儿,不见人烟,
> 在一年中最黑的晚上,
> 停在树林和冰湖之间。
> 它摇了摇颈上的铜铃,
> 想问问主人有没有弄错。
> 除此之外唯一的声音
> 是风飘绒雪轻轻拂过。
> 树林真可爱,既深又黑,
> 但我有许多诺言不能违背,
> 还要赶多少路才能安睡,

---

① *The Grapes of Wrath*. Dir. John Ford. Adapted by Nunnally Johnson. Twentieth-Century Fox, 1940.

② Crick, Mark. *Kafka's Soup: A Complete History of Literature in 17 Recipes*. London: Granta Books, 2007, p. 47.

还要赶多少路才能安睡。①

詹姆斯·布鲁克斯的《雪夜林边驻足找高尔夫球》曾戏仿《雪夜林边驻足》:

这是谁的树林我知道,
我已经到此有20次左右。
到了这里,我的对手肯定会耻笑我,
到底球到了什么地方?
松鼠和小鸟肯定觉得很奇怪,
附近没有平坦的高尔夫球道。
在高尔夫球和深草区之间,
是无边的树林,我流下了眼泪。
我挥动球杆,深深吸气,然后呼气,
"这一次一定要击中!不会很困难。"
接着,我听见球撞上树干的响声。
"够了!够了!"松鼠闻之狂跑,
小鸟受惊飞走,
但我要还原至预备姿势救球,
离推球入洞还有几英里的距离,
离推球入洞还有几英里的距离。②

深草区设在高尔夫球场平坦球道两边。叙事人是一个拙劣的球手,总是击不中球。他利用弗罗斯特的诗来描绘自己的窘境,给自己增添了几分可爱。读者也许明白了他球技差的原因:他平时可能读诗太多,练球太少。

弗罗斯特的《火与冰》("Fire and Ice")富于辩证法:

有人说世界将毁于火,
有人说毁于冰。
依据我个人的体验
我赞同倾向火的人群。

---

① Gardner, Martin (ed.). *Martin Gardner's Favorite Poetic Parodies*. New York: Prometheus Books, 2001, p.45.

② Gardner, Martin (ed.). *Martin Gardner's Favorite Poetic Parodies*. New York: Prometheus Books, 2001, p.46.

但若注定要毁两次,
那么我想我知道仇恨,
要说破坏
冰的威力同样大
也足能毁灭。①

火象征了欲望,包括性欲、权力欲、金钱欲等。适当的欲望是适宜的,过犹不及,过度就走向了反面。欲火烧身,对当事人本身没有好处。"依据我个人的体验"说明叙事人也有过欲望,"我赞同倾向火的人群"中的"人群"暗示这些人不在少数。冰,作为火的对立物,象征了冷漠和仇恨,冷战是个比较典型的例子。作者说"我知道仇恨",和刚才的表达不尽相同,说明他可能没有恨过其他人,只是听说过或者阅读过相关内容。作者的结论是:不管是炽烈的过度的欲望,还是冷漠的仇恨,都能毁灭世界。欲望能够毁灭人所共知,叙事人尤其想提醒读者,冷漠同样能毁坏世界,需警钟长鸣,随时付出自己对他人的关爱。阿曼达·T. 宁格曾戏仿《火与冰》:

有些人说酒温暖时最好喝,
有些人说冰镇的最好喝。
我赞同大多数人喜欢温酒的意见,
但如果我要喝两次酒,
最近我有充足的体会
可以说,为了自己的快乐,
冰镇的酒同样好,
而且足够。②

弗罗斯特最频繁被引用的诗歌可能是《没有选择的路》("The Road Not Taken")

黄色的丛林里分出两条路,
可惜我不能同时涉足,
我站在路口久久伫立,

---

① Gardner, Martin (ed.). *Martin Gardner's Favorite Poetic Parodies*. New York: Prometheus Books, 2001, p. 47.

② Gardner, Martin (ed.). *Martin Gardner's Favorite Poetic Parodies*. New York: Prometheus Books, 2001, p. 47.

向着一条路极目望去，
直到它隐没在丛林深处。
然而我选择了另一条路，
它荒草萋萋，十分幽静，
显得更诱人，更美丽；
虽然那天在这两条小路上
都很少留下旅人的足迹
那天清晨落叶满地
两条路都未经旅人踩印
啊，留下一条路等改日再见！
明知路途绵延无尽
我却怀疑是否会回到原地
也许多年后在某个地方，
我将轻声叹息将往事回顾；
一片树林里分出两条路，
而我选择了人迹更少的一条，
从此决定了我一生的道路。①

诗歌看似浅显，实则意义深远。作者选择了少有人走的路，表示他求新求异的性格。这可能会让他有新发现。人生处处面临着选择。重大时刻的抉择，是捷径？是康庄大道？是弯路？是危途？决定对于选择者具有重大的影响，这一点自不待言。“黄色的丛林里分出两条路”隐隐透露出作者的埋怨：人生给人提供的选择项实在太少。“我却怀疑是否会回到原地”一句暗示，殊途同归，人生的道路形式可能不同，但实质是一样的。也许无论怎么选择，万变不离其宗。总之，这是一首意义隽永的诗歌，广受读者欢迎。阿曼达·T. 宁格也曾戏仿《少有人走的路》：

堪萨斯城一条道路分成岔路，
遗憾的是我不能同时走两条路，
只能走其中一条。真令人伤感！
我用充血的眼睛极目远眺，
看到其中一条满是沙砾。

① Gardner, Martin (ed.). *Martin Gardner's Favorite Poetic Parodies*. New York: Prometheus Books, 2001, p.43.

讲这些时我发出叹息,
中间不无希望和恐惧。
一条道路在城市中分成两条,
我选择人迹罕至的道路,
我将于15年后出狱。①

从最后一句读者得知,叙事人是一个犯了罪的囚犯。一条是监狱的道路,一条是通向自由之路。如果说弗罗斯特的叙事人可以自由选择两条路的话,那么囚犯的道路只有一条:回到囚室。做了错事,就要承担罪责,受到惩罚。两首诗,两个截然不同的叙事人,确实是具有讽刺意义的转折。

弗罗斯特的《白桦树》("The Birches")虽然名不见经传,但也是精品:

当我看到白桦树左右弯曲,
越过笔直的黑色树木的行列,
我想可能是有些孩子在上面荡秋千,
但他们的游荡摇摆
并没有让白桦永久趴在地面,
冰霜雪雹可以。经常,你会看到,阳光晴朗,
冬天的早晨,下雨之后,
它们的树身承载着冰,
微风吹起,它们固着在树身上,
出现小裂缝,将表面润泽,变得五颜六色,
不久,阳光的温暖使得它们卸掉冰晶外壳,
在雪的外套下分崩离析。
扫除堆堆碎玻璃,
你会觉得天堂的内顶坍塌。
因为负担,他们被压到了
枯萎的凤尾草的高度,
他们好像没有断裂。他们弯曲,被压得很低,
很长时间,他们没有恢复原状,
你可以看到他们的树干在树林中弓着,

① Gardner, Martin (ed.). *Martin Gardner's Favorite Poetic Parodies*. New York: Prometheus Books, 2001, p.44.

几年后，地面上有它们叶子的痕迹，
如同手脚着地的姑娘将眼前的头发
抛掷到空中在太阳下晒干。
真相揭开之时，我要说，它已经
把冰雪雨霜视为当然。
我宁愿一个男孩，当他出去
把牛拉回牛圈的时候，将树压弯，
这个孩子远离城市，没有学过棒球，
他唯一的娱乐就是见到什么，玩什么。
无论夏天还是冬天，他都一个人娱乐，
一个接一个，他压弯父亲的白桦树，
一次又一次骑上去，最后他们不再坚挺。
他征服了所有的树，它们都变得松松垮垮。
他知道，爬树时不要操之过急，
不要将树折断到地下。
他保持微妙的平衡，爬到树冠，
就好像你精心倒茶，茶到了边缘，
甚至超过了边缘。然后他唰的一声向外，
身影划过空中，借着树的弹力，脚到了地面。
我以前也喜爱在白桦树上荡秋千，
我希望我能重回这个模样。
有时厌倦了思考，
生活如同无路可走的树林，
从树林中穿行，脸会被灼伤，
蜘蛛网会缠绕，
一个树枝突然划过，造成伤害。
我希望离开大地一段时间，
然后回到地面，重新开始。
希望命运不要故意曲解我的意思，
装作满足我的愿望，将我拖上那
不归之路。地球是爱的理想场所。
我不认为还有一个更好的地方。
我希望爬上一棵白桦树，
攀爬雪白的树干，爬上黝黑的枝条，
前往天堂，直到白桦不能承受我的重量，
树冠一弯，将我放下。这样前往天堂和

归来都非常便利,
用白桦荡秋千绝对没有坏处。①

弗曼·霍顿曾戏仿弗罗斯特的《白桦树》:

当我看到一个城镇的建筑高高延伸到天空,
我想知道它们是否还会下落。
因此,我转过街道区看个究竟。
果然,建筑有向下的一面。
我心中沉思,这些建筑
虽然前进的方向指向天堂,
但它们从来没有到达天堂。
建筑物和人都是这样,
同样的规律适用于马驹、小猫、小鸡、
各个品种的牛、狗和马匹。
我想,波士顿的楼群已经足够高,
我喜欢坐电梯到达顶端,
然后重新下来。但是,
不要误会,我不会买一张车票
前往纽约上更高的摩天大楼。
波士顿的大楼靠近天堂的程度
正是我希望达到的高度。②

一个建筑物有正面,就必定有反面。叙事人为此还要证实一番,显示出他的幼稚,而单纯正是弗罗斯特的诗歌特点。戏仿诗重复了原诗中的一些句子意义。例如,"不要误会"重复了"不要故意曲解我的意思"。戏仿作者说,自己只需要在波士顿,而不去纽约上更高的楼,隐隐透露出弗罗斯特的保守。弗罗斯特固守诗歌传统韵律形式,不写自由诗。他认为,韵律很重要,而自由诗如同打网球却不要球网。弗罗斯特的诗歌虽然简单且明晰如镜,读者细细阅读却发现许多诗歌充满了困惑、战斗性及破坏精神。例如,《火与冰》。《白桦树》被认为充满了创伤。这个特点已经被人们注意到。弗罗斯特 85 岁生日时,特里宁称赞

---

① Kirszner, Laurie and Stephen Mandell (eds.). *Literature: Reading, Reacting, Writing (Poetry)*. Beijing: Peking University Press, 2006, pp. 1188 – 1189.

② Gross, John (ed.). *The Oxford Book of Parodies*. New York: Oxford University Press, 2010, p. 117.

他为“恐怖诗人”（poet of terror）①。戏仿诗中有酒徒的真言、罪犯的哀叹，与原诗精神吻合。

第十一节 马丁·路德·金

20世纪60年代，黑人争取权利时，马丁·路德·金曾发表《我有一个梦》的著名演说。他最后说道：

> 当我们让自由之声响起来，让自由之声从每一个大小村庄、每一个州和每一个城市响起来时，我们将能够加速这一天的到来，那时，上帝的所有儿女，黑人和白人，犹太人和非犹太人，新教徒和天主教徒，都将手携手，合唱一首古老的黑人灵歌：“终于自由啦！终于自由啦！感谢全能的上帝，我们终于自由啦！”②

美国电影《独裁者》曾经戏仿这一部分演讲。某专制主义国家的元首阿拉迪恩在国内作威作福，鱼肉人民，任意胡来。他受邀到了美国，到联合国发表演讲。出人意料的是，入住宾馆的当晚，他被仇敌抓住。仇敌本来想折磨他，置他于死地，但出了意外，只烧了他标志性的大胡子。他赤身裸体逃到了街上，找了流浪汉的衣服穿上。保安认为他在捣乱，不允许他进入联合国。国内的反对派已经用替身顶替了他在联合国发表演讲，准备签署新宪法，废除独裁。这意味着阿拉迪恩没有了身份，也失去了权力。在这种情况下，作为权宜之计，他到一个超市找了份临时工作。这家超市取得了向联合国供应食品的合同。阿拉迪恩准备乘送饭之机进入联合国，趁签署新宪法时亮明身份，撕毁宪法。在街头，他看到了国内民众对新宪法的拥护，对他这个独裁者的唾弃。他非常难受，决定跳河自杀。一个昔日的手下赶来，劝他不要自杀。“现在世界上的独裁者，像萨达姆和切尼，都没有了，你是唯一的希望！”阿拉迪恩觉得他说得有道理，自己不能死，他要压迫别人，他说，他要完成自己在地球上的使命，“从朝鲜的山峰到津巴布韦的丛林，让每一个童工和血汗工厂的工人高喊，终于被压迫了，终于被压迫了，谢谢阿拉迪恩，终于被压迫了！”这一段富有戏剧性的台词显然脱胎于马丁·路德·金的演讲。最后，在自己深爱的美国女性的感召下，加上个人努

---

① Drabble, Margaret (ed.). *The Oxford Companion to English Literature.* (6th ed.) Beijing: Foreign Language Teaching and Research Press, 2005, p. 385.

② 转引自：张汉熙等主编，《高级英语》（下册），北京：外语教学与研究出版社，2011年，第60页。

力,阿拉迪恩重新成为国家元首。他决定颁布新宪法,实行民主,受到各界欢迎。江山易改,本性难移。影片最后,他独裁者的本性又显露出来:他下令杀了刚刚与自己结婚的美国新娘。

第十二节　托马斯·品钦

后现代主义时期,约翰·克雷斯以总结的形式,戏仿了美国后现代作家托马斯·品钦的《第49批邮票的拍卖》(*The Crying of Lot 49*):

> 俄狄帕·马斯从推销家用塑料制品的聚会归来,发现自己已经成为情人皮尔斯·因瓦拉利蒂财产的女遗嘱执行人。皮尔斯生前是加州地产大亨,曾损失过两百万美元。信件说,她共同的执行人是一个律师,名叫梅斯杰,来自一个律师事务所。她给自己制作了一份柠檬威士忌鸡尾酒,等着她的丈夫文德尔·马奇·马斯从法克(FUCK)广播电台回家。俄狄帕胡思乱想,一会儿是维瓦尔蒂的卡祖笛协奏曲,一会儿是皮尔斯如何用滑稽的声调称呼她。
>
> 马奇述说着自己的失败。她的孤立无助突然爆发,说:"你太敏感了!我要去见我的精神病医生。"
>
> 希拉利尔斯医生问:"你为什么不用药?我需要你做LSD实验。"
>
> 俄狄帕回答:"我已经产生幻觉了。"
>
> "对于这本书来说,太早了。"
>
> 她感到一种启示到来,一丝神秘的无意义的微微的闪光。她像格林童话中的长发公主拉庞泽尔一样,进入故意晦涩难懂的第二章。
>
> 俄狄帕驱车向南,到圣·纳西斯科。这与其说是一座城市,不如说是一个隐约的概念。皮尔斯住在这里。俄狄帕办了手续,入住回声大院汽车旅店。从一个小仙女的雕塑后走出一个逃避现实社会的人,名叫麦尔斯。"我是偏执狂乐队的首席歌手,现在跳弗鲁格原地摇摆舞年纪已经太大。"
>
> 另一个人说:"你那云里雾里的废话只能说给我听!"他自我介绍说,自己的名字叫梅斯杰,"我靠自己的长相吃饭,以前当儿童演员,艺名伊格尔娃娃。我们一起玩'美女卸妆'怎么样?"
>
> 俄狄帕回到房间,又穿上几层衣服。这可能是不错的恶作剧,但她也没多想,和他上了床。这就是后现代的问题,没有自我意识,没有动机,没有性格。她想要不要向马奇承认自己的不忠,但他也许在写故事,何必麻烦着那样做呢?他们见到皮尔斯的邮票

集时，事情越来越蹊跷。邮票是几千扇彩色的窗户，可以窥见时间和空间。俄狄帕漫步进入斯科普的一家酒吧，感到眼前一亮。

右翼的笨蛋迈克·费勒品说："加入彼得·品贵德社团吧，我们通过维斯特系统，使用反叛邮件交流。"

"什么意思？"

"我告诉你，你也不懂。你也不会在乎的。最好让你猜一下，那样你觉得很有意思。"

梅斯杰也赞同。"你说得对。我们可以到偏执狂乐队看一下皮尔斯在方格索环礁湖的投资。"

一个叫迪·普莱索的人说："我和你正好相反。我原来是律师，后来成为演员。我不知道自己在干什么，但我知道，很多美国大兵的骨头成为木炭过滤器。"

"那很像坦克剧院正在上演的詹姆斯一世时代戏剧。"

他们谈论了《信使的悲剧》。该剧中有乱伦、谋杀、瑟恩和塔克西斯邮政系统以及神秘的特里斯特艾洛邮政分支。

"剧本在哪里？"俄狄帕问道。"没有剧本，"导演伦道夫·德莱布莱特说，"这就是文本，我编写的。"她希望找到意义。也许她能够在扎普夫的书店找到。特里斯特艾洛的凶手是谁？她给他们生命了吗？是不是有人吸太多的大麻？她碰到一个人在画特里斯特艾洛的号角标志。为什么？她拜访约翰·内法斯蒂斯。他以永动机假设麦克斯韦妖。他说："熵将热学定律和信息流动结合在一起。"

邮票专家成吉思可汗解释说："有一个阴谋理论，所有的邮票都是特里斯特艾洛故意犯的错误。"

对于俄狄帕的离开，梅斯杰也没有心情不安。他已经受够了。没有她，他从不存在。另外，性生活中，他还有一个15岁的小仙女。俄狄帕看了一些聋哑人，去了一个男同性恋俱乐部，遇到了马奇。他又服迷幻剂产生了幻觉。她去见希拉利尔斯医生。"我在布痕瓦尔德让犹太人读这种废话，折磨犹太人。"他笑了，无目标地向墙上射击，直到被警察带走。

俄狄帕前往伯克利，会见艾默利·鲍茨。他是一个詹姆斯一世时代悲剧专家。他说："德莱布莱特已经自杀了。"

"为什么大家都离我而去？"

"我不知道。"

"现在，我将永远也不知道特里斯特艾洛的秘密。它真的存在吗？还是仅仅作为皮尔斯最后的复杂的玩笑？我疯了吗？我是不是处于时间异常当中，里面充满空洞的反文化的典故，而60年代的大麻瘾君子和评论家因为怕别人看出自己很愚蠢，故意给这些典故注入了深度和启示?”

自我专注于自己的单维度，俄狄帕没有听见品钦因为再一次诓骗文学界因而发笑。她在等着第49批邮票的拍卖，看谁出价买皮尔斯的邮票。噢，看呀，是你!①

梅斯杰律师事务所的名字是“路凯特·梅姆特里宁·土哈德·土毕瓦其”(Lookat Meimtrying Toohard Tobewacky)，显然是双关语。英语句子可以拆解翻译为“看，我太努力了，不可能很愚蠢”(Look at me, I'm trying too hard to be wacky)。

品钦是最难读懂的美国小说家之一。他出版了6部长篇小说，构成了一个“庞杂、难懂而奇特的艺术世界”。“题材十分广泛，涉及现代物理学、导弹工程学、高等数学、性心理和侦探技术等多种学科，有如一部内容丰富的百科全书。”② 例如，《第49批邮票的拍卖》中，作者认为，整个宇宙分为两元:美国邮政及特里斯泰洛邮政系统(Tristero)、上帝和撒旦。经典物理学认为，一个系统如果封闭隔离，就会因为熵(entropy)的作用(或曰紊乱的增加)而走向毁灭。品钦提出了一个科幻概念。他认为在两个完全相反的系统中，熵的方向恰好相反。如果能在两个系统间建立一个界面或交汇点，让两个系统能量进行交流，即可阻止熵造成的分崩离析的进程。但这个设计也有问题。品钦的一个小说人物对另一个小说人物进行解释，两个系统相连只是权宜之计，因为如果合二为一，新的大系统又会按照熵定律，走向灭亡。品钦建议，两个系统交接的界面需要有一种力量，控制两个系统的交流，以便每个系统都能得到所需数量的能量。“品钦使用了物理学家麦克斯韦提出的一种假设的麦克斯韦妖作为这种力量的暗喻。这种妖灵能分拣平行系统中的冷热分子，这样两个系统既隔离，又相互交换，自然而然地创造能量。在品钦的小说中，这种力量已经存在，但需要人类协助。女主人公俄狄帕就是这样一个人物。”③品钦这样的文字和深奥的思想每每令人视为畏途，望洋兴叹。如果让一个读者喜欢一个作家的作品，那么首先应该让这个读者喜欢这位作家，慢慢培养感情。读一下戏仿，有助于以生动的方式增进对这位作家的了解，进而登堂入室，认真研究。

---

① Gross, John(ed.). *The Oxford Book of Parodies*. New York: Oxford University Press, 2010, pp. 186 - 188.

② 杨仁敬,《简明美国文学史》,上海:复旦大学出版社,2014年,第603和605页。

③ Robinson, Douglas. *John Barth's Giles Goat-Boy: A Study*. Jyvaskyla: University of Jyvaskyla Press, 1980, pp. 333 - 334.

结 语

戏仿搭台,原作唱戏。本书希望达到以下几个目标。首先,读者需要用一个比较有趣的方式学习文学经典。许多人正在远离文学经典。一部文学史,就是一部戏仿史。换言之,一部戏仿史,就是一部文学史。戏仿具有嬉戏性,以喜闻乐见的方式开启民智。它寓教于乐,有助于读者顺藤摸瓜,大量阅读,使读书成为一种享受和一种手不释卷的乐趣。本书努力使戏仿起到四两拨千斤的作用。在这个过程中,读者"曲线救国",在原著阅读方面取得收获。

其次,需要还原国外作家作品的本色。曾几何时,人们谈论国外作家,总喜欢不吝溢美之词,不惜将他们捧到天上,诸如"语言流畅自然,简洁有力,想象力异常丰富;内容充实,叙事活泼圆转,又丝丝入扣,天衣无缝,作品读来令人爱不释手"。如果作品句子零散破碎,令读者费解,则评论为"在技巧方面大胆尝试,语言很耐人琢磨"。总是,所有的缺点都可以变成优点。这样做的结果是国外作家在中国读者心目中产生高、大、全的幻象,可望而不可即,人为地拉远了读者和作家之间的距离。经典作品是不可增删一字的不刊之论,成了供大众瞻仰膜拜的神圣范本,读者对经典必须毕恭毕敬。这一局面随着戏仿而改变。戏仿具有反权威、反中心的性质。虽然原文本一个比一个更庄重严肃、一本正经,更具哲学深度,但是戏仿的文本将这些拆解,使其体无完肤,衣不蔽体。真诚变为虚伪,高雅变得低俗,厚重变为浅薄,深度化为平面,单一中心成为多中心,历史感丧失,作者中心变为读者权威,精英文化让位于平民文化。戏仿给作家脱冕,给作品祛魅,颠覆并冒犯经典作品的权威和它们代表的权威和秩序,还原了它们的底色,给读者以真实可信的本来面目。读者认识到,经典是可以进行随意更改的原材料。这种精神对于开拓文学新路非常必要。

实际上,不文过饰非在英国有古老的传统。英语中有一个口语习语是"不隐瞒缺点地,毫不遮丑地"(warts and all)。wart 表示"疣,肉赘;瑕疵,缺点"。这个词组和一位英国政治家有关。相传一位艺术家为 17 世纪英国领袖奥利弗·克伦威尔画像,这位领导人不希望画家将自己美化。据说，他对画像者说："真实再现我脸上粗糙的地方、粉刺、肉赘和其他一切东西。如果不照我说的做，我一分钱也不会给你。"①克伦威尔对自己的缺点不避讳，难能可贵。同样道理，注意到文本的瑕瑜互见、两不相掩是可贵的批评性思维。

为什么不直接研究文本而借助戏仿？苏东坡的诗可能带给我们一些启发："横看成岭侧成峰，远近高低各不同。不识庐山真面目，只缘身在此山中。"有些读者不能对作品进行正确评价，可能是身在其中的缘故。因为种种原因，读者对原文本产生了审美疲劳，不愿意展卷阅读。戏仿如同一个漫画像，放大了原作的一些特点，有助于读者增进理解，更好地欣赏原作。如果想让人们喜欢文学作品，那他们第一遍阅读时，文本应该很有趣，吸引他们不断回头阅读。戏仿有这个作用，它以喜闻乐见的形式加工了原作，使作品更容易消化吸收。愿此书的出版在读者的文学之旅中发挥些微的作用。

---

① Sinclair, John. *Collins Cobuild Idioms Dictionary*. Glasgow: Harper Collins Publishers, 2004, p.391.

附录一 《羊孩子贾尔斯》对《俄狄浦斯》的戏仿[①]

塔里皮得:我的名字叫塔里皮得,卡德摩斯学院著名的院长。你们是系部领导和副手,我去年任命你们为我们学院学术质量评估员。也许你已经知道情况了。注意,我亲自到这里,因为我希望知道,你们在想什么。你们为什么在院长办公室门前安营扎寨。你是演讲与辩论组织的主席,就快退休了,因此说话也不要有什么顾虑。

委员会主席:嗯哼(清嗓子)! 我感到很荣幸,塔里皮得院长和各位尊敬的同事,作为任职期间最后一次担任委员会的主席,委员会起草报告,并紧急建议……

塔里皮得:说话要简练,我没剩多少时间:约定的会面、处理信件,还得和六个院长助理共进午餐,之后参加一连串的会议一直到下午五点。开门见山吧!

委员会主席:(旁白)这个人缺乏对长者的尊重。(对着塔里皮得)院长先生,我就要讲到那些事实了。报告里,我们提出了完整、未加修饰、一目了然的……

塔里皮得:(旁白)我敢打赌,肯定是华而不实的文章。在我遇到过的所有教授演讲的教授中,不管现在的卡德摩斯,还是我以前曾教过书的地方,没有一个人能够做一个清楚和朴实无华的演讲。(对着委员会主席)不需要把报告全都念完,直接总结一下里面的内容吧!

委员会主席:(旁白)我们浪费了两个星期的时间来写它,他却抽不出一分钟的时间来听! (对着塔里皮得)好的,阁下。那我就不再阅读对我们存在的一些问题的分析,也不再阅读关于解决方案的谬误分析,尽管他们很值得一听。还有,为了简洁,我将会跳过我们真正感人的结束语,直接把最后几页的总结读给你听。总结以法庭辩论风格书写。

塔里皮得:把最后一部分也省掉,好吗? 我发誓,我听了浓缩后的内容也一样感动。

委员会主席:总之一句话,先生:卡德摩斯学院已经完蛋。

---

① Barth, John. *Giles Goat-Boy or, the Revised New Syllabus*. New York: Fawcett Crest, 1966, pp. 312 – 354.

塔里皮得:你说完蛋?

委员会主席:彻底完蛋,我还需多讲吗?

塔里皮得:我知道你会的。读一下报告吧!

委员会主席:(从报告中的最后一页开始读)第一条:我们的水果正在树藤上枯萎。

塔里皮得:植物病理学部门也不行了。

委员会主席:农学院报告说,将会有作物歉收,原因是枯萎病和锈病,还会有其他的作物生长不了。第二条:乳业部门的调查显示,因为口蹄疫,我们可能丧失一半的牲畜。这就意味着,我们没有牛奶、牛肉和奶酪。

塔里皮得:我知道这将意味着什么!

委员会主席:阁下,如果我没有读错这份由流行病学家提交的秘密的、经过审查的报告,这意味着我们很快将会死于营养不良或者瘟疫。第三条:流产,不管是自然流产还是人工流产,每个学期都变得更加常见。包括以前非常罕见的谋杀、纵火罪、欺诈罪、抢劫罪、暴乱、强奸、离婚,家庭暴力等事件。道德沦落,通货膨胀率高,各种恶习盛行。我们丧失信用,并且面临妻离子散的惨剧。到处都有饥荒、死胎、犯罪、绝望、天花………阁下,事实是,卡德摩斯学院已经玩完。

塔里皮得:老调重弹!

委员会主席:阁下,我们深知,您十分聪明,但毕竟您只是一个院长,而且太年轻。虽然您头脑经验丰富,但毕竟年纪太小。

塔里皮得:(旁白)这个饶舌的人会知道我脸皮也很薄。我会将他解聘,并停发他的养老金。我发誓我会的。

委员会主席:院长阁下,你在听我说吗?阁下,我的意思是,你曾努力把我们从大门入口的那头母怪兽的魔爪下救出来。这母怪兽用谜语来测试我们,如果我们答错,她就会把我们吃掉。自从九年前的那一天,你独自一人把我们从怪兽控制下解救出来,我想,你肯定有我们没有的关系。我不认为这是知识或者智慧的力量(在卡德摩斯学院,我认识学识更渊博的人)。在后来举行的选举中,你赢得了卡德摩斯学院院长的职位,娶了妻子。她是老院长的遗孀。

塔里皮得:不要回顾我的生活。我对它的熟悉程度是你的两倍。

委员会主席:(旁白)他叙述的精湛程度和频率也是我的两倍。(对塔里皮得)阁下,我们希望您能再次展现你的绝技,通过你院长的强有力的手段,挽救我们免于灭亡的命运,把卡德摩斯学院引入正轨。这就是我们来此想告诉您的事情,塔里皮得。

塔里皮得:(旁白):你们确实是想来告知我,但他们威胁的意味也很明确。他们的意思是,我没有履行好院长职责,必须辞职。(对委员会主席)好吧,你告诉我的事情其实我都已经知道。事实上,当你们坐在我的台阶上无所事事时,我已经行动起来了。看!太巧了,我的内弟回来了。上个星期,我做出英明而有前瞻性的决策，派遣他作为院长助理，公费报销，去采集第一手资料，然后正式拜访了创始人大堂的预言教授①，去询问他的意见，免得那个混蛋觉得受到冷落，将来大吵大闹。

委员会主席：（对着委员会旁白）周围那么多能人，他偏偏挑选一个笨蛋做他的助手。卡德摩斯的政治乱点鸳鸯谱。现在，当然，我们必须假装自己把这个声名狼藉的笨蛋的判断当一回事。不是因为他聪明，也不是因为他有洞察力，而是因为他有我们很看重的关系。（对着院长内弟）内弟大人，早安！

内弟：你想让我实话实说？

塔里皮得：当然。

内弟：你想在这里听？现在就听？

塔里皮得：没别的选择了。尽管我担心更糟糕的消息，我必须保持我的声望。公众信息部帮我建立起来的声望："院长会不遗余力寻找答案。"②（但愿他们这一帮人得癌症）。他们发明这句话的那一天该下地狱！但是现在，我想我喜欢这句话。告诉我事态如何，预言教授怎么说。

内弟：有一些消息。

塔里皮得：你最好有东西告诉我，毕竟学院花了钱！

内弟：我不重复预言教授的原话。他的意思是，有一个人该为我们所有的灾难和痛苦负责。

塔里皮得：（旁白）这是创始人大堂的风格。好了，我知道他们的花言巧语。（对他的内弟）继续，先生。

内弟：一个人现在造成的伤害远远比当年的怪兽对我们的伤害更大。预言教授害怕，如果我们不把这个人解聘，我们就都没命了。

塔里皮得：这些预言者喜欢把责任推给那些他们不喜欢的人。毒害这个地方的倒霉蛋叫什么名字？如果有必要，我要炒他鱿鱼！

内弟：预言者不能告知他的名字和他的外貌特征。

塔里皮得：这叫什么预言家！我希望这个可耻的骗子不要再糊弄人，痛痛快快地承认他和我们一样一无所知！

内弟：不要这样评论预言家，塔里皮得。他没办法说出那个恶狗的名字，但是，他清楚地告诉我们，需要从卡德摩斯学院找到并赶走谁。

塔里皮得：那你赶快告诉我该叫哪个人卷铺盖走人！我的意思是，谁？③

内弟：九年前，你取代了前任院长拉布达基德斯的位置，当了院长。这次瘟疫的罪魁祸首是上次杀死拉布达基德斯的凶手。

---

① "创始人大堂"对应"特尔斐神庙"；"预言教授"对应盲先知"提瑞西阿斯"。

② "院长会不遗余力寻找答案"原文为"The Dean who'll go to any length for answers"。go to any length 既可能表示"努力"，又可能表示猥亵义，意为"（阴茎）的伸长"。因此，院长要诅咒发明双关语的这些人。

③ 原文为：Then come on and tell me who I've got to fire, man! Whom, I mean.

塔里皮得:拉布达基德斯是我前任的名字。尽管在死之前他没发表文章①,他的爱妻,后面成为我的妻子的阿格诺拉说到过他。

内弟:没必要告诉我这些。

塔里皮得:我后来没有查找他去世的细节。

内弟:我注意到了。

塔里皮得:很好。但是如果这个宰了拉布达基德斯的坏蛋还在这里,并且引起所有这些乱子,天哪,他将会被揪出来。我不会饶了他。(对着委员会主席)现在,我任命你为案件调查委员会主席,找出杀死拉布达基德斯的凶手。

委员会主席:非常感谢!

塔里皮得:其他的人请继续履行自己的委员职责。(对着内弟)那么,他是怎么死的,什么时候死的?

内弟:我想是九个九月以前,又可能是十个九月前。不对,是九个。拉布达基德斯是我的亲戚。我还想说……

塔里皮得:好像在座的每个人都是他的亲戚。

委员会主席:(旁白)不是每个人,只有院长和院长夫人是他的亲戚。

内弟:无论怎么说,反正是这样:院长被请去主持讨论会。这让他很高兴,他喜欢到远的地方去演讲,吃喝免费,见到一些新面孔。不论是什么主题或路程多么辛苦,只要报酬优厚,他都会去。

塔里皮得:这没有什么奇怪?这是院长的职责之一。他是一个人去的吗?快一点儿讲。

内弟:不是一个人去的。除了他的马车夫,他还带了他的秘书(一个妖娆女子)、贴身男童、公关和演讲撰稿人。总共有五个男人和一个女人。所有的人中,只有一个人没有被杀害。

塔里皮得:我猜是那个秘书逃走了?

内弟:我也希望逃生者是她,我的老朋友。应该是那个女的逃走而不是那个男童逃脱。

塔里皮得:好了,好了!不要再说她了!你有没有和这个逃离危险的贴身男童谈过话?

内弟:谈过。但是那个胆小的家伙能说的,只是他后悔被提拔为贴身仆人,他以前的职位是牧羊人。我想他没有胆量。

塔里皮得:去他的胆量!到底这是光天化日下抢劫,还是没有预谋的犯罪,还是暗杀?为什么后来没有进行调查!?这个男童极有可能是始作俑者。

内弟:我有点怀疑。我们清楚告诉他,如果查出来是他,我们要尽量一股脑往他身上加罪名。他只是告诉我们,是一帮罪犯干的。

塔里皮得:一帮罪犯?动机是什么?

---

① 原文为:although he published not a word before he perished,戏仿了现代人常说的"publish or perish"(要么发表作品,要么死亡)。

内弟：我也希望我们当时有时间问这个问题。但还没有来得及问，这个牧羊人冲出门外，躲到卡德摩斯学院最远的谷仓藏了起来。我们本来想到谷仓去抓他回来，但是那个怪物来了，束缚了我们的手脚，调查不了了之。后来你出现，其他的事你自己都知道了。

塔里皮得：所以我们又纠结于谜语。预言教授预言，委员会胡来，每个人都发牢骚，我想我必须解开九年前你们所有人已经结案的凶杀案。太好了！没有一点证据。这个牧童可能现在已经死啦，或者他已经把他所见到的一些细节忘得一干二净。（旁白）创始人，他们强加给我的形象见鬼去吧！院长要做大侦探，会为找出真相而不惜一切代价。（对着委员会主席和内弟）好的，好的，我会证明我会做些事，帮卡德摩斯学院走出困境，并把你们这些菜鸟赶出我的地盘。知道在这个学院，有某个人喜欢暗杀管理者（还有漂亮的女秘书）一点都不好笑。需要展现院长的谨慎和坚定。立刻召集所有的学生与教授到此开会。无论如何我都要找出那个应该受到谴责的人，如果找不出我就扭断自己的脖子。

歌咏队：噢，创始者，你是多么强大并极具智慧，你用不戴眼镜的眼睛看清世间万事万物，你必须明白，我们现在因为害怕连唾沫也没有。阁下，我们来此是想听取您的建议，因为（我们说过）您充满智慧，您曾经将我们从怪物的嘴边拯救出来，希望您能再怜悯我们一次，第二次将我们拯救。卡德摩斯学院情况急转直下：（从右向左回舞一）辍学者好像雨点般多得数不清，学费高得惊人，学生都不守纪律，人们除了抱怨别无他法，智慧与品德已荡然无存，（从左往右回舞一）小男孩们常带着刀在街上晃悠，学生没有道德意识；当他们向女孩子求爱的时候，要知道，他们做的这些事情我们都未曾对我们的妻子做过。各种各样的问题正困扰着我们；（从右向左回舞二）请您可怜可怜我们，让我们渡过难关，或者让我们下地狱！所有的一切都看似十分平静，但为了反抗敌人的攻击，我们也会不得已发起战争。我们的敌人强大而且聪明，（从左向右回舞二）我们却很愚蠢。然而，我们希望我们的创始人能将恶棍揪出，让他永远无法翻身。

塔里皮得：拜托，向创始者呻吟是没有用的，利用我们自己的智商解决这些问题更靠谱而且行得通。听着！我认为最能使我们捉住我们盯上的鱼的有效方法是（每个人都要清楚这一点）：大家都可以毫无顾虑地提出自己的方案。别害怕，我不会追问他为什么没能早点说出自己的想法。但是，另一方面，老天，如果哪位教授或学生知道那个送我妻子的第一任丈夫上西天的家伙，他必须要亲自出面或是写信说明。对沉默最好的惩罚便是让沉默者退学与停职。杀害老院长的凶手会遭受更严重的惩罚（更不用说杀了他的速记员和其他扈从），他会被学校勒令退学，我非常厌恶杀院长这种行为，我会毫不犹豫地将恶棍赶走。我现在已经预先厌恶他了。纵使他是我的亲人，我依旧不会有半点怜悯之情。我对这桩罪行深恶痛绝，好像我曾经目睹这样的事情发生。后面的人能听见我的誓言吗？我憎恨他到了极点，即使这个凶手杀死的不是我的前任,而是我的父亲,我的痛恨也不会加深了。

委员会主席:(旁白)最后,塔里皮得提出了一个优秀的调查方案,还说了一些完美的誓词,我们的大学课程"誓言一"里教授过这样的内容。(面对塔里皮得)我敢肯定,所有演讲教授都不会杀死院长或是拒绝提供证据。

塔里皮得:因为他们这样的人都是语言的巨人、行动的矮子。你在想什么?

委员会主席:阁下,我在想,预言教授到底是不乐意告诉你的内弟那个凶手的名字,还是他根本就不知道谁是真正的凶手?

塔里皮得:我也感到困惑。

委员会主席:我不会责怪他,知道么?他不失为一个好的顾问。尽管如此,我仍然觉得,我们想在这件事上尽可能地获取最大的帮助是不是更明智。

塔里皮得:好。你有什么计划?

委员会主席:我们把荣誉预言教授吉南德请来。尽管你认为他有脂粉气,但你不得不承认,他很在行。

塔里皮得:考虑一下吧。我知道这家伙有可疑的地方,你也听说过,他最初是男性,然后变成女性,最后又变回男性。至少这是他的自吹自擂。我认为他是同性恋。请别在意:我们院领导很快就能学会怎样与一些行为古怪、举止异常、性行为倒错的人共事;如果因为道德品质低下,需要开除通奸犯和同性恋,那些上了同事的妻子的人,与他们的狗、姐妹、母亲性交的人……

委员会主席:母亲?天呀!

塔里皮得:那我最要好的朋友五个就少了四个。所以,我想说的是,朋友,只管睡觉无妨!男的可以乱交,男的和女的都可以搞同性恋,但请远离秘书的裤子,也不要和学生睡觉。

委员会主席:这听上去似乎很公平。

塔里皮得:现在我们来谈谈吉南德。我一点也不相信这个瞎眼而且年老的雌雄同体的人。但我告诉内弟,为了平息你们的怨气,无论如何也要把他弄来这里。说曹操,曹操到,他来了。

委员会主席:吉南德的预言很好。

塔里皮得:是很好笑。

塔里皮得:(面对吉南德)你好,瞎眼的老预言教授,别来无恙?我猜,你肯定想知道我们为什么会把你从装着卫生球的箱子里叫出来,是吗?

吉南德:(根据声音,找到说话人)噢,你好!

塔里皮得:转念想想,即使我不说,你也应该知道,否则你就是在骗我们。在创始人大堂,他们都说你通晓一切,那你怎么会不知道我们正处于危难中,从而马上赶来呢?好吧,刚才的话就当我没说过。希望你现在施法术,告诉我们,我们正在追查的那个家伙到底是谁?!

吉南德:天哪。弄清这些是毫无乐趣可言的,因为它们往往是很坏的消息。我又怎么会忘记这个呢?原谅我,亲爱的塔里皮得,我希望你现在能够允许我们所有人离开。(面对男孩)乖孩子,带我回家吧。

塔里皮得:噢,别这样!停一下,可爱的孩子。现在听我说,吉南德,不要羞答答了。我知道你的花招。你宣称知道关于这件事的真相,却声称这些真相过于狰狞,不能说出。这样,你的罪行就被掩盖了,是吗?

吉南德:一个双目失明的人能看到眼睛雪亮的院长看不见的东西。

塔里皮得:上帝呀,我真想以妨碍公正罪为由,将你移交当局讯问。这样才能治你!如果你不是像蝙蝠一样瞎,我敢肯定说,就是你亲手杀死了前院长拉布达基德斯!

吉南德:(旁白)他竟然说我瞎,当他知道自己的情况时,他会知道实际上自己更瞎!

塔里皮得:预言教授,哈哈!当那个怪兽坐在校门口出谜语时,你没有想方设法去干掉她。没有!你等到塔里皮得来,对吧?!我可不像万事通博士您一样拥有水晶球或魔咒,我有的只有聪明才智,伙计!她问:"什么母亲吃自己的孩子?快点回答这个问题,不然的话,你就死定了!"对此,我没有转圆圈跳舞,也没有说:"我知道这个问题的答案,但它有点奇怪,所以我不会告诉你。"如果我真要这样老掉牙的花招,她会拿我当三明治吃的。我的才华就可以将她干掉。我说:"这不难,格兰帕斯,会吃孩子的母亲就是自己的母校,实际上,她正准备把你当她的晚餐呢!"①

委员会主席:(旁白)"听到这里,可怕的怪物朝着天空伸出她的魔爪,好像被长矛刺中心脏一样死去",诸如此类。如果再让我听到这样的浮夸故事,我会恶心得把我吃的午餐吐出来。

塔里皮得:不依靠千里眼,吉南德,只靠我的大脑,我那糟糕的人类的大脑就完成了这件事。

吉南德:既然你这么擅长于解开谜团,那就用你的聪明才智去找出这个坏蛋吧。给你一条线索,认识你自己,从你自己开始调查,你将会在镜子中看到那个你正在追查的人;揭开你的虚伪面具,你便会更清楚看见他。

塔里皮得:立在我们眼前的真是一个不可救药的叛徒。一个恶毒、双目失明、在学院里玩弄阴谋诡计的双性恋!我敢打赌,你和我内弟狼狈为奸。毫无疑问,其他人也这样认为。我知道你们的如意算盘了:你们把罪责推到我头上,我被辞退后,你和我内弟就可以顺理成章地一起当院长了。我从未见过这样的邪恶用心。

吉南德:你内弟是个蠢蛋,但你却是个疯子。当这场闹剧结束时,你便会后悔今天说了这样愚蠢的话。你们这类悲惨英雄类型非常无聊。塔里皮得,你到底是谁啊?告诉我,你的父亲是谁,你生于何地?你来卡德摩斯干什么?为什么你会和阿格诺拉结婚,不和其他人结婚?她年纪大得可以当你妈妈,

---

① The mom that eats her kid is Mother Campus, matter of fact, she's having you for supper. have somebody for supper 有两个意思,即"挽留某人一同吃晚饭"和"以某人为晚餐"。

连拉布达基德斯都无法忍受她！你才是瞎子，院长，不是我老吉南德！

塔里皮得：你真应该庆幸你已经老了。如果不是因为你年老，我早就打你的屁股了。因为我没有吹嘘过我的过去，你就以为我是一个没名没姓的私生子，太嫩，因而不能喜欢一个成熟的女人？

委员会主席：(旁白)噢，孩子，你妻子很成熟。好吧，可怜的阿格诺拉，如果要她变得更成熟，那她就老态龙钟了。

塔里皮得：(对着吉南德)你的羞辱与含沙射影好像没完没了。

吉南德：我重申一遍，这次要比之前任何一次都更清楚，我们这些问题的可怕的答案是：你自己就是你千方百计要揪出的坏蛋。等本剧第四场结束，你就会知道，你是你女儿的哥哥，你自己的继子和养父，你表兄弟姐妹的舅舅，你内弟的外甥，而且更是一个弑父娶母者。再见了，塔里皮得，你说我这个人邪恶，但你的两桩罪行才真正令我们感到厌恶。你的父亲你杀掉，你的母亲你……

塔里皮得：逃避① 无法让你免于惩罚！等着吧！

吉南德：那个杀害你父亲的人就是你自己。

塔里皮得：没有！

吉南德：你上了你妈。

歌咏队：事情越来越糟(从右向左回舞一)
我们用打油诗为那些让我们崩溃的事儿歌唱。
这事儿最初是创始人大堂预言教授说出，
吉南德又高声直言，
说的是院长好像跟妈妈有一腿。
虽然院长经常让我们恼火(从右向左回舞二)
但是以前也没有人这样说他。
所以我们相信吉南德是一个疯子，
被人说跟自己的妈妈关系不正常，
还被传言谋杀了自己的父亲，
这是个一流的悲剧创伤！
但是塔里皮得院长不是笨蛋(从左向右回舞一)，
阿格诺拉也不是他的妈妈，
(尽管她肯定不止55岁了)
虽然老院长栽了大跟头，
但他不可能是一个来卡德摩斯学院旅游的小伙子的父亲。
所以我们不会相信这些(从左向右回舞二)
我们憎恶来自预言教授和吉南德的诽谤，

① 此处英文对话为Taliped：Ducking out won't save you！吉南德最后一个字想说fucking，塔里皮得抢着说了ducking。此处，作者的构思很巧妙。

除非它们得到证实。

因为院长付给我们工资，

我们就说这些评论令人愤慨，而且十分错误。

院长是我们的老板，吉南德说了谎。

内弟：刚才我碰到了那个阴险的老不死的鸡奸犯吉南德和他的男朋友。我问他和塔里皮得的会面进行得怎么样。如果这个鸡奸犯说的话有一半是真的，我不把我的姐夫的脖子拧断，我就下地狱。我的姐姐当年瞎了眼和他结婚。他骂我是叛徒，对吧？我敢说他肯定骂了！

委员会主席：他确实说了这样的话，我肯定。

内弟：我会揍他的！

委员会主席：什么？打他，然后失去你的肥差？我相信你会丢掉你的肥差。

内弟：他只是在找一只替罪羊而已。有关诽谤他的废话只是为他低下的判断力洗刷罪名的一种方式。（塔里皮得从院长室出来）

委员会主席：好吧，祝你好运，我想你会需要它。

内弟：哈！我有点想去揍他的鼻子。

委员会主席：他就站在你的后面。

内弟：他是……嗨！塔里皮得，老伙伴，哈哈！我正说那个讨厌的先知胡说八道，应该抓起来。我正在跟我老朋友说这件事。哈哈！哈！哈！

塔里皮得：他说我杀父淫母。

内弟：吉南德说了这些吗？下次见他有他的苦头吃！

委员会主席：（对塔里皮得的内弟）打院长的时候不要太用力了。

内弟：（对塔里皮得）我应该大骂他，让他好好听听！

塔里皮得：也应该把你诡计多端的脖子拧下来！你认为我不知道你做了什么？哼！吉南德和我亲爱的小舅子，谁能想到你有这样的豹子胆？

委员会主席：塔里皮得，他没有这个胆量，相信我。

内弟：（对委员会主席）谢谢！

塔里皮得：难道这个阴谋不是他策划的？

委员会主席：不是他。

内弟：不，不是我。

塔里皮得：为什么吉南德要等九年才说？我刚到卡德摩斯他本可以说这些疯话，如今肯定是有人付钱，让他说这些谎话。（对内弟）你想做院长，对吗？

内弟：不，我不想当。

委员会主席：我也不想当。

内弟：你想一下就不会指责我了。我自己的工作这么轻松，为什么还想要你的工作呢，你没有听到我像你一样，抱怨“工作时间长，而且还要对付一群笨蛋”，对吧？

塔里皮得:没有。

内弟:我的工作很轻松。

塔里皮得:那是最轻松的活儿。

内弟:工资对我来说也足够了。

塔里皮得:很优厚。

内弟:如果我想当院长,那我就不正常。一切顺利的时候,受赞誉的是老师,而不是你。

塔里皮得:算你说对了!

内弟:而工作出了岔子,受指责的却是你。

委员会主席:(旁白)实在没办法,他才会承担责任。

塔里皮得:尽管如此,我还是认为你想抢班夺权。因为我是院长,院里的一切都是我说了算。

委员会主席:(旁白)这是他聪明才智的最好的例子。

内弟:先生,当你说话没道理时,你就不是院长。

塔里皮得:天呀!

内弟:这是我的母校,不是你的。

塔里皮得:噢,孩子,你有麻烦了。(阿格诺拉从院长办公室出来)

委员会主席:嘿,看,阿格诺拉来了!(旁白)这个女人见到争吵和男人就受不了。她的嘴比谁的都刻薄。她可以和任何东西睡觉,任何有……(对阿格诺拉)亲爱的院长夫人,您今天看起来年轻又漂亮!

阿格诺拉:你今天真殷勤啊,可惜你阴茎不够尺寸。(对塔里皮得)亲爱的,这里发生什么事儿了?哎呀!你生气的时候好可爱!

内弟:塔里皮得说我是叛徒。

阿格诺拉:这是我今天听到的最有趣的胡话。

塔里皮得:这是真的。

阿格诺拉:你相貌堂堂,身强体壮,英俊性感,但脑子和下半身一样不好使唤。他是叛徒?甜心,你难道不知道,他都不忍心伤害一只跳蚤!他是个有脂粉气的男人!

内弟:太谢谢你了,姐姐!

阿格诺拉:现在,不要再愚蠢地争吵,否则妈妈打屁股!我弟弟签了卡德摩斯效忠誓言,这就证明他很忠诚,不是吗?当然能够证明!

委员会主席:(旁白)她推理的方式和院长一模一样。(对塔里皮得)她说得有道理,阁下。

阿格诺拉:谁问你了!

委员会主席:请原谅!你说得真好!(旁白)即使给我院长的位置,在这样一只尖牙利嘴、慕男狂的母猪面前,我的下身也硬不起来。塔里皮得碰上了她,沦落到今天的地步。

阿格诺拉:我总强调"院长办公室,不得争吵"。现在让我们平静一下,好吗？就一小会儿①。忘了这背叛之类的胡话，亲爱的，我会让你看老院长过去孜孜以求的东西。

塔里皮得：马上闭上你的嘴！如果他无罪，我的日子就不好过了。那个大嘴巴主席骗我做出解雇杀害拉布达基德斯的凶手的承诺。接着，你那聪明的弟弟付钱给吉南德，让他假称我就是那个凶手，我要解雇自己吗？要么我卷铺盖走人，要么你那混账弟弟离开！

阿格诺拉：我的小男人很心烦，来，到妈妈这来……

塔里皮得：看在上帝的份上，不要这样说话，至少不要在公共场所这样说。

阿格诺拉：好的，亲爱的，虽然你以前很喜欢这样，当我跟你说悄悄语，或是跟你在楼上玩捉迷藏时，我们两个赤裸着身子……

塔里皮得：又来了，老天，现在和以前不一样了。

阿格诺拉：当然不一样，因为你不再爱我了。

塔里皮得：阿格诺拉，亲爱的……

阿格诺拉：你觉得你还年轻，而我已经到更年期了，你现在抛弃我，好去找年轻的情人！你们这些男人……这就是你的想法！

委员会主席：（旁白）啧啧！

塔里皮得：行了，行了，亲爱的，我从来没想过要抛弃你，这点你非常清楚。

阿格诺拉：说，你爱我。

塔里皮得：我当然爱你。

阿格诺拉：不，我要你现在说。

塔里皮得：但是，亲爱的……

阿格诺拉：马上！

委员会主席：（旁白）听这些东西很划算。我敢说为了让我保守秘密，他下个月肯定会给我加薪。

阿格诺拉：说啊！

塔里皮得：好，（耳语）我……

阿格诺拉：不，大声点！

塔里皮得：那我喊了：喔耐馁（我爱你）（对委员会主席）狗杂种别笑了！

阿格诺拉：再来一遍。

塔里皮得：喔很耐馁（我很爱你）！（对委员会主席）如果你不滚出去，我就要了你那咧着嘴的脑袋！

内弟：馁（你）是说我贼油（自由）了吗？

塔里皮得：我发誓要把你五马分尸，你这个讨厌的酒鬼！

内弟：哈！你永远是一个差劲的失败者！（退场）

---

① 此处英文对话为"Peace in the Deanery," I always say. Let's have one now, all right? It's been a while。peace与piece同音。piece可以表示"阴茎"，因此后面It's been a while还可以翻译为"好长时间没有过夫妻生活了"。

委员会主席:那么,我们现在要做什么呢,塔里皮得院长?

塔里皮得:不要问我,今天上午我本来应该待在床上的。

阿格诺拉:这才是我的男人,快点,我们走。

塔里皮得:吉南德那儿怎么办?被指控为弑父者可不是件好玩的事,还有那件更糟糕的事。

阿格诺拉:不要管那老不死的双性人。所有的祸根都源于校园内的先知。告诉吉南德,让他用自己的性快活棒,找女人过性生活。

委员会主席:老天,多么不同寻常的见解啊!

阿格诺拉:好吧,就算不同寻常吧,你也不能把我怎么样!听着,我会彻底证明先知是一个骗子。很多年前,先知拜访我和我第一任丈夫。那时我们刚结婚,你知道他怎么预言拉布达基德斯的命运吗?

塔里皮得:怎么预言?

阿格诺拉:他说我最好去流产,否则我的丈夫会被他自己的儿子杀害。

塔里皮得:这个诅咒实现了吗?

阿格诺拉:当然没有,蠢蛋!我宣称那个预言家是个骗子,但是拉布达基德斯被他吓得够呛,我们的孩子(一个男孩)出生后,我们就悄悄把他除掉,就像那些没有结婚的女生怀孕生子丢弃孩子一样。

塔里皮得:我在想,怎么除掉?

阿格诺拉:没什么,我们往他脚上扎了一个螺钉,然后把他丢在森林里,任乌鸦去啄。一想起这件事仍然使我想呕吐。拉布达基德斯确信这个孩子长大后会杀害他。在我看来,我愿意去冒风险,也不愿杀了我们的独生子。我丈夫有他自己处理事情的方式,但是自从那天一直到他死去,事情就不怎么对劲了。听着,你会明白,预言家在骗人。我们那可怜的孩子永远没有机会去杀拉布达基德斯,是高速公路上的强盗干的。我的意思是,一帮家伙趁他在外面和他情人度假时在地峡附近杀害了他。他们就在一个三岔路口埋伏,突袭了他,让他蹬了腿。他们还划破了他小蜜的喉咙。

委员会主席:他的小蜜?

阿格诺拉:你怎么还在这儿啊!?是的,我的意思是那个厚颜无耻的小荡妇(他的秘书)。我该高兴他们把她杀了!

塔里皮得:打扰一下,亲爱的,你刚才提到的十字路口有两条路,还有四条路啊?

阿格诺拉:宝贝,你是聋了还是怎么了?我刚才说的是三岔路口。

塔里皮得:(旁白)那么有可能老吉南德的耳朵也没有完全聋。哎哟!

阿格诺拉:怎么啦,宝贝?你脑袋里在想些什么呀?

塔里皮得:再告诉我一次,那是一帮抢劫团伙干的吗?

阿格诺拉:这是他的贴身随从告诉我的,他来到这里就倒在了我的面前。他发誓说,四五个人袭击了我的丈夫和那个小荡妇。他们忙于谋杀和强奸,没有注意到他逃跑了。他说那是一帮团伙,然后恳求让他改做牧羊的工作。

塔里皮得：我必须听到这个男人自己的回答，我希望你能让你的女仆把他带过来。

阿格诺拉：很久以前，就让他在牧场里牧羊，但是他还是有时间到这里。

塔里皮得：亲爱的，派人去叫他吧。你可能不会相信我接下来将要告诉你的事情。

委员会主席：（旁白）另一个关于怪物的故事又来了。

塔里皮得：当然我知道我看起来就像你们所认为的那么完美：英俊、勇敢、聪明。

阿格诺拉：性感、温顺，但是不聪明。

委员会主席：（旁白）也不谦虚。

塔里皮得：我是如此完美，你们大概也不会相信我要告诉你们我曾经做过的坏事……

阿格诺拉：我努力相信你的话。

委员会主席：我也是。

塔里皮得：你还在这儿吗？

委员会主席：我能去哪里呢？

塔里皮得：我要告诉你们我人生中一件言行失检的事情。否则我的人生就完美无瑕了。当然，我准备说的话以前没有任何记载。

委员会主席：哦，那当然。

塔里皮得：我知道你们以前经常问自己："我们聪明、英俊的院长老家是哪里的呢？"

委员会主席：我躺在床上一直在想这个问题。

塔里皮得：毫无疑问你们会这样互相问："他怎么会到这里来的？""他的爸爸是谁，他的妈妈又是谁呢？"对，就是这样的。很久以前……

阿格诺拉：亲爱的，不用说得那么详细。

塔里皮得：好的。我来自地峡学院，我父亲是那个学院的院长。现在我本可以做他们学院的院长，不过，有一次，在一个鸡尾酒酒会上，我听到一个醉醺醺的老诗人说，我根本就不是我父亲的儿子。我通常不会因为这样的闲谈而烦恼，因为那些脾气暴躁的家伙也只是因为嫉妒而叫我杂种。因为这个诗人不是别有用心，我就请我们的预言家来帮我查出这个诗人所说事情的真实性。父亲拒绝讨论这个问题，每当我提起这件事时，他和母亲（他的妻子）都会保持沉默。我必须自己去寻找事情的真相。

阿格诺拉：我明白了。（对着委员会主席）这就是他为什么遇到我时，他乳臭未干。我教会他一个年轻人所需要知道的事。

委员会主席：夫人，你教会了我们所有的人，即使我们已不再年轻，也不需要一个导师。

阿格诺拉：你需要输血。

委员会主席：或许某个更性感迷人的人不会依仗丈夫的地位和权势来逼

我们上床。

阿格诺拉:你见鬼去吧!

委员会主席:不了,谢谢。

塔里皮得:请不要再争吵了,听我说。

委员会主席:如果我们非听不可……

塔里皮得:就像我刚才所说……

阿格诺拉:(对着委员会主席)小子,等着吧,我会收拾你的。

塔里皮得:预言家所说的一些事情不是很清楚,你们也知道这些家伙的说话方式。他根本就不听我的问题,或者干脆选择不回答。另外,他告诉了我一些使我非常震惊的事,你们永远想不到的事……

阿格诺拉:他没有说你会杀了你的父亲吗?

塔里皮得:说了。

委员会主席:还有男上女下式与母亲性交?

塔里皮得:就是这个,你是怎么猜到的?

委员会主席:只是凭直觉,我敢断言,这些预言家都是单向偏狭思维模式。

阿格诺拉:一个肮脏的思维模式。

塔里皮得:我也是这样想的。

阿格诺拉:接下来发生了什么?

塔里皮得:我辞了院长助理一职,我父亲发了一阵脾气。

委员会主席:那当然了。

塔里皮得:我离开了学院去学术休假,希望可以避免那狂热的预言家所施加的魔咒。我现在仍然在休假,并且永远不会回去。

委员会主席:这使我叹息……

塔里皮得:你叹息是因为我弃他们于危难之中吗?

委员会主席:我的午餐,想起我休九年假可能做的不凡的调查。

塔里皮得:我已经做了一些,但我到过的地方没有图书馆。

委员会主席:我敢打赌不会有。

塔里皮得:不管怎样,一天我到了一个三岔路口,我想搭一个老头的便车到卡德摩斯,他却向我摆谱。好家伙,我气得够呛!他喊道,他不是向卡德摩斯方向去的。他毫无疑问地讲了一些胡话。他说,在自己老家,一个拥有漂亮女人脸蛋和狮子身体的怪兽在折磨他。我当然认为这个家伙在欺骗我。我瞥了一眼他膝盖上的女人,我知道这个老头在骗我,他怕我比他更能取悦这个女人。"你是个骗子,"我说道。我这样叫他,还去掐这个女孩的屁股,他竟然用拳猛击我的脑袋。我真受不了了。首先,我划破了这个老头的喉咙,然后把他丢在了外面,以此来教训他。为了消遣,在他因流血过多致死的时候,我强奸了他的女朋友。在这种情况下,我的策略是,首先刺伤他们的肚脐,然后再砍其他的地方。真过瘾。我花了好长时间折磨、强奸她,其他人趁机纷纷跑掉了。我记得,我找到了三个,他们躲在周围和四轮马车下面,当然我肢解了他们。

委员会主席：我要吐了。

塔里皮得：之后，我感到后悔。

阿格诺拉：胡说！你做了你应该做的事。那个恶棍侮辱了你。至于他那可爱的女朋友，她活该！

委员会主席：我更想吐了。

塔里皮得：她是活该，但是没什么啦，我外表不是个杀人魔，我温柔得像只羔羊。

阿格诺拉：大男孩，你更性感了。

塔里皮得：即使杀人有正当理由，也不应该。不是生气，我不会刺瞎他们的眼睛或在女孩的臀部留下我名字的首字母。

委员会主席：（旁白）他可能疯了。我感觉很不舒服，他有某种情结。

塔里皮得：长话短说。在三岔路口，我发了脾气。大概我就是个自寻烦恼的人。

委员会主席：（旁白）他是个精神濒于崩溃的人。

塔里皮得：但是我必须听到这个牧羊人亲口告诉我，不用担心，我杀的不是老拉布达基德斯。

委员会主席：亏你想得出！这一路上全是那些老卡德摩斯学院的酒徒、他们的仆人和他们漂亮标致的女朋友。他们为了寻欢作乐而到三岔路口，讲一些恐怖的传说给那些想要搭便车的人听。其实那只是为了恐吓他们。因为生气的陌生人的缘故，我们已经失去很多员工。

塔里皮得：你那些糟糕的笑话终有一天会给你带来很多麻烦的。我因生气而杀害了那些惹怒我的人，这是我曾经犯下的错误，也是我悲剧性缺陷。你可能会说，我仍然存在这样的缺陷。你看到了我威胁老吉南德，对智者，一言……

委员会主席：已足。我向你道歉。

阿格诺拉：（对着委员会主席）如果你还知道自己利益之所在的话，你就应该也向我道歉。一个床上功夫不中用的人至少也应该懂礼貌。

委员会主席：夫人，请原谅我。

阿格诺拉：你悔悟的时候很可爱。

塔里皮得：牧羊人的证词将会引起我浓厚的兴趣。

委员会主席：（旁白）又来了，我讨厌这种"不计任何代价也要找到答案"的态度。

塔里皮得：也许他会感到羞愧，因为他承认自己的不战而逃。

委员会主席：抑或是，一行人中其中一个人干的。

塔里皮得：很高兴你能够这样说！

阿格诺拉：听着，你独自一人待在三岔路口，牧羊人那个笨蛋说，一伙暴徒杀了老院长，我们都听到了。可是，如果现在他提供不一样的证词，怎么办？亲爱的，我早就告诉过你了，拉布达基德斯是如何处理我们的小孩的，从而使得预言落空，请你有卷曲头发的大脑放宽心！我们叫牧羊人进来，可以听听他高谈阔论。但他所说的不会对现实产生任何改变。这样的预言只有笨蛋才会信，放心吧。

塔里皮得：嗯，希望你是对的。

阿格诺拉：亲爱的，我一直都是对的！（对着委员会主席）走吧，老兄。

委员会主席：那好吧。

阿格诺拉：（对着塔里皮得）我的儿子的命运自有安排。我们先进去吧，在牧羊人到来之前，先玩一会儿再说。

歌咏队：我们的院领导不愿意质疑古老传统（从右向左回舞一）
我们既尊敬院长，又尊敬预言教授，
尽管院长和预言教授针锋相对。
院长是我们的老板，因此我们认为（从左向右回舞一）
吉南德搞错了。
但是，预言教授是不会错的，我们必须
坚定自己毫不动摇的信仰。
质疑预言的行为不可取（从右向左回舞二）
这样会引起大胆的猜测，
如果学生染上这样的习惯，
他们也许批评我们的讲课，
预言部门将会（从左向右回舞二）
破产，领导会威风扫地，
部门领导会下台，怀疑
不会有好结果。
亲爱的创始人，您的大能（从右向左回舞三）
之手妥善安排了世事，
我们不需做任何改变（从左向右回舞三），
我们只需维持自己的现状。
我们应该远离质疑、改革，
不要有丝毫的鲁莽和新想法。
我们要确保让学生们
坚定地信奉上帝。

阿格诺拉：小伙子们，看在彼得的份上，别激动。你们也许知道，我成为院长夫人这么多年，不在乎他让我公众形象臭气熏天。我很清楚预言家在胡说八道，可是我不会说出来，我会去创始人大堂，像乡巴佬一样，用棍棒打他，往他身上扔香水瓶，那个冒充先知的人让我恼怒，但是，阿格诺拉不会捣乱。（邮递员进来了）

邮递员：请问，夫人？

阿格诺拉:你是?

邮递员:一个帅气的邮递员。

阿格诺拉:帅哥,亲吻一下如何?

邮递员:好吧。

阿格诺拉:嗯,亲爱的,我想你最好能念一下消息。

邮递员:夫人,这封信是一个特殊的快递,我想我最好送对了地方,尽管我非常希望能和你搂着脖子亲嘴,我想你知道我们这些帅气的邮递员不会因为大雪、寂静的深夜和风骚妇人的色相勾引而耽搁,几个小时后再见。

阿格诺拉:亲爱的,我要你出现,你就要到我面前,我是塔里皮得夫人。

邮递员:你是?那么您可以替你的丈夫签收这封信,亲爱的,这是一封来自他母校的信,过来吧,现在我的工作已经完成了,在我再次踏上艰苦旅途前,我们可以搂着脖子亲嘴。

阿格诺拉:忍一下。

邮递员:我急不可耐,但我现在就在忍,夫人。

阿格诺拉:我最好先看一下这封信。

邮递员:信上说,地峡学院院长因为心脏病已于昨日去世,现在你满意了吗?

阿格诺拉:我想你一定很喜欢看自己投递的信件。

邮递员:这里还有让你丈夫更加兴奋的信息,只要他在地峡学院出示自己的身份证明,那里的人就会承认他为院长,你们学院也是如此。我为了防止信件被抢,所以就记住了信件内容,知道吗?

阿格诺拉:知道了,放开我的手,我的丈夫来了。(对着塔里皮得)亲爱的,塔里皮得。这位英俊的邮递员突然出现,说你在地峡学院的父亲因为中风之类的疾病去世了。

委员会主席:这个坏消息也有好的一面。

塔里皮得:谁死了?怎么回事?什么意思?

阿格诺拉:懒鬼,这意味着你是地峡学院和卡德摩斯的院长了。它也意味着那些相信预言的人都是无耻的笨蛋。我给你说过的,你不必担心弑父的事情了,他因为心脏病已经归西了。

塔里皮得:是吗?

邮递员:是的。

阿格诺拉:至于与母亲交媾的事情,你也不要担心了。

塔里皮得:不需要担心?

阿格诺拉:是的。

塔里皮得:为什么不需要?

阿格诺拉:因为校园里一半的人都想回到他们最初来的地方,那不是罪恶。

邮递员:他说得对,有时我也会梦见这样的东西。

阿格诺拉:我想你也有过这样的想法,宝贝。

委员会主席:那样的梦想不是犯罪,塔里皮得院长。

塔里皮得:你还没走呀?

委员会主席:没有,阁下。

阿格诺拉:那些心怀不轨的预言家说大话,痴人说梦,来兴风作浪。

塔里皮得:说起来轻松,你不像我一样遭受天谴。

委员会主席:她已经很多年没有月经了。①

邮递员:真好。

塔里皮得:那两个预言中更糟糕的预言可能会阻碍我。我不会杀了父亲,但是只要母亲一息尚存,我就有接近母亲的机会。

邮递员:校长,这就是你的顾忌吗?

塔里皮得:算一个吧。

邮递员:我有事要告诉你,你不了解我,但我了解你的情况,地峡学院的老院长和他的夫人人不错,以前总叫你"乖儿子",他们不是你的亲生父母。

塔里皮得:不是?

邮递员:是的,你没有必要出国逃避。

塔里皮得:我他妈的到底是谁?

阿格诺拉:不要喊了,我头痛。

塔里皮得:我也很难受!他说有好消息,难道你看不出,我依然没有摆脱预言家的圈套?喂,老头。

阿格诺拉:他不是很老。

邮递员:你也很年轻。

阿格诺拉:你随时都能把信件放到我的信箱里。②

塔里皮得:看在创始人的份上,严肃点,否则我就完蛋了。如果他们不是我的亲人,那么他们为什么把我当作亲生儿子抚养?为什么他们不告诉我真相?

邮递员:校长和他的夫人闭口不谈,因为抚养你这件事情让人难以启齿:他们提拔了我,为的是让我守口如瓶。我送信之前,是一个牧羊人。每个季节有几个月,我和另一个牧羊人在院长山谷附近山上放羊。

阿格诺拉:嘿,那个地方在卡德摩斯,对吧?

委员会主席:我想,它位于卡德摩斯和地峡学院之间。

邮递员:不管怎样,有一天我的那个兄弟向我眨了一下眼,问我知道不知道他的午餐桶里装了什么。我回答道:"蒸食",他经常吃那东西。他说:"根本不是。我有一个小孩要出售。如果能够销赃,利润对半。"

阿格诺拉:卑鄙的骗子!

---

① curse既表示"天谴,诅咒",又表示"月经"。

② 原文为"You can put your mail in my box any time"。mail与male(男人)同音,box还可以表示"女子阴道",因此这句话还可以翻译为"随时欢迎你把阴茎放入我的阴道"。

邮递员：他发誓，这么好的货品不管来路是否正当，他不能用它来喂该死的乌鸦和秃鹫。

塔里皮得：多么贴心善良！

邮递员：因为他急于出手，我以批发价买下了小孩。那孩子我瞄了一眼，看起来很健康，也许不是很帅，但是我相信我能够赚钱，院长不能生育，急着抱养一个孩子。我发誓，等下次再见到他的时候，我要折断这个骗人的牧羊人的脖子！那狡猾的混蛋把小孩裹在布里。当我打开它时，我看到他的腿拴在一起，他几乎死过去了。你懂得我说的话！我活该！怨我匆匆忙忙、不论好坏乱买孩子！我拔出固定用的钉子，想着小孩活不到早晨，我当晚以成本价卖给了校长。结果那孩子活下来了。那以后，我得到一份邮递员的工作。无论黑夜、雨夹雪、冰雹都无法阻挡我，只有女子能让我放慢脚步。（对着阿格诺拉）再见了，院长夫人。等下次来镇上的时候，我会来找你的。

阿格诺拉：亲爱的，你知道我住哪里。

塔里皮得：（对邮递员）嘿，等等！你的意思是，我就是那个你卖的小孩？

邮递员：你的腿有伤吗？

塔里皮得：一直都有。

邮递员：你的身份证上写的是"塔里皮得·迪卡那斯"，是吗？

塔里皮得：当然是的。

邮递员：我想你知道塔里皮得的含义。

塔里皮得：它是"肿胀的腿"的意思。

邮递员：兄弟，那就没错了。

塔里皮得：天啦，以前我从来没有考虑过它们的相关性。

委员会主席：你不是一个数学家。可不可以告诉我，一个像你妻子这样的女人，与一个名叫塔里皮得的男人同床九年，怎么可能从来没有见过他的伤疤？！

阿格诺拉：听着，亲爱的，你和你的妻子也许喜欢以碰脚的方式调情。但是当一个人和我上床，我想看的不是他的脚趾。

委员会主席：但你肯定想知道……

阿格诺拉：你不要纠缠我，好不好？

委员会主席：当老拉布达基德斯和你……

阿格诺拉：闭嘴！

塔里皮得：是的，闭嘴！邮递员，你告诉我，院长山谷卖孩子的牧羊人，他的孩子从何而来？

邮递员：我也不知道。可能是他和哪个女人睡觉。现在想来，他衣着时髦，不像牧羊人。他曾经当过牧羊人。我想可能是没有结婚的女孩生了孩子，给了他钱，让他把孩子处理掉，明白吗？说不定他经常干这种事情。

塔里皮得：我越来越想询问这一个牧羊人。你能不能告诉我现在这个骗子在哪里，他叫什么？

委员会主席:我想,他就是刚才你派人去叫的那个人。

塔里皮得:他一直在附近!

委员会主席:阁下,我看到不管英俊的邮递员说什么,阿格诺拉都皱眉。也许她有什么心思。

阿格诺拉:死掉算了。(对着塔里皮得)听着,小甜心,忘掉牧羊人吧,找他干什么?这事情不要追究下去了。

塔里皮得:绝对不行。不确定身份,我就得不到认可。不利用这个机会弄清楚我的身份,地峡学院的人不会让我当院长。

阿格诺拉:不当院长也毫发无损。我想过了。我唯一不需要的就是你的生平简历。

塔里皮得:我知道,你担心我是地位低下的女仆的孩子。那又怎么样?我就更伟大了,出身那么卑微,现在身居高位。

阿格诺拉:我需要阿司匹林。也许需要整整一瓶。找到你的名字,所有的药片也不管用。我要去挂衣服。太乱了。爱人,听我的话,让身份之谜见鬼去吧。不听话,我们都要下地狱。

委员会主席:她有什么烦恼?(旁白)不太清楚。

塔里皮得:她像所有的官太太,官阶意识太强。如果我的身份证上写着我是某个大学一年级女生的孩子,她会不高兴的。但我不在乎。不管我的父母是谁,我照样不同寻常。我迫不及待想知道答案。只要是创始人的真理,管它是什么!天呀!

委员会主席:(旁白)做好心理准备,看一切四分五裂吧。院长相信自己的记者招待会。

歌咏队:啊,真理万岁!没有(从右往左回舞一)
审视的生活不值得过。真理让你们自由,
还有诸如此类的校园格言。
如果不寻求真理,那算什么大(从左往右回舞一)
学?真理万岁,啊!
肯定下周(从右往左回舞二)
周末,月圆时分,我们会在院长山谷跳舞,
就是塔里皮得被移交给地峡学院的地方,
我们想知道,他的母亲到底是谁?!
肯定是董事的妻子,或是极品女子,
可恶的创始人在草丛中和她睡了一觉。
塔里皮得是创始人的儿子,
他是个不同寻常的杂种。(另一个老人被拽上台)

塔里皮得:我看到,校园警察已经就位,准备对老家伙施加压力,要么挤出答案,要么挤出他的老命。(对着委员会主席)首先问一句,他是不是我妻子说过的随从?现在我没有时间单单为了好玩,去折磨一个老羊倌。

委员会主席：是的，那样是浪费时间。他就是那个人，拉布达基德斯的扈从。

塔里皮得：（对着邮递员）你敢肯定他是你以前的同伙？

邮递员：没错。

委员会主席：是他。

塔里皮得：别说了。（对着邮递员）喂，老伙计，你要说实话，全部实话……

羊倌：我干脆死了算了。

塔里皮得：也许一会儿会成全你。回答这个问题：你以前是拉布达基德斯的仆人吗？

羊倌：是的，我为他放过羊。

塔里皮得：大伯，那时你主要在哪里放牧？

羊倌：我想一下。到处放牧。

塔里皮得：在院长山谷？

羊倌：什么地方都去过。该死的永远都吃不饱的羊，它们一直吃。

塔里皮得：在院长谷，你见过他没有？这个英俊的邮递员？

羊倌：没有见过。

邮递员：别装蒜了！那时只要我们同喝"山露牌"饮料，你就向我抱怨你的老板如何不好。

羊倌：好吧，就算我们认识。祝贺你。那又怎么样？

邮递员：还记得我们因为一个孩子讨价还价吗？你保证孩子长相好，卖出之前不需任何维修。你什么眼光！

羊倌：那你起诉我吧。三十年前卖出的东西，概不退换！

邮递员：不是这个意思。那个孩子是塔里皮得，现在是这个学院的院长。

羊倌：你是谁？疯子？

塔里皮得：羊倌，我警告你，这是院长办公室，不是羊圈。对付你们这样的人，我们有的是办法。我们折断他们的背部，拶大拇指，把他们置于轮子上拉直，对私处用刑直到人痛苦地尖叫，很好玩，而且效果不错。伙计们，先把他的一个手指弄断。

羊倌：看作创始人的份上，我太老了……哎呀，痛死了！好了，我说，我什么都说。你们只管问。

塔里皮得：站着你旁边的这个人有没有掏钱给你，买过一个孩子？你收了现金，给了他一个男孩？

羊倌：是的。我杀了人，但是杀的方式和老板吩咐的不一样。

塔里皮得：不管那个。孩子是你从哪里弄到的？

羊倌：不说不行吗？

塔里皮得：（对着保安）弄断他的手指。

羊倌：两分钟弄断两根小指。去他的。小孩是我在这个院长办公室得到的。

塔里皮得:清洁女工的孩子？孩子的父亲是谁？

羊倌:我不敢说……

塔里皮得:(对着保安)弄断他的手指。

羊倌:别！不要费事了。他们说那个杂种是拉布达基德斯的。

塔里皮得:院长自己的。

羊倌:但愿这个回答让你高兴。是他的孩子。

塔里皮得:是阿格诺拉的孩子？

羊倌:我没有问。

塔里皮得:她给你的？

羊倌:她给我钱。我说我会把他喂松鼠。

塔里皮得:这种母亲很少见。

羊倌:唉,女人终究是女人。她好像也不是很高兴。

塔里皮得:她为什么扔掉孩子？

羊倌:最好问她自己。她胡乱对我说,她知道这个孩子会杀他的父亲,和其他一些废话。

塔里皮得:啊!

委员会主席:我也很震惊!

塔里皮得:我无言以对。

邮递员:与我无关。

塔里皮得:(对着羊倌)但是,你这该死的,她命令你,但是你没有听话。

委员会主席:那就把他解聘。(对着邮递员)这些院长!

羊倌:我担心将来出事,他们又让我背黑锅,于是我想,何不赚一大笔钱,又保住自己的性命？这个白痴说,在把你零售之前,他会跑很远一段路。

邮递员:你这个骗子,我确实走了好远。

羊倌:(对着塔里皮得)但你又跑了回来,让预言应验。创始人,帮助我吧！我宁愿再失去八个手指,也不想像你这样。

委员会主席:(对着羊倌)他们的鞋子术语是"厚底高靴"。①

羊倌:噢。

委员会主席:塔里皮得？

塔里皮得:真相,终于知道了真相！我自己在头脑里得到了答案。

委员会主席:我想你借助了外界的一点帮助……

塔里皮得:令人盲目的光明。终于,我知道了。情况是:吉南德是对的。我的身份该受诅咒,在床上该受诅咒,在三岔路口该受诅咒。我,塔里皮得,作为履行过院长职务的最聪明的院长,将再也看不到光明。我要永远被

---

① 文章用了双关语。原文为羊倌说:I'd rather lose eight more fingers than be in your shoes。委员会主席回答:We call them buskins。

诅咒。

歌咏队:今天还在,明天就消亡,(从右向左回舞一)

只不过是喧哗与骚动。

人只不过是鬼魂,走过场后很快被遗忘。

委员会现在休会,说再见之前,我们要总结一些悲剧情节。

在前言中,(从左向右回舞一)

主角遇到了二号演员和合唱团歌手,

因为傲慢而产生判断错误,

背景逐渐显现,

歌咏队舞蹈,演唱副歌。

经过上升式情节,(从右向左回舞二)

主情节正式开始,

中间有赞美酒神的合唱诗,

交互对唱之后是发现真相,

最后院长命运有了突变。

现在到了高潮,(从左向右回舞二)

在即将到来的结束中,

宣泄将使我们净化,直到我们精疲力竭。

灾难会让我们疲乏,尾声会结束,

在此之前,我们先聆听人物的诉苦。

塔里皮得脑子像是铁质的捕鼠夹,(从右向左回舞三)

抓住那个怪物,抓住那个院长职位,膝盖上抓住了院长妻子。喔喔……

先生们,学者们,聪明的院长！但是(从左向右回舞三)

像疯子一样,他作茧自缚,

我敢打赌他多么希望捕鼠夹没有打开。喔喔……

为什么你谋杀了你的父亲,我的朋友?

为什么你强奸了你的母亲?

为什么我们要唱这个叠歌? 喔喔……

邮递员:你什么也没听见。

委员会主席:我们听说了不少……

邮递员:这个大学失败了。

委员会主席:如果你还知道更多坏消息,不要担心有什么不妥,尽管对我们说。

邮递员:好吧,无论下雨还是下雪,我要离开这儿回家。

委员会主席:我们知道你下面要说什么。

邮递员:我不是抱怨卡德摩斯的天气,而是这里的女人能让我激情燃烧。"如果鞋子合脚,那就穿上",他们是这样说的。院长夫人很适合我,就像……你懂我的意思。我上楼想看看这个女人的邮件接收装置。毫无疑问,你知道她分别时对我说的话。

委员会主席:我记得,她打算去挂起她的裙子。

邮递员:啊,我的天,她有吗?当我走进去的时候,发现院长夫人已经脱光了,我怦然心动。

委员会主席:她味道鲜美吗?

邮递员:她挂在一盏枝形吊灯上。

委员会主席:以她那样的年纪啊!超过她心脏的承受能力了,她精力旺盛。那个女人。

邮递员:不要再说了,我的朋友,她用她的长袍做成了套索,上吊自杀了。她挂在那里,眼睛突出,皮肤青紫,全身赤裸。

委员会主席:多么遗憾啊,那么现在我们丰腴而又温和的妻子将会是我们生活中唯一的女人了。

邮递员:你太坏了,你应该干另一个行业。无论如何,我只是上楼一段时间玩玩游戏,不是去看一具全裸的女尸。照我看来,似乎这个女人本可以在我走后推迟到今晚才自杀。

委员会主席:她没有礼貌。

邮递员:你说对了,但是事情就是这样。不管怎样,我忘记了关卧室的门,只是站在那里咒骂她,对她抛媚眼,年轻的塔里皮得哭着进来了,同时发出大叫。我说:"喂,塔里皮得",但是他不回答。

委员会主席:又是一个无礼的人。卡德摩斯看起来似乎缺少了一些东道主的殷勤。

邮递员:没错。无论怎样,他从某处拿来一把小刀,然后砍断了拴在他黑面妻子脖子上的绳子,我的意思是他的黑面母亲。

委员会主席:别说了;我们知道大概的情况了。

邮递员:你知道他那时做了什么?

委员会主席:我希望他没有对你很粗鲁。

邮递员:你自己判断吧。那里躺着他赤裸的女人。脖子上还缠着长袍;他剥掉镶嵌钻石的兄弟会别针,还有他的父亲的别针。两根别针她全戴着,你知道。他发出了庄严的誓言。

委员会主席:他很擅长这个。

邮递员:他说:"那对儿曾经照料过我,后来我用不同方法玩过的乳房该受诅咒。她的胸上曾经佩戴了这些胸针!你的丈夫眼睛被阳光刺瞎了,这些太聪明、太可怜的人看不见他们了。"他解下饰针的搭钩,然后把他的眼睛挖了出来。

委员会主席:"太刺眼的太阳!"因为这个双关语,他应该刺瞎自己。

邮递员:我只是报告这条消息;我不是一个评论家。院长瞎了。

委员会主席:就像我们的雌雄同体的荣誉预言家,他早就预见到了这场混乱!塔里皮得现在在干什么?

邮递员：你猜不到的。在他自我放逐之前，他想在学校员工和全体学生面前讲话。

委员会主席：那不行，校董事会说了些什么？在他走之前，我猜他能和我们聊上一会。谈论一下无妨大碍。看起来，这可怜的小伙子现在到了，哎呀！（塔里皮得上场）

塔里皮得：是的，是我，朋友们。

委员会主席：我……

塔里皮得：是我，我必须坦白，我现在状况不好。

委员会主席：你是身体不好，院长，我看见你也不好受。

塔里皮得：我的心为你而破碎。我在第一幕那么帅，看看现在的我。

委员会主席：呃……

塔里皮得：很糟糕吗？哈？

委员会主席：如果你不行了，先生，我们会问候你的。

塔里皮得：可是我还没到那个地步。

委员会主席：我觉得也差不多了。

塔里皮得：我希望你让我发表我的演讲。这是悲剧，了解自己和遭遇灾难，滋味都不好受。

委员会主席：像……

塔里皮得：别介意！我想掐死救过我的那个牧羊人。

委员会主席：这个家伙做尽坏事，这是事实。但如果我是你，我不会以一个又瞎又老的乞丐来结束这一幕；我认为死了反而更好。

塔里皮得：我不需要你的建议，先生。自杀不是我的风格，那与文本中的象征风格格格不入。原谅我，现在有许多东西要诅咒。

委员会主席：好吧，说吧。

塔里皮得：我会采用一个或两个片段诅咒那个叫院长谷的壕沟，因为我没有在那里死掉；接着我要诅咒地峡学院以及那个收养我当养子的家伙；然后，我会骂骂三岔路口；最后，我会咒骂一会儿婚姻和性爱，因为是它们让我成了今天的自己。整个诅咒大概需要十分钟。

委员会主席：我想今天大概骂不玩，我们需要改天继续听。你的内弟来了。

塔里皮得：那个小丑！该死的！他没有资格抢走我的镜头！

委员会主席：说话要注意！你要知道，如今他是代院长。

塔里皮得：老天啊。（内弟这时候进来）

委员会主席：（对内弟）晚上好，阁下！很高兴见到你！

内弟：确实。我记得，你总是很乐意看到我，不过不要介意。趁着那个瞎眼杂种还没有告诉报社记者整件事情，帮我把他带走。他总爱帮闲，喜欢卖弄。

塔里皮得：哎……

内弟:(对塔里皮得)别在这里发牢骚了,你这个狗娘养的。你是自作自受。

塔里皮得:别说了,舅舅;我现在正处于低谷。听着,为什么不把我赶出这个地方?

内弟:我会让预言教授告诉我该做些什么,而不是你。九年前我就该把你扔掉。

塔里皮得:我也这样想。我在院长谷徘徊,然后死在母亲和父亲最初抛弃我的那个地方。至少,我也会试着……

委员会主席:你确实要试。

内弟:要努力试。

塔里皮得:我会的。而且我莫名其妙地知道了自己的结局,那不会是任何寻常的结局。一种奇异命运在前方等着我;如果不是今年,也会是下一年,那是一些奇怪的壮观的惊喜。

内弟:胡说。你非要把你做过的每件事情都戏剧化吗?

塔里皮得:同意我的一个请求,亲爱的舅舅……

内弟:什么请求?

塔里皮得:我在校内有最漂亮的女儿和最聪明的儿子,对吗?

委员会主席:你有着最陈旧的双关语,我可以为此做保证。

塔里皮得:男孩没有我在身边也能前行,但是我认为撇下女孩子就不对啦。①

委员会主席:另一个双关语,还很粗俗。

内弟:女孩们会和我呆在一起。不要把事情弄得太复杂,你是她们的父亲和兄弟;如果你同时也是她们的情人的话,我们就没办法理顺关系了。(孩子们进来)就简单地道别吧,已经不早了。

塔里皮得:(对孩子们)可怜的孩子们!你们现在的处境困难重重。你们交不到一个男朋友了,因为他们会知道你们的父亲是你们的哥哥。男孩子们约会时不愿意听到这种事情。

孩子们:你原来是个老大哥,但你相当性感。

内弟:我想今天到此为止。

委员会主席:我也这样想。

塔里皮得:(对委员会主席)你还没走吗?

委员会主席:你让我去哪里?

内弟:恩,女孩们,跟塔里皮得说再见,他该走了。

孩子们:再见。

塔里皮得:不要!

---

① 此处英文对话为 The boys can get along without me, but I think it would be wrong to leave the girls behind。behind 还表示“臀部”。

内弟：说再见。

塔里皮得：不！

委员会主席：该结束了。

塔里皮得：不！撇下我美丽的女孩是校园里最艰难的一件事。①

委员会主席：我说对了，他太喜欢下流的笑话了。

内弟：（对着孩子们）女孩子，快走！

孩子们：好的。

委员会主席：拜拜！

塔里皮得：别，等等！

内弟：你已经对我们颐使气指很长一段时间了，老兄。现在我是这里的老大。另外，你不太擅长履行院长职务。

委员会主席：（旁白）好的管理人员太难找了。

塔里皮得：（旁白）现在我瞎了，可以干预言教授这一行。

委员会主席：塔里皮得是一个爱卖弄炫耀的美国佬，他几乎让我们全部搁浅。我们羡慕塔里皮得，因为他得到了老院长的职位，得到了阿格诺拉的床笫。他解决了可怕的谜语，化解了令人困惑的谜团，终于知道和他上床的是谁，他自己是谁。看一下，他的答案让他到了什么地步！孩子们，如果你们不知道自己是谁，要欢欣鼓舞，不要太乐观、自负、骄傲，天空中的云彩每一个银镶的边，中间都有乌云。从今往后，任何人都不要说自己已经通过了测验，除非他已经没有任何疼痛地跨过了地狱的门槛。②

---

① 此处英文对话为 Leaving my pretty girls behind is quite the hardest thing on campus。hard on 还表示"性器官的勃起"。

② 关于《羊孩子贾尔斯》对《俄狄浦斯》戏仿的详细分析，参见：王程辉著，《美国作家约翰·巴思小说研究》，武汉：武汉大学出版社，2013 年，第 103 至 115 页。

附录二　充满肉欲的海明威

H. W. 哈尼曼(H. W. Hanemann)曾模仿海明威的风格,写了《永别了,约瑟芬》(*Farewell to Josephine's Arms*)。这个题目又可以翻译为《告别约瑟芬的怀抱》。当然,这个题目模仿了海明威的《永别了,武器》(*Farewell to Arms*)。戏仿的副标题是《充满肉欲的海明威》。文章以约瑟芬为叙事人,戏仿行文如下:

> 一、我出生在马提尼克岛。马提尼克岛全是海洋、天空、棕榈树和鲜花,像佛罗里达州城市科勒尔·盖布尔斯,只是没有房产中介,只有当地人、鲜花、棕榈树、大海和天空,这就是马提尼克岛。勒诺丹姨妈是老博阿内的情人。16岁时,因为勒诺丹姨妈是老博阿内的情人,我嫁给了他儿子亚历山大。奥坦丝1780年出生,欧仁1785年出生(与史实不太吻合)。亚历克谢(亚历山大的昵称)说我和马提尼克岛的一个人有关系。我们俩大吵一场,我回到了马提尼克岛。过了一段时间,亚历克谢说,对不起,回巴黎吧!于是,我回到巴黎。因为发生革命,我们被投入监狱。不管你在哪一个阵营,迟早都要进监狱。不久之后,阿历克谢被推上断头台。按照他们的逻辑,我也应该被处死,但没有。我到鬼门关转了一圈。狱中有个人叫德·奥什,可能与他有关。接着,罗伯斯庇尔被推上刑台,革命安全得多了。我出了监狱居住,不错。去他的。
>
> 二、肯定在特雷西·塔利昂家里我第一次见到拿破仑。他走到我面前,说:"你好,博阿内女士!"我说:"你好,穿靴子的小猫!"他看起来确实很像。大家笑了。他说:"罚你喝一杯酒!"我说:"你罚自己喝一杯!"拿破仑说:"我要一杯约瑟芬酒。"他喝了一杯。我说:"我是第一次听说。你就是94年葡萄月13日炮轰乱民的那个人吗?"他说:"是我,从科西嘉的一个无名小辈,现在掌握了法兰西的玉玺。"我说:"啊,他训练海豹!"① 大家都笑了,气氛越来越融洽。斯塔尔夫人说:"别管她,她就是这样,南方人。"拿破仑说:"你可以接着开我的玩笑,但我注定要干惊天动地的事情。"我说:"对寡妇能这样说话吗?"他们不得不把巴拉斯拉出去,往他头上浇凉水。过了一会儿,命中注定的人走了,我感觉很不好。

① 英语中,seal既表示"印章"又表示"海豹"。

三、接下来的一次见到他，他好多了，裤子也熨烫了一下。他说："啊，怎么样？"我说："什么怎么样？"他说："你知道。""我知道吗？""你当然知道。奥什……巴拉斯……"我说："你让我鼻子痛。一个女孩子就不能有自己的生活吗？"他说："说实话吧，约瑟芬，我爱你快发狂了。"我觉得被叫作约瑟芬很滑稽。我的名字叫玛丽·罗丝·约瑟芬·塔契·德拉帕热利。我嫁给了亚历山大·博阿内子爵，但他在大革命中被处决了。

我说："我年纪都可以当你的姑姑了。""你没有那么胖。""那欧仁和奥坦丝怎么办？""我也喜欢他们，我喜欢你们全家，除了发出臭味、浑身是虱子的杂种狗福图内。""他不是浑身是虱子的杂种狗。""好吧，他是长着羊毛的羊羔。但我的主要意思，你明白了吧？""不明白。""听着，你必须明白，这是计划的一部分。""什么计划？你不要这样神秘兮兮，好不好？""你会知道的。我正好是世界上×××最好的将军。仅此而已。""你是×××最烦人的东西。"①"算你说对了。但是，你能否看在天国的份上，看在美丽的法兰西的份儿上，嫁给我呢？"我说："好吧，熄灭灯，睡觉。让我想一下。"

四、在市政厅，一个督政为我们主持了婚礼。我说我32岁，他说他26岁半。他不像这个年纪。我知道他的制服是在布鲁克斯年轻人之角买的。他问："你感觉如何？"我说："我感觉很好。我想喝一杯饮料。""我去买香槟。"

我们到了一家咖啡厅，拿破仑买了些香槟，味道不错。

我说："这些香槟味道不错。"他说："再好也配不上你。你知道，你我是夫妻。"我说："干上三杯烂酒。"他说："我说，你有没有和结婚登记处的职员眉来眼去呢？"红酒在说话。"我即使那样又怎么了？我天性爱交朋友。""你太×××友好了！"我说："我在南方长大的，受到这样的熏陶。我们需要以礼待人，我们都要享受人生。"拿破仑说："知道了。小提琴柔和的音乐、舞会上跳华尔兹的光鲜的人群、家里的老仆人、磨砂潘趣酒碗在黑暗的阳台上、打浣熊、在盛开的木兰花下野餐、黑人在木门边拉班卓琴，这一切肯定很惬意。""怀旧令人愉快。""我要拿破仑白兰地。"侍者说："我们没有拿破仑白兰地。"拿破仑说："明白了，你们没有，我忘了。"侍者说："拿破仑是谁呀？"拿破仑说："将来会让你大吃一惊。"侍者说："你不会让我吃惊。我在法国大革命中活了下来。"我说："是的，从长期观点看，这不是一场完美的革命。"拿破仑说："我们再喝一杯就走。今晚是我们的新婚之夜。"侍者说："你们的新婚之夜？你们是十足的笨蛋。"我们用一个酒瓶砸了他。

五、12日后，拿破仑领着部队到了尼斯。我刚刚习惯了他。他要我

① 此处使用了双关语。拿破仑说：I just happen to be the best God-damned general in the world. 约瑟芬回应：You are a God-damned general nuisance.

一起去,去消灭奥地利人。他说:“听着,我要消灭奥地利。你也来。”我说:“不,我不去。在那里,你给你自己系一个罐头①。”他说:“不,你也来。”我说,“我在军队里能干什么?”“我从来没想过。你会来,对吧?”“我不会。”“真倒霉!那你最好待在这里。”我说:“我就待在这里,挂上一面旗,说‘服务暂时停止’。”拿破仑说:“太好了,希望你说到做到。”我说:“当然说到做到。”他捏我的耳朵。

我们上楼,装上他的低领衬衣。我们装好他的高筒靴。我给每一只靴子里放了一瓶格拉巴酒。然后我们装牙刷、剃须刀和一顶帽子。我把他的牙刷放进一瓶阿斯蒂苏打白葡萄酒里面,把君度酒放进他的帽子里,正合适。拿破仑一走,我马上派人出去买杂志。

六、战役大获成功。拿破仑打仗像一条猎狗。攻击左翼,攻击右翼。那个士兵笑着就倒下丧命。他战无不胜。他每天给我写信,告诉我他多爱我,杀了多少人。我给特雷西·塔利昂读了一些信件。她说:“喂,喂,他这么多点子从何而来?他天天想着约瑟芬和战斗。”我说,“哦,谢天谢地,他知道怎么战斗。”拿破仑不断写信,让我到他那里。我不想去他那里。我日子很舒服。我们熬夜,想睡觉就上床睡觉。拿破仑的麻烦在于,他不知道怎么休息。这让你心烦。开始,他写道:“辉煌胜利,50000奥地利人阵亡、俘虏。你怎么不过来?”后来,他又写道:“旗开得胜,消灭192000敌人。”这是他引人注目的方式,但不是我的风格。我写信告诉他,我会等在原地,不过,仍然谢谢你。之后,我就忘了回信。很不好的花招,但他让我心烦。在莱奥本签订了和平协议。拿破仑给我写信,让我到蒙特贝洛。他要在那里休整一段时间。这就不一样了。

七、蒙特贝洛很好。它在科木湖边,有许多事情可做。我们尽情地做。大部分时间都在喝酒。我从马车上下来时,拿破仑在等待。他说:“啊,约瑟芬,你终于到了。”我说:“我来了。”他说:“你会喜欢这里的。我们的房间正对着湖。你想不想看?”我说:“也可以。在哪里呢?”他说:“在楼上,来吧!”我说:“我累了。”他说:“约瑟芬,今天晚上不能累。你不累。”他就是这样说的,坊间流传的其他版本都见鬼去吧。我们上了楼,我坐在床上。拿破仑开始脱我的长袜。福图内不知道是怎么回事,跑过来咬了拿破仑。拿破仑大叫,很滑稽,我简直笑死。

第二天,我们出去散步,这样每个人都可以看到拿破仑,向他欢呼。他们欢呼有道理:他是意大利救世主。他们也向我欢呼。“夫人万岁!”他们大叫,还扔来鲜花。有些人冲上来吻我的手。热辣辣的生活。我们成了中心。拿破仑说:“如果说我赢得了战斗,你赢得了他们的心。”我说:“你说的是法语,对吧?”“你×××说它是什么?”我说:“它很漂亮。”拿破仑说:“我觉得你很漂亮。”他捏我的耳朵。“现在的时光不是很美妙

---

① tie a can to somebody 既表示“系一个罐头”,又表示“打败”。

吗?"我说:"别说了!你忘了,你让我们两人成为公共人物。你和你的战争。"他是个傲慢无礼的年轻人,但不是我的类型。

八、只要拿破仑喜欢休息,蒙特贝洛就是好的地方。食物好,酒好,举行了许多聚会。我在聚会上是焦点,拿破仑很高兴。他认为自己也在聚光灯下。我已经习惯于聚光灯,但拿破仑还没有。他每天晚上不睡,一直给我说,他多么了不起,他的时光多美妙。然后,他开始拿出地图和彩色的大头钉。我知道要发生什么了。我说:"你又要去前线了,很快又要出发,童子军拿皮(Nappy)万岁!"我有点生气。他说:"你怎么啦?我喜欢打仗。"我说:"你就不能不打仗?你是将军,你能失去什么?"他说:"我不会失去什么,有时候我有点害怕。""应该让你害怕。像你那样杀人。""约瑟芬,这是正事,要这样看!"我说:"我不会那样看!我痛恨杀戮。你不会有好下场。记住我的话。"他打了个寒战,"希望你不要那样说话。""那你为什么不能待在蒙特贝洛,开心玩一下?!"拿破仑说:"我不能。这是我的命运,你是我的星星,你是我在科西嘉看到的星星。""你在科西嘉遇到了什么问题?"他说:"没有大事,甲状腺肿。"他说:"怪不得你一刻也安静不下来,你总要干什么事才行。"① 这是个不好的双关语,我觉得心情很不好。他说:"听着,我原来并不想告诉你,你想不想当皇后?"我说:"原来这样。你要自封为皇帝。"他说:"是的,不要让别人知道,好吗?"我说:"约瑟芬皇后,真美妙。"拿破仑说:"约,那你应该对我更好一些。你对×××福图内比对我都好。""没有的事。""是的,他们都这样说。""谁?""约瑟夫、卢锡安、玛丽·安、露易莎、杰罗姆、卡洛琳。"我说:"你的兄弟姐妹?你的美妙的一家人见鬼去吧。""不要那么说我的家人。我会生气的。"我说:"那就生气吧。"我自己就很生气。

他说:"还有一件事。我想要个孩子。"我说:"哈哈!""哈哈什么?"我说:"是吗?那欧仁和奥坦丝呢?"拿破仑说:"他们是×××好孩子,但他们不是我的孩子。我想要我自己的孩子。"我说:"好吧,拿破仑,你制造一个奇迹,我们生一个儿子。"他说:"好吧,但我们别打架。"我说:"不会的,打架的力气,你留着打仗时使用吧。"拿破仑说:"我爱你。"

九、埃及战役也好也不好。法国人希望拿破仑打英国,拿破仑运用自己的判断力,去了埃及。他去埃及,我没有跟他一起去。他对此看得很开,认为我在家更好,更快乐,天知道什么是真相。我根本不管他在埃及的战役如何,只知道对于我来说,他越来越棘手。我到了普隆比耶尔,奥坦丝和我在一起。我们玩得很开心。希伯勒特·查理也在那里。他跑前跑后置办食物,大部分时间都在。福图内喜欢他,我也喜欢他。在这些事情上你不可能说假话。但拿破仑回来后,他的弟弟妹妹告诉了他。我们

① 此处用了双关语 goiter。拿破仑说:A goiter。约瑟芬回应:You goiter be doing some all the time。goiter 既表示"甲状腺肿",又表示"going to"。

大吵了一架。他说:“希伯勒特·查理是怎么回事?”我说:“我不知道。查理只是一个朋友。别傻了。”拿破仑说:“我不想当火车站站长。约瑟芬,你应该长点脑子。我要登基当皇帝了,你不要让别人议论自己。这是糟糕的知名度。”我说:“去他的知名度。我不能娱乐一下吗?”“娱乐不能用这种方式。”“那用什么?打仗?砰!砰!两个吃烤小牛肉片的人死了。”“我感到很遗憾,你不能用更严肃的眼光看待我的工作。对你卷入和查理这件事,我也感到很遗憾。”“你的姐姐才卷入呢。我问心无愧。”“那是你的说法。”“你知道你该怎么办!”自那以后,拿破仑更生气了,一个人锁在书房里。我打发欧仁和奥坦丝去求情。最终,他们终于让他回心转意。他原谅了我,说只不过他太吃醋了,但我知道他已经变了。他以往的激情已经燃烧殆尽。一方面,这更方便;另一方面,又不方便。他变得无法控制。富歇办公室的人说,有其他女人。我能怎么办?我可以乐得享受,成为皇后,也可以不高兴,但只得忍受。

十、加冕仪式花了好长时间,非常单调。我的长袍不断从肩上滑落,头痛欲裂,这是意料之中的事情。人群、乐队、仪式、欢呼、礼炮。拿破仑是风云人物,而我只不过是他的伴侣约瑟芬,我知道我们不可能生孩子。我想,他那样对待我时,我本应该对他更好些,但我觉得那也不起作用。他以自我为中心,把皇冠从教皇手中夺了过去,自己戴上。像这样的人,你能做的很少。每个人都说他是时代骄子,以前他是钟表里报时的杜鹃鸟;但现在,他是整个机械设备。

十一、当皇后不像我想象得好,很辛苦。要参加许多舞会,但都是公共关系部安排好的。每个人都知道,那不是舞会。你要对记者有礼貌,不要考虑你自己的感情。我要告诉你,这不是舞会。有时,我们偷偷跑到马尔梅松城堡,自得其乐。我拿出自己的班卓琴,奥坦丝会跳踢踏舞,拿破仑演奏打击乐器。他是个好鼓手,我们本来能上演一出好戏,但他思想总是开小差。正演奏着“法兰西之鹰,我爱你”或其他节目,他就开始为征服更多欧洲制订计划和谋略。不像以前好玩了。我很累,宫廷生活不好受,认识的很多新人很糟糕,我想坐下休息。

拿破仑又去打仗了,能够休息了,但也不是很充足。有时,他下令做一些事情;然后,他又下令不要做了,因为那太不体面。他闷闷不乐,乖戾任性。我知道他在想什么。他想要一只小鹰。我才不管呢。不管怎样,我很累。拿破仑让我累,所有的破事都让我累。

十二、拿破仑打仗回来,派人叫我去。我上楼打开门,看见他坐在桌子旁。我说:“孩子,你好。怎么回事?你看起来很不好。”他说:“我感觉很糟糕。我不知道这件事你能否承受。”我说:“那好,一股脑倒出来,看皇后能否承受。”拿破仑说:“瞧,我想让你明白,这不会有损于你个人的声誉和人格。”我说:“哦,当然。”“公事公办,要这样想。”“我能拿得起,放得下,就像你拿下奥斯德立茨一样。”“约瑟芬,公事是大事,无关个人。

需要做出改变，就要改变。我们无法随心所欲。”我说：“小下士，你在说什么呀？你要抛弃我吗？”他说：“嗯，是的，恐怕就是这样。”“这么多年，你在信中说了那样的话。”“我知道，但我是法国皇帝，约瑟芬，我需要一个儿子，我需要一只小鹰。”我说：“啊，那当然，那当然。”我不想感觉不好，但我知道，会感觉不好。拿破仑说：“听着，约，你可以得到马尔梅松城堡。”我说：“好的，我喜欢马尔梅松城堡。”“还有你希望得到的补贴。”“那会有很多钱的。”拿破仑说：“不少。我想也是，但我不在意，老伴儿，你一直是个好的童子军士兵。”我说：“当然，但没有生孩子。我理解。”他说：“公事公办。你理解的。你可以写回忆录。”我说：“我会写自传。我会种玫瑰花，我要一个动物园，我不介意。”他说：“我能找时间去看你吗？”我说：“当然可以，任何时间都可以。我希望耶稣让福图内咬你。”“别这样愤恨，老伴儿，公事公办。”我说：“我知道，这是人生。前皇后约瑟芬。也许我会开一间茶室，特色菜：拿破仑（酒）。”“孩子，别这样。我不太喜欢。”“幸运女孩是谁？”“玛丽 · 路易莎。”“胖胖的奥地利人？我为你感到遗憾。有时，她不该笑却咯咯发笑。”“老甜心，别担心我，我知道怎么办。”我说：“你在改变你的运气。”拿破仑打了一个寒战。他说：“约瑟，别那样说，别那样说。你不会恨我吧？”“绝对不会。但你什么都想要，任何人也不可能那样。”“我会得到的。”我说：“你会得到鬼。”话越说越离谱。“这样我可不喜欢。”“不用费事了，再见！”拿破仑说：“再见，不久以后见。”“当然，将来某个时候过来打鼓！”他说：“会的，这是离婚证明。”他递给我丝带系着的羊皮纸，上面的玉玺和真的海豹一样。我说：“穿靴子的小猫，我要昏倒了。”我昏倒了，博塞抱我出去。他将我抱到外面时，我睁开一只眼，说：“别压我太紧，轻一点。”

离开宫殿时下着雨，路上满是泥浆，马车沾上了泥巴。到了马尔梅松之后，我给沙皇亚历山大写了一封信，又给普鲁士国王弗里德里克·威廉写了一封信。我上了楼，告诉女仆桌子上为一个人摆全套餐具，她给床上多加了一个盖被。①

要想充分理解戏仿，需要知道相关的历史事实。关于拿破仑有“500本左右的传记，而且各个版本间互相抵触矛盾。”② 但关于他和妻子有一些公认的事实。现概括如下：法兰西第一帝国皇帝拿破仑 · 波拿巴的第一任妻子、法兰西第一帝国的皇后玛丽·罗丝·约瑟芬·塔契·德拉帕热利（Marie Rose Josèphe Tascher de la Pagerie, 1763—1814）生于当时的法国殖民地马提尼克，早年备受动荡，小时候，由于飓风破坏了家产，约瑟芬的姨妈为她的妹妹凯瑟琳安排

---

① Lowrey, Burling. *Twentieth Century Parody: American and British*. New York: Harcourt, Brace and Company, 1960, pp. 59 – 70.

② Drabble, Margaret (ed.). *The Oxford Companion to English Literature* (6th ed.). Beijing: Foreign Language Teaching and Research Press, 2005, p. 103.

了一桩婚姻,使其一家可以得到一笔不错的财产。凯瑟琳·戴茜蕾被许配给博阿尔内子爵亚历山大。但凯瑟琳12岁时去世(1777)。约瑟芬作为填房,也为了实现姨妈的安排,在1779年12月13日嫁给亚历山大。她的婚姻生活并不快乐:博阿尔内子爵是个花花公子,一事无成,只会花天酒地。约瑟芬生了两个孩子:儿子欧仁(Eugène, 1781—1824)和女儿奥坦丝(Hortense, 1783—1837,即拿破仑三世的母亲)。1794年法国大革命恐怖统治时期,亚历山大被雅各宾派拘禁,不久被控叛国罪,判处死刑。约瑟芬因丈夫的原因受到牵连,亦被拘禁,本来也要送命的,后因热月党人让·兰贝尔·塔里昂的干预被释放。1795年热月党颁布新宪法,她丈夫的遗产得以归还。保命后,她以美貌才智及极佳的交际手腕成为巴黎社交界名媛。

1795年10月4日,巴黎发生保王党人的武装叛乱。督政官巴拉斯请拿破仑帮助平息叛乱。拿破仑用大炮一举击垮了叛乱者,挽救了危局。督政府晋升拿破仑为陆军中将、巴黎卫戍司令。一夜之间,穷困潦倒的拿破仑成为大人物。约瑟芬让14岁的儿子去见拿破仑,请求拿破仑归还士兵收缴的他父亲的佩剑。拿破仑允准了孩子的请求,那孩子含泪接过佩剑并亲吻了这件遗物。第二天,约瑟芬前来向他致谢,并倾吐了自己的爱慕之情。约瑟芬的美貌、纯洁和善良也深深地打动了拿破仑。拿破仑相信,同这位年轻寡妇结合对于他的幸福有重大关系;对于他实现壮志将是强有力的支持。拿破仑和约瑟芬刚认识时,众人叫她罗丝。拿破仑不喜欢这个名字,叫她约瑟芬。认识仅三个月,他们便举行了婚礼。3月9日,约瑟芬嫁给拿破仑。两天后,拿破仑告别新婚妻子,到意大利与第一次反法同盟军奥地利军和撒丁军作战,取得了一系列胜利。督政府感到了崛起的拿破仑的威胁,决定把他调到远离巴黎的地方去。1798年,拿破仑被任命为法国埃及军(东方军)司令。同年5月18日,拿破仑远征埃及,希望借助新的胜利来实现自己的理想。1799年,看到国内局势急转直下,人民怨声载道,拿破仑认为时机已到,立即返回巴黎。1799年11月9日,拿破仑发动雾月政变,成为第一执政。1804年5月18日,拿破仑宣告自己为法兰西第一帝国的皇帝,约瑟芬被加冕为皇后。

拿破仑对约瑟芬的感情热烈而真挚,从他给她的情书中可见一斑。约瑟芬欣赏拿破仑的雄图霸业,并决定嫁给拿破仑,既表示对拿破仑的坚定信任,也透露出约瑟芬的工于心计。刚刚在法国大革命的惊涛骇浪中生存下来的美丽女子,凭着她的美貌和机智逃过了断头台,她需要金钱和权势荫庇抚育两个孩子。拿破仑外出打仗之时,她毫不在意地寻欢作乐。拿破仑在意大利打仗时,约瑟芬身边有其他男子陪伴。拿破仑得知这件事,很生气,就此写了一封信给约瑟芬。信件被英军截获,公开发表,以羞辱拿破仑。拿破仑的家人一向不接受约瑟芬,将她的放荡添油加醋告诉拿破仑,拿破仑大怒。约瑟芬表示悔改,拿破仑原谅了妻子,但是两人之间的忠贞一去不回。拿破仑在埃及期间,和手下一名军官的妻子有染。她成为他的“埃及艳后”。

也许是法国大革命狱中囚禁时的压力,也许是因为二十多岁时做的一次流产，约瑟芬失去了生育能力。1809年11月30日，刚过40岁的拿破仑以此为由，提出了和约瑟芬离婚。不过，无论如何，拿破仑都消除不了对她的爱恋。当在离婚书上签字时，拿破仑竟忍不住哭了起来。离婚后，他坐在皇宫里，凝视着天空，闭门沉思，拒绝接见任何人，也无心做任何事情。离婚后不久，拿破仑迎娶了奥地利公主玛丽·路易莎。玛丽是在蔑视拿破仑的教育下长大的。她祈祷自己不要嫁给拿破仑。但是，她的父亲出于政治上的考虑，坚持把她嫁给了拿破仑。正因为如此，玛丽对他毫不关心。他打败仗时，她就离他而去。她甚至还让自己的儿子恨他。

离婚之后的约瑟芬日子表面看起来并不是很难过。25年来，欧洲经历了一场噩梦，而约瑟芬同这项不可思议的冒险事业紧密相连。由于遭到人们痛恨的拿破仑遗弃了她，由于她也是拿破仑狂妄野心的牺牲品，复辟王朝和联军宽恕了她。出于敬重，大概也出于好奇，俄国沙皇还特意去马尔梅松拜访了她。普鲁士国王也带着儿子登门拜访。普鲁士、英国、俄国和德国的皇亲国戚也纷至沓来，冷落多年的门庭，顿时出现了绝无仅有的热闹景象。

约瑟芬有着一段难解难分的玫瑰情结。为了排遣拿破仑远征后的孤寂，约瑟芬收购并开辟了一个玫瑰园，聘请植物学家彭普兰德种植了3万多株玫瑰，囊括当时所有知名的品种。她对玫瑰的狂热喜爱甚至影响到战争的进程，英法战争期间，她为伦敦的一位园艺家办了特别护照，使他可以穿过战争防线，定期将新的英国玫瑰品种运到法国来。出于皇后的原因，届时两军舰队停止海战，让运送玫瑰的船通行。约瑟芬后来在马尔梅松城堡去世。

海明威没有描写过拿破仑和约瑟芬的爱情，戏仿虚构了这一内容，再现了海明威的大量对话以及含蓄的、淡淡的幽默。戏仿作者有时还直接摘抄有海明威标志的句子。例如，“现在时光不是很美妙吗？”熟悉且喜爱海明威作品的读者会注意到这些特点。①

---

① 关于海明威的写作风格及对他的其他作品戏仿的详细分析，参见：王程辉著，《英美文学戏仿研究》，苏州：苏州大学出版社，2014年，第209至231页。